Wolfgang Schlüter

FOX

Wolfgang Schlüter

FOX

ODER DER KLEINE KLAVIERSCHWINDEL

Roman

Inhalt

4.

5.

»Es gab hier seit kurzem eine Gruppe von Engländern, die ein Gesellschaftsspiel eingeführt hatten, welches in nichts anderem bestand, als daß ein Teilnehmer an seinen Nachbarn im Kreise die Frage richtete: ›Did you ever see the devil with a night-cap on?‹, der Gefragte aber zur Antwort gab: ›No! I never saw the devil with a night-cap on‹, worauf er die Frage andererseits weitergab — und so immer reihum. Das war entsetzlich.«

—— THOMAS MANN, 1924

»Ich muß den Engländern ein wenig zeigen, was in dem ›God save the King‹ für ein Segen ist.«

—— BEETHOVEN, 1813

1.

flachbild

Er beherrscht den Raum.

Immer, wenn ich den Schlüssel umdrehe im Schloß, die Klinke drücke und das Hotelzimmer betrete, empfinde ich es so.

Da steht er, kiloschwer, auf der antiken Eichenkommode (bayerisch, 17. Jhdt), auf einer Drehkonsole schwenkbar, siebzig Zentimeter hoch und einen Meter zwanzig breit, und sieht mir ehrfurchtheischend entgegen, ein schwarzer stummer Spiegel, solange er noch nicht eingeschaltet ist. Drücke ich aber den roten Einschaltknopf auf der Fernbedienung, dann sehe ich:

Er beherrscht den Raum.

Er steht zur Linken im Bild, lehnt sich mit dem Rücken an die Theke und öffnet zum Singen den Mund, ein Farmer vielleicht oder Fischer, an die sechzig Jahre alt, im zerknitterten, dunklen, womöglich braunen Wolljackett — »womöglich«, denn das Bild hat keine Farben, es ist schwarzweiß —, in dunklen Hosen und Lederhalbschuhen, *a tall man*, etwas schräg auf dem Kopf die Schirmkappe aus kariertem Tweed, wie alle sie tragen, dort, am westlichen Rande Europas.

Die Kristalle im elektrischen Feld des Flachbildschirms schießen zur Fläche zusammen, zum Bild, zur Figur, aber wer weiß, ob es sich da noch um Kristalle handelt und nicht längst um irgendwelche neuronalen Schaltstellen, Synapsen wie im menschlichen Hirn, denn wer kann dort, wo Technik rasch, unablässig sich wandelt, mit ihr sich noch auskennen. Das Bild ist bewegt, ist ein Film, streifig, rissig, körnig. Das bewegte Bild flimmert einen Meter zwanzig breit und siebzig Zentimeter hoch, erzeugt von einem elektrischen Apparat, einem sogenannten *High-Tech*-Gerät japanischer Provenienz auf der altbäuerlichen Kommode im Zimmer meines Hotels, hier, wo der Osten Europas beginnt.

Der Westmann am Tresen ist schmal, hochgewachsen, außerordentlich mager, sein Gesicht mit den eingefallenen Wangen und dem langen Kinn trotzig gereckt, fast herrisch zu nennen, so daß es etwas entschieden Hochmütiges hat, wenn über den geschlossenen Augen auch die Brauen sich heben beim Singen aus einem Mund, der zu einem gestreckten Oval sich auftut, in dem nur wenige Zähne noch sichtbar sind, lange Eckzähne wie die Hauer eines Keilers aus dem Spreewald.

Schweift mein Blick ab, dann fällt er aus den Fenstern des Hotelzimmers auf Weidenbäume, Erlen, Hecken, Haselgebüsch und die Feuchtwiesen, die den Spreewald säumen. Die Landschaft wirkt, auf eine schwer zu begründende Weise, östlich, und ich stelle mir vor, daß sie so oder ähnlich sich fortsetzt bis weit nach Polen hinein, nach Weißrußland und in die Ukraine. Flach ist sie, so flach wie der Bildschirm, wie die Prypjat-Sümpfe.

Die Worte, die der Mann am Westrand Europas singt, verstehe ich nicht. Wahrscheinlich geht es um Liebe, um alte Heldentaten, oder um Emigration. Es ist eine Ballade, Strophe um Strophe gelassen erzählt, auf Gälisch, im näselnden und die Intervalle verschleifenden, an den Gesang des orientalischen Ostens erinnernden epischen Duktus des *sean-nós singing*, lyrische Prosa in irregulärer Metrik, mit expressiv ausgeschwungenem, reich ornamentiertem Melos, zwischen Dur und Moll schwankend, modal. Solche Geschichten verlangen Zeit, *viel* Zeit, und am Ende wird Zeit hier zum Raum.

Aus dem Flachbild wölbt sich der Raum — nein, andersherum, in ihn hinein stülpt er sich, mit dem Diorama einer Wirtsstube, weißgekalkt, mehr als wohnzimmergroß: links der an die Theke gelehnte Farmer oder Fischer im Halbprofil, hinter ihm an der Wand ein gutes Dutzend Zuhörer, die meisten auf Stühlen eng beieinandersitzend, einige stehend, sie alle im dunklen Tweed, mit der Schirmkappe über wettergegerbten, zerknitterten Gesichtern, eines davon trägt die Pfeife geklemmt in den Mundwinkel.

Sie sehen und lauschen, und einer brummt mit, und werden gefilmt dabei — ich lausche und sehe sie gefilmt, gebannt auf Zelluloid, auf empfindliches, grobkörniges Negativmaterial, ohne Scheinwerferlicht.

Ich unterbreche kurz den Film, da wird der Bildschirm schwarz, ein schwarzer stummer Spiegel, darin erblicke ich verschwommen das eigene Antlitz verweht und verzerrt, gespenstisch zerflossen, ein Bild Francis Bacons, die Zigarette geklemmt in den Mundwinkel, um mich herum schemenhaft das Mobiliar des Hotelzimmers, die gelben Astern des Tapetenmusters an Decke und Wänden.

Schwarzweiß ist das Bild wieder da, auf Knopfdruck, und die Brennweite des Objektivs verringert sich etwas, so daß jetzt erst deutlich wird, daß der Sänger von Anfang an, am gereckten Arm, mit der Faust die Hand eines anderen, kleineren Mannes umschloß. Dieser, im Profil nur zu sehen, steht ihm zur Rechten und schwankt und wiegt sich im festen Griff des Sängers hin und her. Sein Gesicht ist nicht stolz und gereckt, sondern kurz und rund und geduckt, in Jammer zerfurcht, sein Auge glasig. Womöglich ist er betrunken. Ganz sicher ist er in Herz und Seele bewegt so, wie sein Körper bewegt ist, sich immerdar wiegt und wankt und in seiner Miene Rührung, Schwachsinn, Trauer und Elevation sich überblenden, dazu eine widersprüchliche Mischung aus beinahe hündischer Servilität und stumm anfeuernder Kraft. Ja, ganz gewiß ist er sturzbetrunken — die Kamera, die nie einen Schwenk macht, sondern immer, Strophe um Strophe, auf dieses ungleiche Paar hält, auf den Sänger, der womöglich ebenfalls erst im Rausch sich ermannte zum Balladenvortrag, und auf den Stummen, der ihm die Hand hält (ist es sein Freund?) — diese Kamera zwingt die beiden, das ahnt man, zusammen, setzt ihnen den Rahmen zu einem Duett aus Singen und Schweigen, aus beflügelter Trance und beflügelndem Suff.

Doch wer ist hier der Nehmende, wer der Gebende in diesem System kommunizierenden Röhrens und Krähens, diesem Dialog kommunizierender Luft- und Speiseröhren, Venen, Arterien, Muskeln, Knochen und Nerven? Braucht der Trinker den Zugriff des Sängers, um an ihm sich festzuhalten, zu trösten? Braucht der Sänger den nicht ablassenden Halt des Trinkers zum Zeichen hündischer Treue? Oder will der gereckte Arm des Sängers Distanz halten, Nähe abwehren? Ist der Arm des Trinkers ein Schlauch, der dem Sänger den erhebenden Stoff einfüllt, ein kräftiges Kabel, das die Energie ihm zuführt, die erst ihn befähigt, Gesang sich auszupressen mit Näseln und Krächzen?

Im Verlauf der vierten Strophe zoomt das Objektiv so weit zurück, bis zu sehen ist, daß der Trinker in der erhobenen anderen Hand ein Glas schwenkt. Ich greife zum Glas, das vor mir auf dem Sofatisch steht, nehme einen Schluck und gewahre, wie das Bild bei der fünften Strophe den weitesten Winkel ausgemessen hat, so daß jetzt erkennbar wird, daß es ein dreiviertelvolles *Pint of Stout* ist, das der Schwankende an seinem ekstatisch gereckten linken Arm schwenkt, als wollte er einen Toast ausbringen, ein Prosit, auf wen? Auf Daniel O'Connell, Sir Roger Casement, Robert Emmet, Michael Collins, Eamon de Valera, Charles Haughey? Oder auf *pastime in good company*, Gesang und Musik selber, die Heilige Cæcilie? Die Schaumkrone schwappt im Glase bedenklich zum Schwanken des Trinkers, doch er verschüttet kein Tröpfchen. Das Getränk bleibt im Lot, das schwanke Mobile im Gleichgewicht, nur *mir* schwappt das Wasser beim Absetzen meines Glases ein wenig über den Rand, so daß ich rasch nach einer Serviette greife, um den Fleck vom Glastisch zu wischen.

Staunend öffne ich den Mund und ergriffen — geöffnet hat weiter der Sänger den Mund, und seine Hand lockert den Griff nicht einen Moment. Von der sechsten Balladenstrophe an zoomt sich die Linse der Kamera langsam, immer näher, an ihn heran und zeigt überm langen gereckten Kinn, in Makro-Ansicht fast schon, die mächtigen Hauer im ansonsten zahnlosen Oberkiefer. Mein Hotel ist luxuriös, seine Gäste sind gepflegt und wohlhabend. Unvorstellbar, daß sie im Alter ihre Zähne einbüßen werden, ohne die Mittel zu haben für ihren Ersatz wie dieser Farmer oder Atlantikfischer aus dem Westen. Mein Hotel nennt sich *Wellness Spa* — und Trinker, Sänger, Zuhörer, in deren Züge sich Entsagung gefurcht hat und harte Arbeit, Entbehrung, rauhes Wetter und rauhe See: sie hätten wohl kaum zu sagen gewußt, was das sei, eine Therme, ein Wohlfühlbad. Ein Dreiviertelpint Stout vor dem Kamin, ja, das hieße *wellness* vielleicht, dazu die Pfeife geklemmt in den Mundwinkel und einen Freund an der Hand gehalten, so fühlt man sich wohl, und fürs Bad sorgt schon der allesdurchweichende Regen, den die Tiefdruckwolken vom Atlantik heranschaufeln. Doch tritt, was immer hier Wellness heißen mag, zurück vor der Elevation des Sängers, der beflügelt ist, weit fortgetragen auf den Schwingen des Gesangs, tritt zurück vor Askese und spirituellem Rausch und Ekstase im hager gereckten Gesicht mit der Adlernase überm leidvoll geöffneten Mund.

Nach der achten Strophe endet die Ballade, der Mund des Sängers schließt sich, die Hände lassen sich los, der Trinker torkelt aus dem Bild. Die halluzinierend geschlossenen Augen des Sängers tun sich auf: helle, kleine, stechende Augen; stolz wirft er den Kopf zurück, verschränkt abwehrend die Arme vor der Brust, und dabei krümmt sich sein Mund kurz zu einem Ausdruck grenzenloser Verachtung wie bei einem, der gern ausspukken würde. Wen oder was verachtet er? Die Zuhörer, die nun freundlich klatschen, wiewohl sie doch gar nicht wirklich schätzen konnten, was sich hier zugetragen? Seinen eigenen Gesang, diese acht Strophen, acht Perlen aus der Schnur des Erzählens hingeworfen vor die Säue des bäurischen Auditoriums? Den Trinker, der ihm eine Freundschaft einflößen wollte, um die er gar nicht gebeten, wo es doch in Wirklichkeit, gerade andersherum, der Trinker war, der vom Sänger den Halt sich bezog, dessen er wankend, schwankend und schwenkend bedurfte?

1967 produzierte das irische Fernsehen diesen *untransmitted stock shot* mit Pádraig Ághas und seiner Ballade *An Baile Atá Láimh Léi Siúd* in einem namenlosen Pub des Dorfes Baile na nGall an der Nordküste der Halbinsel Corcaguiney in der Grafschaft Chiarraighe. Ausgestrahlt wurde die Dokumentation — mir liegt sie als DVD vor — von *Raidió Teileifis Éireann* nie. Vielleicht schämte man sich, fürchtete unter kultivierten städtischen Zuschauern Abscheu vor solcher Komplexion aus artistischer Verzückung und trunkener Debilität, die das ärgste Vorurteil über die archaischen Bräuche des irischen Westens zu bestätigen schien, eines Landstrichs, in dem, wie man raunte, mitunter noch Mensch und Vieh zusammenleben sollten unter einem Dach, in einem Raum, barbarisch, schmutzig, verkommen.

Wenige Jahre nach dieser Aufnahme war das improvisierte Auswendigsingen im Wirtshaus selten geworden. An die Stelle der sean-nós-Sänger trat das *Raidió na Gaeltachta*, in den achtziger Jahren das Fernsehen. Pádraig Ághas ist längst dahingegangen. Regen fällt auf sein Grab, vielleicht ist auch dies eine Form von Wellness. Dämmerung senkt sich auf den Friedhof, und in ihr beginnt Minervas Eule ihren Flug. Der alte Gesang ist zum Gegenstand musikethnologischer, kulturanthropologischer Feldforschung geworden. Wo noch gesungen wird, wird Gesang nur noch zitiert, aus dem historischen Gedächtnis beschworen von Besuchern aus der Fremde, Reisenden aus fernen Städten.

Heute steht in jeder irischen Bar oder Lounge ein Flatscreen-TV, und die Pfeife sich in den Mundwinkel zu klemmen, wäre eine Ordnungswidrigkeit, die bei Geldstrafe verboten ist. Ich stelle mir vor, wie heute, dreiundvierzig Jahre später, am 14. Februar 2010, da ich im Hotelzimmer vor dem Flachbild sitze, an der Nordküste der Halbinsel in der Grafschaft Kerry ein Farmer oder Fischer in O'Flaherty's Bar vor eben so einem japanischen High-End-Bildschirm säße und eine Dokumentation sich anschaute, die *Raidió Teileifis Éireann* über das östliche Deutschland gedreht hätte. Zu sehen wären Sumpfwiesen, auf denen Störche nach Nahrung suchen, Moorkaten, Eichen, Erlen, Birken und Weidenbäume, ein flaches, ärmliches, dünnbesiedeltes Gebiet, durchzogen vom stillen Labyrinth der Fließe im Spreewald, über dem ein weiter grauer Himmel lautlos sich wölbte, und in dem, in dieser Jahreszeit, kein lebendes Wesen, nicht ein einziger Vogel sänge. Und während im Erdgeschoß unter mir die Wellness-Gäste im Bademantel in die Therme schlendern und Schneeflocken auf die Fließe sich senken, seit Tagen nun schon, so daß sich die Landschaft bereits dick bepelzt hat mit dem Königshermelin des Winters, will mir scheinen, als verwiese diese Reziprozität zwischen Ost und West, Innen und Außen, Fläche und Raum und Damals und Heute zuletzt auf nichts anderes, als daß solche Komplementärbeziehungen gar nicht in der Synopsis des Subjekts bestehen, dessen Einbildungskraft sie einander zuordnet, sondern wirklich, tatsächlich, in Gestalt eines Bildes, an dem nun allerdings nichts Flaches mehr wäre.

Statt dessen *sänge* das Bild: so, wie beim Hotel-Irrgarten der kleine Brunnen, dessen sacht sprudelnder Quell, der den ganzen Winter hindurch am Plätschern ist, das eiserne Becken, in das er fällt, vermöge der geheimen Sympathie, die zwischen den Sphären und Elementen waltet, in die beständig hell-leise, heitere Schwingung eines Dreiklangs versetzt aus Grundton, Quinte und großer Terz.

Solche Sympathie, solch heiteres Einvernehmen blieb mir versagt, als ich Claus-Henning Abendroth zu begutachten hatte.

Mein Name ist Dr. med. Annegret Soltau. Ich bin 42 Jahre alt, Fachärztin für Neurologie und Psychiatrie. Als Jugendliche trug ich mich mit dem Wunsch, Klavier und Gesang zu studieren, aber meine Eltern warnten mich vor den Risiken der brotlosen Kunst so eindringlich, daß ich mich statt dessen — ohne viel Begeisterung, wie ich hinzusetzen darf — zur Medizin entschloß und in Marburg das Physikum absolvierte, in Gießen das Staatsexamen ablegte und über das branchiogene Karzinom promovierte, um sodann, nach Approbation und Facharztausbildung, am Psychiatrischen Krankenhaus Osnabrück die Männerstation zu betreuen, die im Jargon der Kollegen *die Unruhige* genannt wird, weil man in ihr jene frisch aufgenommenen Wahnkranken interniert, die noch nicht dauerhaft fügsam gemacht worden sind, sondern gegen ihre liebevolle Betreuung zunächst eine gewisse Resistenz hegen. Zu meiner Arbeit zählt daher auch, einen Bereitschaftsdienst zu versehen für die stationäre Aufnahme neu eingewiesener, nicht selten von Polizei begleiteter Kranker, unter denen sich verwirrte Paralytiker befinden, Epileptiker nach Anfällen, die sie auf der Straße oder im Kaufhaus unter furchterregenden Krämpfen mit Muskelkontorsionen und Schaum vor dem Munde erlitten, demente oder renitente Alkoholiker oder andere Suchtkranke, suizidale Paranoiker mit Borderline-Syndrom, manisch-depressive oder aggressive Wahnkranke mit akutem schizophrenem Schub. Viele Neuzugänge werden in erregtem Zustand eingeliefert und können nur mit vereinten Muskelkräften des Pflegepersonals fixiert, sediert und der Verabreichung von Psychopharmaka und Neuroleptika in gutgepolsterten Beruhigungszellen zugeführt werden, ein Vorgang, der selten ohne Blessuren abgeht und jeden Morgen bei der Frühstückspause neuen Gesprächsstoff den Pflegern liefert, die von den Kämpfen, die sie im Nachtdienst ausgestanden, mit viel renommistischem Gehabe und gegenseitigem Vorweisen ihrer Prellungen, Hämatome, Kratzer, Beulen oder eingegipsten Arme prahlen.

Zum Ausgleich für diesen Schichtdienst gelang es mir, nebenberuflich, auf Honorarbasis, für die Strafkammern diverser norddeutscher Landgerichte (Oldenburg, Stade, Lüneburg u. a.) als forensische Gutachterin zu arbeiten, deren Aufgabe es ist, gemäß §§ 20–21 StGB die sogenannte Schuldfähigkeit, das heißt die Zurechnungs- oder Unzurechnungsfähigkeit von Personen, die sich wegen Verdachts auf Mord, Totschlag, Körperverletzung,

Sexualstraftaten und andere Delikte in Untersuchungshaft befinden, zu diagnostizieren und meine Befunde, parallel zu den Plädoyers der Staatsanwaltschaft und der Verteidigung, am Ende des Verfahrens zum Behufe gerechter Urteilsfindung und Strafzumessung *in foro* vorzutragen.

Im Rahmen dieser anamnestisch lückenhaften, diagnostisch problematischen und prognostisch durchweg zweifelhaften, insofern belastenden Tätigkeit geschah es, daß ich im Dezember 2009 mit der psychiatrischen Untersuchung des Dr. Abendroth betraut wurde. A. war des Totschlags in einem minder schweren Fall gemäß § 213 StGB angeklagt. Das Gutachten, das ich über diesen eigenartigen Menschen verfaßt, habe ich mir mitgenommen ins Hotel; es liegt vor mir auf dem Sofatisch, als beredter Zeuge der Grenzen meiner Profession, an die mich jene Exploration geführt hat.

Denn freilich, wie abgebrüht unsereiner auch werden muß im Angesicht all des Gräßlichen, das aus den ärztlichen und polizeilichen Akten spricht, die wir zu konsultieren haben, — dies beiseite: daß meine (übrigens kinderlos gebliebene) Ehe der Belastung auf Dauer nicht standhielt und ich, hätte ich nicht wenigstens einmal im Jahr dieses *Wellness Spa* zur *Recreation des Gemüths* aufgesucht, nicht gewußt hätte, ob ich der Arbeit auf längere Sicht gewachsen wäre —, kaum jemand aus unserem Berufsstand, so wage ich zu behaupten, würde doch abstreiten wollen, daß im leibhaftigen Gespräch mit den Delinquenten, denen seine Forensik gilt, nicht auch auf ihn zuträfe, was bei Bach gesungen wird: *Das gehet meiner Seele nah* — und auch wenn ich, wie gesagt, dem Abendroth wenig Neigung oder Resonanz entgegenzubringen vermochte (was im andersartigen Falle meiner Befragung, die auf Neutralität und Distanz denn doch nicht verzichten kann, allerdings eher abträglich gewesen wäre), so scheint mir seine Geschichte jedenfalls bedenkenswert genug, um sie auf den folgenden Blättern auszubreiten.

Auch zu diesem Ende also soll mein Aufenthalt in diesem stillen, reizarmen, sanatoriumsgleichen Hotel dienen, und dafür habe ich mir alle Akten, Karteikarten und Notizzettel, die den Fall betreffen, mitgenommen, um sie nunmehr in Ruhe zu sichten, zu prüfen, zu ordnen und in einem Konvolut zu bündeln, über dessen Erkenntniswert oder Belanglosigkeit zu urteilen künftigen Lesern anheimgegeben sein soll.

Auszugsweise, eher exemplarisch denn vollständig dokumentieren will ich die Gespräche, die in fünfzehn je anderthalbstündigen Sitzungen (weit mehr, als meine Kollegen für ihre Gutachten üblicherweise sich gönnen) in Zi. 11 auf Station 9 des LK Osnabrück geführt und von mir stenographisch in gekürzter Fassung protokolliert sowie obendrein von einem mitlaufenden Tonbandgerät aufgezeichnet wurden. Stockungen im Redefluß, Schweigepausen und andere Unterbrechungen, irrelevante Abschweifungen, Wiederholungen, Redundanzen sowie (seltene) Wortfindungsstörungen wurden ins Protokoll nicht aufgenommen. Meine Bitte, einige unserer Gespräche mittels Videoaufzeichnung auch im Film festhalten zu dürfen, wurde von A. abschlägig beschieden. Meine Frage, ob er mit der Publikation des Materials einverstanden sei, bejahte er, unter dem Beding, daß in diesem Falle seine — wie er es nannte — »englische Erzählung«, die er mir in unserer letzten Stunde auf den Tisch gelegt, dem Konvolut eingefügt werden müsse; warum, verriet er mir nicht, und in welcher Ordnung oder Reihung dies erfolgen solle, stellte er mir frei. Ich werde nicht umhin können, der Bedingung zu willfahren; der Einschub besagter Geschichte, dessen Notwendigkeit mir uneinsichtig bleibt, kann allerdings nur tentativ erfolgen, da ich die Bedeutung, die sie für A. hat, bis heute nicht wirklich zu erfassen vermag. Konzipiert ist sie offenbar als längeres Gedankenspiel, das eher als Alternative denn als Parallele zur eigenen Vita dienen und in seiner Vexierbildhaftigkeit diese auf eine, wenn auch eigenwillige, Weise beleuchten, verklammern und akzentuieren soll. Insofern scheint es mir am sinnvollsten, die Verzahnung so vorzunehmen, daß ich Lebensbericht und »Erzählung« alternierend ineinanderstecke wie zwei Kämme, deren Zinken je einem (von mir mit einer Kapitelüberschrift versehenen) Textabschnitt entsprechen.

Und wer war nun in dieser Reziprozität der Nehmende, wer der Gebende? War es eine einzige große Ballade, die Abendroth mir vortrug in unseren Gesprächen? War ich die Berauschte, die — vorwiegend stumme — Anfeuernde, die sein Erzählen bei der Hand nahm, um sie fernzuhalten, abzuwehren? Bedurfte er wirklich meiner Aufmerksamkeit, meiner Anleitung, dieser hündischen Treue, dieses wortarmen Bettelns um Antwort auf meine Fragen, dieses Schmeichelns und Lockens, um den Gesang seines Lebens sich auszupressen? Oft schwieg er ja auch nur, verstummte, wollte nicht mehr weiter, dann war für diesmal nichts mehr herauszuholen aus ihm. Oder er erging sich in weitschweifigen Räsonnements und abwegigen Sacherläuterungen, die ihm noch als Erzählen galten, mich aber nur mehr Belehrung dünkten. Wars also am Ende *Verachtung*, mit der er meine schwankende Beharrlichkeit und Neugier belohnte — vielleicht, weil diese anscheinend des Wichtigsten entbehrte: der Sympathie, der Einfühlung, der Musikalität eines schlagenden Herzens? Wie hätte er, in der Gewalt des Staates, Mitgefühl wahrnehmen können in einem Gegenüber, das zuletzt doch nur jene Macht repräsentierte, welche ihn mit einem Schuldspruch bedrohte?

provenienz

»Meine Himmelsrichtung ist immer der Westen gewesen. Ich teile die Menschen in Ost- und Westmenschen ein. Die ersteren weckt die Sonne zu rüstiger Tätigkeit, zu hoffnungsfrohem Beginnen. Den letzteren vergoldet sie das Erinnern, das Eingedenken. Mein Gitterbett stand bis zu meinem neunten Lebensjahr im Schlafzimmer der Eltern, dessen Fenster nach Westen hinaus sich öffneten, wo hinterm Waldrand die Sonne unterging und vor dem Versinken an die tapezierten Wände ihren roten Abendschein warf, der Trost verhieß und ein von Wehmut durchleuchtetes Glück. Gern aufgestanden bin ich selten, gern schlafengegangen immer. Sehen Sie, Frau Doktor, diese sind Westmenschen, beileibe nicht träg, aber einwärtsgewandt und retrospektiv, verliebt in ozeanisches Gewölk und berauscht von atlantischem Sturmwind und Regen, empfindlich gegen den trockenen Ost, der ihnen den Spleen bringt und sie gereizt macht gegen ärmelaufkrempelnden Tageslärm, gegen prosaisches Vormittagslicht, Fabriken und Schornsteine unter russisch oder finnländisch blauen, froststarren Morgenhimmeln. *Stepping westwards*, wie es bei Wordsworth heißt, bedeutete für mich, auf meinem Lebensweg nicht der Sonne entgegenzueilen, sondern ihr getröstet nachzufolgen, heiter nachzublicken, und dabei das meiste nicht als Begrüßung, sondern als Abschied zu erfahren.«

Dies war eine der Aussagen Abendroths an jenem Tag, da ein Justizvollzugsbeamter ihn zum ersten Mal in das kleine Besprechungszimmer geführt hatte, das, in hellem Grau gestrichen und mit einem kalmierend dunkelblauen Wollteppich ausgelegt, eine nüchterne, neutrale, aber nicht abweisende Professionalität ausstrahlen sollte. Ein schwarzer Schreibtisch trennte den zu Begutachtenden vom Gutachter; für beide stand je ein mit schwarzem Kunstleder bespannter, elastisch wippender Sessel aus

Stahlrohr bereit. Die obligatorische Topfpflanze kümmerte in einer Ecke des Raumes, und als Wandschmuck waren ›Hotelbilder‹, Blumenaquarelle in Pastellfarben aufgehängt, dekorativ und so nichtssagend, daß man sie gewissermaßen schon vergessen hatte, noch ehe man sie in Augenschein genommen.

A. trat zögernd ein, 1 Meter 72 groß, ein asthenischer (leptosomer) Typus, leicht gebeugt, zwischen hängenden Schultern den Kopf gesenkt, wie es charakteristisch ist für Menschen mit sitzender Tätigkeit. Mit raschen Blicken musterte er aufmerksam das Zimmer; ich reichte ihm knapp die Hand und bat ihn, sich zu setzen. Der Beamte entfernte sich. A. dankte höflich, nahm Platz, schlug ein Bein über das andere, legte die Hände zu einem Spitzdach aneinander und preßte sich die Fingerspitzen, den Blick wachsam auf mich gerichtet, an die Lippen. Gekleidet war er unauffällig in einen blauen Kaschmirpullover über einer braunen Cordhose. Sein linksgescheiteltes, graues, noch recht dichtes Haar war kurzgeschnitten, das Gesicht schmal, leicht gebräunt, mit dunklen Ringen unter den eingefallenen, großen braunen, von schweren Lidern behängten Augen. Tiefgefurchte Facialfalten, die auf eine Neigung zu gastritischen Beschwerden wiesen, zogen sich um Nase und Mundwinkel, vielerlei Lachfalten (sog. Krähenfüßchen) um die Augenwinkel und fünf waagrechte Falten, aus denen ebenso wie aus den habituell hochgezogenen schwarzen Brauen sowohl langwährende Übermüdung wie angestrengte Wahrnehmung sprachen, über die Stirn. Dazu paßte, daß seine Zähne von Kaffee und Tabak gebräunt waren. »Nikotin-/Coffein-Abusus« notierte ich mir und setzte ein Fragezeichen dahinter. Zur Nahsicht, nicht nur zum Lesen, bediente er sich einer schlanken schwarzen Hornbrille mit ovalen Gläsern.

»Erlauben Sie, nur pro forma«, so hub ich an, »eine kurze Personenfeststellung. Sie sind Dr. phil. Claus-Henning Abendroth, geboren am 11. Dezember —«

»Wie Berlioz«, unterbrach er mich.

»Oder Grabbe«, ergänzte ich kühl. »Ist das wichtig?«

»Für mich schon.« Seine Stimme war ein hoher Bariton, um prononcierte Artikulation bemüht, aber so leise, daß ich ein ums andere Mal um Wiederholung des Gesagten bitten mußte, eine Bitte, der er jedesmal, sich entschuldigend, stattgab, eine kräftigere Lautstärke aber immer nur für Minuten durchhielt, um alsdann wieder ins gewohnte mezzopiano zu fallen.

»Also am 11. Dezember 1948 —«

»Ganz recht«, unterbrach er mich aufs neue. »Im Jahr der Luftbrücke und der Währungsreform, dreieinhalb Jahre nach der Kapitulation Hitlerdeutschlands, mithin kurz nach dem Weltkrieg und der Ermordung der europäischen Juden. Geboren noch vor der Verabschiedung des Grundgesetzes der Bundesrepublik. Also annähernd gleich alt wie diese.«

Ich fragte A., ob es ihm möglich sei, beim Sprechen nicht den Blick zu senken, sondern mich anzusehen. Er gab zurück, dies werde ihm schwerfallen, und bat mich, den gesenkten Blick nicht als Unhöflichkeit oder Unaufrichtigkeit anzusehen, sondern als notwendige Bedingung für Konzentration. Die allmähliche Verfertigung der Gedanken beim Reden zwinge ihn, mit den Augen einen ›toten Punkt‹ zu fixieren; würde er jemandem, wer es auch sei, beim Sprechen ins Gesicht oder gar in die Augen schauen, ginge vom Antlitz seines Gegenübers ein so starker Reiz aus, daß dieser seinen Gedanken unweigerlich eine neue, andere Richtung wiese, und dann könne es geschehen, daß er, bedrängt von der unausgesprochenen Einladung, auf die Affekte, die das Gegenüber mit seiner Mimik signalisiere, mit einer Resonanz oder einem Echo zu antworten, leicht den Faden verliere; gut könne er sich vorstellen, daß es Lavatern bei seinen physiognomischen Studien am lebendigen Gesicht einst ähnlich gegangen sei.

»Noch einmal«, setzte ich wieder an. »Sie sind 61 Jahre alt, geboren in einer Kleinstadt im südöstlichen Niedersachsen mit Namen — Moment —«

Abendroth nutzte die kurze Pause, da ich in meinen Papieren blätterte, zu dem Einschub: »Geboren in einer privaten Arztpraxis; meine Mutter wäre bei der Geburt beinahe gestorben, erzählte sie mir, als ich zwölf Jahre alt war. Der Name des Ortes tut nichts zur Sache. Er liegt im nördlichen Harzvorland auf den westlichen Ausläufern der Magdeburger Börde, auf fruchtbarem Lößlehm- und Muschelkalkboden am Rande sanft gewellter, von Buchenwald bestandener, als ›Landschaftsschutzgebiet‹ ausgewiesener Hügel im Kreuzungsbereich der Landstraßen zwischen Quedlinburg, Braunschweig und Hildesheim; einst, ans Anhaltinische grenzend, zum welfischen Herzogtum Braunschweig-Lüneburg zählend; später, zu meiner Zeit, ein im ›Zonenrandgebiet‹ halbvergessenes Geschachtel aus Fachwerkhäusern mit 13.000 Einwohnern, die ihren Erwerb aus Forstwirtschaft, Kalksteinbrüchen, Steinmetzhandwerk, Braunkohlentagebau und einer Zuckerrübenraffinerie bezogen.«

A. hatte sich, den Kopf tief gesenkt, beim Sprechen vorgebeugt und die (an sich unauffälligen, aber an auffällig schmalen Gelenken sitzenden) Hände auf den Tisch gelegt, wo sie, im Reflex auf die Anstrengung, seine Schachtelsätze syntaktisch und grammatikalisch ordentlich beisammenzuhalten, anfingen, Gegenstände, die ihm zwischen die Finger gerieten, Aschenbecher, Kugelschreiber, Notizblock u. dergl., hin- und herzurücken und zu -schurren: eine Gewohnheit, die ihn auch später nie verließ und unweigerlich sich äußerte, wenn seine Anspannung und Konzentration wuchs. Als Nervosität nahm ich sie nicht wahr, eher als eine Art Schreibbewegung, als unbewußte Äußerung des Dranges, die Konfiguration des Denkens auch somatisch auszuprägen, zu *verkörpern*. »Bei Musikern ist es die Voraussetzung ihres Tuns«, fiel mir dazu ein; ich dachte, bei Dirigenten wie Bernstein, Pianisten wie Gould oder Serkin oder Cellisten wie Pablo Casals sei ganz evident, wie die Flutung des Soma, seine Elektrisierung durch musikalisches Denken eine so tänzerische

Ekstase auslöse, daß es ebenso unbillig wie unvorstellbar wäre, ihnen, die von solchen neuronalen Strömen förmlich durchgewalkt und von den Füßen bis hinauf zum stöhnenden, summenden, keuchenden Mund geschüttelt und durchzaust werden, ein Ansichhalten zu empfehlen. Nie wäre es mir daher in den Sinn gekommen, A. zu bitten, beim Sprechen von seinem Geschurre und Gefummel abzulassen, und schon bald nahm ich es kaum mehr wahr.

»Sie wissen, zu welchem Zweck Sie bei uns in der Klinik sind?« fragte ich. Er nickte und lehnte sich wieder zurück. »Herr Dr. Abendroth«, fuhr ich fort, »ich habe nicht die Absicht, Ihnen zum Anlaß Ihrer Untersuchungshaft Fragen zu stellen. Ihren Fall habe ich anhand der Anklageschrift, die mir die Staatsanwaltschaft zukommen ließ, zur Kenntnis genommen. Unser Interesse gilt nicht Ihrem Delikt, sondern Ihrer Person, der Exploration Ihrer psychischen Befindlichkeit und damit Ihrer Schuldfähigkeit. Es steht Ihnen aber frei, sich über jenen Sachverhalt zu äußern, wann und wie Sie es wünschen. Wollen wir es vorerst dabei belassen?« Er nickte erneut. »Gut. Dann weiter mit der Personenfeststellung. Als Beruf Ihrer Eltern geben Sie ›Ärzte‹ an. Das gilt für Vater *und* Mutter?«

»O ja«, bestätigte er. »Beide waren Psychiater und arbeiteten am Niedersächsischen Landeskrankenhaus jenes Örtchens, dessen Name Ihnen, Frau Collega, eigentlich so vertraut sein müßte, daß mir Ihr ratloses Blättern in den Papieren soeben nicht als Unwissenheit, sondern als Unsicherheit vorkam, deren Grund mir allerdings nicht ersichtlich ist. Es sollte mich auch wundern, wenn Sie nicht wüßten, daß dieses Krankenhaus, das zu meiner Zeit dem Land Niedersachsen unterstand, jetzt aber nur noch eine Tagesklinik ist, die von einem privaten Trägerverein geleitet wird, keinerlei Ähnlichkeit mit jenen kompakt-funktionalen modernen Klinikbauten hatte, in denen Geisteskranke heute eher ambulant als stationär therapiert werden. Hervorgegangen aus der in den sechziger Jahren des 19. Jahrhunderts gegründeten *Großherzoglichen Heil- und Pflegeanstalt*, die in den Gebäuden des einstigen Benediktinerklosters sich eingerichtet hatte, das um die romanische Kirche St.-Peter-und-Paul, einer mit drei hohen Spitztürmen und einem mächtigen Westwerksockel, einem sogenannten sächsischen Riegel versehenen Pfeilerbasilika gruppiert war, die Kaiser Lothar von Süpplingenburg um 1130 gestiftet hatte — hervorgegangen also aus diesem Ensemble, das sich im Süden des Ortes auf ansteigendem Gelände bis zum Rande eines Buchenwaldes den Hang empor erstreckte, bestand unsere Irrenanstalt aus vierzehn landhausähnlichen, mit Veranden und Balkonen ausgestatteten Krankenpavillons und Ärztevillen, die sich, locker verstreut zwischen Wiesen, kiesbestreuten Wegen, kleinen Waldflecken und buschigten Hainen mit Ruhebänken, um einen weitläufigen Zentralbau scharten, der in seiner Mitte einen über 900 Jahre alten Lindenbaum umschloß und Schwesternwohnungen, Verwaltungsräume und Magazine in sich barg, denen eine Großküche, eine Wäscherei, eine Heizwärme erzeugende Maschinenhalle sowie ein Ökonomiehof angegliedert waren, auf dem Patienten, sofern sie arbeitsfähig, ihrer Sinne noch einigermaßen mächtig waren, einer landwirtschaftlichen Tätigkeit mit Kühen, Schweinen, Hühnern, einer Kirschplantage, einem Fischteich und vielerlei mehr zugeführt wurden. Auf diese Weise sicherte sich die Anstalt eine wirtschaftliche Teil-Autarkie, die zugleich als therapeutisch nützlich galt und insofern das Gewissen auch jener Ärzte beruhigte, die auf ein schier unerschöpfliches Reservoir an weiblichen und männlichen Arbeitskräften zurückgreifen konnten, die in ihrem Haushalt unentgeltlich als Zugehfrauen, Kindermädchen, Klempner, Tischler, Gärtner, Elektriker, Küchen- und Putzhilfen Dienst taten.«

»Feudale Verhältnisse.«

»Sie sagen es. So feudal wie das ganze Gelände, der Anstaltsberggarten etwa mit seinen verwunschenen Lauben, Wasserfällen,

Ententeichen, kleinen sprudelnden Kanälen und künstlichen Grotten aus verwittertem Elm-Kalkstein, dessen ich mich später jedesmal beim Anblick englischer Parklandschaften erinnerte.«

»Bitte«, warf ich ein, »versuchen Sie, Ihre Schilderung nicht im Stil einer lexikalischen Aufreihung, sondern strikt aus dem Blickwinkel persönlichen Erlebens zu geben.«

»Nichts anderes habe ich im Sinn. Als kleines Kind wußte ich ja nicht, was Geisteskrankheiten seien. Die Patienten in ihren gestreiften Drillichanzügen, die weiblichen Kranken in ihren dikken, bäuerlichen, von blau gemusterten Kittelschürzen bedeckten Wollröcken, all diejenigen, die mir auf meinen Streifzügen durch das Gelände mit schweren, sedierten Schritten entgegenkamen, begegneten mir als rätselhaft verhexte, verschrobene Märchenfiguren. Angst vor ihnen, die ihrerseits zu Kindern meist sich zutraulich verhielten, hatte ich nie. Die Exzentriker, die Jahrzehnte später auf den Britischen Inseln meinen Weg kreuzten, waren hier präfiguriert. Sie grüßten freundlich, strichen dem arglosen Jungen über den Kopf, zuckten und ruckten vielleicht sonderbar mit Armen oder Beinen, waren ›verrückt‹, aber dies war mir die Normalität — selbst bei jenen Internierten, denen, wie Tieren im Zoologischen Garten, nur hinter Zäunen, in ›geschlossenen Abteilungen‹ müßigzugehen gestattet war, etwa dem ›Kriegszitterer‹, jenem von einem ›Granatschock‹ Traumatisierten — oder sollte es ein Parkinson-Kranker gewesen sein? —, der mir durch die Zaunlatten hindurch seine Hand zu reichen pflegte, eine große, irgendwie sehnsüchtig warme, weiche Hand mit entsetzlichem Tremor, die ich gern ergriff, weil es mir stimmig vorkam, eine Hand, die sich bereits schüttelnd mir entgegenstreckte, auch meinerseits zu schütteln.«

»Fehlte nur das Schild *Füttern verboten*«, entfuhr es mir. (Meine Güte, was für Zustände waren das, die da früher herrschten in der Psychiatrie!) — »Gern erführe ich mehr von Ihrem Zuhause. Geschwister hatten Sie nicht?«

»Nein. Das wäre auch eng geworden. Die Wohnungsnot Ende der vierziger Jahre war noch erheblich. In den Holzbaracken

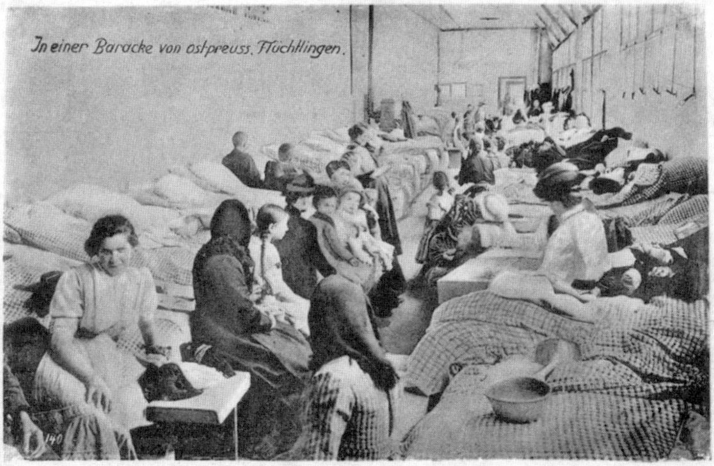

des Anstaltsgeländes, die zehn Jahre später abgerissen wurden, hausten Flüchtlinge aus dem Osten. Meine Eltern und ich wohnten die ersten neun Jahre lang auf nur knapp 40 Quadratmetern im Obergeschoß einer 1882 gebauten, zweistöckigen Landhausvilla *(Haus 2)* mit einem Balkon und zwei Veranden, aus orange- und ockergelben Klinkerziegeln schön proportioniert und wie aus einem Anker-Steinbaukasten gefügt. Das mit schwerem dunklem, altdeutschem Vorkriegsmobiliar beengte, gleichwohl behagliche Wohnzimmer öffnete sich nach Süden hin zur sand- und kiesbestreuten Zentralachse der Anstalt, einer im Frühjahr prachtvoll rotweiß blühenden Kastanienallee; ein kleiner Verbindungsraum diente als primitiv ausgestattete Küche und führte hinüber in das nach Westen zu gelegene Schlafzimmer der Eltern, in dem bis zu meinem neunten Lebensjahr mein Gitterbett stand.«

»Was dem Liebesleben der Eltern nicht förderlich gewesen sein dürfte«, setzte ich hinzu, schämte mich aber sogleich meiner indiskreten Parenthese.

»Da mögen Sie recht haben. Meine schwere Geburt vielleicht auch nicht. Wer unter Lebensgefahr entbindet, dürfte eine lebenslange Furcht vor neuer Schwangerschaft behalten. Jedenfalls mußten wir uns das WC mit den Nachbarn teilen, der sechsköpfigen Familie eines aus der Ostzone geflohenen Kollegen, und das samstägliche Bad nahm ich im Wechsel mit der Mutter oder dem Vater gemeinsam im benachbarten Krankenpavillon von *Haus 1*, das über den Luxus einer Badewanne verfügte. Das alles klingt ärmlich, zumindest dürftig — und wiewohl ich als Kleinkind vom Krieg, von Euthanasie oder gar Auschwitz noch nichts erfuhr und unser Ort von den englischen Bombern, die ihn mit ihrer Fracht gen Braunschweig, Magdeburg oder Berlin überflogen hatten, verschont und in seinem mittelalterlichen Fachwerkschlaf belassen worden war, sah ich doch schon früh die ein oder andere Ruine, die der Häuserkampf übriggelassen, steckte einen Finger in die Einschußlöcher der Mauern oder schnappte eine Bemerkung auf über den oder jenen, der bekanntlich auch ein PG gewesen, rasch noch das Führerbild im Garten vergraben habe und jetzt in der Verwaltung schnell wieder zu Amt und Würden gelangt sei. Ja, die Erwachsenen pflegten, wie sattsam bekannt, eine verdruckste Mixtur aus Aufbruch und Verdrängung, aber diesem Dunklen entgegen stand doch — und dies war, noch ohne Verstand, aber mit allen Sinnen gerade von einem Kinde wahrzunehmen — ein lebenszugewandtes Nach-vorne-Blicken, das in den ersten Jahren nach der Kapitulation noch nicht mit einem wildwütigen Neuanfang, einem tabula-rasa-Aufbruch einherging, sondern unter (zunächst mangelbedingter) Wahrung des Althergebrachten den Aufbau besorgte, fürs erste nur unwillig die Moderne ins Mittelalter einließ. Ja, wie soll ich es ausdrücken? — Überall schien ein schönes Aufatmen in der Luft — dies freilich um den Preis dessen, daß all jene Reminiszenzen unter den Teppich gekehrt wurden, die andernfalls quälend und hemmend den Lebensoptimismus der frühen Nachkriegsjahre blockiert hätten.«

»Haben sich Ihre Vorfahren zur Mitschuld am Euthanasieprogramm der Nazis bekannt?«

»Nein. Der Großvater väterlicherseits, auf den Sie anspielen — auch er ein Nervenarzt, der im letzten Kriegsjahr stellvertretender Anstaltsleiter gewesen —, beteuerte, sich jeglicher Mithilfe strikt verweigert zu haben; es hieß, zur Strafe habe man ihm die Beförderung verwehrt.«

»Glaubten Sie ihm?«

»Ja. Er war ein disziplinierter, karger, nüchterner Realitätsmensch. Er verfügte nicht über die Phantasie, die man braucht, um gut lügen zu können.«

»Besitzen Sie Photos aus jenen Jahren?« fragte ich.

»Ja. Und sie erinnern mich an die lästigen nassen Stofflappen — ›Pampers‹ waren noch unbekannt —, die demütigend aus der kurzen Wollhose heraushingen und mir eine lebenslange Abneigung gegen kurze Hosen einpflanzten. Der *moralische* Sinn des Erwachsenen für Ehre und Würde mag Kindern noch fremd sein — aber ein *ästhetisches* Empfinden für gekränkten Stolz und verletzte Scham entwickeln sie schon früh. Die speckigen bayerischen Lederhosen, in die ich einmal gezwängt wurde, waren mir widerwärtig, und das federgeschmückte Indianerkostüm, in dem ich den Erwachsenen für kurze Zeit zum Ergötzen diente, dermaßen affig — ich war doch ein Mensch und kein Vogel! —, daß noch über viele Jahre meine Sympathie eher den schlichten Bleichgesichtern galt als den so prätentiös gefiederten Rothäuten. Alles weitere Erinnern hat etwas Traumgleiches auch dort, wo es gestützt wird von der Betrachtung jener 6×9-Photographien, die, chamois-matt, mit gezacktem Rand, bedeckt von Pergamin-Papier mit Spinnwebmuster, in den Alben kleben. Traumbilder von weiten, übermenschenhohen Wiesen ums Haus herum, nur einmal im Jahr von Sensen gemäht: für Kleinkinder waren das undurchdringlich gefaserte Dickichte, in denen man schier verlorenging, Verstecke voll Insektengeschwirr, ein Dschungel aus Gräsern und Kräutern, die keinen Blick mehr auf Häuser oder Bäume gestatteten — nur noch, und dazu mußte man den Kopf aber tief in den Nacken legen, auf die Cumuluswolken am Himmel, in deren Wechselspiel so viele Gestalten um- und aufquollen: *Da droht ein Leu, dort wogt ein Elephant — Kameeles Hals, zum Drachen umgewandt —*«

»Apropos Traumbilder«, warf ich ein. »Erinnern Sie sich an Ihre ersten Träume?«

»Nur an einen«, sagte Abendroth zögernd. Die verklärten Bilder seiner Vergangenheit hatte er, zurückgelehnt, mit zusammengekniffenen Augen ins Visier genommen, den Blick in eine unbestimmte Ferne gerichtet wie bei einem, der eine Horizontlinie fokussiert. Jetzt beugte er sich vor und pinzettierte sich zwischen die Fingerspitzen eine Zündholzschachtel, die er auf der Tischplatte in Rotation versetzte. »Vielleicht, weil es ein Alptraum war, der sich die ganze Kindheit hindurch wiederholte und mich erst verließ, als ich dreizehn oder vierzehn Jahre alt war. Er bestand nur aus einem tiefen Sturz. Ich fiel ein Stiegenhaus hinunter, vorbei am Geländer, den ganzen Treppenschacht hinab, begleitet von einem grauenvoll heulenden Schrei, von dem nicht klar war, ob es mein eigener war oder derjenige wessen auch immer. Das eigentlich Grausige daran aber war etwas anderes. Nämlich das Licht. Es war ein trübes, gelblich fahles Gefunzel, wie von einer 15-Watt-Glühbirne, einer Sparlampe in einer ärmlichen, heruntergekommenen Mietskaserne. Daß ich als Kleinkind so ein trostloses Mietshaus je von innen gesehen hätte, halte ich für undenkbar. Solche nur schwach erleuchteten, vielstöckigen Treppenhäuser mochte es in Großstädten gegeben haben; in meiner kleinstädtischen Heimat standen solche Häuser nicht.«

Sogleich lehnte er sich wieder zurück und lockerte seine Körperhaltung, während ich mir kurz notierte »Geburtstraum / Geburtstrauma« und ein Fragezeichen dahintersetzte. »Gab es auch bei Ihnen daheim«, fragte ich, »Patienten, die im Haushalt halfen?«

»Mein Kindermädchen kam aus der Unterstadt, nicht aus der Anstalt. Eine schlaksige, ich schätze, achtzehnjährige junge Person, Fräulein Hagius, ›Hagchen‹ genannt, die mich in einer hohen Karre aus weißlackiertem geflochtenem Korb, elastisch federnd auf kleinen Rädern, über die staubigen Anstaltswege rollte — asphaltiert wurden sie erst zwanzig Jahre später —, mich wickelte, badete und mit Brötchen fütterte, deren süßlicher Geruch nach Stärke und Backpulver mir Ekel machte, oder mit Suppen der Marke *Maggi* aus dem Kaufmannsladen (Selbstbedienung war noch unbekannt), die mit ihren Abbildungen auf der Doppelschachtel so verführerisch für sich warben wie die Suppenwürze mit ihrer hübschen roten Tülle und ihren gelben Etiketten auf der schwarzen Vierkantflasche.

Die Patientin, die im Haushalt half, wurde ›Minna‹ gerufen: eine gedrungene, bäuerliche, nicht ganz taubstumme Frau mit verhutzelten roten Apfelbacken unterm obligatorischen ›russischen‹ Kopftuch und leuchtblauen Augen, die gelegentlich auf dem Fensterbrett erspähten, was niemand außer ihr sah: die Erscheinung ihres verstorbenen Neffen in einer Lichtaureole, die sie uns, ergriffen flüsternd (›a scheens Licht!‹), mit verklärter Miene zu schildern versuchte. Einzig dieser Halluzinationen wegen wohl war sie, die bei Kriegsende mit einem Flüchtlingstreck aus Siebenbürgen gekommen, in die Anstalt eingewiesen worden, in die sie, nach meinem Dafürhalten, nicht gehörte, darin sie nun aber eine Art Zuhause und in mir eine Art Pflegekind gefunden hatte. Annähernd dreißig Jahre, bis zu ihrem Tod, blieb diese Waltpurgis bei uns.

Viele Patienten waren ja ein Strandgut des Krieges, angeschwemmt von Flüchtlingszügen, hängengeblieben aus undurchsichtigen Gründen, auch unser Gärtner mit Namen Kwasniewski, der zuvor, unter Hitler, ein Zwangsarbeiter gewesen und jetzt noch in seine Kinderfreundlichkeit ein ums andere Mal jählings grollende Flüche mischte, ausspuckte, die Fäuste ballte und, auf Polnisch nun, Verwünschungen nuschelte, welche mir und meinen Spielkameraden nicht bloß unverständlich, sondern unheimlich waren, da sie so rätselhaft im Widerspruch schienen zu seinem friedlichen, rüstigen Tun inmitten üppigen Blühens. ›Bist du nicht mehr mein Freund?‹ fragte ich dann wohl ängstlich, und er knurrte zur Antwort nur unwirsch irgendetwas und stieß den Spaten ins Erdreich mit um so mehr Ingrimm.«

»Was Ihnen später so rätselhaft nicht mehr gewesen sein dürfte. Und wie war der Umgang mit Ihren Hausnachbarn?«

»Die vier Kinder auf unserer Etage waren in meinem Alter; wir wurden sogleich Spielgefährten. Auch die Eltern freundeten sich an, saßen zusammen an Samstagnachmittagen auf dem geklinkerten Balkon bei Cognac, Bohnenkaffee, Mohrenköpfen oder Negerküssen im Sonnenschein und rauchten Juno. Oft fuhren sie zusammen im Volkswagen nach Braunschweig ins Kino und sahen dort Filme des italienischen Neorealismus oder ›Lohn der Angst‹ oder irgendwelche neuen französischen, mit dem Existenzialismus assoziierten Streifen. Derart hielt die Moderne mit winzigen Schritten Einzug in unser altertümliches Habitat. Moderne, das hieß bei uns: Kino. Hemingway und Sartre. Picasso und Strawinsky. Lambretta und Borgward, Isetta und Goggomobil, Nierentisch, Tulpenlampe, Gummibaum, Wandmosaiken, Kacheln aus Buntglas. Als ›modern‹ galten Petticoat und Pferdeschwanz, Sinalco, italienische Eisdielen und amerikanische Milk Bars, der futuristische Citroën DS, in dem der französische Staatspräsident sich chauffieren ließ, und jener Sputnik, der 1957 über unserem Hause am nächtlichen Himmel seine blinkende Spur hinterließ.

Die drei Kinder des Dr. Bernshofer im Erdgeschoß waren älter als ich: der Sohn ein Tüftler und Experimentator, der mich mit Dampf- und Influenzmaschine, Teleskop, Laterna magica,

Mikroskop und Epidiaskop schon früh in die Geheimnisse der optischen Physik und Mechanik einführte; die zwei Mädchen bereits Höhere Töchter, die das Lyzeum in Helmstedt besuchten und auf dem Pianoforte, eine halbe Ewigkeit lang, *Für Elise* übten unter der Aufsicht eines bärbeißigen Klavierlehrers aus der Unterstadt, der Ehrhorn hieß und ein Moped sein eigen nannte, dessen Auspuff mit Wolken von Ruß und entsetzlichem Knattern sein Nahen schon von ferne drohend verkündete. Und da meine Eltern häufig bis in die Abendstunden ihren Dienst versahen, gesellte ich mich zum Abendbrot oft dieser Familie im Parterre bei. Mutter Bernshofer, neben ihrer kugelrunden, reiselustigen Schwester, die ›Tante Käthe‹ gerufen ward und deren piepsiges Zwitschern dem ihres Distelfinken glich, den sie sich in einem Vogelbauer hielt, saß noch an der Nähmaschine, während Brotschnitten mit Teewurst oder Leberwurst bestrichen wurden; oder sie klemmte sich den Brotlaib zwischen die Brüste, um mit großem Messer aus ihm die Scheiben zu säbeln: ein Bild von archaischer Wucht — noch heute sehe ich im Laib immer auch den Leib, auf den die gefährliche Schneide des Messers sägend sich zubewegt. Eingeschaltet war stets das Radio mit dem Soldatensender der BBC. Niedersachsen war ja — fernes Echo auf die Regentschaft Großbritanniens durch das Haus Hannover in Personalunion mit dem Herzogtum Braunschweig-Lüneburg im 18. Jahrhundert — bis 1955 britische Besatzungszone, und britische Truppen blieben überall in der Nachbarschaft stationiert. Dazu paßte denn auch, daß auf dem Abendbrotstisch eine Flasche Worcestershire-Sauce nie fehlen durfte und die Architektur der Krankenpavillons dem englischen Vorbild der sogenannten Open-door-Therapeutik folgte.«

»Und daraus leiten Sie Ihre spätere Affinität zur angelsächsischen Kultur ab?«

»Nein, noch nicht«, betonte Abendroth. »Von der Sprache, die in rundfunktypischer, forciert gutgelaunter Lässigkeit und Geschwätzigkeit aus dem Lautsprecher sprudelte, verstand ich mit vier, fünf Jahren noch kein Wort. Schön kam sie mir auch nicht vor, und der Jazz, den der Sprecher moderierte, setzte in seiner nervös synkopierenden Saxophon-Hampelei nur fort, was an Hektik die Sprache vorgab. Aber auch dies war ein Einschuß von Moderne in die Textur des Althergebrachten, aus der meine Kindheit gewebt war; bei uns im Obergeschoß war dergleichen jedenfalls nie zu hören. Die Sprachen, die meine Eltern auf Reisen hören ließen, waren ein passables Französisch und ein gebrochenes Italienisch; auf der Schule hatten sie Latein gelernt; aber kein einziges Mal habe ich zu Hause je ein englisches Wort oder auch nur einen Anglizismus vernommen oder über die Geschichte, Landschaft, Politik oder Kultur Britanniens jemals reden hören. Im Bücherschrank der dezidiert frankophilen Mutter standen Romane von Stendhal, Maupassant, Flaubert und Balzac, auch von Dostojewski und Tolstoi, aber bis auf Brontës *Sturmhöhe* kein Werk britischer Autoren. Nichts von Shakespeare, nichts von Dickens.«

»Vielleicht, weil es noch vor kurzem die Sprache des ›Feindes‹ war? Und was stand im Bücherschrank Ihres Vaters?«

Abendroth lachte kurz auf. Seine Art zu lachen war eigentümlich: ein leises, trockenes Glucksen, begleitet von ironisch verzogenen Mundwinkeln, einer gespielten Melancholie — wobei ich nicht weiß, ob meine Wortwahl glücklich ist, denn gespielt war vielleicht auch stets sein Lachen selber und die Schwermut dafür um so echter; ich gestehe, damit nie ganz ins Reine gekommen zu sein — aus der Versatilität der Mimik meines Gegenübers, dieser Wechselhaftigkeit eines lebendigen Mienenspiels immerhin glaubte ich auf eine gewisse Begabung zur Schauspielerei schließen zu dürfen, zum kontrollierten Rollenspiel — sofern ich nicht irre und all diese physiognomischen Signalements nur impulsive, nicht steuerbare Reflexe waren, reaktive Spiegelungen, die lediglich auf Empfindlichkeit der Wahrnehmung, rasche und sozusagen dünnhäutige Empfänglichkeit, Eindrucksfähigkeit deuteten.

»Mein Vater hatte keinen Bücherschrank. Wozu auch? Anton Bruckner nannte an Büchern nur eine Napoleon-Biographie sein eigen, eine Bibel, einen Nordpol-Expeditionsbericht, eine Geschichte des mexikanischen Krieges und einen Traktat über die wundertätige Maria von Lourdes. Mein Vater besaß noch weniger: einen Anatomieatlas — und ein Kommersbuch mit dem Titel *Gaudeamus Igitur*, dessen Metallnoppen seine grünen Deckel gegen Bierlachen auf dem Tische schützen sollten; diesem Gaudeamus begegnete ich zwanzig Jahre später wieder in Brahmsens Akademischer Festouvertüre op. 80 und in Berlioz' *Damnation de Faust.* Nein, statt einer Bibliothek besaß er eine Geige und ein einmanualiges Wittmayer-Cembalo. Sein Reich war die Musiksprache, das Reich der eher unmusikalischen Mutter die Wortsprache. *Sein* Terrain war die *Natur,* stille Wälder, stumme Tiere, Berge, Landschaften, auch die wortlose Natur der Töne und Klänge — *ihr* Habitat die *Kultur:* Theater, Kino, Literatur, Architektur. Komplementäre Gegensätze also, interessante Mixtur — aber so ungewöhnlich nicht. Kulturanthropologen weisen die Sprache dem Überich zu und bestimmen dieses Prinzip als männlich-paternalistisch. Es sind de facto aber seit alters her fast immer die *Frauen* gewesen, die den Kindern die Anfangsgründe des Sprechens und Lesens beibrachten, während die Männer auf die Jagd zogen oder ihren Geschäften nachgingen. Es war nicht Cowpers Vater, sondern seine seelenkranke Mutter, die, auf der Bettkante sitzend, dem Kinde Gays Fabel vom *Hasen und seinen vielen Freunden* vorlas.«

»Woraus folgt«, schloß ich —

»Woraus nicht folgt«, unterbrach mich Abendroth, »daß mich überhaupt jemand lesen lehrte. Zumindest entsinne ich mich dessen nicht. Ich muß es mir selbst beigebracht haben, im fünften Lebensjahr war das, anhand der Frakturschrift einer kartonierten Quarto-Ausgabe der Grimmschen Märchen, mit eingeklebten Illustrationen.«

»Nun zur Musik«, seufzte ich. »Haben Sie gesungen? Lieder gelernt?«

»Ja. Zur selben Zeit, da ich mir das Lesen beibrachte, muß ich bereits eine ganz passable Sopranstimme gehabt haben, und ich erinnere mich daran, wie die Eltern, stolz auf diese Fähigkeit, mich baten, den gerade erst zugezogenen Nachbarskindern, die sich vor dem Hause um uns scharten, meine Favoritnummern vorzutragen: die Schnulze *Steig in das Traumboot der Liebe*, oder das Volkslied des Schweizer Hirten aus Schillers Tell: *Mit dem Pfeil, dem Bogen, über Berg und Thal, kommt der Schütz' gezogen* —«

»Sie sind im Sternbild des Schützen geboren, nicht wahr? Und Ihr Urgroßvater war Waffenmeister gewesen im kaiserlichen Garde-Schützen-Regiment?«

»Ja«, bestätigte A. knapp, kurz nur verstört ob der insignifikanten Unterbrechung, und fuhr fort: »Das also stimmte ich nun an, mit reiner, glockenheller Stimme — und hielt gekränkt inne, als die Kinder in Gekicher ausbrachen. Der Liedervortrag fand zwischen Heckenrosen vor einem Parterrefenster statt, und als bedenkenswert will mir heute nicht so sehr der Gesang erscheinen oder die unverständige Reaktion meines kindischen Auditoriums, als vielmehr die kleine Pantomime, die ich aufführte, bevor ich zu singen begann. In das kalksteinerne Sims, an das ich mich lehnte, hatte sich nämlich im Lauf der Jahrzehnte durch die Halbkreisbewegung des Fensterhakens eine runde Rille gefräst, und diesen Haken nun hob ich zunächst, vorsichtig, mit leicht gekrümmtem Zeigefinger an, um ihn der — in meiner Vorstellung rotierenden — Rille einzusetzen so, wie man nach meiner Beobachtung den Saphir eines Tonarms mit achtsamster Behutsamkeit den spiralichten Einlaufrillen einer sich drehenden Schallplatte aufsetzte. Als bedürfte jedes Erklingen erst des Rituals einer solchen Mechanik, um aus ihr Wirklichkeit zu empfangen und Würde. Erst mußte der Haken in die eingravierte Rille sich senken, bevor Musik Laut werden konnte.«

lautwerdung

Brighton, März 1979. Mit gekrümmtem Zeigefinger, in gebückter Haltung, hob Steven Birthwhistle, ein beleibter, massiger, schwerer Mann, den drei Gramm leichten Tonarm seines *Garrard Record Player* an, schob ihn so sacht, als balancierte er auf dem Finger die Krallen eines zitternden Vögelchens, über die zweite Kennrille einer Schallplatte, deren englischrotes Rundetikett mit dem vor einem Grammophon lauschenden Terrier sie als eine Aufnahme aus dem Hause *His Master's Voice* auswies, und senkte ihn dann mit Hilfe des Tonarmlifts langsam nieder auf die mattschwarz schimmernde, rotierende Scheibe.

»Hören Sie zu, Fox«, heischte er, adipös schnaufend, richtete sich wieder auf und ließ seine Leibesfülle ächzend in einen Sessel fallen. Sogleich sprang ihm Furtwängler auf den Schoß und ließ sich schnurrend auf ihm nieder, ein Privileg, das die anderen drei Kater im Haus, die auf die Namen Backhaus, Kempff und Schneiderhan hörten, ihrem Rivalen ohne Murren einzuräumen sich angewöhnt hatten.

Fox seufzte im stillen. Er wußte, daß sein Mentor ihn gar nicht in Ruhe würde zuhören lassen. Schon nach wenigen Takten würde er ins Erklingende hineinreden. Der Drang, alles Gehörte sogleich impulsiv, bedenkenlos, allein nach Maßgabe seines begrenzten Wissens zu kommentieren, war übermächtig in ihm, übermäßig. *Alles* an ihm war übermäßig: der üppige, in immer zu enge Westen geklemmte, zum Schwitzen neigende, hünenhafte Leib und das gedunsene, gerötete Gesicht mit den Hängebacken und aufgeworfenen Lippen à la Chesterton oder Charles Laughton, der immerwährende Hunger auf Musik, der mindestens ebenso gewaltige Appetit auf Essen in Regers Manier, ja, wie Max Reger trug er einen Kneifer vor den blaßblauen, glubschigen Augen, und wie dieser war er ein Feind alles puritanisch Engherzigen, asketisch

Versagenden, ein Gegner aller Simplizität, Sparsamkeit, Enge und Reduktion. *Chromatik & Polyphonie / Fülle & Reichtum / Fluch allem Geiz!* war seine Devise: in edwardianischen Schmucklettern hing sie eingerahmt an der Wand zwischen den Photoporträts seiner Hausgötter Hubermann und Knappertsbusch überm zweiten Treppenabsatz seines Hauses in Brighton.

Nach wenigen Takten — es war zu erwarten gewesen — sprang Birthwhistle auf, ohne des erschreckt flüchtenden Furtwängler zu achten, sprang auf mit einer Geschmeidigkeit, die bei dem Gewicht seines Leibes stets aufs neue verblüffte, hob mit erleuchteter Miene den Kopf und den Zeigefinger, und schnaubte: »Listen to this, Fox. Das Quintetto Boccherini macht seine Sache sehr schön. Das Spiel ist flüssig, klar, kantabel, mit Gusto und Temperament, die Intonation sauber, das Zusammenspiel gut. Der Ton hat Saft und Kraft, der Ausdruck ist passioniert, *con amore*. Alles sehr italiänisch. Aber. Die weitbogige Kantabilität mit ihrem Zuviel an Legato verschleift die Phrasierung. Die Flüssigkeit des Ganzen pauschalisiert die Teile. Der ebenmäßig starke Ton ebnet die unendliche Differenzierung des Komponierten ein. Boccherinis Größe bewährt sich ja am Kleinsten, am musikalisch Submolekularen. Seine Mikrodiversifizierung der Gestalten bei größtmöglicher Dichte des Satzes zielt auf beständige Varietät des andernfalls ziemlich kompakten Klangs, und daraus schöpft auch die Form ihren Sinn. Sie hat nicht so sehr eine Finalität, eine Zielsetzung, als daß sie in sich selbst hinein gravitiert, in subtiler Abwägung oder effektvoller Kontrastierung von Ereignisfeldern. Die bohrend insistenten Wiederholungen solcher Phrasen, die bei den Kollegen aus Mitteleuropa bereits nach einmaligem Erklingen ihre Aussage erschöpft hätten, stiften keine Verlaufsform, sondern ausbalancierte Statik, *erfüllte Gegenwart*. Das Vokabular seiner Musik hat teil am gesamteuropäischen seiner Epoche, aber ihre Syntax, Grammatik und instrumentale Idiomatik vor allem sind ganz eigen. Das ist noch nicht der Themendualismus der Wiener Schule, noch keine motivische Arbeit, sondern eine, die mit *sonority*, mit den Valeurs der Tonerzeugung operiert. Bedenken Sie: diese Streichquintett-Zyklen, sein Bedeutendstes zweifellos, entstanden großenteils schon in den 70er Jahren, als der klassische Stil Haydns und Mozarts noch nicht voll entwickelt war und Beethoven noch als Säugling in der Wiege lag. Boccherini wird an Notendrucken zur Kenntnis genommen haben, was aus Mitteleuropa an ihn gelangte, der sich mit seinem Gönner und Brotherrn, dem Infanten Luis de Borbón, ins abgeschiedene Arenas de San Pedro zurückgezogen hatte. Aber in diesem Jahrzehnt lagen die kanonischen Werke der Wiener noch nicht im Druck vor. Weil sie erst noch geschrieben werden mußten. Was er im geistigen Gepäck aus seiner Heimatstadt Lucca auf die iberische Halbinsel mitgebracht hatte, waren der italienische Kirchenstyl, der *stile antico*, die Anfangsgründe jedes angehenden Musikers; das italienische Concerto à la Tartini und Geminiani; und einiges aus der Mannheimer Schule. Der Rest war originär zu entwickeln, Werk für Werk neu, experimentell, aus *trial and error*, aus Geist und Genie, aus der Klangphantasie des Cellovirtuosen, und durchfärbt vom spanischen Zeremoniell, den Märschen der Aufzüge und Prozessionen und Nachtwachen, den Folklorismen von Fandango und Seguidilla.«

Fox seufzte zuinnerst noch einmal. Welchen Sinn sollte es haben, zu widersprechen? Sein Mentor war ja ein Meister der rhetorischen und dialektischen Inklusion. Widerworte, Gegenargumente galten ihm nicht als kontradiktorisch, sondern als antithetisch und wurden seinen thetischen Äußerungen pfeilschnell inkorporiert zur Synthese, zur Aufhebung. Ein schlauer Trick zweifellos, aber intellektuell legitim. Gegen ihn an kam man damit nicht. Seine Dankbarkeit dafür, daß man seinem Triumph den dialektischen Nährstoff geliefert, war demütigend, aber immer auch belehrend. »Der konservative Revolutionär, den Sie in Boccherini sehen«, hätte Fox gern entgegnet, »war vor allem ein Meister der Anpassung, der höfischen Konvention, und seine Musik maßgeschneidert dem Geschmack des Infanten. Sein Filigran war reinstes italienisches Rokoko, transponiert aus dem Toskanischen ins Kastilische und dort angepaßt dem Spleen, den Launen und Bizarrerien eines Exilierten, der in den weitläufichten Gärten, Feldern und Parks von Boadilla del Monte auf die Jagd ging und im Palast seine riesige Sammlung lebender und ausgestopfter Vögel hegte, die Boccherini flugs in seiner ›Pajarería‹ op. 11,6 porträtierte. Glätte, Grazie, zierliche Eleganz, manierliche Unterhaltung kennzeichnen seinen Stil, dazu eine Virtuosität, die der Akrobatik wandernder Schausteller gleichkam, jener Seiltänzer, Drachenflieger, Zauberkünstler und Ventriloquisten, die auf dem Palasthof Station machten und von Goya gemalt wurden.«

Und hätte hinzugefügt: »Was Ihnen, Steven, als originär gilt, ist ein Merkmal aller Künstler, die es in die Diaspora verschlagen hat und die das, was ästhetisch die Stunde geschlagen hat, nicht zur Kenntnis nehmen. Achttaktige Perioden, aus zwei identischen Viertaktern addiert und dann im ganzen noch einmal hartnäckig doppelt und dreifach wiederholt, bis es auch der unbedarfte Zuhörer intus hat, sind ein Ausweis mangelnder Konsequenzlogik, also auch unbeholfenen Formbewußtseins, und die von Ihnen gerühmten Interpolationen im Kleinsten sind die Schnörkel und Rocaillen eines Ziseleurs, eines musikalischen Kunsthandwerkers, nicht eines Künstlers.«

Birthwhistle würde sich von diesem Affront nicht aus der Ruhe bringen lassen. Er würde, wie immer, den Kneifer abnehmen, an seinem Bändel baumeln lassen, und seinen Zögling, die Hände vor dem Bauch gefaltet, die Brauen ironisch gehoben, geduldig ausreden lassen, um schließlich zu dröhnen: »Hervorragend, mein Lieber!« Dazu würde er ihm mit einer massigen Pratze anerkennend aufs Knie klopfen — eine Zudringlichkeit, die dem aus gutem Hause stammenden, in Eton und Cambridge erzogenen jungen Mann mit dem unaussprechlichen Namen Eugene Ebenezer de St. Fox-Aubreville so unangenehm war, daß er ein Stück weit abrückte von seinem Gegenüber, ohne daß es diesen zu kränken schien — und ungefähr folgendes entgegnen: »Sehr gut. Eben dies sagte ich ja. Was Sie da aufreihen, Fox, ist die Negativfolie meines Zentralarguments. Der kompositorische Rang Boccherinis bedurfte exakt dieses Hintergrundes aus Konvention, aus unbewältigten Stoffschichten, Restschichten eines Provinziellen, wie man sie notwendig findet, wenn es Künstler in die Isolation einer abgeschiedenen Residenz verschlägt. Und just aus diesem Insularen erwächst ihm der fortwährende Zwang zur ästhetischen Problemlösung. An diesem Prüfstein wetzt er sein Ingenium, und die Prüfung besteht er *with flying colours.* Unbeholfenes und geniales Komponieren sind aufs engste beieinander, das können Sie sehr schön an Berlioz studieren. Oder an Abbé Vogler. Boccherinis geniale Regelverstöße sind unwahrnehmbar dem, der das zugrundeliegend Regelhafte nicht hört, die Konvention, die Anpassung, von der Sie sprachen. Ja, es gibt sie, diese trotzig aufstampfenden, verbohrten Wiederholungen (die aber nicht Formschwäche anzeigen, sondern einen genauen Sinn für Balance und Tektonik), diese schluchzende Suavitas, diese schnulzige italienische Terzen- und Sequenzenseligkeit, und zugleich, in jedem Takt, in jeder Figur, jeder Einzelgestalt eine Sublimierung, Verfeinerung und Verstörung, ein Ausbrechendes, die Erwartung Täuschendes, die Verlaufslogik Durchkreuzendes, harmonisch Abweichendes, bizarr Verqueres, kurzum: eine Musik für geübte, aufs wachsamste gespitzte Ohren, denen sich in dieser nervösen, ungemein differenzierten und hochvirtuosen Kammermusik in einem fort geheimnisreiche, mal grelle, mal aber auch recht schwer- und trübsinnige, nur fahl erhellte Räume auftun, traurige Kammern, spanische Gramspelunken, so dunkel wie die Bildhintergründe auf Goyas Porträts. Genau das habe ich gemeint. Ausgezeichnet, Fox!«

So etwa würde er sprechen und hinzufügen, was er schon zu wiederholten Malen in Anschlag gebracht: Fox solle — gleich ihm, der dessen doch schon etwas müde geworden — mit seinen Kenntnissen nicht länger hinterm Berge halten, sondern sie in öffentlichen *lectures* der lokalen Hörerschaft vortragen; er habe bereits mit Parson Dyer gesprochen, der ihnen hierfür den Pfarrgemeindesaal von St. Martin zur Verfügung stellen wolle; das Auditorium werde wohl nicht so zahlreich und sachkundig sein, wie es in London oder Manchester zu erwarten sei, an Dankbarkeit es aber gewiß nicht fehlen lassen. An Yberseindt, den Émigré, habe er bereits die gleiche Bitte herangetragen, aber da dieser, unbehaust, wie Ahasverus durch Europa mäandernd, nie dann zu erreichen sei, wenn man ihn brauche, wisse er nicht, ob dieser mit ins Boot steigen oder lieber vom sicheren Ufer aus den unsicher Navigierenden nachblicken wolle.

Fox hatte dem Ersuchen, *cum reservatione mentali*, stattgegeben — aus Dankbarkeit eher, als daß er sich geschmeichelt fühlte; Eitelkeit war ihm fremd und sein Selbstwertgefühl ihm, der auf dem Landsitz seiner begüterten Familie in Hertfordshire und im Internat eine strenge Erziehung genossen, noch nicht so zu Kopfe gestiegen wie seinen Altersgenossen am Trinity College, das ihnen erst vor zwei Monaten den Quastenhut *(the tassell'd cap)* in würdigem Zeremoniell aufs Haupt gedrückt hatte — eine Ehre, die ihm weniger galt als eben Birthwhistles Vertrauen, jene Generosität, die sich darin ausdrückte, daß dieser, der Großrezensent des *Times Supplement* und des *Gramophone*, der Doyen der Kritikerzunft und Brightons Præceptor in musicis, seine Gunst einem nicht ungebildeten, aber unerfahrenen, noch recht jungen Kollegen erwies.

Fox war allerdings klar, daß der Großmut, der völlige Mangel an Konkurrenzneid oder Rivalenhäme seines Mentors auch daher kam, daß dieser wußte, daß er die Intrigen seiner Kollegen schlicht nicht zu fürchten hatte. Es konnte ja niemand ihm etwas anhaben. Weil er nun einmal — Gott sei's geklagt; Tag für Tag diese Verantwortung zu schultern, war ein Kreuz — der Größte war, der Beste seines Faches.

An der Wiege gesungen wars ihm nicht — wenn daheim jemand sang, dann der Vater beim Nachhausekommen aus dem Pub, und das waren dann *bawdy songs* — nicht Hymnen und Choräle. Sein Elternhaus in Lincolnshire konnte sich nicht, wie das Foxens, einer normannischen Herkunft rühmen, war kein wohlhäbiger Stammsitz eines alten Geschlechts, dessen Pedigree noch hinter die Regierungszeit König Eduards III. zurückreichte. Ein Internat hatte er nie besucht, häusliche Strenge nie erfahren. Sein Vater hatte es zum Angestellten bei *British Rail* und zum Alkoholiker gebracht — Errungenschaften, die sich schlecht vertrugen; ein Arbeitsunfall machte aus dem Führer einer Lokomotive den Fahrer eines Rollstuhls und brachte ihm, da der *accident* selbstverschuldet gewesen, nur eine karge Invalidenpension ein, so daß seine Frau dazuverdienen mußte und die fünf Kinder, von denen Steven das drittälteste war, tagsüber der Obhut einer irischen Nachbarin unterstellte, die den Herrgott einen guten Mann sein ließ und ihren Wachdienst lieber mit Kreuzworträtseln, Rosenkranzgebeten und Hot Whiskey am Herdfeuer verdämmerte, statt ihren Pflichten nachzukommen.

Birthwhistle wurde unter diesen Umständen zum Autodidakten. Wahllos verschlang er alle Bücher, deren er bei Gelegenheit habhaft wurde, und erlernte das Geigenspiel vom Gatten der Irin, der ihm die Bogenhaltung, Stricharten und sonstigen Kniffe beibrachte, die es brauchte, um auf der Fiddle einen guten Donegal Jig oder Reel zu kratzen oder eine Hornpipe zu säbeln, die eher in die Beine ging als in den Kopf. Als ihm Jahre später ein betuchter Freund mit einem Legat ermöglichte, sich in Leipzig bei einem Schüler Carl Fleschs um Vervollkommnung auf der Violine zu bewerben, brachten ihm die solcherart bei Paddy Dolan erworbenen Techniken nicht das Wohlwollen ein, auf das er bei seinem deutschen Lehrer Anspruch zu haben meinte, so daß er bei Kriegsausbruch nach London heimkehrte und ein erstes karges Auskommen als Stehgeiger in Soho fand, ein Salär, das er in den *Emergency*-Jahren mit kleinen Besprechungen von Quartettabenden, Hunderennen und Boxwettkämpfen für das *Evening Echo* und den *Kensington Telegraph* aufzubessern verstand.

Mit diesen Rezensionen, und weil er ein geselliger, trinkfester Kumpan war, erweiterte er mit der Zeit seinen Bekanntenkreis um all diejenigen, die auf die Huld der Presse sich angewiesen glaubten und daher zechkräftig um seine Gunst buhlten, wie auch um diejenigen, die seine Nähe zu dem Zwecke suchten, ihm ihre Wut über seine Verrisse ins Gesicht zu brüllen. So lernte er bald, sich ein dickes Fell zuzulegen in Gestalt souveräner Ironie, großmütiger Weltverachtung, gleichsam lächelnden Kopfschüttelns über die Torheiten menschlicher Verblendung, während sein Hunger auf Musik immer mehr wuchs — so sehr, daß fast seine gesamte Barschaft in den einschlägigen Antiquariaten des East End auf den Ladentisch geblättert ward für Noten, Schallplatten und Bücher. Zum Essen blieb immer zu wenig übrig; was er zu sich nahm, war billig, schäbig, ungesund; blähende Kost, Hunger und Alkohol schwemmten ihm den Leib auf, und mit dem Körperfett wuchs seine zugleich phäakische wie skeptische Bonhomie, die als seelische Hartleibigkeit sich tarnte. Damen gegenüber bewahrte er zeitlebens eine geradezu kindliche Scheu, die ihm von ihnen oft eine Zuneigung eintrug, welcher er, aus eben jener Schüchternheit, nie zu respondieren wagte, so daß er mit der Zeit seinen Junggesellenstand als das ihm Zugemessene, Gerechte, ja Gottgefällige anzunehmen lernte.

Anfang der vierziger Jahre wimmelte London von Emigranten, die aus Hitlerdeutschland sich auf die Insel gerettet hatten, Juden, Sozialisten, Intellektuelle, von denen etliche ihr Auskommen suchten, indem sie einen Buchladen oder ein Antiquariat eröffneten, etwa *Moise's Bookseller* in Mayfair, ein dunkles, enges

Gelaß im ☞ *2nd floor*, spezialisiert auf Exilliteratur, Musikalien und deutschen Expressionismus, zugleich Anlaufstation der Gestrandeten, Treffpunkt und Nachrichtenbörse der Exilierten vom Kontinent, die hier täglich sich drängten und, besorgt flüsternd, Neuigkeiten, Warnungen, Ratschläge austauschten oder über Bücher und Musik debattierten. Auch Birthwhistle hielt hier manchmal Hof, mit dröhnendem Lachen oder Dozieren seine Adepten um sich scharend, Studenten von der Royal Academy, Schüler vom Konservatorium, die er mit umwerfender Liebenswürdigkeit und ebenso tückischer Bescheidenheit an sich band. Typisch für ihn war, wie er einmal demütig bekannte: »Ich bin ein Diener des musikalischen Werkes. Gestern trat ich in der Wigmore Hall auf«, und auf die beeindruckte Frage, welche Stücke er in dem bedeutenden Konzertsaale vorzutragen die Ehre gehabt, sagte: »Wieso Vortrag? Wer vorträgt, dient nicht, sondern herrscht. Ich verdiente mir dort ein Zubrot als Saaldiener.«

Bei *Moise's* war es denn auch, daß er Yberseindt kennenlernte, einen furchtsam verhuschten Emigranten und Schriftsteller, der nie ohne seinen Pappkoffer erschien, in dem er vermutungsweise einen Satz Wäsche und seine Manuskripte bei sich trug, aus Angst, gleich wieder das Quartier wechseln zu müssen, was er denn auch fast täglich tat und auf die Weise der rigiden Innenpolitik Englands ein Schnippchen schlug, die so manchen Flüchtling mit Ausweisung oder Lagerinternierung bedrohte oder gar in den Selbstmord trieb. Wie ein Geist betrat er immer dann, wenn man am wenigsten mit ihm rechnete, den Laden, wisperte ein paar Worte mit dem Inhaber, gab Birthwhistle einen enigmatischen Satz an die Hand, der etwa lauten mochte: »Studieren Sie Gainsboroughs Maltechnik, wenn Sie Haydns *Seasons* verstehen möchten; für seine Symphonien aber beschäftigen Sie sich mit George Stubbs!«, und verschwand dann gleich wieder so unauffällig, wie er gekommen, mit raschen Schritten, geduckt und den Kopf mit dem gelockten rotblonden Resthaar, das die

Glatze umkränzte, gesenkt und geklemmt zwischen die wie zur Abwehr erhobenen Schultern. Seinen Vornamen hatte niemand je gehört, und darüber, woher er stammte, gab es nur Mutmaßungen. Manche meinten, er sei der Sohn eines Genfer Uhrmachers, aber was hätte ihn, als Schweizer, dann in die Flucht schlagen müssen? Andere munkelten, er sei ein Breslauer Jude, dem die Flucht aus einem KZ gelungen; wieder andere wollten darauf schwören, er selbst habe ihnen verraten, daß er der uneheliche Sohn eines Rigaer Grafen sei, dessen Familie sich der Patronage rühme über den Bach-Schüler Johann Gottfried Müthel, der als Organist seine letzten Lebensjahre in der lettischen Hauptstadt verbracht hatte, wo er dem Komponieren ausschließlich in den Wintermonaten gefrönt, weil erst dann der dicke Schnee jene Stille garantierte, deren er bedurfte und in der kein Wagenrasseln mehr zu hören war, sondern nur noch das gedämpfte Rauschen und Schleifen der Schlittenkufen.

Noch Jahrzehnte nach Kriegsende, als Birthwhistle längst arriviert und zum Großkritiker aufgestiegen, der sich von seinen Einkünften eine Arbeitswohnung für die Konzertsaison in London und für die Monate Mai bis September ein Reihenhaus unweit der Seepromenade in Brighton leisten konnte, lief Yberseindt ihm, den abgewetzten Pappkoffer in der Hand, von Zeit zu Zeit verstört über den Weg, nicht nur in England, sondern auch unversehens in den entlegensten Ortschaften der norditalienischen oder Schweizer Alpen, in die sich Birthwhistle zur Sommerfrische zurückzuziehen pflegte. Da stand er dann, ein Gespenst seiner selbst, unerwartet an einer Bushaltestelle, hob zum Gruße die Hand und raunte mit Verschwörerstimme einen seiner enigmatischen Sätze, etwa: »Mahlers Achte ist ein Planetarium, dessen Teleskop im ersten Satz von Ziffer 79 bis 80 die umeinander kreisenden Sternenwelten nah vor den Blick hält und im zweiten Satz von Ziffer 198 bis 202 diese Sphären, als wäre das Fernrohr jetzt umgedreht, so weit in Entfernung rückt, daß man sie miniaturisiert, wie einen brüchigen Federmechanismus, in die Schachtel eines Antiquars stecken und behaupten könnte, es handele sich um eine Spieluhr.« Dann stieg er in den Bus und entschwand so geisterhaft, wie er gekommen, um Monate später erst wieder unerwartet an irgendeiner Straßenecke Englands mit dem Koffer in der Hand zu warten — auf wen? Auf was?

Fox war seiner noch nie ansichtig geworden, aber Birthwhistle, der unterdes aufgestanden war und sich zum Ausgehen anschickte, hatte sich dafür verbürgt, daß der ewige Émigré ihnen früher oder später über den Weg laufen werde, das könne gar nicht ausbleiben. »Kommen Sie, Fox. Gehen wir was trinken. — Lassen Sie die Katzen. Curry kümmert sich schon um sie.«

»Bitte, wer?«

»Meine neue Haushälterin. Mrs. Pundhjab — aus East Pakistan, das sich aus unerfindlichen Gründen lieber Bangladesch nennt. Ich bleibe bei Pakistan-Ost — trauere unseren Kolonien nach, wie Sie sehen —, und Bombay nenne ich Bombay, nicht Mumbai oder Mamba oder Maoam. Und meine Dame nenne ich Curry. Ist einfacher so. She likes it, really.«

Fox sah ihn einen langen Moment zweifelnd an, aber der Hausherr schubste ihn nur gutmütig zur Türe hinaus auf die regennasse Straße, an deren Ende, Ecke Fairfield Row / Cobblers Walk, des Kritikers Stammlokal zu finden war, ein zweistöckiger, einst rostroter, jetzt rußgeschwärzter Backsteinkubus mit Schiebefenstern und einer Reihe hoher Schornsteine, unter denen über dem Eingange ein schwarzlackiertes Holzschild mit goldenen Antiqua-Versalien die Schankwirtschaft THE LAMB & THE LION annoncierte, *licensed to sell Liquors, Ales, Tobaccos, Wines & Spirits for Consumption on the Premises 7 Days.*

Ungeachtet seines Körpergewichts schritt Birthwhistle behende aus; der Durst verlieh ihm Flügel, eine Elevation, die seinen Gang tänzerisch machte, so beschwingt, daß Fox Mühe hatte, mit ihm Schritt zu halten. Wo hatten sie sich kennengelernt? Im

Savile Club? Oder bei einer der jährlichen *Messiah*-Aufführungen des örtlichen Gesangvereins? Wo immer es gewesen war — Birthwhistle hatte den Knirps gleich ins Herz geschlossen. Zugleich beneidete er ihn: um die Unabhängigkeit, die ihm ein kleines Vermögen gewährte, welches ihm die Eltern ausgesetzt, damit er ohne Rücksicht auf einen Broterwerb seinen literarischen und musikalischen Neigungen sollte leben dürfen. Was ihm an Fox gefiel, waren nicht nur Spottlust und Humor, Bildung und gute Erziehung, ein *independent mind*, sondern obendrein Eigenschaften, die sein Eleve in Eton gelernt und in den Debattierclubs und Diskussionswettbewerben von Cambridge weiter verfeinert hatte: Widerspruchsgeist, Dialogbereitschaft, Geduld im Zuhören und Ausredenlassen, Freude am Argumentieren, an rhetorischer und dialektischer Schlagfertigkeit. Dabei war ein ungleicheres Paar kaum denkbar. Fox war von schmächtiger, zartgliedriger Gestalt, unterdurchschnittlich groß, sein Schädel mit dem markant langen Hinterkopf schmal, der Haarschopf brünett, das glattrasierte Gesicht kantig, mit spitzem Kinn und hervortretenden Wangenknochen. Er wußte, wie ihre Bekannten hinterrücks über sie spotteten. Laurel & Hardy wurde das absonderliche Duo bisweilen genannt, oder Hold & Unhold. Sie lachten darüber — und nannten sich selbst Hinz & Kunz, in ausgelassener Stimmung gern auch Pech & Schwefel — oder, naheliegenderweise, The Lamb and The Lion.

Um diese Nachmittagszeit war der Pub nur spärlich frequentiert. Im Hinterzimmer vergnügten sich einige Damen aus der benachbarten Laundry am Bingo. Im Schankraum, in dem es kräftig nach saurem Biere roch, warfen wortlos zwei Männer gefiederte Pfeile auf eine Dart-Scheibe. Im Fernsehgerät lief, von keinem beachtet, Channel Two, und der Barkeeper spülte Gläser am Tresen. Fox übernahm die erste Order. Mit zwei Pintgläsern Smithwicks in den Händen setzte er sich zu Birthwhistle, dessen Miene sich unterdes verschattet hatte.

»Backhaus ist krank«, murmelte der Kritiker moros, nahm einen Schluck, und setzte hinzu: »Unheilbar. Muß eingeschläfert werden.«

Fox kondolierte; er wußte, wie abgöttisch sein Mentor an den Tieren hing. Der dankte fürs Beileid und ergänzte, einen Ersatzkater habe ihm Mrs. Moore von nebenan schon angeboten.

»Aber wie soll ich ihn nennen? Hätten Sie einen passenden Namen in petto, Fox?«

»Wie wärs mit Sawallisch? Schmidt-Isserstedt?«

Birthwhistle starrte ihm sehr lange ins Gesicht, bevor er den Blick abwandte, einen neuen Schluck nahm und fragte:

»Und wie ist das Befinden der werten Fiancée?«

»Wen meinen Sie? Cheryl? Lady Olivier? Oder Rose?«

»Letztere.«

»Ist eifersüchtig natürlich. Auf Sie. Fühlt sich vernachlässigt.«

»Sie sollten sich entscheiden, Fox. Wieviel bringt sie mit in die Ehe? Sechzigtausend, kam mir zu Ohren.«

Fox zuckte mit den Achseln.

»Und noch eins, Fox. Seien Sie wählerisch, im eigenen Interesse. Lassen Sie keine Amusa in Ihren Fuchsbau.«

»Keine Sorge, Steven«, lachte Fox. »Die Pianistinnen sind zwar alle schon dahin. Elly Ney, Monique Haas, Dame Myra Hess, Wanda Landowska, Marguerite Long, Lili Kraus, Monique de Bruchollerie, Clara Haskil, Annie Fischer, alle schon vergeben ans Jenseits. Aber Rose streicht das Violoncell gar nicht übel. Und malt Blumenaquarelle.«

Birthwhistle nickte bekümmert, tätschelte Fox mitleidig die Knie, die ihm dieser indigniert entzog, und seufzte: »Verdammter Freund Hein, der unsere besten Damen sich holt. Jacqueline du Pré. Kathleen Ferrier. Und unsere besten Kater noch dazu. Verdammte Krankheiten überall. Kennen Sie Ellen Swindon aus Malmesbury? Nein? Dann muß ich Ihnen nachher etwas von ihr vorspielen. Hat viel aufgenommen, leider auf obskuren kleinen US-Labels wie *Polyphon, Soundworld, Gramophone Club* und dergleichen, miserabel gepreßt, aber unbedingt hörenswert. Spielt vom Wohltemperierten Clavier bis zum zweiten Rachmaninoff alles rauf und runter, ein Riesenrepertoire. Dabei immer geschmackssicher. Richtige Tempi, guter Anschlag, deutliche Phrasierung, ungewöhnlich kräftige linke Hand. Mozart klingt bei ihr wie Beethoven, Schubert schon fast wie Bruckner. Hat Meisterklassen besucht bei Serkin in Marlboro, bei Kempff in Positano, bei Curzon und Solomon, bevor auch dieser heillos erkrankte, und ist dann jahrelang auf Tournee gegangen: Argentinien, Mexiko, Sowjetunion, Kanada, Japan and so on.«

»Haben Sie sie mal rezensiert?«

»Das habe ich, mein Freund. Einmal, mit Barbirolli in der Albert Hall 1968, hat sie im zweiten Satz von Opus 83 gepatzt. Einen Halbton zu hoch gegriffen. Hätte ich das erwähnen sollen? Ich bitte Sie. Bin doch kein Idiot. Brahms hat das doch so gewollt. *Alle* müssen da patzen. Am ärgsten der Fischer unter Furtwängler, der hat gleich noch ein Halbdutzend falscher Noten mit hochgerissen. Diese Unspielbarkeit im B-Dur ist auskomponiert. Brahms will, daß die Musik hier an einer Gefahrenlinie entlang sich bewegt, an der nur der Musiker scheitert, der richtig spielt, indem er das Tempo zurücknimmt, vorsichtig agiert, Furcht zeigt statt Mut und Schwung. Und die Swindon hatte diesen Mut, stürzte sich in die Passage, scheiterte an ihr, und dieses Scheitern war ihr Triumph. Wissen Sie, woran Sie, mit geschlossenen Augen, weibliche Pianisten erkennen? Am Ingrimm. An der Kraft, die aus den Schultern kommt, nicht aus dem Handgelenk. Um mit ihren männlichen Konkurrenten gleichzuziehen, zwingen sie sich zu einer geradezu berserkerhaften Wut des Zugriffs.«

Birthwhistle hob das Glas, nahm einen langen, kräftigen Schluck und setzte hinzu: »Mit dem Schwung dürfte es jetzt vorbei sein.«

»Wieso?«

»Im *Daily Telegraph* las ich, die Swindon sei erkrankt. Leukämie. Hoffnungslos.«

»Poor girl.«

»And poor husband. Kann sich noch lange hinziehen. Those damned frailties of flesh. Cheers!«

»Cheers, Steven.«

»Herr Dr. Abendroth, welche Krankheiten hatten Sie in Ihren Kinderjahren?« Mit dieser Frage eröffnete ich unsere nächste Gesprächssitzung.

»An Masern, Mumps, Röteln und dergleichen erinnere ich mich nicht«, gab er zur Antwort. »Geimpft wurde ich gegen vielerlei. Immer wieder aber mußte ich mit fiebriger Mittelohrentzündung das Bett hüten. Dies genoß ich über die Maßen. Schmerzen hatte ich dabei ja kaum. Andere Kinder mußten früh aufstehen und zur Schule gehen — ich, etwas benommen allenfalls, vom Fieber leicht nur berauscht, durfte liegenbleiben; auf dem Nachttisch lagen Abenteuer- und Mecki-Bücher zur Hand und Fruchtdrops in Tüten aus braunem Packpapier — und wenn Ihnen die eigenen Eltern das Fieber messen, Tabletten reichen, Zäpfchen einführen, Sie abhorchen und pflegen, das Zimmer lüften und das Kissen aufklopfen, dann ist Ihr Vertrauen in die Heilbarkeit jedweder körperlichen Störung — und mehr denn als eine solche fühlte sich die Krankheit nie an — schier grenzenlos.«

Hier hielt es mich nicht länger, Abendroth zu gestehen, daß ich seiner Verklärung der Vergangenheit zunehmend weniger Glauben schenken könne. »Verzeihen Sie, aber ich habe den Eindruck, daß Sie mir eine Idylle malen, die mit Absicht alles ausklammert, was an Schrecken, Grauen, Leid und Ängsten einem Kinderleben kaum je erspart bleibt.«

»Halten zu Gnaden, Frau Doktor«, entgegnete er trocken, mit einem gewissen unwilligen Trotz im Ton seiner Stimme, »wenn ich mich meinerseits des Eindrucks nicht erwehren kann, daß Sie mir bisher nicht gut zugehört haben. Nichts anderes suchte ich Ihnen von Anfang an zu schildern als das — zugegeben: ungewöhnliche — Spannungsverhältnis zwischen Idylle und Abgrund, zwischen Heimlichem und Unheimlichem, übrigens auch zwischen Archaizität und Moderne, in dem meine ersten Lebensjahre standen.« A. beugte sich vor und begann, mit meinem Feuerzeug Figuren auf die Tischplatte zu kratzen. Aus zusammengekniffenen Augen einen imaginären Punkt fixierend, erläuterte er:

»Gewiß, da waren die duftenden Fliederbüsche im Mai, die Kastanienallee, die im Sommer weinlaubverschattete, kühlgekachelte Veranda im Parterre, die Phantastik der Spielgründe — kaum ein Winkel des ausgedehnten Anstaltsgeländes war uns Kindern ja verschlossen —, die unabsehbare Waldeinsamkeit gleich hinterm Haus, in die ich jeden Sonntagvormittag an der Hand des Vaters auf langen Wanderungen über bucklicht lehmige Pfade geführt wurde, die Kalksteinbrüche, in denen ich mit dem Hammer in der Hand nach Fossilien schürfte, die behütete, wohl auch verwöhnte und privilegierte Existenz eines Einzelkinds, die mich zu einem einzelgängerisch versponnenen Individuum formte. Aber ein nicht unwesentliches Moment dieses Lebens war doch auch die Wahrnehmung des Deformierten, Verrückten, Bedrohlichen und Unheimlichen dieses Milieus. Das physiognomische Sehen, das in einer Cumuluswolke nicht Wasserdampf, sondern einen Löwen erblickt, der sich langsam zu einem Drachen verformt, ist für das Kind ein Zauberstab, dessen Berührung alle Dinge zu ihrer wahren Erscheinung wandelt. Da wird die Frontalansicht eines Automobils mit Fensterstirn, Kotflügelnase und Scheinwerferaugen zu einem arrogant grinsenden Antlitz; da wird das Radio zu einem Polyphem mit einem grünlich flakkernden *Magischen Auge* über der Reihe hungrig gebleckter Zähne, die dem Erwachsenen bloß als Einschalttasten aus Bakelit gelten. Wer sagte mir denn, ob der seltsame Vogel nicht lebendig war, der da zu jedem Stundenschlag aus einer kleinen Tür überm Zifferblatt in einem bizarr geschnitzten, waldnachtgrünen Gehäuse, an dem zwei bleischwere Tannenzapfen hingen, hervorschoß, schrille Schreie ausstieß und sogleich sich wieder hineinflüchtete, bevor die Tür zuklappte? So genau war das bei der Geschwindigkeit nicht zu erkennen dort, hoch droben, unerreichbar an der dunklen Wand. Für das kleine Kind sind die Normalmaße des Erwachsenen verschoben, monströs erweitert. Stunden dehnen sich zu Ewigkeiten, Räume zu Raumfluchten, Flure zu finsteren Höhlen, Schränke und Wände recken sich gebirgshoch. Und dazu die tiefen Schatten jener Jahre! Schwarzes, uraltes Mobiliar in Winkeln, in die kein Lichtstrahl reicht, in finsteren Zimmerecken, die das Gefunzel der Lampen kaum auszuleuchten vermag; fast überall wurde ja mit Strom gespart, und über Glühbirnen spannten sich trübende Lampenschirme aus ledrigem Pergament mit aufgedruckten ›altdeutschen‹ Wappen. Benjamin nennt die Kindheit den *Quellenfinder der Trübsal*, und deren Stiefbruder ist das Unheimliche. Die weißhaarige, steinalte Dame, die, aus ihrer zerbombten Heimat vertrieben, zeitweise im Parterrre in einem winzigen, vom Weinlaub verdunkelten Zimmer logierte, verhexte sich mir ins Schaurige schon deswegen, weil sie *Frau Geheimrätin* genannt wurde. Vom Geheimen zum Unheimlichen war nur ein Schritt. In exquisiter Abgeschiedenheit, am höchsten Punkt der Anstalt in einem Fichtenhain, stand *Haus 11*. In diesem Haus spukte es. An nebeldunklen Novemberabenden schrien Käuzchen im Geäst der Bäume, und hinter den Milchglasscheiben der Fenster, vor denen wir unsere Mutprobe zu bestehen hatten, war ein ums andere Mal ein infernalisches Gellen und Heulen, ein unmenschliches Kreischen zu vernehmen, das uns das Blut gefrieren ließ in den Adern. Dies war eine sogenannte Geschlossene Abteilung, Station für ›unruhige‹ Frauen. Daß wir niemals je eine dieser Frauen oder eine ihrer Bewacherinnen zu Gesicht bekamen, trug zur Anmutung eines *Haunted House* nicht unwesentlich bei.«

»Ich gehe aber doch recht in der Annahme«, warf ich ein, »daß Sie diese Eindrücke im ganzen nicht als Belastung, sondern aus heutiger Sicht als Bereicherung, als geradezu unverzichtbaren Teil einer umfassenden Persönlichkeitsentwicklung ansehen?«

A. nickte, und ich fragte weiter: »Aber was hat dies alles mit Moderne versus Antiquität zu tun?«

»Nun, ich dachte, das sei bereits deutlich geworden. Das Alte, repräsentiert von den heimlichen Herrschern unseres Terrains, dem romanischen Dom und der annähernd tausend Jahre alten Linde, stiftete, angefangen bei den Kalksteinmauern, gebildet aus petrifizierten Resten 200 Millionen Jahre alter Organismen, über die das Kind täglich die Hand gleiten ließ, bis hin zu den Anschauungen, Sitten und Verhaltensweisen aus jüngster wilhelminischer oder nazistischer Vergangenheit, ein Kontinuum aus poetischer Freiheit einerseits und dumpf autoritärer Beschränkung andererseits. Beides war ineinander: hier das Rätsel eines zu Entschlüsselnden, Imaginären, Phantastischen, das Ahndungsvolle, der Traumstoff — dort die protestantische Ethik und Nüchternheit, die wilhelminische Strenge — Pflicht und Gehorsam, der Schrecken des schlechten Bestehenden, des ›Du mußt, weil alles, was ist, so zu sein hat, wie es ist‹. Dergestalt war dieses *Alte Deutschland* ein Märchen und ein Fluch zugleich. Die Dorfschenken und Wirtshäuser jener Zeit etwa versprachen alles Glück der Geborgenheit, das aus den Illustrationen der Märchenbücher winkte. Aber die ›gutbürgerliche Küche‹, die das Schild an der Türe verhieß, war de facto ein Alptraum aus Ekel. Gekocht wurde in dieser Zeit fürchterlich. Braunkohl mit Brägenwurst, Schweinsfuß in Aspik, Kasseler, Eisbein, Blutwurst, Kohlrouladen, Schweineleber mitsamt der vom Eingedenken an den Nachkriegshunger gespeisten Devise ›Es wird gegessen, was auf den Tisch kommt‹, einem Befehl, dessen selbst die sonst so nachgiebigen Eltern nicht sich entschlugen, waren Namen, so entsetzlich wie die Sache, die sie benannten; sie hingen über der Mittagstafel, an der ich würgend saß, als ein Damoklesschwert. Was ist es nun mit Ihrer ›Verklärung‹?«

Da ich auf diese rhetorische Frage nicht antwortete, fuhr Abendroth fort (und sogleich entspannten sich seine Züge, wurden heiter, öffneten sich zu einem Lächeln): »Die Moderne stand dagegen. Licht gegen Dunkelheit. Helligkeit des Denkens, Freizügigkeit, Toleranz, Fortschritt, Kritik am Militarismus, am klerikalen Konservatismus und Puritanismus, an den muffigen Residuen des Vergangenen. Carlo Schmid und Theodor Heuss wurden verehrt, liberale Professoren und aufsässige Schriftsteller. Meine Mutter las den *Spiegel*, mokierte sich über Adenauer und seine arroganten Minister und schalt auf die vielen alten Nazis im Regierungsapparat, in der Justiz, in der Verwaltung, ach, überall noch. Von mir erwartete sie, daß ich ›dereinst der Wissenschaft dienen‹ würde, und lohnte mir die Liebe zu schönen Büchern, die ich als Achtjähriger vor dem Schaufenster der Buchhandlung Baumbach entwickelte, mit immer neuen Geschenken, darin unterstützt von ihrer älteren Schwester, die als Theaterkritikerin und Reisejournalistin für das *Dr.-Tigges*-Unternehmen im Bergischen Land lebte, verheiratet mit einem sinnen- und sangesfrohen Rheinländer namens Paul-Adolf Brümmken, einem lachlustigen Sanguiniker mit Glatze und Haarkranz, der immer eine rote Fliege trug und virtuos Klavier spielte (wenns auch nur Improvisando-Geplätscher war, wie man es aus Nachtklub-Bars kennt). Ich muß vier oder fünf Jahre alt gewesen sein, als wir in einem D-Zug mit Dampflokomotive — der alte Braunschweiger Kopfbahnhof lag noch halb in Trümmern; und wie endlos lange hielten damals Züge an den Bahnsteigen! — zu einem Besuch dieser Schwester fuhren. Es war eine Fahrt in die Moderne. Das neugebaute Reihenhaus — frisch angerührten Zement und frische Ölfarbe roch ich immer gern — stand an einem Hang hoch überm Tal der Wupper, über der die Schwebebahn an ihren Stahlstreben dahinrasselte, und statt der altdeutschen Wappen hingen an den Wänden farbkräftige, wirr geometrisierte ›abstrakte‹ Gemälde im Stil Malewitschs, Mondrians oder Kandinskys. Die Schwester trug Hosen, Rollkragenpullover, eine Bubikopf-Frisur, die ich bis dato im Niedersächsischen nie gesehen — Bücher, deren modernes Layout ebenso fremd dreinsah, lagen in freundlicher Wirrnis verstreut — das ganze Haus atmete den Geist einer lockenden Novität, einer *Freiheit*, die in ihrem Kontrast zur Observanz des Althergebrachten in der Heimat, jener ebenso anregenden wie erstickenden Antiquität, mich enthusiasmierte.«

»Was aus Ihnen aber keinen Fortschrittsjünger gemacht hat?«

»Je nun, Frau Doktor«, sagte A. und zuckte mit den Achseln, »wie mans nimmt. Zehn Jahre später, als Erhards Wirtschaftswunder in Hochblüte stand, war der Prozeß der Zerstörung des Poetischen durch die Moderne schon in vollem Gange. Der Fortschritt ebnete alle Differenzen ein, planierte alles Schräge, Dysfunktionale, Unebene, Störende, fuhr wie ein Berserker durch die bis dahin intakte Szenerie, riß krumme Häuser und wacklige Zäune ab, fällte morsche Bäume, zersiedelte das Terrain, bebaute Brachen, einst weite Wiesen und wildwüchsige Landschaften mit Straßen, Tankstellen, Wohnsiedlungen, verstellte überall den Blick in die Ferne, schuf Abfall und Lärm; der Autoverkehr wuchs rasant; der nächtliche Sternenhimmel erblindete hinterm Gleißen der Straßenbeleuchtung; das Dunkel schwand und mit ihm das Wunder, das *Geheimnis*. Nützlichkeit regierte; Ödnis und gepflegte Langeweile und Uniformität machten sich breit — aber eben auch ein spezifischer Optimismus, eine Stimmungsaufhellung, geboren aus dem Gefühl, die ganze Welt sei jung, alle Optionen stünden nun offen und dem *dunklen Deutschen* habe zum Glück seine Stunde geschlagen — sogar dem deutschen Essen —; verzeihen Sie die Trivialität, aber die Weltwahrnehmung eines Kindes ist in großem Maße eine sinnliche, und so mag manches Erlebnisdetail, das mir lieb ist, Ihnen als läppisch erscheinen, etwa das erste Essen in einem chinesischen Restaurant am Kurfürstendamm, das wir bei einer Fahrt nach Berlin 1957 aufsuchten und in dessen teppichgedämpftem Speisesaal ein Springbrunnen mit seinem sanften Geplätscher das gedünstete Huhn mit Lauch und Mandeln noch köstlicher machte, als es ohnehin war. Ich wage zu behaupten, daß zu dieser Zeit kein einziger Mensch in Niedersachsen auf den verrückten Einfall gekommen wäre, ans Hühnerfleisch Mandeln zu geben oder in einer Wirtsstube einen Springbrunnen plätschern zu lassen! Auch diese banale Sinneserfahrung stand für Moderne, für Novität und Widerspruch zu jenem Altheimatlichen, in dem alles Ausländische als suspekt galt oder schlicht noch unentdeckt war und dessen ehrgeizigste Devise lautete ›Bleibe im Lande und nähre dich redlich‹. Fortschritt hätte mich beflügeln müssen, und tat es partiell ja auch, aber seine Kehrseite —«

Hier brach er ab, breitete schwermütig lachend, wie entschuldigend, die Arme aus, und ich nutzte sein Verstummen dazu, dem Gespräch eine neue Richtung zu geben. »Eingeschult worden sind Sie zu Ostern 1955?«

»Ja, wie üblich mit 6 Jahren, und unsere Volksschule verkörperte den Gegensatz, den ich Ihnen soeben zu beschreiben suchte, vollkommen. Das Hauptgebäude zur Straße hin war ein wilhelminischer, von Ruß geschwärzter Zwingbau, der alle Schrecken der traditionellen Rohrstockpädagogik verkörperte. Ohrfeigen waren hier noch das mindeste, was renitente Schüler erwarten durften. Unser Schulbau hinterm Pausenhof dagegen war ein erst kürzlich fertiggestelltes zweistöckiges Gebäude im Bauhausstil, luftig, hell und funktional, mit großen Fenstern und einem lichten Treppenhaus mit schlankem Stahlgeländer, die Wände getäfelt mit Solnhofener Schiefer, an dem mein paläontologischer Sinn sich ergötzte, indem ich mit den Händen über die Gräser und Farne strich, die dem Gestein vor 60 Millionen Jahren eingepreßt worden waren. Unser Klassenlehrer namens Schwarzkopf war ein jovialer, ruhiger Pädagoge progressiven Zuschnitts, nicht ohne Strenge, wo es nottat, aber stets freundlich und gerecht, und die Gabardine-Hosen und der Bubihaarschnitt der jungen Musiklehrerin, die uns mit dem Orff-Instrumentarium vertraut machte, aus dem allerdings außer einer gewissen rhythmischen

Versatilität sonst wenig Musik zu gewinnen war, erinnerten mich an die Schwester meiner Mutter. *Diese* Moderne war uns gewogen, freundlich, aufgeschlossen — und welch einen Kontrast dazu verkörperte der Religionslehrer, Küster und Kantor der evangelischen Stadtkirche, mit seinem diabolisch schwarzen Rock, dem fanatischen Asketengesicht und den düsteren, apokalyptischen Drohungen, mit denen er uns Sechsjährigen das Ende der Welt prophezeite, jenen Doomsday, an dem über uns Sündenkrüppel und Madensäcke Gericht gehalten werde vom Schöpfer, mit Heulen und Zähneklappen, mit Atombomben und jenen Wasserstoffbomben, die zu der Zeit ja tatsächlich getestet wurden in der Wüste von Nevada oder im Bikini-Atoll. Selbst das frühlingsheitere Kirchenlied ›Geh aus mein Herz, und suche Freud‹ von Paul Gerhardt, das er mit uns einstudierte, empfing aus dieser Eschatologie einen sinistren Beiklang, den Anflug eines Grauens, das uns die Haare zu Berge stehen ließ. In der zweiten Klasse trat der Schleppfuß nicht mehr auf. Vielleicht hatte ihn irgendein Lumière mit einem beherzten ›Apage!‹ durch den Schornstein gejagt.«

»Wie kamen Sie zurecht mit dem Unterrichtsstoff?«

»Gut. Sehr gut sogar, wenn ich vom Sport absehe, den mir die Marterwerkzeuge Reck und Barren in der immer nach Schweiß stinkenden Turnhalle verleideten. Meine Stärke waren Lesen und Aufsatz. Es kam vor, daß der Lehrer mich an die Tafel rief, um mir schwierige, ausgefallene Wörter, auch Fremdwörter zu diktieren, die ich unverweilt, nur nach dem Gehör, mit quietschender Kreide auf den grünen Schiefer schreiben sollte, zum Vorbild und Exempel für die ganze Klasse. Auf Elternabenden trug der Lehrer meine Aufsätze vor, die dort den Eindruck erweckten, dies habe unmöglich ein gerade erst Achtjähriger verfassen können. Und wenn ich nach den Ferien zur Schule zurückkehrte, durfte ich der versammelt lauschenden Klasse anhand meines Tagebuchs, *ex tempore*, von den Eindrücken im Ausland berichten. Daß

Kinder unseres Ortes in den Ferien fremde Länder wie die Schweiz oder Italien besuchten, war damals noch ganz unüblich.«

»Erfuhren Sie ob solcher Privilegien Repressalien seitens Ihrer Mitschüler?«

»Keineswegs. Im Gegenteil. Schon unter Kindern bewahrheitete sich, was der Erwachsene viel später erfuhr: Wer Erfolg hat, wem das Glück lacht, der wird umschwärmt und geliebt. Wen das Glück flieht, den verlassen auch die Freunde. Das ist die Moral der Fabel vom *Hasen und seinen vielen Freunden*, die Cowpers Mutter ihrem Sohn William am Bett vorlas.« — »John Gay, Sie erwähnten das bereits«, sagte ich und hakte nach: »Herr Abendroth, hatten Sie Freunde unter Ihren Klassenkameraden?«

»Freunde nicht, aber eine Freundin. Schon in der ersten Stunde hatte sie einen Zettel an mich weiterreichen lassen, auf dem sie mich zu einem Rendezvous einlud, nachmittags um drei, unter der uralten Linde am Dom. Auch dieses Mädchen, Tochter eines Lehrers, verkörperte mir ›das Neue‹: mit burschikosem Selbstbewußtsein, einer eigentümlich kühlen, dunkel timbrierten, immer etwas heiseren Stimme und einem städtisch buntkarierten Kragenkleid unterm glatten, schlicht-halblang fallenden brünetten Haar, das nicht wie dasjenige ihrer blonden Geschlechtsgenossinnen auf bäuerliche Art zu Zöpfen, Schnekken oder Kränzen aufwendig geflochten war so, wie man es heute nur noch in Volkskunde-Museen antrifft. Ihr Vorname war Almuth, und das klang mir so lauter wie das Wasser eines kieseligen Bachs. Sie wissen, Frau Doktor, wie Mädchen in jener Zeit hießen? Heidemarie, Edeltraut oder Waltraut, Hannelore, Lieselotte, Heidrun, Gisela: selbst solche Namen, die schon damals mich trutschig anmuteten, schärften mir den Sinn für Historizität.«

Ich war verwundert. Erotische Regungen bei Kindern sind dem Psychologen vertraut; aber Knaben dieses Alters gaben sich seinerzeit mit Mädchen ungern ab; spröde erwehrten sie sich ihrer Annäherungen, suchten Kameradschaft in wilden Spielen unter ihresgleichen. Als ich A. darauf ansprach, meinte er:

»Diese Ruppigkeit gegenüber dem anderen Geschlecht konnte ich nie nachvollziehen. Sie kam mir bei meinen Altersgefährten immer vorgeschoben, unecht, gespielt vor, als Abwehr der Herausforderungen jener noch jungen männlichen Identität, die gerade erst sich bildete.« — »Und die Ihre mußte sich nicht erst bilden? War von Anfang an da?« fragte ich ungläubig.

»Offenkundig. Wenn auch von Unsicherheit durchsetzt, denn um auf jenem Stelldichein ein männliches Aussehen zu präsentieren, für das ich mir als Vorbild einen Sheriff nahm, den ich in einem Mickymausheft gesehen, malte ich mir zuvor mit Tusche einen schwarzen Schnurrbart unter die Nase, der, weil er auf der Oberlippe rasch zu verschmieren begann, der jungen Dame weniger imponierte als erhofft. Soviel zur ersten Erfahrung körperlichen Ungenügens, das zu kompensieren war durch Rollenspiel und Attitüde. Im Kopf jedenfalls und im schlagenden Herzen spürte ich so etwas wie erotische Attraktion schon als Sechsjähriger. Das ganze Leben hindurch war ich lieber in Gesellschaft von Mädchen oder Frauen als im Verkehr mit Jungen oder Männern. Letztere waren oft laut, grob, vermufft, polterig — erstere in der Regel geistig beweglicher, sprechfreudiger, lachlustiger und an Kleidung, Körper und Gesicht zumeist schöner, liebreizender anzuschauen; und lieber nahmen sie ein Buch zur Hand, als sich mit einem Metallbaukasten oder einem hartledernen Rund abzuplagen — genossen es aber durchaus, wenn man sie zuließ zum *Räuber-und-Gendarm*-Spiel.«

»Könnte es sein, daß diese Neigung Ihnen auch zum Ausweis eines gewollten Andersseins diente?« spekulierte ich kühn und notierte mir in meine Kladde »narzißtischer Distinktionszwang«, setzte aber ein Fragezeichen dahinter. Zu meiner Überraschung schlug mir Abendroth den Gedanken nicht gleich ab. Nachdenklich wiegte er das Haupt und sprach nach einer Weile des Überlegens:

»Wer weiß. Vielleicht haben Sie recht. Das Bedürfnis, anders zu sein als die Anderen, war mir schon früh bewußt. Überheblichkeit dürfen Sie darin nicht sehen. Es war einfach ein starker, natürlicher, elementarer Impuls, nicht mitzumachen überall dort, wo Menschen sich entindividualisieren, sich anpassen, zur Masse sich klumpen, zum Kollektiv, im Gleichschritt mit dem *Großen Ganzen*. Wenn im Juni alle Schüler und Lehrer auf dem Marktplatze antraten, um vereint unter Fahnen und Wimpeln, begleitet von klingendem Spiel, ins Grüne hinauszumarschieren, zum Schulfest im tiefen Walde, dann konnte ich diese Zwangsharmonisierung nur dadurch aushalten, daß ich Worte vor mich hin murmelte, von denen ich wußte, daß sie die Mitmarschierenden nicht verstünden. Sie schufen ein Mantra, einen Bann, einen Zauberkreis, in den ich mich einschloß. Was für Worte? Ach, irgendetwas, das ich vielleicht auf Reisen gehört, fremde Laute, vielleicht italienischer Herkunft, Zahlworte wie ›cinque, cinquanta, cinquantadue‹: weiße Magie, Wortklangzauber aus schöner Ferne, allemal tauglich zur ersehnten Distinktion. Einem Freund der Mutter mit Namen Prof. Braun adressierte ich ein Kärtchen ›An Professor Brown‹, und einen Freund des Großvaters namens Hotzen anglisierte auf gleiche Weise ich zu ›Hodson‹. Fremde Namen! Sie lockten mich, befremdeten andere und schufen so Distanz. Einer Krankenschwester der Anstalt, die mir herablassend über den Kopf strich und mich fragte, was ich einmal werden wolle, antwortete ich, der ich seinerzeit ein Interesse an Reptilienkunde hegte, mit fester Stimme: ›Herpetologe!‹ Die Wonne, die ich bei der Ahnungslosigkeit empfand, die sich im Gesicht der Dame malte, vergalt mir jene Herablassung kräftig, zumal ich wußte, daß die *Bedeutung* des Wortes, wenn sie denn von der Unkundigen erkannt worden wäre, einen Schauder hervorgerufen hätte, der die Herablassung gleich hundertfach vergolten hätte.«

Abendroth hatte ohne Selbstgefälligkeit gesprochen; dem Sinn seiner Worte mochte etwas wie Eitelkeit beiwohnen, aber in

Ton und Diktion wurden sie nüchtern, beiläufig, fast ein wenig verschämt geäußert, und es war ihnen anzuhören, daß sie zwar nicht selbstkritisch, aber selbstreflexiv klingen sollten aus dem Munde eines Erwachsenen, der seine frühen Jahre unter der Lupe betrachtet wie ein kurioses Insekt.

»Vom Fernen und Fremden sprachen Sie, Herr Dr. Abendroth, nun schon des öfteren. Das führt mich zu der Frage, welche Rolle die Auslandsfahrten mit Ihren Eltern in Ihrem Leben gespielt haben. Wie wichtig waren jene Reisen für Sie?«

Die Veränderung, die A. auf diese Frage hin überkam, war bemerkenswert. Es schien, als lockerte sich mit seiner inneren Haltung sein ganzer Körper. Dies angemessen zu beschreiben fällt mir schwer. Die seelische Galvanisierung fuhr ihm durch den ganzen Leib, entspannte seine Züge zu liebevoller Serenität; die Finger ließen, was sie zuvor umklammert, los; der Oberkörper lehnte sich zurück; die Arme fielen kurz hinab, hoben sich gleich wieder und spreizten sich, damit die Hände hinterm Nacken sich verschränken konnten; ein Strahlen und Leuchten trat in die Augen, und aus dem Lächeln schwand jeder Anflug von Ironie.

»Möchten Sie das wirklich genau wissen?« fragte er und fügte sogleich bei: »Dann könnten wir wochenlang über nichts anderes reden. Diese Reisen gehören zu den schönsten und prägendsten Eindrücken meines Lebens. Bedenken Sie: Kinder haben ein ungemein feines, geschärftes Sensorium — aber fürs Nahe. Während die großen Erwachsenen den Kopf heben und das Auge in die Ferne richten — und zwar, je älter sie sind, desto weiter, bis zum Horizont, an dem mit der Vision des Lebensendes der Blick auf die Grenz- und Scheidelinie zwischen Wolken und Gebirgsketten sich richtet —, hält das Kind den Blick gesenkt auf das, was ihm zu Füßen liegt: aufs unscheinbar Allernächste, das Moos, die Scherbe, den toten Käfer, das Stück Holz, die Wasserrinne, das seltsame Muster der Steine.

Die Reisen lehrten mich, diesen Blick zu heben, zu weiten. Der Moment, da nach langer Autofahrt endlich hinter der Rheinebene überm Horizont die ersten schneebedeckten Gipfel des Hochgebirges auftauchten, war atemberaubend. Aber er war es auch als Belohnung fürs Vorausgehende: den Ennui der zweitägigen Anfahrt, die ich auf dem Rücksitz des immer stark nach Aralbenzin riechenden, mit Gepäck vollgestopften Volkswagens verbrachte, schlummernd, dösend, oder zum konstanten Röhren des Heckmotors zwischen den Köpfen der Eltern hindurchstarrend aufs eintönig auf uns zu rollende Band der Autobahn, die noch nicht aus einem anthrazitschwarzen Asphaltkontinuum, sondern aus hellgrauen Platten — von Beton? Zement? — bestand, aus schlecht verfugten Segmenten, die dem Gefährt über Stunden hinweg einen hartnäckigen Rhythmus kleiner Stöße verpaßten, einer damals fast leeren Bahn, auf der Staus und Baustellen, Raser und Drängler noch unbekannt waren, und die höchstens mit Panzerkolonnen alliierter Truppen, denen ich aus dem Rückfenster zuwinkte, etwas Abwechselung bot in der Monotonie der Fortbewegung. Die kleine Ewigkeit dieser Anfahrten, quer durch Deutschland hinunter in den Süden, war die nötige Einübung und lehrreiche Initiation in die Erfahrung von Entfernung, subjektiver und objektiver Zeit, Maß und Proportion, auch von Geschwindigkeit — mehr als 100 km/h gab der perlgraue Käfer mit dem schwarzen Nummernschild und dem geteilten Rückfenster nicht her —, Vorbereitung auch auf den Wandel des Klimas, der Landschaft und Vegetation im Wechselspiel zwischen verträumt schweifender Unaufmerksamkeit und schärfster, gleichsam photographischer Wahrnehmung, einer Hellsichtigkeit, die aus Übermüdung kam. Um so einprägsamer die Pausen und Unterbrechungen, das fröstelnde Aussteigen, Verlassen des warmen, behaglichen Wageninneren, das für Erwachsene bloß ein enges Blechgehäuse war, fürs Kind aber ein bergendes Wohnzimmer auf Rädern, und das Schnuppern, Erspüren und Registrieren von

Novität und *Differenz*. Das Heterogenste ward da gleichbedeutend: der Bierfilz in der Schankwirtschaft wie der Morteratsch-Gletscher, die Uniformkappe des Schweizer Zollwächters wie das abendliche Glühen auf den Hochfirnen des Piz Palü.

Die Ziele dieser Reisen waren die traditionellen Stätten des englischen Alpentourismus im 19. Jahrhundert: das Matterhorn im Kanton Wallis, der Genfer See mit dem Montblanc, das Berner Oberland mit Interlaken und Grindelwald zu Füßen von Jungfrau, Mönch und Eiger-Nordwand, der Luganer See, überragt vom Monte San Salvatore, das Tessin, das Bergell, das von Segantini gemalte Engadin oder die Savoyer Alpen mit dem Gran Paradiso im Aosta-Tal. Während der alte Adenauer in Cadenabbia ächzend zur Boccia-Kugel sich niederbückte, trugen uns Schaufelraddampfer über den Comer See, Seilbahn und Funicolare hinauf auf baumlose Almen in dünner, kalter Luft, wo durchs Klatschen der Anorak-Kapuze im Gipfelsturm hindurch nur mehr das Krächzen der Alpenkrähen und jenes ferne Geläut der Herdenglocken zu hören war, dem ich zehn Jahre später in Mahlers sechster und siebenter Symphonie wiederbegegnete. Fremde Sprachen und Dialekte schärften das Gehör; fremde Gerüche — etwa der Duft von Zirbelkiefernharz, saurem Wein und Olivenöl in alten Berghotels — den olfaktorischen Sinn. Fremde Speisen mit so klangvollen Namen wie Spaghetti al' pomodoro, Insalata, Gelato, Aranciata weckten den Appetit; Bergsteigen, für manche Kinder eine Strafe, eine Qual, war mir eine Lust, so daß die Eltern manchmal mich mit Strenge abhalten mußten von dem Triebe, jede sich nur bietende Anhöhe, welche es auch sei, sofort mit dem Elan eines Eichhörnchens zu erstürmen.«

Abendroth ließ seinem Redeschwung jetzt freien Lauf; es wäre mir rüde erschienen, seiner begeisterten Suada Fesseln anzulegen; ich wollte ihn ausreden lassen, und so fuhr er ungehindert fort: »Die intensivsten Eindrücke aber sammelte ich auf den Paßüberquerungen, die mein Vater am Steuer seines nicht sonderlich kräftigen Automobils mit Bravour meisterte. Bedenken Sie, Frau Doktor, daß es zu jener Zeit noch keine Servo-Lenkung gab; in den zahllosen Spitzkehren und Serpentinen mußte das schwergängige Steuerrad mit seinen dünnen Speichen rasch und in stetem Wirbel mit Kraft nach links oder rechts herumgekurbelt werden. Die ständigen Richtungswechsel und die immer dünner werdende Höhenluft stiegen zu Kopfe, machten benommen, schwindelig, wie alkoholisiert, und der abnehmende Luftdruck ließ es knacken im Ohr, als platzte dort eine Membran nach der anderen. Die Paßstraßen waren schmal, beengt von felsichten Schroffen und Bergflanken zur einen Seite und steilen Schluchten und Abgründen zur anderen. Kam ein Postbus um die Kurve, mußte der Abwärtsfahrende anhalten und, um auszuweichen, womöglich ein Stück zurücksetzen. Viadukte querten reißende Wildbäche; Fichten- und Lärchenwälder dünnten sich aus, sanken zurück ins Tal, um nur noch Latschenkiefern und massigen Gesteinsbrocken Platz zu machen; immer kahler, unwirtlicher und unwirklicher wurde die Szenerie unter den sich drohend niedersenkenden Wolken. Gletscherseen, graugrün, vom Gipfelwind nur leicht geriffelt, in denen das Gewölk sich spiegelte, öffneten zu Seiten der Straße ihr eiskaltes Auge; Schneefelder bleichten zwischen grauem Geröll, und der pfeifende Sturm, der uns, sobald wir auf der Paßhöhe angehalten und ausgestiegen waren, schneidend anfuhr, unsere Windjacken zauste, blähte, knatternd faltete, machte mit seinem Gezisch die Stille des Ortes nur noch lautloser. Dieser war Übersetzung, Grenzübergang, Niemandsland, Kulminations- und Tangentialpunkt und Peripetie vor der Katabasis, alles zugleich und ineins, im erhabensten Sinne. Ein Haus stand auf der Scheitelhöhe, das versprach Wärme, Nahrung, Behaglichkeit, und nannte sich Albergo oder Hospiz, oft schon Jahrhunderte alt, ein Gebäude aus massivem örtlichem Gestein, wehrhaft gegen alle Unbilden des Wetters, ein mönchisches Kastell, ein Augustiner-Klosterbau mit geschiefertem Dach und kleinen Fensterluken, oder einstmals eine Militärkaserne aus napoleonischer Ära, und ein Schild neben dem Eingang verkündete in weißen Lettern und Ziffern auf blauem Emaille den Namen: JULIER-PASS 2284 m. Noch heute sind mir all diese Toponyme unserer Reisen — Ortsnamen wie Pontresina, Bellinzona, Isola Bella, Chiavenna, Zermatt, Gravedona, Menaggio mit seinem Hotel *Bella Vista* oder Paßnamen wie Simplon, Maloja, Grimsel, Furka, St. Gotthard, San Bernardino — nicht Bezeichnungen, sondern *Evokationen*, reiner Namenzauber, mit dem der Ort, der benannt wird, sich selbst in purer Lautwirklichkeit und Evidenz heraufbeschwört, sich identisch macht mit dem Wort, das nichts anderes ist als die Sache selbst.«

»Das klingt mir zu scholastisch«, wandte ich ein.

»Ich weiß«, seufzte A., und seine Elevation schwand flugs dahin; es sah aus, als zöge der Körper sich wieder zusammen, schrumpfte ein bis zu den Mundwinkeln, die den alten resignativen und ironischen Zug wieder annahmen. »Es ist nicht mitteilbar. Es bleibt gefangen im Käfig des Innern. Ich wollte Ihnen ja auch nur eine kleine Ahnung davon vermitteln, warum diese verschneiten Alpenpässe mir seinerzeit, ohne daß ich darüber, so wie heute, schon hätte Rechenschaft ablegen können, als Sinnbild erschienen für jenes Hinan, Hinaus und Hinüber, das die Limitation des Sagens uns verwehrt. Aber hören Sie Straussens Alpensymphonie op. 64! Auch diese illustriert nicht den Berg, benennt ihn nicht, sondern ist selber einer. Es kostet Sie eine Stunde, ihn bis zum Gipfelpanorama zu besteigen und, vom Sturm gepeitscht, wieder herabzustolpern; unten brauchen Sie dann ein Handtuch, um sich das regennasse Haar zu trocknen, während der Klang sich verschiebt zu einem abendfarbenen Cluster, verdunkelt zu einem Alpenglühen, das zuletzt in einem grausig abwärtsstrudelnden Glissando verschlungen wird von der Schwärze der Nacht.«

verschneite alpenpässe

Fast wären Birthwhistle und Fox in Brighton mit ihm zusammengestoßen, als sie, nachdem sie den Grosvenor Square überquert, in den Cobblers Walk abzweigen wollten am Eckladen von Moore's Newspaper Agent, dessen Stelltafeln (in Kobaltblau, Oxlip und Royal Mail Red CADBURY'S CHOCOLATE anpreisend, oder BOVRIL, ICE CREAM, GOLD FLAKE und ERINMORE, den SUNDAY INDEPENDENT, JOHN PLAYER'S NAVY CUT, OSBORNE und WILD WOODBINE oder CHESTERFIELD CIGARETTES & FINE CIGARS) das Trottoir noch einmal verengten, wo es ohnehin schon schmal genug war.

Die Herren waren, ins Gespräch vertieft, nebeneinander hergegangen und sahen den Mann, der wie sie, aber in entgegengesetzter Richtung, um die Hausecke bog, erst im letzten Moment. Gebeugten Kopfes, einen Koffer in der Hand, kam er auf sie zu und wollte soeben, flüchtig sich entschuldigend, mit einem Seitwärtsschritt vom Bürgersteig hinab auf die Straße der drohenden Kollision ausweichen, als Birthwhistle, jäh haltmachend und sich zur Seite wendend, »Yberseindt?« röhrte. »Ist ja nicht zu fassen. Unser Ahasverus wieder im Lande. Und immer noch auf der Walz? Wie geht es Ihnen, old Boy?«

»Ah, not too bad. It could be worse«, gab dieser zur Antwort und setzte den Koffer ab. Für Birthwhistle unüberhörbar, zitterte seine Stimme inzwischen stärker, als sie es früher getan.

Fox wurde ihm vorgestellt; der reichte ihm die Hand und spürte im Gegendruck den Tremor, der dem Émigré die Hand bis in die Fingerspitzen schüttelte.

»Kommen Sie auf einen Sprung mit zu uns? — Meinem guten Fox hab ichs schon oft erzählt: Wann immer ich Ihnen in den letzten Jahren begegnete, sah ich Sie mit dem Koffer in der Hand auf der Straße — stets en passant, im Unterwegs —, mal auf unserem grünen Kleinod in der Silbersee, mal auf dem Kontinent irgendwo zwischen Frankreich, Norditalien und der Schweiz. Ja, lieber Freund, ich kenne keinen Schriftsteller, der mir so ausgeprägt den Typus des Reisenden, des Unbehausten vertritt wie Sie.«

Der so Adressierte dankte scheu für die Einladung, sagte »So sei ich, gewährt mir die Bitte, in eurem Bunde der Dritte«, hob sein Gepäck auf, lächelte matt, seufzte leise und schloß sich den ungleichen Söhnen Albions an, die munter parlierend vorausschritten. Das Trottoir erlaubte nicht, daß sie zu dritt nebeneinander gingen, und da auch der Koffer sein Gewicht geltend machte, blieb Yberseindt immer ein Stück weit zurück, so daß er nicht vernahm, was Birthwhistle flüsterte:

»Des Unbehausten, Fox. Dessen topographische Vektoren in seinen lyrischen Texten, magisch ausgeleuchtete Bildausschnitte von Alpen-, Stadt- und Dorflandschaften, wieviel Schönheit sie auch immer offenbaren, doch stets auch von einem Unheimlichen zehren, dem Unheimatlichen dessen, der gerade in irgendeiner Pension seinen Koffer abgestellt hat und nun ganz verloren und gebannt an einem namenlosen Straßenrand steht, wo sich ihm das Fremde und Erstmalige eines Alltäglichen zu einem Bilde rahmen, das sich liest, als wäre es zusammengesetzt aus lauter Déjà-vus.«

Fox stutzte. »Sie haben mir nie erzählt, daß Sie Texte von ihm zu Gesicht bekommen haben.«

»Es geschah auch nur einmal«, wisperte ihm sein Mentor ins Ohr. »Ich erinnere mich dessen auch nur deswegen, weil in den Blicken, den Augenblicken dieser Texte häufig die Wörter *Schnee* und *Wein* wiederkehrten. Und wenn ich jetzt an Burgund als Heimat des Weins und an den Schnee des Hochgebirges denke und an Yberseindts Affinität zum alpinen Kulturraum, dann muß ich sogleich eines Komponisten gedenken, der als Kanonikus, *chappelain*, Jurist und Gelehrter immer wieder, sei es mit Stimmbüchern im Gepäck, sei es mit diplomatischen Aufträgen bedacht, auf Reisen war zwischen den burgundischen Niederlanden und der Schweiz, wo er — in Bern war das — seine Motette *Magnanimae gentis* uraufführte, zwischen dem Vatikan und Savoyen und den norditalienischen Fürstentümern von Rimini, Mantua, Ferrara, und dabei nicht nur alle wesentlichen kulturellen Einflüsse seiner Epoche empfing, sondern sie am Ende seines Lebens zu einer gesamteuropäischen Musiksprache synthetisiert hatte. Und dabei ein ums andere Mal den Simplon-Paß überquerte auf der Route von Turin nach Genf. Muß abenteuerlich mühsam gewesen sein damals, vor fünfhundert Jahren.«

Unterdes war das Triumvirat in der Straße, die, etwas erhöht, parallel zur Marine Promenade verlief, vor dem viktorianischen Reihenhaus angelangt, in dem der Kritiker logierte, einem jener für die Seebäder der Südküste charakteristischen schmalen, weißgetünchten, dreigeschossigen Wohnbauten mit hohen schlanken Schornsteinen aus Brickstone, zwischen denen an einer Fahnenstange ein Union Jack niederhing, und einem schwarzlackierten schmiedeeisernen Gitter, das ein Vorgärtchen und die kurze Vortreppe überm Souterrain umzäunte. Hinter der rotlackierten Eingangstüre, die mit einem messingnen Löwenkopf als Türklopfer versehen und von einer georgianischen Fenster-Halbrosette überwölbt war, harrte Mrs. Pundhjab der Eintretenden sowie allfälliger Aufträge, eine kleine, verhärmte Dame im roten Sari, die ein blaues Seidentuch trug über dem schwarzglänzenden, straff gescheitelten Haar. »Thank you, Curry«, beschied ihr der Hausherr, nachdem sie ihnen die Garderobe abgenommen, und fügte bündig bei: »Tea for three, please«, was die Haushälterin mit Kopfschütteln quittierte.

Auf Foxens fragenden Blick hin erläuterte Birthwhistle: »Das Schütteln heißt bei ihr Jawohl, nicht Nein. A nervous tic. She can't help it. — Gehen wir rauf, in mein Studiolo.«

Die Wände des Treppenhauses, in dem sie achtgeben mußten, nicht über die Kater zu stolpern, die ihnen maunzend entgegentappten, zierten historische Photographien, hinter Glas gerahmte Porträts der Hausgötter. Im Vorbeistapfen nahmen sie die Parade Giesekings, Adolf Buschs, Erich Kleibers, Toscaninis und anderer Autoritäten ab; auch ein Bildnis Sir Thomas Beechams, Bart., C. H., C. B. E., hing überm zweiten Treppenabsatz, mit einer handschriftlichen Widmung des Dirigenten, die Fox als »to my favourite enemy« entzifferte, bevor er und Yberseindt hineingebeten wurden ins Allerheiligste.

Das »Studiolo« nahm nahezu den gesamten dritten Stock des Hauses ein; was die Gäste erwartete, war Fox schon vertraut: auf einem abgetretenen, fleckigen Teppichboden unbestimmter Farbe ein geräumiges Labyrinth aus Lederfauteuils inmitten einer Wirrnis aus Notenstapeln, leeren, halbvollen und noch ungeöffneten Tonic Water Bottles, Bücherregalen, Schallplattenständern, Schreib- und Lesepulten, Aschenbechern, Schreibutensilien und Papierhaufen; dies alles jetzt, am Spätnachmittag, im Zwielicht des zwischen Aprikosen- und Perlmuttschimmer changierenden Seenebels, der hinter den fast fußbodentiefen Schiebefenstern dunstete, die sich zur Kanalküste hin auftaten.

Mit zielsicherem Griff zog Birthwhistle aus einem Regal eine Kassette, der er zwei Langspielplatten entnahm, um sie seinen Gästen, die er unterdes zur Bequemlichkeit aufgefordert (»Enjoy yourself, sit back and relax«), vorzuspielen. Yberseindt lobte das schöne Layout der flachen quadratischen Pappschachtel, die auf weißem Grund, von einer schwarzen Zierleiste *(Florilegium Series)* umrahmt, eine Reproduktion der *Arnolfini-Hochzeit* van Eycks präsentierte, während Fox auf das Signet des Herstellers wies:

»Ein Oiseau-lyre. Wie hübsch. Australiens Leierschwanz, der Vogel mit dem reichsten Gesangsrepertoire der Tierwelt. Gedächtniskünstler und begnadeter Stimmenimitator. Aber wissen Sie, daß der im Amazonasgebiet lebende Flageolettzaunkönig in Intervallen singt, die auch die Grundlage der Tonarten in der europäischen Musik sind? Das Max-Planck-Institut für Ornithologie hat herausgefunden, daß dieser Vogel perfekte Konsonanzen singt, reine Oktaven und Passagen, die eine verblüffende Ähnlichkeit mit Motiven haben, die Bach und Haydn verwenden.«

»So what?« entgegnete Birthwhistle murrend. »Kombinationen von Tondauern und Tonhöhen, Intervallen und Klängen sind prinzipiell indefinit — wer suchet, der findet auch immer irgendwann irgendwelche primitiven Übereinstimmungen. *Quaerendo invenietis.* Aber noch habe ich keinen Starenschwarm gehört, dessen Tschilpen je dem 40stimmigen *Spem in alium* von Tallis geglichen hätte. Doch jetzt hören Sie sich das mal an.« Und bat um Aufmerksamkeit.

»Ich sprach von burgundischem Wein, von den burgundischen Niederlanden, vom Schnee der Savoyer Berge und einem Kanonikus, der Alpenpässe überquert.« So nahm der Gastgeber, nachdem die Musik geendet, den Faden, den er auf Brightons Straßen hatte liegenlassen, wieder auf. »Die zwei weltlichen Chansons, die Sie soeben vom Medieval Ensemble of London gehört haben, markieren in mancher Hinsicht den Anfang und das Ende des Komponierens von Guillaume Dufay. Am Ende das burgunderrote vierstimmige Rondeau *Les douleurs, dont me sens tel somme* auf vier Strophen von Anthoine de Cuise, geschrieben zwischen 1454 und 74 in Cambrai. Zu Beginn die dreistimmige Ballata *Revellies vouz et faite chiere lye* in zwei Strophen, eine Huldigung an die Hochzeit Carlo Malatestas von Rimini am 18. Juli 1423 mit Vittoria Colonna, der Nichte des regierenden Papstes, deren Name im Text als Sieg und Säule der Tugend allegorisiert wird, ein Epithalamion, *das mir bereitete das Bett für die Liebe.*

Sie sind mit der Musik des Quattrocento nicht vertraut, nehme ich an. Dennoch werden Sie den Stilwandel zwischen den Stükken nicht überhört haben. Am Ende von Dufays Lebenszeit haben Sie einen volltönenden Kantilenensatz, mit einem Oberstimmenkanon über dem dunkel grundierten Unterstimmenpaar. Das diatonisch gefärbte Ionisch weist schon voraus auf die leittönige Funktionsharmonik künftiger Epochen, und in seiner Konsonanzenseligkeit — die im Kontext der Liebeslyrik aber eher als Schmerzlichkeit zu hören ist — schmeichelt sich die Musik selbst modernen Ohren berückend ein. Ligeti hat es in einem Interview so zugespitzt: Da bei Dufay alle Kadenzen leittönig seien, könne er ihn eigentlich schon funktional, das heißt *tonal* analysieren — gewiß, einiges sei noch modal, also kirchentönig, aber modale Wendungen könne er auch bei Chopin und Brahms finden, dies spreche nicht gegen seine Behauptung. Also. Emanzipation der großen Terz, meine Herren! Dunstables Erbe, *contenaunce angloise!*«

»Was erneut zeigt, daß alles Gute aus England kommt«, warf Fox ein. Des Spottes nicht achtend, fuhr Birthwhistle fort:

»Und zu Beginn hatten Sie die Hochzeitsballata eines Zwanzigjährigen im italienischen Cantilena-Stil. Der gezackte Faltenwurf des Melos im Tenor, Contratenor und Superius ist noch dem gotischen Stil verpflichtet, noch nicht im Bann funktionstonaler Gravitationskräfte, sondern eher noch der Harmonik Ciconias geschuldet, aber auch schon mit versteckt vorausweisenden Exzentrizitäten, etwa im musikalischen Wappen der vier Akkordblöcke zum Namen ›Char-le gen-til‹ das Cis im Tenor, oder die übermäßige Oktave G-gis im Contratenor daselbst, oder gleich im dritten Takt die überraschende Ausweichung in eine Art cismoll. Aber was heißt ›Takt‹? Sie wissen ja, daß die Mensuralnotation, in der die Ballata geschrieben ist, noch keine Taktstriche kennt, sondern das, was wir heute Takt nennen, aus den Mensuren, das heißt den Maßrelationen der Tondauern bestimmt und *tempus* oder *prolatio* genannt wurde. Die Werte der Noten, die zum Teil in Ligaturen geschrieben wurden, hießen Longa, Brevis, Semibrevis, Minima, und ihre Köpfe waren entweder schwarz oder blieben weiß, also nicht ausgefüllt, und die Stimmbücher, die uns das Werk überliefern, wurden mit farbigen Arabesken oder Miniaturen kostbar illuminiert.

Für den Aufbau gilt: Das AABC-Schema der Strophen hat in A1 und A2 insgesamt dreiundzwanzig Breves im tempus imperfectum, also in binären Maßeinheiten, in Abschnitt B siebenundzwanzig Breves im tempus perfectum, das heißt in trinären Einheiten, bis zur Mitte, bis zum musikalischen Wappen des ›Charle‹, wo der Goldene Schnitt anzusetzen wäre. In C dann wieder dreiundzwanzig Breves im imperfectum. Dies nur als Andeutung dessen, daß unterhalb der für moderne Ohren verwirrend ausgezweigten Stimmführung, vertrackten Polyphonie und — nach Maßgabe heutiger Taktmetrik — synkopisch verästelten Gesangslinie mit ihrer eigentümlich eleganten, arroganten Physiognomie ein enormes Strukturbewußtsein waltet.«

Yberseindt wagte mit Zitterstimme die Frage: »Was meinen Sie mit ›arrogant‹?«

»Mir ist natürlich bewußt«, sagte Birthwhistle, ungewohnt tentativ, »daß mein Epitheton nur eine Rückspiegelung der Wirkung ist, die der Gesang auf einen zeitgenössischen Hörer haben kann. Mir zumindest weist die Musik ein Arnolfinisches Antlitz so, wie van Eyck es porträtiert hat: leichenblaß, befremdend hochmütig; die kalten müden Augen im Schafsgesicht ohne erkennbare Lidfalte, ausdruckslos abgewandt; dazu die unsagbar schmale, lange, schneeweiße, wie zum Schwur erhobene Hand, die aus dem weiten braunen, pelzbesetzten Rock ragt: das wirkt blasiert, extrem verfeinert, beinahe dekadent — und sagenhaft schön, erst recht in der ikonographischen Totale, im Sinngehalt des Bildganzen. Was ich damit nur sagen wollte, ist, daß die Musik in sehr dünner Luft atmet, einer Art Höhenluft, die uns Behutsamkeit abverlangt.«

Nun hob Fox die Hand, um zu fragen: »An Bedachtsamkeit soll es uns nicht mangeln, Steven, aber was meinten Sie mit ›Strukturbewußtsein‹?«

»Damit meinte ich eines, das nicht nur gematrisch operiert, ich will sagen, nicht nur mit *numerischen* Codierungen Namen verschlüsselt wie *Colonne*, *Malatesta* oder selbst *du Fay*, oder andernorts, etwa zur Weihe von Brunelleschis Florentiner Domkuppel, das Längenverhältnis 6:4:2:3, also das von Schiff zu Vierung zu Apsis zu Kuppelhöhe, in den Proportionen der Festmotette *Nuper rosarum florens* nachzeichnet. Sondern das, bei allem Hermetismus, eine Musiksprache formuliert — eine Sprache jedoch, die noch nicht Klangrede im neuzeitlichen Sinn ist. Denn diese wäre gekoppelt an eine musikalische Syntax und Phraseologie, die erst die vollentwickelte Tonalität leisten konnte. Dufays Musiksprache indes mißt sich mit Esprit und einer gewissen Wehmut, wie nur wir Nachgeborene sie aus dem Erklingenden lesen können, an *pulchritudo*, einer Schönheit des Proportionalen, die sich mit der Auskristallisation eines Elements vergleichen ließe: wie wenn Wasserdampf in Schneekristalle sich wandelt.«

Unterdes war Mrs. Pundhjab, ohne anzuklopfen, ins Zimmer getreten, um den Tee zu servieren. Kopfschüttelnd stellte sie das Tablett — »Thank you, Curry« — auf einem Rauchtischchen ab. »Vielleicht schwenkt Ihre Bedienerin immerfort das Haupt, weil sie ihren Kosenamen doch nicht schätzt?« spottete Fox. »Ach was!« ward ihm beschieden. »Die hat schon, als sie zur Welt kam, mit dem Kopf geschüttelt — ›non mi piace‹ — und wäre am liebsten gleich wieder zurückgekrochen ins Pränatale. Mit Dufay hätte sie sich vielleicht eines anderen besonnen.« Diesmal war es an Fox, bedenklich das Haupt zu wiegen. »Glauben Sie im Ernst, daß den niederen Ständen dergleichen zugänglich wäre?« Und er winkte die Bedienerin leutselig zu sich heran und sagte: »Wir haben eine Frage an Sie, gute Frau. Was meinen Sie: Sollten *alle* notierten Töne der Tenorstimme in der burgundischen Chanson ausgesungen oder einige besser *instrumental* realisiert werden?« Mrs. Pundhjab verzog keine Miene. Fox setzte nach: »Unter Berücksichtigung der Tatsache, daß die Noten selber nie textiert sind und die Gesangstexte stets nur separat am Fuß der Pagina stehen.« Man sah, daß es mit einer gewissen Verzweiflung in ihr arbeitete; schließlich, die Demütigung mit Höflichkeit bekämpfend, gab sie kopfschüttelnd zur Antwort: »I am sorry, Sir. I'm afraid I am not entitled to judge the matter.« Dann verneigte sie sich knapp und verließ so lautlos, wie sie gekommen, das Zimmer. »Sehen Sie!« triumphierte Fox in die Runde.

Yberseindt hatte die Unterbrechung genutzt, um seinen Koffer zu öffnen und ein Manuskript hervorzuholen, das er, kaum hatte die Bedienerin die Tür geschlossen, aufschlug und sprach: »Zur Schönheit des Schneekristalls darf ich vielleicht folgendes bemerken: Man spricht vom ›Zauber der Schönheit‹, ist sich meist aber einig, daß diese Formel zu viele Mißverständnisse mit sich führt, was die Wirkung auf uns betrifft. In meinem Text hier habe ich versucht, jene Schönheit wiederzugeben und auf ihren Zauber mit einer sprachlichen Geste zu antworten, die sie nicht beschreibt, sondern *feiert* — nicht eine Hochzeit in Rimini feiert, sondern ihren Gegenstand, ihren eigenen Zauber, mit einer Geste, die *verbindet*, einer *gebundenen Rede, die dem Rhythmus eines Sagens gehorcht, das nahezu Gesang ist.*«

Fox bat ihn, ihm das Konvolut zu reichen. Ein paar stille Minuten lang warf er, hin- und herblätternd, Blicke hinein und sagte dann: »Ah ja, ich verstehe. Diese ›gebundene Rede‹ von der Schönheit des Schnees, gesangliche Prosa eines lyrischen Ich, das, wie Sie sagten, ›verbindet‹, sich *für mich* verbindet mit Dufays Singen von Schönheit, auch von Liebe — nun, was soll ich sagen, von kaum etwas anderem singen ja Dufays annähernd zweihundert Werke höfischer Liebeslyrik im burgundischen Herbst des Mittelalters und im ewigen Winter der Alpenpässe, die im 15. Jahrhundert Diplomaten, Kaufleute, Kapläne und Kanoniker in Strumpfhosen, Schnabelschuhen und roten Sendelbinden über ihren bleichen, hochmütigen Gesichtern zu Pferde oder auf Maultieren überquerten von Hospiz zu Hospiz — Werke, die eigentlich *Orte* sind, immer wieder besuchte, in einem Corpus, das mit jeder Note neu beginnt.«

»Sie sagen es, Fox«, bekräftigte Birthwhistle. »Beginn selber, Anfänglichkeit, im gebrochenen Spiegel eines Erinnerns, das ein Erwachen ist, wird hier Ereignis, die *Morgendlichkeit des Liedes* und die *Lust als Form*, eine lyrisch freie, hymnisch elevierte, meist daktylisch rhythmisierte Prosaform, in der uns die Sangbarkeit allen Sagens begegnet, die bellezza der ›Hüften, weißer als Schnee‹. Und geweckt wird dieses österliche Beginnen vom Hahnenweckruf der ersten Hochzeitsworte ›reveillez vous‹. Dort feiert der Text wieder, *en belle companie*, in schöner Begleitung, verschattet sich dann aber auch in Vorwegnahme des späten, dunkelgetönten ›Les douleurs‹ mit dem wogenden Geschiebe seines Unterstimmenpaars.«

»Verschattet sich«, warf Yberseindt in vertrauter Enigmatik ein, »in schöner Korrelation zwischen Oberstimmenkanon und Unterstimmenpaar zur fahlen Imago eines Spiegelbilds: Sinnbild aller Refraktionen, Echos und Doppelungen, die ein Zweifaches zusammenhalten. Und der ›verlassene Saal‹, den Sie im Manuskript finden, verdoppelt sich ebenfalls: zur elegischen Widerkammer, zum Contrefait oder Gegenbild des erotischen Weckrufs oder Lebensbeginns, nämlich im Sinnbild des Todes, von dem Dufays wiegenliedhaft summende Fiorituren auf dem Wort *somme* singen. *Und wie ich mich hinlegte und hörte, da war es, wie ich die Augen dann schloß*, ein kanonischer Echoraum, von unbeschreiblicher dolcezza.«

»Und damit sei es auch genung«, schloß Birthwhistle bündig und sang im Falsett: »Und weil wir nun dahier nichts mehr zu tun, so wollen wir auch Schritt vor Schritt in unsre alte Schenke waten. Ei, hol mich der und dieser! Herr Yberseindt, der Text-Reviser, muß heute mit!«

Gesagt, getan. Sie verließen das Haus. — Still lagen die Straßen im Pastellschimmer des milden Vorfrühlingsabends. Im *The Lamb & The Lion* war die Zeit stehengeblieben. Die Zeiger der Wanduhr, auf deren Ziffernblatt *Smith & Thomson, Edinburgh* zu lesen war, drehten schon seit geraumer Weile nicht mehr knirschend ihre Runden; das Ticken ihres Gehäuses war verstummt, und schweigend warf ein Gast seine Pfeile auf die Dart-Scheibe. Channel Two brachte Werbung. Im Hinterzimmer vergnügten sich die Damen aus der benachbarten Laundry am Bingo. Der Schankwirt spülte Gläser. »Wer gibt die erste Order?« heischte Birthwhistle. »Immer der, der fragt«, ward ihm von Fox beschieden. Ächzend schob sich sein Mentor an den Tresen, reckte dem Barkeeper wortlos drei Finger entgegen und kehrte bald darauf mit drei Pintgläsern in den mächtigen Pratzen an den Tisch zurück. »Cheers, Gentlemen.«

Dann hub er an: »Liebe Freunde, ich habe Ihnen eine Eröffnung zu machen« — und auch wenn er die Hände an den Armen, die er auf den Tisch gestützt hatte, wie zum demütigsten Gebet aneinanderschmiegte, war dem Ton seiner Rede doch anzuhören, daß er Widerspruch ungern dulden würde. »In drei Wochen beginnt unsere Vortragsreihe im Gemeindesaal von St. Martin. Mit Parson Dyer ist alles abgesprochen; er stellt uns ein Mikrofon, eine Musikanlage und seinen Flügel zur Verfügung —«

»Seine Engelsflügel?« alberte Fox. »Seinen scheinheiligen Heiligenschein auch?«

»Seinen Blüthner«, präzisierte der Kritiker ungerührt, aber verärgert, da Fox nicht müde ward, zu frotzeln: »Reverend Dyer, unsere Blüthe der theologischen Wissenschaft. Sie wissen, daß er sich manchmal beim Predigen hinten an den Kragen einen Heiligenschein aus Draht klemmt, der ihm dekorativ überm Haupte schweben soll? Daß sein Lieblingsgetränk nicht Meßwein, sondern Schaumwein ist? Daß er an allen zweiundfünfzig Sonntagen im Jahr behauptet, heute sei Palmarum?«

Birthwhistle gab kühl zurück: »Immerhin ist er exzentrisch genug, uns seinen Saal anzubieten, ohne daß wir dafür zahlen müssen. Einladungen sind schon verschickt, die Lokalpresse ist unterrichtet. Wir drei werden uns abwechseln —«

»Ich auch?« erschrak Yberseindt.

»Sie machen den Anfang«, dekretierte Birthwhistle. »Ihre Kenntnisse reichen dafür allemal. Es wäre eine Schande«, fügte er grob hinzu, »wenn Sie fürderhin Ihr immenses Wissen wie ein Scrooge bei sich behielten, um es filzig zu horten statt weiterzuschenken an die, die seiner bedürfen: an die Neugierigen, musikalisch Interessierten.«

»Von denen Interessierten haben wir bis anjetzt aber noch nicht viele gesehen«, warf Fox spitzicht ein.

»Es gibt ihrer mehr, als Sie glauben«, replizierte der Kritiker streng. »Wir drei hier sind auserlesen, ihnen die Wunder der Tonkunst zu präsentieren. Auch Sie, Yberseindt.«

»Wirklich?« zweifelte dieser mit Zitterstimme.

»Wenn ich es doch sage. Im übrigen sind die Gegenstände jedem freigestellt. Einen thematischen Schwerpunkt gibt es nicht. Ob Sie über Humpty Dumpty referieren oder über Vaughan Williams, ist mir wurscht. Nicht das Was ist entscheidend, sondern das Wie. Und wenn jeder sein Bestes gibt, wird sich das bis London herumsprechen. Dann schaffen wirs auf die erste Seite des *Times Supplement*.«

»Wo Sie ohnehin schon wöchentlich stehen«, ätzte Fox. »Ihr Wort in Sanctæ Cæciliens Ohr. Dürfen wir denn auch ein Salär erwarten?«

»Natürlich nicht, Fox«, gab Birthwhistle barsch zurück. »Was denken Sie denn? Wenn Sie schnödem Gelderwerb nachjagen, sollten Sie Ihr Glück in der Banken-City suchen, nicht im privilegierten Umgang mit den großen Meistern der Tonkunst.«

Yberseindt war die Enttäuschung ins Gesicht geschrieben. Um sie zu verbergen, erhob er sich, um eine zweite Order aufzugeben an der Theke.

Birthwhistle blickte ihm wachsam nach, bevor er die Gelegenheit nutzte, aufzustehen und auf Zehenspitzen an den Stuhl sich zu zwängen, über den der Émigré seine von Motten zernagte

Tweedjacke gehängt hatte. Rasch zog er ein Bündel Pfundnoten aus der Hose, ließ es in die Brusttasche des Jacketts gleiten und schlich, aller Leibesfülle zum Trotz behende, um nicht zu sagen elegant, und zum Zeichen der Verschwiegenheit den Finger auf dem Munde, wieder seinem Platze zu — gerade rechtzeitig, bevor sein mittelloser Ahasverus, drei überschwappende Gläser in den tremolierenden Händen, zurückkehrte an ihren Tisch.

»Cheers. Thanks for the drink, Yberseindt.«

»Nennen Sie mich Ariel.«

»Call me Ismaël?«

»No, no, I'm serious. Mein Vorname ist Ariel.«

»Der Luftgeist? Schöner Name. Des paßt scho, wie man in Linz sagen würde. Apropos Linzer Symphonie. Hören Sie sich mal die Mozart-Konzerte an, die Ellen Swindon neu eingespielt hat. Gerade erst erschienen auf dem Polyphon-Label. KV 466 und —«

»— und 488, stimmts? — Hab ich also recht. Eine andere Koppelung fällt den Firmen ja nie ein«, lästerte Fox.

»Von mir aus«, schnaubte Birthwhistle, »könnte man das d-moll auch mit Hänschenklein koppeln. Es wäre genauso phänomenal. Einzigartig interpretiert. Grandios dargestellt.«

»Moment. Erzählten Sie mir neulich nicht, die Pianistin liege mit Cancer darnieder? Sei todkrank? Wie kann sie dann noch spielen?«

»Zugegeben«, nickte Birthwhistle. »Seltsam allerdings. Zumal die Firma weitere Neuaufnahmen ankündigt, Bach-Inventionen, das Schumann-Konzert —«

»— gekoppelt mit dem a-moll von Grieg, oder Griech, wie der Deutsche den Norweger hellenisierend zu nennen pflegt«, lachte Fox.

Birthwhistle ließ sich nicht beirren. »Um so eindrucksvoller der Sieg der Psyche über die Physis der Siechen. Wir kennen das doch. Schauen Sie sich mal auf Video den alten Klemperer an, wie er nach seinem *paralytical stroke* im Krückstuhl die Neunte dirigiert: ein regloser Körper, der Löwenkopf hilflos zuckend, der Mund verzerrt wie im Schlaganfall. So ähnlich stelle ich es mir auch bei der Swindon vor: als einen Kampf zwischen Soma und Psyche, einen Wettkampf auf Leben und Tod, einen Streit zwischen Auflösung, Destruktion, Autoaggression auf seiten des Körpers einerseits und aller verbliebenen Formungsenergie und Gestaltungskraft der Seele und des Geistes andererseits. Ich kann Ihnen nur dringend empfehlen: hören und sehen Sie sich Klemperer an und studieren Sie Swindons Aufnahmen. Es ist ein Kampf, ein Streit, ein *Krieg*, der aber, anders als zumeist im Leben, gut ausgeht, indem er etwas sehr Bewegendes zeitigt.«

»Also Siech im Kriech um Griech. Auch gut«, alberte Fox weiter, und Birthwhistle war jetzt drauf und dran, seinem offenbar ebenso streit- wie spottlustigen Schützling ernsthaft böse zu werden.

»Herr Abendroth«, begann ich unsere dritte Befragungsstunde, »haben Sie sich eigentlich jemals gestritten? Oder geprügelt mit Ihren Spielkameraden? Haben Sie selber jemals Schläge bekommen, vielleicht von Ihren Eltern? Haben Sie je Aggressivität erlebt oder gezeigt, bei wem es auch sei? Ich frage das weniger im Hinblick auf Ihre Polizei-Akte als vielmehr, weil mich zunehmend irritiert, daß Ihre Schilderungen zum einen eher Dingen als Menschen gelten und zum anderen durchweg harmonisierend, verklärend, romantisierend und somit für mich, in dieser Einseitigkeit, unglaubhaft klingen, so als sollte das Eigentliche verdrängt, das Wesentliche ausgeklammert bleiben.«

A. zuckte mit den Achseln, hob ironisch die Brauen und sagte in scheinbar liebenswürdigster Manier: »Daß ich Sie enttäuscht habe, tut mir aufrichtig leid. Aber könnte es vielleicht sein, daß Ihr Erwartungshorizont, Ihre déformation professionnelle Ihnen da einen Streich spielt? Ja, ich hatte meine kindlichen Marotten, war verwöhnt, eigensinnig, stolz, aber darum noch kein egoistisches Ekel. Schläge von den Eltern habe ich nie bekommen. Sie liebten mich und ich liebte sie — den stillen, schmalgesichtig-brünetten, introvertiert helläugigen, bis zur Naivität sanftmütigen Vater vielleicht mehr noch als die kleine, ›italienisch‹ schwarzäugige, extrovertiert strahlende, nervöse, ehrgeizig fordernde und von der doppelten Belastung als Ärztin und Hausfrau selber geforderte, übrigens von ihren Patienten und Kollegen ausnahmslos hochgeschätzte Mutter.

Aggressivität war nie Teil meines Charakters. Einmal aber geschah es, daß ein Schulkamerad auf dem gemeinsamen Heimweg mir mit albern quiekendem Gefrotzel, offenbar um meine Geduld bis zum Siedepunkt zu reizen, die Nerven so strapazierte, daß ich mich seiner nur mehr mit Schlägen erwehren konnte.

Das war nicht aggressiv, sondern defensiv. Ich schlug um mich so, wie der Gutmütigste mit Armen und Händen fuchtelnd einen lästigen Fliegenschwarm verscheucht. Mit der Nervensäge, die sodann heulend das Feld räumte, vertrug ich mich hernach aber wieder. Es war auch nicht Aggressivität, sondern Lustempfinden, was mir eines Tages eingab, mit wüsten Stichen einer Schere den feisten Nähbeutel meiner Mutter wieder und wieder, wie im Rausch, zu perforieren: was nicht nur ihren Zorn hervorrief, sondern vor allem ihre Fassungslosigkeit angesichts meiner Rechtfertigung, ich hätte doch nur ›Mörder spielen‹ wollen. Wenn ich so weitermachte, schalt sie, würde ich wirklich mal zum Mörder werden.

Vielleicht wundert es Sie, daß ich dem Vater gegenüber der Mutter den Vorzug gab. Eines Abends, als ich an seiner Hand in der Dunkelheit in den Ort hinunterging und diese warme, bergende Hand in der Finsternis des von Laternen kaum erhellten Fachwerkgewinkels besonders innig empfand, schwärmte ich ›Wir könnten doch eigentlich Zwillinge sein?‹: ein Vorschlag, auf den der Vater eher mit Befremden als mit Rührung antwortete. Er, und nicht die intellektuellere Mutter war es, der mir die Natur offenbarte, die Geheimnisse des Waldes, den Gesang der Vögel, das kleine Getier unter dem schweren Felsbrocken, den er für mich zur Seite rollte, auf daß ich das Gewimmel sähe, die Asseln, Ameisen, Tausendfüßler, die unterm Stein ihr dunkles Reich bewohnten. Er war es auch, der bei einem Abendspaziergang im dichten Nebel plötzlich den Halt verlor, ausrutschte und stürzte, was mich unsagbar erschreckte, da mir zum erstenmal bewußt wurde, daß auch Eltern gegen Verletzung nicht gefeit sind. Er war es, dem ich bei seiner Liebhaberei, dem Filmen mit einer 8 mm-Nizo und einer 9,5 mm-Pathé assistierte, am Belichtungsmesser, am Stativ, oder auf den Kamerajagden im Gelände meine schmale Schulter als wackelfreie Auflage darbot für das lange, schwere Teleobjektiv. Und er war es schließlich, zu dem ich jeden

Sonntagmorgen ins Bett sprang mit Jubel. Denn das hatte ich schon früh von der Mutter gelernt: daß der weiche, empfindliche Leib einer Frau lieber nicht anzufassen sei, weil man ihm allzuleicht wehtun könne und alsdann Schelte zu gewärtigen habe. Also bettete ich den Kopf auf die Schulter des Vaters, zumal sein gestreifter, glatter, fester Leinenpyjama angenehmer auf der Wangenhaut sich anfühlte als das gerüschte Nylongewebe, das damals Frauen in der Nacht trugen. Kunststoffe wie Perlon, Nylon, Diolen und Trevira in der weiblichen Kleidung waren ja seinerzeit gang und gäbe; sie waren eklig anzufassen, häßlich gefärbt und rochen nicht gut; noch heute macht mir ein auch nur minimaler taktiler Reiz durch synthetische Fasern eine Gänsehaut.«

»Sie sagen, die Eltern liebten Sie«, faßte ich zusammen. »Aber liebten sie auch einander?«

»Gute Frage, Frau Doktor. Zumindest bildete ich es mir ein, projizierte die Liebe, die sie mir schenkten, bona fide auf ihr Verhältnis zueinander. Tatsächlich habe ich zärtliche Gesten zwischen ihnen nie gesehen; ich erinnere mich nicht, daß einer den anderen je in die Arme genommen oder geküßt hätte. Wer weiß, ob ihr Verhältnis — wie bald darauf manifest wurde — nicht damals schon zerrüttet war und nur zum Schein noch vor dem Kinde als intakt aufgeführt wurde: was, über so viele Jahre hinweg, immerhin eine beachtliche schauspielerische Leistung gewesen wäre.«

»Dann lassen Sie mich kurz resümieren«, schloß ich. »Ihr erstes Lebensjahrzehnt verlief problemlos, ohne Traumatisierung, ohne Gewalt, ohne Schulprobleme oder Autoritätskonflikte. Sie wurden liebevoll umhegt, in friedlichem und gesundem Milieu gefördert und als Einzelkind partiell sogar privilegiert und verwöhnt. Ihre Neigungen galten dem Bücherlesen, das Sie schon vor dem ersten Volksschuljahr erlernten, der Musik —«

»Nein«, unterbrach mich A., »Musik trat erst später in den Vordergrund. Zunächst waren es Zoologie und Paläontologie, die ihr vorausgingen. Ich las alles, was mir an Tierbüchern und Expeditionsberichten von fernen Erdteilen in die Finger kam, besiedelte mein Terrarium mit allem, was mir in die Hände geriet, einer Weinbergschnecke, einer Blindschleiche, einer Schildkröte, einer Maus, und besuchte den Zoologischen Garten jedweden Ortes, durch den wir kamen. — Mit dem Hammer durchwühlte ich die Kalksteinhaufen, die von den Bauern aus ihren Äckern mit der Egge geharkt und am Feldrain aufgeschichtet waren. Muscheln, Ammoniten, Seelilien aus der Trias und andere Fossilien fand ich da, sogar den Wirbelknochen eines Nothosaurus aus dem Jura, den ich heute noch besitze. — Zum fünften Geburtstag bekam ich einen Steiff-Schlafhasen, der mit seinen langbewimperten Lidern, den Kopf zum Schlummer schräg gesenkt auf die rechte Pfote, mich fortan begleitete auf Schritt und Tritt und selbst auf den höchsten Alpengipfeln, aus dem Rucksacke munter herauslugend, die langen Ohren wedeln ließ im Wind.«

»Na gut. Und wie kamen Sie zur Musik?«

»Zuerst nur beiläufig, aber gerade deshalb wohl besonders intensiv. Denn die Schlafzimmertür mußte für das Kind vor dem Einschlafen immer einen Spaltbreit offenstehen, damit ein tröstender Lichtrest das Gitterbett streifte, und wenn der Vater seine Kollegen zum Streichquartettspiel geladen, drang durch den Spalt nicht nur das stillvergnügte Gespräch der Amateure, sondern auch ihr Musizieren, sonderlich beseeligend ein getragener, gütiger Streichersang, den ich viele Jahre später als das Largo aus Haydns Erdődy-Quartett op. 76,5 identifizierte. Ich glaube, ein liebevolleres Schlaflied kann es für ein Kind gar nicht geben. Als Achtjähriger hörte ich einmal in einer Teestube von Kampen auf Sylt eine seltsam schwärmerisch versponnene Musik für Streicher und Klavier, die mir so gut im Gedächtnis blieb, daß ich sie zwölf Jahre später als das Seitenthema aus dem 1. Satz des g-moll-Klavierquartetts von Brahms erkannte. Aus der kleinen Schallplattensammlung der Eltern, die in einer Musiktruhe wie in einem Schrein aufgestapelt lag, wurden mir im Lauf der Zeit weitere Stücke zu Gehör gebracht: Mozarts Divertimento KV 251, dirigiert vom Salzburger Hofrath Paumgartner, oder am besonnten Frühstückstisch ein Querschnitt des ›Figaro‹ unter Walter Goehr, oder auch die endlos scheinende, in Wirklichkeit nur einstündige Posthorn-Serenade KV 320, durch die hindurch ich mich zu langweilen hatte, ehe mir erst kurz vor Schluß, im vorletzten Satz, das geliebte Hornsignal, und auch dieses erst im zweiten Trio des Menuetts, gewährt wurde. Den Plattenspieler und das Nordmende-Radio mit den dicken Einschalttasten und dem schwergängigen Programmwahl-Drehrad aus Bakelit an der Seite lernte ich mit elf Jahren zu bedienen, und in diesem Alter machte ich im Haus der Großeltern auch die erste Bekanntschaft mit Werken Joseph Haydns. Die Decca-Schallplatte mit den Symphonien Nr. 88 und 101 lag, auf grünen Filz gebettet, in einer Schublade des großväterlichen Schreibtischs; zog ich diese hervor, wehte mir ein süßer Duft nach Lack oder Firnis oder Likör entgegen, an dem ich mich berauschte: der unverwechselbar betörende Geruch, den Vinyl ausströmt.

Diese Großeltern väterlicherseits bewohnten eine geräumige, wohl um 1900 erbaute Villa in der Heidestadt Celle, ein immer von Kaffee- und Zigarrendüften einladend durchwehtes Haus mit Walmdach und weitem Blick über das rauschende Stauwehr der Aller, angefüllt mit schwerem ›altdeutschem‹ Mobiliar auf Perserteppichen, mit Rehgehörnen, antiken Steinschloßpistolen und Ölgemälden, zwischen denen auch das Photoporträt eines blassen jungen Mannes in Wehrmachtsuniform hing. Dieser war der Bruder meines Vaters gewesen, ein literarisch und bildkünstlerisch angeblich hochbegabter Jüngling, der, weil er aus Gesundheitsgründen nicht zum ersehnten Luftwaffendienst zugelassen wurde, mit einer Dienstpistole seinem — wie ihm schien: sinnlos gewordenen — Leben kurzerhand ein nun erst recht sinnloses Ende setzte.«

Ich machte mir dazu eine kurze Notiz und fragte: »Wurde manchmal davon bei den Großeltern oder bei Ihnen daheim gesprochen?«

»Nein«, versicherte mir Abendroth, »das Tabu war übermächtig. Hätte ich nicht als Zwanzigjähriger den Vater ausdrücklich nach dem Suizid seines Bruders gefragt, hätte ich nie erfahren, daß es ihn überhaupt je gegeben. Der Name des Toten fiel nie.«

»Noch einmal zurück zur Musik. Haben Sie ein Instrument spielen gelernt?«

»Sagen wir es so«, sprach A. und lächelte dabei sein, mir nun schon vertrautes, aus Wehmut und Belustigung gemixtes Lächeln, »ich habe es versucht. Aber es war kein Segen daran. Der Klavierunterricht bei Meister Ehrhorn, dem knarzigen Hagestolz aus der Unterstadt, brachte mich nicht weit. Auf Anraten des Lehrers wurde er nach zwei Jahren beendet. Es gebrach mir an Fleiß, an Begabung, an Lust — das mechanische Repetieren von Fingerübungen, Skalen, Etüden galt mir nicht als Musik, sondern als Tortur; ohnehin sah ich Musik schon seinerzeit nicht in erster Linie als ein Machen, ein Tun an, sondern als ein Corpus von Werken, einen Gegenstand von Betrachtung, Deutung, Verstehen, nicht anders als ein Buch oder Bild — und vielleicht mangelte es auch an Koordinationsvermögen zwischen linker und rechter Extremität.«

»Was meinen Sie damit?«

»Nun, es mag seltsam klingen, aber ich empfinde meinen eigenen Körper als eigentümlich asymmetrisch, ungleich zentriert, überaus rechtslastig. Wenn ich Schmerzen habe, dann fast immer in der linken Körperhälfte. Das Zehn-Finger-System auf der Schreibmaschine habe ich nie erlernt, sondern schreibe ausschließlich, und dies in beachtlichem Tempo, mit der rechten Hand, und auch das nur mit dem Zeigefinger. Auch den Telefonhörer halte ich ausschließlich in der Rechten. Dazu paßt der sonderbare Tremor, den ich seit Jahrzehnten in der Linken habe.

Schauen Sie sich das mal an: Sehen Sie dieses Zittern bis in die Fingerspitzen? Woran mag das liegen?«

Er reckte den linken Arm, hielt ihn waagrecht ausgestreckt. Der Tremor war nicht zu übersehen. Ich sagte ihm eine neurologische Untersuchung des Symptoms zu und setzte erneut zu einem Resümee an: »Ihre erste Lebensdekade kann also summa summarum eine glückliche genannt werden —«

»— eine Insel oder Enklave«, fuhr er fort, »unberührt von den Turbulenzen der Zeit, von McCarthy und Korea-Krieg, Atombombentests, Aufrüstung und Nato-Beitritt, 17. Juni, Suez-Krise, Ungarn-Aufstand, Eisernem Vorhang und Kaltem Krieg. Eine Schutzzone, in der ein insgesamt sparsames, unaufwendiges, aber von beträchtlicher Solidität gestütztes Leben sich entfaltete, substantiell im Materialen und in den ersten zehn Jahren noch ohne die Destruktions- und Fliehkräfte der Moderne. In bescheidenem Rahmen fehlte es an nichts. Es waren freie, unautoritäre, friedsame und die poetische Phantasie fördernde Verhältnisse, provinziell, aber dem Neuen aufgeschlossen, sofern dieses Wirklichkeitssinn, Menschlichkeit und Schönheit versprach. Oder zumindest Neugier zu befriedigen verhieß, wie jenes erste dicke, schwere Fernsehgerät mit grieselig flimmerndem Bildschirm, das 1959 im Wohnzimmer installiert wurde und den prätentiös mediävalen Namen *Graetz Burggraf* trug. Schon früh nahm ich ja mit Belustigung wahr, daß die aufgeplusterten Namen von Dingen ihren Erwerbern eine erhabene Sphäre, einen Aufstieg zu höheren Rängen vorgaukeln sollten: von kleinen Leuten gesteuerte Automobile mit Namen Opel *Kapitän*, *Admiral* oder *Diplomat* zeugten davon ebenso wie die Wagnerismen gewisser Expreßzüge, die *Parsifal* (nach Paris), *Rheingold* (nach Basel), *Fliegender Holländer* (nach Amsterdam) und dergleichen hießen. Antiquisierung versprach Gediegenheit, bürgte für Komfort; das Mittelalter fand eine letzte Zuflucht in den Namen von Waren und Dienstleistungen, und wenn ein Fernschnellzug von München nach Mailand in altrömischem Latein den Namen *Mediolanum* trug, durfte ein Televisionsgerät natürlich auch *Burggraf* heißen, sofern man sich ausmalte, daß ein Graf von seiner Burg hernieder auf seine Ländereien eben so schaut, wie eine Bildröhre den Herrscherblick schweifen läßt übers Wohnzimmer.«

»1959 änderten sich Ihre Lebensverhältnisse?« fragte ich.

»Ja«, bestätigte Abendroth. »In vielerlei Hinsicht. Mein Vater hatte sich, während die Mutter weiter ihre Station in Haus 9 der Anstalt betreute, als ›praktischer Arzt & Geburtshelfer‹ aufs Land retiriert, in ein zurückgebliebenes, schmutziges Kaff mit dem sprechenden Namen Neindorf — benachbarte Weiler hießen Rottorf, Meinkot oder Ochsendorf — und seine Praxis in einem Bauernhaus eröffnet, dessen halbdebile Bewohner vor dem Behandlungszimmer mit Eimern voller Fett, Blut, Innereien und sonstiger Schlachtabfälle vorbeitrotteten, einem räudigen, schlecht geheizten, muffig riechenden Gebäude, dessen einziges WC aus einer Latrine im Hof bestand. Weiß der Himmel, was ihn zu diesem Wechsel bewogen hatte; im Licht der künftigen Ereignisse argwöhne ich, ob die Veränderung nicht vornehmlich eine temporäre Trennung von der Ehegattin bezweckte, die nun allein, assistiert von ihrer Minna, den Haushalt und die Betreuung des Kindes in Koordination mit ihren ärztlichen Dienstpflichten zu versehen hatte.«

»Aber Sie besuchten ihn dort gelegentlich? Lag das Dorf weit entfernt?«

»Nur neun Kilometer. Und wenn ich ihn besuchte, nahm er mich auf dem Vordersitz seines VW (Sicherheitsgurte waren noch ungebräuchlich) mit zu Patientenbesuchen, zu Fahrten über ärmliche Dörfer mit so wunderlichen Namen wie Uhry, Almke, Groß Steinum, Räbke. Während er unter wütendem Gekläff der Kettenhunde die Häuser der Kranken betrat, blieb ich sitzen und schaute furchtsam gebannt hinaus auf Ackergäule, auf Hühner, die im Mist scharrten, auf seltsame Arbeitsgerätschaften,

Leiterwagen, Mähdrescher, Pflugscharen und schmutzige Kinder, die ihrerseits furchtsam ins Auto und auf seinen ängstlichen Bewohner starrten: ein spiegelbildliches Rencontre (›Huh! Das ist der Teufel sicherlich!‹), wie Papageno versus Monostatos. Die braunockergoldenen Bilder, die ich mir von diesen Fahrten mitnahm, fand ich zehn Jahre später wieder in der Genremalerei eines Adriaen Brouwer oder Isaack van Ostade.

1959 machten wir unsere letzte gemeinsame Sommerreise, die längste und aufwendigste, die wir bis dato unternommen. Sie begann in einem Auto-Schlafwagen-Zug nach Basel, in dem ich zum Rasseln der Achsen und Ruckeln der Gleise und Weichen so tief und geborgen und glücklich schlief wie seither nie wieder. Und im Januar desselben Jahres biß mich ein Hund ins Auge.«

»Wie bitte?«

»Sie haben richtig gehört. Unser Forstmeister namens Schmidt-Colinet, ein Freund des Hauses, dessen süßlich chevalereskes Wesen — eine französische Perücke mit Ringellöckchen hätte ihm wohl angestanden — mir immer etwas suspekt war, weilte zu Besuch am Kaffeetisch, während sein Langhaarteckel, ein tückisches, altersgrämliches, übellaunichtes Tier, sich unter den Schreibtisch verkrochen hatte — wohin ich ihm, in arglosem Spiele, auf allen Vieren nachfolgte — was ihm in seiner Höhle bedenklich erschienen sein mußte, denn plötzlich, ohne es mit warnendem Knurren anzukündigen, sprang er mich an und schlug mir seine Zähne, widerlich krumme, schiefe Fangzähne, ins Gesicht. Mit stark blutendem Auge muß ich ein grausiges Bild abgegeben haben: wie Ödipus, nachdem er sich die Augen ausgestochen. Zum Glück war nicht die Iris, nur das Lid verletzt, und die Wunde ward sogleich vom Vater auf der Station sachkundig desinfiziert und genäht. Seither war mein Verhältnis zu Hunden kein sonderlich inniges mehr.

Wichtiger als alldies war indes unser Umzug in eine andere Villa, die größeren, komfortableren Wohnraum und schönen

Ausblick auf Gärten, Waldrand und Dom bot und mir zum erstenmal ein eigenes Zimmer gewährte, ein Mansardenkämmerchen, in dem Klappbett, Bücherregal, Terrarium, die Sammlung von Fossilien, Ton- und Stofftieren, Schreibtisch und Stuhl commod Platz fanden.«

»Und in diesem Jahr wechselten Sie von der Grundschule zum Gymnasium?«

»Richtig. Vom Julierpaß zum Julianum. Die lichtdurchflutete, liberale Bauhaus-Volksschule hatte ich einzutauschen gegen die wilhelminische Zwingburg, die in der 16 Kilometer entfernten Kreisstadt Helmstedt stand und deren Name sich der ehemaligen Universität anlehnte, die *Juleum* geheißen. Da wehte nun ein kälterer, strengerer Wind. Nur Knaben besuchten den finsteren Bau — die Mädchen hatten ihr Lyzeum; Koedukation für ältere Kinder galt zu der Zeit noch als bedenkliches Experiment, das sich zu rechtfertigen hatte vor den strengen Usancen der Schicklichkeit. Rauh ging es zu, und den Brauch, die neuen Sextaner erst einmal gewaltsam zu ›taufen‹ unterm Wasserhahn, vereitelte ich dem Sekundaner, der mich gepackt und zum Becken geschleift, mit Schreien, Fußtritten, Schlägen und Bissen, so daß ihm nichts blieb, als fluchend mich loszulassen. Moderne Pädagogik war an diesem Institute unbekannt und die Schar unserer Lehrer ein Gehölz aus knorzigen Bäumen, krumm an Geist, morsch an Seele und zerschrammt im Gesicht von den Schmissen, die sie in ihren schlagenden Verbindungen erworben hatten und stolz zur Schau trugen. Da gab es den Sportlehrer mit mongolischem Kahlschädel, der uns, bevor er uns ans Reck kommandierte, in Reihen fest geschlossen antreten und im Geiste Turnvater Jahns patriotische Heldenlieder krähen hieß. Da war der Biologielehrer, ein verwutzelter Zwerg mit Hitlerbärtchen, der oft betrunken zum Unterricht kam und, bevor ihm das müde Haupt auf die Brust sank, nur noch die Frage ›Was versteht man unter Assimilation?‹ lallen konnte, ehe er gänzlich entschlummerte. Die

Primaner trugen bunte Mützen und Schärpen wie beim Borussia- oder Germania-Festkommers, und am Volkstrauertag traten Lehrer und Schüler, begleitet von einer Blechkapelle, vor dem örtlichen Kriegerdenkmale an, um das Lied zu intonieren: *Ich hatt' ein' Kameraden, ein' bessern findst du nit. Er fiel in edlem Streite, er ging an meiner Seite, im gleichen Schritt und Tritt.* Was mich an diesem Lied empörte, war nicht der militärische Gleichschritt, den der Trauermarsch beschwor, sondern der stilistische Widersinn, den im Liedtext der Gleichklang zwischen dem martialischen ›Tritt‹ — *Und dem Brit? —: einen Tritt!*, wie? — und dem gemütvoll-dialektalen ›nit‹ stiftete, diese Melange aus Butzenscheibenkitsch, Reimzwang und Kriegsromantik, pathetisch und sentimental.«

Abendroth hatte sich erneut in Rage geredet, und es kostete mich einige Mühe, seine Suada wieder auf das Geleise informativer Sachdarstellung zu schieben.

»Mit ›Geleise‹ treffen Sie das Zauberwort«, sagte er. »Denn die wesentlichen Erfahrungen gewährte weniger die neue Oberschule als vielmehr die Notwendigkeit, zu ihrem Besuche täglich, frühmorgens hin und mittags zurück, mit der Eisenbahn zu fahren. Die Erlebnisse dieses Bahnfahrens schließen sich den Reisebildern, die ich Ihnen geschildert habe, unmittelbar an. Die Strecke schlängelte sich durch sanft gewellte Waldstücke und im Wind wogende Ährenfelder und war der braunschweigische Teilabschnitt einer der ältesten deutschen Bahnlinien, die von Hannover über Magdeburg nach Potsdam oder Spandau führte. Was heute hochtrabend *Commuter Express* hieße, nannte sich damals schlicht ›Personenzug‹, der — und dies nicht in kurzen regulären, sondern langen Intervallen mit unregelmäßigen Abfahrtszeiten — für die sechzehn Kilometer etwa zwanzig Minuten gemächlichen Bummelns benötigte und drei ländliche Stationen mit Namen Lelm, Frellstedt und Wolsdorf bediente, ehe er im Zonengrenzbahnhof Helmstedt haltmachte. Die von einer

Dampflokomotive gezogenen Waggons stammten noch aus der Vorkriegszeit; jedes der nach Zigarettenasche und Bohnerwachs riechenden Abteile mit ihren aus honiggelben Holzleisten gemuldeten Sitzen hatte seine eigene Ausstiegstüre, an der die mächtigen Aschenbecher mit ihren Klappdeckeln befestigt waren, und die Trittbretter zogen sich an der ganzen Flanke des Wagens entlang. Das Schiebefenster in der Tür ließ sich nur mit Kraft an starken Lederriemen zum Schließen hinaufziehen oder zum Öffnen absenken, und kleine Täfelchen aus Emaille warnten auf Französisch, der seit dem 19. Jahrhundert internationalen Bahnsprache: *Ne pas se pencher au dehors*, was auf Deutsch — *Nicht hinauslehnen!* — gleich viel barscher, wilhelminischer klang. Manche Waggons aber hatten ihre Ausstiegstüren an den beiden Schmalseiten, wo sie sich zu einer Plattform öffneten, von der beidseitig die Trittbretter hinabführten. Es war zwar verboten, während der Fahrt auf diesen Plattformen im Freien sich aufzuhalten, aber im Sommer drückten die Schaffner meist ein Auge zu, wenn wir Fahrschüler dort standen und uns den von Schornsteindampf durchquirlten Zugwind um die Nase wehen und das Haar zausen ließen, während scharfe Partikel von Kohlenstaub uns ins Auge flogen.

Um die Mittagszeit, wenn die Schule aus war, lag der rußgeschwärzte Helmstedter Bahnhof verschlafen wie ein schwarzer Kater in der Sonne. Auf fernen Gleisen harrten die blauen Luxuswaggons der alliierten Truppentransportzüge ihrer Interzonenfahrt; auf einem brennesselüberwucherten Nebengleis, hinter einem Prellbock, wartete seit Stunden unser Bummelzug, manchmal auch ein Dieseltriebwagen, ›Schienenbus‹ genannt, glühheiß wie eine Bratröhre, auf das Signal zur Abfahrt. Die Heuschrecken zirpten; kein Mensch ließ sich sehen auf den Bahnsteigen. Mit einer Drehung des schwergängigen Kreuzgriffs fielen aus dem grünen, schmalen eisernen Automaten für 20 Deutsche Pfennige Karamelbonbons, Stockmann-Schokolade, Pfefferminzrollen oder Mamba — sofern die Mechanik nicht klemmte, was meist der Fall war. *Info Points* oder Boutiquen mit Namen *Body Shop*, *Media News* oder *Happy Snacks* waren noch unbekannt; in der Eingangshalle gab es außer plakatierten Ordnungshinweisen und Fahrplänen nur Schalter für Gepäckaufgabe oder für Fahrkarten (die seinerzeit noch wirklich Kärtchen waren aus — je nach Wagenklasse — brauner oder altgrüner Hartpappe, die mit kräftigem Knipsen zu lochen waren) — Schalter, vor denen nie jemand stand um diese Zeit. Lautsprecherdurchsagen oder grellbunte Werbetafeln, die allerorten die Sinne gereizt hätten, gab es auch noch nicht; ich glaube, die einzige Reklame, die man an den Bahnhöfen jener Zeit sah, waren die kleinen runden, roten Blechtafeln, die dem Betrachter den knappen Rat gaben: *Trink COCA-COLA eiskalt.*

In summa eine angenehm stille, menschenleere, bild- und zeichenarme Welt also, die dem Auge noch erlaubte, alles Gegenständliche, das es erfaßte, verweilend zu durchdringen, statt von seiner Oberfläche abgestoßen oder zerstreut zu werden durch Überinformation und aufdringliche Hinweise auf Warencharaktere, auf ein Heteronomes.

Hatten wir früher als erwartet Schulschluß oder den Zug aus irgendeinem Anlasse verpaßt, oder fiel dieser aus, dann hieß es warten, *lange* warten, über Stunden. Dafür stand die Bahnhofsgaststätte bereit, eine der melancholischsten Stätten, die ich je betreten. Hinter staubigen Tüllgardinen summten die Fliegen an den Fensterscheiben; kaum wollten die Zeiger an der Wanduhr ihre müden Runden drehen; oft waren wir Schulbuben, die Ledertaschen an die Tischbeine gelehnt, die einzigen Habitués der Wirtsstube, hockten vor unseren Bierfilzen, auf denen die lauwarme Cola stand, machten Hausaufgaben, spielten Karten oder ›Stadt Land Fluß‹ und schauten, ob hinterm Fenster auf dem Perron irgendetwas geschähe, was jedoch nie der Fall war. So schleppten sich die Stunden dahin.«

»Herr Dr. Abendroth, darf ich Sie bitten«, unterbrach ich, auf meine Armbanduhr blickend, »sich etwas kürzer zu fassen?«

»Entschuldigen Sie«, räumte A. ein und fügte, sich straffend, nur noch bei: »Der 1872 aus dem örtlichen Muschelkalkstein im gotischen Stil mit Türmchen, Erkern und Spitzbögen erbaute Bahnhof unserer Kleinstadt lag an deren tiefstgelegener Stelle, mithin an dem Punkte der Ortschaft, der unserer Wohnlage genau entgegengesetzt war, was einen langen Weg erzwang und zu entsprechend frühem Aufstehen nötigte, das mich, zumal im Winter, sauer ankam. So standen wir denn frierend, mit dampfendem Atem, auf dem noch ganz nächtlichen Bahnsteig, rieben uns die Hände in den wollenen Fäustlingen und harrten, geschart um den Stationsvorsteher mit seiner Kelle und Signalpfeife, der Ankunft des hoffentlich wohlgeheizten Personenzuges, der sich in der Perspektivflucht des an dieser Stelle schnurgeraden, sehr langen Gleisabschnitts zunächst in weiter Ferne als ein Triangulum dreier winziger Lichtpünktchen ankündigte, die, erst mählich, dann immer schneller im Näherkommen aufstrahlend, als Scheinwerfer der Dampflokomotive sich wiesen, die mit ihren Waggons im Schlepptau schließlich schneebestäubt fauchend, stampfend, zischend und schnaubend, mit ohrenbetäubendem Kreischen der Bremsen einfuhr und haltmachte: was mir jedesmal ein Herzklopfen schuf, ein Gemisch aus Furcht und Erhebung, eine Art Ehrfurcht vor dem Schrecklichen, Erhabenen, wie ich sie der Wirkung eines großen Orchester-Crescendos vergleichen möchte, eines *Mannheimer Crescendo,* das von *pp* bis *ff* auf mächtigen, von ineinandergreifendem Gestänge bewegten Eisenrädern auf den Hörer zurollt.«

gleise, weichen, signal

Noch ist der erlösende, erste Ton nicht gespielt. Es trennt uns nicht viel, nur der runde Abzug, um den der Finger des Starters sich krümmt, oder die grüne Kelle des Stationsvorstehers, sein Pfiff zum Zeichen der Ausfahrt, der Abfahrt, des Abschieds.

Der Gemeindesaal von St. Martin war schlecht geheizt; kalter Regen trommelte gegen die Fensterscheiben. Die Stuhlreihen waren nur knapp zur Hälfte besetzt — von Besuchern, unter ihnen Birthwhistle und Fox, die ihre Regencapes und Barbourjacken nicht abgelegt hatten, fröstelnd sich die Hände rieben und froh waren, sich diese durch Applaudieren wärmen zu können, als Yberseindt linkisch aufs Podium schlich, für die freundliche Begrüßung dankte und, bevor er die Abspielanlage in Betrieb nahm, ankündigte:

»Sie hören jetzt für kleines Orchester aus zwei Oboen, zwei Hörnern, Streichern und Fagotti (›con Basso‹ notiert), entsprechend der etwa achtzehnköpfigen Besetzung der Esterházyschen Hofkapelle um 1770, in D-Dur zuerst einen Tutti-Forte-Schlag auf der Eins im Vierviertel, mit dem das Ausfahrtsignal auf Grün schaltet — über Achtel-Trommelbässen, denen ein Thema aus zwei sehnsüchtig aufsteigenden Seufzermotiven folgt — diese Seufzermotive konventionalisierte, aus dem Affektenreservoir des Barock ins Empfindsame überführte Figuren, nur mehr zarte Zitate einer Gebärde —, die zweimal angestoßen, angeschoben werden von der Untersekund, notiert nicht als Vorschläge, sondern ausgeschrieben als lombardischer Rhythmus, hier als Sechzehntel plus punktiertes Achtel. Diese vier Takte werden alsdann wörtlich wiederholt und stiften somit eine regulär achttaktige Periode. Tempovorschrift ist laut Autograph *Moderato e maestoso*, mithin ein nicht verwegenes, nicht hastiges, sondern etwas gebremstes, sozusagen ritterliches Allegro, das Raum läßt für Kantabilität und stolze Vertikalakzente. Eine Maschine gerät in Bewegung. Lauf- und Triebräder kommen in Schwung. Kolben-, Kurbel-, Schub- und Pleuelstangen greifen ineinander. Ein ingeniöser Mechanismus nimmt Fahrt auf.«

Dann drückte Yberseindt eine Taste des Uher-Tonbandgeräts, in dessen Bedienung ihn Parson Dyer zuvor eingewiesen; die Musik begann, und mittels eines zugeschalteten Sennheiser-Mikrofons sprach Yberseindt hinein: »Hören Sie? Jene ersten Takte werden um einen Takt gedehnt, einen überzähligen Takt, *eine Silbe, die nirgends, in keinem Wort unterzubringen ist*, einen Takt, in dem das Seufzermotiv ein drittes Mal sich ausschwingt auf der Tonika, dabei über Terz und Quint des Grunddreiklangs einen Oktavraum ausmißt in die Höhe, auf diesem Scheitelpunkt aber von einer Interjektion im Unisono-Forte gestellt wird, die unwirsch abstürzt zur Molldominant mit einer grantigen Sekundreibung a-b-a in der Tiefe.

Und danach, weiter auf dem Gleisrhythmus der Trommelbässe, mit vollem Bläsersatz das lombardische Motiv, aufgewirbelt in einem Mannheimer Crescendo bis zur ersten Klimax des synkopierten eingestrichenen D: was somit einen weiteren Oktavraum ausmißt, der in Sechzehntelkaskaden, unthematisch, abstürzt zur Dominant, nämlich zum Seitensatz oder Nebenthema. Oder eben nicht abstürzt, sondern abweicht aufs Nebengleis, über eine Weiche.

»Dies also«, und hier stoppte Yberseindt mit einem Tastendruck die Rotation der Bandspulen, »der Beginn der Ausfahrt. Kessel, Schornstein und Triebwerk dampfen, fauchen, zischen. Bis hierhin pochen vierundzwanzig Takte. Es werden noch vierzig Takte Seitensatz folgen, plus sechzehn Takte Schlußgruppe. Mithin vierundzwanzig plus vierzig plus sechzehn gleich achtzig Takte für die Exposition, denen sich bis zum Ende des ganzen Satzes weitere 144 Takte addieren. Die Gesamtzahl von 224 verhält sich zu diesen 144 exakt wie eben jene hundertvierundvierzig zu den achtzig Takten der Exposition, deren Ende somit präzis den Goldenen Schnitt im ganzen Satz markiert, übrigens einem der feinsten, kunstvollsten, die der Komponist schrieb, und von dem wir uns gern als Passagiere befördern lassen.

Und so subtil wie im Ganzen ist die Periodizität eben auch bis in die einzelnen Themensegmente hinein gestaffelt: eine ungemein sorgfältige und nicht nur durch das Abzählen von Takten, sondern schon durch schlichtes Hören wahrnehmbare Austarierung und Proportionierung, zu der auch die Instrumentation beiträgt, die mit den koloristischen Pedalwirkungen der Hörner oder den Linienschärfungen durch die Oboen den Gestalten Profil gibt, Kontur, Schattierung, Farbe und Raum; *und ich dachte daran, daß jedes der im Sonnenlicht glitzernden Staubkörner in diesem Zimmer durch den Körper einer Oboe geströmt war.*« Hier schaltete Yberseindt das Gerät wieder ein und fuhr fort, in die Musik hineinzusprechen:

»Der Seitensatz dann ein schöner Ausblick, Seitenblick durchs Abteilfenster, gesanglich (wie es die Norm verlangt), ein filigraner Dialog, kaum mehr symphonisch, eher Quartettsatz, zwischen Primgeige und übrigen Streichern schwerelos (da die Baßstimme auf die Celli reduziert ist) abgeleitet aus dem Seufzermotiv des Hauptthemas. Konstitutiv wieder das Intervall der Sekund. Seufzer und Sekundmotiv zum Zirkumflex zusammengebogen, durch die Tonarten modulierend, mit einer elegischen Rückung vom Dominant-A zur Mediante, dann erneut in unthematische Verläufe mündend, die nur mehr antreibende Energetik sind, terrassierte Sechzehntelstürze, nur vorübergehend gebremst vom insistent knarzenden Sekund-Mahlen der Achtel im Baß. Aus der h-moll-Parallele schließlich, erst chromatisch in Vierteln absteigend über Trommelbässen, der Aufschwung dann zur zweiten Klimax: forzato mit Emphase und Hörnerschmettern und molto cantabile.

Endlich die zweigliedrige Schlußgruppe, lapidar, doch innig, die Achtelfigur des Seitenthemas bündelnd, zuletzt auslaufend, bloß noch rotierend um ihr tonikales Gravitationszentrum, dann abgebremst vor dem Wiederholungszeichen.

Soweit die Setzung, die Exposition. Triebkopf, Zugmaschine, Lokomotive.

Die Durchführung dann arbeitet mit diesem Material. Im Progreß aus dramatischen Pausen, *fausse reprise* in Takt 107 — eine weitere Scheinreprise wird folgen —, Schärfung der Kontraste und harmonischen Reibungen mittels Chromatik und schroffen, dissonanten Vorhaltbildungen, aus Eindunkelung, Verbitterung, Verdüsterung und Modulationen in entlegene Tonarten wächst den Gestalten *Geschichtlichkeit* zu — derart, daß die echte Reprise ab Takt 137 bis zum Triumphsignal der Hörner am Schluß, wenn der Satz in den Bahnhof einfährt, jene Friktionskraft in sich gespeichert hält, die alle Identität im Wiederholten tilgt: Was sich zuträgt, ist, auch wo's dasselbe scheint, verwandelt ganz und gar.

Alles ist in diesem Satz vom ersten Schlage an im Fluß, in drängender Bewegung: Klangrede mit nervösem, doch konstantem Puls, im Dialog zwischen Setzung und Widerruf, Elegie und Aufschwung, im Wechsel auch zwischen thematischer Arbeit mit Abspaltung, Fortspinnung oder athematischen, lediglich energetischen Ereignisfeldern — ein Prozeß, der Einheit stiftet im Mannigfaltigen, ein früher Triumph absoluter Musik, die ihren Sinn allein aus ihrem Formgesetz empfängt. Und diese Form ist eine zielgerichtete, deren *Finalität* in der Emphase kulminiert, mit der das Seitenthema zuletzt in Takt 173–177 sein scheues in ein überströmendes Gefühl wendet, in *Erfüllung*, Überschwang, ganz großen Ausdruck, eine finale Form, in der alles Kommende aus einer ersten viertaktigen Setzung abgeleitet wird.«

Hier hielt Yberseindt kurz inne, nahm einen Schluck Wasser, räusperte sich, raschelte mit seinen Papieren und fuhr fort: »Wollten wir eine Lokomotive, eine Eisenbahn miniaturisieren, dann hätten wir den komplexen mechanischen Funktionszusammenhang, der diese Musik charakterisiert: eine Maschine, die in sich bewegt, mit dieser Bewegung jedoch zugleich in sich stillgestellt ist. Räder: drehen sich um sich selbst — Hebelkraft: stößt ab und zieht an — Gestänge: verschiebt sich vor und zurück — alles bleibt, damit es reibungslos ineinandergreift, an seinem Platz, so unverrückbar wie die Gleise, die der Fahrt ihren Verlauf vorgeben. Dasselbe Prinzip des *unbewegten Bewegers*, von dem Aristoteles spricht, herrscht innerhalb der tönend bewegten Form dieser Musik. Zugleich jedoch bewegt sich, entfernt sich *das Ganze* im Raum, von A nach Z, und wir, als Hörende, als mitreisende Passagiere, erfahren diese räumliche Translokation als Verlauf, als *Zeit*. Durchs Fenster der Wahrnehmung gewahren wir, gleichsam episodisch, Felder oder Räume oder Flächen, mal segregiert in Einzelbilder, mal im Kontinuum einer fluiden Abfolge. Dies betrifft unsere Apperzeption — aber wie verhält es sich dann mit der intrinsischen Zeit der Musik selber? Ist das, was uns als ihr Apriori dünkt, *als solches* den Sinnen wahrnehmbar? Immerhin ist es ja unserer Vorstellung auch möglich, musikalische Ereignisse zu *Gegenständen* zu verdinglichen, zu geronnenen Gebilden, erstarrten Entitäten, Piktogrammen ihrer selbst, festgehalten in Notenschrift oder im Hirn gespeichert und abrufbar als Neben-, Über-, Unter- oder Miteinander, verräumlicht bereits durch ihr schieres Benennen mit Worten oder Sätzen. — Ja bitte?«

Fox hatte die Hand erhoben zwecks Anmeldung eines Einwands. »Pardon me interrupting, Ariel, aber Ihre Eisenbahnmetapher leuchtet mir nicht ein. 1771, als Haydn diese seine Symphonie Nr. 42 schrieb, war die Dampfmaschine noch nicht erfunden, geschweige denn die Dampflokomotive. Was es statt dessen gab, waren Mail Coach, Phaëton, Buggy, Kabriolett, Einspänner, Berliner Chaise, Coupé, Break, Tilbury, Dogcart, Cab, Lohndroschke und dergleichen, Räder und Achsen aus Holz, gezogen von Pferden, von lebendig Organischem.«

Yberseindt schob sich die randlose Brille auf der Nase zurecht und replizierte: »Historisch haben Sie recht, Fox. Aber wir reden nicht von Gleichzeitigkeit, sondern von der Relativität der Zeit in finalen musikalischen Formen, also von der Dialektik von Stillstand und Bewegung. Im übrigen werden Sie lebenden Organismen, die von Descartes und Leibniz noch als Mechanismen begriffen wurden, ein Maschinenhaftes sui generis nicht absprechen wollen. Insofern hätte ich den konstanten Rhythmus der Trommelbässe auch als Hufschlag galoppierender Pferde malen und die Instrumentalfarben des Satzes übersetzen können in jenes Scharlach- oder Ziegelrot und Ockergelb, wie es die Jagdszenen und Rennpferdbilder des Haydn-Zeitgenossen George Stubbs kennzeichnet, der seine schwarzglänzenden, überschlanken Tiere mit gestreckten Läufen über die weiten leeren Trainingsgründe der South Downs galoppieren läßt oder über den Curragh of Kildare, über surreal einsame Ebenen, auf denen allenfalls hier und da ein livrierter Stallbursche oder Jockey, wie verloren, in erstarrter Pose verweilt und rätselhaft bewimpelte Pavillons Akzente setzen auf dem niedriggezogenen, steppenhaften Horizont.

Aufschlußreich fände ich es auch, die Finalität jener Musik zu konfrontieren mit dem Roman eines österreichischen Kollegen, weil ich mir gar keinen größeren Gegensatz zu der verräumlichten, statischen Zeitmorphologie seiner Dichtung vorstellen kann. Die unablässig metastasierende, bilder- und metaphernreiche Prosa des Dichters steht für mich im größten denkbaren Gegensatz zu einer Musik, die nichts anderes bedeuten will als das, was sie ist, und ebendies durch lineare Bewegung erfährt. Auch das Herbstliche, Gedeckte der Farben im Roman, die häufigen Rosttöne, Kardinalrot, Blutrot, Herzrot, die Schwermut der Gräber und alten Photographien, einer Objektwelt, die Geschichte vor allem als Verfallsgeschichte präsentiert, könnte mit dem Schwung und energischen Puls Haydns etwas erteilt bekommen, das sie vielleicht galvanisierte, so daß es dann hieße: *Die Tätigkeit regiert über die Dinge* — das wäre die motivische Arbeit in der klassischen Sonatenhauptsatzform — *und die Dinge werden von den Verben gerufen.* Oder so: *Und weiter, nur weiter, denke ich, man darf den Dingen keine Gelegenheit geben, sich zu setzen, niederzuschlagen, für etwas zu gelten, eine Bestimmung zu bekommen, nur weiter, denke ich.*

Sie sehen, es geht mir um eine Konfrontation, der ein Anschwung folgen könnte — welcher denn auch im Text sein Bild gefunden hat in der geöffneten Boxenklappe der Renn- oder Jagdpferde beim ersten Tutti-Forte-Schlag auf der Eins, ein Bild von gestreckten Pferdeläufen im Galopp über den Achtel-Trommelbässen, den schlagenden Hufen oder dem ebenmäßig tackernden Rhythmus eiserner Achsen auf Schienen, dadack-dadack, dadack-dadack, parallel zu den Notenlinien der fünf Telegraphendrähte, die die Gleise begleiten und auf denen die Notenköpfe der Vögel sitzen, diesen etwas durchhängenden Linien, spationiert von den konstant vorbeihuschenden Taktstrichen der Telegraphenmasten. Von solcher Prozessualität oder Finalität könnte der Autor sich herausreißen lassen aus der Kreisbewegung seiner Romanzeit, wenn er schriebe: *Aus dieser Hand bricht die Zeit, und sie zielt auf mich, erstreckt sich, und was zuvor in einem toten Raum kreiste, ohne Puls, schön, wie vor jedem Fall geschützt, fällt nun hintereinander geordnet in das Leben, und der erste Ton sprengt ihnen den Raum, in dem die Welt wohnen kann.* Hören wir uns nun, meine Damen und Herren, noch einmal im Ganzen das an, was da hintereinander geordnet in das Leben fällt.«

Und so geschah es. — Danach dankte Yberseindt für die Aufmerksamkeit seines Publikums, und schütterer Applaus dankte ihm für seinen Vortrag. Erst als er den Kopf nicht länger über sein Konzeptpapier gesenkt hielt, sondern, nach einer kurzen Verbeugung, mit dem Blick die ganze Tiefe des Saales erfaßt hatte, gewahrte er, daß sich im Verlauf seines Vortrags die meisten Gäste peu à peu von den Stühlen erhoben und aus ihren Reihen geschlichen haben mußten. Nur noch eine Handvoll Besucher war bis zum Schluß geblieben.

Während er seine Papiere zusammenraffte und die Lautsprecheranlage ausschaltete, traten Birthwhistle und Fox auf dem Podium zu ihm heran. »Sehr schön«, lobte letzterer, und ersterer wuchtete ihm seine schweren Pranken auf beide Schultern, indem er mit aller Wärme, die ihm zu Gebote stand, sprach: »Nehmen Sie sich diesen exitus præcox nicht zu Herzen, Ariel. Haydn hätte sein Vergnügen daran gehabt. Er selbst hat ja so eine Ausdünnung, so ein mähliches Verschwinden auskomponiert. Im Finale von Nr. 45. Kennen Sie ja.«

»Aber dort sind es die Musiker, die einer nach dem anderen ihre Kerzen ausblasen und auf Zehenspitzen das Podium verlassen«, wandte der zu Tröstende mit Zitterstimme ein. »Nicht die Zuhörer.«

»Schon recht, aber der Unterschied tut nichts zur Sache. Am Schluß der Abschiedssinfonie wird die Substanz der Musik von der Ausdünnung der Stimmen nicht verwässert, sondern eher noch konzentriert. Und Ihr Vortrag gewann an Intensität, je mehr menschliche Spreu vom Weizen sich schied.«

»Aber es wird sich herumsprechen. Für das Renommee einer Reihe, die gerade erst begonnen hat, wird der Effekt ein verheerender sein.«

»Wieso?« wandte Fox ein. »Verzichten wir doch mit Freuden auf das menschliche Kroppzeug. Ich werde schon froh sein, wenn ich nur einen einzigen Zuhörer habe, der sachkundig und neugierig genug ist, um auszuharren bis zum Schluß.«

»Ja, Sie!« seufzte Yberseindt.

»Schluß mit dem Defätismus«, grollte der Kritiker gutmütig, faßte Fox beim rechten und den Émigré beim linken Arm und drängte die beiden, eingehängt zwischen ihnen — ›virtus in medio‹ —, dem Ausgange zu, wobei er verkündete: »Gents, you're my guests. Im Dorchester, hinter der Brücke. Drei Plätze sind schon reserviert. Decent place — not too bad, actually. War schon ein paarmal zu Gast in der Hütte. Hab' vorhin auch schon mal das

Menu geprüft. Doesn't look unpromising.« Yberseindt erblaßte, als er den Namen des vornehmsten Restaurants der Stadt hörte. Fox fragte: »Was gedenken Sie dort zu bestellen, Steven?«

»Was? Well — alles, of course.«

Also machten sie sich auf den Weg, und nachdem sie über die Brücke geschlendert waren, blinkten ihnen an der nächsten Hausecke bereits die blauen Neon-Lettern des DORCHESTER entgegen, das sich im Parterre eines ehemaligen Bankgebäudes befand.

Der *Maître d'hôtel*, der hinter der Türe, ein Serviertuch über dem Arm, auf seine Gäste gewartet hatte, verbeugte sich knapp, als die kleine Dreier-Armada das Etablissement betrat — Birthwhistle voran, pompös wie ein Schlachtschiff, das in den Hafen einläuft —, und geleitete sie an ihren Tisch am Fenster, der mit diversen Gläsern, Silberbestecken, Leinenservietten und einem Blumenbouquet festlich gedeckt war. »Das Roastbeef ist heute zu empfehlen«, raunte er gesenkten Hauptes und in so gedämpftem Ton, als verriete er ein kostbares Geheimnis.

»Weiter nichts?« brummte Birthwhistle, der sich den Kneifer aufgesetzt, um die in Kalbsleder gebundene Speisekarte zu studieren.

»Bretonische Austern, Sir?« recommendierte der Maître. »Lobstermayonnaise? Black sole? Haddock à la Capitain? Unser *Maître de cuisine* würde sich auch glücklich schätzen, wenn er den Gentlemen *Hase im Knuspermantel* offerieren dürfte.«

Fox wollte speziell von letzterem nichts wissen — etwas in ihm quietschte grell auf vor Abscheu —, sondern bestellte »a symphony of green salads«, mit carrots, cabbage und weiteren Gemüsen. Birthwhistle warf ihm einen angewiderten Blick zu, höhnte »Is this supposed to be the fox's vegetarian day?«, legte die Karte beiseite und murrte: »Well, I can't decide right now. Bringen Sie uns alles« — und auf den fragenden Blick des Maître hin präzisierte er: »All that's listed in this marvellously leatherbound encyclopedia. — What about you, Ariel?«

Der fragte: »Verzeihen Sie, lieber Herr Ober, aber haben Sie auch Fish-'n-Chips? Das mag ich immer so gerne. Am liebsten in Zeitungspapier.« Ohne mit der Wimper zu zucken, wenn auch mit einer hochgezogenen Braue, sagte der Schwarzbefrackte ihm dieses zu — »Sehr wohl, der Herr. Einmal französische Erdäpfelschnitze mit Erbsenpüree und Coleslaw an der panierten Pembroke-Seezunge auf Sunday Times Paper« —, fragte noch nach dem Weine, ward mit der Order »1966er Château-neuf« beschieden, sammelte die Speisekarten ein und trat, sich noch einmal verneigend, federnden Schrittes ab.

Als der Sherry und die Mockturtle-Suppe serviert wurden, brach Fox das unbehagliche Schweigen, das sich über die Freunde gesenkt hatte. Sich die Serviette umbindend, bemerkte er beiläufig: »Ceterum censeo, Swindoniam esse audiendam. Ich bin Ihrem Rat gefolgt, Steven, und habe mir einiges angehört, was Ellen Swindon eingespielt hat, die angeblich todkrank darniederliegt —«

»— Was mir von einem Kollegen aus Bristol, der einen ihrer Ärzte kennt, bestätigt wurde, Fox«, unterbrach ihn sein Mentor, nachdem er einen Löffel Suppe geschlürft. »Es sieht nicht gut aus mit der Armen. Gar nicht gut.«

»Mit ihrem Spiel aber auch nicht«, fuhr Fox fort. »Ich verstehe nicht, was Sie daran schätzen, Steven. Gewiß, es ist flüssig, klar, deutlich, sauber, technisch makellos und stilistisch auf eine fast unheimliche Weise unanfechtbar. Aber mit dem Stil beginnen schon die Schwierigkeiten, die ich mit den Aufnahmen habe.«

»Und welcher Art sind diese?« fragte Yberseindt.

»Kurz gesagt, ich vermisse die persönliche Handschrift, das individuelle Profil«, stellte Fox fest. »Am Beispiel ihrer Platte mit den Präludien und Fugen von Bach könnte ich Ihnen demonstrieren, was da nicht stimmt. Ich muß Ihnen ja nicht sagen, wie verschieden Sie den Bachschen Tonsatz darstellen können. Auf dem Kielflügel so, daß Sie mit diesem Instrument, auf dem die

Saiten nur kurz angerissen werden, kein wirkliches Legato und keine dynamischen Unterschiede erzielen, sondern alle Töne annähernd gleichwertig und gleich voneinander abgesetzt erzeugen und dieses kompakt rasselnde Stimmenbündel eigentlich nur mittels Tempo und Rubato differenzieren können. Auf dem modernen Klavier hingegen so, daß Sie die Freiheit, die die kontrapunktische Faktur dem Ausführenden läßt, dazu nutzen können, Themeneinsätze mittels Anschlag und Dynamik zu betonen oder zurücktreten zu lassen, die Themenfortsetzung kleinteilig oder großbogig zu gliedern, Kontrasubjekte oder Begleitstimmen zu verwischen oder hervorzuheben, das Stimmengeflecht in Richtung Baß oder Mittelstimmen oder Diskant unterschiedlich zu gewichten, die Phrasierung zu vereinheitlichen oder zu diversifizieren, die Lautstärkegrade von *pp* bis *ff* mit crescendo oder decrescendo zu variieren, mit Dämpferpedal oder Aufhebung zu spielen, kurzum, Ihrer Realisierung des Notierten eine ganz eigene, unverwechselbare Signatur zu geben.

Im Spiel der Swindon, angeblich auf einem Bösendorfer, finde ich nichts von alledem — oder vielmehr, alles davon in indifferenter Mischung, einer Synthese sämtlicher möglichen Gegensätze, einer Integration, die es mir unmöglich macht, darin eine bestimmte Manier zu erkennen, eine singuläre Physiognomie. Es klingt alles mal so, mal so, weder expressiv noch analytisch, weder strukturalistisch noch klangverliebt, weder nachdenklich noch verspielt. Es ist korrekt, redlich, nüchtern, ausgewogen, aber mehr nicht, finde ich. Ich weiß nicht, ob ich mich klar ausgedrückt —«

»Haben Sie, Fox«, unterbrach ihn sein Mentor. »Haben Sie. Ausgezeichnet. Vollkommen richtig. Was Sie dabei jedoch außer acht gelassen, ist die enorme geistige Kraft, die übermenschliche Anstrengung, die solche Integrationsleistung einer Kranken abverlangt. Es ist eine Kraft des Verzichts. Ein Geist, der von der Objektivation des Gebildes überwältigt wird, ist gleichsam nur noch ein Durchlaufgefäß für musikalische Ideen, die sich dem formenden Zugriff des Subjekts entziehen.«

»Das leuchtet mir nicht ein«, entgegnete Fox. »Darstellung ist immer Gestaltung, und diese ist nicht vorstellbar, ohne daß ein distinkter Fingerabdruck des Gestaltenden im Material hinterbliebe.«

Birthwhistle rührte eine Weile nachdenklich in seinem Teller herum, schlürfte einen Löffel Suppe, tupfte sich den Mund mit der Serviette ab und sagte: »Sie vergessen, daß einem Menschen, der an der Schwelle des Todes steht, nicht nur der Wille zur Expressivität schwindet, sondern Subjektivität selber. Diese, verkörpert in dem, was ich Zugriff nannte, fordert Nähe — der Blick dessen aber, der von der Erde sich zu lösen beginnt, geht ins Weite, in die Ferne, und damit lockert sich die mentale und somit auch taktile Bindung ans Objekt, die das, was Sie *fingerprint* nennen, zu seiner Voraussetzung hat.«

Hier sprang ihm Yberseindt bei, indem er ergänzte: »Wahrscheinlich ist es ein romantisches Klischee, anzunehmen, daß die letzten Werke der Meister von den letzten Dingen handeln müßten. Eher ist es doch ein seltsam ausgehöhltes, ausdrucksloses Gesicht, das uns aus solchen Werken anschaut: subjektverlassen, entleert und allenfalls noch von stehengebliebenen Konventionen und einem etwas irren, bizarren Humor gekräuselt, wie im nachkomponierten Finalsatz zu Opus 130 von Beethoven, dessen letzte Worte auf dem Sterbebett lauteten: *Plaudite, amici, comedia finita est.* Und etwas Analoges gilt dann eben nicht nur für die Produktion, sondern auch für die Reproduktion von Musik.«

Mit einer Brotrinde wischte Fox den Teller rundum sauber. Dem Trotzigen, das aus dieser unwirsch kratzenden, kreisenden Bewegung sprach, war anzumerken, daß er nicht überzeugt war.

»Herr Abendroth«, so setzte ich meine forensische Befragung fort, »sind Sie in Ihren Kinderjahren je mit dem Tod konfrontiert worden, auf welche Weise auch immer?«

A.s Gesicht verzog sich halb nachdenklich, halb unwillig – seine Miene faltete sich gewissermaßen ein; er schlang die Hände umeinander, und selbst seine Beine verließen ihre übliche, locker übereinandergeschlagene Haltung, um sich eng miteinander zu verschrauben. Dabei beugte er sich vor und sprach: »In den Jahren, in denen ich ein Kind war, starben Richard Strauss, Charles Ives, Arnold Schönberg, Thomas Mann, Adolf Busch, Toscanini, Furtwängler, Edwin Fischer, Erich Kleiber, Artur Schnabel, Mengelberg, Gieseking, Ferenc Fricsay, Hindemith, Bruno Walter und zahlreiche weitere Künstler, die mir einen Begriff davon gaben, was Musik sei. Mein Großvater mütterlicherseits starb, als ich vier Jahre alt war, aber sein Tod bedeutete mir nichts. Die Schwester meiner Mutter, von der ich Ihnen erzählt, starb an einer Komplikation nach einer an sich harmlosen Operation, als ich sechs Jahre alt war. Meine Mutter litt grausam darunter, aber ich ging arglos darüber hinweg.«

»Bedauern Sie dies heute?«

»Natürlich«, bestätigte er. »Offenkundig verwehrte mir das Vitalitätsprinzip, das der kindlichen Egozentrik zugrunde liegt, die Anteilnahme, die sie sich von mir erhoffte. Eines Samstagnachmittags gingen nur wir zwei, was sehr selten geschah, durch den menschenleeren hochsommerlichen Wald. Ich erinnere mich: Es war ein Tag, an dem die Sonne prächtig durchs Laub der Buchen flimmerte; Ziel unseres Weges durch die grüne Baumkathedrale war die Waldgaststätte Reitlingstal, und wir hatten annähernd die Hälfte der kilometerweiten Strecke schon zurückgelegt, als ich zu quengeln anhub und hartnäckig darum bettelte, ins Kino gehen zu dürfen. Wenn ich gleich los- und zurückliefe, käme ich gerade noch pünktlich zur 15-Uhr-Vorstellung des Wildwestfilms in den Kammerlichtspielen. Die Mutter, die sich an der raren Gelegenheit erfreute, mit mir zu wandern — üblicherweise das Privileg des Vaters —, bat mich inständig um Fortsetzung unseres Gangs, aber ich ließ nicht locker — bis ich Permiß zur Umkehr erhielt, die Beine in die Hand nahm und die Enttäuschte einsam ihres Weges weiterziehen ließ. Das war schändlich, und wie zur Strafe hat es so einen Gang mit der Mutter in meinem Leben nie wieder gegeben. Anderthalb Jahre später war sie tot.

Ich selbst wäre zweimal beinahe ums Leben gekommen. Mit sechs Jahren, als ich von Elektrizität noch nichts verstand, wollte ich eines Tages unseren Lichtbildprojektor in Gang setzen. Ich wußte nur, daß man zu diesem Zweck irgendetwas in die an der Wand befestigte Dose stecken mußte; also nahm ich in jede Hand je ein Stück Draht und führte die beiden Drähte gleichzeitig in die zwei Löcher der Buchse ein — was mir einen mörderischen Stromstoß durch den Leib fegte. Das zweite Unheil begab sich Jahre später in jenem Hallenbad, das unsere Schulklasse jeden Donnerstag aufsuchte zum Schwimmunterricht. Es befand sich in einer trübsinnigen Braunkohlensiedlung namens Alversdorf, zehn Kilometer südlich von Helmstedt; ein Bus brachte uns hin und zurück, und wann immer es hieß, der Bus komme heute nicht, der Unterricht müsse ausfallen, war mir das wie Weihnachten und Geburtstag zugleich. Wie habe ich diese anthrazitschwarze Halle mit ihrem bedrohlich schwappenden, grünschillernden Chlorwasserspiegel gehaßt! Wie fürchtete ich unseren Schwimmlehrer, der nackt durch die Duschkabinen schlich und jenen Knaben, die seine Lieblinge waren, lustvoll aufs Hinterteil klatschte! Die Nichtschwimmer, zu denen ich zählte, mußten vom Beckenrand ins tiefe Bassin springen, auf daß ihnen die Furcht vor der Tiefe genommen werde; es hieß, der Auftrieb werde uns von selbst wieder an die Wasseroberfläche bringen.

Wenn ich sprang, war der Effekt freilich der gegenteilige: einen Auftrieb spürte ich nicht — wie ein Stein blieb ich unten — tauchte mitnichten auf — schluckte Wasser — mußte spuckend, hustend, keuchend an den Armen hinaufgezogen werden an die Luft. So wurde die Angst vor der Tiefe zum beständigen Grauen, und als ich einmal am Beckenrand entlang eine Schwimmrunde absolvieren mußte, machte ein übermütiger Mitschüler über mich hinweg einen Kopfsprung ins Bassin, der das Wasser so aufrührte, daß ich Balance und Koordination verlor — in Panik geriet — in Todesangst schreiend um mich schlug — fühlte, wie die Lungen Chlorwasser einsogen, Wasser, das mir den Atem erstickte — und hätte ein anderer aufmerksamer Schüler den Todeskampf nicht erspäht und mich mit Lebensrettungsgriff unterm Kinn zur Leiter emporgezogen, dann säße ich heute nicht vor Ihnen. Nie wieder bin ich dem Sterben so nahegekommen wie in jener fatalen Schwimmstunde, und noch heute traue ich mich in kein Ruderboot und in kein Gewässer, in dem ich nicht auf dem Grunde stehend den Kopf aus dem Naß recken und Luft schöpfen könnte.«

Ich machte mir eine Notiz, dann fragte ich, welche Veränderungen der Anbruch des neuen Jahrzehnts in A.s Leben bewirkt habe. Er gab zur Antwort:

»Zunächst keine großen. Neu waren die Fremdsprachen in der Schule, Englisch und Latein. Den Englischunterricht versah, immerfort hüstelnd und sich räuspernd, ein älterer, püppisch soignierter Herr mit gewelltem Silberhaar und starkem Braunschweiger Dialekt, der uns mit Szenen vom Trafalgar Square oder den Puritanern auf der *Mayflower* unterhielt und aus eigenem Erleben schilderte, was wir ihm nicht glaubten: daß die Engländer Butter in ihren Tee täten (hüstel, *schmeckt wie Flahschbrühe*, hüstel). Neu war das erste Fahrrad, das ich mit elf Jahren bekam und mit dem ich morgens durch die leeren Straßen des Ortes zum Bahnhof hinunterschoß und mittags in der Sommerglut keuchend den Hang emporstrampelte, immer hoffend, dabei der Tochter des Stadtdirektors zu begegnen, die ich, aus scheuer Ferne, liebte.«

»Sie wollen sagen, Sie waren verliebt, mit elf Jahren schon?«

»Aber ja. Warum denn nicht? Sie hieß Ingeborg und war mir das, was die ›blonde Inge‹ für Tonio Kröger gewesen. — Neu war der Chor an der Schule, in dem ich Sopran sang, neu auch das jährliche Schulfest im Gesundbrunnental oder der Aufsatzwettbewerb, den die Schülerzeitung für die Unterstufe ausgeschrieben hatte und den ich in der Sexta mit einer Schilderung unserer Kamerajagden im Gran-Paradiso-Nationalpark gewann; neu waren die selbständigen musikalischen Entdeckungen im Plattenschrank der Eltern, späte Mozart-Symphonien, dirigiert von Markevitch, Jochum, Krips, Bruno Walter. Neu vor allem aber war, was die Mutter mir mitteilte: daß wir heuer, 1960, nicht mehr zusammen verreisen würden. Der Vater sei verhindert — eine Notlüge, wie sich später erwies; sie allein wolle mit mir in die Berge fahren. Und so geschah es auch. *Haus Wiesenlehen* hieß die an einer Waldlichtung zu Füßen des Watzmanns bei Berchtesgaden stehende Privatpension, ein altbayerisches, mit umlaufenden Holzbalkonen geschmücktes Bauernhaus, in dem wir zwei geruhsame Wochen verbrachten, gekrönt von einem Ausflug nach Salzburg, wo ich zum erstenmal Mozarts Geburtshaus in der Getreidegasse besuchte, und einer Fahrt auf den Obersalzberg, auf dem einst Hitlers ›Berghof‹ gestanden.«

»Ahnten Sie damals schon, daß das Verhältnis Ihrer Eltern zerrüttet war?«

»Nein, nicht im Traum! Zwei Erlebnisse aber geben mir heute zu denken. Das eine, im Ehebett der Eltern, in das ich jeden Sonntagmorgen mit einem Jubelschrei sprang, konfrontierte mich mit der vorgeblich ›rein hypothetischen‹ Frage seitens der Mutter, bei wem ich, falls die Eltern getrennt wohnten, lieber würde leben wollen: bei Mutter oder Vater? Ich muß reichlich perplex dreingeschaut und die Frage letztlich nicht ernstgenommen haben — denn beantworten konnte ich sie nicht, wie meine Mutter mit einem bitter wissenden Seufzer bestätigte, aus dem ich heute den Vorwurf lese, der meinem Vater galt. Das andere war ein Streit am Mittagstisch, bei dem es um musikalische Präferenzen ging, nein, kein richtiger Streit — dessen bin ich nie Zeuge geworden —, sondern die an den Vater gerichtete, wie aus dem Nichts aufschießende, scharf gereizte Äußerung der Mutter ›Es hat halt nicht jeder die Musik mit dem Löffel gefressen‹, ein Satz, dessen Aggressivität mich eben deswegen, weil ich Streit nie erlebt hatte, umso mehr erschreckte und dessen Sinn mir erst Jahre später aufging. Die Mutter, die nicht sehr musikalisch war und an der lasziv gurrenden Stimme Edith Piafs ihr bescheidenes Genüge fand, hatte zu dieser Zeit bereits eine Rivalin, die meinen Vater am Cembalo mit der Blockflöte begleitete — eine Geliebte, die später seine Ehefrau wurde.«

»Sie meinen, daß zu dieser Zeit schon eine Scheidung beabsichtigt war?«

»Oh ja, dessen bin ich mir ganz sicher. Noch aber trog der schöne Schein. Zu meinem zwölften Geburtstag wurde ich mit Geschenken, darunter eine Märklin-Eisenbahn, geradezu überhäuft, was ich heute als Ausdruck eines schlechten Gewissens und eines Bedürfnisses nach Kompensation deute. Die Photos, die ich kurz danach zu Weihnachten mit meiner *Agfa Click* von uns dreien machte, zeigen uns nicht gemeinsam, sondern je vereinzelt, die Mutter mit dem aufgeschlagenen Bildband *Die Schweiz* in der Hand, den Vater über ein anderes Buch gebeugt und mich, abgelichtet mit Selbstauslöser, versunken ins Spiel mit der elektrischen Eisenbahn, jeder von uns eingesponnen in den Kokon seines Alleinseins.

Und dann ging alles Schlag auf Schlag. Im Januar 1961, gleich nach Neujahr, wurde die Mutter, die seit Monaten unter rätselhaften Schmerzen im Rücken litt, die sie lange als Ischias-Reizung mißdeutet hatte und die immer öfter sie zwangen, sich tagsüber zur Linderung der Qual auf einer Chaiselongue auszustrecken, von einer Krankenlimousine ins Klinikum Göttingen zur Operation gefahren; ihr Winken auf der Trage aus dem Wageninneren, bevor die Türen geschlossen wurden, war das letzte, was ich von ihr sah; zwei Wochen nach Entfernung ihres Magen-Tumors, an einem sonnigen, schneegleißenden Tag, starb sie, und der grenzenlose Egoismus, zu dem Kinder fähig sind, verwehrte mir zunächst alle Trauer, ersetzte sie durch Zorn, die Wut dessen, der sich verlassen, im Stich gelassen wähnt und es nicht fassen kann, daß eine Ärztin ihre eigene Krankheit so fehldeuten konnte und das, was doch ihr Beruf gewesen — zu helfen und zu retten —, nicht auf sich selbst anzuwenden verstand. Beerdigt wurde sie neben ihrer geliebten Schwester im Bergischen Land. Zum Begräbnis mitgenommen wurde ich nicht.«

»Weshalb nicht? Was glauben Sie?«

»Man wollte mir wohl die belastende Erfahrung ersparen. Die Schuldgefühle des Vaters müssen erheblich gewesen sein.«

»Aber er hat Sie doch sicher getröstet?«

»Vielleicht hat er es versucht. Aber ich entsinne mich dessen nicht. Ich weiß nur, daß meine Freundin Almuth kurz darauf meine Bitten um weitere Treffen abschlägig beschied. Sie, die nicht mehr die Schule mit mir teilte und wohl auch kurz vor der Pubertät stand, verlor ihr Interesse an dem Gleichaltrigen. Wenige Wochen später wurde unsere Wohnung geräumt und das Mobiliar mitsamt meinen Büchern und Tieren auf irgendeinem Dachboden zwischengelagert. Zur Absolvierung seiner Facharztausbildung zog der Vater in eine Ärztebaracke des Braunschweiger Krankenhauses an der Salzdahlumer Straße, und was weiter aus uns werden würde, stand vorerst in den Sternen. Ich wurde einquartiert bei unserem ehemaligen Hausnachbarn, der nach drei in Übersee, auf der Insel Java verbrachten Arbeitsjahren unlängst, mit seinen vier Kindern im Schlepptau, heimgekehrt war und wieder in der Anstalt seinen Dienst versah. Dort also bezog ich eine Gästekammer, mit einem Köfferchen, das neben Kleidung nur noch wenige Residua des alten Lebens barg: den geliebten Hasen, der tröstend den langbewimperten Kopf zum Schlafen auf die rechte Pfote geneigt hielt, und drei Schallplatten, die ich mir ausgesucht: Bachs D-Dur-Partita Nr. 4 mit Günther Ramin am Cembalo, Beethovens 5. Klavierkonzert mit Backhaus/Krauss, Mozarts Concertante Symphonie KV 364 mit Stern/Primrose und Casals; und frage ich mich heute, warum gerade diese drei, dann komme ich darauf, daß all diesen Werken samt ihrer Darstellung etwas sommerlich Erfülltes, eine musikalische Sonnenwärme eignet, gerade auch der Allemande in der Bachschen Partita, etwas Glücksdurchstrahltes, das sie wohl besonders geeignet scheinen ließ, mir die innere Trübnis aufzuhellen.«

»Und dort blieben Sie wie lange?«

»Vom Frühjahr bis in den Herbst. Ich wäre gern länger geblieben, aber die Hausfrau, stets etwas gereizt, gerade auch von meiner Musik, und überfordert schon von der eigenen Kinderschar, plädierte wohl schon früh für einen Abbruch meiner Einquartierung. In diesem letzten Sommer an unserem alten Ort spürte ich, auch an den eigenen körperlichen Veränderungen, ganz deutlich das Ende eines Lebensabschnitts, das Ende von Kindheit selber. Am 13. August wurde die Berliner Mauer gebaut, etwa um dieselbe Zeit kam ich in die Pubertät und wurde der Anziehungskraft von Mädchen auf eine neue, Herzklopfen machende Weise gewahr. In diesem Sommer auch, kurz vor dem Mauerbau, besuchte ich die Großmutter mütterlicherseits, die in der Ostzone lebte, in Robert Schumanns Geburtsstadt —«

»— Zwickau in Sachsen?«

»Ganz recht, die Heimat des großen Romantikers war auch der Geburtsort meiner Mutter und der Wohnort ihrer Mutter, die dort, nach dem Verlust ihres Ehemanns und beider Töchter, verbittert und verhärmt ihre kleine Rente verzehrte und mich schalt dafür, daß ich so wenig Trauer zeigte über den Verlust. Heute denke ich, daß es ganz natürlich war, daß sie, die am Ende ihres eigenen Lebens stand — sie starb ein Jahr später —, nicht nachvollziehen konnte, daß der Überlebensinstinkt in solchen Situationen Kinder zu einem Höchstmaß an Anpassung, an Verdrängung nötigt, sie dazu zwingt, aus dem Gegebenen das Beste zu machen und alle möglichen Defensivmechanismen zu entwickeln. Daß damit eine gewisse Bewußtseinsspaltung einherging, merkte ich selber, wenn die noch weitgehend intakte und altertümliche Landschaft Sachsens gerade dann, wenn ich sie besonders schumannisch empfand, sich auch mit wehmütigster Stimmung verschleierte. Daß ich dem noch nicht Worte verleihen konnte, mußte auf Erwachsene freilich kalt und gefühlsarm wirken.

Besagte Großmutter war es denn auch, die mich von den Scheidungsabsichten der Eltern in Kenntnis setzte; und als ich heimgekehrt war und den Vater damit konfrontierte, enthüllte mir dieser in vorsichtigen Worten den Namen seiner Geliebten, einer ihrerseits in Scheidung lebenden Frau aus unserem Bekanntenkreise, ein Geständnis, das mir nur den grob taktlosen, entsetzten Aufschrei ›Was? Die?‹ entlockte, der dem Vater nicht als gutes Omen fürs künftige Familienleben erscheinen konnte.«

»Könnten Sie das etwas präzisieren?«

»Jetzt noch nicht, Frau Doktor«, bat A. und fuhr fort: »An einem nebeldüsteren Tag im Oktober saß ich, zum erstenmal unbegleitet, im 1.-Kl.-Coupé eines D-Zugs, der, von einer Dampflokomotive gezogen, über Minden, Bielefeld, Hamm und Hagen ins Bergische Land mich brachte zu einem Besuch bei jenem lachlustigen Klavier-Onkel, Paul-Adolf Brümmken, von dem ich Ihnen schon erzählt habe. Dieser, der nach kurzem Witwenstand sich bald wieder verehelicht hatte mit einer jungen Frau, die ihm zwei Kinder gebar, war aber zu meiner Enttäuschung selber auf Reisen, so daß ich auch dort das Gefühl hatte, in dem Reihenhaus überm Tal der Wupper nicht wirklich willkommen zu sein, oder wenn doch, dann allenfalls als Aufseher der kleinen Kinder, was mir, dem bald Dreizehnjährigen, so beschwerlich fiel, daß ich bei jeder sich bietenden Gelegenheit in den Keller mich flüchtete an ein Harmonium, das dort abgestellt war. Dieses traktierte ich dann über Stunden —«

»Ich denke, Sie haben nicht Klavierspielen gelernt?«

»Stimmt, aber das war ja auch kein richtiges Spiel, sondern ein Experimentieren mit Harmonien, Auflösungen und Modulationen, ein freies Präludieren mit toccatenähnlichen Verläufen, Skalen und Motiven, gern über einem herben Quint-Bordun, schauerliche Klangphantasien, mir zum Trost, und der Frau zur Strafe, die mich als Babysitter mißbrauchte. Neben flüchtigen Erinnerungen an die Schwebebahn und den an einem steilen Hang angelegten Zoologischen Garten ist mir sonst nur noch die magische Präsenz der G-Dur-Ballettmusik aus Schuberts Rosamunde, dirigiert von Furtwängler, im Gedächtnis geblieben, die mich alle Tage hindurch, wo ich auch ging und stand, im Kopfe begleitete und diesem ganzen herbsttrüben, nebelnassen Aufenthalt ihre auratische Signatur einschrieb.

Kaum zurückgekehrt von der Reise, wurde mir von meinem Vater bedeutet, daß meines Bleibens am Heimatorte nicht mehr sein könne und ich umzusiedeln hätte in eine Helmstedter Privatpension, die sich als winkelige Gründerzeitvilla in einem verwilderten Garten hinter einem rostigen Gitter erwies, geführt von zwei unverheirateten, korpulenten alten Damen, ›Tante Else‹ und ›Tante Anneliese‹ gerufen, eine Art *boarding house*, das einem Dutzend elternloser Kinder im Alter von elf bis fünfzehn Jahren ein preisgünstiges und entsprechend karges Logis bot. Dort bezog ich mit meinem Köfferchen eine klamme, dürftig möblierte Dachkammer, die ich mir teilen mußte mit einem Altersgenossen, der auf dem Julianum die Parallelklasse besuchte und mit dem ich von Zeit zu Zeit wüste Ringkämpfe führte dann, wenn er die

Guppys, die in seinem Aquarium verendet waren, herausgefischt, mir ins Bett geworfen und damit meinen Unmut geweckt hatte.

Das Regiment im Hause war nicht allzu streng, sondern nur kleinbürgerlich-kleingeistig und protestantisch fromm. Die gemeinsamen Mahlzeiten wurden von einem Tischgebet eröffnet; nach dem *Komm Herr Jesu und sei unser Gast* faßten sich alle bei den Händen, sprachen im Chor ›Gesegnete Mahlzeit!‹ — und erst dann teilte Tante Else, die wie die andere ›Tante‹ immer in ein sittenstrenges, rabenschwarzes Habit gekleidet war, in ein gerüschtes, unterm Halse mit einer Brosche geschlossenes Seidenkleid, wie es die Witwen und Alten Fräulein zur Zeit Brahmsens und Clara Schumanns trugen, mit mütterlicher Majestät aus der Kelle die nicht wirklich ›gesegnete‹, sondern wasserdünne, nur mehr lauwarme Suppe aus, in der mit Glück ein paar Buchstabennudeln schwammen.«

»Hatte die Religion in Ihrem Elternhaus je eine Rolle gespielt?« fragte ich.

»Nein«, gab er zur Antwort. »Vernunft und Rationalität, Empirie und Wissenschaft ließen daheim für Gläubigkeit keinen Raum. Nur an einen einzigen Weihnachtsgottesdienst im Dom erinnere ich mich, der mir im Alter von vielleicht sechs Jahren endlos vorkam und von dessen Predigt ich, ungeschult in theologischen Gleichnissen und Allegorien, kein Wort verstand. Dafür entging mir nicht, daß sich der Gemeindesang, zäh wie Sirup, immer um einen Takt dem Orgelchoral nachschleppte, was einen scheußlichen Effect machte. Das Einzige, was mir imponierte, war die gestärkte weiße, wagenradgroße Tellerkrause, die dem Kopfe des schwarzberockten Domprobstes das Air eines geistlichen Gelehrten verlieh, dem zur barocken Würde nur die Allongeperücke noch fehlte.«

»Und haben Sie, Herr Dr. Abendroth, Ihrem Vater nie vorgeworfen, daß er Sie jetzt, ausgerechnet in dieser Zeit, im Stich gelassen oder abgeschoben habe?«

»O doch, gewiß«, gab er zur Antwort. »Jedes Wochenende besuchte ich ihn in Braunschweig, wo er, der ja kein grober Klotz war, mit Beklemmung gewahrte, wie es um mich stand. Gegen meinen Vorwurf ›Du willst mich ja nur loswerden‹, einen verzweifelten Protest, so herb wie ungerecht, machte er Vernunftgründe geltend, beteuerte, es gehe derzeit nun mal nicht anders; es handele sich ja nur um das Winterhalbjahr, das rasch verfliegen werde, und danach würden wir alle wieder irgendwo vereint wohnen. So blieb mir auch hier nichts anderes, als mich ins Verfügte zu schicken, jeden Sonntagabend mit einem Kloß im Halse auf dem Bahnsteig von dem, den ich liebte, Abschied zu nehmen und die Trostlosigkeit der Außenwelt zu konterkarieren mit einer zunehmend reicheren Ausfaltung des Inneren.

Als probates Mittel in dieser Lage erwies sich ein langes Lineal, mit dem ich über jede Doppelseite eines Quartheftes Notenlinien durchziehen konnte, insgesamt 23 Systeme je Seite, zwecks Komposition einer Symphonie.«

»Wie? Sie haben komponiert?«

»Ja. Eine dreisätzige, dreiundzwanzigstimmige Symphonie in F-Dur. Schwarz ärgern könnte ich mich, daß ich die Partitur nicht mehr besitze, sondern nur noch eine Violinstimme.«

»Sie haben die Stimmen obendrein noch einzeln ausgeschrieben?«

»Ja. Aber natürlich war das ganze Unternehmen aus heutiger Sicht vollkommen naiv und dilettantisch. Bedenken Sie: Ich hatte keinerlei Kenntnisse in Satztechnik, Harmonik, Kontrapunkt, Formenlehre — alles, was ich vermochte, war, die innere Vorstellung eines Erklingenden zu notieren, so gut es eben ging. Wie ahnungslos ich dabei verfuhr, zeigt ja schon die Tatsache, daß ich nicht wußte, daß im klassischen Orchester die Streicher nicht einzeln, sondern chorisch, im Regelfall in vier Systemen zusammengefaßt notiert sind — und entsprechend verblüfft, geradezu enttäuscht war, als ich mit dreizehn Jahren zum erstenmal eine

Taschenpartitur der fünften Beethovensymphonie aufschlug und darin ein so karges, spärliches Notenbild präsentiert bekam, wie es zur *akustischen* Wahrnehmung des differenziert prangenden Orchesterklanges überhaupt nicht zu passen schien.

Nein, das Stück, das da geschrieben wurde, war lächerlich, unbrauchbar, unspielbar, falsch gesetzt, ästhetisch nichtig. Sein Sinn lag allein im Akt des Schreibens selber. Wissen Sie, Frau Doktor, ich bin der psychologischen Deutung künstlerischer Sachverhalte gemeinhin abhold — hier aber ist völlig evident, daß Motiv wie Funktion dieses Tuns eine Fluchtbewegung gewesen ist, ein Abwehrreflex, der dem Trostlosen den Trost entgegenstellte, dem Sinnlosen den Sinn, dem Häßlichen das Schöne, dem Außen das Innen, dem Zerfall die Konstruktion, dem eindringenden Bösen das bergende Gehäuse, der Vereinsamung den Dialog mit der Textur, dem leeren Gerede die *Schrift* — und so sehe ich mich vor dem geistigen Auge noch heute an dem Tischchen sitzen, das unsere Betten separierte, und Noten schreiben, während der Zimmergenosse an seinem Aquarium hantierte und der Februarsturm um das Gaubenfenster der Dachkammer heulte und pfiff, jener Orkan, der zur gleichen Zeit anno 1962 in Hamburgs großer Sturmflut Hunderten von Menschen den Tod brachte.«

Ich notierte mir das Wort »Sublimationsstrategien«, setzte ein Fragezeichen dahinter und bat A., mit seiner Schilderung dieses Schreckensjahres fortzufahren.

»Zu meinem dreizehnten Geburtstag bekam ich einen Dual-Plattenwechsler und ein altes Radio geschenkt; die Geräte durfte ich in der Pension nicht benutzen. Wenige Tage zuvor hatte mein Vater seine Geliebte im Gewandhaus Braunschweig geheiratet, eine Person, die in jeder Hinsicht das vollkommene Gegenbild meiner Mutter war: blond, blauäugig, großgewachsen, üppig im Fleische, rotbackig, Tochter eines Gutsherrn aus dem Mecklenburgischen, der beim Einmarsch der Russen seine Ländereien aufgegeben und sich mit Frau und Kindern nach Hamburg geflüchtet hatte, wo er nach Kriegsende eine Waschsalonkette gründete. Diese demütigende Vertreibung und Depossedierung nährte in ihr, die über die mittlere Reife an der Schule nie hinausgekommen, zeitlebens einen forcierten Standesdünkel, gepaart mit ethnischen Ressentiments, Antiintellektualismus und Antikommunismus, eine kurios museale altdeutsche Adelstreue, die mich vielleicht nur belustigt hätte, wäre sie nicht vergiftet gewesen mit Abscheu vor jenen Menschen, denen meine Mutter zumindest phänotypisch angehört hatte: dunkelhaarigen Südländern, Italienern, Franzosen, Juden, Literaten, Intellektuellen. Heute denke ich, daß sie, die meine Stiefmutter wurde, in solchen Menschen immer nur eines sah: die verhaßte einstige Rivalin, der sowohl ihr erster Ehemann als auch ich ähnlich sahen. Ohne mir dessen damals schon bewußt zu sein, galt ich als Resurrektion der Verstorbenen, als verwünschter Wiedergänger und ward aufgrund dessen zur lebenden Provokation, zum Stachel im Fleisch ihrer Begierden, zum dauerhaften Störfaktor ihrer neuen Ehe. Zu ihren Ressentiments paßte denn auch ihr Musikgeschmack, der sich auf kerndeutsche Barockmeister beschränkte und nahezu alle späteren Komponisten verschmähte; Mozarts Werke galten ihr als ›dekadent‹, worunter sie offenbar einen Mangel an Kraft und Männlichkeit verstand, Beethovens späte Quartette als nervtötendes ›Geschrubbe und Geschrammel‹. Neue Musik von Brahms bis Stockhausen oder Alte Musik von Perotin bis Monteverdi erklang bei uns daheim ohnehin nie.

Mit dieser Frau im Auto verließen wir, mein Vater, unsere alte Minna und ich, im Frühjahr 1962 meine Heimat, um ein neues Leben zu beginnen in einer größeren Kreisstadt im nördlichen Niedersachsen zwischen Uelzen und Hamburg, einer Stadt in der Lüneburger Heide, die über ein psychiatrisches Landeskrankenhaus verfügte, an dem mein Vater nunmehr als Medizinalrat und Facharzt für Geisteskrankheiten seinen Dienst aufnehmen und ich am örtlichen Gymnasium weiter die Schule besuchen sollte.«

»Mir ist noch nicht klargeworden«, flocht ich ein, »warum Sie die alte Heimat verlassen mußten. War dies unbedingt nötig?«

»Beruflich vielleicht nicht. Aber bedenken Sie: jene Kleinstadt im nördlichen Harzvorland war tatsächlich so klein, so familiär, daß nahezu alle Bewohner alles voneinander wußten. Klatsch und Tratsch waren an der Tagesordnung. Eheliche Untreue wurde seinerzeit noch mit Verachtung und Häme gegeißelt, und ich erinnere mich, daß einmal auf dem Heimweg von der Schule mir zwei halbstarke Burschen entgegenkamen und, als sie meiner ansichtig wurden, miteinander tuschelten und dann vor mir aufs Pflaster spuckten.

Mein Vater in seiner Naivität hätte darüber vielleicht noch hinweggesehen. Es war wohl seine neue Frau, die auf einen Wechsel drang, zumal sie nicht wünschte, ihren ersten Schwiegereltern, die im Orte wohnten, über den Weg zu laufen.«

»Herr Abendroth«, gab ich vorsichtig zu bedenken, »kann es sein, daß Sie nicht nur eifersüchtig gewesen sind, weil Sie den Vater mit niemandem teilen wollten, sondern Ihre Stiefmutter auch verantwortlich machten für alles, was geschehen war: den Tod der Mutter, den Verlust der Heimat, das jähe Herausgerissensein aus allen vertrauten, geliebten Bindungen?«

»Das liegt nahe«, räumte A. ohne Zögern ein. »Jedenfalls wäre es kein unangemessener Reflex auf die disharmonische Konstellation dreier Menschen, von denen der eine den anderen liebt, der eine andere liebt, die den ersteren haßt. Und zumindest in den ersten Jahren war die Liebe der Ehegatten zueinander weder zu leugnen noch zu übersehen: eine gurrende, turtelnde, neckische Zärtlichkeit, deren ich bei den eigenen Eltern nie Zeuge geworden war. Ja, auch Krach — früher unbekannt — gab es, wenn die neue Hausherrin, reizbar wie Schießpulver, unduldsam, mißtrauisch, übellaunig aus der Haut fuhr, in Tränen ausbrach, die nie Tränen der Trauer, sondern stets nur Tränen der Wut waren; es konnte dann auch geschehen, daß sie, gereizt ob irgendeines

Kleinvergehens, dessen ihr Sohn aus erster Ehe sich schuldig gemacht, auf stämmigen Beinen die Treppe herauf stampfte, um ihn windelweich zu prügeln. Zu diesen starken Stimmungsschwankungen aber, die meine Vorbehalte gegen diese Frau nicht minderten, gehörte dann auch, daß schnell wieder eitel Sonnenschein herrschte und die frischgebackenen Eheleute das waren, was sie sich gelobt hatten: ein Herz und eine Seele.«

herz und seele

Es klopfte zweimal kurz. Ein leises »Come in!« war zu hören. Dann schob sich, leicht geschrägt, vorsichtig spähend, der gerötete, mit dichtem, gewelltem Grauhaar und einer schweren Vierkant-Hornbrille bewehrte Kopf des treusorgenden Gatten durch den sacht geöffneten Türspalt und lugte ins Schlafzimmer.

Auf Zehenspitzen trat Mr. Swindon, nachdem er zuvor die Stores vor dem Fenster etwas aufgezogen, ans Bett der Kranken und flüsterte: »Ellen-Darling? Bist du schon wach?«

»Unfortunately I am.«

Er setzte sich zu ihr auf die Bettkante, nahm ihre Linke zwischen beide Hände, rieb und tätschelte sie, und ermunterte sich zu fragen: »Wie geht es uns heute?«

»Thank you, Charles. Well, wie es *dir* geht, kann ich nicht sagen, aber ich zumindest habe ganz passabel geruht.«

»That's fine. Great. Look, here's some breakfast for you.« Das Tablett, das er abgestellt hatte, um die Vorhänge aufzuziehen, trug er nun zu ihr ans Bett und setzte es vor ihr, die sich aufgesetzt und gegen zwei dicke Kissen gelehnt, behutsam auf dem Plumeau ab. »So. Schön langsam. Vorsichtig. Here we are. Tea and toast, butter, lemon-and-ginger jam, orange juice, scrambled eggs. Enjoy your meal, sweetheart.«

»Thank you, love.«

Mr. Swindon sah seiner Gattin eine Weile schweigend beim Frühstücken zu, reichte ihr das ein oder andere Schüsselchen, pflückte das ein oder andere Krümelchen, das ihr auf die Bettdecke gerieselt, mit den Fingerspitzen auf, lächelte versonnen, wischte sich die dicken Brillengläser an den Ärmeln seiner Aran-Strickjacke blank, und fragte schließlich:

»Hättest du Freude daran, wenn ich dir aus der TIMES vorläse?«

»Sure, gern. Lies vor.«

Umständlich entfaltete er mit lautem Geraschel die Seiten der Zeitung. Beim Blick auf die Titelseite runzelte er die Stirn und wiegte bedenklich das Haupt. »Gosh! Page one, headline: Thatcher vows she'll crush the unions. Womit will sie das schaffen? Mit ihrem Handtäschchen? … Und was haben wir hier? Strike, strike, strike. Miners in Wales, dockers and steelworkers in Leeds and Newcastle, Müllabfuhr in Kent … And here! Good Lord! IRA bombs pub in Tottenham Road, no, I won't give you the details. More jam, darling?

Page two: Road accidents … Car crash: three died at M4 junction near Chippenham. Good gracious. Poor devils, aren't they? … Next page: House of Commons debates extradition laws. Yea, yea! House of Lords debates badger hunt restrictions. Hear, hear! Deren Sorgen, und Rothschilds Geld! What next? O dear, o dear. Murder in Springfield Row: Mother of three stabbed by brother-in-law. Witnesses are asked to come forward. Police sealed off the premises, haha, I first read ›the promises‹. True, our promises are sealed off, aren't they? Our promises and prospects, ha!

Here we've got some better news. Miss Priscilla (Tulla) Trouton, younger daughter of Lieutenant Colonel and Mrs Patrick Trouton, of 56, Egerton Crescent, London SW3, is engaged to be married to Captain James Stockton, Royal Artillery, elder son of Mr and Mrs W. G. Stockton, of Windsor, Berkshire, at Wimborne Minster on April 27. Look, there's a family portrait. Isn't she a pretty lass?« Er hielt seiner Gattin das Blatt so vor Augen, daß sie, sich etwas zur Seite beugend, einen flüchtigen Blick auf das Photo werfen konnte.

»Zumindest ihr Hengst kommt aus gutem Stall«, bemerkte sie und lehnte sich wieder aufrecht in die Kissen.

»Her stallion? Ah, he does, he does. Yes, indeed. More tea, my love? Are you getting tired?«

»No, I'm fine. Just a little headache. Lies weiter.«

»Right. Here we are. Lady Penelope Rose Hansom, daughter of the Right Hon. Sir Isaac and Lady Isaac Hansom of Tilbury Manor, Humbledon, Shropshire, celebrates her engagement to Mr Eugene Ebenezer de St. Fox-Aubreville, second son of Mr and Mrs William de St. Fox-Aubreville of Brompton Hall, Hertfordshire. Despite his being the second son? Romantic affair, isn't it?«

»Der Besitz geht an den Älteren, soviel steht fest. — Um wieviel Uhr kommt der neue Arzt?«

»Promised to call by half past two. I think he's German.«

»Vermin?«

»German. Doctor Mannheimer.«

»Sounds Jewish. What else do we have?«

»Look here, sweetheart. Classified properties. A fascinating small 15th century manor house in Wiltshire parklands. 3 reception rooms, 6 bedrooms, 3 bathrooms, well-equipped kitchen, oil-fired central heating, good outbuildings with barn and garaging, extensive gardens with old trees and paddock. For sale freehold with about 7 acres. Wilbury's Real Estate, Hanover Square. Preis auf Anfrage.«

»Well, we won't need that any more, will we?«

Geräuschvoll blätterte er weiter. »Now for Arts & Auctions. O look, isn't that phantastic? For sale: Stallions with Jockeys at Huntingdon Racing Green, oil on canvas, signed by G. Stubbs, 1771/72. Amazing! How beautiful the colours! Du weißt, Ellen, daß Stubbs sich Pferdekadaver, die ihm ein Abdecker lieferte, an Ketten unter die Decke seines Ateliers hängte und eigenhändig bis aufs Skelett sezierte, um anatomisch präzise Zeichnungen ihrer Muskelschichten, Nervenstränge, Blutgefäße und Knochen anzufertigen?«

»Let me have a look, Charles, please.« Ellen Swindon betrachtete sich lange und aufmerksam die Photographie des Gemäldes, bevor sie sagte: »Naturalistisch finde ich daran gar nichts. Im

Gegenteil. Die Schweife, die Mähnen, die glattgestriegelten, jettschwarz glänzenden Decken der Tiere, die überlang gestreckten Köpfe, Hälse, Vorder- und Hinterläufe: das ist doch alles ästhetisiert, stilisiert, die Muskulatur übertrieben modelliert, völlig artifiziell. Schau dir nur mal den Jockey links vorne an: er ist in die Landschaft hineingestellt wie ein Requisit, eine Figurine, eine Wachspuppe aus Madame Tussauds Cabinett. Er hat keinen realen Bezug zur Umgebung, sondern nur eine ästhetische Funktion für die Bildkomposition. Und die ist so irreal wie jede Stillstellung, jedes Anhalten eines rasenden gestreckten Galopps in der Luft. Alle Menschen bei Stubbs haben so einen leeren, nein, abgründig traurigen Ausdruck im Gesicht. Als lebten sie gar nicht, oder wenn doch, dann vom Maler in ein rätselhaftes Zwischenreich gebannt, in dem sie ewig darauf zu warten haben, daß sie vom Betrachter ins richtige Leben gerufen werden. What else do we have?«

»Next we have — music. Now we are on our own ground, aren't we? What's up today? Concert reviews ... The Proms had Wagner, Elgar and Suppé. Gosh! What a fabulous mess. Yet reviewer seems to have given full praise to it. Who is it? O'Leary. Irish, I suppose. Well, what would you expect. Then we have a Schubert-Liszt recital by Curzon. Jazus, is he still alive? Amazing. Muß aber schon bessere Tage gesehen haben, wie? Und sonst noch? Royal Albert Hall: Boult conducts Mahler with the LPO. Pity we missed it. Overwhelming success, standing ovations. My God, he must be an antiquity by now. Living memorial of himself. What next? New records: Karajan with Tchaikovsky. Deutsche Grammophon. Well, well .... Good Lord! Released from the archives: poor old Klemperer conducting Bruckner's 8th for HMV. A legend in his own lifetime, sitting in his wheelchair, partly paralysed, wonder if at least he was able to stir his baton. Not at too speedy a pace, I'm afraid. O, here! Look! Hip-hip-hurrah! A review of your Schumann Carnaval. By whom? Ah, Birthwhistle, of course. Soll ich vorlesen?«

Ohne eine Antwort abzuwarten, rückte sich Mr. Swindon die schwarze Kastenbrille auf der Nase zurecht und begann, vom Blatt abzulesen:

»Brighton, May 28th, 1979. Robert Schumann sagte einmal, ein trefflicher Pianist dürfe nicht wie ein Betrunkener durch die Musik torkeln, sondern müsse Takt und Tempo in gutem, konstantem Gleichmaß halten. Allerdings fragen wir uns, ob der Meister aus Zwickau und seine verehrte Gattin sich selber je an diese Maxime hielten. Von der Liszt-Rubinstein-Schule wissen wir, daß sie vom Rubato exzessiven Gebrauch machte, und sind darüber hinaus gern bereit zuzugeben, daß eine echt poetische Darstellung der Klaviermusik Schumanns einer gewissen agogischen Freizügigkeit nicht entraten kann, wenn sie nicht etüdenhaft, maschinell geraten soll. Andererseits ist unsere britische Nation einem jeglichen Überzeichnen romantischer Charaktere abgeneigt, weil unsere Mentalität immer eine im Kern redlich gefestigte, zu Nüchternheit und Vernunft neigende gewesen ist — was Exzessen wie etwa dem Klavierspiel des ob seiner Eigenwilligkeit unvergessenen Sir Winstan Harbottle (nach dessen Tasten-Tractament die Schläge des Schusters auf seiner Ledersohle wie eine Äolsharfe sich angehört hätten) oder dem Salonkitsch des unlängst — und dies nicht zu unserem Schaden — in Pension gegangenen Fräulein Emma Thurston aus Huddersfield hierzulande nie den Erfolg beschert hat, den diese Koryphäen der Tonkunst etwa in Mailand, Paris oder Mexico-City einheimsen konnten. Wir haben daher immer gefordert, daß die Gegensätze, die Schumanns Werk kennzeichnen, also *Florestan* versus *Eusebius*, kühner kräftiger Aufschwung versus weichlich verschwärmte Träumerei in einem *Meister Raro* zur Deckung kommen und zur Einheit und Harmonie sich aufheben sollten, in einem Meister, der durchaus auch gern einen Rock tragen und Frau Meisterin heißen dürfe, und freuen uns daher, einer solchen *Rara*, die die besten Züge einer Myra Hess, einer Fischer, Haskil und Haebler in sich vereint, in einer neuen Aufnahme wiederbegegnen zu dürfen. Die Interpretation des *Carnaval op. 9* durch Mrs **Ellen Swindon**, die uns die amerikanische Vox-Tochter *Polyphon* jetzt auf einer Langspielplatte beschert, die einzig den Fehler hat, in einer Preßqualität auf den Markt zu kommen, die daran zweifeln läßt, ob ihre Herstellung nicht in einem Eisenwalzwerk von Milwaukee erfolgte, ist in jeder Hinsicht begeisternd: makellos in Phrasierung und Anschlagsdifferenzierung, stimmig sowohl in den einzelnen Tempi als auch in ihren noch viel wichtigeren Relationen untereinander, ausgewogen auch noch in den stärksten Kontrasten, exzellent ausbalanciert im Klang. Der Pianistin, über die uns zu Ohren kam, ihre Physis laboriere an gewissen Unpäßlichkeiten, ist ihre Leistung um so höher anzurechnen. Highly recommended! (*****). — That's gorgeous, isn't it?«

»Ah, he's a good old soul, our Birthwhistle. A jolly good fellow indeed.«

»Und so taktvoll.«

»Ja. Aber jetzt würde ich gern etwas schlafen.«

»Of course, darling.«

Und Charles Swindon hob das geleerte Frühstückstablett ab, deponierte es auf der Chippendale-Kommode an der Wand, half seiner Gattin, nachdem er ihr die Kissen kurz ausgeklopft, sich wieder gerade zu legen und auszustrecken, strich ihr die Bettdecke glatt und streifte ihr behutsam eine Haarsträhne aus der Stirn, indem er flüsterte »Sleep well, sweetheart. I'll be looking after you in a while.«

Dann trat er ans Fenster, und bevor er die Stores wieder niederließ, blickte er lange hinaus auf den Rasen unterm Haus, auf den kleinen Springbrunnen zwischen den Stechpalmen und Rhododendronbüschen, über die Thuja-Hecken, die den Garten zum Nachbargrundstück begrenzten, blickte hinüber zu der *Boarding School*, deren rote Backsteinmauern von naßgrünem Efeu überwuchert waren — und alles, was er zu erspähen suchte, war ihm grau verhängt von einem Schleier, der über Stunden hinweg immer dichter geworden war und nun die Konturen der Dinge ins Ungefähre verschwimmen ließ, Flächen und Formen umflorte mit einem feinen Sprühregen — verhängt von einem zunächst in diffusem Grau und Grün aquarellierenden Dunst, der am Ende zu einem kompakten monochromen Nebel sich verdickt hatte und sogar die gleichmäßig tiefen Atemzüge der Schlafenden zu ersticken schien, die vom Bett an sein Ohr drangen.

Lange stand er so und starrte hinaus in die Trübnis. Dann nahm er das Tablett auf, schlich sich auf Zehenspitzen aus dem Zimmer und schloß sacht die Tür.

2.

backstein im nebel

»Auch die Stadt, in die wir nun zogen«, erzählte mir Abendroth auf unserer nächsten Sitzung, »lag in Niedersachsen, nur hundert Kilometer nördlich der alten Heimat — doch wie anders war alles dort! Weite Fläche ringsumher, horizontweit einsame Kiefernforste, Sümpfe, Feuchtwiesen, Viehweiden und Marschland — keine sanft gewellten Buchenwaldhügel aus fruchtbarem Lehm und Kalkstein, sondern Sand- oder saurer Moorboden mit eintöniger Vegetation und dem scharfen Ruch aus Nadelharz, Heidekraut oder Kartoffelfeuern — und mit gedeckten, opaken, nicht transluzenten Farben. Das Klima geprägt von der Nähe zur Nordsee: frostarme Winter, die Sommer gekühlt von maritimen Winden, häufig Regen oder Nebel, viel graues Gewölk.

Der Ort selbst mit sechzigtausend Einwohnern eine einstige Hansestadt, deren Backsteingotik jedem vertraut ist, der einmal die *Buddenbrooks* gelesen, ein Gemeinwesen, das im Mittelalter mit seinen Salzbergwerken zu fragwürdigem Wohlstand gelangt war — fragwürdig insofern, als dieser auf Kosten der baulichen Standfestigkeit ging, die von den Absenkungen des Bodens, welche die unterirdische Sole-Ausschwemmung nach sich zog, arg ins Wanken gebracht ward dergestalt, daß im Lauf der Jahrhunderte die ganze westliche Altstadt einschließlich jener St.-Michaelis-Kirche, an der Bach eine Weile als Chorknabe gesungen, langsam in sich zusammenfiel, Haus für Haus sich teils hierhin, teils dorthin neigte, die Giebel sich krümmten, zurück- oder vorbeugten, die Mauern Risse und Schründe bekamen, die Fenster grotesk sich schrägten, Treppen und Erker sich ausbuckelten oder eindellten, bis die schief gewordenen Bauwerke zuletzt gänzlich einstürzten, sofern sie nicht, mit gehörigem Aufwand, von Betonpfeilern, eisernen Streben, Stahlträgern und -stützen oder Zementfüllungen noch rechtzeitig daran gehindert wurden.

Ungeachtet dieser einigermaßen prekären Lage, einer Gefahr, wie sie allen Menschen droht, die auf kavernösem Grund sich ansiedeln, hausten in der westlichen Altstadt noch viele, ausnahmslos ärmere Einwohner; man könnte sagen, sie sei das Armen- und Siechen-Ghetto der Stadt gewesen. Jeden Morgen führte mich mein Radweg zur Schule durch dieses sinistere, verwinkelte Viertel, dessen abgelegenstes Haus über dem Eingang eine immerleuchtende rote Laterne trug. Das war das städtische Sündenhaus.«

Abendroth mußte damit gerechnet haben, daß ich bei diesem Wort die Brauen heben würde. Er hatte, mit Erlaubnis der U-Haftanstalt, einen Kassettenrecorder mitgebracht und bat mich jetzt, ihn einschalten zu dürfen, um mir kurz ein Tonband vorzuspielen, das seine Antwort auf meine zu erwartende Frage wenigstens kommentieren, wenn nicht sogar besser darstellen könne, als es seine Worte vermöchten. Ich möge nur zuhören, sagte er, die Musik dauere wenig länger als zwölf Minuten.

»Entstanden 1714«, so erläuterte er, »verdankt sie sich einer Sphäre pietistisch verinnerlichter Gelehrsamkeit und Glaubensobservanz, der nämlichen Sphäre, die mich an meinem neuen Gymnasium umgab, einer 500 Jahre alten Klosterschule namens *Johanneum*, einem Milieu von Provinzkantorei und Lateinschule, Rohrstock und Perücke, Sündenaustreibung, Andacht, Exegese und Erbauung — einem protestantischen Klima, wie es die ästhetischen Prämissen dieser Musik zutiefst prägte und an seinen Grenzen längst belagert war von Empfindsamkeit, Galanterie und Schäferpoesie oder vom spätbarocken Prunk der Symmetrien und illusionistischen Perspektiven — belagert ja bedrängt vom italienischen Geschmack an den Höfen Dresdens, Hannovers oder Münchens, oder vom goût français an den Höfen von Mannheim oder Celle oder Potsdam: Dort, in den Feudalzentren, war im ästhetischen Sinne längst Moderne, während in einer ökonomisch und sozial fortschrittlichen, liberalen Handelsstadt wie Leipzig über die *wunderlichen modulationes* des Thomaskantors noch altmodisch die Köpfe geschüttelt wurden.

Und wunderlich, geradezu exzentrisch ist ja gleich die instrumentale Einleitung der Dacapo-Arie, mit einem unvorbereiteten Dominantseptakkord zum Grundton der Tonika, der so klingt, als hätte die Musik, ehe wir sie vernehmen, bereits begonnen und, uns unhörbar, eine Weile schon gespielt.

Gesungen wird von *Sünde:* für den Darmstädter Hofbibliothekar Georg Christian Lehms war sie, wie für jeden christlichen Theologen, die zentrale Moralkategorie des Glaubens; seinem Kantatenlehrgang *Gottgefälliges Kirchen = Opffer* von 1711 entnahm Bach den Text für seine Kantate BWV 54, die er im einfachsten Normschema der Gattung für eine Altstimme mit zwei von einem Rezitativ verklammerten Arien setzte, begleitet nur von Streichern mit geteilten Violen und Basso continuo.

Die Anfangsarie *Widerstehe doch der Sünde / sonst ergreifet dich ihr Gift* ermahnt zur Resistenz gegen das lockend Tödliche, und die Musik ist, wie zumeist in Bachs Vokalwerken, exegetisch, das heißt symbolisch oder tonmalerisch, und ihre Semantik geschöpft aus dem Fundus der überlieferten Affekten- und Figurenlehre. Die melodieführende Stimme lockt von Vorhalt zu Vorhalt; das beharrliche Schreiten im Baß auf Orgelpunkten malt das Ineinander von hypnotischer Anziehung und trotzigem Widerstand gegen die einerseits gezogene, andererseits zögerliche Minimalfortschreitung der übrigen Stimmen. Die über lange Strecken unaufgelöste Dominantsept-Dissonanz ist süß und peinigend ineins, Sündenqual und Sündenlockung zugleich; jähe Trugschlüsse weben an einer trügerischen Trance, einer suggestiven *vox interna*, einer inneren Gewissensstimme, die klingt, als sänge sie uns nicht vor den Ohren, sondern im Kopf.«

»Sie ist aber sehr sinnlich«, wagte ich zu bemerken, »jedenfalls in der Aufnahme, die Sie mir vorgespielt haben.«

»Ja, nicht wahr? So füllig gurrend, wie Hilde Rössl-Majdan dies in der unteren Altlage singt, tönt es, als läge die Sängerin lasziv hingestreckt auf einem Diwan, während das Mikrofon oder unser Ohr ihr ganz nah an die Lippen rückt.

Nun, kennzeichnend für die barocke Ästhetik und eigentümlich im Kontext der theologisch begründeten Moral ist, daß die Musik in ihrer Ambiguität, ihrem Ineins von Sündenfaszination und (explizit in der zweiten Arie:) Sündenexorzismus janusköpfig ist und den Widerstreit, den der Text benennt, lediglich darstellt. Bei aller Originalität und Individualität der Prägung ist sie weder Stimme des Herzens noch ethischer Reflex. Sie nimmt nicht Stellung, sondern *legt dar*. Und leuchtet den Text auf eine Art aus, von der sich der anonyme Kopist, dessen Abschrift in Ermangelung eines Autographs auf uns gekommen ist, nichts träumen ließ. Bei ihm heißt es im Mittelteil der Arie: ›Denn die Gottes Ehre schänden, trifft ein Fluch, der tödlich *ist*‹ — bei Lehms dagegen, und womöglich auch im verschollenen Autograph, stand: ›trifft ein Fluch, der tödlich *trifft*‹, und dieses poetisch unschöne doppelte ›trifft‹ nun wird in der Musik jedesmal nach der Schlußkadenz in einen *Trugschluß* abgebogen, der, weil er harmonisch *nicht* trifft, den Kopisten zu seiner Textvariante veranlaßt haben mochte. Dabei trifft er *semantisch* ja doch, nämlich ganz unerwartet, überraschend, mit tödlicher Zielsicherheit: eben als ›Fluch‹.«

Auf meine Bitte, A. möge, statt in kulturhistorischen Quisquilien und Petitessen sich zu verirren, mein Interesse am geistigen Klima seiner neuen Heimat nunmehr knapp und *straightforward* bedienen, antwortete er ungerührt wie folgt:

»In den Teilen finden Sie das Ganze, Frau Doktor. Im Besonderen das Allgemeine, in den Dingen die Universalia, in der Monade die ganze Welt. Die zweite Arie, ein fugiertes Allabreve, bringt den Exorzismus. Subjekt, in Vierteln chromatisch absteigend über drei Halbtonschritte, ist der in Koloraturen hechelnde

Teufel, *diabolus in musica*, die ›Sünde‹, und wenn man ihr ›mit rechter Andacht‹, nämlich einem haltgebenden Kontrasubjekt überm rüstig fortschreitenden Generalbaß ›widerstanden‹ hat, dann macht sie sich ›gleich davon‹ in aufwärts huschenden Sechzehnteln, die sich kräuseln wie der Schwefeldampf des Leibhaftigen, wenn dieser durch den Schornstein entweicht.

Dies alles aber intim, pietistisch verinnerlicht, mit stillem Grauen, passend zum nebelgrauen Geschachtel der alten Stadt, hinter deren Giebeln das Übel brütete, das Böse, auch stiller Gram hinter grauen Gardinen, heimliche Untat, Trunksucht und Verdrängen. Dazu Fleiß und knausernde Versagung, Schuld und Sühne in bürgerlicher Enge, soziale Kontrolle, doch auch Sekurität und karges Gedeihen, große Freude kaum je. Um so mehr Pflichten, Kirchen und Kasernen.«

»Und wie gestaltete sich da«, frug ich, »Ihr Zusammenleben in der neuen Familie?«

»Mit Anpassung und Rückzug«, entgegnete A., bekümmert lächelnd. »Mit einem *pater familias*, der, vor allem auf Ausgleich und Harmonie bedacht, als vermittelnde Instanz wirkte zwischen Sohn und neuer Gattin, und dabei doch merkte, daß Feuer und Wasser unmöglich sich je würden mischen können. Mit einer Hausfrau, die anfangs sich mühte, mit ihrem Stiefsohn ein freundliches Einvernehmen herzustellen, der seinerseits trachtete, aus dem Gegebenen das Beste zu machen, sich auch zu arrangieren mit den zwei dreijährigen Stiefgeschwistern, die die neue Mutter aus ihrer ersten Ehe mitgebracht hatte.«

»Wie gingen Sie mit diesen um?«

»Nicht immer nett, fürchte ich. Ein Vergnügen war es mir zum Beispiel, die kleinen Dinger auf einen hohen Schrank zu setzen und mich dann daran zu ergötzen, wie sie, ängstlich in die Tiefe blickend, jammernd darum flehten, wieder hinuntergehoben zu werden: was ich eine lange, genußreiche Weile hinauszuzögern liebte.

Im übrigen wurde ich wortkarg und eigenbrötlerisch, zog mich zurück in mein Inneres. Das Familienleben kam mir nicht mehr großbürgerlich-liberal vor, wie es einst geschienen, sondern beschämend kleingeistig, eng und von lächerlichen Moral- und Sittenregeln durchsäuert, von faden Witzeleien, geistlosen Gesprächen, beschränktem Horizont. Das Essen nährte nur, schmeckte aber nicht. Das Gelände der dasigen Irrenanstalt war nicht mehr poetisch und pittoresk, sondern aufgeräumt wie eine Garnison nach dem Morgenappell, platt und planiert, beengt von massiven Krankenkasernen, die viel zu dicht, von nur magerer Vegetation geschieden, beieinanderstanden, gebaut aus Klinkersteinen in jenem enervierend monochromen Rot, wie es charakteristisch ist für den Baustil in ganz Norddeutschland. Die mal sumpfige, mal ausgedörrte Landschaft, die wir auf dem habituellen Sonntagsspaziergang oder im Herbst beim Pilzesammeln durchwanderten, empfand ich als tristen, öden Spiegel der eigenen morosen Stimmung. Was aus ihr sprach, war bestenfalls Schwermut.

Die Abende wurden vor dem Fernsehgerät verhockt. Die Tagesschau zeigte in grobkörnigem Grau die amerikanischen Korvetten bei der Blockade Kubas oder Bilder von der Verhaftung Rudolf Augsteins oder vom Attentat auf Präsident Kennedy oder, stets von schottischer Dudelsackmusik akkompagniert, Präsident de Gaulle beim Urlaub in Irland, wobei de facto nichts anderes zu sehen war als ein Paar langer Beine, die über ein nebliges Karstplateau stolperten. Es folgten Kulenkampff oder Millowitsch, Peter Frankenfeld, Lou van Burg (›Wunnebar!‹) oder die Schweinderl im ›Heiteren Beruferaten‹ oder der Fernsehkoch Clemens Wilmenrod oder das Ratespiel ›Hätten Sie's gewußt?‹ mit einem mißmutigen Gnom namens Maegerlein als Quizmaster, daheim nur *Meckerlein* genannt. Daß der Vater an solch einfältigen Divertissements ein behagliches Genüge fand, wundert mich heute nicht mehr. Denn weitaus gemütlicher wurde ihm sein ausklappbarer Patent-Fernsehsessel, wenn er, eine Zigarre rauchend und ein Glas Himbeersaft vor sich auf dem Tisch — Alkohol wurde nur an Festtagen getrunken, und auch dann niemals Bier, Schnaps, Whisky, Gin oder dergleichen —, in seinen neuesten Polizei- und Krankenakten schmökern konnte. Er hatte damals begonnen, so wie Sie, Frau Doktor, forensische Gutachten für die örtliche Strafkammer zu verfassen und sich dabei besonders gern solchen Sexualdelikten zu widmen, die mit der allerscheußlichsten Grausamkeit begangen wurden — und das Fernsehen mochte ihm Erholung in Gestalt heiterer Harmlosigkeit, ›Normalität‹ dagegensetzen. Einmal vertraute er mir an, nach seiner Pensionierung noch eine juristische Dissertation verfassen zu wollen; ich freute mich darüber, redete ihm auch gut zu, aber er hat dann das Ende seiner Dienstzeit nicht mehr erlebt.«

Ich notierte mir »sadistische (hereditäre?) Disposition«, setzte zwei Fragezeichen dahinter, und gab dem Gespräch eine neue Richtung. »Und wie kamen Sie, Herr Abendroth, mit der neuen Schule zurecht?«

»Nun, aus dem Klassenbesten, der ich in der Volksschule noch gewesen, wurde im Laufe der Zeit einer der Klassenletzten, der Jahr für Jahr, wenn der *Blaue Brief* eintraf, um seine Versetzung bangen mußte. Schuld daran war ein profundes Versagen in Chemie und Mathematik. Nicht, daß ich mit Abstraktion Schwierigkeiten gehabt hätte, sofern sie sich in *Wortsprache*, in Begriffen und Aussagesätzen zutrug — doch sobald sie sich in Ziffern und Symbolen formalisierte und auf nichts mehr außerhalb ihrer selbst bezog, war es mit meinem Vermögen zum Nachvollzug ihrer Regeln, Formeln und Operationen vorbei. Schönheit oder Wahrheit konnte ich darin nicht mehr entdecken; erstere war für mich immer gekoppelt an ein sinnliches Scheinen der Idee, und letztere blieb für mich gebunden an Sätze aus Wörtern. Nachhilfeunterricht konnte da wenig ausrichten. Der mürrische und gereizte Student, der mich mit seinen Zigaretten einnebelte, vermochte ebensowenig, diese Insuffizienz zu lindern, wie jener feiste, unter seinen Elastofix-Hosenträgern stark schwitzende Rentner, dem es aber wenigstens gelang, meine Sechs auf eine Fünf zu heben, mit der ich das Abitur bestehen konnte, indem ich die Note mit einer Eins in Musik ausglich.

Die Lehrer der Schule waren eine Galerie individualisierter, doch pädagogisch unbedarfter Charakterköpfe. Sanguiniker, Choleriker und Melancholiker wechselten sich ab. Ersterem Typus entsprach im Lateinunterricht ein witziger Giftzwerg und Zappelphilipp, Dr. Seippel, der gern von hübschen jungen Mädchen schwärmte oder mit Gusto von seinen Landser-Erlebnissen in den Abruzzen erzählte; ein Stichwort unsererseits genügte, und er ließ die gefürchtete rote Prüfungskladde sinken und fing an zu schwadronieren: ›Ja, damals am Col di Sasso! Der Ami hatte sich bei Gargnano verschanzt — wir lagen mit unserem Spähpanzer zwei Kilometer hinter Subiaco — unsere 3. Kompanie mit Leutnant Huber schlich sich über den Bergsattel‹ — undsoweiter: bis zum Klingelzeichen war für die schlecht Präparierten die Stunde gerettet. — Letzterem Typus entsprach, in Deutsch und Geschichte, ein schwarzhaariger, hagerer Ironiker mit blassem Totenschädel und schwefelgelb bleckenden Raucherzähnen, Herr Welle, dessen charakteristische Gebärde, ein resigniertes Abwinken à la ›laß fahren dahin, sie habens kein Gewinn‹ ich heimlich nachahmte, weil sie mir sympathisch war, mir imponierte. — Dem Typus des Cholerikers entsprach der Mathematiklehrer, ein sadistischer Soziopath mit wasserhellen Glubschaugen und tenoraler Stentorstimme, ein Herr Hänke, dessen Name mir als ›Henker‹ eher eingeleuchtet hätte.

Sie alle waren auf die ein oder andere Weise geprägt von der Hitlerzeit. Da gab es den Musiklehrer, einen feinen, zarten alten Herrn, zierlich von Gestalt, der mir Jahre später erzählte, wobei ihm die Tränen in die Augen traten, sein einziger Sohn sei in

Rußland von einem Panzer überrollt worden; der Panzer sei mit seinen Ketten auf dem Überrollten extra noch ein wenig hin und her gerutscht, um ihn bis zur Unkenntlichkeit zu zermalmen. Oder jenen späteren Geschichtslehrer, der mit seiner Rechten, die in einem Gefecht mehrere Finger eingebüßt hatte und seither einer Vogelkralle glich, uns vorm Gesichte fuchtelte und vom Großdeutschen Reiche schwärmte, das noch nicht so grausam amputiert gewesen, wie Deutschland heute im allgemeinen und seine Hand im besonderen es sei. Oder den Deutschlehrer, der uns für Richard Wagner, Gottfried Benn und Ernst Jünger zu begeistern suchte und dessen kinnreckender nordischer Blondschädel von einem Adepten der Rassenkunde sicher gern vermessen worden wäre. Ihm, der die Musik Mahlers mit einer wegwerfenden Gebärde für ›läppisch‹ erklärte, habe ich meine erste Fünf in Deutsch zu verdanken, die ich für den schnöden Verriß eines Benn-Gedichts erhielt, und ich weiß noch gut, wie er mich mit schneidendem Hohn fragte, ob ich Journalist werden wolle? — und ich trotzig zur Antwort gab: ›Warum nicht gar?‹

Eine weitere Fünf in Deutsch bekam ich von einem Referendar für einen Aufsatz zum Thema ›Nennen Sie Ihre Lieblingsjahreszeit und beschreiben Sie, was Sie in dieser gern täten‹. Ich nannte den Herbst und beschrieb ihn in den leuchtendsten poetischen Farben. Das sei nicht recht getan, tadelte im nasalen Hamburger Dialekt der Deutsch-Adjunkt, ein kalter, bräsiger, fischblütig verkniffener Junghanseat; das Ganze sei ja ›recht warm‹ verfaßt, doch das Thema sei verfehlt, da ich nicht geschrieben hätte, wie ich die Jahreszeit *tätig* zu nutzen und auszufüllen gedächte.

Es war das, was man gemeinhin ein Schlüsselerlebnis nennt. Zum erstenmal wurde mir ganz deutlich, daß es — non scholæ, sed vitæ discimus — im Leben nicht auf *contemplatio*, sondern auf *actio* ankomme, auf Tätigkeit, Anwendbarkeit, Nützlichkeit, und daß ästhetische Kategorien, unter die ich Naturphänomene seinerzeit wie selbstverständlich subsumierte, zurückzutreten hätten vor den Erwägungen eines Mittel-Zweck-Denkens, das ich in solchem Zusammenhange als kleingeistig verachtet habe bis auf den heutigen Tag.«

»Und Ihre Klassenkameraden —?«

»— waren strebsame, folgsame Jünglinge, deren Berufswünsche ›Jurist‹, ›Arzt‹ oder ›Offizier‹ lauteten. Aufsässig war keiner von uns; bis zum großen antiautoritären Aufbegehren der sogenannten Achtundsechziger hatte es ja noch eine gute Weile. Einzig am Religionslehrer wurde das Mütchen gekühlt. Er, ein verzweifelt heiterer, bemüht liberaler junger Theologe, wurde zur Zielscheibe grausamen Spottes; alle aufgestaute Rachlust, alle in den übrigen Stunden unterdrückten Aggressionen wurden auf einen Schlag freigesetzt, entluden sich in frecher, zynischer Unbotmäßigkeit, in höhnischen Schmierereien auf der Tafel (›Popi ist lieb‹) und kulminierten ein ums andere Mal in der Verzweiflung desjenigen, der bebend vor Zorn, mit Tränen in den Augen, die Bibel sich in die Aktenmappe stopfte, aus dem Klassenzimmer stürmte und mit der Diagnose ›Nervenzusammenbruch‹ für eine Weile sich krankschreiben ließ. Unser Klassenlehrer, der Griechisch unterrichtete, rügte uns darob zwar streng. Dennoch war hinter seinem Tadel etwas wie ein ganz leichtes antiklerikales Augenzwinkern zu spüren, wie es einem Liebhaber der Antike wohl anstand, der zur heidnisch-aufgeklärten Klassizität seines Faches sich bekannte und zugleich mit spöttischem Lächeln gestand, bis heute nicht zu wissen, was die Leute unter jener ›nordischen Mystik‹ verstünden, die sie jener entgegenzusetzen pflegten.«

»Haben Sie, Herr Abendroth, sich an diesen Quälereien beteiligt?« fragte ich und beobachtete aufs neue, wie das Unbehagen, das meine Frage in A. weckte, seinen Körper veranlaßte, sich zu winden, zu verkrampfen, zu verschrauben. Er beugte sich vor, griff nach einem Radiergummi und begann ihn auf der Tischplatte zu reiben, als müßte er eine geschriebene Erinnerung auslöschen.

»Nein, habe ich nicht«, sagte er hart, »und ich bin auch nicht aufgestanden, um ein flammendes Plädoyer zu halten wider solche Unmenschlichkeit, wie es mir die Phantasie gern heldisch vorgaukeln würde. Nein — ich empfand Scham und Mitleid, und zugleich dieselbe Befreiung oder Entlastung, die die offen aufsässigen Störenfriede zu ihrem Treiben motivierte. Ich preßte mir die Hand vor den Mund, um mir das Lachen, das mich schüttelte, wieder hinabzustopfen in den Schlund, was den Lachzwang nur noch verstärkte. Das Ganze war mir ein groteskes komplementäres Spiel aus Komik und Jammer, und zwar auf seiten der Schüler wie des Lehrers, ein absurdes Theater aus blödsinnigen Späßen, kläglicher Beschwichtigung, pubertärem Hohn, alberner Verzweiflung und traurigster Lächerlichkeit, ein Stück, in dem ich den Part eines Zuschauers spielte, der zum Protest zu feige, doch auch zu fasziniert war vom Spektakel.«

»Hatten Sie Freunde unter diesen Klassenkameraden? Oder eine Freundin?«

»Freunde nicht eigentlich; die Mitschüler waren, wie schon angedeutet, leistungsfixierte, angepaßte Jungbürger, die ihre Freizeit mit Pop-Musik und jenen Mädchen verbrachten, die sie ›im Twistschuppen aufgerissen‹. Ein Austausch mit zwei Kameraden, die ich ›Freunde‹ zu nennen kaum gewagt hätte, bescherte mir immerhin die Erweiterung des musikalischen Horizontes. Der eine, Sohn eines Anglistikprofessors, eines Gelehrten alter Schule, der bei meinen Nachmittagsbesuchen gelegentlich im Morgenmantel zerstreut murmelnd die Treppe hinabstieg, um mir flüchtig die Hand zu geben, machte mich mit Brahms bekannt, der bei den Großeltern, die noch zu Lebzeiten Brahmsens das Licht der Welt erblickt, als ›Neutöner‹ verpönt war — je nun, auch Schönberg nannte Brahms ja, wiewohl im rühmenden Sinne, ›the progressive‹. — Der andere war ein blonder, blauäugiger Wagnerianer, der mit dem Tonbandgerät sich aus dem Radio die Live-Übertragungen der Ring-Tetralogie aus Bayreuth unter

Böhm aufnahm, welche wir gemeinsam in seinem winzigen Dachkämmerchen, in dem das mächtige, fünfzehn Kilo schwere Grundig-Abspulgerät kaum Platz fand, uns anhörten, in den Pausen gestärkt von den Wurstschnitten, die die Hausmutter ›den jungen Herren zur Atzung‹ auf einem Tablett heraufbrachte. War dann endlich die Gibichungenhalle eingestürzt, der letzte Akkord der Götterdämmerung verklungen und der Schlußbeifall verebbt, suchte die Ergriffenheit des Kameraden sich Ausdruck in spröden Worten wie ›Jaja, der konnte was, der Wagner‹ — und dem pflichtete ich gerne bei.

Aber eine Freundin? Wo hätte ich eine solche finden können? An unserer Klosterschule gab es keine Koedukation, und das Mädchen-Lyzeum namens ›Wilhelm-Raabe-Schule‹ war für uns verbotenes Terrain. Die grauen Giebel im Nebel atmeten den Geist der Sittenstrenge und puritanischen Versagung — mein Selbstwertgefühl war schwach ausgeprägt — die schlecht sitzende, abgetragene Kleidung, die man mir zuschob, oft aus schweißtreibenden synthetischen Stoffen fabriziert, zu tragen peinlich — die schlechten schulischen Leistungen, welche vielfache Rügen und Demütigungen von Stiefmutter, Lehrern, Mitschülern nach sich zogen: dies alles war nicht dazu angetan, das Selbstbewußtsein zu heben; ich war gehemmt und verklemmt, schüchtern, introvertiert, kargte verdruckst mit Worten und behielt meine Gefühle für mich.

Mit 17 Jahren wurde ich zur Tanzstunde kommandiert. Der ritualisierte Umgang mit dem anderen Geschlecht, der dort gelehrt wurde, ließ irgendwelche freundschaftlichen oder erotischen Empfindungen gar nicht erst aufkommen. In Stuhlreihen saßen Jungen und Mädchen einander gegenüber; wenn dann auf ein gegebenes Signal hin die Schar der Jungmänner sich wie eine Jagdmeute auf die sittsam harrenden jungen Damen stürzte, um sie zum Tanze aufzufordern, kam mir das vor, als werde einem Käuferpack, das gierig vor dem Kaufhause gewartet, endlich die

Tür zum Winterschlußverkauf geöffnet: eine so erniedrigende Prozedur, daß ich als letzter mich erhob und langsam schlendernd, ostentativ gelangweilt, mich dem übriggebliebenen Mauerblümchen näherte, um es resigniert aufs Parkett zu führen. Der instinktive Widerwille, meinen Körper nach dem Rhythmus einer nicht freiwillig gewählten, sondern aufgenötigten, obendrein stupiden Musik zu bewegen, führte die befohlenen Schritte so in die Irre, daß ich dem armen Wesen, dem ich die linke Hand locker in die schwitzende Rechte und die eigene Rechte sacht um die Schulter gelegt, ein ums andere Mal schmerzhaft auf den — von weichen Tanzschühchen nur unzureichend geschützten — Fuß trat, was die Peinlichkeit des Ganzen ins Unerträgliche steigerte; und wenn kein klassischer Walzer auf dem Programm stand, wurde statt dessen irgendein Modetanz à la *Twist* oder *Cha-cha-cha* angesagt, dessen händeklatschender Primitivismus mir zum Inbegriff dieses ganzen unsäglich ridikülen Zwangskollektivs wurde. Nach dieser ersten Stunde ging ich nie wieder hin und habe seither nie wieder irgendwo getanzt, eine Abneigung, die meine Stiefmutter zu der höhnisch auflachenden Bemerkung verleitete, ich müsse wohl ein ›warmer Bruder‹ sein.«

»Das klingt alles düster, Herr Abendroth«, kommentierte ich, »und in dieser Düsterkeit bemerkenswert einseitig den lichten Farben Ihrer Kindheit gegenübergestellt.«

»Da haben Sie recht«, gab A. unumwunden zu. »Diese einseitige Akzentuierung muß unglaubhaft wirken. Aber ich hoffe, Sie haben gemerkt, daß ich mit ihr lediglich auf einer neuen Stufe das variiere, was ich als Gegensatz schon zuvor herauszuschälen bemüht war: das dialektische Verhältnis zwischen Regression und Fortschritt, Antiquität und Moderne — wobei diese ja in sich selber dialektisch war insofern, als sie am Vergangenen, Poetischen nagte und das Phantasie-Reservoir, das am Alten sich aufgefüllt, immer weiter zerstörte und zugleich doch auch einen *Freiheitshorizont* öffnete, im progressiv Künftigen eine Weitsicht aufschloß, die jenes poetische Prinzip auf eine neue, kritisch reflektierte Ebene zu heben versprach.

Da gab es zum Beispiel an unserem Ort eine ›Universitäts-Woche‹. Professoren aus verschiedenen Fakultäten des Landes reisten an, um in der Aula des Johanneums Vorträge zu halten über Politik und Philosophie, Bildende Kunst, Literatur und Musik, auf hohem Niveau ohne Rücksicht auf den bescheidenen Bildungsstand der Provinz. Ich war ein Habitué dieser Veranstaltungen, saß in der ersten Reihe, damit mir kein Wort entging, und auch wenn ich oft noch nicht viel vom Vorgetragenen verstand, war mir doch hell bewußt, daß hier endlich von Dingen, auf die es ankam, *verantwortlich* gesprochen wurde, ganz anders als daheim, in der Schule oder auf der Straße, nämlich mit Bedacht die Sätze wägend, mit kluger Übereinstimmung zwischen Sache und Begriff, auf Grundlage eines Wissens, das Wahrheit verbürgte. Solcherart hörte ich den großen Emeritus und Doyen der Musikwissenschaft, Friedrich Blume, über den alten Bach dozieren, lernte von Jürgen Uhde, wie die Diabelli-Variationen sich analysieren ließen, erfuhr etwas über die Nähe des späten Beethoven zu den Folklorismen Bartóks, des ›radikalen Romantikers‹, und erinnere mich besonders gut eines Referats über zeitgenössische Musik, über Aleatorik, Stochastik, Elektronik, in dessen Verlauf dem Publikum Tonbeispiele präsentiert wurden mit den ungeheuerlichsten Klangvisionen, die in den Studios von Warschau, Utrecht, Köln und Paris produziert worden waren. Eines dieser schockierenden Exempla, eine indefinit rotierende Klangfläche — ich weiß nicht mehr, ob von Kagel, Pousseur, Stockhausen, Luc Ferrari oder de Monte-Young —, brachte die Zuhörer in der Sitzreihe hinter mir dazu, in ein höhnisch bölkendes Gelächter auszubrechen, in dem Unsicherheit, Beschränktheit und Überheblichkeit sich mischten, einen Störlaut, den ich ihnen, mich wütend umdrehend, mit scharfem Zischen verwies, einem ›Kusch!‹, das ich unter anderen Umständen nie gewagt hätte, und ich weiß noch gut, daß diese impulsive Insubordination der Bereitschaft entsprang, jene soeben gehörte musikalische Erscheinungsform von Fortschritt und Moderne nicht als Dokument eines Destruktiven zurückzuweisen, sondern mit offenen Armen willkommen zu heißen, da sie als tönende *bestimmte Negation* von Freiheit sprach.«

schräges terrain

Yberseindts Prophezeiung hatte sich erfüllt. Die Besprechung seines ersten Vortrags durch Brightons Lokalpresse war unfreundlich gewesen, und heute, zur Fortsetzung der Reihe, die Foxen oblag, hatte sich im Gemeindesaal von St. Martin nur ein zages Häuflein von neun Besuchern über die Stuhlreihen verteilt. Zwei Schüler der örtlichen Grammar School zählten dazu, adrett gekleidet in grauen Hosen und blauen Pullovern mit aufgesticktem Schulwappen und V-Ausschnitt, in dem eine rote Krawatte steckte — ein älteres Fräulein, das als Bibliothekarin in der City Library tätig war — zwei Klavierschülerinnen, die ihre Notenmappen unterm Arm trugen — in der ersten Reihe Birthwhistle, Yberseindt und Foxens Fiancée, Miß Rose, die zu einem *luxury weekend* im Seebad weilte — und in der vorletzten Reihe ganz links, in einem marineblauen, mit Einstecktuch und Goldknöpfen besetzten Blazer über weißer Leinenhose und mit akkurat gestutztem grauem Schnurrbart ein betagter Sommerfrischler, der wie ein Oberst im Ruhestand aussah (was sich später als zutreffend herausstellte), welcher mit dem Besuch des Vortrags in seinen Müßiggang wohl ein wenig Abwechslung zu bringen hoffte.

Fox sprang ans Pult, begrüßte die Gäste — »thank you for coming« — und schloß diesem Dank unvermittelt die Frage an: »Meine Damen und Herren, wissen Sie, was an den frühen sechziger Jahren unseres Jahrhunderts das Auffälligste gewesen ist?« Da niemand sich meldete, der eine Antwort hätte geben wollen, womit Fox auch schwerlich gerechnet haben konnte, fuhr er fort:

»Ich wills Ihnen gern verraten. Das Auffälligste war, wie unbekümmert um *Historizität* die Neue Musik sich jetzt gab. Schönbergs Zwölftontechnik hatte ja nur die Tonhöhen determiniert. Die Determinierung von Tondauern, Klangfarben und anderen

Parametern war demgegenüber retardiert, zurückgeblieben — und auf diesen Rückstand, dieses Unausgereifte hatte der Serialismus, vertreten durch Boulez oder den frühen Stockhausen, in den fünfziger Jahren mit einer Reihendeterminierung *sämtlicher* Parameter geantwortet, die der Vollendung jener ›Tendenz des Materials‹ näherkommen sollte, von der Adorno gesprochen hatte.

Das Losungswort der *sechziger* Jahre hieß nun aber nicht mehr Regulierung und Determinierung, sondern *Freiheit.* Befreiung auf allen Ebenen. Sie erfaßte, erst als Slogan, dann als Attitüde und schließlich als Gestaltungsprinzip nach und nach alle Künste und zuletzt sogar das gesellschaftliche Ganze. Denken Sie an die Turbulenzen auf den Straßen von Paris und Liverpool, Berlin und San Francisco, denken Sie an die Öffnung der psychiatrischen Heilanstalten etwa in Bologna, die bis dahin eher Gefängnisse gewesen waren. Auf jene Determinierung im Serialismus respondierten Komponisten wie György Ligeti, Luciano Berio, John Cage oder de Monte-Young jetzt also mit einer *Freiheit der Axiomsetzung*, die es uns heute schwer macht, die Ausfächerung dieser Setzung, ihre Verzweigung in Aleatorik, Stochastik, Collage, Klangfarbenkomposition, Instrumentales Theater etcetera noch als zwingende historische Kontinuität nachzuzeichnen und nicht als Eklektizismus anzusehen — es sei denn, man suchte ein Vorbild für solche Diskontinuität-in-der-Kontinuität bei älteren Schöpfern wie Berlioz, Mahler, Ives: Concept-Artisten auch sie, Manieristen, auf die sich jene jüngere Komponistengeneration denn auch eher berief als auf die gestrengen Altmeister Webern oder Schönberg. Gegen Adornos Auffassung, Musik sei durch und durch geschichtlich, seinen Einspruch in *Vers une musique informelle*, schien nun die Überzeugung zu rebellieren, in der Kunst sei zu allen Zeiten alles möglich. Zum Exempel dessen spiele ich Ihnen jetzt die letzten fünfzehn der insgesamt 48 Minuten eines Werkes vor und bitte Sie« — Fox schaltete das Tonbandgerät ein — »um Ihre geneigte, hoffentlich vorbehaltlose Aufmerksamkeit.«

Die Musik, die erklang — war das noch Musik? —, löste im Publikum offenkundig Nervosität aus, Rascheln und leises Geflüster, Schurren von Schuhsohlen auf gebohnerten Dielen, Hüsteln und allerlei weitere Anzeichen von Unruhe und Befremden. Fox, der nichts anderes erwartet hatte, lächelte wissend, nickte mit dem Kopf, schaltete das Gerät aus und fuhr fort: »Ladies and Gentlemen, der Komponist dieses zweisätzigen Werkes, Mauricio Kagel, hat einmal gesagt, die Vergangenheit sei ein Reservoir an flüssiger Lava, die in jede beliebige Richtung fließen könne, ›nur das Terrain sollte etwas schräg sein‹. Was mich betrifft, so bin ich zwar nicht geschrägt, aber geneigt — nämlich geneigt, diese Komposition mit dem schräg-abschüssigen transdanubischen Terrain der Kindheitserinnerungen in einer Erzählung zu assoziieren, die ich einmal auf einer Lesung in Wien vorgetragen hörte; und wie verschlissen das sentimentale Klischee vom Clown auch sein mag, hinter dessen Maske die Tränen rinnen, so gaben die Clownerien in Kagels instrumentalem Theater — etwa im *Match für 2 Cellisten*, in dem ein Schlagzeuger den Schiedsrichter spielt, oder in der Collage *Ludwig van*, einer Hommage zur Bicentenarfeier 1970, in der Kagel als Beethoven verkleidet auftrat — dem Kollegen Dieter Schnebel doch Anlaß zu der Äußerung ›Das würgt einen ganz schön‹; ich zumindest kenne kein anderes Musikstück, in dem, wie Sie soeben gehört haben, ein Kind in Schluchzen ausbricht und sich am Ende mit einer ganzen Schar seinesgleichen in herzzerreißend desperatem Singsang, Trällern und Pfeifen verliert.

Nach jener ästhetischen Explosion von *Freiheit*, die mit den politischen Tendenzen der späten sechziger Jahre zusammentrifft, wurde unser Stück vor sechs Jahren, 1973, als Auftragswerk der Deutschen Grammophon Gesellschaft zu ihrem fünfundsiebzigjährigen Jubiläum geschrieben und trägt den Titel *1898*. Nun, Sie alle kennen Photographien aus der Frühzeit des Grammophons, auf denen man in einer zum Tonstudio aufgerüsteten Dancing Hall in Boston oder Chicago oder in irgendeinem namenlosen Saloon von Poughkeepsie vor mächtigen Schalltrichtern Violinisten sitzen sieht mit Geigen, die statt eines hölzernen Korpus spindeldürre Aluminiumscheiben haben mit Trompetenschallstücken. Diese hybriden Instrumente hießen ›Strohgeigen‹. Nicht, weil Bogen oder Griffbrett mit Stroh bespannt gewesen wäre, sondern weil ihr Erfinder, ein Amerikaner, Charles Stroh hieß — und in Anlehnung an solche instrumentalen Zwitterwesen ließ Kagel nun einen Satz Streichinstrumente anfertigen, deren Holzkorpus jeweils mit einem Schalltrichter von Trompete, Posaune, Flügelhorn oder Sousaphon versehen wurde, um auf diese Weise den spirrigen, drahtigen, etwas metallischen Klang zu erzielen, wie er für die Frühzeit der Schallreproduktion um 1898 typisch war und der Neigung des Komponisten zu verschlissenen, denaturierten Klangfarben entgegenkam.

Dieser erzählt, er habe noch während der Herstellung dieser Instrumente von einem Bekannten aus Teheran das Originalexemplar eines Stroh-Cellos erhalten, das der Iraner kurz zuvor in Bagdad von einem Instrumentenbauer gekauft, welcher seit 1920 über fünfzig dieser Ungetüme in seinem Keller hortete. Er erzählt überdem, daß bei der Aufnahme von *1898* zweiundzwanzig Kinder im Alter von zehn bis dreizehn Jahren mitwirkten, weil hier im Gegensatz zu der wohlorganisierten Klangwelt der Erwachsenen versucht worden sei, die ›spontanen Reaktionen von ungeschulten Stimmen in einen strengen Kontext einzubeziehen‹; und zu diesem Zweck nun habe man eine unbekannte Schulklasse eingeladen, ins Aufnahmestudio zu kommen. Und Kagel schließt seinen Werkkommentar mit den Sätzen: *Musik scheint nur dann zu entstehen, wenn die Absicht wirklich vorhanden ist, sie zu entschleiern. Nach zwei Sitzungen war ich mit der Ausbeute zufrieden. Dagegen sagte mir ein Kind: ›Schreiben Sie, daß nichts erreicht wurde‹.* — Ja, bitte?«

Birthwhistle hatte sich schnaufend erhoben. Er nahm den Kneifer von der Nase, schlenkerte ihn am Bändel virtuos um seinen Zeigefinger und sprach: »Thank you, Fox. Apologies for interrupting you. Aber was hat es nun mit jener Wiener Lesung auf sich, die Sie eingangs erwähnten?« Er blickte sich beifallheischend um und setzte sich wieder.

»Thank you, Steven«, gab Fox zurück. »Mit dieser Frage hatte ich gerechnet. Was hat Kagels Werk damit zu tun? Ich glaube, eine ganze Menge. An den Namen des Vortragenden erinnere ich mich nicht mehr, wohl aber daran, daß mir die präzisen kleinen Schraffuren in den kurzen Einzelsätzen seines Prosatextes mit dem hechelnden Accelerando, in dem Kagels Musik atmet, ihrem Repetitiven und Minimalistischen zu konvergieren schienen. Das ›schräge Terrain‹, von dem der Komponist spricht, schien im Text ganz wörtlich überführt in die hügeligen *trapezförmigen Schroffenflächen*, die, abgeschabt und abgeschrägt, den Blick (auf ein Abschüssiges, Gewelltes, Terrassiertes) als *an sich selber schräg* kennzeichnen: als einen zeichenhaften, ›gewetzten‹ Blick.

Nun, und die Korrelation solcher landschaftlichen Zeichenhaftigkeit gilt eben auch für den abgewetzten, kargen, rauhen, verschlissenen Klang des Kagelschen Instrumentariums. Die Lesung sprach von *Schürfung, kahl bis auf den Fels, der Berg abgeschabt, knochig fast, bis auf die Haut*; und auch die Bauklötze der *Wortcontainer* hießen, wenn ich mich recht entsinne, ›abgeschabt‹, als wäre vom Klang der Stroh-Saiten die Rede gewesen, wenn die Bögen über sie hinwegkratzten.

Im Text stand diese Landschaft also gleichsam als geschundener Marsyas, als gehäuteter *Körper*. Doch freilich ging es dabei um mehr als Anthropomorphie, um mehr als nur die Physiognomik im *nasenförmigen Bug* eines Berges. Vielmehr um Zeichenhaftigkeit schlechthin. Bedenken Sie die Textbewegung: der nasenförmige Bug verweist auf unseren englischen *bug*, der den Berg bewohnt — in seiner Wortmitte das U — dazu ein zweites U der Äste, nein,

Arme des Baumes — und daraus werden *vier große Buchen*, denen sich Buchstaben beifügen auf Schrifttafeln und ›Wortcontainern‹, *bunt, abgeschabt mit verschiedenen Schriften, Namen* — und dieses ›U der Erinnerung‹, ein großes U wie Umweg, wird wiederum zum Verlauf, zum Weg, analog dem japanischen ›na-sen‹ und dem kurvigen, nein, nicht Bug, sondern Flug des ›Seglers‹, der nichts anderes ist als ein großer geflügelter Käfer, unser englischer *bug*.

Womit wir wieder auf dem schrägen Terrain sind, von dem die Flieger herabgesegelt kommen, deren zischend über die Köpfe hinweggleitendes Pfeifen dem Pfeifen der Kinder in Kagels Komposition korrespondiert. Und als gäbe es der Koinzidenzen noch nicht genug, schien im Bilde des alten Hangars, der Motorwinden und Lederwesten, die der literarische Text beschwor, überhaupt etwas von jener Moderne auf, jener Frühgeschichte der Technik, die auf alten Photographien die ersten segeltuchbespannten Flugmaschinen der Brüder Wright den Phonographenwalzen Edisons beigesellt und den Grammophontrichtern, Wachs- und Acetat-Matrizen und Strohgeigen von 1898.

Ich hoffe, Sie können mir noch folgen«, sagte Fox und blickte reihum fragend in die Runde, als erwartete er im Ernst, daß es Zuhörer gäbe, die treuherzig ihr Nein bekunden würden, bevor er fortfuhr: »Schauen Sie, ich frage mich, ob sich hier von einer landschaftlichen Semiotik sprechen läßt, in der aus minimalen Lautdifferenzen ein Erinnerungsterrain erwächst. Ein Gelände, das, kindhafter Wahrnehmung genügend, mit einfachen Lautbuchstaben anhebt, etwa A versus E, von Kagel bis (Berg-)Kegel, oder A versus U: von Kagel und karg/kratz/schab/Arm/Nasen und von dort über das Homonym des japanischen *na-sen* (das ›Umweg‹ bedeutet) zur Urgeschichte der Flugkurve, zum bunten Buchstaben, zu Buch/Buche/Bug und von dort über das englische Homonym *bug*, also *Ka*efer, wieder zurück zu *Ka*gel.

Sie könnten einwenden, diese Augenblicksmetaphorik sei eine reichlich infantile, eher regressive Art der Weltwahrnehmung, aber der moralische Tadel in diesem Einwand wäre unangebracht. Denn Kagels Komposition korreliert solcher kindhaften Phonetik. Auffällig an der Dichtung, die ich in Wien vorgetragen hörte, war ja auch die Erwähnung des Heiligen Berges auf unserer keltischen Nachbarinsel, des Croagh Patrick, eines konischen Quarzitkegels in der Grafschaft Mayo. War dies ein Reflex auf jene Kinder, die der Text an einer Stelle ›keltische Jäger‹ nannte? Oder ging es dort nur um die Morphologie des Kegels, der dem Namen des Komponisten schon recht nahegerückt ist und im Namen eines der besten Dirigenten moderner Musik, Herbert Kegel, sich wiederfindet?

Lassen Sie uns, Ladies and Gentlemen, abschließend den ersten zwanzig Minuten von *1898* lauschen; und wenn ich eine Bitte an Sie richten dürfte, dann wäre es die: Sie möchten vorderhand alles vergessen, was ich Ihnen gesagt, außerdem auch alles vergessen, was Sie an Normen und Rastern mitgebracht haben aus der Musik von Bach bis Webern, alle Kategorien und Begriffe und Regeln von Thema und Motiv, Abspaltung und Fortspinnung, Kontrapunkt und Dur-Moll-Tonalität, Kadenzschritten, Modulation, Taktmetrik, vierstimmigem Satz, Fuge, Rondo, Variation und Sonatenform; Sie möchten bitte statt dessen Musik als ein raumzeitliches Ereignisfeld wahrnehmen, in dem Gestalten, Gebärden, Laute und Geschehnisse stattfinden wie auf einer imaginären Bühne; vielleicht werden Sie dann bei Kagel eher eine Nähe zu Ionesco und Beckett wahrnehmen als zu Schönberg, Brahms oder Bach. Ich verkenne nicht die Schwierigkeit, die solche Musik einem ungeschulten Ohr bereitet, meine aber doch, daß wir alle nicht in böotischer Wildnis aufgewachsen sind, sondern von unserem *everyday life* zu einem differenzierten Hören erzogen wurden, das uns erlaubt, solch ein instrumentales Theater trotz aller Künstlichkeit, aller Maskierung und Clownerie als tönenden *Realismus* aufzufassen, als bitterernst verspielten Spiegel unserer eigenen Welt.«

Fox drückte den Einschaltknopf; nach zwanzig Minuten blendete er die Musik langsam aus, schaltete das Gerät ab, dankte dem Auditorium, das ihm seine Mühe mit dünnem, aber freundlichem Applaus lohnte — und er wäre nicht Fox gewesen, wenn er nicht bei sich im stillen gedacht hätte, daß dieser Beifall weder ihm selbst noch der von Kagel auskomponierten *Freiheit*, sondern einzig der Erleichterung, der ersehnten Befreiung aus der Unfreiheit des Zuhörens gegolten habe.

Während er seine Papiere bündelte, traten Yberseindt, Birthwhistle und Rose zu ihm heran ans Pult. Letztere war aufrichtig encharmiert; sie küßte ihn auf die Wangen, strahlte vor Begeisterung und Stolz — und brachte dabei ihr altrosa geblümtes Laura-Ashley-Kleid mit kleinen kokett aufwirbelnden, leis rauschenden Wallungen auf dem Podium zu entzückender Wirkung.

Ersterer wandte mit Zitterstimme ein, er habe sich, aller Vortrefflichkeit des Referierten ungeachtet, mehr analytische Detail-Exegesen erhofft, etwa zur gestauchten Zeit am Ende von Abschnitt 3 oder, beim Schluß des zweiten Beispiels, zum Verhältnis zwischen Intervallstruktur und Klangfarbenverschiebung; »Sie kennen ja die analoge Passage im zweiten Ligeti-Quartett?« Fox nickte. Er kannte sie nicht.

Birthwhistle klopfte seinem Adepten gutmütig auf den Oberarm und schnaubte: »Well done, Fox. Sie wissen, was Dr. Johnson zu Boswell nach einem Konzert sagte? —: ›You call this difficult, Sir — I wish it were impossible!‹ Was die Continentals so alles als Musik ausgeben, ts — ich frage mich nur, wie es von dort aus weitergehen kann. Und das muß es ja, nicht? Adornos ›Tendenz des Materials‹ gilt ja für alles Material gleichermaßen. Oder sollte diese Tendenz ein Gesetz sein, das seine eigene Aufhebung in der Tendenzlosigkeit in sich schließt? Stillstand der Geschichte? Ist so etwas überhaupt denkbar?«

Währenddessen hatte sich der schnauzbärtige Herr im blauen Blazer mit den Goldknöpfen dem Podium genähert, machte kurz unschlüssig vor ihm halt, erklomm dann gebückt, mit einem wagemutigen Schritt, die Höhe, richtete sich ächzend wieder auf, zog sich die Bügelfalten straff, glättete sich die zerknitterte schräggestreifte Krawatte und trat, soldatisch gereckt, heran an die Gruppe am Pult, verbeugte sich knapp, räusperte sich und sprach die Dame an. »Pardon me, Miß — you must be Miß äh —«

Rose warf einen kurzen Blick auf den Unbekannten und näselte kühl: »I am Lady Penelope Rose Hansom of Tilbury Manor. Mit wem habe ich die Ehre?« — Der alte Soldat zuckte mit keiner Wimper; er straffte sich noch mehr und hätte beinahe die gestreckte Hand keilförmig an die Schläfe gesetzt; statt dessen schnarrte er: »Mir ein Vergnügen, wenn Your Ladyship erlauben. Colonel Trevor Marston, 2nd Battalion, Royal Shropshire Fusiliers, 1st Brigade. Jetzt im Ruhestand. Habe Vortrag gehört. Sauber vorgelesen. Brave boy.« — »Der Boy ist mein Verlobter.« — Oberst Marston schluckte unhörbar, bevor er zur Antwort gab: »O indeed? Congratulations. Excellent choice, if I may say so. Your Ladyship sind auch musikalisch?« — »Well, a little bit, just by chance. I'm first solo cellist with the LSO, Sie haben von dem Orchester schon einmal gehört?« — »London Symphony? O sure, sure, of course, excellent brass group. Always loved the Proms. Pomp and Circumstance, you know. Land of Hope and Glory.«

Im Laufe dieser bilateralen Verhandlung hatten sich die Herren um das Paar geschart, und nun stellten sich alle der Reihe nach vor. Birthwhistle inmitten, ganz Royal Oak, das niedrige Gehölz überragend, dekretierte den gemeinsamen Abmarsch, heute nicht ins *Dorchester*, sondern ins geliebte *Lamb & Lion.* Man verließ den Gemeindesaal; Birthwhistle und der Oberst machten die Vorhut; Yberseindt und Rose, die den Émigré gleich in ihr großes Herz geschlossen, bildeten die Mitte; Fox schlenderte allein hinterdrein, die Hände nachdenklich hinterm Rücken verschränkt. Er war nicht mit sich zufrieden. Kagel hatte von einem »strengen Kontext« geschrieben. Was war damit gemeint? Gab es Strukturen, Konstruktionsprinzipien, versteckte Formzusammenhänge, geheime Korrespondenzen, die ihm, Fox, entgangen waren? Er seufzte und gab einem Papierknäuel, das auf dem Trottoir lag, einen ärgerlichen Fußtritt. Sein Studium in Cambridge, so kam es ihm jetzt vor, hatte ihm nichts wirklich Substantielles eingetragen. Im Grunde war es kaum mehr als ein studium generale gewesen, mit etwas Literatur, etwas Geschichte, etwas Musik, etwas Soziologie, etwas Philosophie. Immer nur etwas. A jumbled rag-bag. Nichts richtig, ausführlich, umfassend, differenziert und fundiert.

Während Yberseindt seine Begleiterin mit Reiseanekdoten aus Italien unterhielt, suchte Birthwhistle dem Obersten Einzelheiten aus seinem Leben zu entlocken, indem er schnaufend, mit gekünstelter Beiläufigkeit, fragte:

»Enjoying yourself, Colonel?«

»O yes, yes, thank you. Just spending my summer holiday here. Thought I might bump into some interesting topic by attending that lecture. Otherwise preference is for our good old English country sports, you know. Maypole morris-dance, Wimbledon, Ascot Derby, the annual vintage-car ralley crossing our Lake District, hurling, cricket, fox-hunt, such stuff. Pity Labour is contemplating a ban on fox-hunting. 'Twould be a shame.«

»Das finde ich auch«, murrte Birthwhistle, und der Oberst wandte ihm abrupt den Kopf zu. »Do you indeed?«

»Aber ja. Unsere Fuchsjagd ist ein *fait culturel.* Die Symphonik des 18. Jahrhunderts, bis zum Trio im Scherzo der Eroica, sähe ohne Jagdmusik anders aus. Jeder zweite Finalsatz ist doch eine Chasse, schnelles Sechsachtel, mit *Tally-ho.* Bevor das Horn im Orchester zum romantischen Symbol wurde, war es ein Signum der Feudalaristokratie, die das Jagdprivileg besaß. Ich habe mich lange gewundert, warum Bach im Gloria seiner h-moll-Messe die Baßarie zu den Worten *Quoniam tu solus sanctus, tu solus dominus, tu solus altissimus* von zwei konzertierenden Fagotten und einem im Oktavsprung triumphierenden Horn begleiten läßt. Es dauerte Jahre, bis mir aufging, daß die spirituelle Herrschaft unseres Herrn Jesu Christi hier in die weltliche Regentschaft des Fürsten, des Jagdherrn übersetzt wird, dem seine beiden Fagotthunde zu Füßen hecheln, knurren und kollern. Heute klingt mir die Arie humoristisch, fast parodistisch, I can't help it. Unser Herr Jesus mit Allongeperücke und Waldhorn hoch zu Pferde, sich aufbäumend zur barocken Reiterskulptur. Das Zentralwort, in magischer Dreizahl passend zum Dreiertakt, heißt ›solus‹. Adressiert wird der Absolutismus des sächsischen Kurfürsten am Dresdener Hof, dem das Gloria anfangs dediziert war.«

»How now! Is that so? Well, well. Didn't know that. Amazing stratagem. Never made too much fuss about music. Simply take pleasure in it, you know. Am just a plain humble servant to Her Royal Highness, our gracious Queen, may she reign forever.«

»Wo haben Sie gedient, wenn ich fragen darf? Sicher oft an der Front gewesen?«

»Unfortunately not. Wollte ja gern. Aber Regiment ließ mich ja nicht. Vater hatte noch in den Kolonien gedient, in Indien, später *WW II* mitgemacht, the *emergency*, the Blitz. KZ befreit, Bergen-Belsen 45, scheußliches Schlamassel. Sohn kommandiert zur Nato-Truppe in Deutschland. Infanterie-Einheit bei Bad Oldesloe, awfully boring. Bewarb mich um Front-Einsatz am Golf von Aden. Suez crisis, Birthwhistle, remember that? Leider kein Bedarf. Applied for Belfast, to crush the Irish rascals. Wieder kein Bedarf. Statt dessen versetzt zur Stabsabteilung IV, bei Shrewsbury. Schreibstube, devastating. Gattin starb kurz darauf. Tochter ging als Nurse ans Royal Hospital von Gibraltar, married with three children. As for me, now being a pensioner-widower I live in Dorset and enjoy myself.«

Währenddessen hatte Fox sich den Vorangehenden beigesellt; Rose hängte sich ihm in den Arm, und Yberseindt dämpfte seine Stimme zu einem vertraulichen Flüstern, als er verriet, auch er habe unterdessen einige der zahlreichen neuen Aufnahmen der kranken Ellen Swindon gehört und müsse Fox beipflichten. »Irgendetwas stimmt mit diesen Einspielungen nicht. Und damit meine ich weniger die unnatürliche manuelle Perfektion. Denn anders, als Sie es letzthin dargestellt haben, Fox, gibt es im Spiel der Dame sehr wohl einen *fingerprint*, und zwar, ganz versteckt, in der Art, wie sie in den Kadenzen der Konzerte die Schlußtriller spielt: nie von der oberen, sondern immer von der unteren Nebennote aus und zum Beschluß mit einem raschen Doppelschlag oder Mordent. Zumindest in ihren älteren Aufnahmen ist es ausnahmslos so. In den neueren indes herrscht hierin totale Willkür. Und das dürfte eigentlich nicht sein. Diese Beliebigkeit nehme ich einer so versierten Pianistin nicht ab, gerade dann nicht, wenn ihre Kräfte angeblich nachlassen. Denn je reduzierter die Kräfte, desto trotziger, wehrhafter müht sich erfahrungsgemäß der Geist, jene Spielmanieren, bevor es definitiv zu spät ist, zu fixieren, sub specie æternitatis noch einmal verbindlich zu formulieren, ad usum posteritatis zu konservieren, als Signatur zu hinterlassen.« — Fox gab kein Zeichen des Erstaunens, sondern sprach nur beiläufig: »Wo, sagten Sie, wohnt die Künstlerin?«

»Warum fragen Sie das?«

»Weil ich mir überlege, ob wir beide nicht Mrs. Swindon einen Besuch abstatten sollten. Vielleicht kommen wir dann auf des Rätsels Lösung. Wir könnten uns als Journalisten ausgeben, die eine mitfühlende Reportage schreiben möchten, und könnten sie bitten, uns etwas vorzuspielen, das —« Rose unterbrach ihn protestierend; sie entzog ihm ihren Arm, warf ihm Zynismus vor und verurteilte ein solcherart projektiertes *trespassing* als taktlose Verletzung der Privatsphäre einer Todgeweihten.

Yberseindt zögerte, bevor er verriet, die Swindons wohnten in einem Neo-Tudor House an der Peripherie von Malmesbury, gleich neben der *local boarding school,* und mit Zitterstimme zweifelte: »Meinen Sie, ich wäre bei einem solchen Besuch von irgendeinem Wert oder Nutzen? Wirklich?«

»Wenn ich es doch sage. Was wissen Sie eigentlich von ihrem Ehemann?«

»Gar nicht viel, Fox. Ein Lauschnachbar des Gatten raunte mir zu, es komme ihm arg verdächtig vor, daß dieser den Haushalt führe, den Krankendienst und den Garten besorge sowie mit dem Range Rover den täglichen Einkauf. Dämonie des Alltäglichen? Banalität des Bösen? Welchen Beruf er ausübt, war durch die Gardine wohl nicht zu erspähen.«

»Nun, wir werden ja sehen«, schloß Fox, als sie sich dem Pub näherten. »Aber bitte, Ariel, verraten Sie Birthwhistle nichts von unserem Plan. Sie wissen ja, wie hymnisch er über die Pianistin schreibt und wie große Stücke er auf sie hält.«

Rose blieb unüberzeugt. Noch im Türrahmen der Schenke schüttelte sie den Kopf und seufzte: »Kindsköpfe!«

Birthwhistle und der Oberst saßen bereits an einem Tisch, an dem sie den Eintretenden drei Plätze freigehalten hatten. »Sie kommen gerade zur rechten Zeit«, röhrte ersterer, »um unseren Streit zu schlichten. Der Schankwirt am Tresen meint doch allen Ernstes, früher sei alles schlechter gewesen.«

ruinen

»Es tut mir leid«, entschuldigte sich Abendroth zu Beginn unserer nächsten Stunde, »daß ich Ihnen von meiner Jugend ein so düsteres Bild gezeichnet habe. Es stimmt zwar, daß —«

»Sie müssen sich nicht entschuldigen«, unterbrach ich. »Ich hege keine bestimmten Erwartungen, die Sie mir erfüllen müßten.«

»Es stimmt zwar«, so nahm er den Faden wieder auf, »daß die Wahrnehmung jener Jahre von einer beständigen Grundtrauer gefärbt war, einem Gefühl von Einsamkeit und Fremdheit, und daß das Vorankommen in der Schule zum entscheidenden, täglich bedrückenden Faktor von Angst und Sorge geriet. Richtig ist auch, daß ich in dieser Zeit mehrere Jahre lang unter Magenschmerzen litt, für die auf Röntgenbildern und nach qualvoller Magenspiegelung kein organischer Befund entdeckt wurde. Aber dagegen stand doch auch mancherlei, das sich als bestimmendes Movens erweisen sollte für alles, was im Künftigen glückte — und beglückte.«

»Und was war das?« fragte ich.

»Die Musik! — soll ich sagen ›natürlich‹? Orchesteraufführungen im Stadttheater und Chorkonzerte in den Kirchen der Stadt machten mich mit großen Werken bekannt, der Kunst der Fuge, dem Deutschen Requiem, der h-moll-Messe und, jährlich in der Adventszeit auf der Empore von St. Michaelis, jenem einsturzbedrohten Bau, in dem Bach selber als Chorknabe gesungen, mit dem Weihnachtsoratorium; und gut erinnere ich mich an den 22. November 1963, an dem zu St. Johannis das Verdi-Requiem gegeben wurde, in dessen Pause, zwischen dem Lacrymosa und dem Offertorium, der KMD Gwinner sichtlich erschüttert dem Publikum sich zuwandte und verkündete, man werde jetzt den Rest des Werkes dem Gedenken des amerikanischen Präsidenten widmen, der, wie soeben der Rundfunk gemeldet habe, einem tödlichen Attentat zum Opfer gefallen sei.

Von meinem ersten Taschengeld, das ich als Vierzehnjähriger bekam — fünf Mark monatlich —, kaufte ich mir meine erste Schallplatte, eine 17 cm-EP der Deutschen Grammophon Gesellschaft, die ich heute noch besitze: die rührende Missa brevis KV 259 in einer entsprechend rührenden, braven, gemächlichen Einspielung des Regensburger Domkapellmeisters Schrems; und jede Nacht hörte ich im Spätprogramm auf UKW, das Ohr dicht gedrückt an den hölzernen Grill vor dem Lautsprecher jenes Saba-Transistorradios, das ich zum 14. Geburtstag bekommen, die Direktübertragungen der Salzburger Festspiele, so leise wie möglich, damit nicht die Eltern, die mein Schulversagen (nicht ganz grundlos) auf Musikleidenschaft und Schlafmangel zurückführten, mir sei's prophylaktisch, sei's zur Strafe die elektrische Sicherung aus dem Stromkasten drehten. In einer dieser Radionächte geschah es auch, daß in die Musik sich von draußen ein dumpfes, konstantes Pochen und grauenvoll menschenähnliches Kreischen mischte; ich trat ans Fenster, um hinauszuschauen, und erblickte vor dem Haus ein Auto mit laufendem Motor und abgeblendeten Scheinwerfern, in deren Lichtkegel ein Mann zu sehen war, der mit gleichmäßigem Schwung einen Gegenstand an einen Chausseebaumstamm schlug und dabei verzweifelt rief ›Das hab ich doch nicht gewollt, das hab ich doch nicht gewollt.‹ Der Gegenstand war eine Katze, die er offenbar angefahren hatte und, da sie noch lebte, zu erlösen trachtete, indem er ihre Hinterläufe gepackt hielt und sie mit dem Kopf ein ums andere Mal an den Stamm schlug, was aber nur zur Wirkung hatte, daß das gequälte Wesen mit jedem Schlag entsetzlicher schrie.

Um dieselbe Zeit starb an Magenkrebs in einem Baseler Hospital der Pultgott meiner jungen Jahre, Ferenc Fricsay, dessen Einspielung der Haydnschen *Jahreszeiten* ich zur Konfirmation geschenkt bekommen hatte. Damals fing ich an, die in den gotischen Gewölben der Rathskanzlei untergebrachte Stadtbibliothek zu frequentieren, wo ich mir Noten, Monographien, Partituren und Biographien auslieh — und dabei, im Gegensatz zu meiner ersten desillusionierenden Begegnung mit dem Schriftbild einer Beethovensymphonie, die Erfahrung machte, daß die Dirigierpartitur der *Jahreszeiten* eine Vision des Erklingenden vom äußeren Auge an das innere Ohr vermittelte, die von der tönenden Realität nur enttäuschend verwirklicht wurde. Tatsächlich habe ich bis heute noch keine Darstellung dieses hochpoetischen Abgesangs auf das 18. Jahrhundert gehört, die der genauen inneren Vorstellung, die ich mir von ihm gemacht, auch nur nahegekommen wäre. Je nun, wen wunderts — da doch alle Exegeten das Spinnerlied im ›Winter‹ stets nur als philiströses Idyll wahrnehmen und nie so, wie es komponiert ist: nämlich als Allegorie des *abspulenden Lebensfadens*, als im Refrain grimmiger, aggressiver Parzengesang in düsterstem d-moll.«

»Haben Sie je erwogen, Dirigent zu werden?« fragte ich.

»Nein«, sagte er bündig. »Nie. Dazu gebrach es mir an zweierlei: an instrumentaler Praxis — und am Vermögen, über eine Gruppe von Menschen väterlich-autoritär bis diktatorisch zu herrschen. Immerhin wählte mich, als ich sechzehn war, das Plenum der Schule zum ›Theatersprecher‹: als solcher war es meine Aufgabe, für die Schüler der Oberstufe Besuche der Hamburger Staatsoper zu organisieren, also ein Programm auszusuchen und anzubieten, Karten zu reservieren, einen Bus zu bestellen und auf der Hinfahrt einen kleinen Einführungsvortrag zu halten. Dergestalt lernten wir die Inszenierungen der Liebermann-Ära kennen, Meistersinger, Fidelio, Don Giovanni, Götterdämmerung und einen aus jener Bildwelt Hogarths heraus gestalteten *Rake's Progress* von Strawinsky, die ich sofort wiedererkannte, als ich zwölf Jahre später zum erstenmal englischen Boden betrat.

Im Jahr zuvor hatte ich die Briefmarkensammlung, die mir der Großvater vermacht, eine üppige Collection überwiegend postfrischer Marken des Deutschen Reichs und der Hitlerzeit, schnöde an einen Klassenkameraden verkauft, um mir von dem Geld die späten Klaviersonaten und Quartette Beethovens zu erwerben, für die ich nie wieder einen so neugierig-offenen, empfindsamen und romantischen Geist besaß wie in jenen Jahren. Was war der Dumpfsinn der Schule und des Elternhauses gegen diese Welt, die sich jetzt in so viele Richtungen wirkmächtig auftat, ja überwältigend weitete! Erstaunliches Jünglingsalter, in dem Wissensdurst und Erkenntnishunger kaum zu stillen waren!

Eine der wichtigsten dieser neuen Welten öffnete mir die Volkshochschule des Ortes, die wöchentlich einen zweistündigen Kurs zum Thema ›Bruckner und Mahler‹ anbot. Dozent war ein Herr Gottwald, ein erschreckend dicker, mühsam atmender, grantiger und dabei herzensguter Mann, der seinen vier Kursteilnehmern, mir und drei älteren Fräulein, die Form- und Ausdrucksgewalt zweier Komponisten nahebrachte, die in der erzprotestantischen, antikatholischen und latent antisemitischen Sphäre unserer Stadt bis dato so gut wie unbekannt geblieben waren — die Stadtbibliothek führte im Katalog nicht ein einziges Werk jener Meister —, nie aufgeführt und nie im Schulunterricht behandelt wurden.

Diesen Abendkurs durfte ich nicht versäumen — selbst dann nicht, als ich in der Regenfinsternis mit dem Fahrrad in hohem Tempo gegen ein zu spät erblicktes, am Straßenrand abgestelltes Automobil krachte, dessen Rücklichter dabei zu Bruch gingen; mit schmerzenden Knien sauste ich fahrerflüchtig weiter und erregte im Kursus das Mitleid der alten Damen ob meiner in der zerrissenen Hose aufgeschrammten Beine, aus denen das Blut sickerte. — Bisweilen fand der Kurs in Gottwalds Wohnung statt, wo wir seine Gattin kennenlernten, die, mindestens zwanzig Jahre jünger als ihr Gebieter, einem Typus der frommen Dulderin entsprach, wie ich ihm hernach nie wieder begegnet bin. Das dunkle, straff in der Mitte gescheitelte, puritanisch glatte

Haar rahmte ein ovales Antlitz ein, dessen Blick stets demütig gesenkt war und dessen — wie zum Flöten gespitzte — Lippen nie etwas anderes denn ein sanft-bescheidenes, wehmütig sich entschuldigendes Raunen von sich gaben: eine reuige Sünderin, eine Maria Magdalena, dem Bilde eines Präraffaeliten entstiegen, von Overbeck gemalt, oder von Anselm Feuerbach.

Gottwalds barockem Habitus, seinem satt im Fleische ruhenden, magistral autoritären, leicht aufbrausenden und ebenso rasch wieder begütigten Wesen entsprach, daß er sich mit Petitessen nicht aufhielt, sondern uns sogleich mit den monumentalsten Werken konfrontierte, der ›Symphonie der Tausend‹, oder der kolossalen Neunten von Bruckner, einer Todesmusik ohnegleichen, und es dabei nicht unterließ, uns von dem Groll zu sprechen, den er, der sich verkannt wähnte und in einer Art Dauerfehde mit der Gentry des Ortes lebte, kultivierte. Man habe ihn, den Kapellmeister, ins Abseits gedrängt, klagte er; sein Nonkonformismus werde von diesen sauberen Honoratioren bestraft, indem man ihn an den Rand geschoben, ihn zurücksetze und ignoriere. Dem Kirchenmusikdirektor habe er angeboten, in St. Johannis Beethovens Neunte zu dirigieren; für die Kosten wäre er aufgekommen; aber man habe dieses großherzige Ansinnen zurückgewiesen, vielleicht, weil Schillers Ode für das Gotteshaus zu unfromm gewesen, vor allem aber doch, weil man ihn, den Outlaw, nicht zum Zuge kommen lassen wollte. Aber er werde es den feinen Herren schon noch zeigen — eines Tages werde er ein Konzert veranstalten, das ihnen das Hakenkreuz vom Revers fegen werde, hinter dem versteckt sie alle es noch trügen; von meinem Benn-Lehrer etwa wisse er, daß er aus der Nazi-Zeit einige Menschenleben auf dem Gewissen habe, und sollte mir dieser beim Deutsch-Abitur Schwierigkeiten machen, dann möge ich es ihm, Gottwald, nur sagen, und er werde mit einem kleinen Hinweis auf sein Intimwissen schon dafür Sorge tragen, daß der braune Steißtrommler sich nicht zu frech muckse.«

»Und? Sind Sie auf das Angebot zurückgekommen?« fragte ich.

»Das war nicht nötig«, antwortete A., »denn den Besinnungsaufsatz im Deutsch-Abitur kleidete ich in die Form eines Platonischen Dialogs zwischen Sokrates und einem seiner Schüler, und dies trug mir immerhin die Endnote 3 ein.«

»Also ›befriedigend‹. Waren Sie damit denn zufrieden?«

»Was blieb mir anderes übrig?« gab er zurück. »Bewertungen der Lehrer waren seinerzeit ein göttlicher Richtspruch. Ihre Autorität wurde nicht angefochten. Ich akzeptierte das Urteil und schloß aus ihm, daß ich noch unendlich viel würde zu lernen haben, ehe ich es wieder, wie einst in der Sexta, wagen dürfe, mit etwas Geschriebenem an die Öffentlichkeit zu treten. Denn sehen Sie, Frau Doktor, mit fünfzehn Jahren hatte ich einmal eine Rezension eines in Hamburg gehörten NDR-Konzerts mit dem italienischen Kammerorchester ›I Musici‹ verfaßt, die von der Redaktion der Schülerzeitung denn auch veröffentlicht wurde — allerdings mit einem redaktionellen Vorspann, der deutlich machte, daß man den Text als Parodie, als Satire auf die Klischees der Kritikerzunft mißverstanden hatte. Derart bloßgestellt vor der ganzen Schule, hätte ich im Erdboden versinken wollen vor Scham. Wie mir damals klar wurde, hatte es mir an zweierlei gemangelt: an Ironie, und an kritischer Distanz zu den verschlissenen Floskeln einer Hermeneutik, an die ich noch unbedarft und arglos geglaubt, mit ebender Naivität, wie sie meinen Vater sein Leben lang nie verließ. Eine solche Peinlichkeit durfte mir nicht wieder geschehen. Dies sollte mir, so nahm ich mir vor, für die Zukunft eine harte Lehre sein, ohne dabei doch den inneren Drang mir abzutöten, über das zu schreiben, was mir auf dem Herzen lag — ein Dilemma, das, dem Selbstwertgefühl nicht eben förderlich, mich (mit einer Ausnahme) für die kommenden zwölf Jahre davon abhielt, etwas dergleichen noch einmal zu wagen.«

»Haben Sie, Herr Dr. Abendroth, in jenen Jahren noch Reisen gemacht?«

»Mit vierzehn und fünfzehn Jahren ging es ein letztesmal in die Berge, erst zum Neuchâteler See, dann ins Dachsteingebirge, aber daran war, weil die Stiefmutter mit ihrem kleingeistigen Sinn die große Landschaft verdarb, kein Segen mehr. Ergiebiger war 1966 eine einwöchige Sommertour, nur mit dem Vater, nach Salzburg. Altertum und Moderne begegneten mir dort einträchtig Seite an Seite: ersteres in Gestalt des betagten Doyen der Mozartforschung, Bernhard Paumgartner, der mit Gesangsschülern des Mozarteums ein öffentliches Probenkonzert abhielt, und ich entsinne mich gut, wie er, der massig-barocke, immens gebildete Hofrath, der als kleiner Bub daheim in Wien noch Bruckner und Brahms die Hand gegeben (seine Mutter, Sängerin an der Hofoper, trug den bezaubernden Namen Rosa Papier), den studentischen Grafen Almaviva aufforderte, er solle sich seiner Susanna im Gesange brünstiger an den Leib drängen — ›er muß ihr doch zeigen, daß er ein *Mann* ist!‹— und wie im Auditorium bei diesen Worten zwei ältere Damen mit geilem Lachen aufkreischten. — Die Moderne vertrat im Schloß Mirabell eine Pressekonferenz aus Anlaß der Premiere von H. W. Henzes Oper *Die Bassariden*; auf dem Podium saßen die Librettisten Kallman und Auden, der Komponist, und der Dirigent Christoph von Dohnányi. Henze, jugendlicher Kettenraucher im karierten Hemd, wurde vom Publikum gebeten, lauter zu sprechen, und er, sichtlich nervös und gereizt, gab affektiert zurück: ›Gut. Ich werde schreien.‹ Heimgekehrt von der Reise, verfaßte ich einen Bericht über das Podiumsgespräch, wobei ich mit Argusaugen darüber wachte, daß sich kein abgedroschenes Klischee, keine Stilblüte, keine Metaphernkollision in den Text schmuggelte, aber die Schülerzeitung hatte für das Thema keine Verwendung.

Die Herbstferien verbrachte ich über etliche Jahre bei den Großeltern. Sie, die noch zu Lebzeiten Bruckners zur Welt gekommen und mir mit ihren Erfahrungen und Ansichten die ganze, unendlich ferngerückte Welt des 19. Jahrhunderts leibhaftig vertraten, führten jetzt nicht mehr in der Villa am rauschenden Stauwehr der Aller, sondern in einem durchsonnten Hause bei Isernhagen, nahe Hannover, ihr altmodisch-behagliches Pensionistenleben. Dort nutzte ich die Nähe zur Großstadt, um ein ums andere Mal mit der Straßenbahn zum Hauptbahnhof zu fahren und das Landesmuseum am Maschpark aufzusuchen, das 1902 im Neorenaissance-Stil gebaut worden war und mir etwas aufschloß, das im Elternhaus nicht die geringste Rolle spielte: die Bildende Kunst. Das Museum besitzt eine relativ kleine, aber feine, klug ausgewählte Sammlung von Gemälden des Mittelalters bis zur Gegenwart, und dort begegnete ich zum erstenmal, konzentriert wahrnehmend, dem schöpferischen Umgang mit Farben, Formen, Stoffen und Materialien in den Nagelbildern Ueckers, den Merz-Collagen Schwitters', den qualligen Phantasmen Oelzes, den Abstraktionen Kandinskys und Malewitschs — versenkte mich in den Tageszeiten-Zyklus C. D. Friedrichs — stand gebannt vor den italienischen Veduten eines Koch und Hackert und Rohden, die ich noch Jahre später in den Landschaften Tivolis, Neapels oder der römischen Campagna *realiter* wiederzufinden hoffte (was mir, selten genug und dann auch nur verwandelt, tatsächlich gelang) — ach, der Augenlust war kein Ende, und wenn ich am Abend wieder heimfuhr nach Isernhagen, merkte ich, wie sich mein Sehen selbst verändert hatte, wie alles Gesehene in einen imaginären Rahmen sich fügte, mit einem unsichtbaren Gitternetz aus Flächenteilungen sich überzog und mit Bildrastern, Diagonalen, Proportions- und Perspektivlinien zu einer Struktur aus ikonographischen Bezügen sich konfigurierte, kurzum, wie der Musik die Augenkunst als ihre rechtmäßige Schwester zur Seite trat — was mich befähigte, einen ganz ordentlichen Schulaufsatz über Turners *Brand des Parlamentsgebäudes* zu schreiben.«

»Und ihre andere Schwester, die Poesie?« forschte ich. »Wie standen Sie zu dieser, Herr Abendroth?«

»Indifferent zwar, doch nicht auf dem Kriegsfuß. Und ich will gar nicht die Schuld daran auf die Holzhackermethoden des Deutsch-Unterrichts oder das aliterarische Milieu des neuen Elternhauses schieben, daß die alte Liebe zum Lesen, zu den Büchern, wie unter einer Eisdecke verschlossen blieb — gewissermaßen überwinterte, um erst fünfzehn Jahre später, in den fortgeschrittenen Studentenjahren, wieder hervorzubrechen und dann umso kräftiger aufzublühen. Immerhin schrieb ich einen nicht uninspirierten Klassenaufsatz über ein Gedicht von Georg Trakl; und ein Buch, das mir, als ich sechzehn war, ein älterer Kamerad zusteckte mit der Empfehlung, dies müsse ich unbedingt lesen, soll hier denn auch nicht unerwähnt bleiben. Es trug nur den schlichten Titel *Mahler*: eine Monographie, eigentlich ein langer Essay, erschienen kurz nach den Zentenarfeiern des Komponisten und verfasst von einem gewissen T. W. Adorno — einem Italiener? —, ein schmaler Band im Design des Willy Fleckhaus, sachlich, fast unscheinbar, aber der hatte es in sich! Etwas in diesem Stil hatte ich zuvor nie gesehen, gehört, gelesen: dialektisch verhakelt, metaphernreich, scharfsinnig, polemisch und abgründig schwermütig, fach- und grenzüberschreitend in alle Richtungen, enorm mühsam zu verstehen — ja, eigentlich verstand ich, wiewohl ich mich im Werke Mahlers schon ganz leidlich auskannte, zunächst gar nichts — ein Münchener Kritiker schrieb mir Jahre später, das Buch sei ›leider in einem Stil abgefaßt, wie ihn Hegel nach dem dritten Schlaganfall geschrieben haben könnte‹ —, und dennoch, wenn Sie mir das Paradox erlauben, mühte, kämpfte ich mich durch das Buch wie auf Flügeln, eleviert, befreit und gefesselt zugleich, eine angestrengte und zugleich hochfliegende, identifikatorische Lektüre, die mir auf Anhieb eingab, hier und *nur* hier werde erstmals abgehandelt, was mich etwas angehe, hier werde durch die Anstrengung des

Begriffs etwas wie Wahrheit und Evidenz entfaltet, das anders und anderswo gar nicht möglich sei, jedenfalls dann nicht, wenn es seiner Voraussetzung — der negativen Denkbewegung — entbehrte. Gottwald kannte den Autor, erzählte mir von ihm, und lieh mir ein weiteres Adorno-Buch, die *Philosophie der Neuen Musik*, riet mir aber kryptisch, es mit Vorsicht zu studieren, ohne die Warnung weiters zu begründen. Dann reichte er mir sein zerfleddertes, mit Anstreichungen versehenes Exemplar, gab es mir behutsam in die Hand, als wärs ein Päckchen Nitroglyzerin.«

»Und 1967 machten Sie Abitur?« fragte ich.

»Ja«, bestätigte A., »im Juni, mit einem Extempore-Referat im Mündlichen über Strawinskys *Pulcinella.* Und da ich mir vorgenommen habe, Ihnen heute nur Gutes zu erzählen, darf die Abitur-Klassenfahrt nicht unerwähnt bleiben, die wir drei Monate zuvor, Mitte März, unternahmen. Daß die humanistische Oberprima unter der Führung ihres Klassenlehrers, des Altphilologen Dr. Krüger, diese Reise nach *Rom* unternehmen würde, folgte alter Schultradition. Sie können sich vielleicht vorstellen, wie ich mich darauf freute, das in der Kindheit nur an seinem nördlichsten alpinen Rande erlebte Italien wiederzusehen, und nun gleich in seinem Herzstück, der *città eterna.* Auch auf die Querung der geliebten Alpen im Verlauf unserer zwanzigstündigen Bahnfahrt freute ich mich — wenn auch die Brenner-Trasse von Innsbruck über Franzensfeste, Bozen, Rovereto, Trient bis Verona nur bei Nacht erlebt ward, nur hörend zu erfahren war am Echo der Felswände, am hohlen Gerassel in den Tunnels, am Dröhnen, Ächzen, Knirschen von Metall auf Gestein, mit dem der Liegewagen über Brücken, Schleifen und Kehren empor sich quälte, um irgendwann auf Viadukten und nebelnassen Gleisen in sausender Abfahrt talwärts zu schießen. Was mich dabei im Kopfe konstant begleitete, war die alpine Musik Bruckners, speziell die endlos verträumten Sequenzketten in der, von Klemperer dirigierten, Sechsten — doch die ersehnte Korrespondenz zwischen Innen und Außen vereitelte mir das Kofferradio der Mitreisenden, das, kaum daß diese im Morgendämmer die Augen aufgeschlagen, hervorgeholt und angeschaltet ward, auf daß die Weiterfahrt Richtung Bologna und Florenz — erst, in aprikosenfarbenem Dunst, über die melancholisch noble, nur gelegentlich von einer zypressenumstandenen Landhausvilla belebte Po-Ebene, dann, nach Durchbruch der Sonne, durchs karstige Apennin — von den aktuellen Pop-Schlagern der *Beatles* begleitet würde, die zum Gesehenen in keinem erkennbaren Zusammenhange standen: was mir, nicht zum erstenmal, die Frage eingab, wie es um die visuelle und musikalische Wahrnehmung meiner Altersgenossen bestellt sei. Ob ich wirklich der einzige sei, der jedweden Widerspruch zwischen Welt-Tiefe und musikalischer Anspruchslosigkeit — auch Rudolf Heß, des Führers Stellvertreter, soll ja im Spandauer Gefängnis den Beatles gern sein Ohr geliehen haben — bis ins Mark innerviert als eben einen solchen zu *empfinden* hätte?«

»Vielleicht kommen wir darauf zurück, wenn wir über den Straftatverdacht sprechen, den der Staatsanwalt gegen Sie erhoben hat«, sagte ich. »Erzählen Sie weiter.«

»Untergebracht wurden wir«, so fuhr A. fort, »im Schlafsaal eines ehemaligen Nonnenklosters in Trastevere, und von dort aus brachen wir wir allmorgendlich, zunächst fröstelnd (auf den Bergen lag noch Schnee), bald aber vom Sonnenglanz überglüht, zu unserem Besichtigungsprogramm auf, das auch Bus-Exkursionen einschloß, etwa zu den Etruskergräbern von Cerveteri, zum unirdisch blauen Lago di Bracciano, zu den elysäischen Gefilden von Castel Gandolfo, nach Frascati und Palestrina, zur Villa Adriana bei Tivoli oder zu den Ausgrabungsstätten der antiken Hafenstadt Ostia. Jeder Schüler war verpflichtet, *in loco* ein Referat vorzutragen; mein Thema waren die Brunnenskulpturen Berninis, die Fontane di Trevi. Als Guide begleitete unseren Lehrer der Leiter des Deutschen Archäologischen Instituts in Rom, der mir mit seiner schlackrig-kühlen, professionellen Art gewaltig imponierte:

die Hände hinterm Rücken verschränkt, ständig eine qualmende Pfeife im Mundwinkel, schlenderte er voran, gab kurze Erläuterungen, öffnete mit seinem Schlüssel die verborgensten Kammern des Palatin, nahm die Verbeugungen des Wachpersonals — ›pronto, Dottore!‹ — huldvoll entgegen, wies mit dem Stiel der Pfeife, an der er zuvor kurz genuckelt, auf irgendein halbversunkenes Trümmerstück, sagte beiläufig ›Das hier gehörte zur Schlafkammer Kaiser Domitians‹, und tänzelte dann weiter durchs Labyrinth der Ruinen, rauchend, als dampfende Lokomotive unseres kleinen Bildungszuges, dessen Waggons denjenigen einer Eisenbahn gar nicht unähnlich waren: den Speisewagen verkörperte der dicke Schüler, der seines mächtigen Appetites halber immer eine Tasche voller ›Besichtigungsgebäck‹ bei sich trug, das er, auf einem Säulenstumpfe sitzend, mit behaglichem Knirschen verzehrte; den Schlafwagen vertraten jene Schüler, die träge, unaufmerksam und lustlos maulend durchs Gelände sich schleppten; das 1.-Klasse-Coupé repräsentierte ein Mitschüler, der, historisch und archäologisch fabelhaft beschlagen, die klügsten Fragen stellte à la ›Dieses Tympanon hier stammt aber doch aus der augusteischen Epoche?‹ —; und dergestalt bummelte dieser Zug nun über das Forum Romanum, durch die Thermen des Caracalla, auf den Kapitolinischen Hügel, den Monte Pincio und Monte Gianicolo, durch Santa Maria Assoluta und San Giovanni in Laterano, durch die Vatikanischen Museen und über die Piazza Navona oder die Via Appia Antica, vorbei am Grabmal der Cecilia Metella, während in der Ferne die Aquädukte der Campagna und die Sabiner Berge vom letzten dunstverschleierten Sonnengold des Märzabends beschienen wurden.«

»Und welchen Waggon vertraten Sie in diesem Zug? Den Salonwagen?« fragte ich, jeden Anflug von Ironie zu meiden suchend.

»Vielleicht den Aussichtswagen am Zugende?« gab A. lächelnd zurück. »Nicht, daß mir die archäologischen und historischen Erläuterungen gleichgültig oder uninteressant gewesen wären —

aber im Unterschied zu meinen Mitschülern und zu unserem Lehrer war mir weniger an der *Rekonstruktion* der Altertümer gelegen, an der Vergegenwärtigung ihrer imperialen Größe vor dem inneren Auge, an der Wiederherstellung, Verlebendigung des antiken Alltags und seiner Verflechtung mit sozialen Verhältnissen und politischen oder kriegerischen Geschehnissen — als vielmehr an seinem jetzigen ästhetischen Zustande: seinem Ruinencharakter. Geschichte erlebte ich hier als *Naturgeschichte*, als Verfallsgeschichte in Gestalt pittoresker Trümmer und Bruchstücke, die im Grase lagen, von Ranken und Schlingpflanzen überwuchert, von Piniennadeln bestreut, von Eidechsen überwieselt und gesäumt von Hirten mit weidenden Ziegen. Auf Bildtafeln rekonstruiert zu ihrem einstigen Aussehen, trugen die antiken Bauwerke einen kalt monumentalen, herrisch imperialen Charakter; diese Welt der Senatoren, Liktoren, Priester und Imperatoren, einer kriegslüsternen Sklavenhaltergesellschaft, von der wir im Lateinunterricht nur Livius, Caesar und Cicero, nie jedoch Ovid, Horaz oder Vergil kennengelernt, kam mir abstoßend roh und anmaßend vor, triumphal und klotzig pompös, gesteuert von Zweckrationalismus und Herrschsucht, Vorwegnahme Mussolinischen Auftrumpfens, Kulisse fascistischer Massenaufmärsche — romantische Schönheit, Trost und Würde empfing sie für mich, wie für *Harold en Italie*, erst in ihrem *Verfall*, als Torso, als Fragment, als zerborstener, ins Gestrüpp gesunkener und von Efeu überkrochener Marmorarchitrav, dessen Relief in seinen Rinnen das Tauwasser sammelt, in dem der kalte Glanz der Sonne sich spiegelt. Gewiß, auch Piranesi träumt in seinen Veduten von der imperialen Größe der Caesaren, doch auch diese monumentalisierenden Rekonstruktionen zeigen sich dem Betrachter als morsch und todgeweiht. Sub specie vanitatis zerbröckeln sie unterm Fraß von zottigen Moosen, Flechten, Schlinggewächsen; und davon, wie es in ihrem Innern aussehen mag, legen die labyrinthischen Alpträume seiner *Carceri* Zeugnis ab.«

bruchstücke

»Now it's my turn«, brummelte Birthwhistle, als er das Podium erklomm und sich seinem Publikum zuwandte — das im Gemeindesaal von St. Martin diesmal wieder zahlreicher sich versammelt hatte, aus alter Treue zu seinem Præceptor Brightoniæ, aber wohl auch, weil bei diesem nichts mißtönend Neues zu befürchten war. In der ersten Stuhlreihe hatten Colonel Marston, Yberseindt und Fox Platz genommen, letzterer mit Stift und einem Schreibblock auf den Knien wie ein Seminarist; seine Aufzeichnungen pflegte er daheim in einem *Eastlight-Box*-Ordner abzuheften, da sie später einmal vielleicht ausführlicheren Studien zunutze kommen mochten.

Birthwhistle spielte dem Publikum vom Tonbandgerät eine Musik vor, die aus mehreren unvermittelt einsetzenden und ebenso unvermutet abbrechenden Satzabschnitten bestand, instrumentiert für großes Orchester, doch eigentümlich fadenscheinig, löchrig, unvollständig in Klang und Textur.

»Daraus, daß die Musik, die wir hörten«, begann er, wobei er in freier Rede sprach, ohne Manuskript und kraftvoll genug, um auf Mikrofon und Lautsprecher verzichten zu können, »immer wieder unerwartet abbricht, irgendwo mittendrin einsetzt oder sich auszehrt zu einem dünnen Stimmenrinnsal, daraus also, daß Form und Gestalt von Hohlstellen durchlöchert sind, von Brüchen, die strukturell unmotiviert scheinen, konnten Sie schließen, daß hier ein offenbar Unfertiges gespielt wurde, ein Fragment.

Während nun in der Bildenden Kunst der Torso, die Skizze, die Ruine schon um die Wende vom 16. zum 17. Jahrhundert ihre ästhetische Nobilitierung erhielten, weil die maßstabsetzende Kunst der Antike seinerzeit nur noch in Trümmern sich zeigte und vergangene Größe als ein Menetekel von Vanitas schrieb, bedurfte es zur Rezeption *musikalischer* Bruchstücke erst des im 19. Jahrhundert gewandelten Bewußtseins von Ungleichzeitigkeit im Gleichzeitigen, nämlich der Reflexion darauf, daß klingende Fragmente nicht Überbleibsel eines einstmals Vollendeten, sondern Zeugen sind dafür, daß ein opus perfectum noch gar nicht gelang und ihre Kanonizität sich womöglich gerade an solcher Zeugenschaft bewährt.

Handelt es sich dann auch noch um Werke, deren membra disiecta vom Einschnitt des Todes zeugen, also um eine Zeitkunst wie die Musik, deren Zeitlichkeit — als Ausweis des Lebendigen — unmittelbar, ganz unallegorisch, vom Tode gekappt ward, bedurfte es schon der romantischen Ästhetik und des Historismus, um jene, wie etwa Mozarts Requiem, Schuberts sinfonische Fragmente oder die Kunst der Fuge in ihrem Werkcharakter retten zu können, statt sie als bloßes Dokument dem Archivar vorzubehalten.

Solche Bruchstücke *aufzuführen* war dann noch ein anderes. Realisierungen von Skizzen oder bisweilen nur wenige Takte langen Satzfragmenten, von denen auch die angesehensten Komponisten zahllose hinterlassen haben, sind bis heute im Konzertsaal und auf Tonträgern eine Seltenheit geblieben — als waltete eine Art Furcht vor dem Choc der sinnzerstörenden Zäsur, der zeitlöschenden Abbreviatur des Todes, des jähen Verstummens. Jedem Musiker widerstrebt ja solch ein plötzliches Abbrechen, Ins-Leere-Laufen oder Hängenbleiben ohne Fortsetzung, ohne schlüssige Consecutio oder Rundung einer Sinneinheit, Besiegelung eines Endes. (Im übrigen konnte jenes Verstummen immer auch banale Anlässe haben: wenn Sie einen Kompositionsauftrag erhalten, wenden Sie sich womöglich unter Zeitdruck — inspiriert, beflügelt oder zumindest pflichteifrig — diesem neuen zu, lassen die alte Arbeit liegen, legen sie beiseite — und finden später nicht wieder hinein — oder halten das inaktuell gewordene Material schlicht für nicht entwicklungsfähig.)

Immerhin — Restaurationsverfahren, wie sie die Bildende Kunst längst kennt, gibt es natürlich auch in der Musik, und sie halfen, den Choc zu dämpfen und mit Analogieverfahren und anderen Rekonstruktionstechniken etwa vom Particell von Mahlers Zehnter oder von der unausgeschriebenen Partitur der E-Dur-Sinfonie Schuberts eine *performing version* herzustellen. Dank sei Wyn Morris und Brian Newbould!

Wo dies nicht möglich war, versah man das Fragment mit einem pseudo-metaphysischen, in Wahrheit ästhetischen Sinn, also just mit dem, den der Tod als das absolute Negative nicht hat, und erklärte die zweisätzige Unvollendete trotz eines existierenden Scherzofragments kurzerhand für vollendeter, als es eine von Schubert vollendete viersätzige Fassung je hätte sein können. Derart das Streben des Künstlers mißachtend, sein Werk nicht nur zu vollenden, sondern auch zu *beenden*, verfuhr man mit der letzten Symphonie des Komponisten, dessen Skizzen zum Finale wir eingangs gehört haben und an dessen Sterbewohnung Sie vielleicht schon einmal vorbeigeschlendert sind, wenn Sie auf einer Städtereise nach Wien zu seiten des oberen Belvedere spazierengingen und dabei ein Kustodenstöckel passierten, in dessen Fassade ein Rundmedaillon eingelassen ist, das im Relief das Profil Anton Bruckners zeigt, der hier 1896 starb und am letzten Satz der 9. Symphonie noch so lange geschrieben hatte, bis er nicht mehr konnte.

Bruckner hatte die Arbeit an der Neunten schon 1887 begonnen; die ersten zwei Sätze wurden zügig abgeschlossen; Revisionen früherer Werke hielten ihn dann auf — seine Gesundheit verschlechterte sich — die Instrumentierung des Adagio wurde immerhin 1894 noch fertig. Als er spürte, daß er das Finale nicht würde beenden können, schlug er mit seinem ausgeprägten Sinn für Tektonik und Proportion vor, die Nachwelt möge zum Ersatz sein *Tedeum* verwenden. Das tat man postum immer wieder, fand aber, daß das C-Dur des Sakralwerks zum d-moll der Symphonie schlecht passe — daß sich ein kirchliches Chorfinale zur weltlichen Symphonie problematisch verhalte, weil sein affirmatives Jubilando das verklärte Ende des Adagio mit rituellem Pomp verflache; kurz, man fand, daß das Publikum mit einer Stunde Bruckner in drei Sätzen gut bedient sei — und dabei ist es bis heute geblieben.

Was vom Finale erhalten ist — Particellskizzen, Satzverlaufsentwürfe und ein voll instrumentiertes, vom Komponisten durchnumeriertes Partitur-Autograph, insgesamt 526 Takte plus 52 Takte Coda, die den Schluß erlauben, daß der Satz im Kopfe annähernd fertig komponiert gewesen ist und lediglich die Todeskrankheit seine endgiltige schriftliche Fixierung verhinderte —: diese Hinterlassenschaft also wurde von den Nachlaßverwaltern Schalk und Löwe teils verschenkt, teils verkauft, und liegt heute zu einem kleineren Teil in Privatbesitz über die ganze Welt verstreut, zum größeren Teil in der Österreichischen Nationalbibliothek.

1934 veröffentlichte die Internationale Bruckner-Gesellschaft erstmals eine Transkription des Fragments, die der (bis heute nicht ausgestrahlten) BBC-Aufnahme des London Symphony Orchestra unter Sir Edward Joskyns zugrunde liegt, die wir gehört haben. Da jene von etlichen Lesefehlern entstellt, zudem nicht wirklich vollständig ist, trug sie das ihre zu dem Vorurteil bei, das Überlieferte sei so inkongruent, so disparat, daß sich eine Beschäftigung mit ihm kaum lohne. Dessen ungeachtet wurde eine erste Rekonstruktion durch Redlich und Simpson 1948 in London aufgeführt — und einen weiteren Komplettierungsversuch, der in Kürze Premiere haben soll, hat William Carragan unternommen, wird sich aber, wie ich vermute, nicht durchsetzen. Warum nicht? Nun, Will hat mir seine Konzeption erläutert, und so ehrenwert seine Mühwaltung auch ist — die Vervollständigung der *Coda*, die für die Stimmigkeit des Satzganzen von entscheidender Bedeutung ist, kann mangels Quellenmaterial immer nur als zu frei, zu spekulativ angesehen werden. Aus den wenigen Skizzen zur Coda und aus Äußerungen Bruckners, die sein Arzt Dr. Heller überliefert hat, erhellt ja, daß dem Komponisten für den Schluß seines opus summum, das *Dem lieben Gott* gewidmet ist — beim Zitieren wird meist ausgelassen, daß Bruckner beifügte ›sofern er's annimmt‹ —, eine monumentale Architektur vorschwebte, die ein Übereinanderschachteln sämtlicher Hauptthemen der letzten drei Symphonien vorsah: eine Konstruktionsanstrengung, die spekulativ kaum und mit Mitteln analogisierenden Handwerks allein schon gar nicht zu leisten ist. — Wie mir zu Ohren kam, plant die Bruckner-Gesellschaft in Kooperation mit der Generaldirektion der ÖNB eine neue Edition der Skizzen durch den Amerikaner John A. Philips, und sollten aus Privatbesitz noch weitere Autographen auf Dachböden oder in Kellerverschlägen auftauchen, werden neue Komplettierungsversuche nicht auf sich warten lassen.

Sie sehen daran, meine Damen und Herren, daß solche Rekonstruktionen prinzipiell fortlaufende, unabschließbare Prozesse sind, die ein lebendiges Fortwirken und ein grundsätzliches Nichteinverständnis mit dem Bruchstückhaften des Fragments bezeugen, einen tatkräftigen Einspruch gegen das Verhängte, in dem wir weniger irgendeine mentale Insuffizienz der Nachwelt, einen subjektiven Widerwillen gegen die Todesallegorie des Torsos als vielmehr die dem Werk immanente Tendenz zu seiner eigenen Formvollendung erblicken dürfen, ein kraftvoll intrinsisches Prinzip jeder Musik, die ihrem Werkcharakter die Treue halten will. Was als opus begonnen wird, möchte *opus perfectum* werden, und wo dies vereitelt ward, sitzt ein Stachel, eine Wunde, die nicht aufhört zu schmerzen.«

Birthwhistle nahm einen Schluck Wasser und fuhr dann fort: »Auch wer nicht die Noten zur Hand hat, hört, denke ich, sofort, daß Bruckner in diesem Finale mit seinen übermäßigen Intervallen in doppelt punktiertem Rhythmus, mal nervös zuckend, mal müde hernieder sich tastend über tonal unbestimmtem Gelände, *Neuland* betritt — auch im Verhältnis zu den vorhergehenden Sätzen, die, abgesehen vom funktionsharmonisch vagen Beginn des Scherzos und den fast grenzüberschreitend dissonanten ›Fegefeuer‹-Kataklysmen in der Todesmusik des Adagios, tonal noch einigermaßen klar um d-moll zentriert sind. In den Skizzen jedoch wird Tonalität häufig über jene Grenzen hinausgeführt; die vertrauten Merkmale des Brucknerschen Stils — Chromatik, Enharmonik, Alteration; drei bis vier in additiven Sequenzen großbögig sich ausschwingende Themengruppen von betonter Gegensätzlichkeit, Pausen, weite Tremoloflächen, Choräle und ländlerhafte Austriazismen — liegen kahl und frostig bloß, mitunter reduziert auf nur ein oder zwei Stimmen: ein fremdes, neues, wahrhaft unerhörtes Terrain, das den Feuilletonisten einer deutschen Wochenzeitung zu der Metapher inspiriert hat: *Unweigerlich hat man das Bild stehender Eisplatten vor sich, über die ein Komponist mit hochgeschlagenem Mantelkragen von Verdichtung zu Verdichtung klettert.*

Aber nicht nur Eisplatten pflegen gelegentlich zu kollidieren, sondern auch Metaphern; und die Frage nach der Triftigkeit von Hermeneutik gegenüber diesem Fragment führt uns notwendig zur Gegenkraft wider jenen *frisson nouveau*, von dem ich sprach. Nämlich zu einem altmodisch Wissenschaftlichen, das mit Fleiß, Regelexerzitien, Texthandwerk zu tun hat, zu einem Musterhaften, Schulmäßigen, das daran erinnert, daß Bruckner, Sohn eines Landschulmeisters, nicht nur Komponist und Organist, sondern auch Professor für Theorie und Harmonielehre gewesen ist. Wie er, noch ganz in der Tradition früherer Jahrhunderte, Komponieren als ›Wissenschaft‹ verstand, die penibles Abzählen, Durchnumerieren von Takten, Abmessen von Perioden und tektonischen Proportionen sowie mühsames Abwägen und Austarieren harmonischer Verhältnisse als *Problemlösung* begriff, als Lösung gestellter Aufgaben — so, wie er mithin das Konzept des Poetischen ans Poetologische abgetreten hatte und darin der Moderne näher stand als der älteren Genieästhetik, so auch müßte eine Literatur, die Bruckner gerecht werden wollte, von Poetologie und Texttheorie nicht nur begleitet, sondern *getragen* werden.

Ich denke dabei an Texte, die nicht Poesie, sondern *Theorie* wären und in ihren Syllogismen, Deduktionen und Definitionen sich beinahe so läsen wie Simon Sechters Harmonielehre, mit der Bruckner sich sechs Jahre lang plagte — an Texte, die in ihrer Penibilität des Argumentierens mich an seine Pedanterie beim Abzählen und Durchnumerieren von Takten und Perioden erinnern würden. Heikel dabei wäre jedoch die Nähe zu einem hermeneutischen Zirkel, die solche Theorie kaum umgehen könnte. Denn so gut wie alle Begriffe, die wir zur Kennzeichnung musikalischer Sachverhalte verwenden, Termini wie *Motiv, Thema, Phrase, Artikulation, Periode, Vordersatz, Nachsatz* usf. sind, wenn nicht bereits Metaphern, so doch Lehnwörter aus jenem Bereich von *Wort*sprache, also auch von Grammatik und Rhetorik, nach dessen Analogiefähigkeit ja erst *gefragt* werden soll. In allem Sprechen über Musik liegt also der Widerspruch, daß ihre Nomenklatur (Begriffe wie *Satz* oder *Thema* oder *Motiv*) etwas voraussetzt, das schon *a priori* Analogie stiftet zur Sinneinheit eines Wortes, eines Satzes oder einer Satzverknüpfung, und dabei die Fundamentaldifferenz unberücksichtigt läßt, daß in der Zeitkunst Musik die sinnstiftenden Gestalten keine statischen Einheiten sind, niemals ganz ›da‹ sind, sondern unentwegt sich erst generieren, sich auf- und abbauen, im Werden bereits entschwinden, ihre Semantizität also beständig an den Kontext, ans Gefüge des Ganzen diffus abstrahlen oder delegieren.

Und diese Dimension der *Verzeitlichung der Zeichen* macht, daß das, was in der Wortsprache bestimmt ist, in der Tonsprache unbestimmt ist bis zu einem Grade, daß sie nicht nur in poetisch-literarischer oder alltagssprachlicher, sondern sogar in fachterminologischer Benennung auf metaphorische Entlehnungen aus dem Reich des Bestimmten, also auf Hermeneutik angewiesen bleibt, wenn es nicht mit begriffsloser Anschauung sein Bewenden haben soll. Für die Frage nach der Analogie zwischen Musik und lyrischer oder epischer Dichtung — der ich gern auch die philosophische Prosa beigesellen würde; denken Sie an die Nähe bestimmter dialektischer Prozesse in der Motivverarbeitung Beethovens zur Denkbewegung seines Altersgenossen Hegel — folgte daraus: nun, Ariel? Was folgte daraus?«

Der so unvermutet Angesprochene, erschrocken wie ein Schulbub, der vom Lehrer an die Tafel gerufen wird, erhob sich und antwortete: »Die Analogie existiert und schließt sämtliche Parameter der Sprache, also nicht nur Klang, Reim, Rhythmus und Rhetorik, sondern auch Syntax, Grammatik, Periodizität, Metaphorik und dergleichen ein.« Zitternd setzte er sich wieder.

»Und Sie, Fox? Was folgte daraus?«

Der blieb sitzen, verschränkte die Arme, blickte furchtlos auf und sprach: »Ist doch klar. Die Analogie gilt, wie Sie zu Recht sagten, nicht erst für die Sprache poetisierender Hermeneutik, sondern bereits für die Terminologie. Folglich ist die Analogie zur *literarischen* Sprache etwas *Abgeleitetes* — kein Apriori, sondern eine historische Variable. Die sich verändert in Übereinstimmung mit der Prozessualität und Geschichtlichkeit der Musik selber. Einer ge- oder zerstörten Prozessualität, wie sie in musikalischen Bruchstücken, Skizzen, Fragmenten vorliegt, müßte also eigentlich eine Wortsprache sich angleichen, die nicht zu ganzen Sätzen sich rundete, sondern sich eher in Stammeln oder Verstummen auflöste. Damit jedoch gäbe sie ihre diskursive Verbindlichkeit preis. Und das wäre dann zwar noch keine Aporie, aber ein Problem. Eines, das Ihre Darstellung des Bruckner-Finales, Steven, als unzulänglich erwiese«, schloß Fox frech.

Es war zu erwarten gewesen. Birthwhistle war begeistert. »Sie sagen es, Fox. Völlig richtig«, lobte er und fuhr fort: »Es *kann* nur unzulänglich sein. Denn das Finale der Neunten kommt nicht von Menschen-, sondern schon von Geisterhand. Das macht das Reden darüber fast unmöglich. Das Terrain, das der Hörende dieser Musik betritt, ist ein jenseitiges, postmortales. Eine postapokalyptische Landschaft. Die vorhergehenden Sätze sind ja eine Auseinandersetzung mit dem Tod, mit dem Sterben, so explizit wie keine Musik sonst, auch nicht die letzte Mahlers. Gebet und Hoffnung auf Erlösung versus Grauen und Vernichtung. Die Coda des letzten vollendeten Satzes, des Adagio, ist Befriedung, Verklärung, Transzendenz — verzeihen Sie, aber die abgegriffene Metapher paßt hier ausnahmsweise. Vielleicht *konnte* Bruckner das Finale nur skizzieren, nicht vollenden. Weil über die ersten drei Sätze hinaus nichts mehr formuliert werden konnte, das *anthropomorph* gewesen wäre. Also kommt es nun zu diesem tonalen Vagieren, Tasten, Suchen, das immer wieder neu ansetzt, den ganzen Satz hindurch in Sequenzen von Stufe zu Stufe, ein zwanghaftes, nahezu gequältes Sequenzieren in fast schon aufgelöster, zertrümmerter Tonalität, wie wenn ein Blinder mit ausgestreckten Armen sich durchs Amorphe tastet, ein hilflos müdes, verlorenes Suchen nach Verlorenem. Denn zwischen dem Adagio und dem Finale hat *die Moderne* begonnen, und was jetzt ertastet werden kann, ist erst einmal Niemandsland, menschenfern, leer und gottverlassen, mit spukhaften Nachechos höllischer Kataklysmen und Katastrophen, aufsplitternden Dissonanzen, atonalen Kollisionen. Nichts aber ergreift dabei so sehr wie die rudimentären tonalen Inseln der dritten Themengruppe: Gesangsthemen, hier ein Choral, dort ein österreichisches Idyll mit Kirchturm, Wirtshaus und Weinbergen, so irreal wie jene Alpendörfer, die man künftig in außereuropäischen Industriezonen oder Themenparks nachbauen und in denen kein Mensch wohnen wird, eine Landschaft, heraufbeschworen ein letztes Mal aus den Tiefen der Erinnerung, fremdvertraut aus früheren Werken, flüchtig materialisierte mnemische Eilande, aufgetaucht aus dem geistigen Ozean wie submarine Vulkane.

Ich bekenne, daß mich keine Musik so erschüttert wie diese Geistersprache. Danke.«

Birthwhistle wandte sich zur Seite, strich sich mit der Hand brüsk über die Augen, trat ab und verschwand, des Applauses nicht achtend, durch eine Seitentüre. Den in der Vorhalle wartenden Freunden ließ er durch Parson Dyer ausrichten, daß er heute zu einem Umtrunk leider nicht mitkommen könne; er wünsche den Herren aber »a good time, may they enjoy themselves.« Auch der Oberst bat um Verzeihung dafür, daß er sich den Gentlemen nicht werde anschließen können; er habe noch eine Verabredung anderswo; und mit einer knappen, chevaleresken Verbeugung und »verbindlichen Empfehlungen an die right honourable fiancée« nahm er Abschied.

Yberseindt mutmaßte mitleidig: »Wäre es möglich, daß wir Ihren Mentor gekränkt haben?«

»Ach was«, beschied ihn Fox bündig. »Ich kenne das schon. Es ist nicht Ärger, sondern Scham, die ihn zurückhält. Er weiß ja nie vorher, was er spricht, sondern verfertigt seine Gedanken erst allmählich im Vollzug seines Redens. Und hat zum Schluß gemerkt, daß er seiner eigenen Dialektik in die Falle getappt ist.«

»Was meinen Sie damit?«

»Nun, aus der supponierten Unmöglichkeit hermeneutischen Sprechens über Musik rettet er sich in das Postulat einer musikalischen Texttheorie, einer Analysetechnik, die leider immer auf eine Verdoppelung ihres Gegenstandes hinausläuft: auf eine Tautologie, die sich zwangsläufig ergibt, wenn Sie z. B. eine Modulation über eine Nebenstufe als Modulation aus X nach Y über die Nebenstufe Z bezeichnen; und aus diesem sachlich korrekten, aber pleonastischen Positivismus, der niemals Deutung, Exegese, Interpretation, sondern nur Wiederholung des Vorfindlichen sein kann, flüchtet er sich zuletzt wieder in eine Hermeneutik, die im Prinzip nicht besser ist als jener über Eisplatten kletternde Komponist mit hochgeschlagenem Mantelkragen, den er zu Recht verspottet, und dreht sich damit im Kreise einer selbstgeschaffenen Aporie — und das merkt er — geniert sich — bricht ab und zieht sich zurück.«

»Da mögen Sie recht haben, Fox«, räumte Yberseindt zögernd ein. »Dabei hätte er, statt sich zu schämen, ja nur einen Schritt weiter zu gehen brauchen, indem er den Wahrheitsanspruch der Hermeneutik an ihrem konkreten Gehalt bemäße, statt ihn vorschnell preiszugeben; ihre Unmöglichkeiten sind doch die schönsten Möglichkeiten! Gewiß, sofern Musik immer auch Faktizität ist, gilt auch für sie die Differenz zwischen richtig und falsch, und für deren Bestimmung bedarf es der korrekten Handhabung ihrer Begriffe. Das wäre die primäre signifikatorische Dimension des Redens über sie, der Positivismus. Aber Richtigkeit, die Übereinstimmung zwischen Sache und Begriff, ist noch nicht Wahrheit, und als ästhetisches phainomenon, als sinnliches Scheinen der Idee, ist Musik angewiesen auf eine Sprache, deren Wahrheitsanspruch sich einlöst vor allem nach Maßgabe der *dieser Sprache eigenen* Beschaffenheit. Das Abgenutzte, Verschlissene, die Phrase, der Kitsch auf der einen Seite und die Evidenz, die ranghohe Übersetzung auf der anderen liegen zwar gefährlich dicht beieinander, sind aber doch von jedem, der im Hören und Lesen einigermaßen geübt ist, zu unterscheiden.«

»Indes haben Wir bis anjetzt von denen Geübten noch nicht viele gesehen«, schloß Fox lachend und führte seinen neuen Freund, dem er sich heute unerklärlich gewogen fühlte, am Arm hinaus ins Freie. Ein feiner Sprühregen hatte eingesetzt; naß glänzte das Trottoir im gelben Licht der Straßenlaternen. Beide wußten, daß es Tränen waren, die Birthwhistle sich aus den Augen gewischt, und beide schämten sich, darüber ein Wort zu verlieren.

»Wie steht es um unsere geplante Visite bei Mrs. Swindon, Fox? Haben Sie unseren Besuch schon avisiert?«

»Ich weiß nicht, ob das klug wäre. Man könnte sonst vorher Anstalten treffen, uns zu täuschen. Besser, wir kommen unangemeldet, geben uns nicht als Journalisten aus, sondern als unbedarfte Fans, stehen mit Blumensträußchen vor der Tür, bitten ehrfürchtig um kurze Audienz am Krankenbett. Entscheidend wird sein, ob wir das Vertrauen des Ehemanns gewinnen können. Wann hätten Sie Zeit und Lust zu dem Trip, Ariel?«

»Wann immer Sie wünschen. Vielleicht nach meinem Vortrag nächste Woche? Drei Tage später sind wieder Sie an der Reihe, nicht wahr?«

»Abgemacht! Rose leiht uns ihren Mini Cooper.«

»Gut. Sollen wir den Oberst mit ins Boot holen? Er ist ein homme d'honneur und würde Birthwhistle sicher nichts verraten, wenn er uns sein Ehrenwort gäbe.«

»Colonel Marston? Ich glaube nicht. Der alte Haudegen ist zu geradsinnig, zu ehrlich. Ich traue ihm nicht die Schauspielerei zu, auf die wir angewiesen sind. Außerdem wird er in der nächsten Zeit ohnehin nicht abkömmlich sein. Er geht an die Front.«

»Wie bitte?«

»Sie haben richtig gehört. Er zieht in den Krieg. Nach Yorkshire, wie jedes Jahr um diese Zeit. Zieht sich historische Armeekleidung an und meldet sich zum Dienst, in Bromley-Underwood, einer Kleinstadt im West Riding, ringsumher nur Moor und Heide. Dort hat ein Freund von ihm ein privates Heeresmuseum. Sammelt seit Jahren Waffen und Souvenirs aus der *Emergency*-Ära: Flak-Geschütze, die im Garten hinter seinem Cottage rosten, einen fahrtüchtigen T-24-Panzer in der Garage, Stahlhelme der Wehrmacht, Hakenkreuzbinden; sogar einen Briefbeschwerer aus Görings Besitz soll er horten. Weiß der Kuckuck, woher der Mann das Zeug hat. Aus Rußland? Oder aus den USA?«

»Aber wie kriegt er die Sachen über die Grenze ins Vereinigte Königreich?«

»Was weiß ich, Ariel. Vielleicht hat er einen Onkel im Zollministerium? Dort oben in Yorkshire jedenfalls treffen sich jedes Jahr einmal im Spätsommer zwei Dutzend Aficionados und spielen die Schlachten des II. Weltkriegs nach, Dünkirchen, El-Alamein, Normandie, Eifel, Westerwald. Brettern mit klapprigen Tanks über die Heide, robben mit Sturmgepäck durchs Moor, machen Geländeübungen, brüllen auf Deutsch ›Rechts um!‹, ›Achtung! Stillgestanden!‹, ›Deckung!‹ oder ›Rührt euch!‹, zünden Rauchbomben und Leuchtraketen und scheuchen dabei alle Moorhühner und Kaninchen der Grafschaft auf. Abends, ›in der Etappe‹, feiert ein tüchtiger Umtrunk den Sieg über die Krauts, die unter ihrem ›Führer‹, einem Automechaniker aus Bradford namens Buddy Hase, dabeisitzen und mittrinken dürfen und den Arm mit der Swastika recken zum ›Heil Hase!‹«

»Ja, aber —« wandte der Émigré ein, und seine Stimme zitterte kräftiger als gewöhnlich, »gibt es dagegen keine Einwände seitens der Grafschaftsverwaltung oder der *wildlife protection authorities*?«

»Nicht, solange das Nachbargelände, das dem *National Trust* gehört, nicht verwüstet wird. Das Übungsterrain ist ja im Besitz des Veranstalters, sein Eigentum seit Generationen, 8.000 Acres. Dort kann er sich aufführen, wie er will. Wahrscheinlich könnte er dort auch eine Atombombe zünden, wenn er wollte. Im übrigen sitzt der Mann ganz brav im Gemeinderat, bringt morgens mit dem Panzer seine Töchter zur Schule und seine Frau zum Einkaufen, betreut mehrere *local charity trusts*, zahlt seine Steuern und wählt alle fünf Jahre die Tories. So what?«

»Und unser feiner Colonel Marston beteiligt sich an der Kinderei?«

»Unser Oberst«, nickte Fox.

»Und nach dem Abitur schrieben Sie sich zum Studium an der Universität ein?« lautete in der folgenden Gesprächsstunde meine erste Frage. Abendroth antwortete darauf mit seinem mir nun schon vertrauten Lächeln, bei dem ich nie wußte, ob es Wehmut oder Ironie ausdrücken sollte, und sprach:

»Noch nicht gleich. Schön wärs gewesen. Aber noch vor der Matura hatte ich meinen Einberufungsbefehl zum achtzehnmonatigen Dienst in der Reichswehr —«

»— Sie meinen: in der Wehrmacht? —«

»— ja, in der Bundeswehr erhalten; 1967 galt ja noch eine anderthalbjährige Wehrpflicht für alle achtzehnjährigen männlichen Bundesbürger.«

»Sie hätten den Dienst aber doch verweigern können?«

»Stimmt. Aber zum einen dauerte der Zivil-Ersatzdienst sechs Monate länger. Und zum anderen galt der Nachweis pazifistischer Gesinnung vor einer militärischen Kommission als eine Gewissensprüfung, die mit Fangfragen, rabulistischen Tricks, dialektischen Finten und moralischen Fallstricken darauf angelegt war, möglichst viele Prüflinge auf diesem schmierigen Parkett straucheln zu lassen; und wer sich gar unterstand, erst während der Grundausbildung zu entdecken, daß er ein Gewissen habe, daraufhin einen Antrag auf Verweigerung stellte und die Prüfung nicht bestand, mußte zur Vergeltung mit gröberen Schikanen rechnen als seine Kameraden.«

»Und Ihre Eltern? Haben die Ihnen zu- oder abgeraten?«

»Weder — noch. Der Stiefmutter war es gleich — mein Vater hegte zu der Frage seine übliche gutmütige Indifferenz — und mein soldatisch strenger Großvater fand, ein Staat, der seinen Bürgern Schutz und Wohlstand verspreche, habe das Recht, sie eben auch zu den Fahnen zu rufen, wenn es seiner Verteidigung dienlich sei, was im übrigen noch keinem jungen Manne, jedenfalls in Friedenszeiten, geschadet habe.«

»Stritten Sie sich darüber mit ihm?«

»Natürlich. Aber erst später. Fürs erste war ich selber, wie ich zugeben muß, indifferent; ich wußte ja noch nicht, was mich erwartete, konnte es mir schlicht nicht vorstellen. Ich rechnete mit körperlichen Anforderungen, für die ich mich durch den Schulsport ausreichend präpariert fühlte, mit einem gewissen barschen Kommando-Ton, auf den mich einige Lehrer ebenfalls vorbereitet hatten, und im übrigen mit bestimmten Verrichtungen und Funktionen, die den Arbeitspflichten der Schule so unähnlich vielleicht nicht wären und mit Kraft und Verstand zu absolvieren sein würden wie jede andere Aufgabe auch. Mehr könne es nicht sein, glaubte ich, und sah daher ohne Bangen dem Persönlichkeitstest der Musterung entgegen, der mir im Ergebnis eine gute körperliche Kondition, hinlängliche Intelligenz, aber schwache nervliche Belastbarkeit attestierte.

Nun denn. Anfang Juli meldete ich mich mit ein paar Habseligkeiten bei der dritten Kompanie des Panzerbataillons 84, das in der Schlieffen-Kaserne stationiert war, die an der Peripherie unseres Ortes stand, und dort wurden mir eine Stube, ein Bett und ein Spind zugewiesen, in dessen Privatfach ich die Residua jenes individuierten Lebens verstaute, das in den folgenden 18 Monaten vom System erklärtermaßen gelöscht bzw. ins Kollektiv eingeschmolzen werden sollte, eine Pfeife und ein Päckchen Stanwell-Tabak, Kröners Philosophisches Wörterbuch und ein Rowohlt-Taschenbuch mit Platos Dialogen: Manifestation eines Gegensinnes, der beim Spind-Appell samt Privatfachkontrolle sogleich lauten Unwillen erregte. ›Was? Pfeife? Buch? Mann, jetzt gibts Stoff!‹ brüllte der Uniformierte, als er den Inhalt des Faches fassungslos musterte, und gab mir sogleich mit dem Worte ›Stoff‹ zu verstehen, was bis auf den heutigen Tag überall die Wut und das Ressentiment des Kollektivisten auslöst:

Geist contra Materie, Kontemplation gegen Aktion, Unnützes versus Verwertung. Der Einverstandene, der sich freiwillig der Macht ausgeliefert hat, muß die schmerzende Erinnerung an das leichtfertig Preisgegebene hassen und fürchten wie der Teufel das Weihwasser. Das war mir nun klar.«

»Überzeugte Sie aber nicht?«

»Wie sollte es?« lachte Abendroth und fuhr fort: »Nachdem die Kompanie ihre Ausrüstung in Empfang genommen, Ausgeh- und Kampfuniform, Stahlhelm, Sturmgepäck, Stiefel, begann die dreimonatige Grundausbildung mit Unterricht, Geländeübungen und Formalausbildung. Gelehrt wurde das ausgeklügelte System einer hierarchischen Organisation mit ihren Diensträngen, Macht- und Ordnungsprinzipien, Befehlsketten, Funktionen und Verwaltungsstrukturen samt ihren Rangabzeichen, Symbolen, Kürzeln und dergleichen. Nicht, daß mich dergleichen interessiert hätte; aber es war doch nur eine andere Art von Schulunterricht, insofern vertraut — und intellektuell nicht eben überfordernd.

Beschwerlicher schon der Unterricht an der Waffe, einem G3-Sturmgewehr, das uns als ›die Braut des Soldaten‹ ans Herz gelegt wurde, wiewohl wir ihres erotischen Reizes nur in Maßen inne wurden. Diese Waffe mußte immer wieder in rascher Folge zerlegt, gereinigt, eingefettet und wieder zusammengesetzt werden, notfalls auch in völliger Dunkelheit: ein enervierendes Gebossel und Gefummel, das bis zum Überdruß, oder in der Kommiß-Sprache ›bis zur Vergasung‹ geübt wurde.

Den Lehrstunden eingeschoben waren sogenannte Putz- und Flick-Stunden, in denen Knöpfe angenäht und Strumpflöcher gestopft wurden, ein immerhin friedliches Tun, wenn auch nicht ohne Demütigung für so manchen jungen Kraftprotz, der nun über einer Beschäftigung hockte, wie sie daheim nur den alten Weiblein am Ofen oblag. Und nichts versinnbildlicht den Irrsinn des Ganzen skurriler als die etwa 30 × 210 mm großen Pappstückchen, die wir ausschneiden mußten, um sie den Hemden zur

Verstärkung jener Kante einzulegen, auf die gefaltet sie im Spinde akkurat zu liegen hatten.

Der Ton, in dem die Unteroffiziere mit ihren Rekruten sprachen, war, wie nicht anders zu erwarten, laut, grob und derb, die Syntax ärmlich, das Vokabular dürftig, oft mit analen Sexualismen gewürzt und dabei nicht frei von Vergleichen, deren Drastik — ›Stillgestanden heißt die Arschbacken so zusammenkneifen, daß ein Fünfmarkstück seine Prägung verliert‹ — mich bisweilen sogar erheiterte. Doch wehe, man zeigte seine Belustigung! Eines Tages sollte ich zur Strafe einen Aufsatz schreiben zum Thema ›Warum das Sturmgepäck immer ordentlich gepackt bereitliegen muß‹. Dies tat ich, verfaßte einen achtseitigen Essay, in dem ich unter anderem für verbürgt nahm, daß die Besatzungen der Flugzeugträger und Atom-U-Boote des Warschauer Paktes angstschlotternd sich zuraunten: daß der Feind sein Sturmgepäck immer ordentlich gepackt bereithalte! Was somit der Abschreckungsstrategie der Nato glänzend entgegenkomme. Für diese Insubordination, an die ich einige Mühe und Liebe verwandt, wurde ich danach gleich ein zweites Mal, jetzt mit Entzug des Wochenend-Freigangs, bestraft.

Aufschlußreich mag in diesem Zusammenhang der Andachtswinkel im Parterre der Kaserne erscheinen, eine abgesonderte, von roter Kordel auf niedrigen Pfosten in Distanz und Respekt gehaltene Ehrenecke im Flur, an deren Wänden schwarzgerahmte Fotoporträts ausgezeichneter Persönlichkeiten der deutschen Heeresgeschichte hingen.«

»Also die Widerständler des 20. Juli, Yorck, Stauffenberg, Goerdeler«, vermutete ich.

Abendroth brach in schallendes Gelächter aus; ich habe ihn nie wieder so erbarmungslos lachen hören, so lange, bis er nach Luft schnappte. Nur mit Mühe wieder zu Atem kommend, sagte er (und hätte fast erneut losgeprustet): »Aber ja, warum nicht gar? Warum nicht auch die Münchener Studenten der *Weißen*

Rose? — Nein, Frau Doktor. Es waren Wehrmachtsoffiziere der Hitlerzeit, Nationalsozialisten, Generäle und Obristen, verdiente Schlächter und Schlagetots, Haupt- und Mittäter der Unterjochung Europas, Mordgehilfen des Holocaust, Kommißköppe und alte Haudegen mit Schmiß & Monokel à la Keitel, ergeben schnarrende Exekutoren ihrer Führerbefehle, die dort an der Wand hingen —leider nur in effigie hingen —, um ihrer Veneration zu harren. Gut möglich, daß seinerzeit jeder Kasernenbau so einen Ehrenwinkel hegte, und nicht auszuschließen, daß solche Traditionspflege weiterhin besteht.

Im Grunde war es ja auch Traditionspflege, was die von allen gehaßte und gefürchtete ›Formalausbildung‹ begründete. Elektronische Lenkwaffensysteme gab es zu unserer Zeit zwar noch nicht; gleichwohl vermochte schon damals keiner einzusehen, zu welchem Nutzen auf dem glühheißen, betonierten Exerzierplatz ein Marschieren, Stillstehen, Rühren, Rechts- und Linksum-Drehen bis zum Exzeß, ad nauseam, geübt wurde. Dies mochte in Zeiten friderizianischer Kriegsführung mit ihrer hochformalisierten Choreographie der Mann gegen Mann marschierenden Infanterie noch eine gewisse Funktion gehabt haben; jetzt aber schien die Schinderei nur mehr als eine Schikane, die so manches Opfer forderte in Gestalt derer, die dabei in der Sommerhitze kollabierten. Mit Liebreiz uns zur Seite schritt Frau Musica in Gestalt patriotischer Gesänge à la ›Schwarz ist unser Panzer, froh das junge Herz‹ — tatsächlich waren unsere Herzen so unfroh, wie sie nur sein konnten — ›Voran, voran, und *Gas* gegeben, das Leben will gewonnen sein‹ — aber mit Zyklon-B gewinnt man in der Regel kaum das *Leben*, nicht? — ›Stählern unsre Waffen, und aus deutschem Erz‹ oder ›Wir sind die Niedersachsen, sturmfest und erdverwachsen: Heil dir! von Widukinds Stamm‹: eine spezifisch niederträchtige Abart deutschen Liedgutes, die den staubigen Kehlen — ›Lauter! Ich höre nichts!‹ — zum Lederknallen im Gleichschritt abverlangt wurde. Mir ist schon klar, worin der Zweck dieser Abrichtung gesehen wurde: in sogenannter Manneszucht, Selbstbeherrschung, Körperdisziplin — de facto implantiert wurde jedoch das Gegenteil: unbeherrschte Wut aufs System und Disziplinlosigkeit, sobald der Druck nur um ein kleines gelockert wurde, eine aufgestaute Aggression, die sich nach Dienstschluß ihr Ventil suchte in Vandalismen, Wirtshausschlägereien und wüsten Besäufnissen.

Nicht ohne Härte auch die Geländeübungen: 30-Kilometer-Märsche mit der ›Braut‹ und zwanzig Kilo Gepäck auf dem Rükken in flimmernder Julihitze durch die Heide, in deren weichem Sandboden die Stiefel keinen Halt fanden; Schießübungen; Essenfassen (das Blechgeschirr wurde danach mit Sand gesäubert); Versorgung wunder Füße durch Sanitäter, die monströse Blasen aufschnitten und, nachdem sie diesen lustvoll das Gewebewasser ausgedrückt, dem rohen Fleische unter der Haut die rote Jod-Tinktur einpinselten; Heimmarsch unter frohen Kampfgesängen (›Lauter! Ich höre nichts!‹).

Daß wir nach solchen Tagen todmüde ins Bett fielen, erhellt — und als Gipfel perfider Quälerei wollte mir seinerzeit scheinen, wenn ausgerechnet in solchen Nächten um 2 oder 3 Uhr, in Tiefschlafs Mitten, der Pfiff der Trillerpfeife durch die Korridore gellte, dazu der Schrei ›Alarm!‹, die Stubentür aufgerissen ward und der Feldwebel aus den Betten uns brüllte. Simuliert wurde ein Angriff mit biologischen oder chemischen Kampfstoffen, der uns Schlaftrunkene zum Aufsetzen der immer bereitliegenden Gasmaske, zum Ankleiden und Gepäckaufsetzen in rasend schnellem Tempo nötigte, dies alles durchschossen von Flüchen, Schimpfen und Geschrei. Wehe dem, der seine Maske nicht rasch genug vor Nase, Mund und Augen hatte! Die Wirkung der im Flur gezündeten Tränengaspatrone ward sofort spürbar — treffliche Einübung in die studentischen Schlachten mit der Polizei Jahre später.

Eine andere Schikane hieß im Heeresjargon ›Maskenball‹: ein stundenlang ununterbrochenes Aus-, An- und Umkleiden, ein

Uniformwechsel bis zur Erschöpfung, in größter Hast — und wehe, das Koppel saß schief, ein Knopf war falsch geknöpft, ein Hemdkragen geknickt: dann hagelte es Strafen, Drohungen, Gezeter und Gebrüll.«

Abendroth hatte sich erneut in Rage geredet; ich nutzte eine Atempause, um ihn zu fragen: »Wie war es für Sie, mit fünf Gleichaltrigen ein Zimmer zu teilen? Wie kamen Sie mit Ihren Stubenkameraden zurecht?«

»Mit den Söhnen von Arbeitern und Bauern vertrug ich mich besser als mit Abiturienten. Erstere waren geradsinnige, gutmütige Burschen, viele davon Kumpel aus dem Ruhrgebiet — letztere oft feige, intrigante Schmeichler, angepaßte Jungschnösel, doppelzüngig und autoritätsgläubig. Deutlich wurde dies dann, wenn Kollektivstrafen verhängt wurden, die ihre Absicht, Zwietracht in der Gemeinschaft zu säen, denn auch erreichten, indem die Abiturienten sich identifizierten mit dem Aggressor, statt das Stratagem zu durchschauen und solidarisch aufzutreten gegen den, allen gemeinsam vorgesetzten, Feind.«

»Und welche Strategien entwickelten Sie? Wie hielten Sie den Belastungen stand?«

»Nun, offenes Aufbegehren wäre zwecklos gewesen; zu mächtig war die Maschinerie. Es gab nur Fluchten, kleine höhnische Gesten wie die verkehrtherum aufgesetzte Uniformmütze, Spottgesänge nach Art der Lumpensammler: ›Uffze! StUffze! Lumpen und Papier!‹, oder Rache-Aktionen nach Art der Küchenbullen, die dem besonders verhaßten Feldwebel eine dicke Spinne fingen und das zappelnde Wesen seinem Teller Suppe einrührten. Mir war das zu kleinlich, zu ineffektiv. Meine Waffe war das Wort. Als in Berlin, nach dem Attentat auf Rudi Dutschke, und in Erinnerung der Schüsse auf Benno Ohnesorg ein Jahr zuvor, die Studenten zu machtvollen Demonstrationen sich sammelten und auf vielen Straßen Deutschlands Tumult und Aufruhr herrschte, wurde unsere Kompanie in Alarmbereitschaft versetzt; eine Ausgangs- und Urlaubssperre wurde verhängt und Bergepanzer wurden fahrbereit gehalten, um notfalls die revolutionären Massen, die auf den Sträßchen auch unseres Ortes gefürchtet wurden, brachial aus dem Weg zu schaufeln. Ich schrieb darüber einen Leserbrief an unsere *Landeszeitung*, versicherte, daß die Soldaten einem solchen irrwitzigen Befehl den Gehorsam verweigern würden, und schloß den Brief an die *LZ* mit einer flammenden Solidaritätsadresse an die Protestierenden in ganz Europa.«

»Und? Wurde der Brief veröffentlicht?«

A. lachte und sagte: »Natürlich nicht. Der Chefredakteur und der Ortskommandant waren Corps-Brüder und saßen zusammen im *Rotary Club*; ohnehin hatte ich es mir mit dem Blatt verdorben, seit ich als Sechzehnjähriger dem Musikkritiker ein Plagiat nachgewiesen, das der unbedarfte Stümper sich aus einer Rowohltmonographie zusammengestohlen hatte. Meine Flucht blieb jedenfalls das *geschriebene Wort* — nicht anders als einst die komponierten Noten in der Helmstedter Pension. Den Dienst in einer Schreibstube, der mir für die Dauer eines Manövers zugewiesen wurde, welches ein Jahr später auf jenem Panzerübungsgelände von Bergen-Hohne abgehalten wurde, das wir Bergen-Belsen nannten, weil es dem alten KZ-Gelände benachbart liegt, nutzte ich, da sonst nichts zu tun war, zur Abfassung eines Essays über Haydns Londoner Symphonien.«

»Wie? Ohne Material, ohne Sekundärliteratur, ohne Noten?«

»Ja. Anders ging es ja nicht, und was ich brauchte, hatte ich im Kopf. Das einfältige Opusculum, 14 Seiten, mit einer verrosteten Büroklammer geheftet, getippt auf inzwischen gebräuntem, brüchigem A5-Dienstpapier, die Notenbeispiele mit Kugelschreiber eingefügt, besitze ich noch. Es taugt so wenig wie die F-Dur-Sinfonie heroischen Angedenkens. Bemerkenswert daran sind allenfalls die Umstände, unter denen es abgefaßt wurde: die ofengeheizte hölzerne Baracke, die schwergängige

Adler-Schreibmaschine, hinterm Fenster die Birken und Kiefern des von Raupenketten durchwühlten Geländes, das einem Kindersandkasten ähnlich sah, und in der Ferne die Detonationen der Panzermunition.«

»Was sagten Ihre Vorgesetzten dazu?«

»Unser Sanitäts-Oberfeldwebel sah sich die Blätter an; was ich geschrieben, war ihm so unverständlich wie ein Kisuaheli-Dialekt; er schüttelte den Kopf und sagte — nichts. Er war gelernter Friseur, ein gutmütiger Narr, der nur dann ungehalten wurde, wenn die Cognac-Flasche, die er in seinem Schreibtisch immer griffbereit hielt, leer war.

Es gab aber auch härtere Fluchten. Sie waren medizinischer Natur, und es entbehrt nicht einer gewissen lexischen Komik, daß es ein schwerer *Medizinball* war, der mich beim Sport so unglücklich an der Schläfe traf, daß ich bewußtlos, wie ein Stein, zu Boden fiel und mit dem Verdacht auf ›Gehirnschlag‹ für eine Woche zur Beobachtung ins Sanitätsrevier gebracht ward, wo ich endlich Muße fand, in der Zeitung die aktuellen Reportagen über die großen Straßenschlachten und Demonstrationen von Paris, Berlin und Berkeley zu lesen.

Und als ich nach acht Wochen Grundausbildung der nervlichen und körperlichen Belastung, dem Gebrüll und den Schikanen und Schindereien der Schleifer und dem (unmittelbar nach dem Wecken besonders enervierenden) *Beatles*-Geplärr aus dem Kofferradio der Stubenkameraden nicht mehr glaubte standhalten zu können, flüchtete ich mich in eine fingierte Erkrankung, indem ich, auf mein Schauspieltalent vertrauend, eine akute Appendizitis so realistisch simulierte, daß ich noch am gleichen Tage im Ortskrankenhaus am Blinddarm, dessen Durchbruch zu befürchten war, operiert und danach gleich noch für weitere zwei Wochen im Krankenhaus behalten wurde, da die OP-Wunde eiternd sich entzündet hatte. Daß diese greulich schmerzte, war leichter zu ertragen als das Militär — *alles* erschien mir in dieser

Zeit erträglicher als dieses, und mit Neid und Wehmut sah ich draußen hinterm Kasernenzaun auf dem Trottoir die Zivilisten in ihrer Privatkleidung unbeschwert, wie es schien, vorüberschlendern: als Bürger, als Individuen, in *Freiheit*, nicht inhaftiert, nicht zwangskollektiviert auf Geheiß eines Staates, den ich damals nicht als das, was er seiner Bestimmung nach sein sollte: nämlich als das gute, sondern als das schlechte Allgemeine wahrnahm, und gegen den ich mir ein kritisches, distanziertes, partiell rebellisches Bewußtsein bis heute bewahrt habe.«

»Gestatten Sie mir, Herr Dr. Abendroth, daß ich hier kurz noch einmal zurückspringe in Ihre frühe Kindheit. Haben Sie je einen Kindergarten besucht? Es hätte doch nahegelegen, daß Ihre Eltern, die beide berufstätig waren, Sie in einem solchen untergebracht hätten, wo Sie sich dann schon früh hätten einüben können in das Sozialverhalten eines kollektiven Gefüges.«

»Ich muß drei oder vier Jahre alt gewesen sein«, antwortete A., »als mich die Mutter zu einem großen Fest, das die Kindergärten des Heimatortes veranstalteten, mitnahm; ich erinnere mich nur, daß an der Kuchentafel das vielhundertstimmige Gewusel und Gekreisch der Kinder mich nicht minder einschüchterte wie das strenge BdM-Gebaren ihrer weißbekittelten Aufseherinnen; der Choc muß groß genug gewesen sein, daß die Eltern nie mehr in Erwägung zogen, mich in einem solchen Institut zu deponieren.«

Ich notierte mir »gestörtes Sozialverhalten« und setzte ein Fragezeichen dahinter. »Kommen wir zum Schluß«, bat ich. »Wie gings weiter?«

»Nach Abschluß der Grundausbildung«, fuhr A. fort, »meldete ich mich zum Sanitätsdienst bei der 1. Stabskompanie des Panzerbataillons 84. Zwei je sechswöchige Lehrgänge bereiteten darauf vor. Der eine behandelte Krankenpflege, das Anlegen von Verbänden, das Verabreichen von Spritzen, Grundlagen der Pharmazeutik — in dem anderen übten wir Erste Hilfe unter Gefechtsbedingungen: Da galt es, im tiefen Schnee einen Kameraden, der einen Verwundeten oder einen Leichnam spielte, zu viert auf einer Trage im Sturmschritt zu bergen und dabei schnell Deckung zu suchen, wenn am Wegrand die Blendgranate oder die Rauchbombe gezündet ward. Daß dabei die Leiche oft genug unsanft aus der Trage kollerte, mußte in Kauf genommen werden.

Dem schloß sich, bis zur Entlassung, der Dienst im Krankenrevier an: Verpflegung der Patienten, Wäschewechsel, Medikamentenausgabe, Sprechstunden-Assistenz. Regimentsarzt war ein Dr. Fischer, der im Ort eine übel beleumundete Praxis unterhielt, ein beleibter, schmutzgrau gelockter Mittsechziger, Kettenraucher und Alkoholiker mit immerwährend leichtem *delirium tremens*, und unvergeßlich ist mir das Bild, wie dieser Jünger Äskulaps, den ich mir gut als Lager-Arzt in Majdanek oder Sobibór vorstellen konnte, die Männer, die sich krank meldeten, mit Kommandostimme aufforderte, den Mund zu öffnen, und ihnen dann den nikotingelben Zeigefinger zum ›Aaa‹-Sagen auf die Zunge legte, während zwischen Mittel- und Ringfinger derselben Zitterhand seine Zigarette ihnen das Gesicht einnebelte. Außerdem neigte dieser Weißkittel zu jähzornigen Brüll-Anfällen, die mich so ängstigten, daß ich späterhin, wenn seine Visite nahte, nur noch in den Wäschekeller mich flüchtete, dort einschloß und so lange still wie eine Maus verharrte, bis der Teufel sich wieder ans Steuer seines Mercedes setzte und nach Hause fuhr.

Das Sanitätsrevier bot uns etliche Privilegien. So manches unbelegte Krankenzimmer lud zu einem geruhsamen Mittagsschläfchen ein. Bestechung und Tauschhandel waren gang und gäbe: Extraportionen aus der Küche gegen Vitamintabletten, die als Potenzmittel in hohem Ansehen standen; Alkohol oder Zigaretten gegen die Erlaubnis, auf dem Krankenzimmer die Freundin zu einem Schäferstündchen zu empfangen. Aber das größte Privileg war die Macht über Wohl und Wehe der stationär Aufgenommenen. Kaum ein größeres Vergnügen gab es, als die Angst im Gesicht jener Unteroffiziere zu sehen, die uns zuvor kujoniert, schikaniert, gedemütigt und gequält hatten und nun, bei Erkrankung hilflos uns ausgeliefert, als wimmernde Häuflein zusahen, wie wir genüßlich die Spritze präparierten: eine Einwegspritze mit Penicillin, zwei Fingerbreit über der rechten Gesäßbacke zu injizieren — und da konnte es natürlich, nicht wahr, leicht einmal geschehen, daß man beim Einstich aus Versehen danebenzielte und das Experiment mehrmals wiederholen mußte. Ein Gleiches konnte geschehen, wenn einem verhaßten Feldwebel aus der Ader des Unterarms Blut entnommen werden sollte: da war dann die Vene manchmal gar nicht leicht, sondern erst nach längerem Herumstochern mit der Kanüle zu treffen.

So ging jenes bemerkenswerte Jahr 1968 dahin, in dem Truppen des Warschauer Paktes dem Prager Frühling ein Ende machten und hierzulande nach dem Attentat auf Dutschke der Protest aufflammte gegen alles, was das dunkle Deutschland repräsentierte. Noch vor Weihnachten wurden wir verabschiedet. Die zu Entlassenden, nun wieder in Zivil, standen ein letztesmal in Reih und Glied vor dem verwünschten Ehrenwinkel, um den Handschlag des Kompaniehauptmanns entgegenzunehmen. Begleitet von einem Adjutanten, der jedem Soldaten eine Tüte mit Spekulatius in die Hand drückte, schritt jener die Reihe ab, gab jeder nackten Hand, die ihm gereicht wurde, flüchtig seine mit feinem weißem Wildleder behandschuhte Rechte; und nie habe ich einen Handschlag erlebt, der unheimlicher gewesen wäre als dieser. Denn diese Rechte des Militärs war nicht nur außerordentlich schlaff, weich und schlapp, sondern fühlte sich überhaupt so an, als bestünde sie gar nicht aus Fleisch und Knochen, sondern glitte mir durch die Finger wie eine kalte, dünne Flüssigkeit.«

»Schön, Herr Abendroth«, schloß ich. »Letzte Frage, ganz kurz: welche Rolle spielte die Musik für Sie in diesen achtzehn Monaten?«

»Die Rolle eines fortlaufenden Kommentars und einer Echokammer, einer *vox interna*, ständig präsent und aktiv im Kopf, tröstend, stimulierend, widerspiegelnd oder refraktierend, auratisch durch und durch. Zwei Komponisten standen dafür ein. Der eine war Schubert mit seinen verstörten, gebrochenen Idyllen und dem charakteristischen anapästischen Rhythmus des Schreitens, Wanderns und harmonischen Kreisens. Wichtiger noch war Mahler. Der spukte mir fortlaufend durch den Kopf. Die fiebrigen Märsche in der dritten, sechsten und siebenten Symphonie, der unsagbar melancholische Kondukt zu Beginn der fünften, die *Revelge* der Wunderhornlieder tönten mir als Vorecho nicht nur beider Weltkriege, sondern auch als Vorreflex alles Gewalttätigen, das ich im Gleichschritt, verbissen marschierend, höhnische Lieder grölend, erfuhr. ›Pan marschiert, der Sommer zieht ein‹? Von wegen! In *meinem* Sommer waren es Infanteriedivisionen, die da in die Schlacht zogen, und die zwei Hammerschläge im Finale der Sechsten waren die Detonationen der Artillerie von Verdun oder von Bergen-Hohne. Und wenn ich abends nach Dienstschluß am Fenster des Krankenbaues stand und hinausschaute auf den leeren Garnisonsplatz, über den tagsüber die gestopften Trompetensignale herbeiwehten aus dem Beginn der 1. Symphonie, come da lontano, und nun wie im *Lied von der Erde* die langen Schatten des Abends krochen, wurde mir Mahlers Welt der verlorenen Feldwachten, die Welt all jener zum Galgen geführten Deserteure und Tamboursg'sellen, die ihr Haus unter jenem Rasen hatten, auf den die Kameraden bei Tage ihre Zigarettenkippen aus dem Fenster schnippten, so herzzerreißend gegenwärtig, als wärs die eigene.«

Yberseindt zog eine mattschimmernd schwarze Scheibe aus einer grauen Hülle von Packpapier, legte sie auf den Plattenteller, schwenkte den Tonarm über die Einlaufrillen und bat das Auditorium, das sich im Gemeindesaal von St. Martin eingefunden, um Stille und Aufmerksamkeit. Dann senkte er den Arm ab, so daß aus den Lautsprechern zuerst ein gräßliches Schaben, Rauschen und schmirgelndes Gurgeln laut ward, welches deutlich machte, daß nun wohl eine betagte Aufnahme zu hören sein würde, hergestellt noch vor Erfindung des Magnettonbands und des Mikrofons, also aus der Grammophon-Ära um 1923/24, als man mit den Membranen gewaltiger Schalltrichter Klänge aufnahm, die direkt in Matrizen geschnitten wurden, Klänge von bärtigen, mit Kneifern bewehrten Musikern im Frack, die mit ihren Streich- oder Blasinstrumenten so nah wie möglich vor die Trichter sich drängen mußten. *Acoustic recording* nannte man dieses mechanische Verfahren, das drei bis vier Jahre später vom *electric recording* abgelöst werden sollte.

Die ersten zwei auftaktigen Dominant-Tonika-Schläge tönten, als schlüge ein Kind zornig auf einen Pappkarton. Yberseindt, der das Befremden der Zuhörer wahrnahm, hob mit dem Lift den Tonarm kurz ab und erläuterte:

»Diese Schläge, die die Musik einleiten, um sich mit anderen Perkussionsschlägen und dumpf geklopften Baßtönen nach und nach zu einem komplementärrhythmischen Muster zu fügen, über dem eine gemächlich dudelnde Streicherbewegung sich abzuspulen beginnt, die sich am desperaten Ländlermilieu des Schumannschen Heine-Lieds *Das ist ein Flöten und Geigen* nährt, sind in der Partitur natürlich nicht für ein Holzkästchen oder eine Blechschachtel, sondern eine veritable Kesselpauke vorgeschrieben. Der trockene, dünne, blecherne, drahtige Klang des

Ganzen — die Portamenti, mit denen die Violinen ihre Intervalle so verschmieren, wie man es heute auf dem Konservatorium jedem Studenten in der ersten Stunde verböte — das Rubato, das den Fluß dessen, was in der Partitur *Im Tempo eines gemächlichen Ländlers* heißt, mal staut, mal beschleunigt: das alles läßt keinen Zweifel daran, daß diese Schallaufzeichnung schon vor sehr langer Zeit entstand. Hören wir weiter.«

Der Émigré senkte den Tonarm wieder ab, ließ das von Kratzen und Rauschen umflorte Gequäk weitere zehn Minuten hören; dann unterbrach er aufs neue und erklärte:

»Tatsächlich war der Dirigent dieser Aufnahme, Oscar Fried, 1871 in Berlin geboren, 1941 im Moskauer Exil gestorben, ein Freund des Komponisten. Er hat dessen zweite Symphonie, aus der das vorliegende Scherzo stammt, mehrfach in seiner Anwesenheit aufgeführt und gehörte zu den wenigen Kapellmeistern, die von ihm die Erlaubnis bekamen, an der Instrumentation Retuschen vorzunehmen, wenn die Saalakustik es verlangte. Seine Aufnahme mit dem Berliner Staatsopernorchester entstand rund 30 Jahre nach der Niederschrift des Werkes und zwölf Jahre nach dem Tod des Komponisten, der, wenn es ihm geboten schien, selber ad hoc solche instrumentatorischen Anpassungen an die Raumakustik vornahm — was nicht im Widerspruch steht zur Genauigkeit seiner Notation, da es ihm, so oder so, auf zweierlei ankam: auf Deutlichkeit und Charakteristik.«

Yberseindt nahm einen Schluck Wasser, schob sich die randlose Brille, die ihm auf der Nase mählich niederzurutschen pflegte, wieder zurecht, strich sich mit der Linken kurz durch den schütteren Haarkranz und fuhr fort: »Mit *Deutlichkeit* meine ich einen Klang, der sich nicht an sich selbst berauscht oder auf sensuelle Oberflächenreize zielt, sondern strikt auf den musikalischen Satz sich bezieht; und mit *Charakteristik* meine ich die Semantik der Klänge selber, ihr Idiomatisches. Der Satz vermeidet Füllstimmen oder Pseudokontrapunkt und stellt Klangfarbe ganz in den Dienst der Erhellung eines auch in großer Besetzung immer noch kammermusikalischen Stimmengeflechts. Charakteristik, eine ästhetische Kategorie, die auf das ›malende‹ Verfahren der französischen Musik zurückgeht, meint hier bei Mahler: Vermeidung von Mischfarben, von Verdickungen und Verdoppelungen zugunsten eines Spaltklangs in einem Satz, der den Instrumenten — was ihre Spieler gelegentlich frustriert — selten Gelegenheit gibt, eine Phrase rund auszuspielen. Man könnte von einem klangfarblichen Äquivalent zum durchbrochenen Prinzip motivischer Arbeit sprechen, mit reinen Instrumentalfarben, allerdings unter Einschluß ihrer Extremlagen, ihrer rauhen oder schrillen Potentiale, einer Tendenz zur Denaturierung, die ihre Fortsetzung findet in der zweiten Wiener Schule oder später bei Ligeti, Kagel und vielen anderen.

Ein Beispiel hierfür wäre der Beginn des dritten Satzes der 1. Symphonie, wo ein Solo-Kontrabaß in gequetscht hoher Lage den Kanon *Bruder Jakob* anstimmt. Der Musiker kann hier mit extra sauberem Spiel gegen die Unmöglichkeit sauberer Tongebung halten — oder, mittels kleiner agogischer Verschleifungen, die Groteske noch betonen, das heißt die Passage zur Kenntlichkeit entstellen. Im ersteren Falle spielt er schön, im zweiteren charakteristisch.

Die Groteske des Scherzos der 2. Symphonie — Luciano Berio hat das Stück 1968 im 3. Satz seiner *Sinfonia* mit Texten von Beckett und Joyce collagiert — ist von eigener Art insofern, als sie sich im Klang und in ihren Trivialelementen nicht nur aus dem Milieu mährischer Kaschemmen, k.u.k. Exerzierhöfe und Garnisonen speist, sondern obendrein vom Text eines Liedes zehrt, das Mahler zehn Jahre zuvor geschrieben hatte. Hier im Scherzo wird dieses Lied jetzt paraphrasiert, erweitert und mit der Heilsidee und Auferstehungsthematik der Symphonie konfrontiert. Es stammt, nach einer Vorlage von Abraham a Santa Clara, aus *Des Knaben Wunderhorn* und heißt ›Des Antonius zu Padua Fischpredigt‹: Antonius tritt ans Ufer und ruft die Fische — die kommen ›spitzgoschet‹ und glotzäugig herbeigeschwommen, hören dem Prediger brav zu — und schwimmen wieder davon, genauso faul und fett und dumm wie zuvor. Sie bleiben, was sie immer gewesen.

Erinnern wir uns an jene Ironie, ›welche, indem sie das Menschliche mit dem Tier in Konflikt setzt, den Menschen mit seinem ärmlichen Treiben und Tun verhöhnt‹, von der E.T.A. Hoffmann spricht, und daran, daß Mahler für sein Scherzo das Bild von einem ›Blick durchs Fenster auf einen lautlosen Tanz‹ gebrauchte: unhörbar die Musik, also sinnlos und gespenstisch, stummes Rotieren als Sinnbild der Absurdität des irdischen Lebens, der Wiederkehr des Immergleichen. Denken Sie sich Schumanns Papillons-Masken hinzu, seine ›Einsamkeit auf großen Festen‹, und hören Sie, wie objektive Fröhlichkeit höhnisch zu subjektivem Schmerz gebrochen wird im Todtenmarsch der Ersten (›in Callots Manier‹), der sich mit dem Scherzo der Zweiten zu einem *conceptual continuum* verbindet, welches im ›Tierstück‹ der Dritten (mit dem Mozartschen Posthorn-Solo) seine Fortsetzung findet.«

Der Émigré führte nun seinem Auditorium den Satz ohne Unterbrechung vor und erläuterte: »Die zwei heftigen Auftaktschläge, Sie haben's gehört, setzten einen mit alpinen Ländlermotiven durchwirkten rastlosen Verlauf in Gang, eine Rotation in modo perpetuo, die trotz der zwei behaglichen Deviationen in den Trio-Abschnitten einen immer grelleren Charakter annimmt. Mittels Variantenbildung, etwa durch Intervallverzerrungen oder Distorsionen des Klangs — haben Sie die schrillen, tierisch-frechen, gequält quiekenden C-Klarinetten gehört? —, spiralt sich die Musik immer weiter in eine Musica Negativa hinein, um gegen das Ende zu in einen (wie Mahler sinngemäß sagte) Aufschrei aus Desillusion zu münden. Der zerplatzt, zerstäubt in Harfen-Arpeggien. Diese lassen über absteigenden

Quartsextketten einen leeren Quintraum übrig. Und in den schlägt noch einmal rabiat der Auftakt des Anfangs hinein, um dann aus diesem nihilistisch Zertrümmerten, Sinnentleerten, dieser Rotation des Immergleichen hinauszuweisen auf ein Choralthema in Trompeten und Hörnern, das erst im Chor-Finalsatz, in der Auferstehung, für die ein Text von Klopstock herangezogen wird, das einlöst, was es hier erst einmal nur verheißt.

Vielleicht verstehen Sie nun, warum mir diese Aufnahme von 1923 mit ihrer spezifischen Patina, ihrem Schäbigen, Verschlissenen besser geeignet schien, den Gehalt des Werkes in die Erscheinung zu setzen, als es eine Einspielung vermöchte, deren Opulenz versöhnte und besänftigte, statt aufzureizen. Was luxuriös komponiert ist, muß nicht üppig klingen, und das sinnliche Scheinen der Idee sollte nicht sinnenfroh sein, sondern so, daß durch Hohl- oder Leerstellen der Hörer aufgerufen wird, mit eigener Imagination das auszufärben, was nicht in der Erscheinung aufgeht. Musiker, von Anfang an zu sauberem, schönem Spiel gedrillt, wehren sich erfahrungsgemäß vehement gegen die Auffassung, Mahlers Musik sei eine *concept art*, die besser im Kopf dessen ihre Stätte haben sollte, der ihr nicht aktiv, sondern kontemplativ entgegentritt. Auch gibt es Musiker, welche diese Symphonik als hemmungslos egozentrisch deuten: als spräche der Komponist immer nur Ich, Ich, Ich. Diese Auffassung wird, wie ich meine, von der Sache selbst nicht getragen — gleich, wie man Mahlers berühmte Äußerung, Komponieren heiße für ihn ›eine Welt aufbauen‹, deutet.

Daß es eine *literarische* Musik ist, steht für mich außer Frage. Mir kommt da der Roman eines österreichischen Dichters in den Sinn, den ich auf einer Eisenbahnfahrt von Wien nach Brünn einmal las. *Die Stadt hatte kein festes Jenseits. In der Nacht kamen die Geister*, stand da. Warum gerade dieses Buch? Lag es an Toponymen wie Brünn, Iglau, Kalischt, Olmütz, Troppau, lags an den Totenmärschen und Kondukten von der ersten bis zur zehnten Symphonie (mit dem Feuerwehr-Leichenzug unterm New Yorker Hotelfenster), an Mahlers Nachtmusiken oder Rückerts *Um Mitternacht* oder Nietzsches *O Mensch*, oder lags an all den verlorenen Feldwachten, Deserteuren und Scharwachen in seinen Liedern? Oder an jenen geisterhaft unscharfen Photographien der Jahrhundertwende, auf denen vor Ringstraßenfassaden oder Prager Durchhäusern der schwarze Schemen des vorbeihastenden, nervös grimassierenden Komponisten von der Blendenöffnung kurz erfaßt ward?

Ein Abschnitt lautete, ich weiß es noch: *Ich ging nachts aus dem Haus. Ich sah im Freien die nächtliche Stadt. In der tiefen Nacht ging keiner in die beleuchteten Geschäftsräume. Die Nacht um vier Uhr legte eine zarte Hand auf das Gesicht. Sie wärmte das Gesicht. Sie machte einen ausgleichenden weiten Hauchton. Die Nacht war eine Serenade. Der Gesang der Nacht war das Atemholen vor dem Gesang. Die Nacht war der ›Atemholton‹.* Lag es daran, daß das strenge Ritual der Syntax, die Verkürzung und Disziplinierung des Satzbaus, dieses knapp Zugespitzte, lakonisch Aufblitzende der Sätze dem Deutlichen und Pointierten des Mahlerschen Tonsatzes korrespondiert? Oder waren es einzelne Bilder, engumrissene Material- und Stoffschichten im Buch, die ein — allenfalls erahnbares — tertium comparationis herbeizogen? ›In der tiefen Nacht‹: beschwor dies Nietzsches *Was spricht die tiefe Mitternacht?* Oder evozierte es Kafka, wenn ich las: *Ich quartierte mich im Gasthof neben dem Schloß ein. Der Schloßhof war einem Zirkus das Winterquartier. Am Abend wurden im Hof die fünf Feuer entzündet. Im Gasthof tranken die Männer aus dem Dorf das Bier. Ich ging zu Bett in großer Verzweiflung.*

Ja, ich habe das seinerzeit im Zug als Mahler-Konzentrat gelesen, als Reflex auf eine mährisch-jüdische, großstädtische Gaslaternenmusik irgendwo zwischen Roth und Kafka, Brod, Meyrink und Perutz, als Kommentar zum ›Lied der Nacht‹, der in Prag uraufgeführten 7. Symphonie. *Der Hinterhof hatte die blaue Mondschönheit. Die Vögel auf den Schornsteinen schliefen im Mondlicht.* Den Namen des Dichters habe ich vergessen. Aber könnte es sein, daß derjenige Mahler am besten versteht, der einmal in seinem Leben das Unglück hatte, als Soldat zum Dienst gepreßt zu werden?

Wer eine Herzensbeziehung zu dieser Musik unterhält, kann jedenfalls eine Frohnatur nicht sein. Das Unheimliche, Unheimatliche, Unbehauste, die Weltangst dieser Musik spricht nirgendwo so deutlich wie aus jener symmetrisch-janusköpfigen Siebten. Drei Nachtstücke bilden den Kern: im Mittelpunkt ein mitternächtlich-spukhaftes Scherzo, flankiert von einem Nachtwächtermarsch und einer Serenade, und dieses dreisätzige Zentrum wiederum wird flankiert von je einem großdimensionierten Stück: zu Anfang ein Sonatensatz in trughaftem Zwielicht, tonal ambivalent zwischen e-moll, h-moll und H-Dur, eine Stadtlandschaft mit Zinnen und Zacken, quartig aufsplitternden Kollisionen zwischen Lichtblitz und Dunkel, mit verschobenen Vektoren, grellen Spaltklängen, schattenhaften Hinterhöfen, verquerem Kontrapunkt, betont linearer Topographie. Der Rondo-Schlußsatz stellt diesem Abenddämmerlabyrinth die diatonische Helle des Mittags entgegen. Mit der Deutung des Satzes tun sich die Leute bis heute schwer. Warum? Ist die Absicht nicht allzu klar? Die Dramaturgie der Symphonie ist ja nicht narrativ, sondern topographisch. Bei Tage trumpft die Stadt pompös auf, enthüllt ihre Trivialitäten, ihren Bombast gnadenlos. Aus Kontemplation wird Aktion, aus sinistrem Brüten optimistisches Gschaftl, Festwiese und Würstelprater. So lärmt es am Ringstraßenkorso, an der Sirk-Ecke, mittags, wenn die Tram bimmelt, der Zeitungsausrufer ›Erfolge am Piave!‹ schreit und unsere ›braven Truppen Czernowitz genommen‹ haben und die Militärkapellen schmettern. Was in diesem Satz wirkt, ist ein musikalischer Realismus, der in seiner scheinhaften Positivität auch das Zarte ja nicht ausschließt, die Blumenmädchen am Korso, über denen die Prunkbauten aufragen, eine verschämte Seeligkeit und Schäbigkeit, collagiert mit Gassenhauern aus Schani-Gärten und Kurmusikpavillons — Charles Ives in Wien —, mit feschem Tschingderassa, Exotismen alla turca, passend zum k. u. k. Riesenreich, dem nicht mehr viele Jahre beschieden waren, als die Musik geschrieben ward.

Das ist der *Tag* — in all seiner gleißenden Banalität und *Prosaik*, und er dient nicht dazu, das Werk zu krönen, zu überhöhen, apotheotisch zu verklären, sondern rückblickend das Nokturne, Poetische, jenes Schattenreich aus Zweifel und Zwiespalt qua Negation erst sinnfällig zu machen: eine Komplementärwirkung, die dem Antithetischen jenes Wunderhorn-Scherzos entspricht, mit dem wir eingangs befaßt waren. Ich danke Ihnen.«

Yberseindt, dem schütteren Applaus flüchtig zunickend, trat vom Podium rasch ab; Fox nahm ihn beim Arm und führte ihn durch eine Seitentür hinaus auf die Pembroke Lane, an der das Auto, das Rose ihnen zur Verfügung gestellt, auf sie wartete. Birthwhistle war zuvor mit einer Entschuldigung beschieden worden, des Inhalts, man habe heute abend etwas Dringendes zu erledigen und er möge es den Freunden nicht verargen, wenn sie ihn bäten, auf ihre Gesellschaft für diesmal zu verzichten und sich anderweitig zu vergnügen.

Ein kräftiger Regen ging nieder; der Émigré fragte: »Darf ich meinen Koffer mitnehmen, Fox?«

»Freilich. Warum nicht?«

»Wirklich?«

»Wenn ich es doch sage. Ein paar Sachen für die Nacht habe ich ja auch dabei. Wir übernachten im Wiltshire Arms, *RAC*- und *AA-recommended*, und können dann gleich am frühen Morgen, noch ehe Mr. Swindon zu seinen Besorgungstouren aufbricht, in Malmesbury vor der Tür stehen.«

Fox verstaute, während Yberseindt mühsam in den Kleinwagen sich duckte, das Gepäck, schloß die Türen, zog den Choke, drehte den Schlüssel im Anlasser und schaltete die Scheibenwischer ein, die mit hektischem Wedeln redlich sich mühten, die gegen die Frontscheibe prasselnden Fluten vom Glase zu schaben.

Sie passierten die indische Phantasmagorie des *Royal Pavilion*, nahmen die Ausfallstraße A23 Richtung M25, umrundeten London auf der Great Circular Road und stoben in ihrem kleinen, beweglichen Gefährt durch die Nacht, geblendet vom Gegenverkehr der durch den Regen preschenden Lieferwagen, Busse und Schwertransporter, deren Scheinwerferlicht, vom Wasser vielfach gespiegelt und stroboskopisch zerspellt, zersplittert in radial aufschießende, kreiselnde Leuchtfeuer, ihnen die Sicht auf die Straße verdunkelte. »Ist uns Rose noch gram?« fragte Yberseindt nach längerem Schweigen.

»I'm afraid she is«, gab Fox zur Antwort, ohne sich zur Seite zu wenden. Starr aufrecht und vorgebeugt, die Hände ums Lenkrad verkrampft, den Kopf dicht an der Frontscheibe, um den Augen zu ermöglichen, das panische Gewedel der Wischer und die Spiegelungen im Glase zu durchdringen, hielt er unverwandt den Blick auf die gelben Markierungen der naßschwarzen Straße gerichtet und sagte: »Rose kommt aus einer Familie, in der Taktlosigkeit, Neugier, Indiskretion und *trespassing* unentschuldbare Vergehen sind. Als Künstlerin aber hat sie gelernt, nachsichtig zu sein und Ausnahmen zuzulassen. Wenn Sie in einem Ensemble arbeiten, können Privacy und Diskretion nicht mehr Ihr höchstes Gut sein. Vielleicht wäre es anders, wenn sie als Solistin aufträte. So aber zürnt sie uns nicht, sondern schüttelt nur, tadelnd und zweifelnd, den Kopf.«

»Wie Curry«, lächelte Yberseindt, während Fox, kurz vor Slough, in den Verkehr Richtung *M4/The West* sich einfädelte, wo er, ungeachtet des *speed limit* und des anhaltenden Regens, den Mini Cooper zu beträchtlichem Tempo beschleunigte. An der Abfahrt Malmesbury verließen sie die Autobahn und gelangten nach einigen Meilen in nördlicher Richtung auf einer Landstraße, deren tiefergelegene Strecken schon so überschwemmt waren, daß die kleinen Räder ihres Fahrzeugs fast zur Gänze im hoch aufspritzenden Wasser versanken, zum Wiltshire Arms Hotel, einem reetgedeckten Landgasthof mit Rautenfenstern und Tudor-Fachwerk, den die Laternen überm Entrée bei diesem Wetter besonders heimelig erhellten.

Ein Kaminfeuer flackerte neben der Rezeption in der Lounge; und nachdem sie ihre Zimmer bezogen, setzten sie sich zum Tee noch für eine Weile, zwecks Absprache ihrer Strategie für den morgigen Tag, in die Sessel am Feuer. Nicht nur ihre Identität galt es zu tarnen; es mußte auch vermieden werden, Zweifel oder Kritik zu äußern; ja, Sachkenntnis selber hatte zurückzutreten hinter die biedere Zurschaustellung einer gewissen Anhänglichkeit und dilettantischen Begeisterung, wie sie den Liebhaber eher charakterisiert als den Kenner. Nachdem sie sich darauf geeinigt, zogen sie sich zum Schlafen zurück.

Am Morgen hatte der Himmel sich aufgehellt. Blendendweiße Blumenkohlwolken segelten über den blauen Himmel; ein frischer Wind wehte aus Nordwest; Sonnenflecken huschten über das Grün der Wiesen in rascher Folge. Ohne Mühe fanden sie, nachdem Yberseindt an einer Tankstelle einen Strauß Astern mit Dahlien und gelben Rosen erstanden, die Straße am Stadtrand von Malmesbury und ließen den Wagen vor jenem Neo-Tudor-Haus stehen, in dem, wie sie in Erfahrung gebracht, die Swindons wohnten. Des Vorgartens Rasen war frisch gemäht, die Thuja-Hecke akkurat gestutzt; die schlichte edwardianische Stadtvilla, deren Fassade mit einem Imitat von *timber-framework* versehen war, gab kein Anzeichen, daß sie bewohnt sei: keine Milchflaschen standen und keine Zeitung lag vor der Tür, kein Rauch stieg aus den Schornsteinen auf, und bis auf das Flöten einer Amsel im Gebüsch war kein Laut zu hören. Fox klingelte einmal, doch niemand öffnete. Dann schellte Yberseindt, aber die Haustüre tat sich nicht auf, auch nicht, als Fox, wenn auch behutsam, mehrere Male den Messingklopfer aufs Holz pochen ließ.

Sie legten den Strauß auf der Schwelle ab, traten zurück, wandten sich zur Seite und blieben unter den Parterrefenstern auf dem Rasen stehen, um sich zu beraten. »Mir ist, als hätte ich im Flur etwas gehört«, raunte der Émigré. »Vielleicht eine Katze. Und was nun?«

Fox blickte empor zu den Fensterreihen der beiden Front-Etagen. »Die Jalousien sind alle aufgezogen, Stores und Gardinen auch. Man müßte einen Blick durchs Fenster werfen! Sie wissen, was eine Räuberleiter ist, Ariel?«

Der erbleichte zitternd. »Nicht mit mir, Fox! Das können Sie nicht machen! Wenn uns jemand sähe!«

»Ach was.« Fox war resolviert. »Nur einen kurzen Blick ins Parterre, Ariel. Nun fügen Sie schon die Hände zusammen zur Leitersprosse! Ich wiege nicht viel. Nur eine Minute!«

Yberseindt lehnte sich mit dem Rücken an die Mauer, verschränkte die Hände, und Fox setzte einen Fuß hinein, um sich zum Sims empor zu stemmen, an ihm sich festzuklammern und durch die Scheibe ins dunkle Innere des Hauses zu spähen. »Meine Güte«, wisperte er. »Das ist ja unglaublich.«

In dem Moment kam ein Mann um die Ecke des Hauses gestapft; er trug blaue Wellingtons, eine Aran-Strickjacke und auf der Nase eine Hornbrille mit dicken, vierkantig geschliffenen Gläsern; sein Gesicht war wie das eines Gärtners gerötet von Arbeit an frischer Luft. Fox ließ sich geschwind und elastisch zu Boden fallen wie ein Eichhörnchen; Yberseindt hielt zur Tarnung die Hände gefaltet, hoffend, es möchte so aussehen, als stünde er an einem Grabe ins Gebet versunken — aber in einem fremden Garten?

Der Mann war offenkundig der Herr des Hauses, dem jedes inquisitorische Auftreten so peinlich gewesen wäre, daß er es vorzog, zu fragen: »Can I help you? Are you okay?«

Keiner erinnerte sich hinterher daran, mit welchen Ausflüchten Fox seine Anwesenheit stammelnd begründet und sich und seinen Freund vorgestellt hatte — aber entweder geriet ihm sein Gestotter so plausibel, daß es Mr. Swindon zu keinem weiteren Argwohn verleitete — oder dieser war zu jovial und zu gut erzogen, um die Fremden nicht ins Haus zu bitten, statt sie des Grundstücks zu verweisen, was ja doch ein Verstoß gegen alle geheiligten Gesetze der Gastfreundschaft gewesen wäre.

Wie auch immer — der Hausherr lud seine Besucher zum Tee in die Küche, bat sie am Küchentische Platz zu nehmen und bewirtete sie mit einem Teller *Cheese Crackers* und *McVitie's Digestives.* Er habe im Hintergarten gearbeitet und ihr Kommen nicht gehört, erklärte er, während er den Tee einschenkte, und schien aufrichtig angetan von dem Blumenstrauß für seine liebe Gattin, die heute leider nicht daheim sei, sondern zu Aufnahmesitzungen in London weile. Ein Scarlatti-Recital. Das werde in einem halben Jahr in die Läden kommen, gefolgt von einem Album mit Virginal-Stücken von Byrd und Gibbons. Mehr dürfe er vor Fremden nicht ausplaudern. Sie wüßten ja: Vertragskonditionen seien in puncto Diskretion überaus strikt.

Swindon sprach ruhig, beherrscht, vielleicht (wie Yberseindt später meinte) eine Spur zu mechanisch, zu geläufig auch, und immer im liebenswürdigen, etwas breiten Dialekt, den er seiner Herkunft aus Devonshire verdankte. Seine dicke Brille setzte er nur ab, um sie am Ärmel der Strickjacke blank zu reiben, und der einzige nervöse Tic, der ihn gelegentlich befiel, bestand in einem jähen Innehalten beim Sprechen; er verdrehte dann etwas den Kopf, als müßte er angestrengt auf etwas horchen.

Es blieb aber totenstill im ganzen Haus. Foxens Bitte, ob es den Gästen erlaubt sein könne, das Domizil der berühmten Künstlerin einmal — nur kurz selbstverständlich! — in Augenschein zu nehmen — man wolle doch etwas vom genius loci erspüren, der so herrliche Musik inspiriert —, wurde ihm mit schief lächelndem Bedauern abgeschlagen. In Abwesenheit der Hausherrin könne er dies nicht verantworten, sagte Swindon;

er wisse das Interesse der Gentlemen zu würdigen, müsse aber um Verständnis bitten. »Some more tea? More crackers?«

Yberseindt erkundigte sich aufs taktvollste nach dem gesundheitlichen Befinden der werten Gemahlin, indem er sich auf gewisse Meldungen der Yellow Press bezog, die gewiß, wie immer, maßlos übertrieben, wenn nicht zur Gänze erfunden seien. Letzteres bestätigte der Hausherr mit Nachdruck; seine Frau erfreue sich blendender Kondition, treibe Sport, sei putzmunter und quietschfidel — freilich, die Nerven, o dear, o dear — manchmal sei halt alles doch ein wenig zuviel — wie Frauen halt so seien, nicht wahr, haha, Frauen und Künstler, diese Mimosen dürfe man nicht nach Normalmaß messen — aber was der MIRROR, die SUN und die DAILY MAIL schrieben, sei samt und sonders erstunken und erlogen. »Gewollt rufschädigend!« betonte Swindon und argwöhnte: Wer wisse denn, ob solche Gerüchte nicht von der Konkurrenz an die Presse lanciert würden; er hege so einen gewissen Verdacht, den er aber nicht beweisen könne, und die *libel laws* im Königreich könnten ja, wie die Gentlemen sicher wüßten, einen unvorsichtig Plaudernden leicht an den Bettelstab bringen.

Fox fragte daraufhin, ob ihnen gestattet sein dürfe, auf den Flügel der Künstlerin einen Blick zu werfen. Auch diese Bitte wurde abschlägig beschieden. »Die Dame des Hauses würde einen Herzinfarkt bekommen, wenn sie erführe, daß ein Fremder ihren Bösendorfer auch nur mit Augen gestreift hätte.«

»Bösendorfer? Nicht Steinway?«

»Ich bitte Sie, Gentlemen. Steinway! Diese herzlosen, kalten, hartklingenden Klaviermaschinen. Wer spielt denn sowas? Vielleicht der Horowitz? Aber doch nicht meine geliebte, seelenvolle Ellen. So, und nun muß ich mich leider entschuldigen. Die Bohnenstauden müssen neu aufgebunden werden, und die Erdbeeren brauchen neues Stroh.«

»Eine Frage noch, Sir«, beeilte sich Yberseindt vorzubringen. »Sind Sie ebenfalls Pianist?«

Swindon, schon im Aufstehen begriffen, lachte herzhaft und versicherte, während er die Gäste zur Tür geleitete, er könne wohl notfalls auf dem Pianoforte das *Rule, Britannia* sich zusammenstümpern, ansonsten aber beschränke sich sein Tun auf Garten- und Hausarbeit. Die Anstellung bei den örtlichen Wasserwerken habe er schon vor Jahren gekündigt, um seiner geliebten Gattin bei ihrer Karriere, die ihre ganze Kraft fordere, dienlich zu sein; ihr Erfolg, für den nicht nur der Absatz ihrer Schallplatten zeuge, sondern auch der Besuch so liebenswürdiger »Fans« wie im vorliegenden Falle, sei sein schönster Lohn; und mit dieser Bemerkung komplimentierte der Hausherr seine Gäste hinaus und schloß hinter ihnen rasch die Tür. — Auf halbem Wege durch den Vorgarten zur Straße drehte Fox sich um und bat Yberseindt, schon zum Wagen vorauszugehen. Er wolle noch versuchen, einen kurzen Blick in die Garage zu werfen. Der Émigré zitterte: »Aber er könnte Sie aus dem Haus dabei beobachten.«

»Und wenn schon. Wir fahren ja gleich.« Fox wandte sich auf den Zementplatten, die in den Rasen eingelassen waren, zum Gehen und wagte tatsächlich, während sein Freund das Auto aufschloß und die Türen öffnete, noch schnell zum Garagenfenster sich zu schleichen, durch das er flüchtig spähte, um alsdann, sichtlich zufrieden, zum Wagen zu eilen, sich hinters Lenkrad zu klemmen, den Anlasser zu drehen und auf der Ausfallstraße die M4 anzusteuern.

Eine ganze Weile lang sprach keiner von ihnen ein Wort; beide brüteten still über dem Gesehenen und Gehörten, und erst, als sie den Motorway verlassen und in den Verkehr Richtung Brighton sich eingefädelt, sagte Fox, einen Gang zurückschaltend, unversehens: »Nach *Bösendorfer* hört sich Swindons Flügel auf ihren Platten jedenfalls nicht an; der körnige, glockenhafte Klang dieser Wiener Mechanik ist unverwechselbar. Ihr Instrument aber klingt eher wie eine Kreuzung aus Steinway und Yamaha. Das hört doch ein Blinder mit dem Krückstock.«

Yberseindt gab darwider: »Im Aufnahmestudio möchten aber andere Bedingungen herrschen als daheim in ihrer Wohnung, Fox.«

Der replizierte: »Unwahrscheinlich. Ein Pianist übt nicht zu Hause an einem anderen Instrument als an dem, mit dem er auftritt oder aufnimmt. Nein, nein. Ich glaube, alles, was Swindon uns aufgetischt hat, war unwahr von Anfang bis Ende.«

»Was haben Sie denn nun erspäht, als Sie ins Parterrefenster gelugt haben?«

Fox lächelte. »Das möchte ich Ihnen jetzt noch nicht verraten. Es bedarf erst einiger Auskünfte, die ich in Cambridge einholen muß bei meinem Freund Fajngold. Kennen Sie den? Professor für Physik, Spezialgebiet Elektroakustik. Kam mit einem Kindertransport 1938 nach England; die Eltern wurden deportiert nach Theresienstadt. Etwa in Ihrem Alter, schätze ich. Woher kommen eigentlich *Sie*, Ariel?«

»Wenn Sie mir nichts verraten wollen, verrate ich Ihnen dies auch nicht«, trotzte der Émigré — und da aus seiner Antwort soviel kleinkindhafte Bockigkeit sprach, kamen beide gar nicht umhin, erst sich belustigt anzublicken und dann in Lachen auszubrechen.

3.

große freiheit

»Herr Dr. Abendroth, Sie waren vermutlich erleichtert, als Ihre Militärzeit vorüber war?« Mit dieser nicht sonderlich gewagten Spekulation eröffnete ich unsere nächste Sitzung. »Und begannen im folgenden Jahr Ihr Studium?«

»Noch nicht sofort«, gab er zurück. »Bis zum Sommersemester 1969 blieb mir ein Quartal, das ich zu einer Reise nutzen wollte. Das nötige Geld verdiente ich mir als Hilfspfleger auf der Männerstation unseres NLK. Zwei Monate lang half ich bei der Betreuung von etwa fünfzehn Patienten, die in einem dämmrigen Saal untergebracht waren, der bei Tage als Aufenthaltsraum und bei Nacht als Dormitorium diente. Dort war, wie nicht die Pfleger, sondern die Ärzte sich auszudrücken pflegten, das ›interessanteste Patientenmaterial‹ zu besichtigen. Da gab es den Manisch-Depressiven, der zuvor ein Schüler meines Gymnasiums gewesen war: ein hochintelligenter, immer rätselhaft erregter, gereizter Mittzwanziger, der mir das Schachspielen beibrachte und, wie er verschwörerisch mir zuraunte, auch Ballette komponierte, von seinen Werken aber nie etwas vorzeigen wollte. Da war der Syphilitiker mit progressiver Paralyse: ein sanftmütig abgestumpfter Leverkühn, der nuschelnd zwischen den Betten hin und wider schlich. Oder der Erfinder, der ein unsichtbares Flugzeug ersonnen hatte und, als ich ihm mit dem Stift auf einem Blatte aufzuzeigen suchte, daß seine Erfindung nicht funktionieren könne, mich mit meiner verrückten Skizze als Irren beargwöhnte. Oder der Schizophrene, der apathisch auf der Bettkante kauerte mit stierem Blick, geöffnetem Mund und heraushängender Zunge, von der die Speichelfäden rannen — eine Wirkung der Psychopharmaka, jener lustigbunten Kügelchen, die wie Kinderzuckerl zweimal täglich aus kleinen Plastikbechern auf einem Tablett ausgeteilt wurden. Und da gab es den Paranoiker, der bei der Visite darum flehte, ›bitte‹ wieder ›geschockt‹ zu werden, damit er seiner Wahnvorstellungen, wenigstens kurzzeitig, ledig werde: eine Therapie, bei der ich half, die Beine des Patienten festzuhalten, damit sie, wenn durch die Elektroden, die ihm an die Schläfen gehalten wurden, der Stromstoß durch den Kopf fuhr, dann nicht in gewaltsamen Kontorsionen sich verkrampften, was die Gefahr von Frakturen, Muskelzerrungen oder -rissen mit sich gebracht hätte. Aber warum schildere ich Ihnen das, Frau Doktor, die Sie mit dergleichen doch besser vertraut sein müssen als ich.«

Ich versicherte ihm, daß an unserem Krankenhaus die Elektroschocktherapie schon lange nicht mehr angewandt werde, und bat ihn fortzufahren.

»Anfang März war es dann soweit. Die Wallfahrt ging nach Wien. So, wie ein frommer Katholik wenigstens einmal in seinem Leben nach Rom pilgert, wollte ich die heiligen Stätten der Musikgeschichte mit eigenen Augen sehen. Die Hinreise unterbrach ich in Linz an der Donau, um in der Stiftsbasilika von St. Florian unter der Hauptorgel kurz, aber andächtig an Bruckners Prunksarkophag zu verweilen. Frühlingshaft waren diese Tage im Voralpenland Ober- und Niederösterreichs noch nicht. Tiefdunkles Gewölk schaufelte sich über das Firmament; Schneematsch, Graupelschauer und kalte Böen machten das Gehen beschwerlich. In Wien hatte ich mir ein Privatzimmer bei einem Pensionär reservieren lassen, der in der Porzellangasse des IX. Gemeindebezirks eine geräumige Zimmerflucht bewohnte und, wenn er mir morgens den Milchkaffee und die Semmeln zum Frühstück hereinbrachte, sich entschuldigte für den Lärm, den allnächtlich die jungen Leute im Nebenzimmer veranstalteten. Aus dem nachsichtigen, fast liebevollen Ton, mit dem er vorbrachte ›Des san halt Studenten‹, sprach eine Ehrfurcht, wie sie mir gegenüber Menschen meines künftigen akademischen Standes später in Deutschland nie wieder begegnete.

Ende der sechziger Jahre war Wien noch eine düstere, schmutzige, ärmlich wirkende Stadt. Die Subventionen, mit deren Hilfe später die Paläste, Jugendstilfassaden und Biedermeierhäuser der inneren City aufs üppigste mit Gold und Stuck restauriert wurden, lagen vorerst — noch war Österreich nicht Mitglied der EU — in einiger Ferne. Auch die Touristenmassen, die sich heute durch den I. Bezirk schieben, gab es noch nicht. Die Fassaden trugen ein kränkliches Kaisergelb oder Rußschwarz; von den Mauern bröckelte der Putz; Melancholie, wenn nicht Depression sprach aus Torbögen, Gassen und verfallenen Durchhäusern. Ich stand vor den imperialen Bauten an der Ringstraße, deren Monumentalität ich einschüchternd und deren historistische Stilmixtur ich eher befremdend als erhebend fand, betrat die Wohnungen Mozarts in der Domgasse und Beethovens im Pasqualati-Haus auf der Mölker Bastei, das Landhaus in der ehemaligen Vorstadt Gumpendorf, das Haydn sich im Alter erworben, das nicht minder ländliche Geburtshaus Schuberts in der Alserstadt und sein Sterbezimmer in der Kettenbrückengasse, wanderte auf den Spuren der Pastorale durch die Weinberge von Nußdorf hinaus auf den Kahlenberg, stand an Schuberts und Beethovens Grab auf dem Zentralfriedhof, pilgerte im Schneetreiben hinauf auf den kleinen Grinzinger Kirchhof, auf dem Mahler bestattet ward, suchte — natürlich vergebens — nach Mozarts letzter Ruhestätte auf dem Friedhof der Vorstadt St. Marx, und machte einen Ausflug ins burgenländische Eisenstadt, um Haydns Wohnhaus mit den weinlaubumrankten Pawlatschen, das Schloß der Esterházys und jene Schloßkirche am Kalvarienberg aufzusuchen, in der, hinter einem verschnörkelten Eisengitter, der Sarg des Komponisten stand.

Und da zur Grand Tour des Bildungsreisenden im 18. Jahrhundert nicht nur die Altertümer der Antike, sondern auch erotische Erfahrungen gehörten, besorgte ich mir ein Billett für eine Loge der Staatsoper, in der die *Lulu* von Alban Berg gegeben wurde, einem Komponisten, dessen Werke mir damals, bis auf den Wozzeck, noch nicht bekannt waren. Kennen Sie die Oper, Frau Doktor?«

»Flüchtig. Das Libretto nach Wedekind, richtig? Ein Stück über die zerstörerische Dämonie des Sexus. Otto Weiningers Erbe vermutlich.«

»Ja. Und nun stellen Sie sich vor: ein Jüngling, ohne jede Erfahrung in eroticis, sitzt drei Stunden vor dieser betörenden, in Sehnsucht sich verzehrenden Musik fast allein in einer abgedunkelten Loge, nur noch mit einer weiteren Person ausgerechnet auf dem Sitz neben sich, einer bildhübschen jungen Dame seines Alters, genauso scheu wie er selbst. Was, glauben Sie, müßte sich aus dieser Situation entspinnen?«

»Eine Romanze?«

»Ja. Schön wärs gewesen. Aber nichts entspann sich. Kein einziges Wort wurde gewechselt, kein Blick gewagt, nicht einmal in der Pause. Starr und verkrampft saß ich neben dem holden Wesen, zu schüchtern, zu unbeholfen, um auch nur den geringfügigsten Kontakt herzustellen. Nach dem Schlußapplaus sprang ich auf und verließ die Loge, irrte noch lange ziellos durch die Gassen, von diesem Erlebnis erfüllt. Heute denke ich, es sei die beste Einführung ins Werk, die einem widerfahren könne; und in der stilisierten Gavotte, die Berg für seine Lulu im Dialog mit Dr. Schön ersann, überblendet sich mir das Bild der schönen Unbekannten mit der Bergschen Musik, die sie an diesem Märzabend 1969 in der Loge jener Hofoper verkörperte, in der einst Mahler am Pult gestanden.

Die Rückfahrt unterbrach ich für einen viertägigen Aufenthalt in Salzburg. Mönchsberg, Festung, Petersfriedhof und Kapuzinerberg waren tief eingeschneit; Dächer und Kuppeln trugen ihren weißen Pelz so dick, daß sie und die Gassen dem Besucher einen weihnachtlichen Zauber, eine märchenhaft wattierte Stille boten, wie sie sich heute gar nicht mehr vorstellen läßt. —

Wieder daheim, bereitete ich meinen Auszug vor und freute mich auf mein künftiges Logis in einem Hamburger Studentenheim an der Barmbeker Straße.«

»Seit wann«, unterbrach ich A., »war Ihre Berufswahl entschieden?«

»Eine ›Berufswahl‹ gab es im Grunde nie«, antwortete er mit einem Lächeln, als amüsierte ihn selber die Kühnheit jener einstigen Entscheidung. »Es wäre auch verwegen gewesen, schon vorab aus der Fächerkombination Kunst- und Musikgeschichte und Philosophie einen ›Beruf‹ abzuleiten. Es blieb abzuwarten, was sich bieten würde. Den Ausschlag gab das Erkenntnisinteresse, nicht der praktische Gewinn, der aus ihm gegebenenfalls zu ziehen sei. Und dieses Interesse war kräftig genug, um etwaige Bedenken hintanzustellen. Insofern habe ich die Fächerwahl auch nie bereut und nie einen Wechsel oder gar Abbruch erwogen.«

»Und Ihr Vater war einverstanden? Ich frage auch, weil mutmaßlich er es war, der das Studium finanzierte.«

»Er unterstützte mein Vorhaben mit der ihm eigenen sanft- und gleichmütigen Toleranz auch deshalb, weil er mir schon in früheren Jahren eine Neigung nicht zu naturwissenschaftlichen, sondern — wie das Bürgertum es damals nannte: — ›schöngeistigen‹ Interessen zugestanden hatte — und sich jetzt bestätigt fühlen durfte, wenn ich zum Wochenende heimkam und hochgestimmt, wie ein Wasserfall sprudelnd, von all dem schwärmte, was mir die Alma Mater reichlich spendete: Schopenhauers Musikästhetik, Leibnizens Monadologie, die Malerei des Velázquez, Motetten von Dufay und Josquin oder die Notre-Dame-Schule des Perotinus Magnus um 1200. Der Enthusiasmus, mit dem ich den armen Vater bestürmte, der von alldem nichts kannte, nichts verstand, verbürgte ihm zumindest, daß anscheinend die richtige Wahl getroffen sei, und darin bestärkte ich wiederum ihn nach Kräften. Im übrigen trug ich selber zur Finanzierung bei, indem ich Nachtwachen übernahm am Wandsbeker Krankenhaus.

Leichtverdientes Geld war das nicht. Nie vergessen werde ich die Frau, die, an einem Magengeschwür leidend, einen Blutsturz bekam, ein konvulsivisches Erbrechen von Blut, begleitet von schauerlichem Gurgeln und Würgen, literweise Blut, das, nachdem es wie eine Fontäne aus dem Mund geschossen, mit einem Scheuerlappen vom Boden aufzuwischen war. Oder jene soeben verstorbene Greisin, deren noch warmen, in ein Leichtuch gehüllten Körper wir auf einem zweirädrigen Todtenkarren im Mondschein zur Leichenhalle rollten, wo der schmächtige, kaum mehr als kindergroße Leib, der fast nichts mehr zu wiegen schien, mit einem Zettel am großen Zeh in ein Kühlfach geschoben wurde.

Das Studium indes war eitel Freude. Um etwas von der Euphorie dieser ersten Studienmonate nachzuvollziehen, ist es ratsam, sich den Kontrast zum Vorhergehenden bewußt zu machen, diesen Gegensatz zwischen der autoritätsfixierten, geistfeindlich provinziellen Mediokrität und muffigen Enge des zehnjährigen Gymnasial- und Militärlebens einerseits und der horizontweit offenen, noch völlig unverschulten, auf Dialog und Kritik und Autonomie fußenden Freiheit des Denkens andererseits, in der es nur eine Gewalt gab: die Gewalt des sprachlichen Ausdrucks, und nur eine Autorität: die Autorität des Geistes, und nur eine Hierarchie: die Hierarchie des Wissens und der Gelehrsamkeit. Daß auch diese von gewissen Zwängen, von rigider Distinktion, Einschüchterung und Rivalität nicht frei war, merkte ich rasch — aber da solche Zwänge, im Unterschied zu den bloß aus Besitz- und Machtverhältnissen abgeleiteten, in sich rational, aus der Sache selbst begründet, notwendig, gerechtfertigt und somit hinzunehmen waren, schufen sie mir kein moralisches Dilemma.«

»Aber vielleicht ein psychisches?«

»Ja. Das aber wiederum abhängig war von der Prägung, die ich zuvor erfahren. Es war schon vertrackt: da gab es einen jungen Mann, wissenshungrig, begeistert, allem Neuen aufgeschlossen, begierig, seine Ketten abzuwerfen, seine Schranken einzureißen —

und eben derselbe war ängstlich, scheu, wortkarg, erheblich reduziert in seinem Selbstwertgefühl, demütig und irresistent ausgerechnet dort, wo nunmehr das Gegenteil gefordert war: Eloquenz, sozialer Umgang, Schlagfertigkeit und Esprit, Selbstbewußtsein, Kühnheit der Rede und des Denkens, Kritik und Aufbegehren, schöpferische Potenz. Es dauerte Monate, bis ich mich traute, mein Zimmer im Studentenheim zu verlassen und mich den Kommilitonen, die im Gemeinschaftszimmer Karten spielten oder Essen kochten, in traulichem Gespräche anzuschließen, und über mehr als zehn Jahre wagte ich mich in die Sprechstunde des Ordinarius erst dann, wenn ich zuvor auf den Stufen des Treppenhauses mittels Autosuggestion die Schweißausbrüche und Angstzustände zurückgedämmt hatte, die mir dort die Glieder so lähmten, daß ich mich eine Stunde lang nicht überwinden konnte, die Türe zu öffnen und das Institut zu betreten.

Etwa fünf Jahre brauchte es, bis ich zum ersten Mal mich traute, in den Seminaren den Mund aufzutun und an Debatten mich zu beteiligen, die von älteren Semestern dominiert wurden, ergrauten Häuptern, die mit qualmenden Pfeifen, schwerblütig vergrübelt wie Ernst Bloch, im Widersprechen sich übten: ›Nein, Walter, du kannst nicht sagen: *Ich* denke — müßte es, wenn man Descartes folgt, nicht eher heißen: *Es* denkt *in mir*?‹ Kritiklust und Debattierfreude gingen seinerzeit Hand in Hand mit politischer Aufsässigkeit; also fügte es sich, nachdem das Eis endlich gebrochen war, wie von selbst, daß die Proseminaristen, denen ich mich anschloß, den etwas naiven, aber neugierigen und oppositionell empfindenden Anfänger in ihre Reihen aufnahmen, um ihn ihren Aktivitäten einzuspannen.«

»Und was hieß das konkret?«

»Nun, es waren bewegte Zeiten; an den geisteswissenschaftlichen Fakultäten brodelte und gärte es allerorten; Diskussionspapiere, Pamphlete, Flugblätter gingen von Hand zu Hand; grelle Plakate à la *Heraus zum 1. Mai mit der Roten Zelle Romanistik!*

brüllten von den Wänden; Teach-ins, Sit-ins, Diskussionen und Demonstrationen unterbrachen Vorlesungen und legten Übungen und Tutorien lahm; und wie einst unser armer Religionslehrer verließ auch so mancher Ordinarius, mit seinem beflissenen Assistenten im Schlepptau, zornroten Kopfes das gesprengte Seminar, um sich krankschreiben zu lassen. Unsere ›Basisgruppe Musikwissenschaft‹ nahm an den tumultuösen Vorgängen weidlich teil und freute sich über jeden neuen Adepten ihrer Zunft, der dabei half, Strategiepapiere zu formulieren und Streikaufrufe am Matrizendrucker — Fotokopierer waren noch rar — zu vervielfältigen.

Bei alldem übersieht man leicht, wie hedonistisch die Studentenbewegung zumindest in ihren Anfängen gewesen ist. Der Revolutionär jener Tage, so ingrimmig er oft seinen Einspruch gegen das Bestehende, das schlechte Allgemeine vortrug, war doch vornehmlich ein Hippie, ein Anarchist, ein Bohémien, ein Phäake, der jedenfalls dann, wenn er gerade auch das Private als politisch ansah, das Lustprinzip über den asketischen Ernst politischen Handelns stellen mußte, welches jener Bürgerlichkeit und Zweckrationalität, die er haßte, ja näher war, als ihm lieb sein konnte. Und so kam es, daß wir ganze Nächte hindurch in der romantisch verwahrlosten Hinterhofwohnung eines Kommilitonen im Stadtteil St. Pauli zubrachten, irgendwo zwischen Reeperbahn und Großer Freiheit gelegen, wo wir, auf Matratzen uns lümmelnd, nur mehr lustlos Strategien diskutierten und lieber den Joint und den Aldi-Lambrusco herumgehen ließen, mit *Micky-Maus*-Lektüre gegen das Leistungsprinzip kämpften und nachts um drei die auf dem Fischmarkt eingehandelten Goldbarschfilets in der Pfanne brieten mit Unmengen von Paprika, Curry, Kardamom, Pfeffer, was immer an Gewürzen auf dem schmuddelichten Regale bereitstand.«

»Verzeihen Sie, Herr Abendroth«, warf ich ein. »Aber es fällt mir schwer, mir vorzustellen, daß ein Eigenbrötler wie Sie sich klaglos eingefügt hat in diese Form von Geselligkeit.«

A. nickte, kniff die Mundwinkel zusammen und sagte: »Damit berühren Sie einen Widerspruch, der mir erst langsam bewußt wurde. Denn so gern ich an diesem Lotterleben teilnahm — ich war ja im Kern nicht ungesellig, sondern genoß Freunde, solange sie nicht erzieherisch-dominant, ›erwachsen‹ sich aufführten, sondern sich etwas von der kindhaften Erfahrungsneugier bewahrt hatten, an der ich festhielt —, so viel Erstaunen, Belustigung und Lehrhaftes ich aus diesem Umgange auch zog, so beklemmend nahm ich die schrittweise Verhärtung der Verhältnisse wahr, die dann folgte. Die ganze Bewegung spaltete sich unablässig in Gruppen und Gegengrüppchen auf, verlor ihre experimentelle (auch sexuelle) Offenheit, wurde Jahr um Jahr verbissener, verbiesterter, verkniffener. Solidarität ließ sich nur noch propagieren, aber nicht mehr *empfinden*; wer auf Demonstrationen vom Balkon herab mit Geranientöpfen und Gebrüll à la ›Geht doch rüber zu Ulbricht!‹ beworfen und obendrein noch von seinen Mitläufern feindselig beäugt und als Spion des Klassenfeinds verdächtigt wird, läuft nicht mehr gerne mit, und wer mit Abscheu zur Kenntnis nimmt, daß die ebenso banalen wie brutalen Traktätchen der Massenschlächter Lenin, Stalin, Ho-Tschi-Minh, Pol Pot oder Mao Tse-Tung im Ernst zur Lektüre empfohlen werden, besucht politische Kurse nicht mehr. Hinzu kam, daß meine Treue zur Frankfurter Schule, die anfangs noch als legitime Variante linksintellektuellen Bewußtseins in Ehren gehalten ward, schon bald als bürgerlich-reaktionär abgetan wurde. Mit Horkheimer, Freud, Marcuse, Bloch und Kracauer begab man sich zwischen alle Stühle. Ich erinnere mich, wie ich einst, im Korridor auf Einlaß wartend, gegen ein Fenstersims gelehnt, in die Lektüre von Adornos *Versuch über Wagner* vertieft war, als eine Gruppe, die sich um unseren Ordinarius geschart, herantrat und grüßte. Der Professor bat um einen Blick in das Buch, das ich las, schaute mit einem Auge hinein (das andere war ein Glasauge), reichte es mir betrübt nickend zurück und sagte ominös: ›Wenn Sie es *damit* halten, werden Sie es später mal schwer haben.‹ Was er mit der Prophezeiung meinte, die er nicht weiter erklärte, blieb mir dunkel. Heute, vierzig Jahre später, bestätigt mir das Leben, daß er recht hatte.

Das Ende kam, als eine Kommilitonin und ich von der Studentenschaft in eine Kommission delegiert wurden, die über Bewerbungen um eine Assistentenstelle zu entscheiden hatte. Die promovierten Bewerber, begreiflicherweise nervös und ängstlich, da für sie viel auf dem Spiele stand, referierten ihre Forschungsergebnisse und wurden alsdann von mir, der ich den entsprechenden Auftrag erhalten, nach ihrer politischen Haltung gefragt. Auch wenn ich die Frage so höflich wie möglich vortrug, war mir in dem Moment klar, wie unzumutbar indiskret und inquisitorisch diese Gewissensprüfung doch war, und als ich freundlich, fast zerknirscht für die Auskunft dankte, bekam ich von der Kommilitonin, einer fanatischen Marxistin mit raspelkurzem Haar, riesigen Ohrringen und blaukalten, mongolisch geschlitzten Augen, einen Knuff in die Seite, dazu eine ins Ohr geflüsterte Aufforderung ›Mach ihn fertig!‹ — der ich natürlich nicht Folge leistete, so daß die Dame hinterher mich anzischte, ich sei eine Flasche und bräuchte mich in unserer linken Basisgruppe gar nicht mehr blicken zu lassen — eine Empfehlung, der ich, erleichtert, nur zu gern folgte, da mir klar geworden war, daß ich es zum richtigen Klassenstandpunkt nie würde bringen können: einmal, weil ich dem polit-soziologischen Blick auf Klassen und Schichten, auf das gesellschaftliche oder völkische *Ganze* den individualisierenden Blick auf das Einzelne vorzog, und dann, weil ich das Gefüge des Denkens als etwas Fluides, Volatiles ansah, das nicht erst der Negativen Dialektik bedurfte, um jedweden sogenannten ›Standpunkt‹ als ein verdinglichtes, ideologisches, mithin falsches Bewußtsein zu durchschauen. Mit solcher Verdinglichung, fand ich, dürfe weder Theorie noch Praxis je ihren Frieden schließen.«

»Und das war dann das Ende Ihres Engagements«, schloß ich bündig und bat A., mit seinem Lebenslauf fortzufahren. Die verkrampfte Haltung lockernd, die er zuvor angenommen, hub er an: »Nach drei Semestern beschloß ich, ad fontes zu gehen und das Studium in Wien fortzusetzen. Ich verstaute meine Siebensachen in einem Umzugscontainer und reiste voraus, um mir ein Zimmer zu suchen, was seinerzeit, wie so vieles andere, bedeutend einfacher war als heute. Quartier fand ich in der Werdertorgasse im I. Gemeindebezirk bei einer verwitweten Dame namens Brandmayr, die mit einem Hunderl und einem Kanari sowie einer griechischen Studentin eine große Altbauwohnung sich teilte, in der ich willkommen war. Das Projekt ließ sich schön an, erwies sich aber bald als Fehlschlag. Denn nicht nur die altösterreichische Bürokratie beim Zoll, bei der Fremdenpolizei und an der Universität machte dem Ausländer das Leben schwer. Das Studium selber erwies sich sogleich als von gänzlich ungewohntem Schlage, nämlich verschult, hierarchisch gegliedert, autoritär im Gestus und nach Maßgabe der Inhalte konservativ, verknöchert, uninspirierend. Zudem hatte ich just in dieser Übergangszeit eine Studentin der Altphilologie kennengelernt und mich liebend zusammengetan mit ihr, die in Hamburgs Vorort Othmarschen wohnte und mir nahelegte, meine Sachen, kaum daß ich in Wien sie ausgepackt, wieder einzusammeln und zurück nach Hamburg zu verfrachten — wo unseres Bleibens aber auch nicht sein sollte. Statt dessen beschlossen wir, unsere Studien gemeinsam in West-Berlin fortzusetzen.«

»Sie haben oft den Wohnort gewechselt, Herr Abendroth, nicht?« merkte ich an.

»Ja; alles in allem neunzehnmal«, bestätigte er. »Unter Zurücklassung meines Kleinmobiliars und zum Leidwesen der guten Frau Brandmayr, die mich zu gern mit ihrer griechischen Untermieterin verkuppelt hätte, schleppte ich nun also meine Habseligkeiten in Koffern, die, um erneuten Ärger mit dem Zoll zu vermeiden, als Bahngepäck deklariert wurden, peu à peu retour in die Hansestadt, verstaute sie in der Wohnung der Freundin, und fuhr an einem bitterkalten Abend des Februar 1971 in einem Interzonenzug zur Wohnungssuche nach Berlin. Von Hamburg brauchten diese nach Braunkohle und Desinfektionsmittel riechenden Züge damals noch gut fünf bis sechs Stunden; der scharfe Fahrtwind stäubte kleine Anwehungen von Pulverschnee durch die schlecht abgedichteten Fensterritzen ins Abteil; die langen Grenzaufenthalte mit Paß- und Gepäckkontrollen, Inspektionen der Waggons mit Schäferhunden und Suchspiegeln im gleißenden Licht der Scheinwerfer waren ennuyant und beklemmend.

Man kann auch nicht sagen, daß die Inselstadt uns sonderlich charmant empfangen hätte. Ein Aushang am schwarzen Brett der FU-Mensa, der unsere Suche annoncierte, wurde mit dem Kommentar ›wertlose Fickschweine!‹ beschmiert, und erst nach längerer Quartiersuche vermittelte mir eine Bekannte aus Hamburg, die sich in Berlin radikalisiert hatte und im Ernst meinte, sie wäre stolz darauf, wenn man sie eine Stalinistin nennen würde, im Stadtteil Moabit eine rattenverseuchte Kellerwohnung, die uns lehrte, die Welt von ganz unten zu betrachten, das heißt: mit erzwungener Demut, doch auch mit Fäusteballen. Denn wer von den Menschen hinterm Fenster stets nur die Beine sieht, hat es schwer, an ihre Köpfe zu glauben.

Drei Jahre hielten wir es in der dunklen Höhle mit ihren schlecht ziehenden Kachelöfen aus, suchten sie uns behaglich zu machen mit improvisierten Möbeln vom Sperrmüll, nagelten Blechplatten vor die Rattenlöcher, strichen die Türen psychedelisch rot, blau und gelb, und ertrugen es, wenn durchs Fenster ein Kanonenschlag geworfen wurde oder hinter ihm Kinder sich kichernd zuriefen: ›Guckt mal! Die ficken!‹ oder unsere Terroristenwerkstatt von einer immer mißtrauischen, etwas übernervösen Polizei mit einer Razzia beehrt wurde. Draußen auf der Straße war es ja nicht viel besser. Die Trostlosigkeit der Stadtlandschaft und die Unhöflichkeit, Unfreundlichkeit, stetsfort lauernde Aggressivität ihrer Bewohner waren legendär, vor allem der Rentner, die den lieben langen Tag nichts anderes zu tun hatten, als mürrisch mit ihren Hunden, denen sie sich im Laufe der Jahre physiognomisch angeglichen, auf Kissen gestützt übers Fenstersims sich zu lehnen und alles, was drunten auf dem Trottoir sich zutrug, mit Gezeter, Gebell und Gekeif zu begleiten.«

»Wenn dem, woran zu zweifeln ich keinen Grund habe, so war«, warf ich ein, »stellt sich mir aber doch die Frage, warum Sie sich zur Fortsetzung des Studiums einen so unguten Ort ausgesucht haben.«

»Wer sagt denn, daß die Stadt ungut war?« gab A. auflachend zurück. »All dieser Häßlichkeit und Unzivilität standen Eigenschaften entgegen, die einem kritischen Kopf ausgesprochen zupaß kamen. Ein kritischer Kopf erwirbt sich in der Regel nicht Wohlstand. Er ist angewiesen auf einen gewissen Sukkurs, und Subventionen vom Bund bekam die Exklave der BRD — oder soll ich sagen: ihre Diaspora? — damals noch reichlich zugeteilt. Mietwohnungen profitierten davon; Studenten konnten mit Glück für geringen Mietzins prächtige große Altbauwohnungen mit Bad und Balkon, Stuckdecken, Parkettböden und Flügeltüren beziehen. Die vergleichsweise geringen Lebenshaltungskosten und relativ hohen Fördermittel für künstlerische und wissenschaftliche Institutionen erlaubten, daß genug Geld zirkulierte, um Berlin zu einem Laboratorium der experimentellen Moderne zu machen. Charlottenburgs Buchhandlungen und Antiquariate, Dahlems Museen, die Konzert- und Rundfunkhäuser und die noch nicht von Sparzwängen geknebelten, zu Bettelei um Industrie-Sponsoring genötigten Universitäten boten den Intellektuellen, die es unternahmen, auf dieser mit Stacheldraht umzäunten und von Selbstschußanlagen umgürteten Insel sich niederzulassen, gewissermaßen den Gefahrenzuschlag, jenen Insel-Bonus, dessen sie zu einem schöpferischen Leben bedurften.

Mit der Insularität der Stadt hatte es ja eine seltsame Bewandtnis. Es gab durchaus Tage, an denen das Bewußtsein des Eingesperrtseins depressiv stimmen konnte — dann aber auch Tage, an denen ebendies ein starkes Glücksgefühl einflößte, weil jede Begrenzung oder Abschirmung doch immer auch Schutz garantiert, friedvolle, von der Außenwelt unbehelligte, kontemplative Sekurität. Ja, es muß Ihnen pervers vorkommen, wenn ich gestehe, daß ich dem Grenzregime des Ostens mitunter regelrecht dankbar war für diesen Vorzug — fast ein wenig so, wie später der Geographie meiner neuen Wahlheimat auf den Britischen Inseln, die zu betreten jedesmal wieder mir wie eine Zuflucht erschien vor den Zumutungen des Kontinents, mir nach den Mühwaltungen des Übersetzens mit dem Fährschiff grenzenlose Erleichterung schenkte, ein strahlendes, wärmendes Glücksgefühl, das mich für das Privileg insularer Geborgenheit mit Dankbarkeit erfüllte und tiefer Liebe.

Berlin habe ich nie geliebt — aber sehr wohl das geschätzt und verehrt, was die Universitäten der Stadt, repräsentiert von Professoren wie Peter Szondi, Rudolf Stefan oder Jacob Taubes an der FU oder von Carl Dahlhaus, Norbert Miller oder Walter Höllerer an der TU, mir fürs Leben mitgaben — vieles, das mir bis dato noch unbekannt gewesen: Hegel und Nietzsche, Piranesis Veduten, die Ästhetik Kants, die Schriften Walter Benjamins, die Literatur J. L. Borges', die Musik von Ives, Berlioz, Schönberg oder, besonders dauerhaft und tief empfunden, das Œuvre Robert Schumanns, und zwar nicht nur die vom Konzertbetrieb einseitig bevorzugten Werke für Klavier, sondern auch seine Kammermusik sowie die rätselhaft großen Chorwerke aus den letzten Schaffensjahren.«

»Herr Dr. Abendroth, Sie sprachen wiederholt von der Frankfurter Schule. Hatten Sie nie erwogen, anstelle Wiens oder Berlins nach Frankfurt zu Adorno zu gehen, um bei ihm weiterzustudieren?« fragte ich.

A. zuckte mit den Achseln und antwortete lapidar: »Das wäre schlecht möglich gewesen. Da war er schon tot. Noch vor Beginn meines zweiten Semesters starb er im Schweizer Kanton Wallis, im August 1969, auf den Monat genau zehn Jahre, nachdem ich selber in Zermatt, mit dem Hasen im Rucksack, an den Händen der Eltern, zu Füßen des Matterhorns gestanden hatte und mir erzählen ließ, es sei ein Engländer gewesen, der den Gipfel als erster bezwang.«

wie von alters her

Diesmal blieben Plattenspieler, Bandgerät und Lautsprecher in St. Martins Gemeindesaal abgeschaltet, als Fox das Podium betrat, Birthwhistle sowie dem Oberst, der sich neben dem Kritiker niedergelassen, kurz zunickte und seiner Rose, die sich ganz rechts in die erste Reihe gesetzt hatte, mit einem Auge vertraulich zuzwinkerte, bevor er am Blüthner den Deckel aufklappte, sich an die Tasten setzte und die ersten paar Takte aus dem *Fröhlichen Landmann* anschlug. Unversehens hob er die Hände, drehte sich auf seinem Hocker den wenigen Besuchern zu und lächelte freundlich.

»Well, liebe Freunde — thank you for coming —, im Jahr 1848, da Irland von der *Great Famine* heimgesucht wird, auf unserem Eiland das Kommunistische Manifest Aufruhr stiftet, in Paris die Februarrevolution Louis Philippe vom Thron jagt und in Dresden Bürger und Arbeiter auf die Barrikaden gehen, hält Robert Schumann mit einem Manifest der Innerlichkeit dagegen. Schon einmal zuvor hatte er solche kleinen Szenen für das Klavier geschrieben, die er ›Rückspiegelungen eines Älteren für Ältere‹ nannte. Jetzt sollten es ›mehr Vorspiegelungen, Ahnungen, zukünftige Zustände für Jüngere‹ sein; auf das seltsame Wort ›Zustände‹ komme ich noch zurück. Diese Stücke, die der Komponist eher als Anmutungen denn als fest umrissene Gebilde charakterisiert, stehen im *Album für die Jugend op. 68*, das zunächst ein Geburtstagsalbum für die Tochter Marie hatte werden sollen.

Allerdings sind für einen Komponisten im Bann romantischer Universalpoesie Vor- und Rückspiegelungen mitsamt all ihren Reflexionen und Refraktionen ja eigentlich nie voneinander zu scheiden — und wenn ein so explizit metaphorisierender Tondichter wie er, inspiriert von Jean Paul, *Kinderszenen* oder ein Album mit lyrischen Klavierstücken schreibt, deren fröhlichen

Landmann wir seit den ersten Klavierstunden nie vergaßen, dann schwant uns vielleicht, daß hier eine Übersetzung von Kindheitserfahrung ins Werk gesetzt sein könnte, eine Traduktion, die Verklärung wie Grauen, Glück wie Trübsal in sich schließt, eine Übertragung, die sich dann im Laufe ihrer Rezeption durch Jüngere, die einmal Ältere werden, ebenso wie durch Ältere, die mit ihr dann ihrer Jugend sich entsinnen, wie durch ein Erinnerungsprisma in die Spektralfarben ihres Bedeutens auffächert.

Zu 43 poetischen Miniaturen summieren sich die Stücke dieses Albums — sechzehn weitere hat Schumann zur Veröffentlichung nicht freigegeben —: zuerst ›für Kleinere‹, dann in humoristisch falschem Komparativ ›für Erwachsenere‹. Ihre pädagogische Bedeutung soll hier nicht interessieren, da der ästhetische Gehalt eines Werkes nicht konform gehen muß mit seinem erzieherischen Nutzen. Es sind formal auf den ersten Blick schlichte, im Detail freilich außerordentlich subtile lyrische Gebilde in den Grundcharakteren Tanz, Marsch und Lied, an die sich erste kontrapunktische Handübungen in Gestalt kleiner Fugen und Kanons reihen. Die Stücke tragen Titel, die geradewegs aus der kolorierten Stahlstichwelt der ABC- und Orbis-pictus-Bücher für Kinder der gebildeten Stände entsprungen scheinen oder sich lesen, als stünden sie unter jenen Sammelbildern, die man den Alben einklebte. Hören Sie sich einmal das Stück Nr. 39 *Winterszeit II* an.«

Fox spielte die ersten vierundzwanzig Takte. Dann wandte er sich wieder seinen Hörern zu: »Wir hatten zuerst 24 Takte lang im ²⁄₄ eine in Achtel zerlegte Dreiklangsbewegung in c-moll, mit einer Aufhellung nach Es zur Durparallele, die aber eher sinister als freundlich klang. Dieser Schleichgang nicht eigentlich thematisch, aber auch nicht amorph, sondern in einem lyrischen Zwischenbereich, einem typisch schumannischen Grenzbereich der Gestaltwerdung, getreu der romantischen Idee des Poetischen als einer Bestimmtheit des Unbestimmten, Ahndungsvollen, ›Unendlichen‹. Und nach dem Doppelstrich« — er spielte weiter und sprach zugleich ins Gespielte hinein — »ein ›nach und nach belebterer‹ Mittelteil, mit einer metrischen Verschiebung im Baß, die den Pirouetten im Diskant Anschwung gibt — aber zweimal, Takt 34 und 36, unterbrochen wird von einem markanten Stolpermotiv, als wärs ein Sturz beim Eislauf. Die Wiederholung jetzt führt scheinbar zum Beginn zurück — nur daß dieser nach 8 Takten im tiefen Baß bei Takt 49 mutiert zu einem liedhaften Gebilde, eigentlich einer Variante jenes c-moll-Schleichgangs, zu einer Ableitung ins nunmehr Gemütvolle, Humoreske, in ein Selbstzitat, dem seinerseits das Zitat eines sächsischen Volkslieds zugrunde liegt.

Und dem respondiert in den Mittelstimmen nun, Takt 59, eine weitere liedhafte Strophe, wieder ein Selbstzitat — wir kennen es aus den *Papillons* und dem *Carnaval* —: dreischlägig, hier triolisch notiert, das fremd hereinzutönen scheint, wie von ferne, wie von alters her. Darauf antwortet die Musik ab Takt 63 nur mehr mit Stockung, gegen den Takt synkopiert, abbröckelnd, um sich zum Schluß noch einmal müde zu einem letzten c-moll-Schleichgang aufzuraffen — der nach dem Doppelstrich und den Auflösungszeichen absteigend sich in reines C-Dur dissolviert. Hören Sie gut zu: hier wird das Auratische des Stückes ganz offenbar. Begünstigt noch vom subtilen Einsatz von Pedal und Verschiebung verflüssigen sich die opaken Winterfarben in Verklärung; die absteigende harmonische Läuterung tönt als Traum, der auf den Entschlummernden sich senkt: ein zaubrischer Effekt mit einfachsten Mitteln. Vielleicht ist diese Verklärung das, was Schumann mit dem Wort ›Zustände‹ avisiert — auch wenn er diese nicht als vergangene, sondern als zukünftige benennt —, das heißt, er versenkt den Sinn der Musik ins nachsinnende Subjekt, ins Atmosphärische, Auratische, einen Seelenzustand, in dem Erinnerung und Vorahnung sich überblenden.

Man könnte sagen, das ganze Stück spreche von einem Kindhaften, einem Clair-obscur, wie in Träumen, deren Erinnerungsspuren mehrere weitere Brechungen eingeschrieben sind. Und dieses schon an sich selbst hochreflexive Gebilde, eine Komposition aus Zitaten, Parenthesen, Vor- und Nachechos, ineinandergeschobenen Rückblenden, fächert sich nun, mitsamt den übrigen 42 Stücken des Albums, in seiner Rezeption nach 1848 zu einem Regenbogenspektrum auf wie ein Lichtstrahl, der, erst monochrom-gebündelt, dann prismatisch gebrochen, in die ganze Skala seiner Farbtöne, auseinander- und ineinanderfließend, sich zerstreut.

So daß dieses vom wirkungsgeschichtlichen Prisma in alle Himmelsfarben zerlegte Licht dann auch auf den 1902 geborenen Sohn eines Frankfurter Weingroßhändlers und einer korsischen Sängerin fällt, der, im Klavierspiel angeleitet von seiner Mutter und seiner Tante Agathe, jene musikalische Metaphorik, die einen Traum in den anderen gleiten läßt, den eigenen mnemischen Engrammen und Sehnsuchtsspuren einflicht. Später, als Philosoph, Soziologe, Kompositionsschüler von Alban Berg, nimmt er sie mit ins amerikanische Exil.

Von seinen Nachlaßverwaltern habe ich mir sagen lassen, daß man nächstes Jahr von ihm ein Autograph mit dem Titel *Kinderjahr* in Druck geben werde, die Partitur einer kurzen Suite, nämlich einer Orchestrierung von sechsen dieser Schumann-Stücke für kleines Orchester, darunter auch *Winterszeit II.* 1941 wurden die Noten in Los Angeles geschrieben, und bis heute scheint niemand zu wissen, wozu und für wen. Ich habe mir auch sagen lassen, daß sich in Adornos Briefen an die Eltern, in denen minutiös nicht nur von allen Arbeiten, sondern noch vom trivialsten Alltagsgeschehen berichtet werde, über das *Kinderjahr*, dessen Ausarbeitung offenbar in die Zeit fiel, da die räumliche Nähe zu den Eltern eine ganzjährige Pause in der Korrespondenz mit ihnen verstattete, kein einziges Wort finde. Um eine bloße Handübung im Instrumentieren kann es sich nicht handeln, da Wiesengrund nach seinem Unterricht bei Berg über dergleichen schon hinaus war. Und auf eine geplante Aufführung, etwa im amerikanischen Rundfunk, finden sich keine Hinweise.

Adorno ändert nichts an Schumanns Tempi, Tonarten, Melodik oder Harmonik. Er versetzt nichts, oktaviert und verstärkt nicht, sondern spaltet Themen und Begleitstimmen behutsam so auf, wie es das analytische und charakterisierende Verfahren der Zweiten Wiener Schule, die ihm zeitlebens maßstäblich blieb, mit Orchestrierungen Bachs oder Brahmsens vorgemacht hatte, einschließlich der Winkelhäkchen zur Unterscheidung von Haupt- und Nebenstimmen. Die sehr zurückhaltende Aufsplitterung im Klangfarbenwechsel koloriert nicht lediglich die Struktur des Komponierten, sondern fügt ihm mit ihren Valeurs etwas bei, das klingt, als wäre es ihm eigentlich schon immer inhärent gewesen und hätte nur seiner Entbergung geharrt: eine idiomatische, semantische Dimension, die sich zum Beispiel entschlüsselt, wenn das zweite Volksliedzitat — ich spiels Ihnen noch einmal vor — von einem Horn herbeigeweht wird, *come da lontano*. Das Klangbild der Stelle Takt 59 bis 60 und der Ausdruck, den ihr der Klang verleiht, scheinen sich zudem an die Posthorn-Episoden aus dem dritten Satz der 3. Symphonie Mahlers erinnern zu wollen; ›wie von ferne‹ meint hier ja eigentlich ›wie von alters her‹. Vielleicht ist es der sehnsüchtigen Posthornsphäre Eichendorffs geschuldet; es ist ja kein Zufall, daß die Eichendorff-Lieder op. 39 das einzige Schumann-Werk sind, dem Wiesengrund einen ganzen analytischen Essay gewidmet hat.

Was, my dear friends, ist nun also das *Kinderjahr*? Eine Hommage an Alban Bergs Analyse der Schumannschen *Träumerei*? Eine trauernde Vergegenwärtigung der vom Krieg verwüsteten Heimat? Eine Vergewisserung des Unschuldig-Deutschen in einer Zeit, da Kindheit, Herkunft, Identität verdunkelt und verdorben wurden vom Terror der Nazis? Oder ging es Adorno um das Ausmalen des Auratischen im fernen und doch so nahen Werk, jenes Eintauchen in sein virtuelles Farbengewölk, wie Kinder es mit Ausmalbüchern tun, oder Dichter beim Übersetzen? Aber warum verliert Wiesengrund, der wortmächtige, über sein Werk kein Wort? Hat dieses Schweigen etwas mit Schuld oder Scham zu tun?

Lassen Sie mich, um einer Antwort näherzukommen, kurz auf einen Begriff eingehen, der bei mir und meinen geschätzten Kollegen ab und zu auftaucht: den des Auratischen. Walter Benjamin spricht vom *Zerfall* der Aura am Kunstwerk im Zeitalter seiner technischen Reproduzierbarkeit, und hieran scheiden sich die Geister seiner Exegeten: der orthodoxe Marxist deutet diese Diagnose als akklamativ — weniger naive Interpreten nehmen jenen Verfall mit *Trauer* wahr. Benjamins Definition der Aura als ›einmalige Erscheinung einer Ferne, so nah sie sein mag‹ träfe die musikalische Epiphanie eines aus alter Zeit Erinnerten im Werk Schumanns jedenfalls besser als manches andere; sie definierte geradezu das Spezifische seines Werks.

Erste Beispiele harmonischer Eintrübung und Verschleierung, instrumentaler Verfremdung, auratischer Entgrenzung finden wir schon am Schluß einiger Variationssätze des späten Haydn, komponiert kurz vor den ersten Dokumenten der literarischen und malerischen Romantik. Ein Meister solcher Sätze, an deren Ende nicht thematische Bestätigung, sondern Zwielicht, Zweideutigkeit, Dämmerung, Auflösung stehen, wurde Schumann. Seine gothisierende Polyphonie färbt sich mit auratischer Lasur wie die Ruinen und Grabkreuze bei Friedrich, Dahl und Carus. Insofern vermute ich, daß es Adorno mit seiner eben nicht lediglich analytisch-strukturellen, sondern auratischen Ausfärbung genau darum gegangen ist. Und werde den Verdacht nicht los, daß der geheime, ungemein private Sinn des *Kinderjahrs* in einer Gedenkarbeit, einem Memento oder Requiem für den Freund und Mentor zu suchen wäre, dem, wie es in Mahlers Lied von der Erde heißt, auf dieser Welt das Glück nicht hold gewesen ist. Schumann selbst hat so ein miniaturisiertes Requiem für einen

Freund, den er verehrte wie keinen anderen, komponiert, nämlich mit dem Stück Nr. 28 aus dem *Album für die Jugend*. Es trägt den Titel *Erinnerung (4. November 1847: Mendelssohns Todestag)*. Daß dieses memento mori, das Stilelemente Mendelssohns übernimmt, ebenfalls in Wiesengrunds kleine Suite aufgenommen wurde, mag als Fingerzeig darauf gelten, daß hier Wiederholung in Gestalt reziproker Pro- und Analepse sich ereignet; aus dem, was Schumann ›Vorspiegelung‹ nannte, wird bei Adorno Rückspiegelung.

Solche klingenden Grabsteine, die Elemente dessen zitieren, wes sie gedenken, sind in der Musikgeschichte nicht selten. Die *Déplorations* um 1500, etwa *sur la mort de Ockeghem*, gehören dazu; Klagegesänge wie derjenige Byrds auf den Tod seines Mentors Thomas Tallis; oder, um ein näherliegendes Beispiel zu nennen, Brahmsens Variationen op. 29 über Schumanns *Endenicher Choral*: als Requiem zu Beginn, Hommage in den mittleren Variationen, und am Ende sich steigernd zu einem Triumphmarsch, einer Apotheose.

Nun, liebe Freunde, solange biographische Nachweise aus Adornos Nachlaß oder sonstige erhellende Dokumente nicht vorliegen, kann meine Annahme nicht mehr sein als Spekulation. Die Nachricht von Benjamins Suizid in Portbou am 26. September 1940 hatte die Émigrés des Instituts für Sozialforschung noch im Herbst desselben Jahres in New York erreicht. Der lähmende Choc der Nachricht, in den Schuldgefühle sich drängen mochten, war möglicherweise von der Art, daß Wiesengrund über den Anlaß der Partitur in der Korrespondenz mit den Eltern, die erst im Herbst 1941 fortgesetzt wurde, nicht sich mitteilen wollte. Alles, was er, dem die Nachricht vorübergehend Sprache selber versiegelt hatte, noch vermochte, war — so stelle ich es mir vor —, sich die alten Noten vom *Album für die Jugend* vorzunehmen und die Erinnerungsspuren, und das heißt die Sphäre kindhafter Erfahrung, die Walter Benjamins Werk durchdringt wie kaum eines sonst, schreibend nachzuziehen oder nachzuzeichnen — aber in Noten, in Tönen! — nicht in Worten. Denn nur in jenen ließ sich ihm damals, 1941 in der Ferne, im Exil, noch zu Hause sein.«

Fox spielte das Stück noch einmal ganz vor, erhob sich vom Hocker, dankte mit einer knappen Verneigung dem Auditorium, das schütteren Applaus spendete; und während er langsam den Deckel über der Tastatur niederließ, war Rose zu ihm aufs Podium gestiegen, um ihn — tief gerührt, wie es schien — zu umarmen und zu loben. In geziemendem Abstand folgte ihr Birthwhistle nach; auch Oberst Marston, dem seine Wehrsportübung in Yorkshire ein kräftiges Rot auf Stirne und Wangen gemalt, schritt hinterdrein, um den Referenten mit einem herzhaften »well done, my boy« zu beglückwünschen.

Allerdings enthielt sich Birthwhistle nicht des Einwands, Adornos Instrumentierung erinnere ihn eher an Tschaikowsky als an Schönberg oder Webern, was bei Rose bestürzten Widerspruch hervorrief — und beim Colonel Unverständnis; wie es schien, hatten seinem Gehör die Geschützdetonationen auf dem Übungsgelände eine gelinde Taubheit mitgegeben. So stand er geneigten Kopfes, wie es Schwerhörigen eigen ist, die deutlicher verstehen möchten, inmitten der Debattierenden und zwirbelte sich verlegen die Spitzen seines Schnauzbarts.

»Mit einem Horn klänge mir die Stelle zu gemütlich«, mäkelte Birthwhistle. »A bit too romantic. Sollen wir das als Klangsymbol für den Deutschen Wald nehmen? The whole piece reminds me of those idyllic engravings by — what was his name? Richter, yes. Adrian Ludwig Richter. Very German.«

»Vermin?«

»German, Colonel. War is over.« Rose hatte sich dem alten Soldaten genähert und unterzog nun seinen blauen Blazer mit den dicken Goldknöpfen einer weiblichen Inspektion. »Apropos Krieg, was haben Sie denn da Schönes am Revers? Sie gestatten? —:

Ja da schauts her: Ehrenabzeichen der Royal Artillery Brigade, Weston-upon-Sea, 1967. Alle Achtung!«

»Nicht der Rede wert.«

»Und hier —: Dunkirk Honorary Medal, in Bronze, 1958. Wissen Sie, daß Sie damit viel fescher aussehen als ohne?«

»Finden Sie?«

»Aber gewiß doch. Sie sind imstand und gehen noch an die Front, Colonel, na, hab ich recht?«

»How now! Wish I could. They won't let me, though. Say I'm too old, you see? O well — your ladyship is only flattering me. Am just a pensioner, ha!«

Rose, die für die Verlegenheit des alten Kriegers ein feineres Gespür hatte als ihre Freunde, indem sie als einzige sah, daß seine Gesichtsröte sich um einen geringen, aber entscheidenden, Beschämung anzeigenden Grad vertieft hatte, tätschelte ihm aufmunternd den Arm, hakte sich bei ihm ein, was seine Röte noch einmal verdunkelte, und gab damit das Zeichen zum Aufbruch.

Für den heutigen Abend hatte der Kritiker in sein »Studiolo« geladen; Mrs. Pundhjab, verkündete er, habe ein kleines Büffet bereitet mit einem Hühnercurry, dessen köstliche Wohlgerüche jetzt gewiß schon durchs ganze Haus zögen; sein Appetit jedenfalls sei gargantuesk, und so möge man sich bitte ein wenig sputen. Fox fragte nach Yberseindt, aber Birthwhistle konnte ihm nur die Auskunft geben, der alte Ahasverus sei auf unbestimmte Zeit verreist und stehe derzeit gewiß mit seinem Pappkoffer an irgendeiner Bushaltestelle Norditaliens, Österreichs oder der Schweiz. »Nicht in Deutschland?« fragte Fox mit gespielter Einfalt.

»Certainly not. Sie können sich denken, warum.«

Das Stichwort »Germany« griff der Oberst gern auf. »Good cars, Birthwhistle! Excellent motorways. Obwohl. They don't have breakfast sausages down there. 'Tis a shame, no porridge, no kippers. Distasteful. But then, you know, we're all a huge family now, aren't we? EEC, ha! Forget the war, they say, 'tis over. Vergeben und vergessen.«

»Haben Sie etwas gegen unsere junge EEC-Mitgliedschaft, Colonel?« fragte Rose.

»Oh, no, no, certainly not«, beeilte sich Marston zu versichern. »It's always preferable to stand united 'gainst the Russians, isn't it? To crush the Bolshies. But then, getrennt marschieren, vereint schlagen. Sagt Blücher, right? Or was it Moltke? Scharnhorst? Gneisenau? Anyhow. Perhaps better not to march in a single line. Besser in versetzter Schlachtordnung kämpfen. Und Deutschland in Schach halten! See my point? Here's our empire — yonder is Europe, not more than a ragged promontory of the Asian continent — and here we have the Channel in between, and a good thing, too. Better to stay apart. I mean — I'm not sure, all I'm saying is, my island is my castle. After all, Your Ladyship certainly wouldn't wish to marry into a family of frog-eaters or Lederhosen, would ye? Besides, we're paying a lot for the privilege of membership. What do we get for it? More foreigners? More social spending? More trade unions, more strikes? Isn't parliamentary sovereignty undermined by European legislation? Aren't we forced to have our statute law overruled by Brussels regulations? If so, I want my money back.«

Hier schaltete sich Birthwhistle ein und dekretierte: »Unfug.«

»I beg your pardon?«

»Sorry, Colonel, nehmen Sie's sportlich. Aber Sie wissen so gut wie wir, daß unsere Sprache nicht indoenglischen, sondern indoeuropäischen Ursprungs ist, daß unsere Royals nicht mehr aus dem Hause York oder Lancaster, sondern vom Hause Sachsen-Coburg-Gotha abstammen, daß unsere Nation aus Briten, Kelten, Römern, Angeln, Sachsen, Wikingern, Normannen und neuerdings auch aus Afrikanern, Pakistanern, Indern, Jamaikanern und Hongkong-Chinesen sich zusammensetzt, die allesamt nicht aus britischer Erde gekrochen, sondern von anderswo herübergerudert sind. Sie wissen, daß die große Musik unseres Dunstable aus Frankreich und unsere elisabethanische Mode aus Spanien kam und das Madrigal unserer Morley, Ward und Wilbye ebenso aus Italien importiert worden ist wie die Architektur unserer palladianischen Herrenhäuser, kurzum, daß der kontinentaleuropäische Einfluß auf unsere Kultur dermaßen überwältigend ist, daß es einfach albern wäre, dagegen einen Nationalismus geltend zu machen, der im Ernst gar nicht zu sagen wüßte, was auf diesem — wie Sie ganz richtig sagen: — zerklüfteten Nordwestzipfel der eurasischen Landmasse (der eine Insul namens Britannia vorgelagert ist, die vor der Großen Eiszeit mit ihr noch fest verbunden war) denn anderes wäre als eine einzige große Melange, ein buntscheckichtes *mixtum compositum,* das eine in Regeln und Verträgen geordnete Gemeinschaft deswegen nötig macht, weil die Kategorien von Volk, Rasse, Nation, Schicksals- oder Blutsgemeinschaft etcetera längst hinfällig geworden sind. Was diese benennen, gibt es gar nicht wirklich — hat es, wenn überhaupt, dann eigentlich nur als *Idee* je gegeben. Was es immer gab, waren die vielen Einzelnen in unzählbaren widersprüchlichen Konfigurationen — Nationalismus aber war stets nur Ideologie, schlechtes neunzehntes Jahrhundert, ein Konstrukt aus Staatsräson, anfangs noch Antidotum gegen den aggressiven Republikanismus, mit dem Napoleons Frankreich ganz Europa heimsuchte, später nur mehr ein mythologisch fundiertes Bindemittel zwecks Herrschaftssicherung.«

»Was dann aber auch für die EEC gälte«, wandte Fox ein.

»Gut gegeben, Fox«, knurrte Birthwhistle. »Aber Sie vergessen, daß es ja gerade der Sinn solcher Zweckbündnisse ist, gegen jenen chauvinistischen Klebstoff ein Lösungsmittel aufzutragen. *Similia similibus.* Einheit stiften im Mannigfaltigen: ein dialektisches Projekt.«

»Das aber nur dialektisch ist, wenn der Schwerpunkt auf Diversität verbleibt. Die Mannigfaltigkeit darf aufgehoben sein in der Einheit, solange diese nicht Mißbrauch treibt mit ihrem Begriff. Gemeinschaft darf nicht Gemeinheit meinen und Einheit nicht Vereinheitlichung, Nivellierung, Gleichschaltung, Abschleifung von Differenz. Wo reguliert wird, ist Überregulierung nie weit. Das, was Sie ›Lösungsmittel‹ nennen, Steven, kann leicht verkleben, kann umschlagen in Agglutination, Blockade, Konstipation, verhärtete Verhältnisse, verdinglichtes Bewußtsein: das nicht mehr revolutionäre, sondern *bürgerliche* Erbe Napoleons, die bürokratisierte Gesellschaft, die verwaltete Welt. Dagegen wird Widerstand sich regen, erst regional, dann national, dann kontinental, und dann stürzt das schöne Projekt — dem Großbritannien ohnehin nur aus wirtschaftlichen Gründen zugestimmt hat — in sich zusammen. Dann haben wir hier, was Grillparzer voraussah: ›Von der Humanität durch Nationalität zur Bestialität‹.«

»Dazu wird es nie kommen«, verkündete Foxens Mentor zuversichtlich, als sie, um auf die Zurückgebliebenen zu warten, vor der Treppe seines Hauses haltmachten, auf der Mrs. Pundhjab bereits im Türrahmen der Gäste harrte. »Hofknicks vor Sahib Fox, Curry!« befahl ihr lachend der Hausherr; und nachdem sie den Eintretenden die Garderobe abgenommen, wobei der Oberst freilich von seinem Blazer nicht sich trennen mochte, machte Birthwhistle auf der Treppe die Vorhut, indem er, der massige Mann, leichtfüßig tänzelnd immer gleich zwei Stufen auf einmal nahm, weil ihm der Hunger das Empfinden eingab, er müsse seine Leibesschwere irgendwie unterwegs eingebüßt haben und sie nun eiligst wiederfinden am Büffet. Oben angekommen, wandte er sich sogleich diesem zu, das mit exotischen Speisen opulent gedeckt bereitstand, und schaufelte sich zwei Teller voll — wobei ihm bewußt war, wie unhöflich es wirken mußte, daß der Hausherr als erster sich bediente —, so daß er zu seiner Rechtfertigung vorbrachte, er müsse, da er nun einmal fürs Angebotene die Verantwortung trage, erst »prüfen, ob auch alles gut gelungen« und seinen Gästen überhaupt zumutbar sei. Schnaufend nahm er auf dem abgewetzten Ledersofa Platz, und während der Oberst, der sich neben ihn gesetzt, mißtrauisch in seinem Teller stocherte, ward die Prüfung im Munde des Kritikers *summa cum laude* bestanden.

»Schmeckts Ihnen nicht, Colonel?«

»O yes, yes, excellent indeed. Ridiculously delicious. Nearly as good as my favourite dish, Toast Hawaii, you know. Simple recipe, Birthwhistle! Slice of white bread, mit Bovril oder Marmite bestrichen, next a slice of pineapple, darauf eine Scheibe von Kraft's sliced cheddar, im Ofen crunchy überbacken, a maraschino cherry on top of it. Don't forget the cherry, Birthwhistle. Add some Blue Stilton, if you like, with crackers and mixed pickles. Sprinkle with vinegar, or Cumberland Sauce.«

»Sounds terrifyingly tasty.«

Fox hatte unterdes Rose beiseite geführt in ein entferntes Eck des weitläufichten Arbeitsgeschosses — nicht zu weit, um keinen Verdacht zu erregen, aber weit genug, um von den Herren auf dem Sofa nicht gehört zu werden, als er fragte: »Hast du den Brief mitgebracht?« — »Welchen Brief?« — »Komm, du weißt schon. Von Fajngold aus Cambridge.« — »Ach so, ja, entschuldige. Hier.« — »Danke.«

Ungeduldig riß er das Couvert auf und las das maschinengeschriebene Blatt mit dem Briefkopf des *Department of Acoustical Physics & Natural Philosophy*. Triumphierend brach es aus ihm hervor: »Ja! Wußt ichs doch! Gotcha, Swindon!« Dann faltete er den Bogen zusammen und ließ ihn in die Brusttasche seines Jacketts gleiten.

Aber Fox hatte nicht mit dem überfeinen Gehör seines Mentors gerechnet. Vom Sofa her dröhnte seine Stimme: »Dürfen wir an Ihrem Disput teilnehmen, Fox? Da Sie soeben von Swindon sprachen: Die Arme liegt nun definitiv im Sterben. Dr. Mannheimer gibt ihr nur noch sechs bis acht Wochen. Schrecklich, schrecklich. Die Palliativmedizin tut, was sie kann, aber — nun ja.

Woher ich das weiß? Hatte gestern ein Telefonat mit dem Arzt. Interessanter Mann übrigens. Kam 1938 als Zwölfjähriger allein, nur mit einem Koffer in der Hand, zu Pflegeeltern nach Surrey. Die Eltern ermordet in Treblinka. Undique mors est. Nur gut, daß wir von Ellen Swindon wenigstens ihre Platten haben. Demnächst kommen Haydn-Sonaten, diesmal von *Fonit Cetra* aus Mailand. Warum aus Italien? Nun, im Reich Dantes und Petrarcas hat man's mit Urheberrechten noch nie so genau genommen, capisci? Aber je nun — Schallplatten wird es ohnehin bald nicht mehr geben. Schon jetzt sind die Dinger ja so dünn und biegsam wie Briefpapier. Seit der Ölkrise von '73 — zu der mir stets ein Covertext einfällt, der Beethovens *Christus am Ölberge* übersetzt als *Christ on the Oil Mountain* — sind die Kosten für Vinyl so gestiegen, daß die Firmen mit dem Zeug geizen wie ein Bäcker, der Sägespäne ins Brot mischt. Und entsprechend klingt es dann auch.«

Rose, die mit Fox sich dem Sofa genähert, ergänzte: »Eine Kollegin am 2. Pult hat mir erzählt, daß in etwa drei Jahren die Herstellung von Platten ohnehin ganz eingestellt wird. Das analoge Aufnahmeverfahren soll durch Rechner ersetzt, das heißt digitalisiert werden, und die Musik kommt dann auf silbernen, etwa untertassengroßen Plastikscheiben auf den Markt, die mit unendlich vielen, mikroskopisch winzigen Zahlenkombinationen beschichtet werden, die nur aus Null versus Eins konfiguriert sind und sämtliche akustischen Parameter in bisher unbekannter Reinheit speichern, wie es heißt. Über eine Stunde Musik soll so ein kleiner, nur wenige Gramm schwerer Diskus bergen können, und dies ohne die geringste Verzerrung, ohne Jaulen, Brodeln, Knacksen, Knirschen, Knistern, Rauschen, Klirren.«

»Das Ende der Geschichte der Mechanisierung«, schnaubte Birthwhistle höhnisch. »Großartig. Einen Toast auf unsere Mathematiker! Einen Toast Hawaii. Und Sie glauben im Ernst, das könnte funktionieren? Musik reduziert auf Eins versus Null? Brahms übersetzt in Ziffern und Zahlenkombinationen? Kempffs

Anschlag digitalisiert von einer Rechenmaschine? Ridiculous. Warum nicht gleich umgerechnet in Geldwert und Profit? Modulation Es-G in Takt 21 = zwei Shillings fünf Pence brutto vor Steuern. Was ist denn Musik, wenn nicht die Abarbeitung eines Geistigen an einem geistfähigen Material? Und dieses Trägermaterial ist *stofflicher* Natur: Blei, Blech, Bronze, Stahl, Darm, Haut vom Tier, Stimmband vom Menschen, Holz vom Baum, Papier aus Lumpen und Hadern, Metall aus dem Erdreich — folglich kann ihre Speicherung und Reproduktion doch ebenfalls nur stofflicher, *materieller* Natur sein: Nadelkurven, eingeritzt mit einem Schneidstichel so, wie ein Fensterhaken eine Rille fräst ins steinerne Sims. Similia similibus, wie ich schon sagte.«

»Moderne Kippfenster haben keine Haken mehr«, trotzte Fox.

»Stimmt. Die verhaken sich ständig schon ganz von alleine. — Furtwängler! Don't! Pfoten weg von den Cakes! Bitte, Rose, halten Sie den Kater von den Speisen fern.«

Behutsam nahm Rose das Tier in ihre mütterlichen Arme und setzte es auf dem Boden ab, wo es, protestierend, sich trollte.

erwartung

»Abgeschlossen haben Sie Ihr Studium erst nach dem 26. Semester, Herr Abendroth?« Mit dieser Feststellung eröffnete ich unser nächstes Gespräch, wobei ich achtgab, den Anschein eines Tadels, der mir nicht zugestanden hätte, zu vermeiden. »Wie kam es zu dieser ungewöhnlich langen Dauer?«

»Richtig«, bestätigte A., ohne auf meine zweite Frage zu antworten. »Die mündliche Prüfung bestand ich 1982, im selben Jahr, in dem die ersten digital produzierten Tonträger auf den Markt kamen. Nur wenige Tage zuvor verschwand meine Katze. Das machte die Präparation aufs Rigorosum nicht leichter. Ich hatte sechs Jahre zuvor in Irland das elternlose Tier, das sonst wahrscheinlich gestorben wäre, gerade einmal handtellergroß vom Straßenrand aufgelesen und wie ein Findelkind zu mir in das Haus genommen, in dem ich den Winter von 1976/77 verbrachte, um in Ruhe an meiner Dissertation zu schreiben. Das anfangs so kleine, schwache Wesen, an das ich sofort mein Herz verlor, wuchs zu einem imposanten, mit einem schwarz auf sandbraun marmorierten Halbperser-Fell bekleideten, überaus intelligenten Kater heran, der in den Folgejahren mit mir in Berlin die Wohnung teilte, aus der er jeden Abend zu einem Ausfluge herausgelassen wurde — und in die er zuverlässig heimkehrte, wenn ich, etwa eine Stunde später, auf dem Balkon mit dem Schlüsselbund klirrte und dazu seinen Namen rief, auf den er drunten mit vergnügtem Murren zu respondieren pflegte. Mein Leid und mein Kummer kannten keine Grenzen, als er eines Nachts nicht mehr wiederkam. Vermutlich hatten ihn die Eheleute getötet, die zwecks Finanzierung ihres Medizinstudiums in unserer Mietskaserne Hausmeisterdienste versahen und irgendeiner Herz-Jesu-Sekte anhingen, die ihnen den Wahn eingegeben hatte, in den Augen der Katzen etwas Dämonisches glimmen zu sehen, vielleicht den Leibhaftigen selber — was natürlich eine Projektion war: sie selber, sittig und leidensvergnügt, dankbar für ihr demütigendes Souterrain-Dasein und, da sie ihre Niedrigkeit als köstliche Himmelsstrafe für Sündhaftigkeit ansahen, *ein fröhlich Halleluja* singend beim Putzen und Wischen des Stiegenhauses, trugen jene satanische Heiterkeit zur Schau, die ja nur zu oft mit unglaublicher Härte nicht allein sich selbst, sondern allem Kreatürlichen gegenüber konform geht. Ich nehme an, daß sie, die sich das versagten, was an ihnen *Natur* war, eben darum der zu großer Schönheit erblühten Natur meiner Katze das *Leben selbst* versagen mußten und, nachdem sie eine Weile die Nachbarschaft des Tieres mit Abscheu ertragen hatten, in jener Novembernacht 1982 dem geliebten Wesen mit einem gezielten Handkantenschlag das Genick brachen, um es dann hinauszuwerfen auf die Straße. Von Nachbarn hörte ich später, der Leichnam sei auf dem Rasen vor der Bierkneipe *Zum gemütlichen Eck* gefunden, sogleich von einer Tierkörperverwertungsfirma eingesammelt und wahrscheinlich zu Seife verarbeitet worden.

Im Bann und Zeichen dieser Erfahrung endete also mit der Promotion das Studium. Für die schriftliche Arbeit war mir sechs Jahre zuvor ein Stipendium gewährt worden, das mich in den Stand setzte, die Abfassung an einem abgeschiedenen Ort im Ausland vorzunehmen. Für diesen Aufenthalt im Entlegenen schien es ratsam, sich eines Automobils zu versichern, und hierfür mußten erst einmal Fahrstunden zum Erwerb des Führerscheins genommen werden. Mein Fahrlehrer, in einem Opel mit Lenkradschaltung, war ein ehemaliger Feldwebel der Bundeswehr —«

»Ach herrje«, entfuhr es mir. »Da sind Sie ja an den Richtigen geraten.«

»Maßgeschneidert. Ich habe noch das Kreischen der Bremsen im Ohr, wenn der Lehrer an meiner Seite, um eine Karambolage zu vermeiden, aufs Pedal stieg — und seinen Jähzorn, wenn im Berufsverkehr die geringe Belastbarkeit, die mir die Musterung einst attestiert hatte, wieder einmal ihren Tribut forderte. Den Brüllhans, der mir beim Fahren die Nerven mit jenen Chauvinismen strapazierte, die heute noch bei Berliner Taxifahrern beliebt sind, erregte ja seinerseits, daß ich zur Schubertbrille das schwarze Haar schulterlang trug und mir den Schnauzbart so üppig wachsen ließ wie Nietzsche in Turin. Wahrscheinlich hielt er mich für einen Schwulen, von denen es in Berlin damals schon wimmelte, und haßte mich deshalb von Anfang an.«

»Warum haben Sie sich nicht gewehrt? Hätten Sie nicht zu einer anderen Fahrschule wechseln können?«

»Das frage ich mich heute auch, Frau Doktor. Aber ich deutete Ihnen ja schon an, daß es Jahrzehnte brauchte, bis ich es vermochte, mich gegen autoritäre Attitüden und affektgesteuerte Zumutungen souverän zur Wehr zu setzen. Bis Mitte dreißig konnte ich mich solcher Ausbrüche nach anfänglicher Schockstarre nur mit schweigender Verachtung erwehren. Immerhin absolvierte ich die praktische Fahrprüfung — nach zwei gescheiterten Versuchen in Berlin — in einer Ferienfahrschule im Harz und kaufte mir dann von einem windigen Kerl, der im entlegensten Winkel Schönebergs einen Zeitungskiosk unterhielt, einen Gebrauchtwagen, einen roten Morris Mini, dessen *driving-gears* nach wenigen Tagen zu Bruch gingen —, der mich dann aber mit einem neuen Getriebe die weite Strecke über Hamburg, London, Cambridge, Oxford und Wales souverän, wenn auch mit versagendem Bremspedal auf den letzten dreißig Meilen, bis in den äußersten Südwesten Irlands brachte.«

»Erlauben Sie mir eine Zwischenfrage, Herr Dr. Abendroth.« Gern unterbrach ich ihn nicht, aber nun ging mir alles ein wenig zu schnell und zu kunterbunt. »Ihre große Liebe ist doch immer Italien gewesen. Wie kam es jetzt zu diesem Wechsel? Warum gerade Irland?«

»Sie haben recht«, konzedierte A. und begann weit auszuholen. »Das hängt mit der langen Dauer des Studiums zusammen, die sich aus zweierlei Gründen erklärt. Zum einen war es in unseren Fächern, die numerus clausus, Verschulung und Regelstudienzeit nie gekannt, durchaus üblich, daß Studenten sich Zeit ließen — nicht, um zu faulenzen, sondern weil sie mit zunehmender Dauer erst der Dimensionen des Stoffes so recht inne wurden und erkannten, wie indefinit der Prozeß dieser Durchdringung des Materials war. Jedem an unserer Fakultät, von der Sekretärin bis zum Ordinarius, war bewußt, wie naiv, wie unqualifiziert, wie geradezu fahrlässig es wäre, in Siebenmeilenstiefeln ein Terrain zu durcheilen, das acht Jahrhunderte, mehr als ein Dutzend europäischer Sprachen, aberhunderte von Namen und zehntausende von Werken umfaßte. Dissertationen — die medizinische meines Großvaters umfaßt gerade einmal 17 Seiten — hatten umfangreich zu sein und verlangten jahrelange Studien. Forschungsschwerpunkte forderten Spezialisierung, Hilfsdisziplinen, gesonderte Aneignung von Fähigkeiten, die aus der Schule nicht mitgebracht wurden. In meinem Falle waren dies moderne Sprachen wie Englisch, Französisch, Italienisch, die am humanistischen Zweig des Gymnasiums keine Rolle gespielt hatten — und noch heute wurmt mich, wieviel Aufnahmebereitschaft und Lernfähigkeit in unseren besten Jugendjahren verplempert wurden mit mathematischen oder chemischen Formeln, die im späteren Leben nie irgendeinen Erkenntniswert aufwiesen, und noch heute ärgert mich, daß anderthalb dieser wertvollsten Jünglingsjahre nicht zum Lernen und Lesen genutzt, sondern unwiederbringlich vergeudet wurden fürs befohlene Strammstehen auf dem Exerzierhof.

Hinzu kam die Ungewißheit der Berufswahl, die uns nahelegte, Tätigkeiten zu diversifizieren, in viele Richtungen offenzuhalten für mehrerlei Anwendungsbereiche. Die Aufmerksamkeit wandte sich mithin nicht allein obligatorischen, sondern auch optionalen Studien zu, in meinem Falle der Allgemeinen und Vergleichenden Literaturwissenschaft sowie außeruniversitären Feldern, der

Phono- und Photographie, dem Film, exemplarisch vorgestellt von Lichtspielhäusern wie dem Schöneberger *Arsenal*, das mir zum erstenmal große Namen wie Herzog, Eisenstein, Buñuel, Tarkowski, Kubrick und viele andere nahebrachte, dem Theater, für das Peter Steins Schaubühne am Halleschen Ufer beispielhaft einstand, oder der Akademie der Künste im Hansa-Viertel mit ihren Ausstellungen und Konzerten. Rechnen Sie die politischen Aktivitäten jener Jahre hinzu, den Anspruch auf umfassende Persönlichkeitsentwicklung anstelle limitierter Fachidiotie — dann haben Sie, auch ohne auf Humboldts Bildungsideal rekurrieren zu müssen, schon einige Gründe für jene lange Dauer.

Meine Reisen zähle ich dazu. 1971 durchstreifte ich mit meiner Freundin, deren Schwester in Rom mit einem Anglisten liiert war, die *città eterna*, mit Exkursionen nach Neapel und weiter hinunter bis an die Ostküste Siziliens. Im folgenden Jahr fuhr ich an den Golf von Salerno und erkundete Ischia, Capri und die amalfitanische Küste von Positano bis Paestum. Im Jahr darauf suchten wir die ligurische Küste und die Toskana auf, Städte wie Pisa, Prato, Pistoia, Lucca und Firenze, und 1974 die vor der Nordküste Siziliens im Tyrrhenischen Meer gelegenen Äolischen Inseln, Vulcano, Lipari, Salina, Panarea und Stromboli, dessen feuerspeienden Krater wir in der Nacht bestiegen.

Im selben Jahr wandelte sich der Lebenskurs auf eine Weise, die ich als eine Drehung der Sehnsuchtskompaßnadel um 90° von Süd nach West wahrnahm. Freunde von uns brachten von einer Reise nach Schottland Berichte und Fotos mit, Bilder von Ruinen in einsamen grünen Berglandschaften unter gewittergrauem Gewölk, die mir so ans Herz gingen, daß für das kommende Jahr nichts anderes mehr in Frage kam als ein Reiseziel auf den Britischen Inseln. Daß die Wahl auf Irland fiel, war Zufall; es hätten auch die Hebriden, Wales, Brontës Yorkshire oder Wordsworths Lake District sein können. So quartierten wir uns 1975 zwei Wochen im Nordwesten der *Emerald Isle*, in Connemara, und weitere zwei Wochen im Südwesten, an den Lakes of Killarney ein, wo wir auf Fahrrädern das Land erkundeten. Die Folgen, die der Aufenthalt für mein ganzes künftiges Leben haben sollte, waren noch unabsehbar. Fürs erste zeigte sich die neue Fremde nicht spektakulär ›schön‹ wie Italien oder so monumental-erhaben wie die Alpen; überhaupt zog sie die Sinne nicht verführerisch nach außen, in eine enthusiasmierte Öffnung, Freisetzung, Entäußerung, sondern beförderte eine geradezu entgegengesetzte Introversion, Verinnerlichung, so als käme es hier gar nicht auf das Wahrgenommene selbst an, sondern auf die traumgleiche Spiegelung des Äußeren in den Echokammern des Herzens. Die feuchte, weiche, salzhaltige Luft, die immerwehenden Winde, die wie Hände sanft auf die Ohren sich legten und einen beständigen Duft nach Gras, Seetang und Torfrauch mit sich brachten, die behaglich kleingeschachtelte Szenerie aus Wiesen, Hecken, Steinmauern und solitären Cottages und das zwischen Verfinsterung und Aufstrahlung schnellwechselnde Himmelslicht tauchten das Gemüt in eine ganz eigentümliche auratische Trance, die eher zum Schweigen als zum Sprechen verführte, eher zum Erinnern einlud als zu planvoller Aktivität. Die Träume in der Nacht waren lebhafter, farbiger, als ich sie je anderswo gehabt; die Gedanken bei Tage auf Kontemplation eher als auf zweckmäßiges Tun gerichtet, gleichsam zurückgelenkt; Zeit selber, die doch allen mentalen Prozessen zugrunde liegt, schien angehalten, verräumlicht; Zukunft und Vergangenheit schlossen sich zum Kreis.«

»Das verstehe ich nicht«, gestand ich. »Könnten Sie das etwas präzisieren?«

Abendroth, der bei der Schilderung seines Gegenstandes wieder jenen Ausdruck von Verklärung angenommen, den ich zum erstenmal bei seiner Erzählung von der Überquerung der Alpenpässe beobachtet hatte, gab freimütig zu, daß er dies nicht besser könne, als er es soeben versucht habe. »Ich bitte, neu ansetzen zu dürfen«, sagte er und fuhr fort:

»Irland schien damals noch sehr fern vom Kontinent, ärmlich, altertümlich und menschenleer. Emigration war zu der Zeit, da noch keine EU-Subventionen die Moderne ins Land holten und noch keine Steuervergünstigungen Finanzkapital und Computerindustrie anlockten, der gleiche Fluch, der er schon im 19. Jahrhundert gewesen; an jedem dritten Gebäude hing das Schild *House to let* oder *For Sale.* Die Peripherie der größeren Städte wie Dublin, Cork, Limerick waren düstere Slums — Schmutz und Verkommenheit die Kehrseite insularer Genügsamkeit, friedfertiger Abgeschiedenheit — das milde Klima, der Regen und die gedeckten, aber intensiv aus sich selbst heraus leuchtenden Farben, die Stille und auffällige Verlangsamung aller Vorgänge und Bewegungen an Land im Kontrast zum Tumult der aufgeschäumten See und der Sturmwolken am Himmel von bemerkenswerter seelischer Wirkung auf die Bewohner des Landes und seine Gäste.«

»Inwiefern?«

»Nun, die Einwohner, denen ich begegnete und mich binnen kurzem, ohne dies eigentlich zu wollen, anglich — der Einfluß des Milieus war so stark, daß man, gesetzt, man hatte eine gewisse Empfänglichkeit und Empfindsamkeit mitgebracht, gar nicht umhin konnte, sich von ihm einspinnen und verwandeln zu lassen — diese Bewohner also waren neugierig-scheue, affektgedämpfte, zwischen resignativer Versponnenheit und trockenem Witz und Spott schwankende Menschen, *ambivalent* in höchstem Grade: gläubig bis zur Abergläubigkeit, realistisch bis zum krassesten Materialismus, entweder wortkarg, ja taciturn — oder redselig, sprachverliebt mit einem schon literarisch zu nennenden Sinn für auswucherndes Erzählen, für Wortspiele, Doppeldeutigkeiten und Anzüglichkeiten.

Einmal ging ich in einer Sturmnacht auf unbeleuchteten Heckenwegen zu einem Pub und trug, um mir den morastigen Weg zu beleuchten, eine Laterne mit mir, in der eine Kerze brannte. Als ich, naß und zerzaust, den Pub betrat mit meiner altertümlichen

Sturmlampe, in der das Flämmchen nur mehr traurig flackerte, wandten sich am Tresen die Gesichter der Männer, die sich in solcher Nacht eher einer modernen Stablampe anvertraut hätten, in einer Reihe dem Eintretenden zu, musterten diesen belustigt; und einer, lapidar nickend, sagte zu seinen Trinkgenossen nur: ›Fucking hard times.‹ Gelächter antwortete ihm; man hob die Gläser. Das war, in nur drei Worten, mehrerlei: Dickens — und gutmütiger Hohn auf die verrückten Ausländer mit ihren romantischen Marotten — und verschämte Erinnerung an die eigenen einstigen Entbehrungen, durchmischt mit Furcht vor erneutem socialem Abstieg. — In der Regel war bei Männern das Tempo der Rede geschwind, der Ton leise: ein körnig prononciertes, melodisches Murmeln bei auffällig unbewegter, unverwandter Mimik, das einen geradezu hypnotischen, balsamisch kalmierenden Sog auf den Hörer auszuüben vermag. Die Amplitude der Frauen schwang weiter aus, oft wie ein Klagesang, und nie keifend, gellend, piepsig wie hierzuland, sondern immer mit dunkelgetönter, warm fließender, ›fallender‹ Satzmelodie; ein schöner artikuliertes Englisch habe ich nirgendwo je gehört.«

»Kommen wir zurück zum Jahr 1976«, schlug ich vor. »Sie hatten den Führerschein und einen Wagen, ein Stipendium —«

» — und ein mit meinem Doktorvater (dem nur noch wenig Lebensjahre beschieden waren) abgesprochenes Dissertationsthema zur Rezeptionsgeschichte Gustav Mahlers. Ein Cottage zum Überwintern von Oktober bis Februar im äußersten Westen, an der Spitze der Halbinsel Corcaguiney in der Grafschaft Kerry, fand ich auf den Reise-Seiten der *ZEIT* annonciert; es kostete nicht viel — und nach Erledigung aller Vorbereitungen brach ich also auf zum Fährschiff, das mich von den Hamburger Landungsbrücken zunächst an die englische Ostküste von Essex bringen sollte.«

»Entschuldigen Sie, wenn ich hier gleich unterbreche. Mir fällt auf, daß Sie in diesem Zusammenhang nur noch in der Ich-Form sprechen. Ihre Freundin kam nicht mit?«

»Die Freundin hatte schon vor Jahren ihre Altphilologie gegen Slawistik eingetauscht; sie begab sich ihrerseits zu einem zehnmonatigen Studienaufenthalt nach Leningrad — und als wir uns wiedersahen, war ich ein Westmensch geworden und sie ein Ostmensch: und das besiegelte unsere Trennung — die schon früher abzusehen gewesen, etwa wenn sie auf den Stufen des Teatro Greco von Taormina nicht in den Anblick des von den Ruinen der antiken Bühne gerahmten Ätna am Horizont versunken saß — eine der hinreißendsten Ansichten in Europa! —, sondern in eine ihrer russischen Übungskladden, die sie streberhaft überallhin mitnahm. Ich bitte Sie, Frau Doktor! Russisch! Diese gaumig nuschelnde, nach Wodka, Gulag und Sumpfbirken dünstende Sprache. Was hatte dies noch zu tun mit Zivilität, mit Contenance, mit Abendröten überm freien ozeanischen Horizont? Da führte keine Brücke mehr hinüber.

Über den Aufenthalt in diesem ersten irischen Winter könnte ich wochenlang erzählen. Es genüge zu sagen, daß er mir — und dies nicht nur, wenn die Äquinoktialstürme und Neujahrsorkane das Teerpappendach des Hauses anhoben und ausbeulten wie eine Zeltbahn — das Unterste zuoberst kehrte, keinen seelischen Stein auf dem anderen ließ, alle Kategorien in Frage stellte, alle verbürgten Maßstäbe ins Wanken brachte. Meine Sprache, meine Identität als Student und Wissenschaftler, meine deutsche Abstammung, alle vertrauten Muster des Denkens und Verhaltens kamen auf den Prüfstein. Was hatte Gustav Mahler mit dem Seegetier zu tun, das ich am Strand von Ceann Trágha auflas? Was sollte Musikgeschichte mir noch nutzen, wenn ich lieber in einer Steinhütte bei strömendem Regen am Kamin kauern wollte, um dem Heulen des Windes oder den *Pipes & Chanters* des Dudelsacks zu lauschen — oder einfach gar nichts zu tun, nur reglos irgendwo zu stehen oder zu sitzen, nicht in buddhistischer Leere, nein, mit geschärften, immens verfeinerten, wachen und zugleich träumenden Sinnen hinauszuschauen auf das unwahrscheinliche *Ultima Thule* der Inseln am Horizont? Was sollte mir da noch die komponierte Zeit einer Beethovensonate, wenn es doch auf Zeitlosigkeit ankam?

Ich wissenschaftlerte beschämend wenig an diesem verwunschenen Ort. Dafür weckte mir die fünfmonatige Einsamkeit, die reizarme Stille dieses monastischen Lebens, einen Drang, der bislang unterdrückt geblieben war: den Impuls zu freiem Produzieren, zum Verfertigen von Texten, zur Abfassung experimenteller Prosa und Übersetzung. Und dies blieb; dies brachte ich mit mir zurück nach Deutschland; dies hat mich bis heute nicht verlassen. Dies und der sehnsüchtige Wunsch, wieder zurückzukehren und nie mehr fortzugehen.

Im März setzte ich meinen nun schon halbwüchsigen Kater in einen Pappkarton, den ich ihm behaglich mit einem Schaffell ausgelegt und neben mir auf den Beifahrersitz gestellt; und nachdem ich dem Tier vom örtlichen Veterinär die nötigen Papiere verschafft hatte, begleitete es mich auf der schwermütigen dreitägigen Heimfahrt über Cork und den walisischen Fährhafen Swansea, auf der gewaltigen Maut-Hängebrücke über den Severn, sodann über Cheltenham durch die Cotswold Hills, durch Buckinghamshire und in einem riesigen Bogen um London herum durch die Marshlands von Cambridgeshire und das Constable Country von Suffolk bis zum Fährhafen Harwich, wo die *MS Prins Hamlet* bereitstand für die Überfahrt an den friesischen Inseln entlang zur Elbmündung und schließlich in immer langsamerem Diminuendo bis zu den Landungsbrücken von St. Pauli. Die DDR-Grenzwächter studierten die Papiere des Veterinärs und der Deutschen Botschaft aus der Ailesbury Road von Dublin aufs aufmerksamste, fanden aber nichts auszusetzen — und so kam ich mit meinem kleinen Begleiter, dem ich die Tortur mit reichlich Essen und Trinken und Katzenstreu im Wagen einigermaßen erträglich gemacht, in Berlin wieder an, wo mein ganzes Sinnen und Trachten sich sogleich darauf richtete, im kommenden Herbst wieder zurückzukehren in die irische Heimat. Denn was da nach Deutschland gekommen, war nicht mehr *ich*, sondern nur noch dessen Hülse. Mein Bestes — freundschaftliches, warmherziges Mitgefühl, Wahrnehmungs- und Empfindungsvermögen — hatte ich zurückgelassen.«

»Wie gestaltete sich das Leben in Deutschland für Sie nach dieser Erfahrung?«

»Schwierig«, behauptete A. und kniff die Lippen zusammen. »Der Kulturschock, der mich überfiel, war größer als erwartet. Das trockene Klima, die Häßlichkeit der Stadtlandschaft, die unfreundlichen Umgangsformen, die rohe Unzivilität und die überlauten Stimmen ihrer Bewohner — dies alles vor dem Hintergrund der stumpfen, wie mit Asche überzogenen Farben ringsumher —, dazu das politische Klima Deutschlands, das aus nicht unbegreiflicher Furcht vor der mörderischen Radikalität der *Roten Armee Fraktion* und ihrer Sympathisanten in einem großen Rollback die freiheitlichen Errungenschaften der Achtundsechziger rückgängig zu machen sich anschickte — man vergißt ja leicht, daß die 70er Jahre eine politisch grauenvolle Zeit gewesen sind, im Baskenland, in Nordirland, in den Folterdiktaturen Südamerikas, eine Epoche des Terrors, ob auf dem Bahnhof von Bologna oder bei den Olympischen Spielen in München, eine Ära der Attentate, Entführungen, Militärputsche, der Niederschlagung verzweifelter Aufstände ebenso wie der Heckenschützen und Bombenleger und ihrer nicht minder feigen und sadistischen paramilitärischen Konterakteure —: dies alles zusammen, wollte ich sagen, nährte nicht nur meinen Abscheu, sondern gab dem Verhalten der kritischen Menschen jener Jahre *insgesamt* eine neue, veränderte Richtung. Frontale Opposition gegen den Staat war jetzt, unterm Bannfluch des ›Radikalen-Erlasses‹, kaum noch möglich. Von der Frankfurter Schule sprach keiner mehr. Was einst Fundamentalkritik gewesen, wurde nun gleichsam umgebogen, intellektuell ausgedünnt zu ›alternativem‹ Partikulargeschaftel und

Eskapismen aller Art. Die einen kämpften gegen Atomkraft oder besetzten leerstehende Häuser; die anderen zogen sich Latzhosen an und gründeten Landkommunen; die Frauen zogen sich vor den Männern zurück, schoren sich die Haare kurz, kleideten sich lila, schlangen sich das Palästinensertuch um den Hals, setzten sich auf ihre Flokati-Teppiche und entdeckten den Feminismus neu; Sekten und allerlei esoterischer Mumpitz sprossen aus dem Boden wie Pilze im Herbst —«

»Und Sie?«

»Ich besuchte aufs neue, befremdet, irritiert, die vertrauten Seminare, suchte alte Fäden wieder aufzunehmen und neu zu verknüpfen, schrieb unterm Einfluß von Fluxus, New Wave und der Wiener Gruppe um Konrad Bayer weiter an literarischen und essayistischen Texten, die zum erstenmal auch publiziert wurden, in Zeitschriften, die, schnell gegründet, ebenso schnell wieder eingingen, verdiente mir Geld mit Gutachten für das Ullstein Taschenbuch Lektorat und mit Auftragsübersetzungen, richtete mir in der Küche eine Dunkelkammer ein, in der ich die Aufnahmen, die ich mit meiner Rolleiflex und einer stereoskopischen Kamera gemacht, entwickelte und vergrößerte, schrieb drei lange Sammelrezensionen irischer *Traditional Music* und bereitete mich auf einen zweiten Winter am Atlantik vor.

Im Juni besuchte ich für zwei Wochen meine Freundin in Leningrad, konnte aber, von einer opulenten Aufführung der Mussorgskyschen *Chowantschina* im Kirov-Theater abgesehen, dem zaristischen Goldprunk der naßkalten, freudlosen Ostseestadt wenig abgewinnen. Nach vollzogener Trennung von der Freundin war es dann endlich soweit: Mit schwerem Gepäck beladen, darunter eine acht Kilo wiegende Schreibmaschine, ohne den Morris Mini, der, nachdem ihm ein Reifen geplatzt und die Benzinleitung gerissen, in Berlin endgültig seinen Geist aufgegeben hatte, saß ich am Heck der *Prins Hamlet* und blickte glücklich hinaus aufs Kielwasser. In London stellte ich das Gepäck im

Schließfach der Liverpool Station ab und wanderte den ganzen Tag durch die City zum Tower, am Thames Embankment zur Westminster Abbey, durch den St. James's Park Richtung Downing Street und weiter über den Trafalgar Square zurück zum Bahnhof. Von der Euston Station ging jeden Abend gegen 9 Uhr der Zug via Chester und Crewe auf die nordwalisische Insel Anglesey zum Fährhafen Holyhead, vollgepackt mit irischen Arbeitsemigranten und Heimkehrern, die lange nach Mitternacht schlaftrunken über hohe, weitgeschwungene Rampen die Fähre nach Dún Laoghaire bestiegen, ein schier endloser, dunkler Zug müder Verdammter, behängt mit Koffern, Plastiktüten, Einkaufstaschen und Pappkartons, nachtwandlerische Exilanten, die sich in der Cafeteria des Oberdecks inmitten ihres Gepäcks niederließen, um weiterzuschlafen bis zur Ankunft am Pier von Dublin im ersten frühen Morgendämmer. Dort hieß es von Connolly Station zur Heuston Station wechseln, wo der Zug nach Trá Lí an der Westküste, das ganze grüne Hecken- und Weideland der Insel in sechs Stunden durchquerend, abfuhr. Binnen weiterer zwei Stunden brachte den Ankömmling dann der Bus zur Spitze der Halbinsel, wo er weidlich froh war, wenn Freunde oder Nachbarn ihn mit dem Auto erwarteten, um ihn die letzten 7 Kilometer zu seinem angemieteten Hause zu bringen.«

»Den Kater hatten Sie nicht mitgenommen?«

»Das wäre selbst mit einem Automobil nicht möglich gewesen. Um das Land vor Tollwut zu schützen, behinderten die irischen Behörden die Einfuhr von Tieren mit rigorosen Quarantänebestimmungen. Natürlich vermißte ich das treue Wesen, das Freunden zur Obhut übergeben worden war, noch viel mehr als meinen Morris Mini; überhaupt hatte dieser zweite Aufenthalt nicht mehr ganz die verzaubernde Wirkung, die der erste Besuch im Vorjahr gehabt; aber zum Ersatz für jene Initial-Erfahrung vertiefte sich nun die Kenntnis des Landes und seiner Eigenheiten, verbesserte sich mein aktives und passives Englisch, was wiederum der Arbeit eines Übersetzers, der nie Anglistik studiert hatte, entgegenkam —«

»War eigentlich das Übersetzen für Sie ein kompensatorischer Vorgang? Eine Art Restitution? Ersatz für die Kommunikation mit der ersehnten Ferne?«

»Zutreffend formuliert«, lobte mich A. »Der Dialekt, der im irischen Südwesten gesprochen wurde, dieser Singsang mit seiner wunderbar klaren Färbung von Vokalen und Diphtongen und seiner kantigen Prononcierung der Konsonanten — ein *Writer* wurde mit leicht rollendem *R* als ›Reiter‹ ausgesprochen und ließ sich nicht, wie im Amerikanischen, mit einem *Rider* verwechseln — repräsentierte mir, wie schon gesagt, das Englische in seiner prägnantesten, klangvollsten Form — gewiß melodischer als im maniriert näselnden Oxford, oder gar in London, wo der Cockney-Akzent die Sprache mitunter bis zur Unkenntlichkeit verknautscht —, und so diente mir das Übersetzen zur Wiederherstellung all dessen, was ich mit eigenen Augen gesehen und mit eigenen Ohren gehört, zur Beschwörung der Totalität des Landes qua Evokation seiner Sprache.

Kein Lehrbuch brachte mir das Übersetzen bei. Es war *learning by doing*, integraler Teil meines experimentellen Schreibens, im übrigen ein doppelter Ersatz: nicht nur fürs vermißte Land, sondern auch für jenes *praktische* Musizieren, das ich nie erlernt hatte. Mit diesem gemein hat es die Auslegung einer Textur, ihre Ausfärbung, nachschöpferische Transformation und Anverwandlung. Hierfür bedarf es eines guten Sinnes für Klang, Rhythmus und Periodik, und einer gewissen mimetischen Fähigkeit, wie sie dem Schauspieler eignet, der fremde Rollen spielt und spricht.

Aber zurück zu diesem zweiten irischen Winter. Aufs neue stellten sich in ihm die seltsamsten Clairvoyancen, Déjà-vus und Reverien ein; und Tag für Tag auf dem Loft des Cottages an meinen Fotokopien, Karteikarten und Exzerpten sitzend, gelang es mir diesmal wenigstens, einen Teil der Dissertation zu verfassen, die ich 1979, ein Jahr nach meiner Rückkehr im folgenden Frühjahr, abschloß und zur Begutachtung einreichte.

Die knapp vier Jahre nach meinem dreißigsten Geburtstag, die bis zum Rigorosum folgten, will ich im einzelnen nicht ausbreiten. Sie waren erfüllt von mannigfachen Lektüren, von vielerlei Schreiberei, zu der auch Versuche mit beweglichen Lettern im Bleisatz zählten, von raschwechselnden flüchtigen Liebesaffären, vom Tode beider Großeltern und vom Bemühen, im Literaturbetrieb Deutschlands Fuß zu fassen. Die Freunde jener Jahre waren allesamt Künstler, nicht Wissenschaftler —«

»Wie erklären Sie sich das?«

»Erstere zeichneten sich durch einen freieren Geist aus — letztere wirkten auf mich häufig autoritätshörig, orthodox, im Denken beengt, konventionell, phantasiearm, humorlos und ihren Erkenntnisobjekten gegenüber oft unnachvollziehbar reserviert — professionell, gewiß, aber auf eine kühle, schnöde Art. Von Pascals *raison du cœur* war bei ihnen nicht viel zu spüren.

Die Liebe zu Irland — und somit eine gewisse schizoide Distanz zur deutschen Sprache und Musik, eine Spaltung, die nur dadurch auszuhalten war, daß die zwei Welten gewissermaßen auf zwei separaten Etagen des Bewußtseins angesiedelt wurden — blieb ungebrochen, zumal mein Kater, dessen Lieblingsplatz der Papierstapel auf meinem Schreibtisch war, das Land jeden Tag aufs innigste verkörperte. Wann immer ich das nötige Geld für Schiff und Bahn zusammengekratzt, fuhr ich hinüber auf die Insel, bis heute insgesamt wohl an die dreißigmal. Am *Patrick's Day* 1982, einem taufunkelnd sonnigen, nach Ozon und Meersalz duftenden, von Rotkehlchen und Zaunkönigen in den Hecken besungenen Vorfrühlingsmorgen, saß ich in einem Bauernhaus unterhalb des Dorfes Kildurrihy, zu Füßen des Mt. Eagle, und schrieb gerade an der Übersetzung eines Romans von D. M. Thomas, als mir der Postmaster Mr. Long mit jener zeremoniellen Würde, die ihm auch bei den unerheblichsten

Schriftstücken eigen war, ein Couvert mit schwarzem Trauerrand überreichte. Mein Vater, der schon des längeren an Angina pectoris litt, sei jählings an einem Infarkt gestorben, sagte der Brief, den seine Witwe verfaßt hatte, und bereits Ende Februar eingeäschert und bestattet worden. Daß man mich nicht eher unterrichtet habe, liege daran, daß man meiner Adresse erst jetzt habhaft geworden sei.

So sollte er das Ende meines Studiums, auf das er seit Jahren mit immer wachsender Sorge gedrängt hatte und bis zu dem es nur noch acht Monate waren, nicht mehr erleben. Ich erinnere mich, wie ich an diesem windstillen, transluzent strahlenden, heiter durchsonnten Tage, den Brief in der Tasche, am Ufer stand und hinausblickte auf die ungeheure Weite der See. Ohne Regung ruhte das Meer. Tiefe Stille herrschte im Wasser. Wo sonst die Brandung rollte und die Gischt schäumte, war an diesem 17. März ringsumher nur glatte Fläche zu sehen.«

mare coagulatum

Birthwhistle wollte soeben mit seinem Vortrag beginnen, als die Tür zum Gemeindesaal sich öffnete, um einen Nachzügler hereinzulassen. Streng blickte der Kritiker von seinem Redemanuskript auf — Verspätungen konnte er gar nicht leiden! —, ließ ostentativ den Zwicker am Bändel schaukeln, das er sich gleich einem Uhrpendel, welches die vergeudete Zeit anzeigen sollte, um den Zeigefinger gehängt hatte — und auch etliche Besucher im vollbesetzten Saal wandten die Köpfe, um den Eintretenden zu mustern, dem überm lockigen Haarkranz der Schweiß auf der Glatze glänzte, während er sich zitternd vor Beschämung einen Stuhl suchte, neben dem er den Koffer, den er mitgeschleppt, abstellen konnte. Auf die Entschuldigung, die er dem Referenten zuwinkte, antwortete dieser mit erkennendem Lächeln und begrüßte nun erst seine Ladies and Gentlemen »und unseren lieben Zuspätkommer, Mr. Yberseindt«, bevor er sein Auditorium ohne weitere Erklärung mit einem etwa vierzehnminütigen Werk beschallte, dessen Erklingen, aus kräftigen Bose-Lautsprechern tönend, die Schar der Zuhörer so einschüchterte, daß ihnen hernach war, als hätte die Musik sie sowohl mental verkleinert wie körperlich schrumpfen lassen.

»Das war«, begann Birthwhistle, »von Boulez dirigiert, Goethes *Meeres Stille und Glückliche Fahrt*, ein Titel, den wir auf unserem prosperierenden Eiland — Prospero's Island? — *Calm Sea and* nun nicht etwa *happy* oder *glorious* oder *lucky* oder *splendid voyage*, sondern *Prosperous Voyage* nennen, was unserer Kauffahrernation ja nicht übel ansteht. Gedichtet 1795, sind die Verse zwanzig Jahre später vertont worden von einem, der damals unter Kennern als der führende Komponist Europas galt; und in Druck gegeben wurde die Musik 1823 als Kantate für gemischten Chor und Orchester mit der Opuszahl 112.

Mit den gleichzeitig entstandenen Cellosonaten op. 102 und der A-Dur-Klaviersonate op. 101 markiert die Kantate den Beginn dessen, was, wie anfechtbar auch immer, Beethovens *Spätwerk* genannt wird: ein Spätstil, den, grob vereinfacht, eine Neigung zum Disparaten innerhalb eines verdichteten Satzgefüges kennzeichnet, zur Verknappung der Motivik, Raffung der Form — aber auch zum Experimentieren mit antikisierend monumentalen Großformen. Hierzu gesellen sich satztechnische Rücksichtslosigkeiten, harmonische Härten, bizarr auseinanderklaffende Stimmlagen, extreme Intervallsprünge, abrupte Rückungen, eine archaisierende Neigung zu kirchentönigen Modi, zu ausgehöhlten Konventionen, zu Folklorismen à la Bartók, und bisweilen eine eigenartig skurrile Simplizität und sardonische Humoristik einzelner Wendungen, Motive und Gestalten.

Betrachten wir das erste Gedicht, *Meeres Stille*, etwas genauer. Sie werden gehört haben, daß dem trochäischen Vierheber der Strophen die Metrik und Periodik der Musik mit ihrem konventionellen Viertaktschema getreu entgegenkommt, im Umriß mithin einer Tendenz zum klassizistischen Regelmaß folgt — daß *nach innen* jedoch, im Innern der Zeilen sich Rhythmus, Harmonik, Klang und musikalische Syntax von Strophe zu Strophe mehr diversifizieren, als sollte jeder Keimzelle des Textes ein Äußerstes an Gehalt ausgepreßt werden.

Die erste Gedichtzeile, nach zwei Takten glatter Streicherfläche, sempre pp, sostenuto, MM=84, *Tiefe Stille herrscht im Wasser*, wird von einem durchgehend homophonen und syllabischen Chorsatz gebracht, jedoch syntaktisch-rhythmisch differenziert derart, daß auf den ersten Akzent, auf die erste Senkung, eine punktierte Halbe fällt, auf die zweite eine Ganze mit angebundenem Viertel, auf die dritte eine punktierte Viertelnote, und auf die vierte eine Halbe. Eine freie Gestaltung der Prosodie durch Musik kündigt sich damit schon an; ein Komponist minderer Potenz hätte die vier betonten Silben der Zeile wahrscheinlich ebenmäßig rhythmisiert, in gleichen Notenwerten — und diese Schematik hätte sich womöglich fortgesetzt in den folgenden zwei Strophen.

Nicht so Beethoven. In der zweiten Zeile, *Ohne Regung ruht das Meer*, verlagert sich die Ausdifferenzierung vom Rhythmus in die Harmonik. Zu den Worten ›ohne Regung‹ scheint die melodieführende Stimme, dem erwarteten Kadenzschema entsprechend, mit ihrem Schritt von D nach E zur Dominant leiten zu wollen, doch die Mittelstimmen in Chor und Orchester bleiben zäh am tonikalen D kleben, und diese Sekundreibung bleibt über zwei Takte als Suspension hängen. Die Stimmfortschreitung gelatiniert gleichsam, gerinnt zu einem *mare coagulatum*, das schrecklicher ist, als es eine tempestà wäre, der die Kalme vorauszugehen pflegt. Bedenken wir, daß *prosperous voyage* nicht als behagliche *bon voyage*, sondern als erfolgreiches Fortkommen in Zeiten der Segelschiffahrt Befreiung meint aus dem tödlichen Grauen, das hier über zwei sehr langsamen, endlos scheinenden Takten in der unaufgelösten Dissonanz brütet.

In der fünften und sechsten Zeile dünnt sich der Todesraum aus. Die Worte *Keine Luft* und *Todesstille* werden in einzelne Silben zerhackt, von ein bis zwei Viertelpausen durchlöchert; der Chorsatz ist aufgesplittert zwischen Sopran und Baß, begleitet von tonlosen Pizzicati; und selbst das Sforzato auf der ersten Silbe von ›keiner Seite‹ will nicht melodramatisch sein, sondern qua Akzent, und das heißt qua *Differenz* dem Risiko ausweichen, daß nach ›Keine Luft‹ ein Automatismus, irgendeine Repetitionsschematik sich einschliche. Die Größe des Komponierten bemißt sich nach seiner Interpolation im Kleinsten, und zwar in permanenter Abwandlung.

In der siebten Zeile schließlich addieren sich Rhythmus, Harmonik und Klang zur Ungeheuerlichkeit eines vom Crescendo zwar vorbereiteten, aber doch derart nicht zu erwartenden Schreies von ›W e i t e‹ im vollen Chor und Orchester, über dreieinhalb Oktaven horizontweit aufklaffend ein Septakkord mit schauerlich starrer Quart in den höchsten Bläsern (die bis hierher noch zu schweigen hatten), forte mit diminuendo ins Leere verhallend, ein Tonraum, der steht, als wäre er fermatiert, tatsächlich aber ausgeschrieben ist über zweieinhalb Takte, selbst in dieser monströsen *ungeheuren Weite* also weiterhin gebannt bleibt ans Klassizität stiftende Regulativ der Viertaktperiode und dennoch so komponiert, als hätte in diesem Aufschrei Zeit selber sich stillgestellt, sich *verräumlicht.*

Ein musikalischer Epilog wiederholt dann, verkürzt, die ersten vier Zeilen, als spräche schon nicht mehr das Gedicht durchs Medium der Musik, sondern als hätte diese das Gedichtete bereits vollständig usurpiert, es verzehrt, um es nun, ihm nachsinnend, zu kommentieren. Dann kommt Bewegung ins Spiel. Dünne, äolische Skalen wehen, steigen auf, kreuzen sich, leiten über zum Folgenden, füllen die Segel: Äolus löst das angststarre musikalische Band. Die *Glückliche Fahrt* im Allegro vivace, MM=138, instrumentalisiert den Text so, als sollte er nur noch als Bezugsraster dienen für die ›zerreißenden Nebel‹, die gelösten lyrischen Fesseln, für die Befreiung zur poetischen Autonomie. Goethes Versmetrum, ein zweihebiger Amphibrachys, wird gelockert, Zeilen werden aufgespalten, Worte oder Satzglieder wiederholt, extrem verkürzt oder gestreckt, zerlegt, kontrapostiert — marschhaft kompakte Homophonie wechselt mit tänzerisch gelockerten, kontrapunktischen oder responsorischen Passagen — man könnte sagen, die Musik schüttele qua Polyphonie die ohnehin nur mühsam gebändigte Versschematik ab und werde endlich, worauf sie sich von Anbeginn zubewegt hat: symphonisch.

In diesen kontrastierenden Passagen hörten Sie im stachlicht stakkatierten Achtel-Kontrapunkt der Streicher ein Vorzitat aus der 9. Symphonie, und zwar aus dem Fugato, das im Finale ab Takt 432 den Worten *Laufet Brüder, eure Bahn, wie ein Held zum Siegen* entstürzt (und in der *Großen Fuge* op. 133 noch kämpferischer, beißwütiger wieder auftritt) — dort bei Schiller, wie hier bei Goethe als tänzerisch taumelnde 6/8-Bewegung über einem Marschtypus, der in seiner friderizianischen Uniform klingt, als müßten die zwei punktierten Viertel pro Takt wie unpunktiert, nämlich als *ritmo di due battuti* geschlagen werden. Indem die musikalische Rhythmik den Amphibrachys der Verse so korsettiert, geht es ihr offenkundig um eine Synthese von Tanz und Marsch nach dem antikisierenden Stilideal des Dithyrambischen.

Komponiert ist die *Meeresstille* zur Zeit des Wiener Kongresses, zu dessen Feier Beethoven eine andere Kantate, *Der glorreiche Augenblick*, mit ähnlich frenetischen Passagen im Schlußchor schreibt; es bleibe dahingestellt, ob er seine Vertonung der Goetheschen Dichtung als Allegorie von Erstarrung, Restauration versus Auf- oder Durchbruch begriff — möglich wäre es, aber unerheblich; denn was in dem Dithyrambus, sei's an Äolus, sei's an den Hegelschen Weltgeist, nachhallt und vom Jubel nicht sich verdrängen läßt, ist die Erinnerung an den Schrecken der geronnenen See, an das Grauen jener Thetis-Welt, so alt wie die Geschichte der seefahrttreibenden Menschheit selber, und in diesem Nachhall zugleich ein Vorecho des Ungeheuerlichen der im kommenden Spätwerk ein ums andere Mal jäh aufreißenden musikalischen Horizonte.«

Birthwhistle hielt kurz inne, nahm einen Schluck Wasser aus dem Glas, das vor ihm stand, räusperte sich und sprach weiter. »Erlauben Sie mir, bevor wir das Stück noch einmal hören, daß ich Ihnen von einer Kontroverse erzähle, die ich mit einem Schriftsteller austrug, einem guten Freund von mir aus Glasgow. Er ist Autor eines in vieler Hinsicht monströsen Romans, in dem die Schreckensregion eines utopischen Meeres zum Symbol erhoben wird für die ozeanische Überflutung einer mehrdimensionalen Raumzeit, eine Flutung des Vor- und Unterbewußten mit Träumen und Mythen keltischen, germanischen oder homerischen Ursprungs, die sich auf ihm brechen wie Schaumkämme. Besagter

Freund nun fertigte unlängst, als ich ihn mit Beethovens Opus 112 bekanntmachte, eine Art Überschreibung der Komposition an, eine literarische Paraphrase, die mir dem Ungeheuren der Vorlage nicht adäquat schien. Beethovens Werk diente ihm dabei als Matrix für ein Verfolgungs- und Vernichtungsdelirium, anders gesagt: der Musik wurde eine Textfolie übergelegt, die den Jubel, das Akklamative des Kollektivs dramaturgisch präzis konterskribiert mit der Angst, der Agonie des Individuums, das zu dessen Opfer wird.

Ich sollte hinzufügen, daß der Autor ein erklärter Feind aller *Pop*-Phänomene ist und auf jede bestätigende, applaudierende Feier, auf jedes *Es ist gelungen*, auf alle positive Utopie mit Abwehr antwortet. Es war klar, daß seiner Überschreibung der Chorkantate nicht nur ein subjektiver Affekt, ein Abscheu zugrunde lag, sondern auch eine fundierte ästhetische und ethische Kontraposition. Die jedoch, wenigstens aus meiner Sicht, gegenüber Beethovens Musik nicht trägt. Weil diese denn doch zu mehrdimensional, zu brüchig ist, und in ihrem Disparaten eher von der exponierten Vereinzelung des Subjekts spricht als ›positiv‹ von der idealen bürgerlichen Gesellschaft. Zwar hat sich das reale Bürgertum dieser Kunst ideologisch bemächtigt auch dort, wo sie sich, wie im Spätwerk, als unzugänglich, einsam und autonom zeigt. Aber eben diese Autonomie macht sie resistent gegen die Lüge. Dazu ist die Musik einfach zu gut komponiert. Gegen bürgerliche Usurpation und Exploitation sind die Chorphantasie, die 9. Symphonie, die Missa oder die Meeresstille gefeit — qua *Dignität.* Rede vom *Großen Ganzen* oder Pop, *vox populi*, ist keines dieser Werke, und selbst da, wo alle Menschen Brüder werden, macht die Brüchigkeit des Komponierten deutlich, daß dies einer singt, der zuvor weinend sich aus diesem Bund hatte stehlen müssen, um es singen zu können; die Neunte, ausgebeutet wie kein anderes Werk, ist nicht Affirmation!

Für uns, Ladies and Gentlemen, ergeben sich daraus einige Fragen. Zum Beispiel: Ist jedem Chorjubel in Messen- und Oratoriensätzen, in Symphonie- oder Opernfinali ein Gewalttätiges inhärent? Spricht daraus immer ein ideales Kollektiv? Oder nicht stets nur das radikal vereinzelte, vereinsamte kompositorische Subjekt — zu vergleichen dem lyrischen Ich in der Dichtung —, in dessen Imagination sich Singstimmen zu demselben Zweck massieren, mit dem ein Maler immer wieder, Schicht um Schicht, Farbe aufträgt, um sie zu verdichten, sie kräftiger, kompakter leuchten zu lassen? Weiter gefragt: Wenn im Jubel, im scheinbar Affirmativen die Negation aufgehoben bleibt, wie es bei Beethoven ebenso der Fall ist wie etwa in Mahlers *Veni, Creator Spiritus!* — wenn er nun aber *nicht* kommt? —, bleibt dann das Ideologische bestehen? Kann etwas, das als Utopie gemeint ist, als Sehnsucht, als *Ach wäre es doch*, trotzdem weiter so provozieren, wie es unsere *prosperous voyage* bei meinem Freunde getan hat?

In Antwort auf diese Provokation wollte seine Überschreibung das naiv heroisierende Beethovenbild provozieren — vielleicht würde ihn dann wiederum die Frage provozieren, ob seine Paraphrase im *splash-and-splatter*-Duktus nicht ihrerseits im zeitgenössischen ästhetischen Umfeld ihr Widerständiges einbüßte und zum Convenu geriete, das sich im Kontext der aktuellen Opern-, Schauspiel- und Filmregie gut aufgehoben wüßte, wo solche Schocks immer mehr in Mode kommen und von jedem abgebrühten Feuilletonisten für kurrente Münze genommen werden. Läge darin nicht womöglich mehr Affirmation, mehr Einverständnis mit dem schlechten Bestehenden als in jedem Chorjubel?

Wird denn in der *Glücklichen Fahrt* überhaupt gejubelt? Die Diktion der Musik zu den Worten *schon seh ich das Land* ist janusköpfig: mal sehnsüchtig in die Horizontferne ausschwingend — mal lapidar alle kadenzierenden Kräfte bündelnd, und in den letzten zwei Takten über vier Oktaven abstürzend bis zum abrupten Haltepunkt auf der Eins — Schluß! — ohne Nachschläge im Orchester, ohne jene abbremsend repetitiven, aber nicht redundanten Tonika-Akkordschläge, die etwa in der Coda des Finales der Fünften die ungeheure Energie, die aus dem Vorangehenden anbrandet, wie gegen mehrere hintereinander gesetzte Puffer oder Prellböcke laufen lassen — stauen — zum Halten bringen.

Nichts davon im Opus 112. Der Klang luxuriert nicht, das Melos ist nicht ornamental, selbst die Instrumentation bleibt sachlich, auf Deutlichkeit gerichtet, eher abgeblendet als prunkend — suggestiv und kahl zugleich, schroff, fast spröde. ›Jubel‹ möchte selig verströmen — doch hier, im Spätwerk, greift die kompositorische Hand knapp zu. Sie kennt ihr Metier, vergönnt weder Überfluß noch Muße. Jeder Griff an Steuerruder, Mast und Segel ›sitzt‹. Im Lapidarstil ist *techné* alles — und auch Beethovens Nebenwerke, zu denen man Opus 112 rechnet, sind Meisterwerke, auch *König Stephan*, selbst *Wellingtons Sieg bei Vittoria* — und ganz gewiß die irischen, walisischen, schottischen Volksliedbearbeitungen, die demjenigen, der in Beethoven nur das ›Revolutionäre‹ wahrnimmt, einen Begriff geben könnten von seiner, wie immer auch nüchternen, so doch inkommensurablen handwerklichen Meisterschaft, die ein Ausweis ist weniger von Genialität als von *Professionalität.* Wo diese nun aber erfaßt wird von einer Kraft, die dem Subjekt ins Steuer greift, von jenem überpersönlich Sublimen, für das Edmund Burke das Wort *awesome* bemüht, einer Macht aus der *ungeheuren Weite* des Erhabenen, da erzittert mit der kompositorischen Kompaßnadel die formende Hand, da tun sich Durchbrüche auf und Abgründe, untergründige tektonische Verschiebungen, die das Integrationsprinzip des Werkes erst beben lassen und dann sprengen, so daß es zur Repräsentation eines bürgerlich gelungenen Ganzen unmöglich mehr taugt.

Ich habe versucht, meinem Freund diese *awesomeness*, etwas von dieser schaudern machenden Ehrfurcht einzupflanzen, aber er hatte kein Ohr mehr dafür. Für ihn war Kompositionsgeschichte bereits zu weit über diesen historischen Knotenpunkt hinausgeschritten. Was er wahrnahm, war lediglich Affirmation, schlechtes neunzehntes Jahrhundert, und ich fürchte, wir werden uns daran gewöhnen müssen, daß immer mehr Menschen die Empfänglichkeit für jene abgründige Trauer abhanden kommt, die in allem musikalischen Jubel für den, der Ohren hat zu hören, unüberhörbar klagt.«

Birthwhistle spielte seinen Zuhörern die Kantate noch einmal vor, bedankte sich für ihren Applaus mit mehreren tiefen Verbeugungen und begab sich vom Podium hinunter zu seinen Freunden. Yberseindt entschuldigte sich mit Zitterstimme für seine Verspätung, die einem Streik der Londoner Sektion von *British Rail* geschuldet sei. Fox lobte am Referat die Akzentuierung des Lakonischen, Unwirschen in der *Glücklichen Fahrt* und bemängelte nur das Fehlen jeglichen Hinweises auf den Anlaß der Komposition. Rose hatte ein Geschenk mitgebracht aus Kiely's Record Shop, das sie dem Kritiker, von dem sie hoffte, er besitze die Schallplatte nicht schon, überreichte — etwas zögerlich auch, weil nicht auszuschließen war, daß die Gabe seinen Unmut hervorrufen mochte.

Die Sorge hatte nicht getrogen. Birthwhistle dankte zwar herzlich, betrachtete die Plattentasche jedoch lange, mit immer tiefer gerunzelten Brauen, und knurrte schließlich kopfschüttelnd: »Hat *Art Direction* wirklich etwas mit *art,* mit Kunst zu tun? Nun schauen Sie sich das Cover einmal an: ein Sampler mit dem Titel *Ellen Swindon — The Testament.* Als weilte die Pianistin schon nicht mehr hienieden. Dazu ein Schwarzweißporträt der Dame mit geschlossenen Augen im Halbprofil, die Schattenpartien in so hartem Kontrast, daß es ausschaut wie eine Totenmaske. Je nun — Hauptsache, *Art* schaufelt artig Gewinn in die Kassa. Die Firmen würden am liebsten ihre toten Musiker aus den Gräbern buddeln, die Kadaver vors Klavier setzen und fotografieren lassen, um mit den Bildern ihre Alben unterm Titel *The Living Legend* zu schmücken. Warum nicht gleich *Import aus dem Jenseits*, oder A Musical Churchyard Party? Aber danke, liebe

Rose; solche Curiosa sind daheim in meinem Giftschrank immer willkommen. Wissen Sie, daß in London eine klavierspielende Witwe namens Rosemary Brown lebt, die behauptet, mit verstorbenen Großmeistern wie Beethoven, Schubert, Liszt in Kontakt zu stehen, die ihr aus dem Jenseits Kompositionen diktieren? Sie begreift sich im guten alten spiritistischen Sinne als Medium und notiert sich Beethovens Zehnte oder Elfte, oder die neuesten Impromptus und Moments musicaux, die Schwammerl ihr diktiert, der, wie sie erfreut beobachtet hat, im Jenseits keine Brille mehr benötigt. Schön auch, daß Beethoven dort seine Hörrohre nicht mehr braucht. Manche dieser Traumprotokolle sind inzwischen tatsächlich aufgeführt worden, und einige Klavierstücke hat unser guter Howard Shelley in den EMI-Studios — *File under Esoteric* — auf eine Platte gepreßt, inklusive Brodeln und Rumpeln, das schwer zu überhören ist, wenn tote Meister sich beim Anhören ›ihrer‹ Werke im Grabe umdrehen.«

Da es ein schöner milder, windstiller Abend war, an dem die Sonne, nur leicht verschleiert vom Seenebel, noch in einiger Höhe überm Horizont stand, war niemandem daran gelegen, jetzt schon ein Wirtshaus aufzusuchen. Statt dessen einigte man sich ohne viel Debattierens auf einen Spaziergang hinunter an den Strand, wo Birthwhistle, falls ihn denn der Hunger überkäme, überall eine jener Buden würde ansteuern können, die in kleinen Plastikbechern *a little something* anboten: Shrimps, Cockles, Mussles oder Fish-and-Chips.

Es herrschte *low tide* ; ein Geruch nach faulendem Seetang lag über der Küste; auf den Betonstufen, die von der Promenade hinunter auf den von rotbraunen Kieseln bedeckten Sand führten, tappte das Grüppchen, Oberst Marston vorneweg, der flachen Dünung entgegen, die sich in weite Ferne zurückgezogen hatte; und die Füße, die zunächst im trockenen Geriesel keinen rechten Halt gefunden, nahmen es mit Dankbarkeit wahr, als sie endlich auf dem feuchten, an seiner Oberfläche festgebackenen

Streifen Sandes nächst dem Wasser jenen festen Grund unter den Sohlen fühlten, der den Strandwanderern ein bequem-elastisches, federndes Dahinschlendern erlaubte, wenn auch in Krümmen und Windungen immer dort, wo einer Gischtzunge auszuweichen war, die mit harschem Zischen heranleckte. Möwenschreie und Gekreisch badender Kinder wehten über die Weite; Strandläufer und Austernfischer trippelten durchs leise schwappende Naß; hier und da hatten sich Feriengäste mit Thermoskannen zum Picknick auf Decken niedergelassen; und gegen die tiefe Sonne im Westen ragte über die ganze Breite des Strandes die Silhouette des *Palace Pier* mit seinen verrosteten Aufbauten, mit Liegestühlen, Anglern, Spielautomaten, Geisterbahn, Musikpavillons und Lichterketten, und zeugte vom Glück vergangener viktorianischer Sommerfrischen.

»Soll ich Ihnen mal eine Weile den Koffer abnehmen, Ariel?«

»Thank you, Fox, sehr liebenswürdig, aber er ist nicht schwer. Schauen Sie —:«

Was sich dem Blick der beiden Nachzügler bot, war vor der großen, rot ins Meer tauchenden, dunstig flimmernden Sonnenscheibe der Scherenschnitt des Grüppchens, das in einiger Entfernung vor ihnen haltgemacht: Birthwhistle hatte sich mit einem Opernglas, das er aus der Weste gezogen, im *birdwatching* geübt und jetzt das kleine Binocular an Rose weitergereicht, die ein Seeschwalbenpaar, welches kreuzweis lautlos überm Wasser pfeilte, zu verfolgen suchte; der Colonel, mit im Winde flatternder Krawatte, beschirmte sich mit der Linken die Augen und wies mit der Rechten triumphierend nach Südwesten, »Trafalgar!« röhrend und der Dünung nicht achtend, die seine weißen Leinenschuhe überspülte.

»Wie wars im Urlaub, Ariel?«

»Ich war nicht im Urlaub. Ich war erst in Cambridge, dann in Bristol, wo ich einen gewissen Dr. Mannheimer besucht habe.«

»Ach! Und wie sind Sie an seine Adresse gekommen?«

»Über Ihren Freund Fajngold. Ich überlegte, als Sie ihn im Auto erwähnten, ob die beiden mit demselben Kindertransport nach England gekommen seien und sich womöglich kennen. Also wurde ich in Cambridge vorstellig, um ein elektroakustisches Problem vorzubringen, gab mich dabei en passant als krank aus und nutzte meine Simulation zu der Frage, ob der Herr Professor zufälligerweise mir einen Arzt im Südwesten empfehlen könne.«

»Und was haben Sie dann bei Mannheimer in Erfahrung gebracht?«

»Mancherlei, Fox. Ellen Swindon hat Leukämie im finalen Stadium. Der Doktor gibt ihr nur noch vier bis fünf Wochen. Ihr Ehemann Charles ist nie Angestellter der Wasserwerke gewesen. Sein Vater war Schulmeister in Devonshire; er selbst hat erst Musik studiert am Manchester Conservatory, sein Konzertexamen am Klavier mit Auszeichnung bestanden, danach Physik ebenfalls summa cum laude abgeschlossen am Balliol College, und zuletzt noch eine Ausbildung zum Sound Engineer drangehängt. Als Tonmeister hat er dann erst in Holland, später in Paris, für kurze Zeit bei der Decca in London und zuletzt bei der BBC gearbeitet, wo er seine künftige Ehefrau kennenlernte und, nachdem er sie 1966 geehelicht hatte, seinen Abschied nahm, um sich ganz ins Privatleben zurückzuziehen.«

»Und wie finanziert er jetzt sein Leben? Ellen Swindon hat nie sonderlich üppige Honorare für ihre Auftritte erhalten; auch ihre Record Companies zahlen nicht eben generös.«

»Seine Mutter kommt aus einer reichen Fabrikantenfamilie: *Liverpool Steel Ltd.*, schon mal gehört? Da wird doch wohl ein kleines Vermögen oder eine größere Apanage herausgesprungen sein, denke ich mir.«

»Tatsächlich? Nun denn — hier habe ich auch etwas für Sie, Ariel.« Fox zog das Couvert, das ihm Rose unlängst ausgehändigt, aus der Brusttasche seines Jacketts. Yberseindt las den Brief, lachte kurz auf, und reichte ihn an Fox zurück.

»Ja. Des paßt scho, wie man in Linz sagen würde. Sehr interessant. Haben Sie Birthwhistle davon erzählt?«

»Heaven, no! Noch nicht. Nur Rose ist eingeweiht. Sie zieht aber andere Schlüsse aus der Sache als ich. Wer am Ende recht hat, wird sich zeigen. Pst! Sie kommen.«

»High tide's approaching!« röhrte der Oberst schon von ferne. »Aber soll der Feind nur heranrollen mit Donnern und Schäumen. Wir weichen und wanken nicht, was, Birthwhistle? Wär ja gelacht. Leuchtturm der Aufklärung! Pharus linguarum, rule the waves! Nelson, Churchill, Francis Drake! Hic Rhodus, hic salta. Kommt nur, ihr Memmen!« War es möglich, daß der Gute mit schwerer Zunge sprach? Im Näherkommen hielt er kurz inne, zog aus seinem Blazer einen Flachmann, nahm einen kräftigen Schluck, der heute nicht der erste gewesen sein dürfte, verstöpselte das Fläschchen mit Schwung wieder, schüttelte noch einmal mannhaft die Faust gegen die schüchtern heranschwappende Dünung und schritt rüstig aus.

Rose, erblüht und gerötet im Seewind, flog ihrem Geliebten übermütig lachend um den Hals, und Birthwhistle verkündete, itzo werde es »unser aller Schade nicht sein, im *Fisherman's Pavilion* eine Kleinigkeit zu uns zu nehmen. Und Sie, Marston, genieren Sie sich nicht. Nehmen Sie noch ein Schlückchen. Und sprechen Sie dann mehrmals hintereinander so schnell wie möglich den Satz ›Around the rugged rock the rough rascal ran‹.«

Sie hatten schon fast die Betonstufen erreicht, die hinauf zur Promenade führten, als eine gedrungene, barfüßige Gestalt, auf O-Beinen schwankend, sich ihnen näherte. Birthwhistle schien den Mann zu kennen; »Good evening, Finnegan«, grüßte er ihn. »Na, oul' Sailor? Wieder mal angeheuert? Wie heißt dein Seelenverkäufer denn diesmal? Elsie? Oder Stella Maris? Wappen von Hamburg? Nice day today, isn't it?«

»Ah, it's a lovely evenin'«, brummte dieser. »Jo, jo. Klar Schiff achtern! Alle Mann in die Wanten!« Sein blauer Rollkragenpullover über der Pluderhose trug aufgestickt einen großen Anker; das zottige braune Haar überwucherte ihm das Gesicht von allen Seiten so bärenhaft, daß nur ein Paar kleiner Augen noch aus dem Gestrüpp hervorlugten, Augen, die es gewohnt waren, wochenlang auf ungeheurer Weite den Horizont nach Land abzusuchen.

»Sind Sie bei der Marine tätig, Finn? Vielleicht als Maat? Oder Kapitän?« fragte Rose den Seebären treuherzig, wenn auch ein wenig verlegen.

»Aye, aye, Ma'am. Braßt die Rahen! Holt über an Backbord! Kalfatert das Brahmssegel!« Und blinzelnd, mit vertraulichem Flüstern setzte er hinzu: »Oul' Sailor Finn hält nämlich Totenwache. Defunctorum conductor naufragii. Finnegans Wake. Einer muß es ja tun; sie sind ja nich alle entschlafen. Denn, wie seggt die Schrift? Siehe, ich sage euch ein Geheimnis: Wir werden nicht alle entschlafen, sondern verwandelt werden, und dasselbige plötzlich, in einem Augenblick, zu der Zeit der letzten Posaune. Und es wird die Posaune erschallen, und dann wird erfüllet werden das Wort, das geschrieben ß-teht, nech?«

Und grußlos stapfte er weiter, winkte kurz zurück und verschwand hinter einer Kaimauer.

abstellgleis

»Herr Dr. Abendroth, sind Sie religiös?« fragte ich zu Beginn unserer nächsten Sitzung. »Würden Sie sich als gläubigen Christen bezeichnen?«

»Nein«, antwortete er. »Nur für die Dauer bestimmter Musikwerke. Aber das ist nicht Glaube, sondern Mimikry. Wenn die Bachkantate 23 Minuten dauert, bin ich 23 Minuten lang ein lutheranischer Feldprediger, ein Zelot, ein Glaubenseiferer, zumindest ein Exeget. Für die Dauer der Wandlung in der *Missa solemnis*, jene sechs Minuten Überleitungstakte zwischen Osanna und Benedictus, glaube ich sechs Minuten lang aufs innigste an die Eucharistie, an die Transsubstantiation und an unsere una sancta apostolica. Und bei bestimmten Gesten Brahmsens, etwa im Deutschen Requiem, ist mir immer, als striche mir eine väterliche Hand tröstend über die nasse Wange; diese rührenden, scheuen Gebärden gibt es ja nur bei ihm. Wenn ich nun daran glaube, daß der Heilige Geist in Tönen spricht, nicht in Worten — ist das dann Häresie?«

»Wer weiß. Es soll Glaubensgemeinschaften geben, die Musik als *haram* verteufeln, weil sie sich nicht gerne verbrennen an den feurigen Zungen des *spiritus sanctus*. Und vielleicht war ja nicht Jesus Gottes Sohn, sondern Mozart. Doch lassen Sie mich meinerseits fragen: wie hat die Nachricht vom Tod Ihres Vaters auf Sie gewirkt?«

»Eigentlich nicht überraschend. Ich rechne ja ständig damit, daß Menschen, die mir nah sind, plötzlich verschwinden — sterben oder fortgehen. Außerdem ist Ihnen vielleicht schon aufgefallen, daß ich ein Spätentwickler bin, der für vieles deutlich länger brauchte als seine Altersgenossen. Wirkliche Trauer über den Verlust der Eltern überfiel mich, intermittierend, jeweils erst Jahre später. An jenem 17. März 1982 meldete sich zunächst nur ein fast schon schizoides Empfinden von Erleichterung.«

»Wie bitte?«

»Ja. Verrückt, nicht? Ein seelisch abwegiges, rätselhaft verschobenes, verqueres Aufatmen, ein Gefühl von Befreiung aus all den Zwängen und Verantwortlichkeiten, die noch geblieben waren. Nun, als Vollwaise, sei ich endlich ganz und gar ungebunden, glaubte ich, niemandem außer mir selbst rechenschaftspflichtig. — Was allerdings auch hieß, daß die finanzielle Unterstützung, die ich bis zuletzt erfahren, sofort eingestellt wurde. Und eine Erbschaft fiel nicht an; das Testament des Vaters, diktiert von seiner Frau, setzte fest, daß mit der Finanzierung meines Studiums alle rechtlichen Ansprüche abgegolten seien.«

»Aber ein Pflichtteil stand Ihnen doch zu?«

»Davon war im Testament keine Rede. Davon wußte ich nichts, und niemand sagte es mir. Zurückgekehrt nach Berlin, stellte ich einen Antrag auf Sozialhilfe. Die wurde gewährt, aber bald wieder gestrichen, als ich mich weigerte, die Zwangsarbeit, zu der das Amt mich abkommandieren wollte, anzunehmen — nicht, weil ich zu faul gewesen wäre, sondern weil mir der Gedanke, jetzt erneut vom Staat unter Kuratel genommen und wie beim Militär beaufsichtigt, kontrolliert, quasi in Haft genommen zu werden, ganz unerträglich war. Ich legte Widerspruch ein gegen den Bescheid, unter Verweis auf meine Schreibarbeiten, mit denen ich mir ein selbständiges berufliches Fundament zu errichten hoffte. Aber für Behörden gelten in der Regel nicht Vernunftgründe, sondern nur Paragraphen, Verordnungen und Bestimmungen, und so wurde meinem Einspruch nicht stattgegeben.

Aus dieser heiklen Lage zu Anfang des Jahres 1984 befreite mich ein Freund, indem er mir eine Anstellung bei einer literarischen Stiftung in Niedersachsen vermittelte, deren Zweck die Pflege des Nachlasses eines bedeutenden, wenige Jahre zuvor verstorbenen Schriftstellers war. Seine Werke wurden jetzt neu ediert, und meine Aufgabe sollte es sein, mit Textvergleichen, Variantenapparat, Korrektur und ähnlichem bei der Redaktion dieser literarischen Hinterlassenschaft zu helfen. Die Stelle war großzügig dotiert und würde mir, so hieß es, genug Zeit für eigenes Schaffen übriglassen, ein Versprechen, das denn auch nie gebrochen wurde.

Zu einem stillen Triumph ganz eigener Art führte die Empfehlung der Stiftung, mir zur Wohnstatt ausgerechnet den Ort zu bestimmen, an dem ich meine Jugend und Militärzeit verbracht hatte, was bedeutete, dorthin nicht mehr als gedemütigter, pubertierender Schulschwächling oder kujonierter Panzerschütze, sondern jetzt, fünfzehn Jahre später, als gutsituierter, promovierter Akademiker zurückzukehren, dem es Befriedigung verschaffen würde, als Zivilist von außen, über den Zaun hinweg, einen verächtlichen Blick auf die Kasernen des Ortes zu werfen und den einst gefürchteten Studienräten nunmehr mindestens ebenbürtig zu begegnen. Diese stille Genugtuung, zur Hälfte wirklich empfunden, zur Häfte Schauspielerei, mit einer Beimischung von Wehmut und Befremden, Belustigung und Ironie so, wie Tonio Krögers Besuch in seiner norddeutschen Heimatstadt geschildert wird, erfüllte mich mit Wonne; und als ich dann zum Wohnen ein Appartement in einem restaurierten Speicherhaus aus dem 15. Jahrhundert fand, in dem man unterm mittelalterlichen Gebälk noch Ziermalereien freigelegt hatte, zarte altgrüne Blumen-Arabesken aus der Zeit Dufays, kannte mein Glück erst einmal keine Grenzen.

Dieses Appartement wurde von einer Freitreppe aus Holz beherrscht, die sich, zu einem Loft empor, an einem fünf Meter hohen Fenster entlang schraubte, hinter dem, nur dreißig Meter entfernt, der mit Ziffernblatt und Schalluken gewaltig aufragende Kirchturm von St. Johannis sich erhob: ein monumentaler Anblick, der mich indes gleich hätte warnen sollen. Denn das viertelstündliche bronzeschwere Dröhnen des Glockengeläuts, das in dieser Backsteingotik aus nächster Nähe erscholl, erwies sich nach meinem Einzug sogleich als so ohrenbetäubend, daß schon nach drei Monaten ein weiterer Umzug fällig wurde, diesmal in eine komfortable Mansardenwohnung, deren Gaubenfenster in zwei Richtungen schöne Ausblicke auf Regenwolken, nasse Altstadt-Dächer und Turmsilhouetten gewährten.

Mit mir zog die Freundin aus Berlin ein, mit der ich mich vier Jahre zuvor zusammengetan und die in jener Zeit an ihrer literaturwissenschaftlichen Magisterarbeit schrieb. Um unsere fiskalische Situation zu bessern, heirateten wir im Jahre darauf.«

»Haben Sie Kontakt aufgenommen zu ehemaligen Lehrern und Klassenkameraden? Oder zu Ihrer Stiefmutter, die vermutlich weiterhin in der Anstalt wohnte?«

»Die Stiefmutter lief mir zum Glück nie über den Weg. Der einzige Lehrer, den ich gemocht, jener Melancholiker mit den schwefelgelben Raucherzähnen und seiner ›Laß-fahren-dahin‹-Gebärde, lag, wie man mir sagte, im Sterben — Gottwald war auch schon dahingegangen —; der Musiklehrer, dessen einziger Sohn vom Panzer überrollt und dem die Frau verstorben, wohnte nun als Witwer in einem trostlosen Hochhause und war vor lauter Einsamkeit und Schwermut auf seine alten Tage noch homosexuell geworden — und ein Mitschüler, der vor seinem Jura-Studium noch ein ebenso witziger wie gutmütiger dünner Schlaks gewesen, zeigte sich nunmehr, bei meinem Besuch in seiner Anwaltskanzlei, als schmerbäuchiger Biedermann und Paragraphenhengst, geistlos und aufgedunsen.

Die Stadt selber hatte sich kräftig gewandelt. Die westliche Altstadt, das einstige Armenviertel, war teils abgerissen, teils neu bewohnt von betuchten Zuzüglern, die ihr Hamburger Kapital in die aufwendige Restaurierung der verwinkelten Hexenhäuschen gesteckt hatten, in denen sodann Kunstgewerbeläden, Boutiquen und Antiquitätengeschäfte eingerichtet wurden. In den alten Speicherhäusern am Ilmenau-Hafen hatten sich fashionable

Bierkneipen eingenistet; Deutschlands Wohlstand gab den einst so nebeltrüben, ärmlichen Gassen ein freundlicheres Gesicht.

Geblieben waren an der Peripherie die Schlieffen- und die Scharnhorst-Kaserne, deren Bewohner nachts grölend und marodierend durch die Innenstadt zogen. Ich weiß noch, wie eines Abends, da mir auf dem schmalen Bürgersteig ein Soldat mit seinem Liebchen am Arm schwankend entgegenkam, ich ausweichend auf die Straße trat, aber nicht verhindern konnte, daß der Torkelnde mich an der Schulter streifte und, abrupt sich wendend, mit beiden Fäusten am Kragen packte, dicht an sich heranzog und mit Bierfahne mir ins Gesicht fauchte: ›Was wissu? Hä? Was wissu?‹ — ›Nichts ... nichts‹ stammelte ich nur, instinktiv wissend, daß mein erprobter Totstellreflex — auf Bedrohung und Aggression mit Schockstarre zu antworten — die beste Gewähr für ein Entkommen aus der gefährlichen Situation bieten würde. Der Trinker, nachdem er seinem Liebchen auf diese Weise eine Demonstration seiner Männlichkeit gegeben, lockerte den Griff, stieß mich verächtlich von sich, und schuffelte triumphierend ob seiner Heldentat von dannen.«

»Wieso sprechen Sie von einem ›erprobten Reflex‹, Herr Abendroth?« fragte ich.

»Nun«, gab er zur Antwort, »etwas ähnliches hatte ich vor Jahren schon einmal in Berlin erlebt. Das war am Fuße einer Rolltreppe, die vom U-Bahn-Geschoß empor auf den Walter-Schreiber-Platz führte. Vor ihr lungerte ein Grüppchen junger Männer herum, mit kurzgeschorenen Haaren, Springerstiefeln und jenen breiten Hosenträgern, wie sie die Jugend-Gang trägt in Kubricks *Clockwork Orange*. Kaum hatte ich, mit meinen damals noch schulterlangen Haaren, meinem Schnauzbart, der Schubertbrille und dem knöchellangen Trenchcoat, die offene Aktenmappe unterm Arm, die Rolltreppe betreten, als sich die Burschen an meine Fersen hefteten. Auf den letzten Stufen gab einer von hinten der Mappe einen Tritt, so daß sie aufs Pflaster flog und ihre Papiere sich auf ihm verstreuten; ich ging sogleich in die Hocke, um die Blätter einzusammeln, und hörte dabei, wie einer dem anderen zuflüsterte ›mach ihn fertig‹. Ich sagte kein Wort. Ich schalt nicht, protestierte nicht — sammelte nur, während der Strom der Passanten sich vor mir teilte, meine Papiere ein, starr vor Entsetzen.«

»Und was geschah weiter?«

»Nichts. Vielleicht war es die große Zahl der Fußgänger, Rolltreppenfahrer und Einkaufspassanten, die die Bande von weiterer Gewalt abhielt. Vielleicht aber auch die defensive Position ihres prospektiven Opfers, diese stumm knieende, den gekrümmten Rücken ihr zuweisende Haltung, die als Demut oder Ergebenheit hätte wahrgenommen werden können, ähnlich wie es bei kämpfenden Hunden geschieht, von denen zuletzt der eine, flach hingestreckt, sich ergibt, auf daß der andere nachlasse von seiner Aggression. Ich weiß es nicht.«

»Und an jenem Ort blieben Sie also — Moment —,« und nachdem ich kurz in meinen Unterlagen geblättert, fuhr ich fort: »— knapp zehn Jahre?«

»Nein, nein«, widersprach A. »Die Miete für die Dachwohnung wurde kurz nach unserem Einzug massiv erhöht; die Lärmbelästigung durch Müllabfuhr, Baustellen und Stadtfeste, jenes unselige, endemisch gewordene *Event*-Gehuber, das mit aufgedrehtem Rambazamba, mit Musikbeschallung und gutgelauntem Remmidemmi den Umsatz des städtischen Einzelhandels zu heben sucht, tat ein Übriges, uns nach zwei Jahren in eine Kleinstadt zwischen Uelzen und Celle zu verscheuchen, eigentlich nur ein größeres Straßendorf in der Südheide, wo wir Logis fanden in der Einliegerwohnung eines älteren Ehepaares, das einen Holzhof betrieb. Dort blieben wir sechs Jahre, bis zu unserer Trennung — und der Gerechtigkeit halber sei gleich betont, daß es gute, friedliche, komfortable Jahre gewesen sind.«

»Und wie kamen Sie mit Ihrer neuen Arbeit zurecht?«

»Feste Arbeitszeiten hatte ich nicht — nur ein Pensum, das bis zu einem bestimmten Abgabetermin zu erledigen war — der sich, da der Verlag, der die Ausgabe herausbrachte, oft länger brauchte als erwartet, bisweilen um Monate verzögerte. Zumindest anfangs gewann mir meine Mitarbeit das Wohlwollen des Stiftungsleiters sowie des unmittelbar vorgesetzten Stiftungssekretärs. Ersterer war ein Hamburger Intellektueller, der sein ererbtes Vermögen nicht an der Côte d'Azur verpraßte, sondern mit ihm etliche literarische Institutionen und sozialwissenschaftliche Projekte segensreich mäzenierte. Mit dem Sekretär, einem der Musik, allen Sinnesfreuden und aller Humoristik ergebenen Bibliomanen, der bei unserer Hochzeit als Trauzeuge fungierte, verband uns eine angenehme Freundschaft. Ein jährlicher Höhepunkt war die Präsenz der Stiftung auf der Frankfurter Buchmesse. Kein schönerer Kontrast zur Abgeschiedenheit und Ereignisarmut des heimischen Alltags war vorstellbar als dieser unauslotbare Bücherbazar mit dem Feuerwerk seiner Eindrücke, Anregungen, Gespräche und Kontakte — um so willkommener dann wieder die häusliche Stille, die täglichen einsamen Wanderungen durch die ringsum über Hunderte von Quadratkilometern sich erstreckenden, im Sommer glühheißen, ausgedörrten und waldbrandgefährdeten Kiefernforste der Heide, auf Sandpfaden, auf denen keinem Menschen zu begegnen war, sondern allenfalls mal einem Rudel Rotwild oder einer Kreuzotter am Wegrain, ein herrlich dünnbesiedeltes Flachland, gesprenkelt mit solitären Gehöften und Weilern, die so wunderliche Namen wie Rebberlah, Heese, Queloh, Marwede, Räderloh trugen, eine Landschaft in Sandgelb und Nadelgrün.«

»Das klingt ja geradezu idyllisch«, warf ich ein. »Aber wie ich Sie kenne, gab es an der Sache mindestens einen Haken, einen Pferdefuß?«

»Der war anfangs noch kaum zu spüren. Zwar litt ich gerade in den ersten Jahren an Magenschmerzen, wurde internistisch untersucht mit Röntgen und Darmspiegelung, aber ein organischer Befund ließ sich nicht feststellen. Wenig erheblich war auch, daß ich das universitäre Milieu vermißte und der Kontakt zu den Berliner Künstlerfreunden sich allein auf schriftlichem Wege auf Dauer nicht halten ließ. Die neuen Anforderungen und Anregungen, das gute Einkommen, die — in der Inselstadt bitter vermißte — Möglichkeit, jederzeit weit auszuschreiten in die freie Natur hinaus, die Generosität meines Dienstherrn, der mir in einer großmütigen mäzenatischen Geste die Publikation meiner ersten Anthologie englischer Lyrik ermöglichte, wogen all jene kleinen Mängel und Handicaps auf.

Auch meine *Irish connection* war im anglo- und hiberniophilen Milieu der Stiftung wohlgelitten. Kein Jahr verging, in dem wir nicht auf die Insel fuhren, und von größter Tragweite wurde, was im Tschernobyl-Jahr 1986 mittels eines Arbeitnehmerdarlehens, das binnen sieben Jahren zurückzuzahlen war, verwirklicht wurde: der Traum vom Erwerb eines Cottage auf der Halbinsel Corcaguiney in der Grafschaft Chiarraighe, auf einem halben Acre Grundes zu Füßen des Mt. Eagle, zweihundert Meter oberhalb des nach Südosten semizirkular geschwungenen Strandes von Ceann Trágha.«

»Auf diese Geschichte werden Sie sicher noch ausführlich zu sprechen kommen«, warf ich ein. »Erlauben Sie eine Zwischenfrage. Haben Sie nie daran gedacht, die Musik, die Ihnen im Leben doch offenbar das Wichtigste war, beruflich zu nutzen?«

»Doch, natürlich«, gab A. zurück. »Aber es gab ja nirgendwo eine Vakanz.«

»Nicht einmal eine Assistentenstelle an einer Universität?«

»Für eine solche brauchten Sie eine Promotion *summa cum laude* — ich hatte nur *magna cum*; andere Stellen taten sich nie auf, und falls doch, waren zu ihrem Erwerb Beziehungen vonnöten, die ich nie zu knüpfen vermochte, da es im Hause der Kontaktierten nicht mehr üblich zu sein schien, Post zu beantworten. Und so kam es, daß ich die Bindung zum aktuellen Stand der

Wissenschaft bald einbüßte und die Musik mir zu einem unprofessionellen Feierabendhobby verkam, das sie nie hatte werden sollen. Das wurmte mich von Jahr zu Jahr mehr. Zwar erarbeitete ich mir weiterhin neue, noch unentdeckte Erkenntnisfelder, deren bedeutendstes vielleicht der englischen Musik der Tudor- und Stuart-Epoche galt, also der Ära von Taverner und Tallis über Byrd und Lawes bis zu Purcell, aber nutzbringend anwenden ließen sich all diese privatim erworbenen Kenntnisse nicht. Eine Handvoll Rezensionen, die ich schrieb, kam, orthographisch verhunzt, in einem obskuren Stadtmagazin heraus, aber dann stellte das Blatt sein Erscheinen ein.«

»Und das nagte an Ihnen? Das war der Stachel?«

»Nein. Der Pferdefuß war ein Zuviel an Bequemlichkeit. Das ganze Leben schien jetzt gleichsam wattiert, eingesargt in ein behagliches Futteral, gesättigt und befriedet und darin jenes *Incitaments* entbehrend, jener krisenhaft aufreizenden Irritation und Innervation, auf die künstlerisches Produzieren auf Dauer nicht verzichten kann. Das Unbehagen an diesem Mangel kam schleichend, wurde Jahr um Jahr deutlicher spürbar. Verstehen Sie, Frau Doktor, ich war zu träge geworden, fühlte mich unterfordert. Es ging mir einfach zu gut.«

»Nein, das verstehe ich nicht.«

»Es ist ja auch kaum nachvollziehbar«, seufzte Abendroth und fuhr fort. »An eigener literarischer Produktion gelang mir in diesen Jahren von 1984 bis 1993 außer der erwähnten Anthologie nur eine Handvoll Glossen, Besprechungen, Essays und ein Vortrag über Walter Benjamin — nichts Größeres, Gewichtiges. Das war beschämend und frustrierend. An Zeit gebrach es ja nicht. Woran es gebrach, war zweierlei: Einsamkeit, Absorption — *Soliloquy*, Tagträume, Selbstgespräche, die es im ehelichen Zusammenleben nicht mehr gab. Und *anhaltende* ausschließliche Konzentration aufs Eigene — die denn doch stets durchkreuzt ward von der Auseinandersetzung und dem handwerklichen

Umgang mit der Literatur des *Anderen*. Und vielleicht gerade, weil ich dessen Werk hochschätzte — was ich weiterhin tue —, zermürbte mich die objektive Rivalität und mentale Konkurrenz mit diesem immer mehr. So ließ die Freude an der Lohnarbeit und in ihrem Gefolge vielleicht auch ihre Qualität allmählich nach; das Unbehagen wuchs, und die Frage, ob diese Sistierung auf einem komfortablen Abstellgleis nun, da ich das vierzigste Lebensjahr überschritten, mein finaler Lebenssinn sein und bleiben solle, stellte sich immer drängender. Vor meinem Umzug nach Niedersachsen war es mir noch gelungen, bei einem Berliner Kleinverlag einen Experimentalroman unterzubringen, der einige Anerkennung erfuhr; und so fragte ich mich, welche Entwicklung meine Fähigkeiten noch hätten nehmen können, wäre nicht dieser, nun schon Jahre anhaltende, Kontinuitätsbruch erfolgt. Der Zweifel beschlich mich, ob es nicht unter diesem Aspekt ein Fehler gewesen sei, die Großstadt einzutauschen gegen eine ländliche Provinz, die mit Waldwirtschaft, Viehweiden und Schützenfest keinen Ersatz bieten konnte für Verlage, Bibliotheken, Museen und jene Reizüberflutung, die das Gehirn zur Produktivität stimuliert. Wars nicht vielleicht gar so, daß Schönheit und poetische Sehnsucht ihres Gegenimpulses aus Häßlichkeit und lärmigem Gewusel zwingend bedurften?

Gegen Ende des Jahrzehnts zeichnete sich ab, daß unsere Ehe scheitern würde. Schuld daran trug einzig ich — inwiefern, sei hier verschwiegen. Ich sehe, Frau Doktor, daß Sie jetzt Einwände vorbringen möchten — bitte aber um Verständnis dafür, daß es Dinge im Leben gibt, die privat bleiben müssen gerade dann, wenn der Öffentlichkeit das Bedürfnis nach Privacy immer mehr schwindet.«

»Aha. — Und wie haben Sie 1989 die Öffnung der innerdeutschen Grenze erlebt?«

»In Irland vor dem Fernsehgerät im Pub. Während die Massen auf der Mauer mit Sektflaschen in der Hand johlten und tanzten, saßen zwei alte Farmer am Tresen und schwiegen in ihr Bier hinein. Die neugewonnene Freiheit freute mich. Aber als die Massen ›Wir sind das Volk‹ skandierten, glaubte ich, daß dies nicht stimmen könne. ›Ihr seid kein Volk‹, dachte ich, ›sondern 17 Millionen Köpfe, und jeder einzelne ist ein fremder, unerforschlicher Kontinent. Bitte vergeßt das doch nicht.‹

Bald darauf ward unser Haushalt in der Einliegerwohnung aufgelöst; meine Frau siedelte zurück nach Berlin; ich nahm Quartier in einem Nachbardorf bei einem Freunde, der in einem ehemaligen Waldhof ein Versandantiquariat betrieb und einen Gesprächspartner brauchte für seine Liebesprobleme. Als diese sich lösten, benötigte er mein Zimmer für seinen Geliebten und erbat meinen Auszug, der mich in ein anderes Nachbardorf vertrieb, wo ich Logis bezog als Untermieter einer freiberuflichen Regisseurin, die selten daheim weilte und mich als einzigen Bewohner ihres Häuschens nach Bedarf schalten und walten ließ. Zur gleichen Zeit erhielt ich die erste Kündigung meines Arbeitsvertrages zum Jahresende.«

»Sie hatten keinen unbefristeten Vertrag?«

»Nein. Befristete, jährlich zu verlängernde Verträge schienen für die Stiftung praktikabler zu sein. Die zweite, endgültige Kündigung folgte 1993. Die offizielle Begründung lautete, daß mit dem Abschluß der 1. Folge der Werkausgabe meine Mitarbeit nicht weiter benötigt werde; ob es weitere, inoffizielle Gründe gab, entzieht sich meiner Kenntnis.«

»Und wie wirkte diese Kündigung auf Sie?«

»Nicht unähnlich der Nachricht vom Tode des Vaters. Zunächst befreiend, erleichternd. Beklemmung und Sorge folgten erst Tage später. Mir war ja klar, daß ich mit knapp 45 Jahren nirgendwo mehr eine feste Anstellung würde finden können, daß also Unsicherheit und relative Armut fürderhin die Begleiterinnen eines freiberuflichen Lebens sein würden. Und daß ich zweckmäßigerweise zurück nach Berlin würde gehen müssen, wo man damals noch mit verhältnismäßig wenig Geld auskommen konnte. Dies tat ich denn auch zu Beginn des Jahres 1994, bezog eine kleine Wohnung in Neukölln zur Untermiete, und schon rasch erwies sich dieser Entschluß als ebenso töricht wie fruchtlos. Verdienstmöglichkeiten waren weit und breit nicht in Sicht; die neoliberale Sparpolitik der Regierung mitsamt ihrer Streichung der Berlin-Subventionen hatte die Geldzirkulation so abgeschnürt, daß Stellen und Arbeitsaufträge im ganzen Land wegbrachen, Türen sich schlossen, Vakanzen schwanden. Schon dies war trostlos. Zugleich setzte in der Stadt ein bis heute anhaltender Bauwahn ein, eine Renovier- und Reparaturwut, die sich bis in die manische Heimwerkelei ihrer Bewohner fortsetzte und verbunden war mit allgegenwärtigem Lärm, Dreck, Bauschutt, giftigem Staub, Krach und Gebrüll. Jäh aufbrechende Aggressivität in der U-Bahn und patziges Gehabe in den Läden waren ungebrochen, Massen von Menschen strömten in die nicht mehr barrikadierte Stadt, und die enorme Sommerhitze jenes Jahres trug das ihre dazu bei, mir die Rückkehr als entsetzlichen Irrtum erscheinen zu lassen.

Einige Hoffnung setzte ich auf meine englischen Kontakte. In den zurückliegenden Jahren hatte ich wiederholt Verbindung aufgenommen zu Künstlern, die in East Anglia sich niedergelassen, zum Beispiel zu Michael Hamburger, dem Übersetzer, der als Kind aus Nazi-Deutschland emigriert war und jetzt ein großes, altes Landhaus mit einem verwilderten Obstgarten in den Marshlands von Suffolk bewohnte, wo ich ihn mehrmals besuchte. Oder auch zum *Centre of Literary Translation*, das sich an der UEA Norwich befand unter dem Direktorat eines deutschen Literaturprofessors und Schriftstellers, der in den folgenden Jahren mein bester Freund wurde und 2001 bei einem Autounfall ums Leben kam.

Die erste Englandfahrt mit einem eleganten silbergrauen Citroën BX 16 TRS, den ich für wenig Geld bei einem Celler

Gebrauchtwagenhändler erstanden, führte mich 1991 zunächst nach Suffolk in die Landschaft John Constables, ins *Dedham Vale* mit seinen von Weiden gesäumten Kanälen, Schleusen und Wassermühlen, danach in die Heimat eines Autors aus dem 17. Jahrhundert, den ich zu jener Zeit übersetzte: nach Wiltshire, wo ich im *Castlecombe Manor* Logis nahm und die vorgeschichtlichen Steinkreise von Avebury besuchte sowie ein Dorf namens Lacock, das zur Gänze dem *National Trust* gehörte, dem ich mich als zahlendes Mitglied einschrieb. Dieses steinalte Dorf war zur Gänze in einem Zustand konserviert, wie er etwa bis 1920 geherrscht haben mochte: schwarzweißes Fachwerk aus dem 14. Jahrhundert, Ladeneinrichtungen aus spätestens edwardianischer Zeit, und selbst die Bewohner schienen ausnahmslos aus Greisen zu bestehen, die nur an Krücken oder auf Rollstühlen, als lebende Antiquitäten, durch den Ort geisterten. Daraufhin erkundete ich Oxford und seine Umgebung einschließlich des Stammsitzes der Dukes of Marlborough, Blenheim Palace, Geburtsstätte Winston Churchills, monumental wie der Escorial, von abstoßend kalter Pracht in seinem Innern, als architektonische Komposition indes, eingebettet in eine horizontweite Parklandschaft mit Wasserspielen, Teichen, künstlichen Ruinen, Brücken und Pavillons, eine Phantasmagorie von überwältigender Grandeur.

Im Vergleich mit Irland schien mir England, wiewohl dem Kontinent näher gelegen als seine keltische Schwesterinsel, abgesonderter als diese, so als wäre es entschiedener auf Eigenständigkeit erpicht, auf ein geradezu forciertes Anderssein. Irlands politische Neutralität — die eines vergleichsweise jungen Staates —, seine geschichtlich erzwungene Offenheit gegenüber kontinentaleuropäischen Kulturen, dazu die Wirkung der emigrationsbedingten *American connection* hatten eine Mentalität geschaffen, die, im Verbund mit dem Katholizismus des Landes, ausländischen Einflüssen gewährender, neugieriger sich auftat, bei aller Provinzialität quasi weltläufiger, freundlicher sich gerierte als es im antiquarisch-traditionsverliebten, bis zur Skurrilität nostalgisch verkapselten Großbritannien der Fall schien. Dieses hatte ein Empire verloren und zuvor von Spanien, Frankreich, Deutschland wiederholt Feindschaft und Invasion zu fürchten gehabt. Irlands Trauma war allein die Fremdherrschaft der britischen Nachbarn; vom Kontinent wurde es nie bedroht. Die abgeschiedene Lage gewährte ihm jene Sicherheit, die ihm jetzt Souveränität verlieh, heitere Neugier auf Fortschritt und Moderne, während das Vereinigte Königreich seine vergangene Größe verklärte und sich bis in die kleinsten Details des Alltags eingesponnen hatte in ein einziges Museum des *Distinkten*, des Solitären, Bizarren, Fabulösen.

Von Oxford ging es nach Osten, in die flache, weder industrialisierte noch touristisierte, sondern noch sehr ländliche Grafschaft Norfolk mit ihrer Hecken- und Weidelandschaft, ihren Kornfeldern, durch die der Wind wogte, einsamen Eichbäumen und halb eingesunkenen Grabsteinen unter wuchtig gedrungenen, vierkantigen Kirchtürmen aus Flintstone, mit ihren Sümpfen, Seen und Kanälen; der Campus der Universität, von der ich mein Übersetzerstipendium erhalten, senkte sich vor dem großen Schiebefenster, vor dem mein Schreibtisch stand, zu einem Biotop ab, das zum Zwecke von *environmental studies* als morastige Wildnis belassen war, die auf Stegen aus Holzbohlen durchwandert werden konnte, und gern erinnere ich mich, der ich dort in Norwich mit der Übertragung der Stücke eines elisabethanischen Dramatikers begonnen hatte, der täglichen Perambulationen, die ich auf den elastisch federnden Holzstegen, von Libellen umschwirrt, zwischen dem mannshohen Rohrgras zum Quaken der Frösche unterm Gewölk des Nordseehimmels unternahm. Ebenso gern erinnere ich mich der Buchantiquariate und Coffee Houses der Stadt, oder jener Mensa, in der mir allmorgendlich die Damen das Breakfast reichten — ›*more tea, love?*‹ —, und der viktorianischen Seebäder an der kieseligen Küste von Sheringham,

Cromer, Great Yarmouth, mit *Blickling Hall* und *Felbrigg Hall*, mit Fischbuden, Karussells und all ihrer sonntäglich verschlafenen, friedlich verträumten Melancholie.«

»Und? Waren Ihnen die Kontakte, die Sie erwähnten, von Nutzen?«

»Nein. Der Posten eines Lecturers, der an der Universität vakant geworden, hätte einen germanistischen Abschluß gefordert, den ich nicht besaß. Ich weiß auch nicht, ob ich in dem Land glücklich geworden wäre. Mit dem Lande gewiß — aber mit seinen Menschen? Als Deutscher erfuhr ich in England zwar Höflichkeit, zugleich aber auch immer eine kühle Distanz, eine *reservatio mentalis*, die von jemandem, der einen erheblichen Teil seines Lebens der Übersetzung klassischer Autoren des Landes gewidmet hat, so schmerzlich empfunden werden muß wie von einem unglücklich Liebenden. Dabei war mir ja klar, wie naiv es wäre, anzunehmen, Hitlers skrupellose Ausnutzung der englischen Kriegsmüdigkeit, seine Demütigung Chamberlains in München, die Luftschlachten über Kent, die Bomben- und Raketenangriffe auf London und Coventry könnten nach nur wenigen Jahrzehnten schon vergeben und vergessen sein. Ein Land mit einem so starken historischen, rückwärtsgewandten Sinn wird das, was es seinerzeit erfahren hat, ebenso treulich im Gedächtnis bewahren wie seine Magna Charta oder die Schlacht bei Hastings anno 1066.

Zweimal in dem Jahrhundert, in dem ich lebte, hat Deutschland aus Konkurrenzneid und Rivalität, aus Haß und Größenwahn sich dieses wunderbare Land, das noch zu napoleonischen Zeiten ein treuer Freund Preußens gewesen, zu seinem erbittertsten Feinde gemacht — wen wunderts dann, daß ich mich zu dem Patriotismus, den die Bundesrepublik von ihren Bürgern sich wünscht, nicht recht aufschwingen kann? Wen wunderts, daß ich einer Nation, deren Vorfahren noch kurz vor meiner Geburt dreihundertsechsundachtzigtausend britische Menschenleben ausgelöscht und dazu fast die gesamte jüdische Bevölkerung Europas ermordet haben, nicht mit schwarzrotgoldenen Fähnchen zujubeln mag — daß ich keine warmen Gefühle aufbringen kann für ein Land, in das ich zufällig hineingeboren bin und das so vieles von dem, was ich liebe, mit Füßen getreten? Einen Rückfall in den Nationalsozialismus halte ich bei der Mehrzahl meiner Landsleute für jederzeit möglich. Aber je nun — gilt es nicht, *überall* vor Majoritäten auf der Hut zu sein?«

byrd's conceit

Eigentlich wäre es an Yberseindt gewesen, seinen letzten Beitrag zur Vortragsreihe dieser Saison zu leisten. Aber da er heute, wie er vorgab, »anderweitig verpflichtet« sei, hatte er Fox gebeten, mit ihm die Auftrittstermine zu tauschen, und dieser war der Bitte gern nachgekommen.

»Erlauben Sie mir einen Quereinstieg«, setzte Fox an, nachdem er seine Zuhörer im Gemeindesaal begrüßt hatte, und rückte sich vor dem Mikrofon mit umständlichem Geraschel die Papiere zurecht. »Ein gewisser Richard Barnfield, Altersgenosse John Donnes, des Dean of St. Paul, setzt in seinem Sonett *If Music and sweet Poetry agree* beispielhaft für die beiden Geschwisterkünste Musik & Dichtung John Dowland als Repräsentanten des englischen Lautenlieds und Edward Spenser als Vertreter einer Dichtkunst, deren *deep conceit is such as, passing all conceit, needs no defence.*

Daß in dieser hakligen, verzwickten Wendung mit Doppelsinnigkeit gespielt wird, hören Sie gewiß. Gemeint ist wohl, Dichtung bedürfe keiner Verteidigung oder Rechtfertigung, wenn sie, wie concettistisch sie sich auch gebärde, den Concettismo selber durch *Tiefe* transzendiere und damit hinter sich lasse. Wie ist das zu verstehen?

Nun, kaum ein poetologischer Begriff zur Zeit Königin Elisabeths der Ersten war so vieldeutig und so umstritten wie der des *Conceit.* Er meinte Idee, Konzept, Bild und Einbildung zugleich, disegno externo wie interno, sichtbar oder imaginiert — aber Einbildung eben auch als eitler, selbstgefälliger Trug, als Täuschung, Prätention. *Bild* zielte auf Metaphorik und Emblematik, oft epigrammatisch zugespitzt, paradoxal geschliffen und keineswegs nur punktuell aufblitzend am Satz-, Zeilen- oder Vers-Ende, sondern lieber noch das Ganze ausgeklügelt umfassend, das ganze

Gedicht, Gemälde oder musikalische Werk scharfsinnig durchdringend und strukturell prägend. Ein poetisches Verfahren also, das vom Concettismo der Renaissance bis zum barocken Manierismus maßstäblich wurde und alle Künstler, in England wie auf dem Kontinent, zunächst begeisterte und stimulierte. Fast gleichzeitig aber schon meldete sich Überdruß, Ressentiment gegen das Gespreizte, Gekünstelte dieses Verfahrens samt seiner selbstgefälligen, *eingebildeten* Autoren, etwa in Marlowes *Faust*-Prolog, der das Conceit als oberflächliche Trickserei, als Blendwerk und Geckenspiel verachtet. Barnfields Verse bündeln diese Widersprüchlichkeit wie in einem Brennglas, wenn sie die vorconcettistische arkadische Dichtung Spensers mit dem nachconcettistischen Lautenlied Dowlands zur Geschwisterliebe kopulieren und auf diese Weise der altenglischen Tradition der Tallis-Zeit das gewandelte Stilideal Italiens entgegenhalten.

Der Komponist, von dem ich Ihnen jetzt zwei Stücke vorspielen möchte, hat Lautenlieder nie geschrieben; die überließ er seinem am dänischen Hof weilenden Kollegen. An Madrigalen hatte er sich in jungen Jahren ein paar Mal versucht, hernach sich aber um diese *with tremendous successe* aus Italien importierte Modegattung nicht weiter bemüht — *kompositorisch* bemüht, sollte ich sagen, denn kraft seines königlichen Monopols besorgte er den Import, die Publikation und Distribution solcher Musik geschäftstüchtig und nach Kräften.

Für die junge anglikanische Staatskirche schrieb er Hymnen und Anthems — doch was er als *recusant*, also als Verweigerer der neuen Religion, darüber hinaus an eigenen Kompositionen — unter Lebensgefahr — in Druck gab, waren Werke für die römisch-katholische Liturgie.

Auch Musik für Masque und Bühne interessierte ihn nicht; seinen Zeitgenossen galt er als *naturally disposed to Gravitie & Pietie*, also zu Ernst und Frömmigkeit geneigt, und in aller Verehrung, die sie Master Byrd entgegenbrachten, ist immer auch ein Bedauern spürbar, daß dieser Doyen ihrer Zunft den Fortschritt verschmähe, um sich statt dessen hinter den altmodischen Satzweisen, Formen und Gattungen der Tallis, Taverner & Co. zu verschanzen.

William Byrd war, eine Generation älter als Donne, aus Lincolnshire gekommen, dort einige Jahre Organist gewesen, dann aufgestiegen zum Gentleman of the Royal Chapel; die letzten dreißig Lebensjahre verbrachte er eingezogen in Stondon Massey, einem Dorf in Essex. Seine bevorzugten Gattungen, abgesehen von Werken für Tasteninstrumente oder Chorsätzen wie Motetten, *verse anthems* und dergleichen, waren Stücke für das *viol consort*, ein bis zu sechsstimmiges reines Gambenensemble, oder *consort songs*, deren Kennzeichen, im Unterschied zum modernen Lautenlied, die Gleichrangigkeit der Gesangstimmen mit den Instrumentalstimmen ist. In den Consorts finden wir stilisierte Tänze wie Pavan, Galliard, Coranto, Jigge oder concettistische Tüfteleien wie die *In Nomines* —: Choralfantasien über einen Cantus firmus von Taverner — oder *fancies*, freie Fantasien mit rasch wechselnden Charakteren und kleinräumig verästelter, intrikat polyphoner Stimmführung.«

Fox spielte nunmehr die zwei Stücke vor und erläuterte: »Was Sie, my dear friends, gehört haben, war zunächst, von fünf Gamben gespielt, ein *Prelude and Grounde à 5*. ›Ground‹ meint hier Grundstimme, Ostinato: im Sinne von Variationen über einer kurzen Baßmelodie zumeist volksliedhafter Provenienz. Mithin Veränderungen, in denen — vergleichbar dem Passamezzo, der Chaconne oder Passacaglia — Metrum, Tempo und Baßstufen in ebenmäßiger Periodizität die Konstante bilden unter den in den höheren Stimmen sich zunehmend komplizierenden Verschiebungen der Stimmführung und Harmonik einerseits und ihrer *divisions* andererseits. Division, Unterteilung, meint Umrhythmisierung und Ausziselierung zu immer kleineren Notenwerten, wobei der *Grounde* mit seinen ostinaten Fundamentstufen zuletzt sämtliche Stimmen wie *in disguise* kreuz und quer durchwandert.

Seinen besonderen Reiz erhält dieses Stück durch das 4+2-Echo, mit dem jedesmal die zweite Hälfte der viertaktigen Melodie wiederholt wird, dies aber stets in variierter Tonlage, abgewandelter Harmonik und Rhythmik: nachhallend, jedoch nicht identisch; Variation-in-der-Variation, überaus kunstvoll.

Als zweites schloß sich diesem der *consort song* ›Rejoice, rejoice‹ an, eine Huldigung zum 28ten Jubiläum der Thronbesteigung Elisabeths, erstveröffentlicht 1588 in Byrds Collection *Psalmes, Sonnets & Songs*, im Jahr, da die spanische Armada vor der Küste Britanniens zerschellte. Byrd entwickelt das Ensemblelied aus älteren, von Tallis geprägten Formen, indem hier, wie schon angedeutet, nicht ein Instrument eine liedhaft geführte Vokalstimme begleitet, sondern im Grunde Instrumentalmusik gesetzt wird, an der die Singstimme so gleichberechtigt teilhat, daß sie bei Bedarf ebenfalls instrumental so ausgeführt werden kann, wie man umgekehrt auch alle fünf Instrumentalstimmen textieren könnte — was spätere Nachdrucke, noch unter Byrds eigener Ägide, denn auch getan haben.

In diesem Lied setzt die Singstimme in der Altlage syllabisch ein im schlichten Ton der vierzeiligen englischen Verspsalmen und endet auf ›Amen‹ mit der verschnörkelten Signatur einer verlangsamt ausgesponnenen Kadenz über einem Plagalschluß auf der Subdominant. Solche Schlüsse besiegeln ein Stück in der Regel unmißverständlich; der Hörer wähnt, einem distinkten *Finis!* beizuwohnen. Hier aber hebt es nach einer kurzen Atempause noch einmal an — nun im freieren, instrumentalen Deklamationsstil —, und das kleine Wunder, das sich jetzt in der Musik vollzieht, ereignet sich zwischen jener Conclusio, einem — wie sich gezeigt hat — nur vorläufigen Schluß im Devotions- oder Gebetston, und der bewegenden Geste des in dreifacher Vorwegnahme der Singstimme einsetzenden Neubeginns, der Musikern wie Hörern verspricht, sie auf kleinem Raum generös zu beschenken so, als begänne das Stück jetzt erst richtig.

Tatsächlich ist das Folgende ein Konzentrat aller satztechnischen Finessen Byrds, dazu ein makelloses Muster jener Contenance, mit der die fünf Stimmen sich ausbalancieren, einer unprätentiösen Noblesse, die aller englischen Musik von Dunstable bis Vaughan Williams ihre Signatur eingeschrieben hat. Die für Byrd überaus charakteristischen Antezipationen der Gesangslinie in den enggestaffelten Imitationen der Instrumentalstimmen *verräumlichen* den Gesang gleichsam, verleihen ihm die vor- wie nachhallende Schattierung eines Echoraums und dazu eine vergeistigte Schwerelosigkeit, in der die Akzente des Versmetrums, gegen das Taktmetrum immer ganz leicht versetzt, zart verschoben, bis ins Schwebende aufgehoben scheinen. Und wenn Sie nun den eigentümlich innigen, intimen Gestus des Ganzen vergleichen mit dem triumphalen Prunk musikalischer Herrscher-Huldigungen, wie sie hundertzwanzig Jahre später im Spätbarock exequirt werden, dann können Sie sich des Eindrucks nicht erwehren, daß hier ein Souverän nicht eigentlich adressiert, sondern daß seiner nur *gedacht* wird, andächtig, kontemplativ, in einem Gebetsgestus, so introvertiert, als hielte der Betende *in humility* Zwiesprache mit sich selbst.

Es hat mit solchen Demutsgebärden ja eine seltsame Bewandtnis. Indem sie auf Pracht und Glanz und pompöses Auftreten verzichten, folgen sie nicht nur dem Subordinationsgebot höfischer Konvention, sondern gemahnen zugleich ihren Adressaten an Bescheidenheit und Ehrfurcht im Angesicht eines gemeinsamen Höheren. Der Liedtext nennt die Virgin Queen denn auch, ohne daß es diese empören durfte, *the Lord's handmaid.* Daß die Musik der royalen Höhe angemessen sei, garantiert nicht ihr Äußeres, sondern ihre innere Faktur, die ungemein filigran gearbeitete Satztechnik, die kunstvoll verdröselte, verhakelte Polyphonie und edle Proportionierung, kurz, die bis ins Kleinste reichende perfectio operis. In dieser Artifizialität aber hebt sich jene scheue, verinnerlichte Prostration nun auch wieder auf: ihre Souveränität erhebt den Schöpfer zum Meister — und im Werk, das eigentlich der Unterwerfung vollkommen Genüge tut, steht ein Souverän, ein König der Musik kraft eben dieser Vollkommenheit ebenbürtig vor dem Herrscher, in diesem Fall: vor der Königin, die vor dem Antlitz des Höchsten demütig das Haupt senkt.

Sehen Sie, und in dieser Dialektik nehme ich ein spezifisch Englisches wahr. Es ist das Wechselspiel zwischen Konvention und Freiheit, zwischen Zwang und Normabweichung. Ästhetik und Haltung sind hier ineinander, konvergieren im geziemenden Gebaren. Höflich kann nur der sein, der aufrecht geht und den Kopf hoch trägt. Nähe bedarf der Zurückhaltung, sociales Bewußtsein der Vereinzelung, Verantwortlichkeit der Independenz, Verbindlichkeit der Distanz. Selbst von einer Queen Elizabeth ließ Byrd sich nicht zu einem religiösen Kotau bewegen; dem Glauben der Vorväter blieb er ebenso treu wie der Dignität der alten Formen. Das Beharren auf dem Hergebrachten — ›Tallis is dead, and Music dies‹ — mag starrsinnig oder arrogant dünken — dabei ist es doch in Wirklichkeit ein freundlicher Sinn gepaart mit stiller Skepsis, Individualismus ohne Dünkel, Lächeln ohne Häme, Selbstbeherrschung ohne Einschnürung, Güte ohne Herablassung, Lauterkeit ohne Askese, Freiheit ohne Willkür, Stolz ohne Hochmut, dem die Gäste auf unseren Britischen Inseln noch ein ums andere Mal begegnen und das in den Werken der Byrd, Tomkins, Gibbons, Weelkes und vieler anderer sich sedimentiert hat.

Beigegeben ist dieser Contenance und dem pensiven, mitunter skurrilen Getüftel im frei phantasierenden polyphonen Satz der Musik noch etwas, das Sie so ausgeprägt nur bei uns in Britannien finden und das mit der schier überwältigenden Antiquität unseres Landes zusammenhängt: eine abgründige Schwermut, die in technischen Termini kaum recht dingfest zu machen ist, der Ton einer tiefen Melancholie, die zwar gelegentlich auch Heiterkeit, jedoch nie grobe Fröhlichkeit zuläßt. Im düster gemessenen Schreiten der Pavanen Holbornes oder Dowlands — *Semper*

Dowland, semper dolens — haben Sie die Signatur dieses Ausdrucks, den unser Land selber auf Schritt und Tritt hervorbringt mit Regenschleiern aus eingedunkeltem Gewölk am westlichen Abendhimmel, Ruinen und efeuumsponnenen Mauerresten verfallener, uralter Bauwerke, den krächzenden Schwärmen der Krähen über solitären entlaubten Eichen und abgestorbenen Ulmen und halb eingesunkenen Grabsteinen in überwucherten Kirchhöfen, mit Landschaften, in denen das *humanum* nur ganz vereinsamt, verinnerlicht sich zeigt, vielleicht nur im Flackerlicht einer Laterne oder einer Kerze, die durch das Flechtwerk der Dämmerstimmen ihr *In Nomine* singt. Ich danke Ihnen.«

Kurzer, aber freundlicher Applaus lohnte Fox seine Ausführungen; Birthwhistle dankte seinem Schützling anerkennend und bedauerte nur, sich gleich retirieren zu müssen, da er gestern abend »zu viele Kleinigkeiten« zu sich genommen habe und sich deswegen heute bald zu Bett begeben wolle. Auch Oberst Marston ließ sich für den Abend entschuldigen, nicht ohne hinzuzusetzen:

»Well done, my boy. Obwohl — this Gentleman — what was his name? Beard?« — »Byrd, Colonel.« — »Yes, yes, Byrd, of course, 1588, when England gained victory over the Spaniards. This Beard should have made better use of it, shouldn't he? Missed some real battle stuff, trumpets and kettle-drums, you know. Bang! Buff! Instead of fiddling around with strings and bows. Those dainty viols lack balls, know what I mean? Music for ye ladies, not for warriors.«

»Well, Colonel, it *was* composed for a lady.«

»Elizabetha Regina I., you mean? How now! Always thought H.R.H. was a tough guy in woman's disguise. No wonder she never got a husband. More lad than lady, see my point?«

Rose, die heute überm linken Ohr eine Magnolienblüte im schwarzen Haar trug, hatte unterdes den Herren sich beigesellt und bat nun den Oberst lachend um Entschuldigung dafür, daß sie ihm ihren Geliebten jetzo entführen müsse, und indem sie sich bei Fox einhakte, verließen die beiden, nachdem sie dem Kriegsmann einen *nice evening* gewünscht, den Saal.

Sie traten in einen freundlichen Spätnachmittag hinaus; die Sonne, sofern sie nicht immer wieder kurz von vorbeijagenden Wolken verdunkelt wurde, warf lange Schatten über Brightons Straßen, die belebt waren von Automobilen und Ausflugsbussen, von Sommerfrischlern im verlangsamten Schlendergang, Müßiggängern, die vor Schaufenstern haltmachten, Passanten auf dem Heimweg von der Arbeit oder zu Einkäufen vorüberhastend oder an Haltestellen, mit Regenschirm, TIMES und Bowler, leise ins Gespräch vertieft, oder von Kindern in Schuluniform, eine Eiswaffel in der Hand oder ihre mit einem Lederriemen gebündelten Schulbücher schlenkernd überm regennaß spiegelnden Trottoir.

»Was machen wir heut abend, Foxito?«

Fox küßte seine Rose vorsichtig, dieweil er achtgab, ihrer reizenden Blüte im Haar nichts zuleide zu tun, und schlug vor, dem *Evening Market* einen Besuch abzustatten, der sommers jeden Dienstag bis Sonnenuntergang in der Bow Street abgehalten wurde. Farmer und Handwerker aus der ganzen Grafschaft gaben sich dort an Marktständen ein Stelldichein und priesen mit ihren traditionellen Schreien und Ausrufen die Erzeugnisse ihrer *local communities* an.

Schon als sie sich auf einer Querstraße dem bunten Getümmel näherten, war die babylonische Wirrnis der Dialekte, Worte, Namen und Dinge in Stimmen vom schrillsten Diskant bis zum profundesten Baß nicht mehr zu überhören, und der anbrandende, durchdringende Fischgeruch ließ keinen Zweifel an dem, was hier ausgerufen wurde. *New Oysters, new Wallfleet Oysters! New mussels, new lilywhite mussels! New cockles, new great cockles, new! New sprats, new sprats, new great sprats, new! New plaice, plaice, plaice, new plaice, new! New mackerel, mackerel, mackerel! New haddock, haddock, haddock, new! Quick periwinkles, quick! Quick eels, quick, quick, quick!* So schrieen, kreischten und brüllten die *fishmongers*, die in Gummischürzen mit aufgekrempelten Ärmeln auf die Bastkörbe wiesen, die vor ihnen aufgereiht die Früchte des Meeres boten, während gegenüber die Bürstenmacher *broom, broom, broom!* anpriesen und ein tätowierter Kesselflicker seine Dienste offerierte: *Ha' ye any work for a tinker? Ha' ye any old bellows to mend? Ha' ye any wood to cleave? Ha' ye any rats or mice to kill?* Anderswo wurden aus einer Bäckerbude *Hot apple pies, hot! Hot pippin pies, hot! Hot pudding pies, hot! Hot mutton pies, hot! Hot oatcakes, hot!* ausgerufen, oder von einem Papierwarenhändler: *Buy a new almanack! Buy any ink! Will you buy any ink, very fine writing ink, will you buy any ink?*

Dort, wo zwei Standgassen sich kreuzten, hatte auf einem Kreis, den die Menschen um ihn herum freihielten, ein beleibter Ausrufer haltgemacht und röhrte in die Runde: *Oyez! If any man or woman, city or country, can tell any tidings of a black mare with a white tail, having but three legs and both her eyes out, with a great hole in her arse and there your snout. If there be any that can tell me any tidings of this mare, let him bring word to the Crier, and he shall be well-rewarded for his labour, and God's blessing.* Weiter kam er nicht, denn die helle Stentorstimme eines Schornsteinfegers, der sich in den Vordergrund gedrängt, übertönte ihn mit dem Singsang *Sweep, chimney, sweep! Sweep, chimney, sweep! There shall no soot fall in your porridge pot, with a sweep derry derry derry sweep!* Lauter noch krähte ein Grüppchen junger Madrigalisten *part-songs, catches* und *glees* und stimmte zuletzt unterm Juchzen und Klatschen der Zuhörer Ravenscrofts Jagdlied *To morrow the fox will come to towne* an: *I must desire you neighbors all, to hallow the fox out of the hall, and crye aloud as you can call, whoop, whoop, whoop-whoop-whoop!*

Fox führte seine Rose am Arm entlang der Buden der Obstmädchen, deren liebliche Rufe Pomonens Reize anpriesen: *Fine Seville oranges, fine lemons, fine! Fine pomegranates, fine! Apples fine, pears fine, medlars fine, pippins fine, cherry ripe! Ripe strawberry, ripe!* An einem Stand feilschte Rose mit dem Verkäufer um einen Beutel Saftorangen und ein Kilo Mangold; zum Dank für den Kauf wurde ihrem Begleiter eine Handvoll Kirschen geschenkt, die er sogleich zu verzehren begann, doch unversehens aufgeschreckt ward aus seinem Behagen, als sie, ein kurzes Stück weiter, einer Bettlerin inne wurden, die sich auf dem Pflaster niedergelassen hatte, den Passanten einen Plastikbecher, in dem ein paar Pence-Münzen klapperten, entgegenreckte und mit weinerlicher Stimme und einer Sprachfärbung, aus der Fox einen Anklang ans Rumänische herauszuhören glaubte, flehentlich bat: *Pity the poor women for the Lord's sake, good men of God, we lie cold and comfortless night and day on the bare boards in the dark dungeon in great misery!*

Rose hatte ein zu warmes Herz, als daß sie an solchen Elendsgestalten hätte vorbeigehen können, ohne ein 50p-Stück in den Becher zu geben; nichts konnte sie so empören wie Ungerechtigkeit, sei diese socialer oder jurisdikativer Natur, und wäre sie nicht Cellistin geworden, hätte sie, nach Foxens Meinung, mit ihrem Scharfsinn und ihrem heißen Gefühl für Gerechtigkeit eine treffliche Juristin abgeben können.

Jetzt allerdings wurden Roses Augen angezogen von einem Stand, der Handtaschen feilbot und Schuhe, während daneben *perfum'd waistcoats, fine bone lace or edgings, sweet gloves, silk garters, very fine silk garters, fine combs and glasses* angepriesen wurden und ein noch ganz junges Mädchen mit Silberstimme ausrief: *Will you buy any milk today, misteress? I have fresh cheese and cream, I ha' fresh!* Rose konnte der Lockung von Schuhen und Handtaschen nie widerstehen und prüfte sorgsam die ausgelegte Ware so lange, bis ein Ausrufer kundgab: *Past eight o'clock, look well to your lock, your fire and your light, and so good night!* — das Zeichen zum Abbruch der Stände, zum Ende des Markttags. Fox nahm seine Liebste am Arm, fand zwischen zwei Buden einen Durchgang zu einer Seitenstraße, und so, eingehakt, entfernten sie sich von dem Getümmel, dessen Rumoren sich bald in der Ferne verlor.

Sie suchten ein kleines italienisches Lokal namens *Tasty Pizza Takeaway* in der Edward Street auf, wo sie sich an einem Tisch am Fenster niederließen und, nachdem sie ihre Bestellung aufgegeben, erst eine Weile, erschöpft von den Eindrücken des Abends, schweigend hinausblickten, ehe sie sich bei den Händen faßten und lächelnd ansahen.

»Du machst das immer so schön, Foxito. Schade, daß die Vortragsreihe ihrem Ende sich zuneigt. Ich könnte dir stundenlang zuhören.«

»Wirklich? Danke für das Kompliment. Du weißt ja, daß ich mit mir selbst gar nicht zufrieden bin. Es ist so fürchterlich schwer, über Musik zu reden; eigentlich ist es unmöglich. Man kann den Kern der Sache immer nur hilflos umkreisen, mit tastendem Gestammel und abgedroschenen Metaphern seine Runden drehen. *Du* könntest das besser, glaube ich. Magst du's nicht mal versuchen? Steven wäre bestimmt sehr angetan von der Idee.«

»Danke, daß du mir das zutraust. Aber nein, das könnte ich nie. Musik ist für mich ein Machen, ein Tun. Wenn sie zum Gegenstand stillgestellt wird, zum Objekt von Betrachtung, ist sie für mich — wie soll ich sagen — abgestorben, getötet. Worte spießen den Gegenstand auf wie Nadeln den Käfer des Entomologen. Sätze sind Schaukästen, in denen die getöteten Wesen in schöner Ordnung gruppiert werden, und Vorträge Museen, in deren endlosen Gängen Vitrinen und Sarkophage sich reihen.«

»Daß du wenigstens mich dabei noch im Reiche des Lebendigen ansiedelst, ist wohltuend. Ich hoffe aber, das gilt für Steven und Ariel gleichermaßen.«

»Aber ja doch, sicher. Um so mehr verwundert mich, daß du offenbar nicht vorhast, Steven in die Causa Swindon einzuweihen. Ich meine, er hätte Anspruch darauf; er ist schließlich dein bester Freund.«

»Und eben darum bring ichs nicht übers Herz, Rose. Es würde ihm den Boden unter den Füßen wegziehen und ihn als Kritiker kompromittieren, wenn nicht ruinieren. Für ihn wäre es ein Fiasko.«

»Du bist dir weiterhin sicher, daß du im Parterre der Villa ein komplettes digitales Aufnahmestudio gesehen hast? Bänder und Spulen, stapelweise Schallplatten, dazu Monitor, Mischpult, Mikrofone, Lautsprecher, Computer, Amplifier und dergleichen?«

Fox zuckte mit den Achseln. »Du hast den Brief von Fajngold ja gelesen. Ich hatte ihm so genau wie möglich geschildert, was ich beim kurzen Hineinspähen entdeckt, und er hat mir bestätigt, daß es sich bei diesen Apparaten um ein hochmodernes, professionelles, ungeheuer aufwendiges Ensemble von Geräten japanischer und Schweizer Provenienz handelt, wie es bis jetzt erst in wenigen amerikanischen Studios in Gebrauch ist. In der Garage stapelte sich das Verpackungsmaterial. Diese Technik muß ein Vermögen gekostet haben.«

»Und wozu, meinst du, braucht Swindon sie?«

»Ich weiß es noch nicht. Zu irgendeinem *conceit*, zu irgendwelchen Tricks, die nur mit digitalen, nicht mehr mit analogen Verfahren möglich sind. Aber wir kommen ihm schon noch auf die Schliche. Die Tarnkappe des biederen Hausmanns wird er absetzen müssen. Der Mann ist ein ausgekochter Profi, ein Klangingenieur, der seine Machinationen auf dem neuesten Stand der Mikroelektronik betreibt. Daß das Klavierspiel seiner Gattin kein natürliches, sondern ein synthetisches Erzeugnis ist, haben Ariel und ich ja gleich gehört. Nur Steven wollte es partout nicht wahrhaben.«

»Aber wozu diese Manipulationen?«

»Vielleicht zur Einkommensmaximierung? Zumindest zur Amortisation seiner aufwendigen Investition? Andererseits — er kommt ja aus reichem Hause.«

»Nicht mehr, Foxito. Ariel hat mir erzählt — sei mir nicht eifersüchtig; ich erfahre von ihm so manches, das er dir womöglich verschweigt —, daß das Stahlunternehmen seiner Mutter schon vor sechs Jahren Konkurs anmelden mußte. Also müssen wir annehmen, daß sich Swindon spätestens mit dem Erwerb dieser teuren Apparatur bis über beide Ohren verschuldet hat.«

»Sag bloß! Das würde meine Vermutung ja eher noch bekräftigen. Und was hat dir Ariel sonst noch alles erzählt?«

»Seine Lebensgeschichte. Sei nicht gekränkt, bitte.«

»Warum sollte ich? Es freut mich, daß er dir mehr vertraut als mir.«

»Aufgewachsen und zur Schule gegangen ist er in Wien. Beide Eltern waren Juden; sie hatten eine Zahnarztpraxis in der Leopoldstadt und waren so wohlhabend, daß sie nicht nur am musikalischen und literarischen Leben der Stadt Anteil nahmen — mit Schnitzler, Kraus und Berg waren sie gut bekannt —, sondern ihrem einzigen Sohn auch eine gute Schulbildung ermöglichen konnten, dazu jährliche Reisen in die Sommerfrische, an die Nordsee, ins Tessin, ins Bergell oder an den Gardasee. Besonderen Wert legten sie auf den Erwerb von Fremdsprachen. Schon bald nach der Machtergreifung Hitlers in Deutschland waren sie hellsichtig genug, ihren damals fünfzehnjährigen Sohn zu einem Sprachkurs nach Irland zu schicken.«

»Nach Irland? Warum denn das?«

»Der Sprachkurs war nur ein Vorwand. Ariels Gastfamilie in Limerick, mit der die Eltern auf einem *Dentistry Congress* in Dublin 1931 Freundschaft geschlossen, sollte de facto seine Pflegefamilie werden, ohne daß die irischen Behörden davon erführen. Du weißt ja, daß de Valeras Neutralitätspolitik sich gegenüber Emigranten ziemlich abweisend verhielt. Anders als das ebenfalls neutrale Schweden, das im Kriege politischen Flüchtlingen und Juden Obdach bot, hat Irland nicht vielen Asylsuchenden Schutz gewährt. Oder sollte ich mich irren? Daß der Taoiseach persönlich nach Hitlers Tod dem deutschen Botschafter einen Kondolenzbesuch abstattete, ist dir bekannt? Daß der Halbbruder des Schicklgruber 1909 nach Irland emigrierte und seinen Sohn *Patrick* nannte? *Paddy Hitler:* klingt nett, wie?«

Mit steinerner Miene entgegnete Fox: »Nicht komischer als Mickey Mozart, ein 1802 ausgewanderter Neffe des Komponisten, der, wie H. C. Robbins Landon dokumentiert hat, in Glenballysheerknocknavarra, Co. Leitrim, ein *mailcoach inn* pachtete.«

Rose bedachte Fox mit einem *sehr* langen, belustigt zweifelnden Blick; dann fuhr sie fort: »1936 brachte ein Frachtdampfer von Bremerhaven über Southampton nach Cobh, wo eine Ladung Kohlen gelöscht wurde, den Fünfzehnjährigen zum Anlegesteg, auf dem die Pflegeeltern den Jungen erwarteten. Der Koffer, mit dem er über das Fallreep an Land schritt, war derselbe, mit dem er heute noch reist; sein Vater, der damit rechnete, daß der deutsche Zoll ihn visitieren und womöglich plündern würde, hatte ihm einen doppelten Boden eingebaut, der so raffiniert getarnt war, daß ihn die Beamten tatsächlich nicht entdeckten. Das Geheimfach enthielt drei Schellackplatten (Bach, Mozart und Beethoven), eine Taschenpartitur von Mahlers Vierter und einen Teddybären, den Ariel heute noch auf allen Wegen mit sich herumträgt.

Seine jüdische Abstammung wurde in der Folgezeit konsequent verschwiegen. Die Pflegeeltern zogen aus Limerick in eine ländliche Grafschaft im Nordwesten, nach Sligo oder Roscommon, wo der Bub, der binnen kurzem den fremden Dialekt so gut sprach, als wäre er mit ihm aufgewachsen, als ihr eigener Sohn ausgegeben wurde. Dort besuchte er die Schule der *Mercy Brothers of Loreto*, wo er 1938 die Hochschulreife erwarb. Er hat mir erzählt, daß er auf dem Internat der barmherzigen Brüder kurz vor den *Emergency*-Jahren zwar nur karge Kost, dafür aber auch nie Repressionen oder Schläge, sondern stets nur die freundlichste Förderung seiner literarischen und musikalischen Anlagen erfahren habe, wofür er heute noch seinen geistlichen Mentoren, etwa Father O'Leary oder dem Jesuitenpater Dr. Connolly, zu Dank verpflichtet sei; insgesamt hätten diese Jahre im Westen seine glücklichsten, unbeschwertesten sein können, wäre nicht immer die Sorge um seine zurückgebliebenen Eltern und die zwei älteren, schon verheirateten Schwestern gewesen. Bald nach dem ›Anschluß‹ Österreichs erhielt er auf seine Briefe keine Antwort mehr von ihnen.

1939 hatte sich Ariel gerade am Trinity College Dublin eingeschrieben, als eine Universitätssekretärin, die seine Immatrikulation prüfte, gewisse Unstimmigkeiten in seinen Papieren fand und, stutzig geworden, den Fall bei der Einwanderungsbehörde meldete. Diese entdeckte den Trug rasch und ließ Ariel ohne viel Federlesens von der Garda Síochána einsammeln und ins benachbarte U. K. abschieben, zum Glück noch gerade rechtzeitig vor Kriegsausbruch, so daß er bei uns untertauchen konnte um den Preis jenes unsteten Nomadendaseins, das er seither geführt hat.

Verheiratet war er auch einmal, wenn auch nur kurz, in der Schweiz — wo sich ihm im Speisewagen des Gotthard-Expreß eine knöcherne Dame an den Tisch setzte und im Verlaufe eines längeren Schweigens plötzlich, nachdem sie knarrend sich geräuspert, sagte: ›Stock‹. — Er verstand erst nicht recht; blickte sie fragend an, bis sie erneut mit unverwandter Miene ›Stock‹ sagte. — Erst nach geraumer Weile ergab sich, daß die Dame sich hatte vorstellen wollen mit ihrem Namen. Sie hieß Raginhild Stock, arbeitete als Bibliothekarin in St. Gallen und war, was sich leider erst nach beider Vermählung herausstellte, praktizierende Calvinistin. An der Ehe scheint von Anfang an kein Segen gewesen zu sein; Ariel meinte, der Geiz der Frau, die einer Erzählung von Keller hätte entstiegen sein können — das ganze Land solle besser *Geiz* als *Schweiz* heißen, sagte er —, habe noch die Gipfelhöhe des Matterhorns überragt: ›Wir müssen unsere Fränkchli immer gut beisammenhalten, odder?‹

Über die Ermordung der Eltern und Schwestern, die nach Osten deportiert wurden, weil das Affidavit für ihre Einwanderung in die USA nicht rechtzeitig eintraf, informierte ihn das Rote Kreuz 1947 auf einer Postkarte. Den Kontakt mit Irland hat er nie abreißen lassen. Wenn er nicht in den Alpen die Stätten seiner Kindheit aufsucht, wo ihm, wie er mir sagte, immer wieder unversehens, ›auf geisterhafte Weise‹, Birthwhistle über den Weg laufe, nutzt er jede Gelegenheit, mit der Fähre von Swansea oder Pembroke nach Ringaskiddy den St.-Georgs-Kanal zu queren und seine Gastheimat und die alten Freunde zu besuchen; er hat mir gesagt, er glaube ernstlich, seine einzige Tugend, die den Namen verdiene, sei Dankbarkeit.«

»Und mich hat Ariel einmal gefragt«, schloß Fox, »weshalb und zu welchem Ende eigentlich der Mensch die Musik erfunden habe — und gleich die Antwort beigefügt: Weil er nicht fliegen könne. Nicht, daß es nicht zaubern könne, sei für das Kind die erste große Enttäuschung seines Lebens — sondern daß es nicht, wie ein Vogel, die Arme ausbreiten und aus eigener Kraft in die Luft sich schwingen könne. Und zum Ersatz für diesen Mangel habe der Mensch die Musik sich erschaffen.«

erfüllung

»Wahrscheinlich beschreibt jedes menschliche Leben eine Aszendenz- und Deszendenz-Kurve; zumindest das meine erreichte, so glaube ich heute, seinen Scheitelpunkt, seine Paßhöhe in den Jahren 1994 bis 1997, als ich zum erstenmal seit der frühen Kindheit wieder in vollkommener Übereinstimmung mit meiner Umgebung mich fühlte.«

Mit dem Satz begann Abendroths Erzählung zu Beginn unserer nächsten Gesprächsstunde, und diese Narration, deren elevierter Ton mir zuletzt arg auf die Nerven gehen sollte, war gleichwohl so kohärent, daß es mir diesmal schwerer fiel als sonst, gegen sie Einwände in Gestalt von Zweifeln vorzubringen.

»Man bedenke die Ausgangslage«, hub er an. »Die Anstellung war gekündigt, Eltern und Großeltern lebten nicht mehr, die Ehe sah der Scheidung entgegen, Berlin zeigte sich feindselig, die von Baulärm durchrüttelte Wohnung wurde mir, da der Hauptmieter meinen Mietzins nicht an den Vermieter weiterleitete, fristlos gekündigt. Zugleich war ich seit acht Jahren im Besitz eines Cottages am Atlantik, an einer der schönsten Stellen Europas, eines meist unbewohnten, nur gelegentlich an Feriengäste vermieteten Hauses, das, bildlich gesprochen, mit offenen Armen meiner harrte und in dem ich nie wieder Miete würde zahlen müssen. Die Arbeit als freiberuflicher Übersetzer — eine andere bot sich nicht an — würde ich notfalls auch am Südpol oder im Hindukusch leisten können. Was lag also näher, als Auswanderung ins Auge zu fassen?

Der Entschluß fiel im Sommer 94. In Deutschland hielt mich nichts mehr. Ich wollte nach Éire umsiedeln, dort ›for good‹ bleiben, leben und schreiben, die *German citizenship*, die mir qua Abstammung, also unfreiwillig, in die Wiege gelegt, mit Freuden eintauschen gegen die irische, und auf eigenem Grund und Boden, unmolestiert, mein Leben beschließen. Nach allen Mißlichkeiten, die vorausgegangen, erschien mir die menschenleere, politisch neutrale, friedvolle, vom Golfstrom klimatisch begünstigte Insel, die keinen Raubvogel, sondern ein Musikinstrument im Wappen trägt, als ein Refugium, ein Garten Eden, und daß das Land seine freiberuflichen Künstler von der Einkommensteuer befreit hatte, eine Generosität, die das wohlhäbige *Land der Dichter und Denker* sich bei etwas gutem Willen eher hätte leisten können als jene kleine ausgepowerte Republik, nahm mich ebenfalls nicht wenig für diese ein.

Also wurde mein Hab und Gut, das ich aus der Heide mitgebracht hatte, teils verkauft, teils verschenkt, der unverzichtbare Rest in Paketen mit der Post vorausgeschickt. Ein polnischer Arbeiter in Neukölln verkaufte mir seinen roten Citroën BX 14, in dem sich meine Lieblingsbücher und Musikalien gut verstauen ließen. Dieses treue Gefährt packte ich bis unters Dach voll, schickte die Berliner Wohnungsschlüssel per Einschreiben zurück an die Hausverwaltung und begab mich Anfang Oktober 1994 in Hamburg an Bord der Englandfähre, die abends in langsamer Fahrt elbabwärts die Nordsee ansteuerte.

Schon bei der Ankunft in Harwich am folgenden Tage hing finsteres Gewölk überm Hafen, und als ich mich mit dem Wagen, dessen Ladung ihn tief zu Boden drückte, in den Verkehr des *London Circular* einfädelte, der als M25 in einem riesigen Bogen die Metropole umspannt, öffneten sich die Schleusen des Himmels zu einem *torrential rain*, während sich so plötzlich, wie ich es nie zuvor erlebt, eine nachtschwarze, rabenschwarze Dunkelheit übers Land legte und von der sechsspurigen Autobahn nichts mehr zu sehen war als das vom Wasser in diffuser Spiegelung zerspellte Blinken und Blenden der Fahrzeuglichter vor und hinter und rechts und links neben mir. So, eingekeilt zwischen Lastern, Bussen, Lieferwagen und Schwertransportern, ging es in stark verlangsamtem, konstantem Tempo — *Beware of Aquaplaning!* —

durch das von unten aufspritzende und vom Himmel gnadenlos niederstürzende Naß gen Westen, und nie ist mir eine Fahrt so beschwerlich, so lebensgefährlich erschienen als an jenem Abend, da ich mit stockstarr verkrampftem Leibe, nur Hände und Füße bewegend — die Stirne dicht an der Windschutzscheibe, um durch das hektische, so gut wie nutzlose Wedeln der Scheibenwischer hindurch noch irgendetwas draußen zu erspähen —, vier Stunden lang mich und meine kostbare Fracht durch diese höllische Sintflut der rettenden Raststation an der *Severn Bridge* entgegensteuerte, in deren Motel ich die Nacht überstehen wollte. Kurz vor dieser Brücke, die England mit Wales verbindet, schien der Regen ein wenig nachzulassen, und als ich am Motel endlich mit weichen Knien ausstieg, zitterten mir die Hände wie einem Parkinsonkranken.

Ein Zimmer war frei, ein altmodischer, abgenutzter, mit cognacfarbenem Teppichboden ausgelegter, freundlich erhellter und gewärmter *Room Nr. 14*, und ich schäme mich nicht, daß mir beim Anblick des elektrischen Wasserkessels, mit dem ich mir Kaffee oder Tee aus Beuteln zubereiten konnte, die Tränen kamen, Tränen der Rührung über das gastfreundliche Maschinchen, und der Erleichterung, daß diese Horrorfahrt heil überstanden war und ich jetzt im Trockenen sicher und geborgen die Regennacht verbringen durfte.

Am nächsten Morgen war der Himmel noch bedeckt, der Regen aber hatte aufgehört, und nachdem ich die Maut-Hängebrücke überquert und das Kohlerevier von Newport und Cardiff hinter mich gebracht hatte, reihte ich mich im Hafen von Pembroke in die Schlange vor der Rampe ein, die zum Frachtraum der Fähre hinaufführte. Diese legte vom Pier ab und stampfte sodann mit voller Kraft durch den Naturhafen der offenen See entgegen, während ich in der Cafeteria vor der großen Frontscheibe meinen Blick auf den Schiffsbug gerichtet hielt, der, kaum daß er die bergenden Klippen hinter sich gebracht, mit Wucht von den heranrollenden Wogen der Irischen See, die das Unwetter der letzten Nacht aufgewühlt hatte, überrollt wurde so, daß die Gischt mit fauchendem Zischen bis an die Oberdecks schäumte und der gewaltige Dampfer im dauernden Wechsel tief einzutauchen und hoch sich aufzubäumen begann. Ich hatte geglaubt, den Anblick durch die Panoramascheibe genießen zu können, aber die bedrohliche Monstrosität dieser frontal heranrollenden, hoch sich auftürmenden Dünung und der vom mächtigen Heben und Senken des Schiffsleibs angegriffene Gleichgewichtssinn schufen mir Angst und Übelkeit, so daß ich, torkelnd an den vibrierenden Wänden und Treppengeländern nach Halt tastend, die frische Luft des Hinterdecks aufsuchte, wo ich mich, den Rest der Fahrt über, mit den Augen immerfort an der Vertikale des Fahnenmastes am Heck festhielt, um auf diese Weise die konstant wechselnde Schrägung der Horizontale auszugleichen.

Nach vier Stunden kam der flache Küstenstreifen der Grafschaft Wexford in Sicht mit seinen weißen Kapitänshäusern auf den Dünen und dem Leuchtturm von Rosslare Harbour, und nun galt es nur noch, die letzten 350 Kilometer von Ost nach West zu bezwingen, immer der sinkenden Sonne entgegen auf kurvigen Landstraßen bergauf und bergab, *stepping westwards*, durch grüne Weiden und Straßendörfer mit bunten Reihenhäuschen, deren Ladenfronten ihre Namen auf rot, blau, gelb, grün oder schwarz lackierten Holzrahmen annoncierten: O'KEEFE M.P.S.I. Chemist, DOYLE'S Bar, BROSNAN'S Grocery Store, FITZGERALD'S Hardware Store, GRIFFIN'S Antiques & Furniture, MOYNIHAN Betting Office & Turf Accountant, QUINN Bakery, MOLONEY'S Drapers & Outfitters — und zuletzt stand die Sonne so tief, daß selbst die ganz heruntergezogenen Sonnenblenden den Glanz, der vom nassen Straßenbelag gespiegelt ward, nicht mehr abzuwehren vermochten und das Fahren mit angestrengt zusammengekniffenen Augen zur Blindfahrt wurde, mit Konzentration, dem unbedingten Willen, ans Ziel zu kommen, einer mir selbst unbekannten eisernen Entschlossenheit, in die Erschöpfung und eine immer den Tränen nahe Euphorie und Rührung sich mischten über die Generosität, mit der die Landschaft mich an ihr Herz drückte und willkommen hieß. So ging es ohne Pause über New Ross, Waterford, Youghal, Cork, Macroom, Killarney und Castlemaine auf die Peninsula, und als gegen Mitternacht endlich im stockdunklen Gewirr der Fuchsienhecken und Brombeerbüsche die Steinmauern meines Hauses und das vom Gras der ungemähten Wiesen, in die das Haus sich wie ein Hase duckte, schon halb überwucherte Holzgatter vom Scheinwerferlicht erfaßt wurden — als beim Ausladen des Gepäcks die balsamisch feuchte, staubfreie, unwahrscheinlich reine Luft übers Gesicht strich und die Stille des Ortes so auf die Ohren sich legte, als wäre man jählings ertaubt — als die Lampen entzündet, das Feuer im Kamin angefacht und eine Kanne Tee aufgesetzt waren — da glaubte, nein, *wußte* ich, daß meine Entscheidung die klügste, vernünftigste gewesen war, die ich je im Leben getroffen.«

»Aber warum, Herr Dr. Abendroth«, konnte ich mich zu fragen nicht enthalten, »haben Sie mir diese Anreise so in allen Einzelheiten geschildert?«

»Vielleicht, um etwas von der mythischen oder musikalischen Dimension dieses Übergangs begreiflich zu machen? Die gut drei Jahre, die nun folgten, waren ja die glücklichsten und produktivsten meines Lebens, aber um dorthin zu gelangen, bedurfte es zunächst der Mühsal, einer dunklen Passage, eines Kampfes, gewisser Prüfungen und Anstrengungen, wie wir sie aus Märchen kennen, in denen derjenige, dem das Glück winkt, erst sich bewähren muß. Ein ähnliches *Durch Nacht zum Licht* finden Sie in unzähligen Musikwerken, die düster oder gequält beginnen, mit Konflikten, die erst zum Schluß, und dann oft überwältigend, sich lösen. Im orpheischen Mythos müssen erst die Furien besänftigt werden, bevor der Sänger die elysäischen Gefilde betreten darf —

ja, ist denn nicht jede Fahrt oder Reise auch eine Art musikalischer Verlauf? Und jedes Musikwerk eine Lebensreise? Könnte es sein, daß deswegen meine Träume jetzt Nacht für Nacht *Reiseträume* sind?

Das Haus, das nun mein Zuhause wurde, war früher einmal ein Viehstall gewesen. Sein Besitzer, ein Farmer namens Joseph O'Shea, hatte von seinen unbewirtschafteten morastigen und verwilderten Ländereien, auf denen dieser längst dachlos gewordene und zur Ruine eingesunkene *cattle shed* stand, im Alter sich getrennt, indem er seine Grundstücke in *half acres* portionierte und an Ausländer verkaufte. Ihr erster Erwerber, ein Studienrat aus Westfalen, setzte den dicken Natursteinmauern der Stallruine mit Blocksteinen T-förmig einen Anbau hinzu, so daß dem Querbalken dieses T, der von Süd nach Nord wies, nun eine Längsachse von Ost nach West beigefügt wurde, ließ das Ganze überdachen, gab ihm einen Strom- und Wasseranschluß, ließ für die Abwässer eine Sickergrube ausheben und an eine Wand einen Kamin mauern, richtete das Gebäude frugal zu einem Ferienhause ein und schuf auf diese Weise ein Bauwerk, das von außen bedeutend kleiner schien als in seinem Inneren, welches im wesentlichen aus einem einzigen Raum bestand, der vom nicht unterkellerten Zementboden bis hinauf zu den freiliegenden Sparren und Tragbalken des Daches denjenigen, der es betrat, mit einer Höhe und Weite empfing, einer Großzügigkeit, die beinahe schloßartig anmutete, zumal bei Dunkelheit, wenn das Feuer im Kamin nur einen kleinen warmen Lichthof um sich herum abstrahlte und die restlichen Ecken und Winkel des Hauses in Schwärze sich verloren. Und da es keinen Dachboden gab, wirkten die holzverschalten Dachschrägen als ein Schallreflektor oder Resonanzboden, der nicht nur den kleinsten Regentropfen, der vom Himmel fiel, aufs deutlichste hören ließ — ging ein Wolkenbruch nieder, verstand man sein eigenes Wort nicht mehr —, sondern der auch die Musikanlage, die ich mir mitgebracht, begünstigt noch von der absoluten Stille der Umgebung, so trefflich klingen ließ wie ein Konzertsaal sein Orchester. Das ganze Haus war ein Musikinstrument!

Ein kleines Badezimmer und eine fast ebenso kleine Schlafkammer standen, bis zur halben Höhe des Hauses, separiert am westlichen Ende so, daß die Zimmerdecken dieser Räume unterm Dache einen Loft bildeten, welcher, zum Großraum hin offen und aus diesem über eine hölzerne Treppe zu erklimmen, wie ein flaches Zelt mit Matratzen ausgelegt, zum Ruhen einlud und durch zwei Fensterchen einen weiten Blick freigab über den Wiesengrund hinterm Hause bis zu den Hügelkuppen des Croaghmarhin und des Mt. Eagle, die im Westen den Horizont begrenzten. Meine empfindlichsten Bücher aus dem 18. Jahrhundert, Cowper und Thomson, waren hier untergebracht, weil es die trockenste Stelle des Hauses war.

Die Schlafkammer bot Platz für ein englisches Bett aus schwarzem Gußeisen mit Gitterwerk und Kugelpfosten; wer auf ihm ruhte, lag auf gleicher Höhe wie der hinterm Westfenster sich aufwölbende Erdboden und schaute gleichsam aus der Perspektive eines kleinen Tieres hinaus, etwa eines Hasen, welcher Schutz sucht im hohen Gras, das mit Schlüsselblumen, Löwenzahn, Gänseblümchen und Doldenkräutern zwischen Brombeerranken und zu Hunderten blühenden gelben Schwertlilien hoch aufwuchs und bei sinkender Sonne von ihren Strahlen goldgrün durchglüht wurde. Hier, auf der Abendseite des Hauses, so hoffte ich, könnte ich in Würde alt werden; auf diesem Bett würde ich dereinst, betagt gleich jenen alten Männern, die mit Stock und Kappe am Straßenrand, wenn jemand ihnen begegnete, zum Gruß mit dem Kopfe zuckten, mein Leben beschließen dürfen, zufrieden, versöhnt, mit dem guten Gefühl, es sei nun genug.

Auch Regale hatten an den Wänden der Kammer Platz und wurden gefüllt mit dem, was ich mitgebracht — alle Pakete aus Deutschland waren eingetroffen —, bestückt mit Keller, Kleist,

Thomas Mann, Benjamin, Adorno, mit Haydns Quartetten, Dufays Messen, Scherchens Bach, kurz, mit alledem, was man sich so auswählt für die Einsame Insel.«

Hier bat ich A., sich nicht zu sehr in Details zu verzetteln, aber er achtete meiner Bitte nur mit halbem Ohre und fuhr im immer gleichen Ton von Verklärung fort zu erzählen. »Geschreinert wurden diese Regale von einem Freund, der im Nachbardorf Ballinclea als Tischler lebte; er hieß John Holstead, ein kleiner Mann mit rotblondem Zauselbart und listig zwinkernden, wieselflinken Augen, aus Yorkshire gebürtig und ein großer Musikfreund vor dem Herrn. Regelmäßig trafen wir uns zu *music sessions*: dann traktierte ich ihn mit deutschen und er mich mit englischen Meistern, mit Gibbons, Purcell, Elgar, Vaughan Williams oder Robert Simpson, einem Spätbrucknerianer, der Monstersymphonien komponiert hatte und jetzt als Pensionär an der Nordküste der Halbinsel lebte.«

»Gab es viele solcher künstlerischen oder halbkünstlerischen Existenzen in Ihrer neuen Wahlheimat?«

»O ja! Mehrfachbegabung, Interessenvielfalt, berufliche Diversifizierung waren beinahe, wie ich behaupten möchte, eine Notwendigkeit zum Überleben an solchem Ort. Da gab es einen weiteren Freund, Bernie Goggins, der in der kleinen Hafenstadt, die den Hauptort der Halbinsel bildete, jahrelang Postmaster war, aber nicht nur das, sondern zugleich ein begnadeter Historiograph, Altertumskundler, Ornithologe, der über jeden alten Stein der Peninsula Bescheid wußte und die Brutplätze jedes Vogels, der vorüberhuschte, kannte und von der Genealogie und Geschichte aller alteingesessenen Familien erzählen konnte, in leisem, schwerstverständlichem Genuschel, aus dem Munde heraus und gleich wieder hinein in sein schwarzes Bartgekräusel.

Von sehr anderem Kaliber war mein nächster Nachbar, der zweihundert Meter entfernt in einem *two-storey farmhouse* lebte, ein Bauer namens Hanafan, der ein paar Kühe und Schweine in seinen verwahrlosten Stallungen hielt und zu jenen in Einsamkeit verrückt gewordenen Bachelors zählte, die für das ländliche Irland so charakteristisch waren. Der kleine, mit schamrotem Gesicht und hinterm Rücken verschränkten Händen immer stark gekrümmt gehende Mann war äußerst scheu, so ängstlich, daß es unmöglich war, mit ihm ins Gespräch zu kommen. Oft drückte er sich, wenn er Gefahr lief, einen anderen Menschen zu Gesicht zu bekommen, panisch ins Gebüsch, und wenn er es doch nicht vermeiden konnte, einem solchen zu begegnen, antwortete er auf dessen Gruß nur mit einem unartikulierten Grunzen. Wähnte er sich allein, hielt er laute Zwiegespräche mit seiner verstorbenen Mutter, in zwei verschiedenen Stimmlagen, wie wir es aus Hitchcocks *Psycho* kennen. Eine Tante versorgte ihn täglich mit einem Kübel Essen. Eines Tages fand sie ihn, nachdem er schon eine Weile gekränkelt, tot am Herdstein liegen. Haus und Ställe verfielen danach schnell.

Etliche Ausländer, im Ortsjargon *blow-ins* geheißen, also Herbeigewehte, Hereingeschneite, hatten sich in der Gegend niedergelassen. Deutsche Aussteiger gab es, von denen die einen mit Fleiß und Geschäftssinn reüssierten, prächtige Residenzen sich bauten am Berghang mit weitem Blick über den Ozean — die anderen, *on the dole*, in verrosteten Wohnwagen wurmisierten, Harfen bastelten und mit Hilfe bewußtseinserweiternder Drogen sich ein keltisches Mythenreich erträumten, bis sie, vollends dem Wahnsinne verfallen, als *Chieftain* sich wähnten und halbnackt auf dem Fahrrade singend und irrlichternd den Einheimischen Furcht einflößten. Da gab es den gelernten Photographen aus dem Siegerland, der sich hier das Schreinern und Maurern selbst beigebracht und zu einem gefragten Mann wurde, der Ihnen ein komplettes Haus vom Fundament bis zum Dachfirst bauen konnte. Da war die baumlange, viktorianisch-düstere, männerhassende Engländerin, die sich in ihrem *mobile home* vergrub, um das Dudelsackspielen zu lernen — die kindlich piepsige Amerikanerin, die ›magische Kristalle‹ sammelte und grauenvoll esoterische Aquarelle malte — oder die Berlinerin, die ihre erotischen Sehnsüchte auf einen Delphin richtete, der im Hafen sein Habitat gefunden, und die nun — eine touristische Sehenswürdigkeit — mit dem beflossten Meeressäuger um die Wette schwamm und tauchte. Da gab es den Seoirse Ua Luasa, der ein Buchladencafé in der Dykegate Lane betrieb, einen backenbärtigen, rothaarigen Iren wie aus dem Merian-Heft, der nie ohne sein grünes Anglerhütchen zu sehen war, das er wohl schon bei seiner Geburt getragen und gewiß auch im Schlafe nie ablegte; ein Literatenpaar aus England, das eine Theatergruppe ins Leben rief und Stücke inszenierte; einen italienischen Bildhauer, der von frühgeschichtlichen Steinkreisen sich inspirieren ließ; oder jenen alteingesessenen Grundbesitzer, Bauspekulanten, Millionär und Hafenmeister namens Michael O'Sullivan, dem auch das einzige Kino am Ort gehörte, das jeden Dienstag die Highbrows, Eggheads und Blow-Ins der Halbinsel zu einem *Film Club* lud, in dem die gewagtesten Streifen, die von der irischen Zensurbehörde andernfalls nie freigegeben worden wären, präsentiert und von ihm selbst in origineller Manier vorgestellt wurden, indem er von einem Spickzettel ablas, was er zuvor sich notiert hatte: ›*Tank you, dear friends, for cumin'. De followin' movie will grip you to de utmost, I promise. De New York Times says ›Excellent!‹. De Irish Times says ›Very movin' and enjoyable!‹. De Evenin' Herald says ›Hilarious!‹* und so immer fort; zuvor wurden Kaffee und Tee ausgeschenkt; natürlich durfte im Kino geraucht werden; und hernach, als das *national anthem* abgespielt war, zu dem alle sich erhoben, ward draußen im Regen das, was da für zwei Stunden so neu in unsere Altertümlichkeit eingebrochen war, mit Eifer diskutiert. *Wie* altertümlich diese Welt war, zeigte sich etwa an der betagten Dame, die nebenan in einem verhutzelten *Sweets & Newsagents Shop* den Kinobesuchern bittersüße, steinharte *wine gums* verkaufte und dabei fragte ›Ah, you're goin' to de pictures?‹ — als spräche man noch gar nicht von ›cinema‹ oder ›movies‹, sondern wie in den Lichtspielhäusern um 1898 von ›bewegten Bildern‹, von flackernden, mit einer Kurbel abgespulten Bildfolgen aus der Frühzeit der Kinematographie.

Humor und Witz waren unverzichtbare Elemente allen Sprechens. Wer im Supermarkt seinen Einkauf bezahlte und die lachenden Bemerkungen der Mädchen an den Kassen nicht seinerseits mit heiteren Scherzen quittierte, war ein Stoffel. Der mußte ein steinernes Herz haben. Undenkbar, dergleichen Parlando heute bei einer Kassiererin in einem deutschen Edeka-Markt auch nur zu wagen! Glauben Sie mir, ich habs versucht — Sie werden angeschaut, als wären Sie im Kopfe nicht ganz richtig.

Viele Freunde und Bekannte hatte ich in jener Zeit — mehr als je zuvor oder seither —, und wenn ich das Rechteck der vier Straßen abschritt, die das Hafenstädtchen mit seinen 1.300 Einwohnern gliederten und in denen es vom Zahnarzt bis zur Bleisatz-Druckerei alles gab, was zum Leben vonnöten war, blieb es nie aus, daß jemand meinen Weg kreuzte, mit dem ich scherzend und plaudernd, und sei es nur über das Wetter, ein Weilchen stehenblieb. Klatsch und lebenswichtige Information waren ineinander; alle erfuhren alles voneinander; in Eile war niemand; Spott würzte jedes Gespräch, war aber gutmütiger Natur und getragen von prinzipiellem Respekt vor der Individualität oder Exzentrik des Anderen. Ein guter Freund zum Beispiel wurde Dr. Fanning, der praktische Arzt des Ortes, der kein Blut sehen konnte und seinen eigenen, eher unkonventionellen Behandlungsmethoden das Verfassen von Gedichten vorzog. Einmal hatte ich mir an der Autotür den Daumen gequetscht und mir ein stark schmerzendes Hämatom unterm Fingernagel zugezogen. Diesen Bluterguß besah sich der Lyriker eine Weile, sagte nur ›fair enough‹, hielt eine Nähnadel zur Desinfizierung in eine Kerzenflamme, durchstach mit ihr den Nagel und linderte damit den schmerzenden Druck; gleichzeitig sprach er mit mir über mein Schreiben und weigerte sich hinterher, ein Honorar anzunehmen, ließ sich aber mit Belegexemplaren meiner Bücher gern entlohnen.

Krank war ich im übrigen selten. Kritisch war das Reizklima allenfalls für die Nasennebenhöhlen — auf Kehlkopf und Bronchien, Haut, Puls und Blutzirkulation, Stoffwechsel, alle äußeren und inneren Organe wirkten Wind und Luftfeuchtigkeit so belebend, daß ich zum erstenmal das Empfinden hatte, mein Körper habe nicht nur aufgehört zu altern, sondern werde an diesem Orte geradezu verjüngt.

Vom steuerfinanzierten *National Health Service*, über den in Deutschland die Greuelmärchen zirkulieren, kann ich nur Gutes sagen. Überfüllte Arztpraxen, wochenlanges Warten auf Termine, überfordertes Personal, unaufmerksame Mediziner, wie sie hierzulande die Regel geworden sind, waren dort unbekannt. Die Wartezimmer waren leer, die Gehilfinnen in der Praxis reizend lieb und nett; die Ärzte nahmen sich für die Anamnese alle Zeit der Welt und therapierten mit bedachtsamer Zurückhaltung, ohne dabei auf die Maximierung ihres Einkommens, das bescheiden, aber staatlich garantiert war, schielen zu müssen. Auch Bürokratie oder Schikanen gegen EU-Ausländer waren unbekannt; bis heute besteht ja für die *residents* der Britischen Inseln keine Melde- oder Ausweispflicht.«

Etwas gereizt — wie ich gestehen muß — von so viel Lobhudelei und Schönfärberei, fragte ich A., ob er in seiner neuen Wahlheimat so gar keinen Problemen begegnet sei, keinen Schwierigkeiten, keinerlei Mißhelligkeiten?

»Ach wissen Sie, Frau Doktor«, gab er lächelnd zur Antwort, »natürlich gab es triviale Alltagssorgen: das Dach war bei starkem Regen undicht; die Nässe des Bodens stieg vom tiefgesetzten Fundament auf ins Mauerwerk; das ganze Jahr über mußte mit Nachtspeicheröfen geheizt und der Kamin, unabhängig von der Außentemperatur, immer befeuert werden, nicht weil es kalt gewesen wäre, sondern um der enormen maritimen Luftfeuchtigkeit zu wehren. Bücher und Papiere wellten sich im Nu; Brot schimmelte schnell. Mein Citroën, ein wunderbares Auto, aber eher für südfranzösische Sonnenstraßen als für überschwemmte irische *Bohareens* geschaffen, blieb schon am ersten Tag, als er eine überflutete Straße durchquert, stehen und mußte zu *Spillane's Garage* abgeschleppt werden, zu einer Trocknung, von der sich der Motor nie wieder ganz erholte. Und von den Grundnahrungsmitteln abgesehen, war fast alles höher besteuert als in Deutschland: Benzin, Tabak, Bücher, Elektrizität, Hotels und Restaurants, Bus und Eisenbahn und Telefon — all dies war teurer, zwang zum Haushalten, zur Sparsamkeit.

Allein, was verschlugen solche Banalitäten, gemessen an dem Glück, des Morgens noch im Bademantel, mit nackten Füßen auf dem Filzboden, die Flügel der Haustüre mit ihren Sprossenfenstern aufzuschwingen, um sodann mit *einem* Schritt über die Schwelle ins taufeuchte Gras zu treten, die Arme zu breiten, tief einzuatmen und den Blick schweifen zu lassen über die schäumenden Wasser der Bucht bis zu den Bergen der Iveragh Peninsula — gemessen an dem Glück, mich dann mit qualmender Pfeife und einer Kanne Tee — *Lyon's* oder *Barry's*, kräftigbraun und stark gesüßt — an den alten Mahogany Table zu setzen, auf dem die Typenradmaschine, eine schwarze, schwere *Gabriele 9009* von Triumph-Adler, meines Tagwerks harrte, und hernach für Stunden nichts weiter zu hören als das Sausen des Windes im Schornstein, das Brummen des Kühlschranks, das schüchterne Fiepsen der Rotkehlchen, Zaunkönige und Amseln draußen in den Hecken und das Tackern der elektrischen Schreibmaschine — und am Nachmittag mit dem Wagen meine Briefe zum Dorfkaufladen & Post Office von Séamus Long zu bringen, ein vergnügtes Gespräch zu führen mit der alten Lady am Tresen, danach die Wäsche zur Laundry zu bringen und die nötigen Besorgungen zu machen: BrotEierKäseButter, eine Zeitung, die *Irish Times* oder den *Kerryman*, ein Halbdutzend Bündel Torfbriketts mit dem eingeprägten Herstellernamen *Bord na Móna*, eine neue volle, schwere Bottle Flüssiggas für den Herd, oder was immer sonst noch anfallen mochte — am Spätnachmittag mit Kalkfarbe die Mauern zu weißeln oder mit Heckenschere und *Slasher* die Fuchsien und Brombeersträucher kleinzuhalten, die andernfalls in dem feuchtmilden Klima das Haus überwuchert und verdunkelt hätten, ein ständiger Kampf gegen die üppig aufschießende Vegetation, der mich am Abend glücklich erschöpft, mit blutig zerkratzten Armen und Händen an den Kamin entließ, vor dessen Geflacker ich die letzten Stunden des Tages lesend verbrachte, um schließlich wunderbar müde ins Bett zu sinken und mich zu freuen auf das Schauspiel, das mir allnächtlich die Träume bereiten würden.«

»Die soziale Kontrolle und die strenge katholische Moral der Dorfgemeinschaft bereiteten Ihnen keine Schwierigkeiten?«

»Aber warum denn? Ausländer und Künstler hatten ja Narrenfreiheit. Das dünnbesiedelte Land gewährte seinen Bewohnern die Weiträumigkeit, deren sie zur Distanzierung bedurften. Und die Ortsgeistlichen waren keine Glaubenseiferer, sondern pflegten selber ihre Narreteien in Gestalt exzentrischen Gebarens. Sie kultivierten ihre schrullige Gelehrsamkeit, freuten sich über den mit Spott gemischten Respekt, den die *locals* ihnen entgegenbrachten, und hielten sich zum Dank dafür mit sittenstrengen Ermahnungen zurück — wohl wissend auch, daß nach ersten Enthüllungen schrecklicher Mißbrauchsfälle das Ansehen des Klerus kein ungebrochenes mehr war — und heute wohl schon fast ganz geschwunden ist — nicht unbedingt zum Vorteil eines Landes, das seine kulturelle Identität in bedeutendem Maße aus der Religion schöpft.«

»Was meinen Sie damit?«

»Ich meine den Zweifel: ob einer Gesellschaft dann, wenn ihr der humanisierende Einfluß des Glaubens wegbricht — und damit meine ich nicht die Bindung an eine *sancta ecclesia* —, wirklich Freiheit und Zivilität winkt — oder ob mit ihrer allzu jähen Desillusionierung und Säkularisierung nicht eine Art Verwahrlosung droht, der Rückfall in ein Ungezähmtes, ein moralisches und ästhetisches Vakuum, einen ungebärdigen Nihilismus. Anders gefragt: Ob nicht, wenn von der irischen Waage (die lange Zeit ein spezifisches Æquilibrium hielt zwischen Sanftmut, verträumtem Zartsinn auf der einen und Verwilderung auf der anderen Seite) das Gewicht des Glaubensphantasmas genommen wird, eine der Waagschalen bedenklich niedergedrückt werden muß von geistloser Grobheit und Härte, Geldgier, Raffgier und Stumpfsinn.«

»Sieh an! Sagten Sie mir nicht, Sie seien kein gläubiger Christ? — Und welche Rolle spielten in Ihrem Milieu die Mord- und Bombenanschläge in Ulster?«

»Sie meinen die *troubles* in den *six counties*? Nun, über diese grauenvollen Ereignisse berichteten die Zeitungen und das RTÉ, aber in unserem Alltag blieben sie ohne erkennbare Resonanz. Was da in Armagh oder Londonderry, im Nordosten der Insel sich ereignete, fand im Südwesten kaum ein Echo. Es lag zu weit entfernt, war ohne Bedeutung für die Menschen, die, wie in vielen anderen Regionen Westeuropas, zum Staat und damit zur Nationalpolitik ein eher distanziertes Verhältnis unterhielten. Was mehr zählte, war *Lokalpolitik*, ein Partikularismus, der ein wohltuendes Gegengewicht schuf zu jenem mythisch verbrämten, literarisch inspirierten und beklemmend irrationalen, als *Republicanism* getarnten *Irish Nationalism*, der mir, im Unterschied zu den meisten Blow-Ins, immer zuwider war, weil mir die Gemeinsamkeiten mit der englischen Nachbarinsel stets mehr galten als alle Gegensätze und Konflikte, und der Einzelne mehr als Volk oder Nation.«

»Und wie ging es mit Ihrer Arbeit voran? Reichten Ihre Einkünfte aus?«

»Nun, anfangs war ich besorgt, ob das fremdsprachige Milieu nicht meinem Umgang mit der deutschen Sprache auf Dauer schaden könnte. An meinen Mitausgewanderten, die im Lauf der Jahre einen babylonischen Mischmasch aus deutschen Wörtern und irisch-englischer Syntax (et vice versa) zu reden sich angewöhnt, hatte ich ja Exempla, bedenkliche genug, vor Augen. Zum Glück war ich aber gewohnt, Sprache nicht nur zur Kommunikation, sondern auch noch zu anderen Zwecken zu nutzen, und daher womöglich besser gefeit gegen jene Aufhebung der Trennung zwischen Fremd- und Muttersprache, die den Galimathias der Freunde kennzeichnete. Das Fremde blieb auch insofern fremd, als ich die ganz privaten, originären, individuellen Subtilia in ihm nie auszudrücken verstand — dies blieb dem von Geburt an Erworbenen vorbehalten und zeigte an, daß die zwei Sprachen auf nach wie vor separaten, je eigenen mentalen Etagen ihre Wohnstatt hatten, so daß fürs erste nicht zu fürchten war, daß sie sich hier in der West Kerry Gaeltacht in die Quere kämen.

An Arbeit war kein Mangel. Ich komplettierte die elisabethanischen Dramen, begann die Übertragung eines Versepos aus dem georgianischen Zeitalter, erhielt den Auftrag zur Übersetzung einer Autobiographie eines jüdischen Emigranten, der als Drehbuchautor in Hollywood lebte, sammelte Material für meinen Roman, zehrte von Ersparnissen, Honoraren und Stipendien, reiste zwischendurch nach Deutschland zur amtsgerichtlichen Scheidung meiner Ehe, nach England ans Übersetzerzentrum in Norfolk, wurde zu Lesungen eingeladen, etwa nach Klagenfurt, Wien und Südtirol, oder zur Frankfurter Buchmesse — und stelle heute, fünfzehn Jahre später, erstaunt fest, daß Wohlwollen und Interesse an meiner Arbeit nie größer waren als zu der Zeit, da ich nicht mitten im Betrieb mich tummelte, sondern eine Randexistenz an der äußersten Peripherie Europas führte. Aber gut, es stimmt wohl, was eine Freundin einmal schrieb: *Denn das Schöne findet nur am Rande statt.*

Der Juni 1997 war ungewöhnlich sonnig und heiß. Im sonst so aufgewühlten, kalten Atlantik ließ sich herrlich baden; mit dem

Ausflugsboot übersetzte ich auf die bis 1953 noch bewohnte, der Spitze der Halbinsel vorgelagerte *Great Blasket Island*, die durch die Lebenserinnerungen ihres Bewohners Tomás Ó Crohan, ins Deutsche übertragen vom Ehepaar Böll, zu einigen literarischen Ehren gekommen ist, wanderte im blauen Sommerdunst über den Walfischrücken des Eilands und durch die Ruinen des Dorfes an seinem südöstlichen Hang, spähte hinüber zum Ultima Thule des Leuchtturms auf der gischtumschäumten Felspyramide von *An Tearaght* — und kurz darauf besuchte mich eine Fernsehcrew des ZDF, die für den Bachmann-Wettbewerb ein Kurzporträt drehen sollte. Das war eine seltsame Erfahrung. Zum Drehort wurde ein Steinfort aus der Bronzezeit gewählt, das auf einer abschüssigen Weide über den Klippen der Dingle Bay stand. Der Regisseur bat mich, einen Steinhaufen zu umrunden, ein Buch in der Hand, gemächlichen Schrittes, *in pensive mood*, und dies tat ich, da der Fernsehmann nie ganz zufrieden war, ein ums andere Mal immer wieder, bis mir — *Klappe! Film ab! Ton läuft!* — schwindelig wurde; und das Eigentümliche dabei war das Empfinden, als *verriete* ich mit diesem prätentiösen Tun meine Heimat, als entweihte ich gewissermaßen mit der albernen Inszenierung die scheue, intime, innige Bindung, die ich an das Environment unterhielt, als werde hier das Persönlichste zur Reklame meiner selbst verdorben, mit einer Werbe-Ästhetik, der ich gerade an diesem Ort für immer zu entkommen gehofft.«

Einen letzten Versuch, Abendroths Idealisierungen zu entzaubern, unternahm ich, indem ich fragte: »Aber die Winter waren vermutlich hart, mit *plenty of rain*?«

»Ach, keineswegs. Regen verhieß ja *Leben* — und allerschönste *rainbows* obendrein: ›Gottes Gnadenzeichen, nachdem die Sündfluth sich verzogen‹ —, und wenn im Oktober mit den Zugvögeln auch die *visitors* in ihren Reisebussen entschwanden, senkte sich ein großer Frieden über das Gefilde. Stille und Dunkelheit breiteten sich aus, gloriose Sonnenuntergänge erleuchteten Berge und Meer, scharf ausgeschnittene Silhouetten von Telegraphenmasten, Schornsteinen und entlaubten Bäumen standen schwarz gegen die letzte klare Himmelsbläue, und selbst wenn bleigraues Licht auf die Landschaft drückte, war diese doch nie monochrom, sondern in ihren Farben unendlich ausdifferenziert zwischen tintengrau, steingrau, farngrün, schiefergrün, rostrot, ocker-braun und tausend weiteren Tönungen und Nuancen. Gewiß, die Orkane zu Weihnachten oder Neujahr waren wild: dann schwankte die Lampe unterm Dache wie auf einem Emigrantenschiff, und der Sturm trieb den Regen waagerecht unter der Tür hindurch, so daß ihre Ritzen mit Tüchern und Zeitungspapier abgedichtet werden mußten gegen die hereinschießende Flut. Aber Kälte herrschte selten, und wenn doch einmal Rauhreif fiel, dann knirschte im Mondlicht das Gras unterm Schritt so wundersam wie feines Glas.«

Vor dieser Eloge mußte ich die Waffen strecken. Erschöpft, raffte ich mich nur noch zu der Frage auf: »Und dieses Idyll haben Sie preisgegeben?«

»Das war *Freiheit*, kein Idyll. Aber wenn Sie es so nennen wollen — es endete, ja.« Und nie habe ich Abendroths Antlitz dermaßen eingebittert, verhärtet, gleichsam petrifiziert gesehen, wie es sich mir bei dieser Bestätigung wies.

hörprobe

»Ellen? Bist du wach?« Dreimal hatte Charles Swindon geklopft, zaghaft, ehe er es wagte, die Türe zum Zimmer seiner Gattin zu öffnen, geschrägten Kopfes hereinzulugen und auf Zehenspitzen dem Krankenbette sich zu nähern, wo er ein Tablett mit einem Napf Haferschleim, einer Schnabeltasse Kräutertee und einer Plastikschale, die ein buntes Sammelsurium von Tabletten und Dragées enthielt, auf einem Nachttischchen absetzte.

Leise trat er ans Fenster, zog die Stores auf und tappte dann wieder verstohlen ans Lager der Kranken, deren Augen ausdrucksleer, mit verengten Pupillen, zur Zimmerdecke starrten; und wiewohl Swindon sich vor dem Anblick fürchtete, setzte er sich zu seiner Frau auf die Bettkante, nahm eine ihrer beiden Hände, die reglos auf der Bettdecke gefaltet lagen, in seine Linke, und tätschelte ihr mit der Rechten aufmunternd die kalten, abgemagerten Finger, während sein Blick prüfend hinabschweifte zur Kanüle an ihrem linken Unterarm und hinauf zu der Infusionsflasche, die an einem Galgen überm Bette hing.

»Ellen? Darling? Wie geht es uns heute?«

»Ach, Charles. Wie oft soll ich es noch sagen. Ich kann doch nicht wissen, wie es *dir* geht. *Mir* geht es, wie ein Bulletin es formulieren würde, den Umständen entsprechend.«

Nur noch ein heiseres Krächzen war das, was an sein Ohr drang; um besser zu verstehen, beugte er sich tiefer nieder und fragte:

»Kann ich dir irgend etwas Gutes tun? Brauchst du irgendwas? Soll ich dir etwas bringen? Hättest du Freude daran, wenn ich dir aus der TIMES vorläse?«

»Ja, lies nur. Aber sei mir nicht gram, wenn ich dabei einnicke.«

»Of course not, darling. Here we are.« Und mit umständlichem Geraschel entfaltete er das Blatt. »Headlines: 18 die in

Fastnet Race disaster, o dear, o dear. Heavy seas with severe gusts. Nasty weather down there, well, what would you expect from the Irish Sea ... Sandinist guerillas gain victory in Nicaragua. Somoza has fled. Should have made himself scarce somewhat earlier, eh? ... Jazus Christ! 100 people held hostage in Teheran's US embassy. Chomeini is singing halal-ujah or tally-ho, I suppose ... Carter debates SALT-II with Breshnev. Next we have — no, let's stop this rubbish.«

Ellen hatte begonnen, den Kopf unruhig auf den Kissen hin- und herzudrehen, so daß Charles die Zeitung sinken ließ und seiner Frau mit der Hand besänftigend über Stirn und Schläfen strich. Da schellte die Haustürglocke.

»Ah, das kann nur der Postbote sein. Bin gleich wieder da.« Swindon erhob sich rasch vom Krankenlager, verließ das Zimmer, stieg die Treppe hinab und wechselte ein paar Worte im Parterre. Als er wieder eintrat, brachte er ein quadratisches, flaches Paket mit, das er, kaum daß er sich niedergesetzt auf die Bettkante, mit Hilfe eines Küchenmessers öffnete. »Look, sweetheart!« rief er, »Polyphon hat die Belegexemplare der Schubert-Impromptus geschickt. Das ging flott, was? Vor vier Monaten erst hast du sie eingespielt. Erinnerst du dich?«

Es war Ellen Swindon anzusehen, daß sie sich zu erinnern suchte, aber ihre Gedanken nur noch mit Mühe auf die Schallplatten richten konnte, die ihr Gatte jetzt, strahlend vor Stolz und Freude, aus dem Transportkarton zog. »Schau, hier!« triumphierte er, und wies seiner Gattin eine Hülle vor, der er die transparente Schutzfolie abgezogen. Das Cover zeigte in naiver Stilisierung, mit dick geschwungenen Linien und in kräftigen Farben eine Dame, die mit hoch aufgetürmter Coiffure im Reifrock am Cembalo saß, umrankt von floralen Ornamenten; selbst die Schrift war vegetabilisch geschweift und gekräuselt in jenem kindlichen *Pop Art Style*, wie er für die frühen siebziger Jahre charakteristisch gewesen.

»Schubert isn't Rococo«, krächzte die Kranke und verzog unwillig das Gesicht.

»You're right, darling«, beschwichtigte Swindon, »of course not. American art directors always like to trifle with their topics, don't they? Maybe their intention was to offer a pinch of psychedelic æsthetics, hoping those Californian hippies would swallow the hook.«

»Depends on the bait. They might prefer the Stones.«

»That's right. But let's not take it too seriously. It's just pop and fun.«

»Schubert didn't know any pop yet. Said he didn't know any merry music at all.«

Da er sah, daß das Äußere der Schallplatte seiner Gattin eher Unbehagen als Freude bereitete, schlug er ihr eine Hörprobe vor. Ohne auf ihre Zustimmung oder Ablehnung zu warten, sprang er auf, holte aus dem Nebenzimmer einen portablen monauralen Plattenwechsler der Marke Dual, stellte ihn auf der Chippendale-Kommode ab, suchte für den Stecker eine Buchse und placierte den Deckel, in den der Lautsprecher eingebaut war, auf einen Stuhl am Bett. Dann legte er die Platte auf, drückte den Schalter für die Schwenk- und Absenk-Automatik des Tonarms und nahm rasch wieder Platz auf der Bettkante.

Mrs. Swindon rührte sich nicht in ihren Kissen und gab keinen Laut von sich, als die Musik erklang. Auch ihr Gatte saß reglos gebannt vor dem Lautsprecher, bis der Tonarm, nachdem er die ganze Spirale der Nadelkurven durchlaufen, aus den Auslaufrillen mit lautem Knacken sich hob und in die Ausgangsstellung zurückschwenkte. Dann erst wandte sich Charles seiner Gattin zu und bedachte das Gehörte mit Ausdrücken höchsten Lobes. »You've added a third dimension to your playing«, stammelte er nur; »you get at what is inside the music, what lies behind it.« Doch da Ellen weiterhin keine Regung zeigte, sondern unverwandt mit weit geöffneten, ausdruckslosen Augen stumm vor ihm lag, beugte er sich zu ihr nieder und fragte besorgt, ob ihre Aufnahme ihr nicht gefalle.

»Das war nicht meine Aufnahme«, murmelte sie matt.

»I beg your pardon?«

»Das habe nicht *ich* gespielt.«

»Aber Kindchen, wer denn sonst? Natürlich hast du das gespielt, das weißt du doch noch. Du wirst dich doch erinnern an den Nachmittag: Es regnete in Strömen; wir mußten das Rauschen der Regenrinnen extra wegfiltern. Im zweiten Stück bei Takt 16 schellte die Türklingel, weil der Milchmann das Warnschild nicht gelesen hatte, und da mußten wir ab Takt 9 einen neuen Take machen: das wirst du doch noch wissen!«

»Was du sagst, weiß ich schon noch. Aber diese Musik hier, die wir eben gehört haben — die kommt nicht von mir.«

»Ja aber von wem denn sonst?« Swindon tupfte sich den Schweiß von der Stirn; dann wischte er sich die Brille am Ärmel der Strickjacke blank.

»Ich weiß noch, daß ich das Tempo schneller genommen habe. Daß ich die Achtelketten im Baß unregelmäßig, mit kleinen Stockungen auf es und g durchlaufen ließ. Daß ich den Auftakt an die Eins gebunden, bei Takt 21 kein Legato gemacht, vier Takte vor Schluß kurz Pedal genommen habe. Und weiß noch genau, wie oft ich danebengegriffen habe. Daß ich die Finger nicht mehr genug spreizen konnte für Oktaven oder Dezimen. Das war *nicht* ich, der da eben gespielt hat!«

»For heaven's sake, wer denn sonst? Natürlich hast *du* das gespielt, Sweetheart; es ist dir jetzt nur nicht mehr gegenwärtig. Eine Folge der Krankheit, nicht wahr; man ist da nicht mehr so klar im Kopf; die Medikamente machen wohl ebenfalls ein bißchen vergeßlich, das steht sicher auch auf dem Beipackzettel. Hier — warte — ich les' es dir vor: ›Amnesien können auftreten‹, ›mnestische Trübungen‹ — das ist traurig, aber kein Drama. Das wird schon wieder, wirst sehen!«

»Red' keinen Nonsense, Charles Swindon.«

»Aber wieso denn Nonsense? Unser Gedächtnis spielt uns allen oft die tollsten Streiche. Warum freust du dich nicht über deine großartige Performance? Niemand im Königreich kommt dir gleich! Du warst nicht nur, sondern bist und bleibst Englands bedeutendste Pianistin! Daran kann doch gar kein Zweifel bestehen. Diese Aufnahme ist aufs neue perfekt, so untadelig wie alle anderen bisher; das wird auch Birthwhistle in seiner Rezension wieder bestätigen.«

»Das ist auch nicht mein Flügel gewesen, den wir gehört haben. Das war kein Bösendorfer.«

»Ja aber freilich wars dein Instrument! Es klingt nur immer etwas anders auf der Schallplatte als in natura, das weißt du doch. Die schlechte amerikanische Pressung, nicht? Und dann bedenke, daß unsere Bänder —«

»Bänder? Sagtest du mir nicht, das Aufnahmeverfahren sei kein analoges mehr?«

»Richtig, Kindchen, die *Aufnahme* ist digital, wird aber auf Bändern gespeichert, und diese werden ja nach Cincinnati geschickt, nicht wahr, in die USA, das ist eine schrecklich weite Entfernung, da kann schon mal der Klang sich verändern auf dem langen Transportweg. Und dann bedenke, daß die Produzenten das Material noch einmal bearbeiten, bevor es zur Pressung kommt, ihm Hall zusetzen, Frequenzen beschneiden, es dynamisch spreizen, auf alle möglichen Arten verbessern, die unserem Einfluß entzogen sind.«

»Charles, du weißt, daß ich Klangmanipulationen immer ausdrücklich untersagt habe in unseren Verträgen.«

»Dann hätte aber nicht *ich* sie zu verantworten, falls es sich um solche handeln sollte.« Erneut tupfte sich Swindon den Schweiß von der Stirne. Er fühlte sich erbärmlich. Er log — und er wußte, daß seine todkranke Gattin wußte, daß er log. Nach kurzem Überlegen setzte er, so sanft und sachlich wie möglich, hinzu:

»Vielleicht sollten wir beide die Idee von Urheberschaft selber einmal gründlich überdenken. Was heißt das denn: ›mein‹ Spiel, ›meine‹ Interpretation, ›meine‹ Musik? Die Musik kommt nicht von uns, sondern von Schubert. Wenn wir sie spielen, geben wir dem Hörer ein akustisches Material an die Hand, das er im Kopf auf je eigene, völlig verschiedene Weise transformiert. Ja, man könnte so weit gehen, zu behaupten, es sei völlig egal, wie das Werk realisiert wird. Weil diese Realisierung nur ein Rohstoff ist, der erst im Gehirn des Perzipierenden zur Interpretation wird. *Er* ist es, der die Musik auslegt, deutet, mit Sinngehalt füllt, mit Bedeutung und Empfindung anreichert, verlebendigt, gliedert, versteht, oder auch, bei Müdigkeit oder Desinteresse, an sich abgleiten läßt, in Belanglosigkeit fallen läßt. Und dazu bedient er sich der Noten, oder seiner eigenen Hände, oder der Hände von Klein-Hänschen oder meiner geliebten Ellen Swindon, und weder Hänschen noch Ellen haben den geringsten Einfluß darauf, was dieser Rezipient mit der Musik anstellt, die ihm zum Gebrauch serviert wird.«

»Du meinst also, es sei zuletzt völlig gleichgültig, wie Musik gespielt wird?«

»Daß du mich doch immer mißverstehst! Nein, für den, der spielt, ist es das selbstverständlich nicht. Denn sein Tun ist eine Aneignung, eine Sinnstiftung, die ihr Recht und ihre Notwendigkeit an sich selber hat. Was wir aber in Zweifel ziehen können, ist der Anspruch auf einen *objektiven Wahrheitsgehalt* der Sache selbst.«

»Das kann nicht dein Ernst sein, Charles. Dann dürften wir keinen Unterschied mehr machen zwischen schöner und häßlicher, guter und schlechter, richtiger oder falscher Darstellung? Dann wäre das musikalische Kunstwerk ins willkürlich Private gestellt, in die beliebig tändelnde Selbstherrlichkeit dessen, der mit ihr sein Spiel treibt?«

»Alles, was ich in Zweifel ziehe, ist die Idee eines platonischen Urbilds. Wenn wir die Realisierung von Musik als ›sinnliches Scheinen der Idee‹ begreifen, setzen wir ›die Idee‹ voraus. Aber welche sollte das sein? Wo sollten wir sie finden, Ellen? In den Noten? Die sind nur auf den ersten Blick eine mittels Zeichen fixierte ›Wahrheit‹ — auf den zweiten, genaueren Blick zumeist kaum mehr als eine Art Ausführungsanleitung, praktische Handlungsanweisung für den Musiker zwecks Lautwerdung eines irgendwie Gemeinten. Aber je nun, meinen läßt sich viel — und *sagen* noch viel mehr. Und *von wem* das Gesagte kommt, ist dann letztlich kaum relevant. Nicht grundlos war die Idee von Authentizität im Sinne von Urheberschaft bis ins 18. Jahrhundert ästhetisch und daher auch wirtschaftlich — denk an das fehlende Urheberrecht! — nicht sehr gewichtig.«

»Aber dann verstehe ich dein Lob nicht. Was liegt noch daran, ob mein Spiel, wie du meinst, ›großartig‹ oder ›perfekt‹ sei, wenn es am Ende darauf gar nicht ankommt?«

»Es ist ja nur ein Gedankenspiel, Sweetheart. Es könnte doch sein, daß eine schlecht klingende, technisch imperfekte, von Fehlern entstellte, stilistisch fragwürdige Schallaufzeichnung dem Hörer besser von Nutzen ist als eine in jeder Hinsicht ausgefeilte Aufnahme. Weil ihre Insuffizienz ihn auffordert, nein, dazu *zwingt*, das Gehörte nicht als Konsument träge zu genießen, sondern wach, interaktiv, aufmerksam, *widerständig* als Partizipient revidierend und *korrigierend* gleichsam mitzukomponieren.«

»Grauenvolle Vorstellung. Du weißt, wie hybrid das wäre, Charles. Sollen wir jedem Trottel erlauben, sich in Beethovens kompositorische Prozesse einzumischen? Sollen wir den Werkbegriff selber preisgeben?«

»Wieso? Auf die Art erfährt er vom Werk mehr, als wenn es ihm auf dem Silbertablett serviert wird. Je schlechter die Aufnahme, desto besser, nämlich schärfer und genauer muß er hinhören. Je individuierter sie aber ist, desto restriktiver beschneidet sie seine Freiheit. Und erst eine problematische Darstellung macht ihm bewußt, daß Komponieren Problemlösung ist, eine Folge von Entscheidungszwängen, Dilemmata, Paradoxien; und daß Komponieren nicht Affirmation ist, sondern Kritik am Komponieren anderer, Abarbeitung eines Geistigen an einem geistfähigen Material und manchmal sogar ein Martyrium. Und so kommt er zuletzt darauf, daß es eine platonische Idee des Werkes gar nicht gibt, nicht geben *kann*, nie gegeben hat, sondern immer nur Approximationen, Versuche, Entwürfe, Konzepte, Ahnungen, Andeutungen und Intentionen im steten Flusse historischer Variablen, das Umkreisen eines prinzipiell Unerreichbaren. Derart sind Komposition, Interpretation und Rezeption ineinander. Adornos musikalische Aphorismen sind, so gesehen, Impromptus, Moments musicaux, und seine Essays Sonaten sui generis. Der Wahrheitsanspruch, den das Spiel eines Backhaus oder Kempff oder Horowitz erhebt, wird nicht in und an sich eingelöst, sondern bewährt sich allenfalls am *Dialog*, an der Kontroverse mit den Darstellungsverfahren der Kollegen — oder soll ich sagen: Rivalen? Und das ist ein unabschließbarer Prozeß, denn was so ein Musiker formuliert, ist ja nicht eine Argumentation, sondern bloß eine Setzung, etwas Thetisches. Diese These aber behauptet eigensinnig eine private Wahrheit, die im Grunde ein *Trug* ist, ein Blendwerk, ein Conceit — und der Hörer tut gut daran, an ihr zu zweifeln. Denn das allein ist es, worauf sie hinauswill: auf ihr *Echo* — auf das ›Ja, aber‹ oder ›Nein, weil‹ oder ›Richtig, obwohl‹ oder ›Falsch, denn‹ des *denkenden Hörens* — dem es freisteht, das Häßliche ins Schöne zu übersetzen et vice versa, so daß es unter diesem Aspekt tatsächlich völlig gleichgültig wäre, wie eine Musik erklänge, da doch alle entscheidenden Prozesse im Kopf des Rezipierenden und nicht im akustisch Ephemeren und in summa Beliebigen der Außenwelt sich ereignen. Nun sind aber jene Interna ein unbekannter, unbetretbarer Kontinent, eine *terra australis* des Geistes, und die Fülle der mentalen

Transformationen, die das Gehörte erfährt, ist prinzipiell indefinit so, daß sich die vermeintliche Bedeutungslosigkeit des äußerlich Erklingenden auch wiederum aufhebt und einer höheren Bedeutung — vielleicht einem Korrektiv? — Platz macht. Insofern ist dein Klavierspiel, Darling, wie schon gesagt — hörst du mir überhaupt noch zu?«

Die Frage war ins Leere gesprochen. Ellen Swindon hatte sich zur Seite gedreht und beide Hände unter die rechte Wange gelegt; ihre Augen hatten sich geschlossen und ein leises Röcheln und langsame, tiefe Atemzüge taten kund, daß sie eingeschlafen war. Seufzend erhob sich ihr Gatte von der Bettkante, strich ihr die Decke glatt und streifte der Schlafenden mit den Fingerspitzen sacht eine Haarsträhne von der Stirn. Er prüfte noch einmal die Füllmenge der Infusionsflasche, dann trat er ans Fenster, und nachdem er eine Weile hinausgeschaut auf die Thuja-Hecken und den Springbrunnen im Garten, ließ er die Stores nieder, überlegte kurz, ob er die Schallplatten und das Abspielgerät mit hinausnehmen solle, entschied sich dann, sie im Zimmer zu lassen, und verließ auf Zehenspitzen, achtsam, daß keine knarrende Diele die Schlafende wecke, den Raum.

4.

zweites ende

»Was ist eigentlich aus diesem komischen Hasen geworden, den Sie zum fünften Geburtstag geschenkt bekamen?« Ich gestehe, daß es mir mit der Frage darum ging, Abendroth einmal kurz aus der Fassung zu bringen, ihn aus der zwanghaften Loquazität zu reißen, in der er sich, zu meinem Überdruß, stets wieder neu verlor.

»Der kleine Gefährte, den Sie ›komisch‹ zu nennen belieben, wich mir schlafend nie von der Seite. Daß er bei einer meiner zahllosen Reisen oder Umsiedlungen nie aus dem Staube sich machte, sondern mir Treue bewahrte, rechne ich ihm hoch an. In Irland hatte er in einem hölzernen Schubkasten Zuflucht gefunden, der mit aller übrigen Habe Anfang Mai 2001 in einem Transporter verstaut und zurück auf den Kontinent verfrachtet wurde.«

»Und was veranlaßte Sie, Ihrer ›Heimat‹ untreu zu werden?«

»Das ist eine verwickelte Geschichte, nicht leicht zu schildern.« Und A. begann wieder, sich zu verkrampfen — sich zu sträuben wie ein Igel, der seine Stacheln aufstellt — die Beine ineinander zu schrauben, die Ellbogen auf den Tisch zu stemmen, den Aschenbecher hin und wider zu schurren, die Stimme zu senken und dabei die Sprache schärfer zu prononcieren, zu verlangsamen, und in dieser retardiert gewundenen Diktion seine Bandwurmsätze abzufädeln.

»Annähernd drei Jahre lang hatte mir das Land nun gewährt, wessen ich bedurft: Frieden, Ruhe, Stille, Freundschaften, Empfindsamkeit, Phantasie, Produktivität, Gesundheit und eine überwältigende Natur. Wollte ich zuviel? War ich nie gesättigt — wie im Märchen vom Fischer und seiner Frau? Denn zweierlei fehlte noch in diesem Reigen: die Liebe einer Frau — und ein intellektuell fordernder, lebendiger Respons auf das, was ich war und tat, ein *kultiviertes* Echo auf meine Sprache, meine Literatur und Musik. Ich war offenbar zu anspruchsvoll, gab mich — wie ich heute tadeln muß — nicht zufrieden mit den Privilegien, all dem Reichtum, der mir schon beschieden, sondern sehnte mich nach einem stimmigen Zusammenschluß von Natur mit *Kultur*, dem väterlichen und dem mütterlichen Erbteil meines Wesens. Diese zwei gleichstarken Bestandteile meiner Veranlagung sollten, so ersehnte ich es, nicht auf Dauer voneinander geschieden bleiben — ein stilles Grauen überfiel mich bei der Befürchtung, in meinem von Gestrüpp überwucherten Fuchsbau selber zum Tier zu werden und ungeschliffen, unzivilisiert, verwildert — wie Nachbar Hanafan in irren Selbstgesprächen verloren — meiner Musik und ihrem kontinentaleuropäischen Kontext abhanden zu kommen und am Lebensende gänzlich zu verwahrlosen. Vielleicht wäre alles anders geworden, wenn ich in Irland mich vornehmlich mit *Irish matters* abgegeben hätte, mit Fischerei, Schafzucht, Pulloverstricken, Töpfern und Weben. Aber was ich *war*, blieb nun einmal der seit den frühesten Jahren geprägten Identität verhaftet, und ich war jetzt als Mittvierziger alt genug, um absehen zu können, daß sich daran auch in Zukunft nichts ändern würde.

Zum erstenmal bewußt wurde mir der Mangel, der hinter dieser Sehnsucht stand, in jenen Augustwochen 1997, die ich der Bewerbung um den Klagenfurter Bachmann-Preis — zum Ausgleich für die Enttäuschung darüber, daß sie gescheitert war — in Wien angehängt hatte. Kein größerer Kontrast zur britannischen Wahlheimat war ja denkbar als das phäakische Leben in der musikalischen Welthauptstadt, in der überall die eigene Sprache in schöner dialektaler Färbung zu hören war und allerorten die Spuren des geliebten achtzehnten Jahrhunderts sichtbar waren in Museen, Gärten, Parks und Palästen, eine hochsommerlich prangende Urbanität und Opulenz, wohlhabend, zivilisiert, mit angenehmen Manieren und einer sehr humanen Intellektualität.

Mit österreichischen Freunden unternahm ich Ausflüge zu Schlössern und Burgen der tschechischen Grenzregion, ins Wein- und ins Waldviertel, ins Burgenland mit seinen hitzeflimmernden Maisfeldern und, da nun die ungarische Grenze jedem offenstand, zum erstenmal nach Fertőd zum Schloß des Fürsten Esterházy, in dem einst Haydn seine Arbeitssommer verbrachte. In Wien saß ich in Heurigenlokalen, Schani-Gärten und Kaffeehäusern, korrigierte dort mit der Lektorin eines Kleinverlags die Druckfahnen einer irischen Legende aus dem Mittelalter, die ich übersetzt hatte, und wurde, da wir uns sympathisch fanden, im Anschluß an diese Arbeit von der Dame zu einem Kulturfestival eingeladen, das Ende September in Südtirol stattfinden sollte und dessen Organisatorin sie war.

All das genoß ich so, wie ein Dürstender einen vollen Humpen leert, und heute sage ich mir, daß ich zu dem Genusse nur deshalb fähig war, weil ich ja wußte, daß alsbald wieder Stille, Frieden und ländliche Einsamkeit auf mich warteten zum Ausgleich für das Trommelfeuer der Innervationen und klimatischen Belastungen, all jener Anforderungen, die die festländische Großstadt an den Insulaner stellte.

Heimgekehrt nach Irland, wurde mir die kulturelle Dürftigkeit des entlegenen Fleckens, den ich mir zur Heimat gewählt, schärfer bewußt als bisher; um dieser Anmutung zu wehren, nutzte ich die verbleibende Zeit zu einer Erkundungstour, die mich weit in den Nordwesten des Landes führte, quer durch Clare, Connemara und Mayo auf den *Croagh Patrick*, den Heiligen Berg, auf die abgeschiedenen Eilande *Inishbofin* und *Clare Island,* und das Gesehene verfehlte nicht, sich mir tief ins Gemüt zu senken und die innige Bindung an das Land — die in Wahrheit nie ernsthaft gefährdet war — neu aufzufrischen.

Ich war daher guter Dinge, als ich im September schon wieder die Koffer packte, um mit dem Flugzeug über Dublin und Frankfurt nach Innsbruck aufzubrechen, wo ich mich in den Zug

Richtung Bozen setzte; und was dann auf dem Kulturfestival bei Meran geschah, habe ich in einer kleinen Novelle mit veränderten Orts- und Personennamen so geschildert, daß ich mir erlauben darf, Sie bei Interesse auf dieses Prosabändchen mit dem Titel AMOUR FOU zu verweisen, das 2004 bei Rowohlt erschien. Im Anschluß an meine Lesung in Südtirol wollte ich die Frankfurter Buchmesse besuchen und überbrückte die Zeit bis zu deren Eröffnung mit einem Aufenthalt in den Dolomiten, quartierte mich vis-à-vis dem Schlern und der Seiseralm in einem alten hochgelegenen, holzknarrenden Berggasthofe ein, verbrachte danach noch zwei Tage im *Weißen Kreuz* zu Innsbruck, in dem schon Vater Mozart mit seinem Sohn auf der Fahrt nach Italien abgestiegen war, flog sodann nach Frankfurt, verliebte mich dort in besagte Lektorin, lud sie zu einem Besuche ein nach Irland, verließ die Buchmesse mit der obligatorischen Messe-Grippe und war froh, nach diesem Reise-Delirium gegen Mitternacht auf dem Regional-Airport Farranfore aus der kleinen, propellergetriebenen Fokker zu steigen, um mich wieder hinters Lenkrad meines Autos zu klemmen und fiebrig, vollgepumpt mit Aspirin, auf der kurvigen *coastal road* über Castlemaine und Annascaul heimzurasen durch die sternklare irische Nacht. Wie habe ich dieses Nach-Hause-Kommen immer geliebt! Wie grausam ferngerückt in der Erinnerung ist es jetzt und wie gegenwärtig im Herzen weiterhin!«

»Ein bewegtes Jahr, wie's scheint.«

»In der Tat. Mitte Dezember, kurz nach meinem neunundvierzigsten Geburtstag, kam die neue Freundin zu Besuch, und da mir unvorstellbar war, sie kurz darauf wieder ziehen zu lassen, entschied ich mich, sie nach Wien zu begleiten; wie es dann weitergehen sollte, würde sich zeigen. Gesagt, getan — am Heiligabend, auf dem Flug von Dublin nach Vienna, wurden wir von greulichem Wetter etliche Stunden mit Sturm und Regen beim Transit auf dem *Charles de Gaulle*-Airport in Paris festgehalten;

schließlich hob die Anschlußmaschine der AUA ab, in der man uns ein Fläschchen Weihnachtssekt kredenzte, das für die Turbulenzen entschädigen sollte, die das Flugzeug, hart wie auf Schlaglöchern, überm Alpenvorland durchrüttelten. Nach Irland zurück kam ich dann erst wieder im März des folgenden Jahres.«

Abendroths Erzählung geriet hier ins Stocken. Seinen sonst so starken Redefluß bremste eine eigentümliche Verkrampfung, die sich physiognomisch in gerunzelten Brauen, zuckenden Lippen und mahlenden Kaubewegungen der Wangenmuskulatur ausdrückte; fahrige, schlenkernde Regungen der Arme und Hände kamen hinzu; es war ganz klar, daß eine gewisse emotionale Blockade, die aus irgendeiner Verwundung rühren mochte, jenes von Pausen und Hüsteln durchlöcherte Gestammel bewirkte, das seine Rede im folgenden so inkohärent machte.

»Die Situation, in die ich mich nun begeben hatte, verlangte zuvörderst eine enorme Anpassungsleistung. Denn einzig mir, als dem Gast meiner Gastgeberin, oblag es, mich zu adaptieren an ein neues, fremdes Milieu. Alle kommenden Konflikte und Probleme waren in diesem Ungleichgewicht bereits vorprogrammiert, und mit etwas mehr Selbstkritik und besserer Selbsterkenntnis hätte ich zu Beginn schon voraussehen können, daß das Projekt, die westliche Meeresnatur mit der östlichen Stadtkultur zu versöhnen, zum Scheitern verurteilt war.

Was mich von dieser Einsicht abhielt, war in summa eine so umfassende Ablenkung, Zerstreuung im Verein mit den sensuellen und mentalen Herausforderungen, die mit dem starken Affekt meiner neuen Bindung einhergingen, daß hier nun von einer ›Verjüngung‹ keine Rede mehr sein konnte. Die Strapazen machten, daß ich mich binnen kurzem um Jahre gealtert fühlte — was der um sechzehn Jahre jüngeren Freundin nicht gefallen konnte.

Mit dem Klima fing es an. Wien erfuhr in den Jahren, die ich in der Stadt verbringen sollte, lange bittere, eiskalte Winter und brutal heiße oder schwüle Sommer, extreme Temperaturgegensätze, die weniger von den Alpen im Westen als von der pannonischen Tiefebene im Osten herkamen, die sich bis weit nach Ungarn hinein erstreckt — ein Kontinentalklima, das meiner Gewöhnung an das temperierte feuchtwindige Wetter am Atlantik so kraß entgegenstand, daß ich wiederholt bei Spaziergängen, einen Kollaps befürchtend, mich auf einer Ruhebank ausstrecken mußte, was bei der Freundin Besorgnis auslöste, gemischt mit einer Prise Verärgerung und spöttischer Ungeduld ob solcher Schlaffheit.

Auch die Berge machten mir zu schaffen. So herrlich sie dem Auge sich wiesen — es war denn doch ein Unterschied, ob man sie als ästhetischen Gegenstand in den Blick nahm, oder mit dem kleinen Peugeot, den die Dame besaß, in rasanter Serpentinenfahrt über klaffenden Abgründen erstürmte oder zu Fuß an schroffen, bröckeligen Hängen erklomm. Schwindel und Angst, Gefühle, die ich auf irischen Steilklippen nie gekannt, überfielen mich oft, und dünne Höhenluft, die ich als Kind auf den Paßstraßen noch genossen, zwang mich ein ums andere Mal, haltzumachen und am Saum des Pfades mich eine Weile niederzulegen, um einer drohenden Ohnmacht zu wehren, indes die Freundin, in den Bergen Südtirols aufgewachsen, munter und furchtlos wie eine Gemse weiterstieg ins Gefels.

An konzentriertes, kontinuierliches Arbeiten war unter sotanen Umständen nicht mehr zu denken. Ein rastloses *Unterwegs* prägte fast jeden Tag. Menschen, die ich wie selbstverständlich als Freunde wahrzunehmen hatte, wurden entweder besucht oder oder kamen ihrerseits zu Besuch und blieben dann in der Regel debattierend und alkoholisiert bis in die frühen Morgenstunden. Kaffeehäuser, Beisl, Landgasthöfe, Heurigenschenken luden zum Schmausen und Zechen ein. Galerien und Vernissagen wurden frequentiert, Kinos, Konzerte und Künstler-Ateliers. Ausflüge und Reisen mit dem Auto führten durchs ganze Land, nach Baden, Bad Ischl, an den Gmundner und den Lunzer See, im Osten ins schon ganz ungarische Rust mit seinen Schwalben-

und Storchennestern und Gelsenschwärmen am Schilfgürtel des Neusiedler Sees, im Westen bis Vorarlberg und Bregenz und über die Schweizer Grenze ins hochalpine Engadin, im Süden immer wieder zum Besuch der Eltern in die Dolomiten und weiter über Meran ins Vinschgau zu Füßen des Ortlermassivs, zwischen meterhohen Schneewächten hinauf zum Stilfser Joch oder hinunter über Rovereto und Trento bis nach Parma oder zu den Fresken Mantegnas im Palazzo Ducale von Mantua, einer der Wirkstätten Claudio Monteverdis. Auf der alten k. u. k. Südbahnstrecke ging täglich ein Nachtzug nach Venedig, und dort besuchten wir die Biennale, feierten meinen fünfzigsten Geburtstag und verliefen uns auf der Suche nach Carpaccios Bildern in den labyrinthischen Gassen der Lagunenstadt. Der März 1999 sah uns in einem Gartenhaus auf der Insel Procida, gegenüber dem Capo Miseno gelegen und stipendienweise an Übersetzer vermietet, wo es mir immerhin gelang, einige Gedichte von D. H. Lawrence zu übertragen, wenn wir nicht gerade auf dem Vesuv oder in Pompeji oder zu Schiff unterwegs waren in Richtung Capri, Ischia, Neapel oder Sorrent.«

»Viel auf einmal«, konstatierte ich trocken, und A. blieb nur, mir recht zu geben. »*Zu* viel, Frau Doktor. Nicht, daß ich mich beklagen wollte — all dies war sehr schön, sehr eindrucksvoll, ein Bilderrausch ohnegleichen. Aber in aller Dankbarkeit für das Erlebte bleibt festzuhalten, daß dieses unstete Leben-aus-dem-Koffer auch etwas von Flucht an sich hatte und eigentlich das genaue Gegenteil dessen war, was ich mir ersehnt hatte, als ich Deutschland verließ. Die perzeptorische Überforderung zerrte an den Nerven, machte labil und gereizt, und je länger ich der Heimat im Westen fernblieb, desto schwermütiger machte mich das Fernweh, das de facto ein *Heimweh* war —«

»— welches der Freundin, die ja, wie Sie sagen, Ihre Gastgeberin war — und nicht nur Ihre Quartiergeberin, sondern obendrein Ihre Fahrerin und Reiseführerin —, womöglich als

Undankbarkeit vorkam. Hätten Sie sich, Herr Abendroth, denn nicht auf eine gleichmäßige Aufteilung Ihres Lebens einigen können so, daß Sie die Hälfte des Jahres auf dem Kontinent und die andere Hälfte bei Ihnen in Irland verbrächten?«

»Sie sagen es. Genau dies hatte mir vorgeschwebt. Aber es ließ sich aus zwei Gründen nicht verwirklichen. Denn anders als ich blieb die Freundin beruflich gebunden an Österreich, hatte dort Geldgeber, Kollegen, Freunde, Bekannte und Verwandte. Zum anderen, und das war wohl der wichtigere Grund, war sie eine ›romanische Natur‹, sprach Französisch und Italienisch, übersetzte auch aus diesen Sprachen und konnte meiner Liebe zur britannischen Welt bei weitem nicht so viel abgewinnen, wie es nötig gewesen wäre, um jenes Lebensmodell praktikabel oder fruchtbar zu machen. Es zog sie zu wenig dorthin — so simpel muß man es ausdrücken.«

»Noch simpler wäre es, zu sagen, daß Sie beide nicht zusammenpaßten.«

»Richtig. Aber bevor Sie zu der Erkenntnis gelangen, muß zuerst Ihre Liebe schrumpfen, absterben, und mit ihr die Hoffnung auf ein mähliches Zusammenwachsen.«

»Und diese Erkenntnis fiel Ihnen nicht leicht, vermute ich mal.«

»Sie brauchte fünf Jahre, war schmerzhaft, und mehr möchte ich darüber nicht sagen, weil es für den Anlaß unserer Gespräche unerheblich ist und nichts beiträgt zu Ihrer Forensik.«

»Dies zu beurteilen, Herr Dr. Abendroth, müssen Sie schon *mir* überlassen«, entgegnete ich — vielleicht barscher, als es angebracht war. »Aber bitte, fahren Sie fort.«

»Als zum gemeinsamen Arbeiten zu eng erwiesen sich die Wohnungen der Freundin, zuerst unweit des Pratersterns in der Leopoldstadt, in der noch Spuren der alten jüdischen Kultur dieses Bezirks sichtbar waren, und hernach im Bezirk Landstraße, gegenüber jenem Aspang-Güterbahnhof, von dem einst die Deportationszüge nach Osten abfuhren — schräg ums Eck stand die Waisenhauskirche, für die der zwölfjährige Mozart seine Messe KV 139 geschrieben —; also mietete ich mir ein eigenes Arbeitsquartier, zunächst an der Rossauer Lände am Donaukanal, danach im Bezirk Margareten nahe dem Wiedner Gürtel, und 1998 gelang es mir immerhin, mit dem Kasseler Winterfeld-Verlag für ein Romanprojekt einen Vertrag abzuschließen, der im Café Prückl am Stubenring feierlich unterzeichnet ward.«

»So erfolglos und untätig war Ihr Aufenthalt dann doch nicht?«

»Zunächst nicht. Noch hielt das soziale Netz. Einen Literaturpreis verlieh mir der Süddeutsche Rundfunk in Stuttgart; zum Verzehr eines Aufenthaltsstipendiums der Hesse-Stiftung bezog ich im Vorfrühling des Jahres 2000 eine Arbeitswohnung in einem württembergischen Städtchen, das so tief in einer Waldschlucht des Südschwarzwalds eingebettet lag, daß nur an wenigen Stunden des Tages Sonnenstrahlen die Gassen erwärmten, bevor die Tannenwälder an den hohen Hängen schon am frühen Nachmittag den alten Ort wieder verschatteten. Daß sich mir die Erinnerung an ihn seltsam eingedunkelt hat, mag auch an dem liegen, was bald nach meiner Rückkehr nach Wien folgte.

Sie können sich ja vorstellen, Frau Doktor, daß die vielen Unternehmungen und Reisen und alle Aufwendungen für die Parallelexistenz in Wien bedenklich ins Geld gingen. Sie zehrten von der Substanz; Einkünfte und Ersparnisse schmolzen dahin wie Butter an der Sonne — auch dies hätte ich seinerzeit voraussehen können, mindestens bedenken sollen, ehe ich Irland verließ.«

»Sie sind aber doch gelegentlich noch zu Besuch hinübergeflogen?«

»Selten. Höchstens einmal im Jahr, und dann nur für kurze Zeit — wo ich dann sah, daß der Leerstand dem Hause nicht gutgetan: Schimmel, Staub und Spinnweben hatten sich ausgebreitet, die Mauern waren feucht und klamm, der Garten verwildert und das Dach undicht —«

»Hätten Sie das Haus nicht vermieten können?«

»Ungern. Zu viele wertvolle, mir liebe, private Dinge lagen unabschließbar herum; verstehen Sie, dies war ja nicht einfach nur irgendein disponibles *Vacat*, sondern eine Herzkammer, ein bis ins Detail ausgestaltetes Raumbild des eigenen Inneren. Bald darauf zwang mich die Geldnot dann aber doch zur Vermietung: an einen auf den ersten Blick verläßlich scheinenden, später indes als Schlawiner sich erweisenden *General Practitioner*, der sich ein famoses Lebensmodell geschaffen hatte, indem er die Hälfte des Jahres für den National Health Service arbeitete und die andere Hälfte mit seiner Segeljolle auf dem Atlantik und durch die Ägäis kreuzte; derweil lag seine Freundin der Malerei ob und verteilte ihre Acrylfarbspritzer lustvoll über die Wände, Bücher und Regale des Hauses. Viva la libertà!

Im Juni des Jahres 2000 wurde, wie gesagt, das Budget verzweifelt knapp, und just in diese Zeit fiel die Mitteilung der Freundin, daß sie eine Verbindung mit einem ungarischen Schriftsteller eingegangen sei: was mich für das folgende Jahr von ihrer Seite scheuchte.

Ich zog mich zurück in meine Arbeitswohnung an der Wiedner Hauptstraße, schrieb am Roman, erlernte, unbegabt für digitales Fachchinesisch, mithin nur langsam, den Umgang mit meinem ersten Computer — einem kalifornischen MacIntosh, den mir Freunde geschenkt — und litt an der Trennung nicht minder wie an der aufs neue mörderischen Hitzeglocke, die sich über Wien gesenkt hatte. Um dieser Sommerglut und der Vereinsamung zu entrinnen, flüchtete ich mich zunächst an das Europäische Übersetzerkollegium im niederrheinischen Straelen, in dem ich zuvor schon öfter zu Gast gewesen, und im Anschluß daran für zwei Monate nach Norwich, wo mir mein Freund, der das britische *Translation Centre* gegründet hatte, ein Zimmer an der *University of East Anglia* vermittelte. Das tat gut, auch wenn es ein melancholischer Aufenthalt wurde, da die ohnehin schwermütige Szenerie der ostenglischen Nordseeküste Raum gab zu vielen gedankenverlorenen Wanderungen und Rêverien.«

»Haben Sie in dieser Krise nie erwogen, Wien den Rücken zu kehren und wieder nach Irland zurückzugehen?«

»Doch, natürlich — aber dagegen stand, daß ich mit diesem Schritt die Hoffnung, meine Verbindung zur Freundin vielleicht doch noch eines Tages wiederherstellen zu können, definitiv preisgegeben hätte. Außerdem hätte ich dann meinem irischen Schlawiner kündigen müssen, auf dessen Mietzins ich angewiesen blieb, weil meine Geldvorräte aufgezehrt waren. Dieser erste Sommer des neuen Jahrtausends sah mich in einer nicht nur kritischen, sondern dramatischen Lage, und ich weiß nicht, wie ich die Situation gemeistert hätte, hätten nicht der Freund in England, der Kunstverein in Wien und das Europäische Übersetzerkollegium mir unter die Arme gegriffen. Der Verstand sagte mir klar, daß es ein törichter Fehler gewesen sei, ein bodenloser Leichtsinn, zugunsten einer verliebten Schwärmerei alles stehen und liegen zu lassen, um den frugalen Seelenfrieden auf der Insel einzutauschen gegen eine trügerische Daseinssteigerung in der Stadt Haydns und Schuberts, Schnitzlers und Freuds, gegen die erotischen Lockreize einer verfeinerten Kultur, die auf Dauer ohne ein solides pekuniäres Fundament — über das die österreichischen Freunde allesamt verfügten — nicht zu haben war. Von Anfang an hätte mir bewußt sein müssen, daß der Besitz von Wohneigentum zwar Miete erspart, aber Ausgaben anderer Art, etwa für Reparaturen, Investitionen in den Erhalt der Bausubstanz, fordern und dauernd weitere Kosten nach sich ziehen würde, etwa für ein Automobil, das unverzichtbar war in einer so abgeschiedenen Gegend. Daß ich mithin angewiesen bliebe auf kontinuierliche Einnahmen und sparsames Haushalten an Stelle luxuriöser Exzentrizitäten à la Wien. Das eine schloß das andere aus. Eine ›Quadratur des Kreises‹ war eine Illusion. Ich hatte mich zu entscheiden.«

»Sahen Sie einander denn noch manchmal? Sprachen Sie miteinander?«

»Selten. Wir trafen uns gelegentlich im Schwimmbad von Bad Fischau, zu Wanderungen durch die Weinberge an den Hängen des Wienerwalds bei Guntramsdorf, Gumpoldskirchen oder in Heiligenkreuz bei Baden, und die Gespräche waren, wie nicht anders zu erwarten, gereizt, voll gegenseitigen Mißverstehens und Übelnehmens, im Ton unersprießlich und unerquicklich in Ausdruck und Empfindung. Und als nahezu pervers will mir heute erscheinen, daß ausgerechnet die Freundin es war, die als erste den Floh ins Ohr mir setzte: ich könnte doch mit einem Verkauf des irischen Häuschens den gordischen Knoten meiner Sorgen durchschlagen, wärs nicht so?«

»Und am Ende sind Sie dieser Empfehlung gefolgt?«

»Ich erwog das Für und Wider lange. Zugleich wurde das Problem von Monat zu Monat drängender. Am Ende war es die schiere Geldnot, die die Entscheidung zum Verkauf erzwang. Wie es gewesen wäre, wenn eine Menschenseele vernünftig mir abgeraten und vor Augen gestellt hätte, welch ein Irrsinn es sei, dieses Kleinod im Grünen aufzugeben — wer weiß, welchen Entschluß ich dann gefällt hätte. Doch einen solchen Freund, der sich mit gutem Zureden für die Heimat in die Schanze geschlagen hätte, gab es nicht — und die banalen Nöte waren am Ende unabweislich.

Im März 2001 wurde ich mit einer Schweizerin handelseinig, die in einem Nachbardorf ein wohlhäbiges *Bed & Breakfast* unterhielt; der Verkaufskontrakt wurde beim *Solicitor & Real Estate Agent* Callaghan in der Green Street unterzeichnet, in einem Bureau, das mit seinen Holzregalen und in eingestaubter Wirrnis bis unter die Decke geschichteten Dokumentenmappen, Urkunden und Pergamentrollen den Besucher in einen Kupferstich

Hogarths versetzte; es fehlte nur die Advokatenperücke auf dem listig blinzelnden, feisten Raubtierschädel des Notars. Der Verkaufspreis schien mir fair — Bekannte meinten später, er sei zu moderat gewesen —; das Geld aus dem Erlös schmolz rasch dahin und war nach wenigen Jahren aufgezehrt.

Zwei Freunde aus Deutschland erboten sich, gegen guten Lohn und Erstattung der Spesen mit einem Transporter meine Habe einzusammeln und nach Wien zu schaffen. Mitte Mai traf das Umzugsgut vor meiner Arbeitsstätte im V. Bezirk ein. All die lieben, vertrauten Dinge wieder um mich zu wissen, darunter auch den Hasen, der in seinem Holzkistchen den Kopf im Schlafe auf die rechte Pfote geneigt hielt, war tröstlich — und traurig zugleich, da sie die Anmutung der preisgegebenen Heimat mit sich brachten und expatriiert, zwangsverpflanzt an den neuen Ort, mit diesem zu hadern schienen, ihm nicht sich einfügen wollten, stumm protestierten gegen ihr Exil.«

»Aber Sie selbst hatten mit diesem Ihren Frieden gemacht?«

»Das nahm ich mir vor. Ich stellte mir vor: wenn es möglich gewesen, einem eigentlich so fremden Milieu wie dem irischen mich heimisch zu machen und einzufügen, dann sollte es um so eher gelingen, der Stadt Mahlers und Alban Bergs mich in Freundschaft zu akkomodieren. Da die Musik mir unverändert das Wichtigste im Leben war, sollte es doch naheliegen, hier, wo meine Sprache gesprochen und geschrieben wurde, ein halbwegs harmonisches Auskommen zu finden, eine einigermaßen konfliktfreie Adaption an ein nicht ganz unvertrautes geistiges Terrain.«

»Und? Haben Sie's gefunden?«

»Nun, zumindest gab ich mir Mühe, und wenigstens fürs erste war ich der materiellen Nöte ja enthoben. An Arbeit gebrach es nicht; zwei größere Übersetzungen, Thomson und Stevenson, harrten ihrer Vollendung; die Drucklegung des Romans war angekündigt; offeriert wurde mir eine weitere Übertragung, die

Monographie eines Amerikaners über das sogenannte Mädchen-Orchester von Auschwitz, geleitet von Mahlers Nichte Alma Rosé.

Wien blieb mir eine schöne, schwierige, seltsam verschlossene Stadt, in der ich mich weit mehr als Ausländer fühlte, als ich es in Irland je erlebt. Die östliche Prägung der Metropole, die Einflüsse Böhmens, Mährens, Ungarns und der Balkanstaaten, waren mir fremd, unzugänglich. Das kulturelle Leben schien eigentümlich verkapselt, familiär, von undurchschaubaren Fraktionen, Cliquen, Gruppen, Interessenverbänden untereinander aufgeteilt und von Freunderl-Seilschaften, alten Familien, politischen Kräften gesteuert und beherrscht. Wer hier ›dazugehören‹ wollte, brauchte Verbindungen, Empfehlungen, einen langen Atem, soziale Wendigkeit, Generosität, Schmähfreudigkeit, Trinkfestigkeit und Caféhaus-Diplomatie. Eigenbrötler und radikale Kritiker des Bestehenden waren zwar wohlgelitten. Aber gegenüber Deutschen herrschte eine ähnliche Reserviertheit wie in England. So gut ich das verstand — es machte das Leben für den, der ja nur partiell als deutsch sich verstand, nicht leichter. Interesse an der britanischen Kultur fand ich in Wien kaum je. Prag, Budapest, Venedig lagen einfach näher als London, Edinburgh, Dublin.

Zu den sonderbarsten Eigenschaften der Stadt zählt ihre Refraktionskraft. Damit meine ich ihre Neigung, die Empfindungen und Stimmungen dessen, der sie bewohnt, nicht zu absorbieren, sondern verstärkt, bis zum Extrem gesteigert widerzuspiegeln. Wenn ich im Mai, frühlingsfroh gestimmt, durch die Gassen der Vorstädte strich, gaben sie mir ein Echo von Euphorie wieder, das berauschend wirkte — saß ich aber im Septemberdunst des Abends schwermütig in einem Heurigengarten von Pötzleinsdorf oder Klosterneuburg, dann drückte mir die Aura des Ortes eine solche Depression aufs Herz, daß es kaum auszuhalten war.«

»Herr Abendroth, bis zum 11. September 2001 schien die Welt noch in Ordnung —«

»Mir nicht.«

»Wie haben Sie das, was man heute *Nine-Eleven* nennt, erlebt?«

»Vor dem Fernsehgerät, wie wohl die meisten Menschen. Die Freundin stand derweil am Herd und kochte Pasta, fürs *Nachtmahlen*, wie man in Wien das Abendessen so poetisch nennt. Wir hatten uns seit meiner Umsiedlung wieder angenähert, ein — wie es schien — liebevolles Verhältnis restituiert; und als die Twin Towers einstürzten, sah ich die politischen Folgen zwar voraus — aber was mir nicht schwante, war, daß dieses Grauen auch ein — wenn Sie mir die egozentrische Betrachtungsweise bitte nachsehen wollen — *persönliches* Menetekel sein sollte für das, was ich zu Beginn unserer letzten Stunde ›Deszendenz‹ genannt habe, ein Emblem des finalen Zusammenbruchs jener mir so teuren menschlichen Bindung und damit auch des Endes meiner so unfaßbar bilder- und erlebnisreichen, erfahrungsgesättigten Auslandsjahre, Ankündigung eines unaufhaltsamen socialen Abstiegs, Entrée-Signal für Heimatverlust, Verarmung, Erfolglosigkeit, umfassendes Scheitern, naufragium vitæ.«

berglandschaft mit gasmaske

Der Nachmittag, an dem Yberseindt in dieser Saison das letzte Referat halten sollte, war schwül und drückend; daß ein Gewitter im Anzuge sei, galt allen, die im Gemeindesaal von St. Martin sich eingefunden, für ausgemacht. Birthwhistle, der neben Oberst Marston sich in der ersten Stuhlreihe niedergelassen hatte, fächelte sich die Stirne mit einem aufgeschlagenen Buch, und so tat auch Fox mit einer halb aufgeschlagenen Zeitung. Unterdes hatte der Émigré eine Schallplatte aus dem Hause *Westminster* aufgelegt und bat sein Auditorium um knappe zwanzig Minuten Aufmerksamkeit für das, was Hans Rosbaud jetzt dirigieren werde.

Fox wußte nach wenigen Takten, was ihnen geboten wurde. Er nickte grimmig und blickte zu Birthwhistle hinüber, der, gesenkten Hauptes, hochkonzentriert, der ganze massige Leib eingesunken, in sich zusammengesackt auf seinem Platze hockte, während auf den Zügen des Colonels, der kerzengerade wie immer auf der Kante seines Stuhles sich reckte, blankes Erstaunen, wenn nicht Entsetzen sich malte.

»Sie hörten«, so begann Yberseindt, nachdem die Musik geendet und das Publikum hörbar aufgeatmet hatte, »drei Orchesterstücke mit der Opuszahl 6: Charakterstücke im Sinne Schönbergs, dem sie vor fünfundsechzig Jahren zu seinem 40. Geburtstag gewidmet wurden mit den Titeln *Präludium*, *Reigen* und *Marsch*, für großes Orchester komponiert in einem Forsthaus bei Trahütten in der Weststeiermark in den Monaten unmittelbar vor und nach der Ermordung des Thronfolgers in Sarajevo.«

»I've seen it!« unterbrach Marston schnarrend. Auf einen Ruck wandten sich alle Köpfe ihm zu. »Archduke Ferdinand's uniform, still bloodstained, exposed in Vienna's Museum of Military History. Noch mit Einschußlöchern drin!«

»Mahlers Tod lag da erst drei Jahre zurück«, fuhr Yberseindt ungerührt fort. »Dem Komponisten der Orchesterstücke, Freund Anton Weberns und Schüler Schönbergs, geprägt von Jugendstil und Secession, Altenberg und Kraus, ging es nunmehr, nachdem er zuvor schon einige Kammermusik und Lieder vorgelegt hatte, um eine *symphonische* Konzeption — um eine Synthese der entwickelnden Variation Mahlers mit dem ungeheuer komprimierten, expressiv verdichteten atonalen Idiom Schönbergs. Es galt jetzt, eine gedrängt wuchernde Vielstimmigkeit auf jedem Punkt ihrer Linearität gleich erfüllt und verbindlich zu artikulieren und Explosion wie Implosion, Klimax wie Auflösungsfelder gleich deutlich zu formulieren, in jedem Takt auseinander zu entwikkeln wie aufeinander zu beziehen.

Die Bewältigung der Aufgabe, die sich Alban Berg, der — wie Adorno ihn nannte: — *Meister des kleinsten Übergangs*, gestellt hatte: nämlich die Artikulation des Inartikulierten, glich der sprichwörtlichen Quadratur des Kreises — und so, wie die Gewalt, die der ›Bewältigung‹ immer schon eingesenkt ist, als angestrengte ästhetische Integrationsleistung sich niederschlug, fand sie außerhalb des Ästhetischen ihr Echo in den realen Kataklysmen und Katastrophen der Schützengräben von Flandern — in der Entropie des Todes, in jenem amorphen Gewusel, in das Bergs Gestalten immer wieder sich so dissolvieren wie die Leichen in den Schlamm der Granattrichter auf dem Triptychon von Otto Dix.

Das erste Stück, *Präludium*, folgt einer Zirkularform, für die Berg eine besondere Vorliebe hegte, einem Verlauf bis zu einer Symmetrieachse, nach welcher das Material *al rovescio* zurückläuft. Aus bruitistisch grollenden Schlagzeugwirbeln fächert sich Leitharmonik und -motivik auf, um am Ende wieder sich darein zu verlieren: eine Gestaltwerdung aus amorphen Klangereignissen, die, kaum daß sie bedrohlich aufgequollen sind und sich massiert haben, gleich wieder zerfallen, zerbröseln und sich auflösen in dumpfes Gerassel.

Reigen, das zweite Stück, in Form eines gemächlichen Sonaten-Scherzos, schließt sich, wie Sie gehört haben, in Klangfarbe, verzerrten Walzer-Elementen und in seinem wehmütig österreichischen Ton dem Ländlertypus Mahlers an, verdichtet diesen aber gleichsam zu einem Konzentrat seiner selbst — dergestalt, daß das Epische, das Mahlers Stil kennzeichnet, das erzählend Episodische, getilgt scheint zugunsten bedrohlich übereinandergeschichteter, in komplizierter Simultaneität unheilbrütender Gestalten.

Diese Kontraktion, diese polyphone Verdichtung der Vertikale explodiert im folgenden *Marsch*, dessen Partitur Berg selber *die komplizierteste aller je geschriebenen* nannte. Es ist ein vergleichsweise expansives Stück, von dem Bergs Schüler Wiesengrund gesagt hat, es hämmere mit dröhnenden Schlägen *ausschweifende Vielstimmigkeit* zusammen, *panisch addiert* aus Formeln, Trümmern, Motivfragmenten und -varianten, ein Marsch, dessen Strophen aus immer neuen Konfigurationen des Ausgangsmaterials sich fügen, in einer Form, die keine Außenbildung mehr kennt — *zwangvoll-regellos wie eine Stadtlandschaft* breite jene sich aus, lesen wir bei Adorno und erinnern uns jener Affinität zu musikalischen Stadtlandschaften, von der ich Ihnen unlängst, am Beispiel der 7. Symphonie Mahlers, erzählte.

Die Nähe dieses Marsches zu Mahler ist mit Händen zu greifen; all seine 174 Takte einschließlich des Hammerschlags auf der katastrophischen Klimax in Takt 142 tönen uns als Konzentrat des Finales der Sechsten wie auch des 1. Satzes der Neunten. Zugleich weisen sie voraus auf das militärische Milieu der Wozzeckmusik, deren Komposition noch im selben ersten Weltkriegsjahr 1914 begonnen wurde. Und natürlich orientieren sie sich an Schönbergs expressionistischen Werken der freien Atonalität, an der *Erwartung*, den fünf Orchesterstücken op. 16 und der *Glücklichen Hand*.

So leicht man also mit Hans Ferdinand Redlich behaupten könnte, Berg habe die Tonsprache der österreichischen Symphonik des späten neunzehnten Jahrhunderts vermittelt an die seinerzeit fortgeschrittensten Positionen der musikalischen Avantgarde, so sehr wäre auch zu warnen vor dem fragwürdigen Werturteil, das sich in der Zuschreibung einer bloß transitorischen, ephemeren Mittlerposition verbirgt. Denn dem Vermittelnden wird rasch das Mittelmaß beigedacht, wie Sie den Werturteilen über die sogenannten ›Vorklassiker‹ ablesen können; und wer ein Meister des kleinsten Übergangs ist, gilt nur zu leicht als Repräsentant des historischen Übergangs selber, was der Autonomie und dem Rang des Komponierten nicht gerecht würde. Mag auch das riesenhafte Orchester noch dem Fin de siècle sich verdanken und das wuchernd Florale, Vegetabilische der musikalischen Lineatur dem Jugendstil — das, was die Lineatur konstruktiv bündelt oder zerreißt, ist doch im geistesgeschichtlichen Kontext *Moderne* gewesen wie kaum etwas sonst.«

Yberseindt hielt inne, nahm einen Schluck Wasser, rückte sich mit dem Zeigefinger die Lesebrille auf der Nase zurecht, und fuhr fort: »Ich sagte, Mahlers Sechste und Schönbergs *Glückliche Hand* definierten den Schauplatz der Orchesterstücke. *Mit der Angst des Riesen türmt Berg sie aufeinander*, heißt es bei Adorno, und *Angst ist es, die sie verbreiten.* Und Angst ist denn wohl auch der Zentralaffekt im Prosatext einer österreichischen Autorenkollegin, der mir unlängst in die Hände kam, ein komplexes System von Angst, Grauen und bedrohter Idylle in zumeist kurzen, tagebuchähnlich protokollierten, wahnhaft bis panisch gewisperten Notaten, *als hinge ein Schatten über dem eigenen Leben, eine unlösliche Verbindung mit Katastrophen*; und auf Seite 2 las ich: *Schatten, die man nur ahnen kann, riesige schwarze Schatten.*

Wir sind in schrecklicher Gefahr, heißt es da. *Der Krieg beginnt*, aber er beginnt nicht in Sarajevo oder in der Reinlgasse des XV. Wiener Gemeindebezirks, wo Berg als wachdiensttauglich gemustert wurde, oder in der Personalstelle am Bisamberg, wo er in der Schreibstube Dienst tat — sondern in einer kybernetischen

Zukunft, einer Welt der Bildschirme, Codierungen, Module, Daten und hochfrequenten Impulse, einer Welt der Simulation, des Basisprogramms und des Informations-Chaos. *Ich bin Soldat. Ein guter Soldat*, lesen wir, und *loyal bis in den Tod* — aber es ist nicht Wozzeck, der hier spricht und auf den Worte wie ›Kanonenfutter‹, ›Schicksalsgefährten‹ oder ›Strafexerzieren‹ gut passen würden; der Text hält, indem jenes technoide nominale Gewusel sich der Diffusionstendenz, dem Amorphen und der Modernität der Orchesterstücke op. 6 angleicht, mit seinem Geheimnis nicht hinterm Berge.

Bergs Musik spricht, wie sonst nur diejenige Schuberts und Bruckners, ein spezifisch wienerisches oder zumindest österreichisches Idiom — und was finde ich in dem Prosatext, der mir vorliegt? Auf Seite 4 ein *Zusammenspiel von Wind und der skurrilen Bauweise der altertümlichen Gebäude*; ebenda sogar *bewaldete Hänge* und *kristallklare Gewässer* sowie auch ein *Rauschen. Plötzliche heftige Bewegung in den Baumkronen*. Auf Seite 5 lese ich: *Verstreute Wolken erinnern an den kürzlich gefallenen Regen. Die Luft ist kühl und feucht*; und auf Seite 6 steht: *Das letzte Sonnenlicht scheint unter fernen Wolken hervor*. Auf Seite 7 haben wir *schattige Waldschluchten. Weit voraus durchsticht eine zerklüftete Bergkette die Wolken.*«

Fox meldete sich zu Wort. »Apologies for interrupting, Ariel«, entschuldigte er sich, »aber: würden Sie sagen, dies seien Anspielungen auf Bildwelten des Forsthauses von Trahütten in der Steiermark oder später des Berghofs am Ossiacher See?« — »Oder jenes Waldhauses am Wörthersee, in dem Berg nach 1932 lebte und arbeitete?« ergänzte Birthwhistle die Frage.

»Keineswegs«, betonte Yberseindt. »Aber nehmen Sie die Passage auf Seite 3: *Ich erinnere mich an das Gefühl der Erschöpfung und Niedergeschlagenheit, die Angst vor dem Einschlafen. Die Träume, aus denen ich schreiend und von Schluchzen geschüttelt erwache.* Ich fragte meine österreichische Kollegin, ob dies eine

Anspielung auf die Schlafstubenszene im Wozzeck oder auf die Schilderung des Wachdienstes in Bergs Briefen sei, aber sie stritt dies vehement ab und versicherte mir glaubwürdig, Alban Berg sei ihr völlig unbekannt; sie habe von diesem Komponisten noch nie auch nur eine Note gehört.«

Ein erstauntes Raunen ging durchs Publikum; einige Zuhörer schüttelten den Kopf oder flüsterten einander etwas zu; der Émigré sprach in den Rumor hinein: »Es ist wohl tatsächlich so, wie es Robert Schumann einmal sagte: Es waltet zu allen Zeiten ein geheimes Bündnis verwandter Geister; und ich bin überzeugt, daß es keiner Phantasterei bedarf, um zu bestätigen, daß diese romantische Idee quer durch alle Künste und Nationen und Epochen hindurch gilt und wirkt, ohne daß wir ihr zu wehren hätten oder sie zu steuern wüßten.«

Yberseindt fügte noch ein paar analytische Betrachtungen zu einzelnen Passagen, etwa zum Auflösungsfeld am Schluß des zweiten Stückes bei, verglich dieses Feld mit analogen Stellen bei Schönberg, sprach kurz über die ›Klangfarbenmelodie‹ im dritten Stück seines Opus 16 und über die ›Verwesung‹ tonaler Reste im atonalen Kontext, ließ daraufhin Bergs Opus 6 noch einmal zur Gänze hören und nahm danach mit einer Verbeugung den kargen Beifall seines erschöpften Publikums entgegen.

Während er seine Papiere zusammenraffte, traten Birthwhistle, Fox und der Oberst aufs Podium, um ihrem Freund zu danken. Parson Dyer, der sich bisher stets im Hintergrund gehalten, um das Funktionieren der Technik im Blick zu behalten, gesellte sich hinzu und bat seine Referenten zu einem Umtrunk in die Rectory, mit dem der erfolgreiche Abschluß der Vortragsreihe gefeiert werden sollte — eine Einladung, die gern angenommen wurde. Birthwhistle fragte, ob vielleicht auch mit einem »little something« für die hungrigen Mägen zu rechnen sei; die Antwort des Reverend schien *satisfactorily enough* auszufallen, wie an den Händen abzusehen war, die der Kritiker in Vorfreude sich rieb. An Fox sich wendend, fragte er: »Rose weilt heute abend nicht unter uns?«

»Unfortunately not, Steven. She excused herself; she's doing a gig with the Royal Philharmonic. Dvořáks Erste, unter Kubelik. The Bells of Zlonice. Schönes Stück, viel zu wenig bekannt.«

»Richtig, Fox, aber nicht ohne Grund. Das Problem vieler frühen Werke Dvořáks ist, daß sie nicht aufhören wollen. Der melodische Fluß strömt so reich, daß er über die Ufer tritt, alles mit sich reißt und überschwemmt und kein Ende findet. Ein eklatanter Mangel an Ökonomie. Und das überdehnt die Form.«

»Ich dachte immer, Sie seien ein Feind allen Geizes, Steven? Was haben Sie gegen die ›himmlischen Längen‹ einzuwenden, die Schumann Schubert zuschrieb, aber viel eher auf Dvořák zutreffen, der den Lyrismus Schuberts an das böhmische Milieu Mahlers vermittelt? Dvořák möchte den Hörer immerfort reich beschenken; er ist vielleicht der großzügigste Komponist, den es je gegeben hat. Bei ihm ist alles *Erfüllung*, erfüllte Zeit. Von seinem Themenmaterial mag er sich so wenig trennen wie Romeo von Julia auf dem Balkon. Hören Sie sich einmal an, wie er aus dem Finalthema der Ersten — punktierter Quintsprung aufwärts, Quartsprung abwärts, beschleunigtes Zitat der Eröffnungstakte von Haydns 104 — mit markigem Schwung über Hunderte von Takten, in denen einem jeden das Quint-Quart-Motiv zugrunde liegt, einen Riesensatz entwickelt, der, unablässig metastasierend, seine eigene Form sprengt so, wie ein Glücksgefühl das Herz weitet, daß es schier zerspringen möchte.«

Yberseindt wollte an ähnliche Opulenzen beim letzten Schubert-Nachfolger, Franz Schmidt aus Preßburg, erinnern, aber ein Blick auf Oberst Marston, dem das Unbehagen an Bergs Musik deutlich ins Gesicht geschrieben stand, hielt ihn davon ab.

»You haven't been too happy with the music, Colonel?«

»Well, well. Not really. It wasn't a March, was it?«

»Wieso denn nicht?«

»Well, what is an orchestra? It's an army. And what's a conductor? A general who commands his troops towards victory. Now I haven't heard any victory at all. 'Twas a defeat, wasn't it? No wonder then. No marching soldier would be able to coordinate his steps with that hubbub, all out of order, out of discipline, Shaw would have loved it, a pacifist, wasn't he? Imagine our Royal Fusilier's Brigade marching to that chaotic tantara, Jazus, 'twould create a pretty mess, see my point? This composer, what was his name —«

»Alban Berg, Colonel.«

»Yes, yes, Albern Mountain, ein Defätist, was? Wie? Did he serve at all?«

»In der Schreibstube, Colonel, as I've said.«

»Yes, yes, you said so, of course. Schreibstube, devastating. I know. I remember serving at Shrewsbury Barracks — cruelly boring. Dieser Berg wahrscheinlich nie fürs Vaterland an der Front gewesen?«

»Wenn er an die Front gekommen wäre wie Rupert Brooke oder Wilfred Owen, hätten wir heute keine *Lyrische Suite*, kein Violinkonzert *Dem Andenken eines Engels*, keinen *Wozzeck* und keine *Lulu*. Seien wir froh, Colonel, daß sein chronisches Asthma ihn für den Fronteinsatz untauglich machte.«

»How now«, schnaubte Marston höhnisch. »Asthma! Pathetic! Whenever I fetched a flu at Bad Oldesloe Barracks, coughing like an old barn owl — took just one or two of those fine Baxter's Mint Dragées — recovered instantly —«

Weiter kam er nicht, denn nun wurde der Aufbruch verfügt zur *Rectory*, ein kurzer Weg durch den Pfarrgarten nur, der den Gemeindesaal vom Hause des Reverend trennte, in dem seine Bedienerin bereits, ihres Amtes waltend, den Tisch für die Gäste gedeckt hatte. Fox raunte beim Hinüberschlendern dem Émigré zu: »Wollen wir unserem guten Oberst den Zahn ziehen, Ariel? Freitags um vier geht er immer in den Savile Club. Ich bin dabei!«

Yberseindt nickte sein Einverständnis, während er das Pfarrhaus betrat, begrüßt von der Bedienerin, die sich als Miß Dyer vorstellte. Sie war Parson Dyers Zwillingsschwester, mit ihrem Bruder aufgewachsen in einem Waisenhause, wo sie zu einer still blühenden Jungfer heranreifte, während er seine angeborene Nachdenklichkeit zu einer gewissen bizarren Frömmigkeit überdrehte — die ihm von den anderen Waisenkindern gelegentlich Prügel eintrug, welche seine Schwester mit ihrer resoluten Natur abzuwehren suchte, so gut es eben ging. Es war offenkundig, daß sie, die sich seinerzeit immer wieder wacker für ihren Bruder in die Schanze geschlagen hatte, ihn inniger liebte, als es unter Geschwistern üblich war; und zu den Gerüchten, die über das merkwürdige Pärchen kursierten, zählte die Behauptung, jene lebten ungescheut im behaglichsten Inzeste — was in der Gemeinde jedoch niemanden zu stören schien — wohl deswegen, weil ohnehin so viele Geschichten über ihren guten Hirten umgingen, daß man schlechterdings nicht jeder einzelnen seine Aufmerksamkeit schenken konnte. Oder sollte etwa zutreffen, was Mrs. Howard kürzlich Mrs. Heseltine zugeflüstert: Daß ihr trefflicher Parson beabsichtige, als Einsiedler sich in eine *beehive-hut* auf einer unbewohnten Insel im irischen Atlantik zurückzuziehen, um sein Leben ganz der spirituellen Askese und Kontemplation zu widmen, freilich unter dem Beding, daß ihm seine Schwester mit Hausputz, Wäsche und leckerem Kochen und Backen die Eremitage versüße, was jene, bei aller Liebe, denn doch dankend abgelehnt?

Reverend Dyer war unterdurchschnittlich klein gewachsen, stämmig, glatzköpficht, langohrig, und nachdem er mit eigentümlichen Wackelschritten seinen Gästen vorausgegangen, sprach er nun in seinem walisischen Singsang, wobei er den runden Kopf mit den Hasenzähnen stets leicht geschrägt und geneigt hielt, einige Begrüßungsworte zu ihnen, die an der Tafel sich niedergelassen hatten und die Blumengestecke — Miß Dyer war, wie sie errötend bekannte, *fond of flowers and sweet blooms* — bewunderten, wobei jedoch Birthwhistle, der mit weiblichem Zierat nicht vertraut war und sich noch nicht den Kneifer aufgesetzt, zu der Frage sich hinreißen ließ, ob es sich bei den Vegetabilia vor ihnen um den Vorspeisenteller handele? Wenn ja, würde er gern schon einmal zugreifen, um zu kosten, ob das bunte Gemüse auch wohlgeraten sei. Zuvor aber heischte Dyer mit kurzem Klingeln an seinem Glase um Aufmerksamkeit und brachte den ersten Toast aus mit den Worten:

»Geliebte Brüder und Schwestern in Christo! Wir feiern morgen Palmarum und heute den Abschluß unserer Vortragsreihe; so nehmt denn hin, ihr schönen Seelen, esset, und hebet mit mir das Glas guten Schaumweins, der eine Gottesgabe ist nicht minder wie unsere guten Oblaten, mit wirklicher und wahrhaftiger Butter goldbraun gebacken und mit Zuckerguß und Schoko-Raspeln artig bestreuet. Nehmet hin unsern Shepherd's Pie, unsere Gürkchen, wie sie Surreys Wonnegefilden holdselig entsprießen, und werdet trunken vom leckeren Gerstensaft aus Schottlands gælischen Gauen! Amen. Enjoy your meal!«

Birthwhistle ließ sich das nicht zweimal sagen; während er sich mit heidnischer, um nicht zu sagen dionysischer Inbrunst zwei Oblaten auf einmal auf die Zunge legte, wisperte Fox ihm zu: »Man munkelt, der Reverend verwende, wenn er, anglikanischen Bräuchen zuwider, zu einer letzten Ölung gehe, für sein Viatikum nur ›extra natives‹ kaltgepreßtes Olivenöl aus der Küche, mit der Begründung, für seine Sterbenden sei ihm das Beste gerade gut genug.«

»Wohlgetan!« nickte der Kritiker. »Löbliche Devise. Ich wünschte, man werde mit Ellen Swindon ähnlich großherzig verfahren.«

»Steht es so schlimm?«

»Ja.« Birthwhistles Züge verdüsterten sich, und sein Appetit schien ihn plötzlich verlassen zu haben.

Und es mußte dieser Eindruck gewesen sein, dieses Erschrekken ob der jähen, der gänzlich unvorstellbaren und nicht hinnehmbaren Leibesunlust seines Freundes und Mentors, was Fox schwankend machte in seinem Vorsatz, dem Kritiker den Glauben an die musikalische Integrität Ellen Swindons zu belassen, ihm nie die Illusion rauben zu wollen, er habe es bei ihren Aufnahmen mit authentischen Zeugnissen ihrer höchsteigenen pianistischen Kunst zu tun. Was ihm die Entscheidung erleichterte, mit seinen Erkenntnissen nicht länger hinterm Berge zu halten, war Birthwhistles unvermuteter Selbstzweifel, der sich in den Worten kundgab: »Maybe my sympathy for Mrs. Swindon has warped my critical judgment.«

Der Satz gab Fox Gelegenheit, freundschaftlich zu widersprechen — »aber nein, Steven, Ihr Urteil war immer fundiert mit guten Argumenten!« —, nicht ohne allerdings hinzuzusetzen: »Jedoch was mich betrifft, I have the distinct feeling of being the victim of some sort of hoax. Lassen Sie uns darüber ausführlich streiten, Steven. Ariel, Rose und Marston sollten als Schiedsrichter dabeisein. Wann hätten Sie Zeit?«

»Montag in acht Tagen? Bei mir im Studiolo, wenns Ihnen recht ist«, proponierte sein Mentor gefällig und wandte sich dann wieder der Tafel zu, während Fox den Termin weitergab an seine Freunde, nicht ohne seinerseits noch einmal von Yberseindt an das Treffen mit dem Obersten im Savile Club erinnert zu werden. Unterdes hatte Miß Dyer, nachdem sie die Vorspeisen abgeräumt, mit Anmut eine »österreichische Tafel« gedeckt: Frittatensuppe, Tafelspitz mit Apfelkren, Brathendl mit Erdäpfel- und Vogerlsalat und Semmelknödeln wurden aufgetragen, Blauer Zweigelt und Grüner Veltliner kredenzt, und fürs Dessert wartete in der Küche ein formidabler Kaiserschmarrn mit Zwetschkenröster nebst weiteren »Gottesgaben« auf die Gäste. Yberseindt unterhielt die Freunde derweil mit Bruckner-Anekdoten, von denen es, wie er sagte, in Wien seinerzeit nur so gewimmelt habe, und hinterm

Fenster meldete sich mit näherkommendem Donnergrollen das erwartete Gewitter.

Die Klingel am Pfarrhause schellte; Miß Dyer trat auf die Diele hinaus, um nachzuschauen, wer da Einlaß begehrte; der kurze Wortwechsel im Flur, der folgte, war im Gelächter der Tafelgäste nicht zu vernehmen. Als die Dame des Hauses wieder eintrat, während draußen die ersten Blitze und Regentropfen niedergingen, trug sie einen großen Weidenkorb in der Hand, der gefüllt war mit Makrelen, Dorschen, einem Hummer, einem silberrot blinkenden Lachs und einem Dutzend Garnelen: »catch of the day«, wie Dyer anerkennend sprach, indem er sich erhob und dem Seebären, der Miß Dyer schüchtern ins Speisezimmer gefolgt war, auf die Schulter klopfte. »Well done, Finn. Thanks a million. Have a glass, will ye?« Der ließ es sich nicht zweimal sagen, brummte nur »Aye, aye, Hochwürden«, trat unsicher, in rhythmischem Wechsel, von einem unbeschuhten Fuß auf den anderen, als müßte er auf schwankendem Bootsdeck die rollende Dünung mit konstanter Gewichtsverlagerung ausgleichen, nahm das gefüllte Glas entgegen und nuschelte, gegen die Gäste blinzelnd, ein scheues »Sláinte!«, bevor er das Starkbier in einem langen Schluck herunterstürzte. »Cheers, Finnegan!« prosteten Fox und Yberseindt ihm zu.

»Jo, jo, Dschentelmen«, brummte der Seemann. »Ein Hoch auf die Österreichische Hochseeflotte. Als ich mal bei Taifun mit mei'm Trawler in Wien vor Anker lag — die See ging bannich hoch und vom Himmel runter regnete's Schiet und Mäuse — das Marssegel hing in Fetzen und der Klüverbaum war zerknickt wie'n ß-treichholz, nech— da hab ich mir gedacht«, und hier legte sich seine vom braunen Haargestrüpp überfilzte Stirn in Falten, »eher geht 'n Blauwal durchs Nadelöhr, als daß es 'n Mann länger in dem Wien aushält als sechs Jahre. Denn wie ß-tehts geschrieben inner Schrift? Wahrlich, ich sage euch, wir haben hier keine bleibende Stadt, sondern die zukünftige suchen wir. Ach, wie gar nichts sind alle Menschen, die doch so sicher leben. Sie gehen daher wie ein Schemen, und machen ihnen viel vergebliche Unruhe; *sie sammeln* — und wissen nich, wer es kriegen wird, nech?«

»Hoch, Finnegan!« lobte der Colonel und hob sein Glas. Nur Birthwhistle verharrte in moroser Stimmung; reglos blickte er nieder auf seinen Teller, versunken in düsteres Brüten.

vox interna

»Herr Dr. Abendroth, sind Sie Sammler?« Was ich mit dieser Frage bezweckte, war mir selber nicht ganz klar; aber da ich schon wiederholt erlebt hatte, daß solche Überraschungs-Entrées gut geeignet waren, ein Gespräch nicht nur in Gang zu setzen, sondern es auch in eine sinnfällige Richtung zu lenken, trug ich keine Bedenken, A. auf ein Wortgeleise zu schieben, das uns womöglich gemeinsam zu einem erhellenden Ziel lenkte.

»Woher wissen Sie das?« fuhr er auf, nicht verstimmt, nicht verstört, aber doch wohl verblüfft. »Ja, Jäger und Sammler war ich immer schon, so weit ich zurückdenken kann: als Kind hortete ich Ton- und Stofftiere, Fossilien, Bücher, Micky-Maus-Hefte, Bierdeckel, Briefmarken — als Jüngling und Erwachsener Tonträger aller Art, Bücher, stereoskopische Photographien, Steindrucke, Stahl- und Kupferstiche, optische Geräte und vielerlei sonstige alte Dinge. Die kleine Wohnung, in der ich bis zu meiner Verhaftung hauste, ist bis unter die Decke angefüllt mit diesen auf Trödelmärkten, im Sperrmüll, in Nachlässen und Antiquariaten teils zielsicher aufgestöberten, teils zufällig mir in die Hand geratenen Dingen. Der Wiener Flohmarkt zum Beispiel, der im fünften Gemeindebezirk zwischen der rechten und der linken Wienzeile über mehr als zehntausend Quadratmeter sich erstreckt und auf dem ich, unter anderem, so rare Sachen wie eine gipserne Totenmaske Beethovens oder eine fein miniaturisierte Bronzebüste Mozarts (nach dem Posch-Relief von 1788) auf einem Rundpiedestal aus Marmor und Goldbronze fand, erwies sich als unerschöpfliches Reservoir merkwürdigster Alterthümer.«

»Und was bedeuten Ihnen diese Trouvaillen? Würden Sie selber Ihre Neigung als zwanghaft, als Sucht ansehen?«

»Ich bin gern bereit zuzugeben«, sagte Abendroth nach kurzem Zögern, »daß mein Tun suchtähnliche Züge trägt; zumindest ist seine kompensatorische Funktion klar erkennbar daran, daß in schwierigen Lebensabschnitten jene Sammlerstücke zum Ersatz dienten für all das, was ersehnt, verloren, vermißt ward, zerstört oder unerreichbar geworden, also im weitesten Sinne auratisch war, Natur, Kindheit und Vergangenheit in sich schloß, das alte Zuhause. Die Dinge schließen den Sammler ja, indem er sich ihnen anverwandelt, in ein bergendes Gehäuse, nicht? Er schreibt sich ihnen ein, und das danken sie ihm mit Trost, mit stiller Anhänglichkeit und Güte.

Aber freilich bieten sie auch handfesten Nutzen und Erkenntnisgewinn. Fürs Schreiben meiner Bücher waren sie unverzichtbar. Musikgeschichte ohne Tonträger etwa ist mir kaum vorstellbar; konzentriertes Hören war ja immer ein integrales Moment meines Alltags, und der Komplettierungswahn, der wohl den bedenklichsten Zug in der Phänomenologie des Sammlers darstellt, gilt mir insofern weniger als Sucht denn als Notwendigkeit, als praktische Voraussetzung für jene umfassende Kenntnis, die der Historiker haben muß, wenn er sein Metier ernst nimmt.«

»Widersprechen Sie sich damit nicht? Sie sagten mir doch anfangs, in den Teilen fände ich das Ganze und im Besonderen das Allgemeine. Wozu bedarf es dann der Totalität, der Komplettierung, die der Sammler erstrebt?«

»Es bedarf ihrer«, gab Abendroth kühl zurück, »um jener Reziprozität *zweifelsfrei* innezuwerden. Ohne Vollständigkeit bleiben Erkenntnislücken, Hohlstellen, ungute Brutstätten von Konjektur, Spekulation, Unwissenheit, Denkfehlern, Obskurantismus. Wie wollen Sie sich trauen, eine Aussage über ein Corpus von Werken zu treffen, wenn in ihm auch nur *eines* fehlt? Vielleicht ist gerade dieses eine das Arkanum, die Wünschelrute, die zum Brunnen der Erkenntnis führt? *Wissen* können Sie das erst, wenn Sie seiner habhaft geworden, es sich gleichsam einverleibt haben.«

»Klingt anstrengend«, bemerkte ich spröde. »Denn dieser Prozeß ist ja prinzipiell indefinit, unabschließbar.« A. lächelte, zuckte mit den Achseln, und statt mich nunmehr nach dem Fortgang seiner Wiener Angelegenheiten anno 2002 zu erkundigen, nahm ich das Stichwort vom *konzentrierten Hören*, das soeben gefallen war, zum Anlaß, ihn nach der Bedeutung zu fragen, die die auditive Wahrnehmung für ihn habe.

Zuerst argwöhnte er, der Sinn dieser arg pauschal gestellten Frage sei mir selber wohl nicht recht klar. Meine Weigerung, diesen Verdacht zu bestätigen, gab ihm eine jener langen gedankenflüchtigen, ausufernden Erklärungen ein, wie sie mir nun schon vertraut waren und die ich, wie ich zuzugeben nicht umhin kann, fürchtete. Wenn ich sie, meiner Abwehr zum Trotz, hier vollständig wiedergebe, dann nur deswegen, weil sie einiges Kommende erhellt. A. hub an wie folgt:

»Stellen Sie sich vor: Ein Kind spricht in eine geöffnete leere Konservendose hinein, von deren Boden ein meterlanger Bindfaden zu einer weiteren Dose hinüberführt, die ein anderes Kind sich ans Ohr hält, um aus ihr die Stimme des Freundes zu vernehmen. So spielten wir einst ›Telefonieren‹. So glaubten wir zu hören — obwohl kein Bindfaden der Welt dazu taugt, Schallwellen von einer Blechbüchse zur anderen zu übertragen. An die Stelle des realen Hörens trat das imaginierte. Und dieses ist mir bis heute als das wirkmächtigere erschienen: als ein — aus unbegrenzten Speicherräumen des Hirns genährter — innerer Vorgang, über den sich eher sprechen läßt als über das physikalisch meßbare Hören des Ohrs. Was in diesem physiologisch sich zuträgt, ist längst von Anatomen beschrieben — nur daß die Leitungswege des Schalls im Innenohr, der sogenannten Schnecke, sich der Messung noch entziehen, und selbst dann, wenn diese gelänge, am Ende wohl wenig mehr zu gewärtigen wäre als eine Verifizierung oder Abwandlung der Helmholtzschen Resonanzhypothese.

Ansonsten bliebe das Hören — gleich, ob von Geräusch oder von organisiertem Schall, also von Musik — das, was es auch ohne Messung zu sein scheint: ein gestaltloser, nicht intentionaler Akt, der dem Beschreiben sich verweigert — eine fluide Transmission zwischen Schallquelle und Hirn durch ein passives Sinnesorgan, das, im Unterschied zum aktiven Auge, weder zu bewegen noch zu fokussieren oder gar zu schließen ist. Dem immerwachen, immer offenstehenden Organ entspricht das Unspezifische des Hörens selber: Erst, wo dieses keines mehr ist, in den Rezeptoren der Großhirnrinde, in jenem Schläfenlappen, wo die einflutenden Ströme des Schalls perzipiert, nämlich neuronal gefiltert, identifiziert, assoziiert, unterschieden, strukturiert und gespeichert werden, wird Hören qualifizierbar — freilich so, daß es dort schon in die Retention abzusinken sich anschickt — bereits ins Gehörte, ins *Gewesene* sich eingetauscht hat, so daß der *actus* fürs reflektierende Bewußtsein kein *progressus* mehr ist, sondern sich zum Objekt vergegenständlicht.

Folglich läßt sich übers Hören rechtens erst dann sprechen, wenn es als Gehörtes sich selbst quasi dingfest gemacht hat. Und wer weiß, ob solcher *entzeitlichten Zeit* nicht auch geschuldet ist, daß analog zum Ungreifbaren der Perzeption auch das Organisieren von Schall, nämlich das Machen von Musik, vom Improvisatorischen fort seine Zuflucht suchte im Objektivierten, Stillgestellten, Koagulierten, kurz: im *Werk*, im Telos eines *opus perfectum*. In diesem neuen, emphatischen Werkbegriff liefen die Stränge all dessen zusammen, was sich um 1200 an Neuerungen in der Musik zutrug: also frühe Mehrstimmigkeit im Conductus und Organum, Verräumlichung durch Polyphonie, Konkordanz versus Diskordanz, neue mensurale Notationen etcetera. Die Volubilität des Hörens, diese flüchtig-ungreifbare, lineare Bewegung eines — wenn Sie mir das Oxymoron gestatten — passiven Tuns, begann sich zu verdinglichen und wie bei einer Lichtbild-Projektion scharfzustellen auf die Abbilder der platonischen Ideen an den Wänden des Innern, in der dunklen Höhle des Bewußtseins, der Wohnstatt der *imago*. Können Sie mir noch folgen?«

»Ich gebe mir Mühe.«

»Gut. Und nun stellen Sie sich vor: Ein Kind hält sich eine Kaurimuschel ans Ohr und wähnt im Hineinhorchen das Rauschen des Ozeans zu vernehmen. Daß das Kind in Wirklichkeit nur den diffus gefilterten Schall seiner Umgebung hört, vermischt mit dem gedämpften Laut des eigenen Körpers, Herzschlag, Atmung und dergleichen, ist uns ohne Belang — es sei denn, die Hörpsychologie nähme sich der Sache an und überraschte uns mit der Feststellung, daß je nach kulturellen, sozialen, seelischen Konditionierungen Gehörtes nie an sich, sondern nur *für uns* existiert — ja, am Ende beschenkte uns die empirische Forschung gar mit der umwerfenden Erkenntnis, daß jeder Mensch zu Schall und Laut, Geräusch und Musik sich hinzudenken könne, was er wolle. Riemann nennt das musikalische Hören — als ließe dieses vom nichtmusikalischen einfach sich abgrenzen — ein ›aktives Auffassen‹ und ›logisches Verknüpfen‹, wobei ›Logik‹ hier allenfalls als vergröbernde Metapher für die Sinnhaftigkeit von Musik gelten kann. Aber was ist am Hören ›aktiv‹? Führt Versenkung ins Gehörte nicht eher zu Resonanz, zu einer Art Verflüssigung, Entkörperlichung, zu passiver Durchlässigkeit, virtueller Preisgabe und Auslöschung des Ich?

Gurlitt ordnet dem Ohr eine Position zwischen der ›naturhaften‹ Welt der Schallwellen und der ›menschlich-geistig-geschichtlichen‹ Welt der ›uns ansprechenden‹ musikalischen Sinngehalte zu. Da bei ihm aber offensichtlich das physikalisch Naturhafte einerseits und die geistigen Sinnbedeutungen der Musik andererseits schon als feste Größen gegeben sind, ein *a priori* darstellen, bleibt die Frage offen, welche Eigenschaft das Hören, das jene Sinnhaftigkeit ja eigentlich erst generiert, dann jenseits der schieren gestaltlosen Transmission noch haben kann; ein Scholastiker würde fragen, welche *quidditas* man ihm dann noch zubilligen mag.

Das Kind zumindest wird nicht nach dieser Beschaffenheit fragen, sondern nach deren *Gegenstand*, dem Wunder des großen

Ozeans in der kleinen Muschel, des Rauschens der Atlantikwellen, und auch wir ziehen es gemeinhin vor, nicht am Ohr, sondern am Hirn das zu bewundern, was es uns synthetisiert. Drücke ich mich verständlich genug aus?«

»Überwiegend ja, aber darf ich Sie bitten, sich etwas kürzer zu fassen? Ich glaube, meine kurze, einfache Frage läßt diese Bitte nicht unbillig scheinen.«

»Antworten auf einfache Fragen sind meist die schwersten, Frau Doktor. Denn ihre Einfachheit ist oft das Resultat einer fragwürdigen Generalisierung, die den Antwortenden zwingt, das qua Pauschalisierung Verdrechselte, Verhakelte in mühsamer Umständlichkeit wieder aufzudröseln. Ich sprach von der Synthesis des Hirns; ihrer traumgenerierenden Kraft verwandt ist das *innere Hören.* Dort, wo aus einströmenden Schwingungen, Wellen, Frequenzen überhaupt erst Musik konstituiert wird, dürfte bei den meisten Menschen, ihnen selbst nicht immer bewußt, fast unablässig eine vox interna zu hören sein: eine Musik, mal diffus, entfernt, vermischt mit und überlagert von Sprache oder visuellen Elementen — mal höchst bestimmt, artikuliert und dominant, wie es mir stets ergeht, wenn ich an einem bestimmten U-Bahnhof in der Großstadt den Waggon verlasse und zwischen Perron, Rolltreppe und Ausgang in meinem Kopf, unhörbar für andere, die Takte 74—123 aus dem Finale der Jupitersymphonie sich melden, ohne daß ich bis heute wüßte, warum diese Takte gerade an diesem Ort. Willentlich abgerufen, heraufbefohlen werden sie nicht!

Ähnlich erging es mir ein ums andere Mal an einer bestimmten Stelle im Park einer gebirgichten Grafschaft Irlands, wo, ähnlich einem unvermutet aufragenden Weiser am Wegrand, immer wieder im inneren Gehör just die Takte 23–50 aus dem ersten Satz von Bruckners 8. Symphonie ihre Stimme erhoben, als wärs ein Angstgebet, ein Mantra oder ein Rosenkranz-Murmeln.

Andererseits assoziieren sich mir zwanghaft immer wieder bestimmte Passagen der Musik mit alltäglichen Topographien.

Und so sehr ich mir das Hirn zermartere, warum gerade jene Takte sich im Kopf mit dem je aufschießenden Bild einer bestimmten Hausecke, Straßenkreuzung, Zaunreihe, einem aus früher Kindheit bekannten Waldrand oder Feldrain verknüpfen — ich komme auf keinen Grund. Es gibt schlechterdings keinen Anlaß, keine sei's individualpsychologische, sei's objektiv ästhetische Ursache für diese Synästhesien. Die Verbindungen, die das Hirn stiftet, wirken als Aufgabe, als Appell, als rätselhaftes Signal zu ihrer Dechiffrierung, aber mir fehlt der Code zu ihrer Entzifferung, das tertium comparationis; auch psychoanalytische Kategorien helfen hier nicht weiter. Es bleibt ein Geheimnis.

Im übrigen verlangen diese autogenerativen, von einem verborgenen Mechanismus gesteuerten Prozesse keine übermäßige Speicherkapazität des Hirns, nicht einmal eine größere sogenannte Musikalität. Gefördert aber werden sie wohl von der dank technischer Reproduzierbarkeit nahezu allgegenwärtigen Verfügbarkeit jener tönenden Quellen, die der Sammler um sich häuft. Die *voces internæ* machen auch nicht beim bloßen Wiedergeben eines Gespeicherten halt, sondern lassen an Interaktivität sogar noch mehr zu, als der kühnste Musiker sich erlauben würde: Eingriffe in die musikalische Textur, Umkomponieren, Wegschneiden und Hinzufügen, Transponieren, Tempowechsel und Rubato, Veränderungen von Klangfarbe und dergleichen — so, als spräche das Hirn: ›Was im Schlafe der Traum vermag, leiste ich im Wachzustand noch viel besser.‹

Gegenüber solch inwendig aufstrahlender Emanation von Musik verblaßt alles physikalisch meßbare oder physiologisch unmeßbare äußere Hören. Im inneren Hören fallen Apperzeption, Komposition und Interpretation ineins. Erst in diesem interioren Laboratorium kommen das Hören und das Gehörte, das *facere* und das *factum* zur Deckung. Ab fällt die Schlacke des Unreinen, Kontingenten, Störenden, und der Sterbliche, der *so* hört, wird Göttern gleich. Einzig dann, wenn Fieber ihn martert, wird aus der vox interna das Delirieren aus dem Maul eines Dämons.«

»Aber Sie können diese ›innere Stimme‹ doch auch willentlich heraufrufen?«

»Natürlich.«

»Und aus welchen Anlässen, bei welcher Gelegenheit tun Sie dies?«

»In Momenten der Not, der Furcht, der Schutzlosigkeit, der Bedrückung und Verdüsterung. Dann lasse ich es klingen. Dann tönt mir die Stimme im Kopf.«

»Das wäre dann wie das stumme Gebet eines Gläubigen, der seine Schutzheiligen anruft?«

»So ähnlich. Mein Denken vollzieht sich häufiger in Tönen als in Worten.«

»Und das tröstet, beschirmt, lindert?«

»Nur zur Hälfte. Zur anderen Hälfte stellt diese Übersetzung in Musik, diese Spiegelung oder Refraktion den Seelenzustand in ein deutlicheres Licht, gibt ihm scharf umrissene Kontur, objektiviert ihn. Sie überführt das Unbestimmte ins Bestimmte und rückt es damit hell ins Bewußtsein.«

»Muß ich das beneiden?«

»Das können Sie halten, wie Sie wollen«, entgegnete Abendroth mürrisch. »Jedenfalls sind die Jahre nach 2001, in denen alle Felle davonzuschwimmen schienen, mir insofern die musikalischsten geworden, die ich je hatte. Mit dem Sammeln antiquarischer und neuveröffentlichter Tonträger gelangte ein konstanter Influx bis dato wenig bekannter Werke ins Leben. Ganze Stilepochen, bislang kaum beachtet, öffneten sich neu: etwa die sogenannte Vorklassik der Bach-Söhne, Empfindsamkeit und Sturm und Drang, Namen wie Beck, Rosetti, Kraus, die Mannheimer Schule, Komponisten von Stamitz bis Reicha, die sich aus Böhmen über ganz Europa verstreut hatten, Bach-Zeitgenossen wie Graupner, Stölzel, Fasch, Zelenka, oder all die Émigrés, die es nach Paris oder London verschlagen hatte, Komponisten wie Clementi, Cramer, Dussek, Hummel, und zu den alten Engländern von Dunstable bis Purcell, die ich mir in den achtziger Jahren erschlossen, trat nun das *Grand Siècle* Frankreichs neu hinzu, von Lully, Charpentier, Desmarest, Campra, Marais über Couperin bis Rameau, dessen ästhetische Kontroverse mit Rousseau und den Enzyklopädisten ich später in einem Buch beschrieb.«

»Ein reiches Innenleben mithin«, konstatierte ich trocken, »dem sich auch äußerlich alles bestens zu fügen schien: Arbeitsaufträge; keine Geldsorgen; und die Freundin nun wieder an Ihrer Seite — warum sprachen Sie dann von ›naufragium‹, von Schiffbruch?«

Hier nickte Abendroth, lächelte ironisch (oder wehmütig) und sagte: »Sie haben recht: bilanziere ich die Äußerlichkeiten dieser ersten zwei Jahre des neuen Jahrtausends, klingt alles ganz erfreulich. Der Besuch der Kasseler Documenta im Juni, die Reise nach Rom zu Weihnachten und Neujahr, im Juli 2002 die Berghütte im Vinschgau mit seinen Ortsnamen, die den Schluckgeräuschen in alten Weinkellern nachgeformt schienen, Namen wie Mals, Glurns, Naturns, Schlanders, im August meine Lesung in einem ehemaligen Elektrizitätswerk bei Bielefeld mit dem irischen Pianisten Míceál O'Rourke und der Schauspielerin Angela Winkler: das sind alles gute Erinnerungen. Das Geld aus dem Hausverkauf aber schmolz rasch dahin; das Leben in Wien war kostspieliger, als es die Einkünfte auf Dauer gestatten würden; und als meine schönste Übersetzung, James Thomson, in Basel erschien, blieb sie unbeachtet, was mir ein alarmierendes Indiz für den Geschmackswandel war, der in der literarischen Öffentlichkeit, zunächst unmerklich, sich vollzogen hatte und mir die Zukunftsaussichten verdüsterte.

Ja, Zukunft! Sehen Sie, Frau Doktor, da lebte ich nun in einer Stadt, deren Bestes nicht aufs Künftige, sondern an jeder Straßenecke auf ihre reiche *Vergangenheit* wies. Ich sagte Ihnen ja schon, daß ein empfindsamer Mensch sich diesem Zwang zur Retrospektion gar nicht entziehen konnte. Und damit nahmen die Schwermutsattacken beständig zu. Sie stießen mich zurück auf die verlorene Heimat im Westen, das verlorene Haus, die ozeanische Weite und Freiheit, deren Verlust ich mir Tag für Tag als unverzeihliche Torheit vorwarf, als die wohl blödsinnigste Entscheidung, die ich je im Leben getroffen.«

»Aber Sie sprachen mir doch von objektiver Notwendigkeit? Die Entscheidung sei schlechterdings nicht anders zu treffen gewesen, wars nicht so?«

»Ja schon, richtig«, wand sich A., »aber wer weiß, vielleicht lag diesem Urteil ja eine Täuschung zugrunde, und es hätte nur einer gewissen Geduld, eines Ausharrens bedurft: und dann hätten sich die Dinge vielleicht wieder eingerenkt. So zumindest irrten meine Gedanken in Wien umher, kreisten und quälten, gaben keine Ruhe. Nein, mit der Situation konnte ich meinen Frieden nicht machen.

Und diese Melancholie belastete natürlich auch das Verhältnis zur Freundin — das ohnehin schwieriger war als zuvor, geprägt von wechselseitigem Mißtrauen, von unvermittelt aufflammender Reizbarkeit, ein peinigendes Schwanken zwischen gläubigem Zutrauen und Distanzierung, Wiederherstellung und Abkehr.«

»Und welche Haltung nahmen Ihre Freunde dazu ein?«

»Sie beobachteten diese Zerrissenheit mit Sorge und mit Skepsis. Sie zweifelten wahrscheinlich daran, daß sich alles zuletzt doch noch zum Guten wenden könne. Manche wandten sich jetzt auch schon ab. Andere hätten es vermutlich für ratsamer gehalten, ich wäre beizeiten nach Irland zurückgekehrt — und heute wünschte ich, sie hätten mit gutem Zureden mich zu dem Schritte überzeugt, statt den Rat erst dann zu geben, als das Kind in den Brunnen gefallen war.

Das soziale Gefüge ward bröckelig. Der Kreis der Freunde verengte sich peu à peu. In Berlin waren 2002 noch einige vorhanden.

In der Heide waren die alten Kontakte schon ausgetrocknet. In Irland, wo mir die liebsten verblieben waren, hatte mein Weggang den Effekt gehabt, daß er als Treulosigkeit, als Abbruch aller menschlichen Bindungen fehlgedeutet wurde; auf meine Briefe kam keine Antwort mehr. Die Freunde in Wien hatten, wie schon angedeutet, enge familiäre Konnexionen und bewegten sich in jahrzehntelang gereiften Cliquen und *in-groups*, in die der Fremde gern eingelassen wurde — aus denen er aber umso schneller auch wieder herausfiel. Der beste Freund, den ich in jenen Jahren hatte, befand sich in England; Ende 2001 kam er infolge eines Herzinfarkts auf einer kurvigen Landstraße unweit Norwichs bei einer Auto-Kollision ums Leben.

Es begann, einsam zu werden.

Im September 2002 eröffnete mir die Freundin, die schon zuvor von der Attraktivität jugoslawischer Straßenarbeiter geschwärmt, welche bei Gluthitze mit schweißnaß-muskulösem, nacktem Oberkörper im Teerkessel rührten und den flüssigen Asphalt auftrugen, daß sie erneut mit einem Schriftsteller aus dem Osten sich zusammengetan habe, diesmal aus Rumänien. Die Ost-Erweiterung der Europäischen Union trug gute Früchte. Daran, daß diese neue, zweite Trennung endgültig und unkittbar sei, bestand kein Zweifel. Sie war irreversibel.«

»Wie reagierten Sie darauf?«

»Je nun, wie wohl? Mit Zorn und Rückzug, Trauer und Abkapselung. Arbeit sei die beste Panazee, dachte ich. Bücher, Musik und meine Schreiberei seien das mir Zugemessene. Der alte Schutzreflex, das alte Remedium aus der Helmstedter Dachkammer. Und so besuchte ich jeden Samstag den Wiener Flohmarkt, beugte mich über die eingestaubten Mappen des Kupferstich-Händlers, fingerte in den Blättern und suchte mir die Köpfe von Toten heraus, deren magisch schraffierte, perückenbeschwerte Gesichter in ovalen Kartuschen, von Ornamenten, Sinnsprüchen und Devisen umrankt, die Lebenden ersetzen sollten.

Auch eine Rückkehr nach Irland erwog ich jetzt, wenn auch nur noch als Mieter. Allein, dafür war es nun zu spät. Der Zug war abgefahren. Um mir ein Startkapital zu verschaffen, versuchte ich einen Teil meiner Sammlungen und jene alten Möbel, die ich einst in O'Keeffes Second Hand Shop erworben, zu verkaufen — ein naives, ein hoffnungsloses Unterfangen, denn die Antiquitätenhändler Wiens waren sich entweder zu fein, um das irische Gelump auch nur eines Blickes zu würdigen, oder erwiesen sich als gerissene Gauner und Beutelschneider, eine schlitzohrige Zunft von Slowaken, Ungarn und Rumänen, die das Altwarengeschäft unter sich aufgeteilt hatten und mit Preisdrückerei den Ankauf zu ihren Gunsten so handhabten, daß kein adäquater, fairer Ausgleich zwischen Sachwert und Geldwert, zwischen Verkäufer und Käufer auszuhandeln war. Und da im irischen Westen (wo fast jeder das, was er bewohnt, nicht mietet, sondern *besitzt*) auch keine bezahlbare Unterkunft mehr zu finden war, mußte das Rückkehrprojekt scheitern. Diese Tür war zugefallen für immer.

Im November 2002 lud mich die Gemeinde von St. Dionys bei Stuttgart zu einer ›Literarischen Predigt‹ ein. Ich bestieg, zum erstenmal in meinem Leben, eine Kirchenkanzel, begrüßte die ›lieben Brüder und Schwestern in Christo‹ und sprach, da es sich um den Volkstrauertag handelte, eine Stunde lang über Krieg und Frieden unter Bezug auf die einschlägig martialischen Passagen des Alten und des Neuen Testaments. Mag sein, daß mir meine Rede etwas zu scharf, zu kritisch, zu anklagend geriet — aber die versöhnlichen Schwaben unter mir in den Kirchenbänken waren keine Diener der *ecclesia militans* und somit nicht gewillt, im Anschluß an den Gottesdienst meine streitbaren Sätze ihrerseits mit Streitworten zu vergelten.«

krieg und frieden

Gemessenen Schrittes näherte sich den drei Herren, die sich in die schwarzen abgewetzten, tabakgebeizten Lederfauteuils des *Savile Club* hatten fallen lassen, der Aufwärter mit einem Serviertuch über dem angewinkelten Arm und fragte, bis auf die emporgezogenen Brauen ohne mimische Regung, näselnd nach ihrer Bestellung: »Gentlemen?«

Diese baten um Sherry, *Orange Juice* mit Sodawasser und *Ginger Ale* und riefen dem Waiter, der unter einer leichten Verneigung kurz zurücktrat, bevor er sich umwandte und würdevoll entschritt, ein wohltemperiertes »Thank you, James« nach.

Colonel Marston saß kerzengerade gereckt auf der Kante seines Sessels und zwirbelte sich die Spitzen seines grauen, akkurat gestutzten Schnurrbarts. Fox stopfte sich die Pfeife aus einer gelben Dose *Erinmore* und räkelte sich quecksilbrig in den Polstern. Yberseindt, der Émigré, öffnete seinen Koffer, zog ein Folio-Konvolut heraus und schlug dem verdutzten Oberst eine fotokopierte Suite von acht linierten Querbögen auf, eine Folge von rot und schwarz beschriebenen Notenblättern, die er dem Kriegsmann ungesäumt zu erklären begann.

»Would you please have a look, Colonel. Ein Trialog macht den Anfang, Violino zuerst, überm rüstigen Schritt des bezifferten Basses: Klangrede, auf tieferer Stufe beantwortet von der ersten Viola da Gamba. Dieser respondiert eine zweite. Mit der nächsten Periode, sehen Sie, greifen die drei Stimmen schon ineinander, werden imitatorisch. Der Dreistimmigkeit entspricht die Dreigliedrigkeit dieses Præludio, das hier *Sonata* genannt wird. Diese kippt zuletzt heiter ins dreischlägige Metrum eines Coranto um. Und dem wiederum korrespondiert der Gesang der drei Männerstimmen, der nach diesem Præambulum anhebt: erst in Rede und Antwort eine jede für sich, dann fein und lieblich beieinanderwohnend, in wohlklingender Akkordanz, concordant.«

»Strange trinities«, knurrte Marston. »Hat sicher was zu bedeuten, wie ich Sie kenne.«

»You bet, Colonel«, fiel Fox naseweis ein und erklärte: »Eine *triga fratrum germanorum* kommt am 6. September 1689 zusammen, um den Geburtstag des ältesten von ihnen, Georg Christoph Bach, Kantor im fränkischen Schweinfurt, zu feiern mit der Aufführung einer musikalischen Auslegung des 133. Psalms, fromm und weltlich ineins. Die Brüder Johann Christoph und Johann Ambrosius, beide drei Jahre jünger, Kantoren auch sie, sind aus Thüringen zu Besuch gekommen, vielleicht mit Gattinnen und Kindern. Vielleicht war auch der kleine Sohn des Ambrosius, Johann Sebastian, anwesend, als das Geistliche Concert seines Onkels gesungen wurde, der Basso von Georg Christoph, die zwei Tenorstimmen von den Zwillingsbrüdern aus Eisenach: tria juncta in uno.«

»That's not Latin, is it?« fragte unbehaglich der Oberst, und es war schwer zu erkennen, ob es aus Übermut oder Beflissenheit geschah, daß Yberseindt seiner Antwort einen gewissen ponderosen Schwung gab, der alles Zittern aus seiner Stimme vertrieb.

»I suppose it is, Colonel. Schauen Sie, hier: drei Gamben bilden den bewegten Körper der Mittelstimmen auf dem Fundament des Basso continuo. Mit der Prinzipalgeige kräuseln sie sich in Verzierungen, Divisionen, barocken Manieren. Im Konzertieren mit den Sängern malen sie mit Fließfiguren den ›köstlichen Balsam‹, der vom ›Haupt Aarons herabfleußt in seinen ganzen Bart‹, auch ›herabfleußt in sein Kleid‹, und stricheln undulatorisch ihre Tonsymbole wie ein übers Pergament kratzender, schabender, wischelnder Gänsekiel beim Eintrag in eine Familienchronik. Der dicke, köstliche Balsam verflüssigt sich zu Tinte. Sehen Sie nur: all diese nervösen, manirierten Violinfigurationen haben den Charakter einer écriture, besonders deutlich in jenen

Schlußtakten, in denen mit weit ausschnörkelnder Amplitude die Signatur gesetzt wird unters Werk.«

Hier war es wieder an Fox, Yberseindt beizupflichten, indem er ergänzte: »Solche Schnörkel waren ja nicht nur konkludierender Zierat. Sondern hatten überdies den praktischen Zweck, den Kiel, bevor er im Federglas oder -fäßchen abgestellt wurde, von überschüssiger Tinte zu befreien.«

Der Colonel nickte. Irritiert blieb er weiterhin, doch Gründe leuchteten ihm immer ein, sofern sie nur praktischer Natur waren. Yberseindt fuhr fort:

»Tönende Unterschriften, ja. Und bitte sehen Sie sich dieses handkolorierte Widmungsblatt einmal an. Wer sein Urheber ist, wissen wir nicht. Aus der liebevollen, etwas unbeholfenen Art der Darstellung läßt sich schließen, daß hier womöglich ein Familienmitglied, vielleicht eine Dame oder eines der älteren Kinder am Werke war, aber kein professioneller Zeichner. Und die Naivität der Symbolik, die an bäuerliche Votivtafeln aus dem süddeutschen 17. oder 18. Jahrhundert eher erinnert als an die scharfsinnig verschlüsselten Emblemata der zeitgenössischen Druckgraphik, läßt denn doch daran zweifeln, daß die Gestaltung des Blattes sich fundierter mythologischer oder theologischer Bildung verdankt — wie es der Fall gewesen wäre, wenn einer der drei Kantoren sein Urheber gewesen wäre. Ein mit den Allegoresen seiner Zeit vertrauter Kupferstecher hätte entweder unter Verweis auf *Kain & Abel* oder auf *Eteokles & Polyneikes* vor Bruderzwist gewarnt, oder heroische amicitia fratrum mit dem Bilde der *Castor & Pollux* beschworen.«

»Good boys indeed«, brummelte der Oberst unterm Bart und nippte zur Bekräftigung dieser Anerkennung an dem Sherry, den der Waiter unterdes vor ihm abgestellt.

»Statt dessen«, erläuterte Yberseindt weiter, »ragt zur Linken — zum Zeichen des von Gott verbürgten *florens* des Bruderbundes — aus einer Wolke die Schöpferhand mit einem dreiblättrigen

Kleeblatt zwischen den Fingern, mit dem schon Sankt Patrick seinen Landsleuten die Trinität anschaulich machen wollte.«

»Irish shamrock«, murrte da der Colonel in seinem marineblauen Blazer mit den dicken Goldknöpfen und verzog unwillig Schultern, Mund und Kinn. »Don't like the Irish. Bloody catholics. Cowardish rascals.« Doch sein musikalischer Præceptor ließ sich von solchen Vorbehalten nicht beirren, sondern fuhr fort:

»Zur Rechten baumelt an drei Schnüren aus einer Wolke ein Hängeschloß zum Zeichen der *firma*, der Dauerhaftigkeit, Beständigkeit, Sicherheit dieses Trifoliums, und unter dem auf Blattmitte gesetzten Wort *suavis* hängt, komplementär zur Triangularität der Bildstruktur, ein Senkblei in Gestalt eines Triangels, dessen unterer waagrechter Stab drei Schellenringe trägt, die ihm unablösbar eingeschmiedet sind.«

Hier unterbrach ihn Fox und fragte: »Aber finden Sie es nicht auch rätselhaft, Ariel, daß diesem spitzeckigen, erzenen, nicht eben süßen Gegenstand das Wort *suavis* zugeordnet ist?«

»Seltsam in der Tat«, gab der Émigré zu. »Und verständlich allenfalls aus der Emblematik von Lot und Winkelmaß unter der Devise —« und hier murmelte Marston kaum vernehmbar etwas von ›Devisengeschäften‹ und ›Wertpapierhandel‹ — »unter der Devise von IESUS PERFECTIO NOSTRA; wie lautet das Sinngedicht, Fox? Können Sie es hersagen, auswendig?«

»Yes, I can«, brüstete sich dieser und zitierte: »Ein Triangul wird gweist allhier, das einen Christen zeiget für, wie er nach Christi Regul fein allerdings soll vollkommen seyn. Das erste Eck zeigt klärlich an eins Christen Dispensation: Daß er soll gebn auff dieser Erd, auff daß jhm wieder geben werd. Das ander Eck, das zeiget frey: Daß jeder Christ gerne verzeih. Das dritte Eck zeigt: Daß er nicht richt, wie gmeinglich in der Welt geschicht. Das Bleygwicht, das hie hangt, tut lehrn: Man soll sich zu den Armen kehrn, mitleidig und barmherzig seyn. So will Gott gnädig sehen drein, mit vns nicht fahren zu geschwind, sondern verzeihen vnser Sünd.«

»Also ein Leben nach Maßgabe von Mildtätigkeit und Barmherzigkeit«, schloß Yberseindt. »Und solcherart wäre es nun wirklich *suavis*, fein und lieblich. Und Eintracht knüpfe fest das theure Band, das reine Bruderliebe webte? Nun, *solche* Dreieinigkeit aber wäre doch die ›goldne Brüderkette‹, der ›echte Herzverein‹ des Freimäurerbundes, und gehörte nicht hierher — oder doch? Immerhin erinnert das Triangel ja an Kelle und Winkelmaß, das Schloß an Papagenos Schloß vor dem Mund, also an die Bruderpflicht der Verschwiegenheit, das Kleeblatt an die ubiquitäre Dreizahl im Maurer-Ritus und das ›suavis‹ an die praktizierte Maxime der Wohltätigkeit, nicht?«

Dem Colonel war anzusehen, daß sein Unbehagen zunahm. Er verzog die Schultern, runzelte die Stirn und knurrte etwas wie »Freemasons. Dubious folks. Haben die je gedient? Wo waren die im Krim-Krieg? Oder beim Sepoy-Aufstand?« — so daß es Yberseindt für geraten hielt, den Kriegsmann zu unterbrechen und rasch auf das untere Drittel des Widmungsblattes hinzuweisen:

»Was hier steht, nennt die Besetzung des Stückes. Und erfleht (›implevißet‹) Gottes Gnade für das Geburtstagskind Georg Christoph ›natu maximo‹: was einerseits den Ältesten, Erstgeborenen adressiert, aber auch in artiger Reverenz vor dem Hochwohlgeborenen sich verneigt, vielleicht gar mit einem Anflug von Ironie: nicht wahr, wie fein und lieblich ist es doch, wenn Brüder einträchtig beieinander wohnen. Und nicht nur wohnen, sondern auch in gut lutherischem Geiste schmausen und zechen; Johann Christophs Kantate *Meine Freundin, du bist schön* läßt ja nicht nur im Hohenlied Salomonis aus der Himmelsbraut die ganz diesseitige erotische Verzückung über einer Ciacona hervortanzen, sondern viermal zum sinnenfrohen Gelage im Bordun die Leier drehen: *Esset und trinket und werdet trunken!*«

Und Fox gab das Stichwort: »Je nun, wer weiß, ob es nicht gerade so flämisch sich zutrug am 6. September 1689, als die drei Brüder Bach beieinander wohnten. *Futtern wie bei Luthern.*

Und wer weiß, ob es dabei am Ende immer noch einträchtig, fein und lieblich zuging und nicht ein Streit sich erhub wie auf den Bohnenfesten und Wirtshausszenen der Brouwer, Ostade, Jan Steen.«

Das Stichwort ›Streit‹ schien des Colonels Interesse zu wekken; Yberseindt nutzte diesen Anflug von Neugier, um dem Obersten eine weitere fotokopierte Partitur im Folioformat, die er aus dem Koffer zog, vorzulegen und behutsam aufzuschlagen.

»Very well, then«, begann er. »Es erhub sich ein Streit. Und es war mehr als ein solcher. Nämlich gemäß Epistellesung und Apostelgeschichte ein veritabler Krieg, den Michael mit seinen Engeln focht wider den Drachen, die ›alte Schlange, die da heißet Teufel & Satanas‹. Johann Christophs Geistliches Concert aus Eisenach läßt zu diesem Streit — heißt streiten nicht concertare? — dreiundzwanzig Stimmen antreten in mehrchöriger Schlachtordnung, darunter eine Batterie aus *Tympano* und vier *Trompette*, gleichsam Feldclarinen, die sich nach der einleitenden Sonata der Streicher und überm Gesang der Bassi, die in Dreiklängen die Anfangsworte skandieren, zur Phalanx reihen. Jetzt schauen Sie sich nur mal das Notenbild an!« — »Amazing stratagems«, schnarrte der Oberst anerkennend — »Den Kampfbeginn markiert das schwere, gleichmäßig auf Grundton und Dominant stampfende Ostinato der Pauke, nach je vier Takten peu à peu überdröhnt vom heraldischen Geschmetter des Blechs, das sich in komplementären Dreiklangssignalen panzert und schließlich mit allen Instrumenten und Singstimmen kompakt verdichtet. Letztere sind, wie Sie sehen, in zwei Blöcken à 5, um je einen Takt verschoben, also gleichsam hintereinander versetzt und auf Lücke postiert, um dem Feind jedes Durchbrechen der Front zu verwehren.«

Und Fox schloß sich dieser Darstellung begeistert an: »Ein geharnischter Anblick, nicht wahr? Archaisch schon im Bilde des Drei-Ganze-Takts mit den vielen pfundschweren, wie aus mensuralen Zeiten von Longa und Brevis ins Heute hereinstarrenden weißen Notenköpfen: rundmäulig klaffende Kanonenrohre, Zwölfpfünder-Mündungen, aus den Stückpforten ragend von Kriegsgaleonen, jede Notenlinie eine Planke im Schiffsrumpf, und mit den Notenhälsen der Trompeten-Viertel eine schwert- und lanzenstarrende Palisade aufrichtend, eine Verteidigungslinie aus Hellebarden und Morgensternen, die undurchdringlich scheint.«

Während Yberseindt maliziös leise das Kirchenlied ›Wie schön leuchtet der Morgenstern‹ ansummte, nutzte der Colonel die Unterbrechung des Redeschwalls, um zu fragen: »Why are you talking of a defense line? Die Noten sehen eher offensiv aus.«

»Weil es so gut wie nichts Ausbrechendes, Voranstürmendes gibt in dem Stück«, erläuterte Fox. »Keinen Ausfall, keine tumultuöse polyphone Linearität, keine großbögig zielgerichteten Modulationsverläufe. Und, bis auf eine stetig anschwellende Massierung des Klangs, keine Finalität. Der Satz bleibt starr, erratisch, die Tonalität in schwerer Gravität zentriert um die Tonika. Die zunehmende Kontraktion malt eine eher zentripetale als -fugale Bewegung. *Fuga* hieße Flucht — tapfere Krieger fliehen nicht, sondern halten stand. Das Stück ist statisch; die kompakten Blöcke reihen sich kurzgliedrig wie in den mehrchörigen Sonaten der Venezianer oder in den Motetten von Schütz. Von der Toccata und den instrumentalen Battaglien des 16. Jahrhunderts zehrt das Stück eher, als daß es etwa schon vorauswiese auf *Wellingtons Sieg bei Vittoria*.«

Dies schien dem Obersten ein Licht aufgesteckt zu haben. »Ah, Beethoven! Wrote some variations on *Rule Britannia* as well as on *God save the King*, right? Good boy. Brave musician indeed. Do you remember those, eh ... those distant cannon shots? — at the end of part 1, where the bloody French are defeated? Highly enjoyable. Buff! Buff! Great music, great stuff, 'like it«, gurgelte er mit Kennermiene und nippte erneut am Sherry.

Yberseindt griff das Stichwort auf. »Von der Kanone zum Kanon: Wenn Georg Christophs *133. Psalm* im Gründungsmythos der Kirche das Familiäre spiegelt, hindert uns nichts daran, versuchsweise etwas Analoges auch in Johann Christophs Battaglia zu sehen. Denn wer könnte garantieren, daß es unter den allesamt höchstbegabten Geschwistern nicht immer auch Konkurrenz, Neid, Rivalität, Intrigen und Streit gegeben hat? Die Preisung der amicitia fratrum auf dem Widmungsblatt wäre dann nicht Schilderung dessen, was ist, sondern Beschwörung dessen, was sein sollte. *Concordia discors* nennt Johann Sebastian rund sechzig Jahre später seinen zweistimmigen Kanon BWV 1086 ›in motu contrario‹ und im Geist der Canones aus dem Musikalischen Opfer: gelehrte Anspielung auf Pythagoras, Heraklit, Empedokles, auf ihre Idee von der dialektisch vermittelten Eintracht der Welt vermöge der Zwietracht ihrer Elemente. Horaz und Ovid haben den Gedanken weitergegeben an den Humanismus und Neuplatonismus, und auf diesen beriefen sich die Freimäurer bei uns in England.«

So daß sich der Oberst nun endlich in seinem Element wähnen durfte, indem er darauf verwies, daß der Royalist John Denham aus diesem Konzept der concordia discors, kurz vor Ausbruch des Bürgerkrieges 1642, im Anblick der Wälder von Windsor seine Idee von den *strange varieties of nature* entwickelt habe, die dann siebzig Jahre später von Alexander Pope zur Feier des Utrechter Friedensvertrages von 1713 in seinem Gedicht *Windsor-Forest* noch einmal bekräftigt, ja vertieft worden sei. Auch könne für die Virulenz des Gedankens im englischen 17. Jahrhundert die Grabinschrift von Denhams ebenfalls royalistischem und im Bruderzwist des Bürgerkriegs gefallenen Zeitgenossen William Lawes einstehen. Und mit tremolierendem Bariton zitierte Colonel Marston das Epitaph des Komponisten:

»Concord is conquer'd: In this Urn here lies
The Master of great Musick's mysteries.
And it's a riddle, like the cause: WILL LAWES
Was slain by those whose wills were laws.«

»Concordia discors!« Dankbar spann Yberseindt den Faden fort. »Im schier unübersehbaren Geästel des Bachischen Stammbaums konnte diese dialektische Aufhebung, diese Vermittlung sei's der privaten, sei's der universalen Zwietracht mit Eintracht nur einer leisten: der Sohn des Johann Ambrosius: Johann Sebastian. Er, der die altmodischen, dem aufgeklärten Goût seiner Zeit fremd gewordenen musikalischen Dokumente seiner Vorväter, das *Alt-Bachische Archiv*, erst getreu verwaltete und dann testamentarisch seinem Sohn Carl Philipp Emanuel vermachte, über dessen Tochter es zuletzt an Zelters Berliner Sing-Akademie gelangte — er also nimmt noch einmal in Picanders Dichtung sich der Epistellesung von St. Michaels Kampf mit der Schlange an und sucht die *discordia concors* im Eröffnungssatz der Kantate BWV 19 *Es erhub sich ein Streit*, indem er die Fließbewegung des konkordant-köstlichen Balsams, eine Figur, die hier kaum mehr zu unterscheiden ist von der Schlängelbewegung des Satans, überführt ins aggressive Gehechel der Chor-Melismen, bravourös, tumultuös, in fugiertem Satz, aufgeputscht von den Dreiklangssignalen der thematisch selbständig geführten Streicher, drei Oboen, drei Trompeten mit Pauke. Das Ganze in Dacapo-Symmetrie, aber in linearer Polyphonie vorwärtsstürmend, mit jener Finalität, die das neue Zeitalter kennzeichnet. Kontrolliertes Chaos mithin, Befriedung im Krieg: Triumph und Versöhnung, *vereinigte Zwietracht* (der wechselnden Saiten, der rollenden Pauken durchdringender Knall).«

»Schön, aber da darf man doch fragen«, unterbrach ihn Fox: »Hält die Versöhnung? Oder ist es am Ende eben doch nicht die menschliche Schöpferhand, die das Äquilibrium stiftet, sondern jene himmlische, die da alttestamentarisch auf dem Geburtstags-Widmungsblatt aus der Wolke ragt mit dem Endzweck: daß zur Vergeltung für einen Krieg, von dem die Gebrüder Bach sich zweihundertfünfzig Jahre zuvor noch nichts konnten träumen lassen, zur Vergeltung auch für die Greuel ihrer künftigen *confratrum germanicorum* an der Schlucht von Babi Yar, die Noten des Alt-Bachischen Archivs 1945 von russischen Offizieren geplündert, fortgerafft und nach Kiew verschleppt wurden, wo sie verschwunden sind im Staatsarchiv der Ukraine.«

Erschöpft hielt Fox inne. Der Oberst strich sich nachdenklich den Bart. Yberseindt aber schloß lächelnd: »Woher sie denn aber vielleicht doch bald der Berliner Sing-Akademie restituiert werden, hoffe ich, damit es dann heißen kann *Concord is conquer'd.* Cheers, Gentlemen!« Und hob triumphierend das Glas.

Doch Fox fragte nur zweifelnd: »Concordia? In der Ukraine?«

Der Club-Waiter sammelte leere Gläser ein, wechselte die Aschenbecher und frug, ob »any hot meals« gewünscht seien? Das Roastbeef sei heute zu empfehlen. Allein, der Oberst achtete nicht der Frage; er hockte, brütend in sich versunken, eine Hand auf dem Tische zur Faust geballt, als dächte er, daß unser Empire denn doch nichts anderes sei als ein verregneter Freitagnachmittag auf der Promenade von Brighton.

»Cheer up, Colonel. War is over«, sagte Fox nonchalant.

Yberseindt hob den Blick und fragte: »Sie wollen schon gehen?«

Fox war aufgestanden, um sich an der Garderobe den Mantel reichen zu lassen. »Zum Royal Pavilion. Benefizkonzert für den Local Charity Trust, mit *Pomp and Circumstance* und Melodien aus der Lustigen Witwe. Kommt jemand mit?«

Yberseindt und der Colonel aber blieben — ›schweigend ins Gespräch vertieft‹ — sitzen in ihren Fauteuils, um ihm, nachdem er noch einmal an das Gespräch mit Birthwhistle am kommenden Montag erinnert hatte, für diesmal Lebewohl zu winken.

Während der Aufwärter ihm in der Garderobe den Dufflecoat heraussuchte, fiel Foxens Blick auf eine druckfrische TIMES, die, vom Head Waiter mit einem Plätteisen Blatt für Blatt glattgebügelt, auf einem Beistelltischchen zur Lektüre bereitlag. Gedankenverloren streifte sein Blick über die Schlagzeile **Strike! Strike! Strike!**, und nur beiläufig blätterte er, da sein Mantel noch nicht gleich gefunden ward, ein Weilchen in der Zeitung weiter — bis er zur Rubrik OBITUARIES kam, die seine Aufmerksamkeit fesselte mit einer Traueranzeige am Fuß der Kolumne, schwarz umrandet und vignettiert mit einem stilisierten Palmzweig, einer Bibel, und einem geflügelten Genius, der in der einen Hand eine Kithara mit gerissenen Saiten und in der anderen einen zerbrochenen Aulos hielt. *Die ganze musikalische Welt betrauert den Hinschied von* ELLEN SWINDON, las Fox, *geboren in Chippenham, Wilts. am 5. März 1921, heimgegangen am 19. September 1979 nach langem, mit großer Geduld ertragenem Leiden † Always remembered by her loving husband.* Fox nickte. »Swindon dixit«, dachte er grimmig. »Trug und Schwindel bis zuletzt, bis in den Nachruf hinein.« *Ellen is dead, and music dies. Doch ihre Platten überleben sie † Non omnis moriar † Beisetzung im engsten Familienkreise. Von Kranz- und Blumenspenden bitten wir abzusehen; statt dessen erbitten wir einen Beitrag auf das Konto des British Wildlife Fund* undsoweiter, undsoweiter, undsofort. Er faltete die Zeitung zusammen und trat, nachdem ihm der Dufflecoat ausgehändigt worden war, hinaus ins Freie. Hätte er dem Obersten und Yberseindt das Blatt zeigen sollen? Ach was, die beiden würden die Nachricht früh genug zu Gesicht bekommen.

Der Regen hatte große spiegelnde Wasserlachen auf dem Parkplatz hinterlassen; Möwen zankten sich kreischend über den *litter boxes*, die an dem Drahtzaun hingen, der die weite leere Fläche begrenzte; ein böiger West, der aus gelbgrauem Gewölk herniederfauchte, trieb Papier, *plastic milk bottles* und die Fetzen einer Einkaufstüte über den Asphalt und wehte einen Geruch von Steinkohlenruß, Fisch, Bier und Seetang herbei, in den gelegentlich der Duft von frischgemähtem nassem Gras sich mischte. »Das ist nun unser Empire«, dachte Fox und hätte kaum zu begründen vermocht, warum ausgerechnet solche Eindrücke eine Empfindung tiefster Zuneigung zu seinem Land in ihm aufwallen ließen, warum es vor allem diese Alltagstraurigkeit war, dies Verlorene, Schäbige, Ausgesetzte, Abgewetzte, Heruntergekommene, was ihn an seiner englischen Heimat mehr rührte als all ihre roten Telefonhäuschen, blauen Schuluniformen, *green hills*

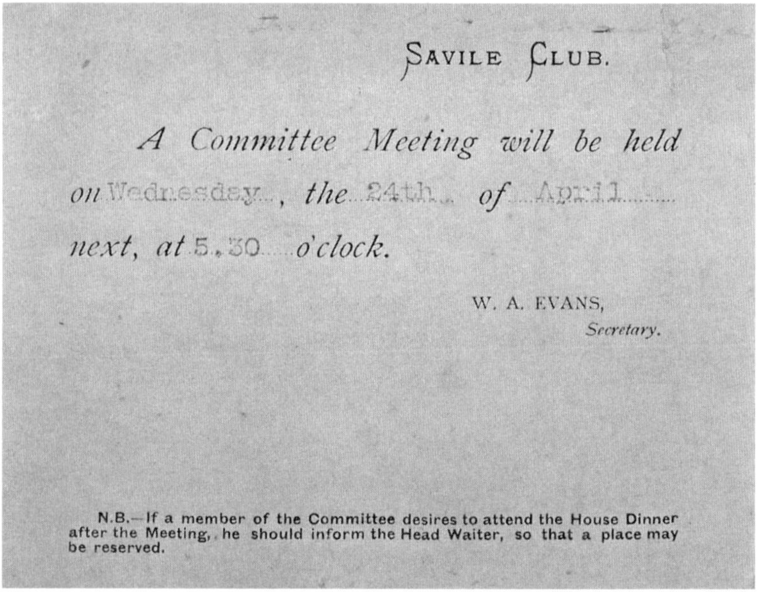
SAVILE CLUB.

A Committee Meeting will be held on Wednesday*, the* 24th *of* April *next, at* 5.30 *o'clock.*

W. A. EVANS,
Secretary.

N.B.—If a member of the Committee desires to attend the House Dinner after the Meeting, he should inform the Head Waiter, so that a place may be reserved.

& valleys, mehr als ihre *parks & gardens*, mehr als ihre graugelockten alten Damen, die auf einer Ruhebank an der Promenade aus einer Thermoskanne sich Tee einschenkten.

Mehr als all dies — mit Ausnahme Roses.

Sie hätte er jetzt, nachdem er die Traueranzeige gelesen, gern in die Arme genommen. Erst am Montag würde er sie wiedersehen können, bei Birthwhistle. Er liebte sie innig und bedauerte nur, daß er ihrem lebhaften, offenherzigen Wesen nicht eine ebenso impulsive Natur an die Seite stellen konnte. Sie trug das Herz auf der Zunge, wie man so sagt, und machte sich mit ihrer empfindsamen, nervösen Sensitivität, die zu ihrer unverstellten Freundlichkeit, ja Herzlichkeit gegenüber jedermann in einem immer etwas prekären Verhältnisse stand, verletzlicher, als es sein dürfte. Wie er kam sie aus einer alten Familie, hatte dort aber nicht die Liebe erfahren, die ihm vergönnt gewesen; immer war ihr die Schwester, die blonde, erfolgsverwöhnte, gutverdienende *British-Airways*-Managerin vorgezogen worden, verhätschelt sowohl von den Eltern wie von Besuchern auf Tilbury Manor, die befremdet die Brauen hoben, wenn Rose, unlieb aufgestört aus ihren Cello-Noten oder Romanlektüren, beim kritischen Scharfblick auf ihre Mitmenschen ihre *reservatio mentalis* nie ganz verbergen konnte hinter guten Manieren, die nur die Außenseite waren einer profunden Gutherzigkeit. »Wie soll denn das Kind je einen Mann finden, wenn es immer so mürrisch guckt und so schnüppisch antwortet?« pflegten dann die Tante und der Onkel überm Tee zu tadeln und dabei den kleinen Finger abzuspreizen von der Tasse.

Um so größer war die Erleichterung auf Tilbury, als Rose und Fox ihre Verlobung kundgegeben hatten, und für die Hochzeit war möglichst schnell, damit das kapriziöse »Kind« es sich nicht noch anders überlegte, ein Termin auf den März kommenden Jahres angesetzt worden, mit großem Gepränge in der *Wells Cathedral* — Foxen grauste es bereits vor dem Brimborium mit Blumenkindern, Brautjungfern, Rolls-Royce und Konfettiregen, weißem Schleierkleid für die Braut und einem Cutaway mit silbergrauem Zylinderhut für den Bräutigam, mit Mendelssohns Hochzeitsmarsch auf der Orgel und einem Wedding Dinner für beide Großfamilien mit ihren unübersehbar verzweigten Pedigrees im *Golf Club Restaurant* von Bristol — freute sich aber auf die anschließende, bereits gebuchte Hochzeitsreise nach Florenz.

Immerhin hatte Fox durchsetzen können, daß Parson Dyer die Predigt halten sollte. Vor seinem geistigen Auge sah er schon jetzt den Reverend auf die Kanzel wackeln, den extrablank geputzten Heiligenschein aus Draht am Kragen hinter sich befestigt, ein Gläschen Schaumwein in der Hand zur Befeuchtung der trockenen Kehle, und seine Eröffnungsworte memorieren: wie fein und lieblich es doch sei, daß das glückliche Paar ausgerechnet heute, zu Palmarum, das Jawort sich geben, die Ringe tauschen und *ein Fleisch* werden wolle, ein Freudentag, zu dessen Anlasse er nun allen Gästen seine geweihten Hostien auf die Zunge legen werde: köstliche Oblaten, *by appointment of Oxfam* auf einem Bio-Hofe in Gloucestershire aus goldgelber Weidebutter und feinstem, mit Honig gesüßtem Dinkelmehle »glutenfrei handgebacken von unserem lieben Mitarbeiter Joey, einem Geflüchteten aus Ghana, am Ofen 2« und *by the way* wohlfeil zu erwerben auf dem mittelalterlichen *Market Square* von Wreston-Newbury für 8 £ 25 d pro Packung.

Foxens Eltern hatten dem Paar auch schon ein Haus gekauft, ein *Georgian mansion* in London SW3, 7 Kensington Terrace, groß genug, daß Rose alle ihre Tierlein unterbringen konnte, an denen sie so abgöttisch hing wie Birthwhistle an seinen Katern. Schon als Kind war sie *fond of pets and animals* gewesen, liebte Esel, Bären, Vögel, Hasen, Schmetterlinge und anderes Getier, und Fox ward stets wieder, ein ums andere Mal, von Rührung übermannt, wenn sie den stummen Kreaturen ihre Stimme lieh, sie zu Bett brachte mit dem Zeichen des Kreuzes auf der Stirn und sie zur Nacht dem Schutz des Allmächtigen, der Hut des Höchsten empfahl.

nature artificielle

»Fürchten Sie sich vor dem Tod, Herr Abendroth?« Meiner Eröffnungsfrage auf unserer vorletzten Sitzung respondierte A. mit bemerkenswertem Gleichmut.

»Es wird mir wahrscheinlich nicht leichtfallen, von Mozarts g-moll-Quintett Abschied zu nehmen«, bekannte er, »aber dann ist es ja auch ein Trost, zu wissen, daß das, was im Lauf der Jahrzehnte so sehr Teil meiner selbst geworden, für andere Menschen fortbestehen und in ihnen weiterleben wird — solange es Menschen gibt, die den Namen verdienen. Weiterleben unter dem Vorbehalt, daß die Lebenszeit des Menschen so limitiert ist wie die Aufführungsdauer des musikalischen Werkes. Der Geist des letzteren überstrahlt zwar sein jeweiliges Erklingen wie die Seele des ersteren seine Existenz, doch chronometrische Ewigkeit kann keines von beiden beanspruchen; beide haben einen Anfang und ein exakt zugemessenes Ende, eine Spielzeit, einen Verlauf mit Aszendenz und Deszendenz, mit Erwartung, Erfüllung, Peripetie, Tod; und wenn wir dem Musikwerk eine Art biologisches Leben wie bei Tieren und Pflanzen zugestehen, warum dann nicht umgekehrt dem Menschen auch ein musikalisches? Metaphysischer Sinn wäre dann gekoppelt an die Dimension *strukturierter* Zeit und schlösse notwendig ein, ›daß ein Ende mit mir haben muß, und mein Leben ein Ziel hat, und ich davon muß‹.«

»Und wenn der Haken oder die Nadel in die Rille sich senkt, wäre dies der Zeugungsakt?« entgegnete ich nicht ohne psychoanalytisches Amüsement, schloß aber gleich ernsthaft die Frage an: »Und Ihre sechs Wiener Jahre endeten 2004?«

»Richtig. Nach der Trennung, von der ich erzählte, versuchte ich alleine in der österreichischen Hauptstadt Fuß zu fassen mit meiner Arbeit und meiner Sammelei, sah im Winter ein letztes Mal den sternflimmernden Nachthimmel über Irland, erhielt ein

Aufenthaltsstipendium in Rheinland-Pfalz, das ich zu Ausflügen ins Elsaß nutzte, nach Wissembourg, Straßburg und Colmar, zum Kloster Maulbronn, nach Karlsruhe und Basel, und folgte im März 2003 der Einladung in ein Literaturhaus auf Rhodos, das sich im ehemaligen türkischen Gouverneurspalast an einem Hang über der Altstadt und der Ordensritterburg eingerichtet hatte und von dieser palmenumsäumten Anhöhe einen weiten Blick über das vom Märzsturm blausilberweiß aufgeschäumte ägäische Meer und die türkische Festlandsküste am nördlichen Horizont bot. Damals übersetzte ich einen kolonialhistorischen Essay von Stevenson, und wenn ich nicht beim papierenen Geraschel der Palmblätter an meinem Klapprechner saß, übte ich mich in der Kunst, mich zu verirren im verwinkelten Labyrinth der christlich-jüdisch-mohammedanischen Altstadt, machte Ausflüge zur Insel Symi oder zur Akropolis von Lindos, und wenn ich von Einheimischen nach meinem Herkunftsland gefragt wurde, behauptete ich ›I'm Irish‹ — nicht aus Prätention, sondern weil ich erstens zu keiner anderen Zugehörigkeit ernsthaft mich bekennen mochte und zweitens bedachte, daß ja auch in Griechenland die deutschen Besatzer sich aufgeführt hatten wie die Barbaren. Abends saßen die Kollegen aus England, Kroatien, Georgien und ich auf der Terrasse und schauten dem großen sandgelben Skorpion zu, der zu unseren Füßen in der Dämmerung auf Beutejagd wieselte. Dies war mein letzter Besuch der mediterranen Sphäre; seither hat es mich nach Südeuropa nie wieder verschlagen.

Kurz nach meiner Rückkehr wurde mir die Wohnung im Bezirk Margareten wegen Eigenbedarfs gekündigt, und ich rechne es dem Wiener Kunstverein und seinem Leiter hoch an, daß er mir in dieser Notlage ein Interimsquartier in einer Gästewohnung im IV. Bezirk vermittelte. Dieses Logis in einem Biedermeierhaus an der Freundgasse konnte freilich nicht von Dauer sein; ich hatte ein festes Obdach zu suchen, besichtigte auch die ein oder andere Wohnung, aber entweder handelte es sich um unzumutbar finstere Absteigen, oder der Mietzins war im Hinblick auf meine sinkenden Einkünfte unerschwinglich; die Preise in der österreichischen Hauptstadt waren ja so rasant gestiegen wie überall in Europa seither, und wehe dem, dessen Einnahmen nicht ebenfalls stiegen — sondern *fielen*, weil mit der Digitalisierung der Medienwelt auch der Geschmack und die ästhetischen Maßstäbe des öffentlichen Lebens rapide sich wandelten und alles zur Seite, an den Wegrand drängten, was zu ihnen in Opposition stand.«

»Und da Sie in Wien kein Auskommen mehr fanden und die Britischen Inseln Ihnen versperrt waren, kehrten Sie nach Deutschland zurück? Wie empfanden Sie diese Rückkehr?«

»Als ein demütigendes Scheitern. In Berlin war es gerade noch möglich, eine bezahlbare Altbauwohnung anzumieten — schon kurz darauf wäre auch dies kaum mehr denkbar gewesen —, ausgerechnet in Neukölln, wo ich exakt zehn Jahre zuvor im Triumph, verfolgt vom Gekeif der Rentnerinnen, meine Auswandererpakete zum Postamt gebracht. Hier, zwischen Sonnenallee und Karl-Marx-Straße, fand ich im zweiten Hinterhof eines Mietshauses, bevölkert von Künstlern, Studenten, russischen Alkoholikern, tätowierten und mit Dobermännern bewaffneten Prolls und einer arabischen Großfamilie, die von Gemüse-, Auto-, Mädchen- und Drogenhandel redlich sich nährte, im Frühjahr 2004 eine kleine Wohnung in der 2. Etage, ausreichend zur Unterbringung meiner Bücher, Tonträger und sonstigen Habe, mein letztes Quartier bis zur Inhaftierung am 23. November 2009.«

»Eine Zwischenfrage, Herr Dr. Abendroth. Sie sind in Berlin von der Polizei vernommen worden, aber bei uns in Osnabrück in Untersuchungshaft. Wie kam es zu diesem ungewöhnlichen Wechsel der exekutiven Zuständigkeiten?«

A. gab zur Antwort, dies habe seinen Grund wohl darin, daß er in Neukölln lediglich mit zweitem Wohnsitz gemeldet sei, wiewohl er ausschließlich dort lebe. Den Hauptwohnsitz aber habe er bei einer Kollegin im westlichen Niedersachsen angemeldet, weil nach seiner Erfahrung die Regelung behördlicher Angelegenheiten in der Provinz einfacher sei als in der Hauptstadt, wo Amtsgeschäfte nur noch auf die langsamste und dysfunktionalste Art abgewickelt würden. Auf jenem Dorfe im Regierungsbezirk Weser-Ems nun habe er sich gerade aufgehalten, als die Polizei mit ihrem Haftbefehl ihn festnahm und auf Weisung der Osnabrücker Staatsanwaltschaft in die hiesige JVA einwies. Er bat mich, mit der Schilderung seiner Berliner Wohnverhältnisse fortfahren zu dürfen, und ich sagte: »Nur zu!«

»Der Blick aus den Fenstern geht auf einen Innenhof, eigentlich nur einen Lichtschacht, der allerdings nicht viel Licht einläßt in die Zimmer, die im Winterhalbjahr den ganzen Tag künstlich beleuchtet werden müssen. Beugt man sich aus dem Fenster, sieht man drunten auf dem Beton die Müllcontainer, Abfalltonnen, Kinderkarren und Fahrräder der Nachbarn stehen; dreht man den Kopf nach oben, erhascht man einen winzigen viereckigen Himmelsausschnitt, der nicht recht erkennen läßt, ob die Sonne scheint oder Gewölk das Firmament bedeckt — was aber auch einerlei ist, da die Stimmung des Wetters ohnehin nicht der Wohnung sich mitteilt.

Gleich gegenüber, nur neun Meter entfernt, befindet sich das Küchenfenster einer Rentnerin, das mehrmals am Tage plötzlich aufklappt wie das Türl einer Kuckucksuhr: dann starrt aus der Öffnung ein kleines androgynes, steinaltes, böses Wesen mit grauen Haarbüscheln gleich einem Stachelkaktus, ein Zwergengesicht, aus dem es mit erstaunlich kräftiger Stimme anfangs noch krähte: ›Hau bloß ab, sagich dir! Verschwinde! Is ja ekelhaft!‹ — woraufhin das Türl so jäh, wie es sich geöffnet, wieder zuklappte. So ging das einige Jahre lang hin, bis ein neues Vokabular sich der Alten bemächtigt hatte, nun in Gestalt einer Klage, eines in logorrhöischer Demenz erstarrten, gleichsam automatisierten Barmens namens ›Gibma Luft, daß ich schlofen kann!‹ Vielleicht ist statt ›schlafen‹ auch ›schnaufen‹ oder ›laufen‹ gemeint, das läßt sich so genau nicht unterscheiden; quälend ist nur, daß diese Stereotypie nicht etwa nur einmal, sondern tagaus-tagein je hunderte von Malen aus dem Munde der Vettel sich ableiert, eine zwanghafte Iteration oder Perseveration, die von der Hexe auf den Hörer peinigend sich überträgt und durch diese Übertragung womöglich entlastend wirken soll. Noch tief unten im Hofe, wenn die Greisin an den Mülltonnen gruschtelt, ist ihr debil repetiertes, selbstreferentiell gesteigertes ›Gibma Luft! Gibma Luft, daß ich Luft krieg!‹ hundertfach zu vernehmen, und ich hätte nicht übel Lust, dann hinunterzurufen: ›Seien Sie doch einfach still, gnädige Frau! Luftkrieg is over! Wie sollten Sie nicht unter Atemnot leiden, wenn Sie ständig so brüllen?‹ Es ist ja ein abgrundtief Böses, das aus dem schieren Stimmklang der Person spricht, und ich zweifle nicht, daß diese Bösartigkeit der Nährstoff ist, aus dem die Alte ihre perennierende Vitalität sich bezieht.«

»Und wie gestaltete sich jetzt Ihr Leben in der deutschen Hauptstadt?«

»Eingezogen. Distanziert, reserviert, reduziert auf Schreiben, Lesen, Musik. An dem, was man ›das kulturelle Leben‹ nennt, nehme ich nicht mehr teil. Ich schreibe jeden Tag von 8 bis 14 Uhr, dann gehe ich hinaus, zum Lidl, zum Aldi, zur Post, drehe meine Runden durch die Antiquariate der Nachbarschaft und suche die MEDIEN-TAFEL und den BÜCHERTISCH auf, wohltätige Einrichtungen für jene ›sozial schwachen Mitbürger‹, welche dort Bücher, die von ihren betuchteren Zeitgenossen ausgesondert und abgeliefert werden, für wenig Geld erwerben können. Was des Verkaufes für unwert angesehen wird, etwa weil es in Fraktur gedruckt ist, schüttet ein verächtlich schielender, kirgisischer Kahlkopf in einen *Zu-verschenken*-Kübel, einen Futtertrog in Form einer Rikscha, die einmal am Tag herausgerollt wird zu denjenigen, welche sich der Armenspeisung vielleicht noch erbarmen: mittellose Intellektuelle oder abgerissene Hungerleider im Trainingsanzuge, die das Gefundene weiterzuverkaufen hoffen, Drogendealer und verstunkene Stadtstreicher, die mit Ellbogengier in den Büchern wühlen, sich feindlich anknurren, hastig zusammenraffen, was immer sie abschleppen können — oder erst abwarten und dann plötzlich zuhacken: lauernde Geier am Bücheraas, Hyänen, die nie lesen gelernt, Raubtiere, stochernd im Müll.

Die täglichen Anlieferungen lassen sich kaum mehr bewältigen; wer dem Treiben eine Weile zuschaut, gewinnt den Eindruck, daß alle Welt ihre Bibliotheken loswerden möchte, froh darüber, die Papiermassen entsorgen zu können wie Abfall, um sich alsdann befreit, erleichtert und gereinigt wieder vor ihre Bildschirme zu setzen. Was in dem Verschenk-Kübel nicht Platz findet, wird in einen Restmüllcontainer geschmissen, tonnenweise Bücher für die Altpapier-Wiederverwertung, und ich habe schon Mitarbeiter gesehen, die, um in der Tonne mehr unterzubringen, hineingestiegen sind und auf den Büchern mit ihren Stiefeln herumtrampelten und -stampften wie einst in der Bütte die Winzer mit nackten Füßen beim Keltern des Weins. Anfangs suchte ich noch das ein oder andere schöne Buch aus dem Container zu retten, handelte mir damit aber nur den Anschnauzer ›Pfoten weg!‹ ein.«

»Besitzen Sie einen Internet-Anschluß? Ein Mobiltelefon? Ein Fernsehgerät?«

»Nein.«

»Aber Reisen unternehmen Sie weiterhin?«

»Nein, dafür reichen die Einkünfte nicht mehr. Landschaft und Natur, Wetter und Himmelslicht spielen in meinem Leben keine Rolle mehr. Denn dort, wo Europa noch schön ist, an seinen menschenleeren Rändern im Westen und Norden, hat ja nur der wohlhabende Reisende noch Zutritt. In seinem Zentrum aber ist Europa häßlich und uniform geworden, schrecklich übervölkert und zersiedelt in Stadt und Land; ja, ich glaube, daß hierin der Hauptgrund für das hohe Maß an Abstumpfung und Verrohung in den Ländern Mitteleuropas zu suchen ist: in ihrer Verhässlichung durch Straßenbau, Industrie und Gewerbe, und in ihrer Übervölkerung. Gebt den Menschen mehr Platz, sage ich, mehr Ruhe, mehr Langsamkeit und Vereinzelung, seht zu, daß sie nicht gezwungen sind, zu psychopathischen Agglutinationen sich zu verklumpen —: und viele Probleme, über die der Sozialpsychologe den Kopf sich zerbricht, würden sich, wie ich vermute, von selbst lösen. Im übrigen: Wozu reisen, wenn es Bücher gibt und Musik? Von den Herrlichkeiten der Welt habe ich ja zum Glück noch einige vor ihrem Verschwinden gesehen; am Lebensende wird man auch von mir sagen können, was John Aubrey von Isaac Barrow erzählt: ›As he laye unravelling in the agonie of death, the standers-by could hear him say softly, *I have seen the Glories of the world.*‹ Und nicht nur ›gesehen‹, sondern auch *gehört.*«

»Sind Sie Mitglied eines Clubs, einer Gesellschaft, eines Vereins oder irgendeiner Zunft, Gewerkschaft, Gemeinde oder sonstigen Gruppe?«

»Nein.«

»Aber Geselligkeit und Freunde gibt es in Ihrem Leben schon noch?«

»Nein, auch nicht mehr. Das Gefühl für Freundschaft und Geselligkeit kann ja nur dort aufblühen, wo Stille und Gelassenheit walten, Nachdenklichkeit und Bedächtigkeit ihre Stätte haben, und wo Separation, ungestörte *Privacy* und *Secrecy* die Freiräume auftun, in denen der Mensch dem Menschen nach Maßgabe seines freien Wunsches und Willens sich öffnet, sich ihm zuwendet über den schmalen, tiefen Graben seiner *Vereinzelung* hinweg. Stätten hierfür sind rar geworden: Kaffeehäuser à la Wien, jene legeren, weiträumigen, verräuchert-gedämpften Debattierparadiese gibt es in Berlin ohnehin nicht, und Pfeifenraucher wie ich sind von Gesetzes wegen ausgeschlossen aus allen öffentlichen

Räumen. Und wer in den rollenden Sardinenbüchsen der U-Bahn-Linie 7 eingezwängt zwischen bramarbasierenden Nervensägen, angriffslustigen Halbkriminellen und Schlager-, nein, Schläger-visagen sich fortbewegen muß — alles ist ja überfüllt heutzutage, Straßen und Trottoirs, Wälder, Strände und Berggipfel, Hotels und Restaurants, Kinos und Theater, Flugzeuge und Eisenbahnen —, der ist später froh, in seinen vier Wänden keiner Menschenseele mehr begegnen zu müssen. Aber ich will mich nicht beklagen. Es geht mir gut. Ich bin nicht einsam. Mein Hase leistet mir Gesellschaft.«

»Hasen scheinen in Ihrem Leben eine besondere Rolle zu spielen, Herr Abendroth. Liegt es daran, daß sie furchtsame Geschöpfe sind, weil sie viele Verfolger haben?«

»Die Antwort, Frau Doktor, gibt Ihnen John Gays Fabel *The Hare, and his many friends*. Ich habe das Gedicht für Sie auf meiner Zelle übersetzt, leider nur mit Hilfe eines Pocket Dictionary von Langenscheidt; etwas besseres ließ sich in der JVA-Bibliothek, in der ich aushilfsweise arbeiten darf, nicht auftreiben. Erlauben Sie mir, daß ich Ihnen die Verse aus dem Gedächtnis vortrage. Daß der Verfasser ein Altersgenosse Johann Sebastian Bachs ist und die Fabel schrieb, als dieser seine *Englischen Suiten* komponierte, wissen Sie? Also:

DER HASE, und seine vielen Freunde.
Von Mr. *John Gay*. Aus dem Englischen von *Claus-Henning Abendroth.*

Freundschaft, wie Liebe, ist bloß Schall & Wort —
nur nicht für den, dem dieses Kraut verdorrt.
Das Kind, das *viele* Väter um sich stehn
hat selten *eines* Vaters Fürsorge gesehn.
So ists mit Freunden auch: wer sich auf *viele*
verläßt, der findet schwerlich Freundsgefühle.
Ein Hase, der auf artge Weise
(wie GAY) sich allem fügte leise,

war wohlbekannt bei allen Thieren,
die auf dem Lande residiren.
Er sorgte, keines je zu kränken,
und jedem tat er Freundschaft schenken.
Als er sein Morgenbett verließ,
den Tau zu schnuppern auf der Wies',
hört er von fern die Jäger rufen,
flieht vor der Pferde Donnerhufen —
läuft strack, hält inne, keucht um Luft —
schon klafft sie auf, des Todes Gruft! —
verdoppelt seinen Lauf — die Hunde sind getrogen! —
hetzt dann im Zickzack jach in einem Bogen
zurück, bis, hingestrecket wie von einem Schlag,
halbtot vor Angst, am Straßenrand er lag.
Ach, wer beschreibt sein tiefes Glück,
da ihm das Pferd kam in den Blick!
Laß mich, sprach er, auf deinen Rücken steigen,
daß meine Sicherheit dem Freunde sei zu eigen.
Du siehst, die Füße weigern mir die weitre Hast —
leicht ist gewiß für Freundschaft jede Last.
Der Gaul erwiderte: Mein armet Häseken,
es schmerzt mein Herz, dich so zu sehn.
Doch Hülf' ist nah! Getrost! Gemach!
All deine Freunde folgen mir ja nach.
Als nächstes fleht er den gewaltgen Bullen an.
Der stolze Lord entgegnet ihm sodann:
Da jedes lebende Geschöpf bezeugt,
daß ich dir aufrichtig geneigt,
brauch ich gewiß mich nicht geniren,
von einem Freunde mich zu retiriren.
Die Liebe ruft mich: meine Lieblingskuh
muht von der Gerstenmahd mir zu,
und sind erst Damen mit im Spiel,

weißt ja, zählt alles andere nicht viel.
Dich so zu lassen, mag unfreundlich dünken,
doch sieh, dort tut ja schon die Ziege hinken!
Die meckerte, ihr Puls wollt nimmer taugen,
klagt' über Mattigkeit im Kopf, geschwollne Augen.
Mein Rücken, sprach sie, macht dir sicher Harm —
doch hier! Das Schaf: sieh, seine Woll' ist warm.
Das Schaf war müd und blökte seine Klage,
daß seine Flanke schwere Wollenlasten trage.
Bin schwach & ängstlich, sprachs, kann nicht vergessen,
daß Hunde Schafe grad so gern wie Hasen fressen.
Als nächstes bat das Kalb er, vor dem Tod
zu retten einen Freund in Not.
Sollt ich, sprach es, das jüngste von den Thieren,
in dieser wichtgen Sorge mich schon engagiren?
Weit Ältere & Fähigere lieben dich.
Wie stark sind die! Wie schwach bin ich!
Würd ich zu tragen dich mich anbequemen,
die Freunde von mir möchten daran Anstoß nehmen.
Daher verzeih — du kennst mein Herz & Mund —
auch liebsten Freunden schlägt die Trennungsstund'.
Wie werd'n wir alle dich beweinen! Nu, bis dann! —
denn sieh: die Hunde hecheln schon heran.«

Das kurze Schweigen, das dem Vortrag folgte, nutzte ich zur stillen Ausformulierung meines Eindrucks, daß Abendroth, dem nicht nur menschliche Gesellschaft, sondern schlechthin alles weggebrochen schien, was sich unter den Begriff *Natur* subsumieren läßt (also Landschaften, Meer, Berg und Wald, Wetter und Wolken), einen Ausgleich für diesen Mangel in Gegenständen *künstlicher* Natur gesucht und in einem *paradis artificiel* es sich denn auch ganz wohnlich eingerichtet habe. Nachdem ich ihm meine Annahme vorgestellt, kramte er seinen Kassettenrecorder hervor und bat mich, vier kurzen Musikstücken mein

Ohr zu leihen, die meine Vermutung auf eine gute Spur lenken würden. Widerstrebend sagte ich ihm dies zu, und als die Stücke verklungen waren, sprach er:

»*Ariette, Tambourin et deux Musettes* hieß das, was Sie hörten: elegische Pastoralen für Nymphen, Hirten, Schäfer *in einer Zeitwiese.* Die erste Musette von Oboen gefärbt, die zweite in C-Dur von einer Cornemuse, mit dem Bordun in der Mittellage und punktiertem Rhythmus als versteckter Herrschaftsinsignie, *immer nur ein paar Schritte und Stehenbleiben.* Dieses zweite Pastoral in seinem schleppenden hypnotischen Prunk kaum mehr Tanz, sondern eher *tableau vivant,* ein *locus amoenus*, zum Bild stillgestellt.

Die Erzählung in der Musik könne es nur in der Erinnerung geben, schrieb mir ein Freund einmal. *Die Erzählung erinnert die Musik, aber sie macht ihre eigene. Dann steigt sie und sinkt sie.* Später erweitert sich dieser steigende und sinkende arkadische Prospect zum Panorama: *Schon längst gleicht die Landschaft einem Film und einer sich hebenden und senkenden Fahrt, wie von einem Helikopter gefilmt, der einen breiten Fluß entlanggleitet*, und in diesem Gleiten transformiert sich das antikisierende Idyll in ein Gegenwärtiges, Cinematographisches. Das verzögerte Tempo der Musik visualisiert sich zu einer mit großem Tempo aus großer Höhe stillgestellten *landscape.*

Zu Beginn, vor dem unmittelbar sich anschließenden rasanten Tambourin (den der Erstdruck irrtümlich als Gavotte bezeichnet), hörten Sie die Ariette einer Bergère, ›Rossignols amoureux‹, die mit zwei Traversflöten und einer Solovioline — *aus Wind gemacht* und *geigenholzalt, aus kurzen silbernen Saiten, die matt aber bestimmt etwas sagen* — das Trillern, Schluchzen und Seufzen der Philomele malt: eine knappe, aber virtuose, textrhythmisch prägnante Dacapo-Arie, deren gefiederte Schwerelosigkeit erzielt wird von der Elevation der Continuo-Stimme vom Baß hinauf in die 2. Violine und die bei aller Naturnachahmung doch so künstlich klingt wie die mechanischen Vogelbauer und aufziehbaren, flügelschlagenden Automate, die das 18. Jahrhundert so liebte.

Das Divertissement dieser vier Stücke repräsentiert im kleinen etwas von dem ungemein artifiziellen und zugleich beseelten Raffinement, das die Académie Royale de Musique zur Zeit Ludwigs XV., und das heißt die Gattungen des Opéra-ballet, des Pastoral und der Tragédie-lyrique kennzeichnet. Ihr unbestrittener Meister war Jean-Philippe Rameau, ein hagerer, schweigsamer Mann, der erst im fünfzigsten Lebensjahr, 1733, mäzeniert von einem reichen Generalsteuerpächter, den Sprung auf die Opernbühne wagte und bis zu seinem Tod 1764 für das französische Musiktheater einen Maßstab setzte, an dem die Gattung noch zu Berlioz' Zeit gemessen wurde.«

»Meines Wissens haben ihn die Lullisten und die Enzyklopädisten um Diderot und Rousseau heftig kritisiert; stimmt das?«

»Ja. Aber Rameau sah sich nicht als Umstürzler. Sondern als Reformer, dem Lullys Vorbild mit seiner engen Bindung an Metrum und Deklamation der Sprache und seinem stilisierten Pathos verpflichtend blieb, einschließlich der — im Unterschied zur italienischen Oper — streng textgebundenen musikalischen Syntax, der kleinräumigen Verschränkung von ariosen mit rezitativischen Partien, vor allem auch der Bedeutung des Divertissements, das heißt, des königlich nobilitierten Balletts und der naturalistischen Maschineneffekte von Erdbeben, Seestürmen, Schlachten, Götter- und Geistererscheinungen. Daß zu den *talents lyriques* nicht nur Musik und Poesie zählten, sondern auch der Tanz, dessen komplexe Figurationen ihr Gegenstück haben in der Komplexität der musikalischen Verzierungen, der Setz- und Spielmanieren, daß mithin das Grandiose mit dem feingliedrig Ornamentalen zusammenging in den Schritten, mit denen der Absolutismus in Versailles sich körperlich in Szene setzte und repräsentierte, hat jener Freund, den ich eben erwähnte, wie folgt in die Sätze gefaßt: *Das Gebäude ist groß. Es scheint aus*

Mächtigkeit und Verzierungen gemacht. Meine Schritte halten sich nicht dabei auf. Auch wären die Verzierungen nicht zu entziffern. Fast ist es so, daß der Marmorboden beim Laufen verschwindet. Es ist kein Ort, an dem die Schritte zählen.

Aus Lullys Schatten herauszutreten, hieß für Rameau, die Parameter seines Vorgängers von innen heraus zu erneuern und zu vervollkommnen, mit kühner, variabler Harmonik, weiten oder verminderten Intervallen und einer ganz neuen selbständigen Orchesterbehandlung. Es ging um Perfektionierung, nicht Umwälzung. Musik war für Rameau Charakterisierungskunst. Was er forderte, war eine zur *science* erhobene Kenntnis der Farben und Nuancen — im Dienste einer *Natürlichkeit*, die ihm Rousseau gerade absprach! So daß sich die Kontroverse zu dem Punkt zuspitzt, wo jener forderte, es gelte *cacher l'art par l'art même*, also durch Kunstfertigkeit das Künstliche an der Kunst zu kaschieren —, aber just hiermit bei den Enzyklopädisten, die sich gegen die ins Racinesche oder Quinaultsche Textkorsett geschraubte, verstaubte Welt der Götter- und Heroenmythen frischen Wind aus Italien, von Pergolesi & Co. erhofften, den Vorwurf des Gekünstelten auf sich zog.

Gleichwohl ließ sich Rameau (den immerhin Voltaire hochschätzte) in diesem Zweifrontenkrieg nicht aufreiben, sondern schrieb zwischen seinem fünfzigsten und achtzigsten Lebensjahr ein Bühnenwerk nach dem anderen, begleitete diese mit einer Fülle schwer zu lesender Verteidigungsschriften und wurde dabei immer härter, querulatorischer und insistenter. Nichts davon ist der Musik anzumerken. Sie malt Paradiesesbilder, Tableaux einer *fête champêtre*, Ausfahrten nach Kythera, nein, nicht Ausfahrten sondern Auf-Flüge *(volez! lancez!)*, beseelte Allegoresen in den Farben Watteaus, Bouchers oder Chardins, im Geiste einer Humanität und Generosität, die mit ihren Mitteln nie geizt, sondern den Hörer mit der Utopie einer Aufhebung der Stände im Zeichen Amors reich beschenkt.«

Abendroth hielt kurz inne und setzte dann hinzu: »Eigentümlich daran will mir scheinen, wie hier eine selbstreflexiv prüfende, horchend kontrollierende *science*, ein nüchternes, präzises, skrupulöses Kalkül zu einem Phantasmagorischen findet, einem Bühnenzauber, der auf Täuschung abzielt, auf Trug, Kontrollverlust, Überwältigung durch ein Merveilleuses. Tonpsychologie, ›Wissenschaft‹, musikalische Ästhetik, diese Errungenschaften des 18. Jahrhunderts, münden hier eben nicht nur in *gesungene* Darstellungen von Versöhnung, sondern obendrein in ihre wenn auch stilisierte, so doch humanisierte Verkörperlichung im Tanz, in den ›gezählten Schritten‹ der royalen Chaconne, oder in die großdimensionierten Bildfelder horizontweiter Landschaften, die, wie mein Freund es formulierte, wie aus einem Helikopter gefilmt scheinen.«

»Es ist aber nicht Rameau, dessen sich Francis Ford Coppola 1979 bedient«, wandte ich ein.

»Stimmt«, lachte A. und ergänzte: »Der nimmt den Walkürenritt. Warum? Weil sein Sujet die Apokalypse ist, nicht Kythera. Bellona versus Amor. Oft genug ja setzen die Prologe der barokken Ballettopern diesen Wettstreit zwischen Kriegs- und Liebesgöttin ins Bild. Und ebensooft nähren sich die Romantische Oper und Wagners Musikdramen an der Barockoper. Wolfsschlucht, Waldweben, Morgendämmerung am Rhein, Riesen, Zwerge, Walküren und heidnische Götter: sie alle sind präfiguriert in den Epiphanien der Bühnenlandschaften von *Zoroastre, Castor et Pollux, Les Boréades*. Lullys *sommeil*-Topos setzt sich über Rameau fort bis zu Berlioz' Faust, der am arkadischen Ufer der Elbe träumt beim Tanz der Elfen — auch dort bedroht Musik der Kriegsgöttin (ein ungarischer Marsch) das pastorale Idyll der tanzenden Schäfer —, und in *Les Troyens* gibt es, als wärs 130 Jahre zuvor in *Hippolyte et Aricie*, ein Jagd-und-Sturm-Tableau mit Tanz und Pantomime. Was ist das? ›Welscher Dunst mit welschem Tand‹? Mit dieser Warnung Hans Sachsens konnte Wagner nicht Frankreich gemeint haben, von dessen Musiktheater seine Werke kräftiger zehren, als ihm selbst lieb sein mochte; schließlich ist die Festwiese der Meistersinger ebenso wie das Venus-Bacchanal ein monumentales, ultimatives *Divertissement.*«

»Aber was hat dies alles mit Ihren Hasen zu tun?«

»Nun, sowohl den Tänzer wie den Soldaten formt die denaturierte Natur, der Drill, die *Dressur.* Das Schlagzeug akzentuiert die Schritte des Tänzers, die Kriegstrommel den Marschtritt dessen, der Bellona huldigt. Das Artifizielle, Zirzensische an dieser Zurichtung ist nicht zu übersehen. Schon im Mittelalter gab es in England Gaukler, die dressierte Hasen vorführten, und im

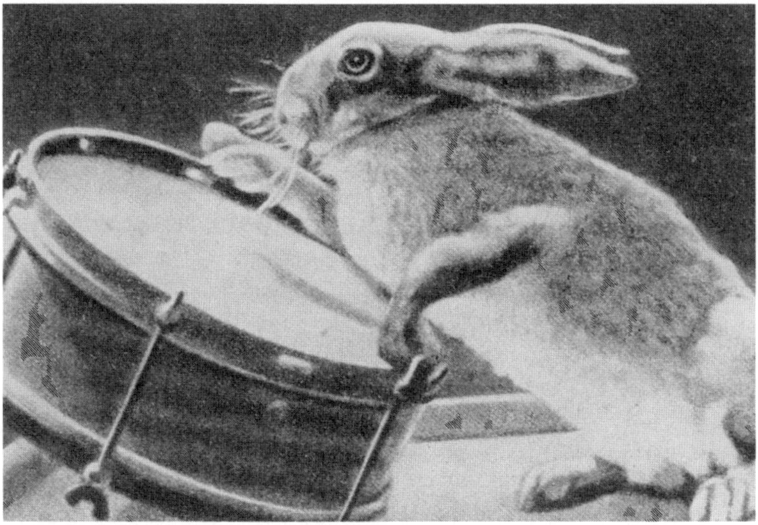

Zirkus nutzte der russische Dompteur Wladimir Durow die biologische Eigenart des Hasen, mit den Vorderpfoten zu ›trommeln‹, um das friedfertigste, furchtsamste aller Wesen, den *lepus timidus hibernicus*, am Fell eines *tambour* seinem feixenden Publikum vorzuführen.

Aber die denaturierte Natur nimmt Rache und rettet sich in die Kunst. Das von einem lombardischen Steinmetz für Kaiser Lothar gemeißelte Jagdfries an der östlichen Apsis jener Stiftsbasilika, unter der ich meine Kindheit verbrachte, präsentiert dem Betrachter zunächst einen Jäger, der einen gefesselten Hasen an seinem Stabe als Beute heimträgt — dann aber, auf dem Bildfeld links daneben, zwei Hasen, die mit grotesk gespreizten Ohren und dämonischem Lächeln über ihr Jagdwild triumphieren: den in Stricke gelegten, erlegten Jäger. *Vis vincitur arte.* Drei zahme Hasen hielt sich Cowper, Jahrzehnte nachdem ihm seine Mutter Gays Fabel vorgelesen, und setzte dieser, beim Tode des einen, das Epitaph entgegen: *Zumindest einen Hasen kannt' ich, der einen Freund gehabt.*«

5.

schöner schein

Oberst Marston stand, soldatisch gestrafft, am Fenster und zwirbelte sich den Schnurrbart; Rose, ein Glas Wein in der Hand, lehnte sich, ein Bein angewinkelt und die Arme ausgebreitet, mit den Schultern ans Notenregal und folgte mit den Blicken belustigt dem Émigré Yberseindt, der perorierend, die Hand in Rodins Manier grüblerisch an der Stirne, über den abgewetzten Teppichboden hin und wider schritt, während Birthwhistle lächelnd, die Beine gespreizt und die ganze Leibesfülle eingesenkt ins schwarze verschlissene Sofa, ihm zuhörte und soeben einen Einwand vorbringen wollte, als Fox das Studiolo betrat.

Der hatte sich verspätet; Streiks hatten den Straßenverkehr Brightons in Confusion gestürzt und zwei Protestmärsche — der eine angemeldet, die Gegendemonstration nicht — die Ordnungskräfte gezwungen, Teile der Innenstadt abzuriegeln, so daß in dem Tumult stellenweise kein Weiterkommen gewesen war.

Fluchend hatte Fox sich zum Hause seines Mentors durchgekämpft; ihm war blümerant zumute. Es würde kein leichtes sein, dem Freund und Gönner zu bekennen, was in dessen Augen als Treulosigkeit und unerklärliche Geheimniskrämerei erscheinen mußte — ganz abgesehen von den Folgen, die Foxens Enthüllung sowohl für die öffentliche Meinung wie für des Kritikers Renommee zeitigen würde.

Endlich öffnete ihm Mrs. Pundhjab kopfschüttelnd die Türe; dankend stürmte er an ihr vorbei und die Treppe hinauf (wobei er fast über Schneiderhan gestolpert wäre), salutierte kurz auf dem zweiten Stiegenabsatz vor *Sir Thomas, sporting his pointed beard and his cigar* — wie es sich vor einem Commander of the British Empire, Mitglied des Bartholomäus-Ordens und Träger des Hosenbandordens ja wohl gehörte —, salutierte, klopfte und trat ein, ohne ein »come in!« abzuwarten.

»Spät kommt er, doch er kommt«, dröhnte Birthwhistle, verzog sich, seinen Platz räumend, in einen Sessel, und Fox replizierte schüchtern, während Rose ihm um den Hals fiel, »der weite Weg, Graf Birthwhistle, entschuldige mein Säumen.« Dann ließ er sich, nachdem man ihm ein Glas Tonic in die Hand gedrückt, mit der Geliebten erschöpft auf dem Sofa nieder, glücklich darüber, daß sie in dieser schweren Stunde ihm zur Seite sein wollte, während Yberseindt den abgerissenen Faden seines Erzählens wieder aufnahm.

»Wenige Musiker-Viten sind so bizarr wie die von Frederick Delius«, fuhr er fort. »Sich vorzustellen, daß dieser verfeinerte Impressionist und Spätviktorianer von seinem steinreichen, strengen, amusischen Vater aus Yorkshire, einem gebürtigen Deutschen, die Geldmittel und den Auftrag erhielt, in Florida eine Orangen-Plantage zu kultivieren, mit welcher der Sohn, der lieber mit Elgar und Debussy als mit Südfrüchten sich beschäftigte, natürlich bankrott gehen mußte, oder sich auszumalen, wie dieser Chromatiker mit dem erzeuropäischen Raffinement seines Orchesterklangs an der asthmatischen Orgel einer *Methodist Church* in der amerikanischen Provinz sich abstrampelte, fällt wenigstens mir nicht leicht. Er muß aber Amerika geliebt haben; wie sonst hätte er dem Kontinent so farbenfroh huldigen können mit der *Appalachia*-Suite — einem Lieblingsstück Beechams, by the way.«

»Jaja, die Liebe, diese Himmelsmacht«, seufzte Birthwhistle versonnen, und fügte unvermittelt die Frage bei: »Die Anzeige vom Tod Ellen Swindons haben Sie alle gesehen?«

Bedrücktes, beileidiges Gemurmel respondierte — Fox aber, nachdem er Rose kurz, sich Mut machend, die Hand gedrückt hatte, blickte seinem Freund fest in die Augen, räusperte sich und sprach, anfangs noch etwas heiser und stockend, dann peu à peu mit mehr Schwung und Überzeugung: »Steven, Sie wissen, wir alle hier im Raum lieben und verehren Sie — und daß wir angesichts des Todes einer Pianistin, die Sie stets mit so viel Wertschätzung bedacht haben, die gleiche Trauer empfinden wie Sie, dürfen Sie uns glauben. Insofern hoffe ich, daß Sie mir verzeihen, wenn ich gestehe, daß mir aus dem Nachruf, den Mr. Swindon aufgesetzt, weniger Schmerz zu sprechen scheint als vielmehr Ärger: die Wut eines Witwers, dem seine Einkommensquelle versiegt ist. Daß ›die *ganze* musikalische Welt‹ über den Hinschied trauere, ist eher Wunschdenken als Wirklichkeit. Und daß ihre Platten die Tote ›überleben‹, trifft nicht zu. Man wird sie vom Markt nehmen und schnell vergessen oder höchstens noch unterm Hohn der Pianophilen als Curiosa im Giftschrank aufbewahren, sobald bekannt wird, daß es sich bei diesen Aufnahmen um Trug und Schwindel handelt.

Sie wissen, Steven, daß Ariel mißtrauisch wurde, als er Unstimmigkeiten in den Spielmanieren der Künstlerin entdeckte. Sie kennen auch meinen Argwohn im Hinblick auf das Synthetische und Unpersönliche, Entindividualisierte dieser Veröffentlichungen aus der Zeit ihrer tödlichen Krankheit. Was Sie nicht wissen, ist, daß Ariel und ich dem Hause Swindon vor einigen Wochen einen Besuch abgestattet haben.«

Nun war es heraus — Fox blickte furchtsam auf zu seinem Mentor; der aber fragte nur arglos und ohne Groll: »Haben Sie mit der Kranken gesprochen?«

»Nein«, gab Fox zur Antwort, »aber mit ihrem Gatten, der behauptete, seine Frau sei kerngesund und weile gerade zu einer Aufnahmesitzung in London. Schon dies war eine doppelte Lüge. Im Parterre der Villa befand sich ein komplettes Aufnahmestudio; Fajngold aus Cambridge hat mir auf Grundlage meiner Beschreibung bestätigt, daß es sich dabei um die neueste digitale Technik handelt, ein aufwendiges, teures Equipment, wie geschaffen zur Aufpolierung, Manipulation, Meliorisation mangelhafter Einspielungen, bestens geeignet auch zur Verwandlung eines Bösendorfer in einen Steinway.«

Erleichtert nahm Fox zur Kenntnis, daß Birthwhistle nicht aufbrauste, nicht einmal gewittrig sich verfinsterte. Heiter saß der Kritiker in seinem Sessel, die Brauen gehoben, aufmerksam lächelnd immerzu, kraulte Furtwängler, der ihm auf den Schoß gesprungen, mit der Rechten das Fell und ließ, wie es seine Gewohnheit war, den Kneifer am Bändel um den Zeigefinger seiner Linken schaukeln. »Sie haben also mit der Kranken nicht gesprochen, sie weder gesehen noch gehört«, wiederholte er mit einem leise glucksenden Lachen, »und sich womöglich ausgemalt, die Dame säße schon seit Jahren tot auf einem Schaukelstuhl im Keller, wo der Ehemann in wechselnden Stimmlagen mit ihr seine psychotischen Konversationen führte wie Hitchcocks Norman Bates mit der Mumie seiner Mutter. Und von Zeit zu Zeit trüge er den einbalsamierten Leichnam an den Flügel, setzte ihn auf den Klavierhocker und bäte ihn, ihm vorzuspielen? So etwa?«

Fox schluckte seine Verärgerung über den deplacierten Spott hinunter und erwiderte ruhig: »Certainly not. Aber Dr. Mannheimer aus Bristol sagte uns, er als Hausarzt der Verstorbenen habe sie nie am Flügel sitzen sehen und könne sich nicht vorstellen, daß seine Patientin im Endstadium von Leukämie, zumal bei einer Palliativbehandlung mit Opiaten, noch über die Fähigkeiten zum Klavierspiel verfügt habe. Zu Reisen nach London ins Aufnahmestudio war sie bestimmt nicht mehr in der Lage. Ariel und ich nehmen folglich an, daß Charles Swindon daheim seine von der Krankheit behinderte Gattin an den Bösendorfer gesetzt hat, alle Fehlgriffe des rudimentären Spiels, das er der Moribunden noch abringen konnte, mit Hilfe digitaler Bearbeitungsmethoden korrigierte, den Anschlag polierte, das Tempo straffte, kurzum, das Aufgenommene manipulierte und zum Zweck weiterer Aufhübschung und Purifikation an die Herstellerfirma in den USA sandte. Über das Motiv dieses Tuns sind wir uns noch nicht im klaren. Ich vermute, es war Geldgier, zumindest Einkommenssicherung und« — hier schluckte Fox hörbar, fuhr aber mannhaft fort »— und verbissenes Heischen um Kritikerlob, Ruhm und Anerkennung.«

Birthwhistle hörte nicht auf zu lächeln. Nach kurzer Pause sagte er: »Ausgezeichnet, Fox. Trefflich kombiniert und recherchiert. Ihre Schlußfolgerung ist falsch, aber Ihre ars combinatoria rühmenswert. Was Sie berichten, ist mir zwar schon bekannt —«

»I beg your pardon?«

»Aber ja. Wofür halten Sie mich? Haben Sie im Ernst geglaubt, ein mit allen Wassern gewaschener Großkritiker, der Größte seines Faches, ließe sich von solchen musikalischen Machinationen hinters Licht führen? Glaubten Sie wirklich, Sie wären auf dem weiten Erdenrund der einzige, der merkte, daß da etwas nicht stimmt? Swindons Platten haben sich in alle Welt verkauft, und überall leben Sammler, Connaisseure, Experten, die sich besser auskennen als wir alle zusammen und, zuerst nur leicht irritiert, dann mit wachsendem Mißtrauen unter die Lupe nahmen, was ihnen da auf Vinyl geboten wurde. Der Kazuo Kobayashi in Tokio — der Dr. Mönninkmeyer in Würzburg, mit dem ich seit dem Krieg korrespondiere — der Finanzmagnat McCreesh aus Los Angeles, der in seiner Villa am Pazifik hinter Panzertüren im Keller achthunderttausend Platten mit Klaviermusik hortet —: sie alle haben, wie ich aus diversen Briefwechseln erfuhr, längst Nachforschungen angestellt und sind dabei zu den erstaunlichsten Ergebnissen gekommen.«

»Aber«, wandte Yberseindt mit Zitterstimme ein, »Sie, Steven, haben die Einspielungen der Pianistin in Ihren Rezensionen doch immer für preisenswert gehalten?«

»Das habe ich, lieber Ariel«, gab der Kritiker zu. »Aber Sie sollten wissen, was unser junger Fox erst noch lernen muß, wenn er etwas älter geworden ist: Daß Sie ein künstlerisches Tun nach Maßgabe entweder der Sache selbst, also des Werkes und seiner Darstellung, oder der Sympathie mit dem Menschen beurteilen, der im Werk seine Lebensspur hinterlassen hat. Bedenken

Sie: Würden Sie so unmenschlich sein, einem Künstler, der mit dem Tode ringt, noch ins Sterbebett Ihren Verriß zu schleudern? Überlegen Sie mal. Natürlich könnten Sie einwenden, ich machte mich dann mitschuldig an einem Betrug. Aber ob und inwiefern diese Causa justiziabel ist, steht ja noch dahin.«

Fox wandte nicht ohne Härte ein: »Aus meiner Sicht ist die Sache nur allzu klar. Es handelt sich um Vorteilserschleichung mittels Betruges, der straf- und zivilrechtlich zu ahnden ist.«

Hier sprang ihm Colonel Marston bei: »Correct, my boy. It's fraud. No doubt about. Deceit. Should be prosecuted. By martial law. Kurzer Prozeß. Wenn sowas damals bei uns in Bad Oldesloe — ha! Ab in den Bunker. Keine Fisimatenten.«

Rose legte dem Kriegsmann begütigend die Hand auf den Arm und bat Birthwhistle, zu verraten, warum er Foxens Schlußfolgerung ›falsch‹ genannt.

»Weil Swindon seine Schallaufzeichnungen nicht lediglich manipuliert, also nicht einfach gefälscht, sondern obendrein noch gestohlen hat. Most of his wife's recordings turned out to be stolen from other musicians.«

Fox sprang auf. »Wie bitte?«

»Bleiben Sie sitzen, Fox. Enjoy and relax. Ja, Sie haben richtig gehört. Geklaut! Was er mit den Aufnahmen gemacht hat, zu denen er seine kranke Frau an den Flügel setzte, weiß ich nicht. Vielleicht hat er sie gelöscht — oder archiviert —; ob wir das je erfahren, steht in den Sternen. Diese Aufzeichnungen wurden lediglich zur Täuschung der Pianistin gebraucht. Auf den Platten ist von ihnen nichts mehr zu hören. Was auf Vinyl gepreßt wurde, stammt de facto aus obskuren Quellen, monauralen Rundfunkaufnahmen der 50er Jahre, mit Hall versetzt und künstlich stereophonisiert, frühen Stereo-Schallplatten unbekannter Kleinlabels, gepreßt zwischen 1958 und 1965, Einspielungen überwiegend von Pianisten minderer Prominenz. Dieses Material, zu dem ihm wahrscheinlich seine alten BBC-Kontakte verhalfen, hat Swindon aufpoliert und als Spiel seiner Gattin verkauft.«

»Wie haben Sie das herausgefunden?«

»Nicht ich habe das entdeckt — sondern Ihr Freund, Professor Fajngold, den ich schon etwas länger kenne als Sie.«

»Bitte? Aber warum hat er mir davon nichts verraten?«

Hier ließ Yberseindt seine tremolierende Stimme hören. »Warum er nichts verraten hat? Weil er nichts und niemanden je ›verrät‹, Fox. Die Erfahrung von Vertreibung, Flucht, Heimlichkeit, Tarnung und Anpassung impft dem Exilanten einen Zwiespalt ein, ein Schwanken zwischen Geheimniskrämerei, Verschwiegenheit, Diplomatie, Zurückhaltung, zwischen Argwohn auf der einen Seite und Menschenliebe, Sehnsucht nach Hinwendung, Öffnung auf der anderen — zwischen Zutrauen und Misanthropie, Nähe und Distanz. Ich meine, wir haben allen Grund, mit der Vorsicht solcher Naturen Nachsicht zu üben.«

»Das Institut in Cambridge«, so nahm Birthwhistle den Faden wieder auf, »hat Messungen der Schall-Amplituden vorgenommen, einen Vergleich der Wellenprofile zwischen Swindons Aufnahmen und denen anderer Pianisten. Mittels Spektralanalyse wurden immer wieder Übereinstimmungen entdeckt. Bis jetzt hat Fajngolds Speicheroszilloskop rund sechzig Provenienzen nachgewiesen. Offenkundig wurden allzu dreiste Übernahmen vermieden; sehr bekannte, prominente Aufnahmen aus jüngerer Zeit, Einspielungen mit besonders individueller, unverwechselbarer Handschrift hätten den Schwindel zu rasch auffliegen lassen. Statt dessen bediente sich Mr. Swindon unter anderem bei Felicja Blumental, Walter Klien, Erik Then-Bergh, bei Jörg Demus, Badura-Skoda, Jakob Gimpel, Artur Balsam, Marcelle Meyer, Cor de Groot, Hannes Kann, Martin Galling, Ingrid Haebler, Adrian Aeschbacher, Monique Haas und etlichen weniger bekannten Zunftgenossen.«

»Und das sollte seine Frau nicht gemerkt haben?«

»Dieses Rätsel werden wir nie lösen, sofern nicht unser bravouröser Tonmixer selber enthüllt, ob er seine Frau zur Komplizin seiner Machenschaften gewann, und wenn ja, ob von Anfang an oder erst später — oder ob sie ein Opfer seiner Tricksereien wurde, und das hieße: ob sie seinem Schwindel auf den Leim ging — oder ihn durchschaute, ihm dann aber nicht mehr zu wehren vermochte.«

»Aber wenn es sich nicht um Manipulation, sondern um plumpen geistigen Diebstahl handelt: wozu diente dann diese ungeheuer aufwendige digitale Apparatur?«

»Zum Mixen und zur Verfremdung, zur akustischen Tarnung seiner Quellen durch Spreizung der Dynamik, Verhallung, künstliche Stereophonisierung namens ›Widesound‹ alias ›Breitklang‹, Dehnung oder Beschneidung des Frequenzumfangs, Veränderung des Klangspektrums, Beschleunigung oder Verlangsamung der Tempi —«

»Unmöglich!« warf Rose ein. »Wenn Sie das Umdrehungstempo der Bandspulen modifizieren, ändern sich damit sofort auch Stimmung, Tonhöhe und Tonart.«

»So ist es«, konzedierte Birthwhistle milde. »In der analogen Technik. Aber in der digitalen sind eben Dinge möglich, die bisher ausgeschlossen waren. By digital manipulation you're able to speed up or slow down any performance without changing the pitch. Aus einem Andante con moto machen Sie ein Largo oder aus einem Allegretto ein Vivace, und bleiben dabei trotzdem in D-Dur auf a=440 hz. Gut, nicht?«

Fox war wie vor den Kopf geschlagen. »Aber das geht doch nicht, das ist doch Betrug. Und ein massenhafter Verstoß gegen internationales Urheberrecht«, grollte er. — »Kriminell. Gehört vors Old Bailey«, donnerte der Oberst und ballte die Faust. »Minimum sentence twelve years. Imprisonment with hard labour.« — »Nur, wenn es bekannt wird«, wandte Yberseindt zaghaft ein. »Wollen wir dies?«

»Falls Sie auf meine unbedeutende Meinung Wert legen«, schnaubte Birthwhistle gemütlich, »dann vermute ich: Mr. Swindon wird weder straf- noch zivilrechtlich irgendwelche Nachteile befürchten müssen.«

»Wieso nicht? Warum?« scholl es ihm einstimmig aus der Runde entgegen.

»Weil fraglich ist, ob ein begründetes Interesse an einer public prosecution geltend gemacht werden kann. Vor musikalischen Dieben möchten Richter nicht gern als unmusikalisch sich blamieren. Wenn im 18. Jahrhundert Quatuors von Haydn, die in Wien unter seinem Namen gedruckt wurden, in Paris oder London unter Pleyels Namen erschienen, war juristisch dagegen nicht einzuschreiten — aber mehr zählt doch, daß selbst der künstlerische Protest sich in Grenzen hielt. Die Schöpfer und ihre Verleger mochten zürnen, die Kenner murren, aber die Liebhaber zuckten die Achseln, erfreuten sich am schönen Schein der Sache selbst und hielten die auktoriale Zuschreibung für letztlich unerheblich. Heute haben wir das Recht zwar auf seiten der Künstler, aber zu dessen Durchsetzung muß dem Delinquenten ein unlauteres Gewinnstreben nachgewiesen werden, ein krimineller Eigennutz, eine Bereicherungsabsicht, und ich bin sehr im Zweifel, ob das in der Causa Swindon möglich ist. Und auf zivilrechtliche Schadensersatzforderungen werden die bestohlenen Firmen wahrscheinlich ohnehin verzichten.«

»Wieso das?«

»Abgesehen davon, daß etliche dieser Firmen schon lange nicht mehr existieren, von irgendwelchen Großkonglomeraten geschluckt oder von ihrer Mutterfirma ins Aus getrieben worden sind — die Unternehmen, die noch existieren (und nicht zufällig ihren Sitz auf den Cayman Islands oder in Kanada oder Italien haben), werden sich gewiß hüten, Ansprüche auf ein Urheberrecht anzumelden, das sie selbst hundertfach brechen. Denn auch sie haben nur zu oft mit Fiktionen Handel getrieben und

Künstler unter Pseudonym auftreten lassen: um Besteuerung und Copyright zu umgehen, Exklusivverträge zu umschiffen, dubiose Lizenzierungen vorzutäuschen; sie, die im Glashaus sitzen, werden nicht mit Steinen werfen wollen. Sind Ihnen denn auf den Swindon-Plattenhüllen nie die Namen der mitwirkenden Orchester und Dirigenten aufgefallen? Kein Mensch weiß doch, wer sich hinter solchen Maestri wie *Sergio Vicentini* oder *Sir Adolphe Burnett* oder *Alberto Corleone* oder *Luigi Strizzi* verbirgt. Oder welches Ensemble sich tarnt unterm Namen eines *Royal Sofia Philharmonic Orchestra* oder *Moldavian Festival Orchestra* oder *Royal Opera Symphony Orchestra Bucharest.* Weltbekannte Klangkörper, nicht? Geleitet von prominenten Pultgöttern, den Stars unserer Podien. Pity they don't exist. Wir haben nachgefragt. Entweder keine Antwort bekommen, oder ein biographisches Profil der Dirigenten, wie es sich ein Romanschriftsteller nicht besser hätte aus den Fingern saugen können: *Alberto Corleone, *1947 in Padua* — im Taufregister nicht zu finden — *besuchte das Casals-Konservatorium in Tbilissi* — existiert nicht — *und die Royal Academy of Dubrovnik* — glatte Erfindung — *erstes Engagement an der Staatsoper Paderborn* — hats nie gegeben — *Meisterschüler von Theobald Kemnitzer* — wer soll das sein? — *1. Preis beim Günter-Hausmann-Dirigierwettbewerb Bochum* — never heard in the settlements. Käme es zu einem Zivilprozeß, könnte Swindon behaupten, die Firmen hätten seinem Trug von Anfang an konsentiert. Dann stünde Aussage gegen Aussage, und es käme die Plattenfirmen schwer an, den Vorwurf der Komplizenschaft zu widerlegen. Abgesehen davon haben die Record Companies mit seinen *Fakes* gute Geschäfte gemacht; warum sollten sie dann an dem Ast sägen, auf dem sie sitzen? Zumal fraglich ist, ob Swindons Manipulationen nicht so tief eingegriffen haben ins Integral der Vorlagen, daß von einem Originären, Authentischen kaum noch gesprochen werden kann. Verstehen Sie? Berührt wird das Grundproblem von Identität selber: Wo beginnt, wo endet sie?

Swindons Anwälte könnten behaupten, seine Versionen hätten die alte eigentlich schon gelöscht und ausgetauscht gegen eine neue. Und diese hätte dann das Urheberrecht auf *ihrer* Seite. Den Richter möchte ich sehen, der sich erkühnte, die Kriterien für die Grenzen musikalischer Werk-Identität definieren zu wollen.«

»Würden Sie uns mithin empfehlen, Steven, die Sache geheimzuhalten?« fragte Yberseindt.

»Das dürfte schwer möglich sein, mein Guter«, gab Birthwhistle lächelnd zurück. »Denn meine Reportage wird übermorgen im TIMES LITERARY SUPPLEMENT erscheinen. Der Text befindet sich seit einer Woche im Stehsatz und hätte vorgestern schon herauskommen sollen, aber — nun ja, erst der Streik der Drucker — dann der Streik in der Auslieferung, Sie wissen schon —«

»Sind Sie wahnsinnig?« Sogleich schlug sich Fox mit der Hand auf den Mund, entschuldigte sich für seine Grobheit, fuhr aber fort: »Damit ruinieren Sie Ihren wohlverdienten Ruf, Steven, Ihre intellektuelle Integrität. Damit blamieren Sie sich bis auf die Knochen. Bitte tun Sie's nicht. Das wird ein Fiasko. Ziehen Sie den Artikel zurück! Man wird auf Ihre Rezensionen nichts mehr geben — Ihr kritisches Urteil wird als korrumpiert gelten — die Blätter werden nichts mehr nehmen von Ihnen. Dann sind Sie erledigt.«

»How now, my boy«, mischte der Colonel sich hier, zur Überraschung aller, ins Gespräch. »I disagree. Beg to differ. Birthwhistle is right. Angriff ist die beste Verteidigung, sagt Blücher. Or was it Gneisenau? Moltke? Dem Feind zuvorkommen. True, true. Scharnhorst dixit: Schneller sein als der Feind! See my point? Beste Strategie. Sagte auch Rommel schon. Der Wüstenfuchs, El-Alamein, you remember? Or was it Montgomery?«

Rose legte Ihrem Liebsten die Hand auf den Arm und sprach begütigend: »Ich finde, Marston hat recht, Foxito. Über kurz oder lang hätte die Yellow Press sich des Themas bemächtigt — und wie das aussähe, können wir uns alle vorstellen. Vorwärtsverteidigung ist in dieser Situation tatsächlich das einzige, was unserem Freund bleibt. Andernfalls läsen wir übermorgen in der SUN: **Skandal! Biggest Fraud in the History of Recorded Music! Hat Birthwhistle seine Finger im Spiel?** Oder in der DAILY MAIL: **Falsche Pianistin plötzlich verstorben. War es Mord?** Oder im MIRROR: **Massenbetrug schädigt britische Musikindustrie um 600 Mio £. Sitzen die Täter in Brüssel?** Je eher Steven die Wahrheit ins rechte Licht stellt, desto schwerer wird es dem Boulevard fallen, seine Lügen zu verbreiten.«

Fox war nicht überzeugt. »Was immer Steven schreibt — ich fürchte, er wird sich kein Deutungsmonopol sichern können. Die Regenbogenpresse wird sich auf seinen Artikel stürzen wie ein Bienenschwarm auf einen Blumenstock und daraus ihren eigenen Honig ziehen. Das kann gar nicht ausbleiben. Und dann: Wie wird die Enthüllung auf Swindon wirken? Wie wird er reagieren? Sich ängstlich ducken wie ein Lamm — oder zum Angriff brüllen wie ein Löwe? Ihr alle wißt, wie harsch die *libel laws* im Königreich sind. So eine Verleumdungsklage kann einen Beklagten, auch wenn sie zuletzt abgewiesen wird, allein schon vermöge der Anwaltskosten an den Bettelstab bringen. Wir wissen nicht, welches Naturell in dem Strickjackenbiedermann lauert. Wie gefährlich er uns werden kann.«

»Womit wir wieder bei seinen Motiven angelangt sind«, resümierte Birthwhistle. »Sie, Fox, und Sie, Colonel, setzen auf Geldgier und Ruhm, wenn ich es richtig verstanden habe, wobei Sie nicht grundlos mutmaßen, daß die digitale Politur nicht nur der Tarnung diente, sondern auch durch pflegliche Glättung, Synthetisierung, Entindividualisierung und die damit einhergehende Tilgung alles Widerständigen dem Geschmack des Publikums und der Rezensenten entgegenkommen sollte. — Und Sie, Ariel?«

»Ich setze auf Ehrgeiz und auf künstlerisches Perfektionsstreben. Der Mann ist kein Dilettant. Er ist ein professioneller

Tontechniker und ein *professional piano player*. Er weiß, was er den musikalischen Werken und ihrer akustischen Reproduktion schuldig ist. Es selber coram publico zu leisten, hat er nie gewagt. Diese Aufgabe fiel seiner Frau zu. Ihr krankheitsbedingtes Handicap vereitelte dieses Streben. Damit konnte er sich nicht abfinden. Er sann auf einen Ausweg — und fand ihn im *conceit*: in einem Trug, den er vor sich als geniale List rechtfertigt — insofern, als der Schein authentischer Urheberschaft ebenso wie der ästhetische Schein selber ja noch nicht *eo ipso* Wahrheit verbürgt, sondern zunächst nur einen Verweischarakter trägt, also Abbild, Gleichnis, Fiktion ist, ein Spiel mit Bildern, Zeichen und Zuschreibungen im Bann und Auftrag eines Kunstschönen, welches der schmählichen Alternative von richtig oder falsch, Tatsächlichkeit oder Täuschung gerade sich *entringen* soll. *Diese* Alternative wäre ein Ausweis von Bürgerlichkeit. Swindon aber begreift sich nicht als Bürger, sondern als Künstler, und in seinen Augen muß ihn dies exkulpieren.«

»Und Sie, Rose?«

Nicht ohne ein leichtes Beben von Empörung in der Stimme antwortete sie: »Ich finde es schon bemerkenswert, daß ihr Mannsbilder auf die einfachste Erklärung nicht kommt. Was kann den Gatten einer geliebten Ehefrau zu seinem Schwindel bewogen haben — wenn nicht *Liebe*? Stellen Sie sich doch nur einmal vor, wie es wäre, wenn Sie Tag für Tag mit ansehen müßten, wie Ihrer Frau die Kräfte schwinden, wie sie ihr wunderbares Talent nicht mehr zur Anwendung bringen kann, wie sie vor Ihren Augen verfällt, ihre Finger kaum mehr rühren und ihre Noten kaum mehr lesen kann, wie ihr Gedächtnis sie im Stich läßt, ihr Gehör, all ihre kognitiven, mentalen und mechanischen Fähigkeiten. Würden Sie darüber die Achseln zucken? Oder denken: Daraus schlag ich jetzt noch ordentlich Profit? Nein — Sie würden notfalls mit allen Tricks und Schlichen, welche Ihnen Suggestion oder Insinuation bereitstellt, Ihrer Liebsten zu verstehen geben, ihre Kräfte seien ungebrochen, ihr Klavierspiel tadellos und so schön wie einst und immerdar. Und gleich, ob sie Ihnen das abnimmt oder den Trug durchschaut und Einwände vorbringt oder das Spiel mitspielt, um wenigstens *Ihnen* die Illusion, die sie selbst schon nicht mehr hat, zu lassen — und gleich, ob Sie Ihrerseits diesen Trug hinwiederum durchschauen und daran noch mehr leiden als ohnehin schon — Sie werden, glaube ich, um so verzweifelter festhalten an der Täuschung, die nicht nur Selbsttäuschung ist — Sie werden dieses bittere Spiel durchhalten bis zuletzt, einfach weil Illusionen in solcher Situation nur humaner sein können als die Wirklichkeit. Im Charakter von *Scheinhaftigkeit* — darin stimme ich Ariel zu — konvergieren sie mit dem Illusionismus der Kunstwerke, und in diesem ästhetischen Prinzip liegt für mich die Lösung des moralischen Dilemmas. Zugespitzt formuliert: Wenn Wahrheit nicht mit Wirklichkeit verwechselt werden darf, und wenn Werke Trugbilder sind und Trost ohne Scheincharakter kaum vorstellbar ist, darf dann Menschen in Grenzsituationen nicht ebenfalls erlaubt sein, zu trügen?«

»Ein Katholik würde vielleicht zustimmen, ein Protestant nicht, liebe Rose«, sagte Birthwhistle. »*Das Wort sie sollen lassen stahn.* Aber ich gestehe, der Debatte ein wenig müde zu werden; lassen Sie uns übermorgen weiter darüber reden, wenn Sie möchten, ja?«

»Ich muß morgen zu einer dreitägigen Kurztournee«, entschuldigte sich Rose, »nach Irland: Wexford, Clonmel, Cork. Aber die Herren werden sicher gut ohne mich auskommen.«

Fox krampfte sich das Herz zusammen, ohne daß er recht gewußt hätte, weshalb. Er stand auf und trat ans Fenster. Der Sommer war vergangen, die Tage wurden schon merklich früher dunkel. Dämmerung senkte sich auf die Stadt, zwielichtig glommen die Straßenlampen überm Trottoir, und das erleuchtete Schaufenster von BRADY'S ICES — FRUIT — CHOCOLATES &

CONFECTIONERY in der Häuserfront gegenüber spiegelte sich in den Wasserlachen, die der Regen auf dem Pflaster zurückgelassen. Und Fox fragte sich, ob es, wenn ein Maler sein Bild betreten und darin verschwinden könne, nicht auch möglich sein müsse, daß ein Musiker die Tür seines Werkes hinter sich schlösse und dann hineinginge in die Musik und in ihr verbliebe auf immer.

»Sie haben mir, Herr Abendroth«, so begann ich unsere letzte Gesprächssitzung, »viel von dem erzählt, was das ›innere‹ Hören, wie Sie es nannten, für Sie bedeutet. Die Wirkung des realakustischen, *physischen* Hörens auf Sie ist mir dabei aber noch nicht klar geworden.«

A. wußte, worauf ich anspielte. Dies war seine letzte Gelegenheit, sich zur staatsanwaltlichen Anklageschrift zu äußern, und wie es schien, hatte er nichts dagegen, jene beim Stirnhaar zu ergreifen, »denn«, wie er erklärte, »Gelegenheit hat vorne langes, hinten kurzes Haar, und wer sie nicht beim Schopfe packt, dem zeigt sie leicht den Hintern.« Er rückte mit dem Stuhl etwas vor, um die Ellbogen auf den Schreibtisch zu stützen, straffte sich und schilderte, die Fingerkuppen zum Spitzdach aneinandergelehnt, in forciert ausdruckslosem Ton, mimisch unbewegt und ohne begleitende Gebärdensprache, was an jenem fatalen Novemberabend vorgefallen war und zu seiner Inhaftierung geführt hatte.

»Wie es möglich ist«, begann er an, »daß jemand Musik hören kann, ohne dadurch, im Guten wie im Schlimmen, aufs stärkste affiziert und innerviert zu werden, also zur gleichen Zeit ein Gespräch führen, eine Seminararbeit schreiben, ein Wurstbrot essen, Wäsche bügeln oder ein Buch lesen kann, wird mir immer unnachvollziehbar bleiben. Und daß weltweit der größte Teil jüngerer Menschen mit einer Musik, die vorwiegend aus einem metrisch ungeschlachten, strukturell unmotivierten, harmonisch unbedarften, lauten und maschinell geradtaktigen, hämmernden Stampfen besteht, sich ver- und begnügen kann, ohne dabei den Verstand zu verlieren, in rasende Wut auszubrechen, in wildwütigste Abwehr, gemischt aus Qual, Haß, Abscheu, Irrsinn und Verzweiflung, in eine Agonie, die ihnen schlechterdings das Hirn zerrütten und eigentlich alles menschliche Denken und

Fühlen, alle Feinheit des Empfindens dauerhaft löschen müßte, ist mir vollends unbegreiflich.

Wenn *ich* höre, dringt das Gehörte mir in den Leib wie Luft in die Bronchien, wie Sauerstoff in die Lungenkapillaren. Es beeinflußt Puls, Blutdruck, Herzschlag, Temperatur, Stoffwechsel, Drüsenfunktion und Körperelektrizität, steuert die Atemfrequenz, das zentrale und das vegetative Nervensystem, Sympathikus und Parasympathikus, und besetzt alle kognitiven wie emotionalen Regionen und Schaltstellen des Gehirns. Bei sehr konzentriertem, intensivem Hören findet eine Art Austausch statt so, als ersetzte das Gehörte die somatische Hülle des Ich durch etwas Unstoffliches; man könnte sagen, der Influx färbe mit seiner Tinktur alle Körperzellen, nein, besser gesagt: verwandele sie bis in den innersten Wesenskern hinein. Dieser ist dann nicht mehr derselbe; es fühlt sich so an, als *gehörte* er mir gar nicht mehr, hätte sich entäußert, sich dissolviert zu einer tönend bewegten Substanz, die bei aller Anverwandlung doch ihre Fremdheit nie verleugnen kann. Und leider trifft dies auch ex negativo zu: auf Störgeräusche, auf Lärm und dummes Gedudel.

Dies vorausgesetzt, bitte ich Sie, Frau Doktor, sich noch einmal vorzustellen, was es bedeutet, auf kleinem Raum zwischen hunderten von Menschen zu leben. Allein unser Hinterhaus, gebaut um 1910, beherbergt zwanzig Mietparteien, das sind etwa dreißig Personen, verteilt auf fünf Etagen zu je vier irregulär und eng ineinandergeschachtelten 1- oder 2-Zimmerwohnungen. In unmittelbarer Nähe, getrennt nur durch Lichtschächte, schmale Höfe, stehen sechs weitere, ebenfalls fünfstöckige Häuser mit zusammen mindestens zweihundert Mietern. Das Haus, in dem ich wohne, wurde im letzten Krieg ausgebombt und 1946/47 mit billigen Materialien wieder wohnbar gemacht. Bautechnische Mängel, irreparabel, weil konstruktionsbedingt, typisch für eine Zeit der Wohnungsnot, da eilig und möglichst sparsam möglichst viele Flüchtlinge dort unterzubringen waren, wo vor dem

Kriege nur *eine* Familie auf der ganzen Etage leger sich ausbreiten konnte, sind die Ursache einer enormen Schalldurchlässigkeit und Trittschall-Leitfähigkeit der tragenden und nichttragenden Wände, Fußböden und Zimmerdecken aller Wohnungen des Hauses. So hellhörig ist die meine, daß ich jedes Wort mit anzuhören gezwungen bin, wenn die Nachbarin zur Linken, Soraya Hoppe, eine Heilpraktikerin aus Sachsen-Anhalt, ins Telefon spricht. Wenn Nachbar Omgüz rechts unter mir lacht, schlägt mir sein Lachen als dröhnendes Brüllen ans Ohr, und das Sofa, auf dem er sich räkelt, rummst und kracht in *meiner* Wand. Diese Wände sind so dünn wie Pappmaché, und während ich meine Nachbarn ein ums andere Mal bitten mußte, das *Bummta, Bummta, Bummta, Bummta* ihrer Musik, diesen Auswurf klanggewordener Idiotie, leiser zu drehen, spreche ich meinerseits, um nur ja niemanden zu stören, lediglich flüsternd ins Telefon und höre Musik nur mit dem Kopfhörer.

Es gab also keine unbeeinträchtigte Privatsphäre mehr in diesen Räumen, kein wirkliches Alleinsein — vielmehr eine Art Zwangskohabitation mit der unsichtbaren Präsenz fremder Menschen, die der *vox interna* beständig ihre eigenen Laute einflößen, dem Leben zudringlich sich einmischen, ihm mit ihrem akustischen *trespassing* ihr eigenes aufzwingen. Selbst das Tackern der PC-Tastatur, an der Nachbar Bölkow saß, der direkt über mir wohnte, war an meinem Schreibtisch zu hören — und zu *spüren*. Ging der 1,95 große, athletische, zentnerschwere Mann auf Ledersohlen über seine Holzdielen, dann rasselte und klapperte meine ganze Einrichtung, dann sprang der Tonarm aus der Plattenrille, dann stieß mir bei jedem seiner Schritte der Trittschall, dessen Schwingungswellen von seinem Fußboden über die Wand über meinen Fußboden über das Möbel sich fortsetzten, auf dem ich saß, kurz, hart, und jedesmal unerwartet ins Leibesinnere, ins Eingeweide. Und wenn seine Waschmaschine in den Schleudergang kam, geriet meine ganze Wohnung in Vibrationen dergestalt, daß die stehende Luftsäule in meiner Küche wie im Innern einer 16-Fuß-Orgelpfeife in Schwingung versetzt ward und einen Unterdruck erzeugte, der sich so peinigend aufs Trommelfell legte, daß die Küche dann nicht zu betreten, nicht mehr zu nutzen war.«

»Besagter Nachbar, Hartmut Bölkow, 37 Jahre alt, ledig, zuletzt arbeitslos, kam am 11. November 2009 zu Tode«, warf ich ein. »Die Staatsanwaltschaft beschuldigt Sie nicht des Mordes, sondern der weder grausamen noch heimtückisch noch mit Vorsatz erfolgten Tötung des Nachbarn im Affekt. Akzeptieren Sie den Schuldvorwurf der Anklageschrift?«

A. antwortete, den Blick starr auf mich gerichtet: »Ich akzeptiere, daß ich den Tod des Nachbarn verursacht, aber nicht, daß ich ihn verschuldet hätte.«

»Machen Sie Notwehr geltend? Oder eine Affekthandlung?«

»Weder — noch. Auch keine Körperverletzung mit Todesfolge.«

»Gegen Lärmbelästigung kann man sich abschirmen mit Ohropax«, gab ich zu bedenken.

»Das nahm ich ohnehin jede Nacht, wegen der Hubschrauber und Flugzeuge, die das Haus zu allen Stunden überfliegen, und wegen des nie endenden Gebrodels, das aus dem Straßenverkehr und den Baustellen der Großstadt quillt. Doch auch am Tage mußte ich mir immer öfter die Ohren mit Wachs verkleben, und gegen tieffrequenten Schall ist Ohropax machtlos. Die elektrisch verstärkten Baß-Beats aus den Subwoofern der Nachbarn drangen allzeit durch — im Sommer gern auch, von den Hofmauern refraktiert und verstärkt, aus weit geöffneten Fenstern. Nun versuchen Sie einmal, Pentameter, also fünfhebige Jamben, aus elisabethanischer Blankversdichtung ins Deutsche zu übersetzen und dabei Semantik, Syntax und Versmetrum zu koordinieren, während Ihnen stundenlang das barbarische *Bummta, Bummta, Bummta, Bummta* eines Indie-Poppers oder Techno-Rockers ins

Zwerchfell schlägt. Ein Wunder, daß mir überhaupt noch eine Zeile gelang in diesen Jahren.«

»Sie haben in dieser Zeit mehr publiziert als in allen Jahren zuvor.«

»Mehr und Besseres; man sollte es kaum glauben. Faul war ich nicht. Doch zugleich, etwa seit der Mitte des neuen Jahrzehnts, ließ das Interesse an meinen Büchern deutlich nach. Sie verkauften sich nicht mehr, lagen wie Blei in den Regalen, die Besprechungen wurden unfreundlich, zwei meiner Verleger machten Konkurs, die Einnahmen verringerten sich Jahr um Jahr, und damit beantwortet sich auch die wohlfeile Frage: warum ich mir nicht ein ruhigeres Quartier gesucht? So ein gutes Logis kostet inzwischen, anders als noch in meiner Studentenzeit, viel Geld: und das habe ich schon lange nicht mehr. Nur wohlhabende Menschen können heute noch umziehen.«

»Hätten Sie Ihren Nachbarn nicht einfach bitten können, seine Musik leiser zu stellen und seine Waschmaschine mit trittschallabsorbierenden Dämpfern zu versehen?«

»Ebendies habe ich zu wiederholten Malen getan. Aber was ich sagte, ging bei Bölkow zum einen Ohr hinein und zum anderen gleich wieder hinaus. An seinem Verhalten änderte sich nichts. Was mir meine Bitten extra beschwerlich machte, war der Hund, den der Mann sich hielt, eine Dänische Dogge, die auf den Namen ›Pützel‹ hörte und schon dann, wenn ich mich seiner Klingel näherte, hinter der Türe knurrte, kratzte und schnaufte. Wenn Bölkow dann öffnete, reckte das monströse Vieh vor ihm sich in die Höhe, legte mir seine Pfoten so auf die Schultern, daß ich Mühe hatte, unter dem Gewicht der Bestie nicht einzuknikken, und fuhr mir mit seiner speicheltriefenden Zunge übers Gesicht. ›Der tut nüscht‹, sagte Bölkow dann, schob den Hund mit einem Fußtritt zur Seite, und fragte ›Wat issen?‹. Hatte ich dann meine Bitte höflich und freundlich vorgebracht, knurrte er nur ›Guckenwa mal‹, zerrte sein Pützelchen, das sich mit geifernden

Lefzen nur zu gern wieder auf mich gestürzt hätte, fluchend und ächzend mit sich zurück in die schweißstinkende Wohnhöhle und schloß die Tür.«

»Und was genau trug sich nun an jenem 11. November zu?«

»Ich entsinne mich noch des Wetters an diesem Herbsttag. Ein Sturmtief aus Irland fegte gelbes und rotes Laub aus den Kronen der Bäume und bauschte kolossale Cumuli am Himmel auf, die im Westwind zu kilometerhohen rußschwarzen Quellwolken mit glühsilbernen Rändern gegen den reingefegten Äther sich auftürmten: spektakuläre Visionen, Explosionen in Zeitlupe, ein rares Bild bei uns im Osten, zu betrachten aber nur auf der Straße, nicht in der Wohnung. Ich saß über meine Arbeit gebeugt am Schreibtisch, zählte Silben aus und versuchte, Versakzente zu setzen gegen die hämmernden Schläge auf die Eins, welche aus Bölkows Wohnung zu mir herunterdröhnten. Eine Weile hing ich dem Gedanken nach, ob in der Gewalt, die aus der Musik des Nachbarn sprach, womöglich die Essenz von *Gewalt selber* Laut werde, also nicht lediglich ein Symbol oder *eidolon*, sondern, Schopenhauer folgend, der schlechte Weltwille an und für sich und somit der Ursprung all des Gemeinen, Niederträchtigen, Usurpatorischen, Brutalen, das uns die Erde, die ein Paradies sein könnte, zu dem Jammertal macht, das sie ist. Ich dachte mir, daß es das *Ornament der Masse*, die Funktionalisierung und Einschmelzung des Individuums in ein marschierendes Kollektiv nie hätte geben können ohne eine Musik, die konstant laut, geradtaktig, elektrisch verstärkt, aufgedonnert und zugleich melodisch primitiv, stupid in der Ineinssetzung von Rhythmus und Metrum, Schrittmaß und Zählzeiten, die Menschen im Marschieren notwendig entmenschlichen und zur Gewalt konditionieren müsse, zu jenem Aufstampfen, Treten, Zuhauen, *Zuschlagen*, das der *beat* ihnen beibringt, der Schlag des Schlagzeugs nicht nur im Schlager. Und daß dies von allem Anfang an der einzige Sinn und Zweck solcher Musik sei, ein zutiefst teuflisches, das *Humanum* leugnendes und tilgendes Grundprinzip ihrer selbst.«

»Ostinati gibt es auch bei Beethoven und Bartók«, wandte ich ein.

»Stimmt«, gab A. zurück. »Sogar schon in den Orgeltoccaten Buxtehudes und in den Concerti Vivaldis. Aber dort nie ohne den Charakter des Stilisierten, Zitativen. Immer zehren sie vom Kontrast zur Kunstmusik, von ihrer Herkunft aus Volkstanz und Folklore, bringen ein Element des Ungebärdigen, Zivilisationsfremden ins Spiel, sind temporär, episodisch, nie formkonstitutiv, und spielen in der Moderne mit Polyrhythmie und trinären oder irregulären Metren, mit einer Komplexität, der Sie im mechanischen Wechselschlag von Hebung und Senkung, im stumpfsinnig binären Stampfen der Rock-Percussion, der elektrischen Gitarren und Synthesizer, schwerlich je begegnen werden — oder kennen Sie Rockmusik im Dreiviertel- oder Sechsachteltakt? Ich nicht.«

»Große Lautstärken, Bruitismen finden Sie auch in der Kunstmusik, bei Berlioz, Wagner, Bruckner, Strauss, Mahler, Křenek, Varèse und vielen anderen.«

»Freilich. Sogar bei Carl Nielsen. Aber nur vorübergehend. Selbst in den Großwerken des 19. Jahrhunderts sind sie, im Verhältnis zum Leisen, weniger häufig, als man glaubt. *Wenn* es dort ein mehrfaches Forte gibt, eine Klangmassierung mit hohem Geräuschanteil von Perkussionsinstrumenten, dann strukturell motiviert — und dosiert in sämtlichen Abstufungen zwischen *ppp* und *fff*, bei Wagner etwa nur an bestimmten dramatischen Knotenpunkten. Das Laute als Parameter, als Konstituens, Durchlaufmuster, *pattern*, ist aus gutem Grund tabu. *Absolutiert* muß es, als akustische Ausprägung von Gewalt, zu Atavismen führen, zu unsublimierter Aggression, Psychopathie. Wer dauerhaft Heavy Metal oder Hard Rock hört, verdirbt sich erst das Gehör, dann den Verstand und zuletzt den Charakter. Musik für

Roboter, für Totschläger in spe. US-Kriegsgefangene hat man damit gefoltert.

Aber zurück zum 11. November. Da ich spürte, daß ich unter diesen Umständen nichts Gescheites mehr würde zustande bringen können, entschloß ich mich, hinaufzugehen und Bölkow wieder einmal zu bitten, seine Musik leiser zu stellen. Was mir den Vorsatz erleichterte, war die Zeitung, die ich von Nachbarn im Erdgeschoß gehört: daß Pützel, das gescheckte Scheusal, seit längerem schon ›leberleidend — leider lebend‹, seinem Leiden erlegen und auf dem Berliner Tierfriedhof mit allem pompe funèbre beigesetzt worden sei.

Gut. Also schritt ich hinauf, läutete — schellte mehrmals, bis endlich die Klingel das Gedudel und Gestampf der Musik zu übertönen vermochte — und wich erschrocken zurück, als die Tür sich auftat und Bölkow auf die Schwelle trat: unrasiert, derangiert, das aschblonde Haar über dem bleich verquollenen Gesicht verklebt und zerzaust, die Augen starr geweitet, auf Turnschuhen in Unterhemd & Trainingshose mit dem Aufdruck GLOBAL UNIVERSITY, ein Herz mit der Gravur *Mamma* am Goldkettchen auf der behaarten Brust, die nackten Arme tätowiert in Fraktur mit der Ziffer 88 und Sprüchen à la **Blut und Ehre** oder **Deutsch und treu in Not und Tod** oder dergleichen, ich weiß es nicht mehr — konnte der Mann denn Fraktur lesen? —; wohl aber weiß ich, daß er den Anschein erweckte, als stünde er unter Drogen, wäre ›auf Speed‹, vollgepumpt mit Koks oder Crystal Meth oder irgendeinem dieser synthetischen Pülverchen, die in Clubs und Diskotheken verkauft werden. Unkontrolliert hektisch auf und ab tänzelnd, den Blick stier und glasig auf mich gerichtet, fauchte er: ›Was wissu? Hä? Was wissu?‹, und als ich mein Sprüchlein — ›Verzeihen Sie, lieber Herr Nachbar, wäre es Ihnen möglich, die Lautstärke Ihrer Musik ein klein wenig zu drosseln‹ — aufgesagt, krächzte er bloß ›Fick dich, du Wichser‹ und wollte schon die Tür zuschlagen — als ich den

Fehler beging, einen Fuß auf seine Schwelle zu setzen, um ihn daran zu hindern und mein Ersuchen, im gleichen ruhigen und höflichen Tone wie zuvor, zu wiederholen: was dem bereits übermäßig gereizten Mann, der womöglich unter dem Verlust seines Schoßhündchens litt, einen weiteren Fluch entlockte und den Impuls, zuerst mit federnd-tänzelnden, bedrohlichen Schritten in die Tiefe der Wohndiele sich zu retirieren und dann, mit einer raschen Drehung kehrtmachend, Anlauf zu nehmen und mit geballten Fäusten an angewinkelten Armen, gleich einem Boxer, auf mich zuzustürmen.

Nun sagte ich ja schon, daß der Proll fast zwei Meter groß und sehr schwer war. Wenn also eine solche gewichtige Leibesmasse auf etlichen Metern in Schwung kommt, ist sie so leicht nicht mehr zu bremsen; diese Flure sind, bei ihm wie bei mir, ein nur 90 cm breiter, aber fast zehn Meter langer Schlauch, eine schnurgerade Rennbahn, so daß nach allen Gesetzen von Schwerkraft und Tempo der Beschleunigungskoeffizient proportional zum Gewicht der bewegten Masse dergestalt stieg, daß Bölkow seine rasch anwachsende Geschwindigkeit, als er die Schwelle erreichte, auf den knapp zwei Metern, die diese vom Geländer des Treppenabsatzes trennen, nicht mehr zu stoppen vermochte; er holte schon zum Schlage gegen mich aus, als ich geschmeidig zur Seite wich und er mit ungebremstem Tempo gegen das alte, wurmstichige Holzgeländer des Stiegenhauses krachte, das unter dem Anprall des heranstürmend Schwergewichtigen nachgab, splitternd barst, und dem Athleten mit seinem überhohen Körperschwerpunkt keine andere Wahl mehr ließ, als dem Gravitationsgesetz sich fügend in die Tiefe zu stürzen.

Er drehte sich im Absturz etwas zur Seite und versuchte noch, mit einer Hand am Geländer sich festzuklammern, aber da dieses nun zerbrochen niederhing, fand sie an dem mit Acrylfarbe lackierten, glatten Handlauf keinen Halt, rutschte ab, und der ganze Körper stürzte durch den Treppenschacht, begleitet von einem grauenvoll heulenden Schrei, von dem nicht klar war, ob es der seine oder mein eigener war, drei Stockwerke nieder ins Parterre, wo er zwischen einem abgestellten Fahrrad und einem Kinder-Buggy auf die steinernen Fliesen schlug mit einem schauderhaften Krachen, einem Laut, den ich ebensowenig je vergessen werde wie das Licht, das die Szene beleuchtete, dieses für Berliner Mietskasernen so charakteristische trübe, gelblich fahle Gefunzel aus einer 15-Watt-Glühbirne mit Sparschaltung, die nach jeder Minute neu zu drücken war, auf daß sie mit einem Klack die Finsternis kurz erhelle.

Ich stand zuerst wie paralysiert, starr vor Entsetzen, während auf mehreren Etagen sich Türen — der Lärm war beträchtlich gewesen — einen Spaltbreit öffneten, doch gleich wieder schlossen; Krach im Hause war man gewöhnt, da wollte man sich ungern einmischen. Dann aber drückte ich den Lichtknopf und hastete die Treppe hinunter, ins Erdgeschoß, wo bereits zwei Parterre-Mieter über den Gestürzten sich beugten, Silke & Detlef, ein Satanisten-Pärchen in schwarzer Lederkluft, besteckt mit silbernen Noppen, Nägeln, Totenköpfen und anderem gothischen Klimbim, sie mit schwarzer Perücke, er mit zwei fuchsroten Teufelshörnchen, die er aus seinem Resthaar auf der Glatze mit Gel sich gezwirbelt, und trotz der mit pechschwarzem Kajalstift umrandeten Augen im leichenweiß gekalkten Gesicht zwei herzensgute Menschen: Silke telefonierte bereits nach einem Notarzt; Detlef hatte dem reglos Hingestreckten ein Kissen unter den Kopf gelegt und tupfte das Blutrinnsal ab, das dem verrenkt Daliegenden aus der Nase sickerte. ›Er atmet noch‹, hieß es, als ich hinzutrat.

Der Krankenwagen des Arbeiter-Samariterdienstes mit zwei Sanitätern und einem Notarzt traf rasch ein, die Polizei desgleichen; dem Schwerverletzten wurde nach kurzer Untersuchung eine Infusion angelegt; dann wurde er behutsam auf eine Trage gehoben und hinausgebracht; den Rest kennen Sie aus den Akten.«

»Der Verletzte erlag noch auf dem Transport seinen inneren Blutungen und multiplen Frakturen, einem Riß der Milz und der Leber, einem doppelten Schädelbasisbruch und Frakturen der Hals- und Lendenwirbelsäule sowie mehrerer Rippen«, rekapitulierte ich, und fügte die Frage bei: »Herr Dr. Abendroth, bedauern Sie den Tod Ihres Nachbarn?«

»Nein.«

»Nein?«

»Erwarten Sie von mir ein *de mortuis nil nisi bene*? Welches *bene* wäre dies? Christliches Mitleid mit Menschen, die in ihrem Leben zu Einfühlung, Mitgefühl, *pietas* nie imstande waren? Soll es mir leidtun, wenn von der Erde Menschen verschwinden, deren ganzer Lebenssinn und -inhalt nur darin bestand, andere Menschen zu peinigen, ihnen mit ihrer Musik und ihrer Rücksichtslosigkeit das Dasein zur Hölle zu machen?«

»Herr Abendroth, das zweite Vernehmungsprotokoll des Berliner Kommissariats vom 19.11. zitiert Ihre Äußerung: ›Ich bin froh, daß es den Quälgeist nicht mehr gibt.‹ War Ihnen klar, daß Sie als Tatverdächtiger den Ermittlern damit ein Indiz lieferten für das Motiv, das Ihrem unterstellten Handeln zugrunde liegen mochte?«

A.s Züge verhärteten sich; aus gepreßten Mundwinkeln antwortete er: »Den Tatverdacht weise ich zurück. Einen Affekt *post* factum in einen handlungsmotivierenden Affekt *ante* factum zu verdrehen, halte ich nicht für zulässig. Wenn es mir darum gegangen wäre, eine Tat oder Tatbeteiligung zu kaschieren, hätte ich mich zu der ehrlichen Aussage wohl kaum hinreißen lassen. Ich sah keinen Grund, meiner Erleichterung über den Hinschied des Nachbarn nicht Ausdruck zu geben. Es gibt doch ohnehin noch zu viele seiner Art.«

»Bei der Obduktion in der Pathologie stellten die Forensiker am Leichnam keine Spuren von Drogen fest, dafür aber eine Prellung im Abdomen, die von einem kräftigen Faustschlag herrühren könnte —«

»— und konstruierten daraus den Tatvorwurf: Ich hätte den Arglosen aus seiner Wohnung gelockt und ihm vor der Tür ohne Warnung mit der Faust einen massiven Schlag ins Zwerchfell versetzt, der ihn ins Taumeln gebracht, so daß er das Gleichgewicht verloren habe und, mit Hilfe eines Stoßes von mir, gegen das Geländer geprallt sei, das unter seinem Gewicht zerbrach. Das ist schiere Konjektur. Tatsächlich dürfte die Prellung, die Sie erwähnen, vom Druck des Geländers herrühren, gegen das Bölkow anrannte.«

»Das Hämatom, das die Prellung indiziert, wies eine Rundform auf. Es hätte aber eine Linearform haben müssen, wenn es von dem Handlauf herrührte, gegen den Bölkow prallte.«

»Aber ich sagte Ihnen ja, daß er nicht frontal gegen das Holz stieß, sondern sich sofort, schon im ersten Moment des körperlichen Kontrollverlustes, mit in der Luft rudernden Armen haltsuchend zur Seite wandte, das Geländer mit der linken Hüfte touchierte, somit nur eine punktuelle Prellung sich zuzog, während der linke Beckenknochen, wie ich vermute, mit einer Art Keilwirkung ähnlich einem stumpfen Beil den morschen Handlauf zum Splittern brachte; wer weiß, ob dieser bei einem *frontalen* Anprall, der, vom weichen Bauchfett abgepolstert, eine breitere Druckfläche geboten hätte, der Belastung nicht noch standgehalten hätte, dann also *nicht* zerborsten wäre?«

»So sagen *Sie*. Gab es denn Zeugen des Geschehens?«

»Nein. Zumindest gab es niemanden, who would come forward.«

Ich machte mir eine Notiz und fuhr fort: »Herr Dr. Abendroth, der von Ihnen genannte Mitbewohner ›Detlef‹, Detlef Thomas Ladwig, 49 Jahre alt, ledig, Programmierer, gab bei der Polizei zu Protokoll, der Schwerverletzte habe, als Sie und er sich über ihn beugten, noch einmal kurz die Augen geöffnet und, ich zitiere: *als er des Abendroth ansichtig ward, gekeucht: ›Das — ist der — Teufel!‹*, und dies seien seine letzten Worte gewesen. Wie deuten Sie diese Äußerung?«

A. lachte kurz auf und sagte: »Liegt das nicht auf der Hand? Mit seinem schweren Hirntrauma konnte Bölkow die Augen nicht mehr gezielt fokussieren. Nicht auf mich richtete sich sein Blick, sondern auf den Satanisten mit den feuerroten Hörnchen aus gegeltem Haar.« Und böse kichernd setzte er hinzu: »Man muß sich ja wundern, daß in diesem Treppenhaus seine letzten Worte nicht ›Mehr Licht!‹ lauteten.«

»Dann darf ich zusammenfassen: Sie haben kein Schuldempfinden in der Sache?«

»Im moralischen Sinne nicht. Im alltagssprachlichen Sinne bezeichnet Schuld ja meist nur die Partizipation an einer Kausalkette, ergänzt um die Kategorien der Willensfreiheit und der Verantwortlichkeit. Natürlich hätte ich es auch unterlassen *können*, zum Nachbarn hinaufzugehen, um mit ihm zu reden. Aber hätte ich dies tun *müssen*? Warum? Über die juristische Schuld wird das Gericht urteilen. Davon verspreche ich mir nichts Gutes. Juristen haben ihr eigenes Begriffs- und Kategoriensystem, eine eigene Form des Denkens, die sich der Logizität und Vernunft oft entzieht. Und schuldig im christlichen Sinne wären wir Erbsünder nach Adams Fall sowieso allesamt, warum also nicht auch ich vor Bölkows Fall?«

»Wenigstens hätten Sie nicht den Fuß zwischen Tür und Rahmen klemmen müssen. Sie wußten, daß dies als Hausfriedensbruch ausgelegt werden kann.«

Jetzt erlebte ich A. zum erstenmal hochgradig gereizt. Charakteristisch für ihn war, daß sein Ärger nicht in beschleunigter, sondern in gedehnter, und nicht mit erhobener, sondern diminuierter, geflüsterter Stimme sich äußerte. Jeden Konsonanten aufs deutlichste prononcierend, zischte er: »Ach ja. Hausfriedensbruch. § 123 StGB. Aber der Lärm, der den Frieden des Hauses bricht, zählt nicht dazu? Hierfür ist das Immissionsschutzgesetz zuständig, nicht wahr? Übt ein Mädchen am Sonntag die Englischen Suiten, werden die Eltern von den Nachbarn verklagt, und die Berliner Justiz gibt diesen recht, da die Emission von Bachmusik an diesem Heiligen Tage als Ruhestörung anzusehen sei. Immissionsschutz! Wie groß ist der Kohlenmonoxid-Anteil des Wohltemperierten Claviers? Wie hoch sind die Dioxin-Werte der Matthäuspassion? Ziehen aber Horden von betrunkenen Faulenzern und digitalen Bohémiens, Krakeelern, Krawallheinis, Wohlstandstussen, Lärmprolls und Nervtüten draußen vor dem Fenster grölend und kreischend von Club zu Club und feiern Dauerparty mit *Bummta*-Gedudel, krachledernem Haudruff und Remmidemmi aus Ghettoblastern und Subwoofern, dann winkt das Ordnungsamt müde ab und empfiehlt, sich von dem hirnlosen Rabatz getrost weiter beschallen und betröten zu lassen, indem es die Gewalt unter der hehren Devise von Liberalität, Event-Kultur und großstädtischer Toleranz sanktioniert. Keiner der Staatsanwälte, die mich wegen ›Fluchtgefahr‹ in Haft nehmen ließen, würde auch nur einen Finger rühren, um den tieffrequenten, krankmachenden Radau dorthin zu verbannen, wo er niemanden mehr maltraitiren könnte: in die Wüste Gobi meinetwegen, oder aufs antarktische Schelfeis. Und Sie, Frau Doktor? —: halten es augenscheinlich ebenfalls mit den stärkeren Bataillonen, mit den Mächtigen und Besitzenden. Sie glauben mir nicht, das sehe ich deutlich; Sie halten meine Einlassungen für Trug, für Schwindel.«

Kühl erwiderte ich: »Ein Urteil darüber, ob Ihre Behauptungen Trug und Schwindel sind, steht mir nicht zu. Ich bin Ärztin, nicht Kriminalistin. Ihre Aussagen sind mir weniger wichtig als ihr *Modus*, ihr *Ton*, die Zwischentöne Ihrer Sätze, der Gestus Ihrer Syntax, der Ausdruck Ihrer Worte, der Klang des Gesagten. Und alles Nichtgesagte, Verschwiegene, Verdrängte, Geleugnete interessiert mich natürlich auch.« Und setzte hinzu: »Aber lassen wir es damit gut sein. Ich danke Ihnen für Ihre Gesprächsbereitschaft.«

Unsere Zeit war um. Ein Vollzugsbeamter trat ein; ich erhob mich, meinen Stahlrohrsessel zurückschiebend, und verabschiedete mich von Abendroth, der gleichfalls aufgestanden war, mit Handschlag. »Auf Wiedersehen *in foro*«, sagte er, »und entschuldigen Sie meine Décontenance.«

»Keine Ursache«, gab ich zurück und wollte mich schon retirieren, als A. mir, bevor sich wieder die Handschellen um seine (bemerkenswert schmalen) Gelenke schlossen, ein »Abschiedsgeschenk« überreichte, das ich sofort zurückwies, da ich mich mit jeglicher Vorteilsannahme der Bestechung schuldig und somit strafbar machen würde. Er entgegnete, dann möge ich es eben nicht als Geschenk ansehen, sondern als Dokument den übrigen Materialien meiner Akten einverleiben, und ließ es liegen auf dem Schreibtisch. Es handelte sich um eine DVD mit der Dokumentation der Ballade *An Baile Atá Láimh Léi Siúd*, gesungen von Pádraig Ághas, die das irische Fernsehen 1967 in einem namenlosen Pub des Dorfes Baile na nGall auf der Halbinsel Corcaguiney in der Grafschaft Chiarraighe aufgezeichnet, aber nie ausgestrahlt hat.

foxhunter's delight

Während sich Rose auf ihrer Tournee am 2. Oktober 1979, bei einem Zwischenstop in der Grafschaft Tipperary, von Séamus Ennis, dem Storyteller, Grandseigneur und Altmeister des irischen *uilleann pipes playing*, in der Wohndiele seines Farmhauses zu Clonmel eine kleine tonmalerische Tanzsuite vorspielen ließ, die Klangsymbole für *dogs barking, horses galloping, horn sounding* in den *Foxhunter's Jig & Reel* flocht — während die Freunde Yberseindt, Fox und Birthwhistle 600 km weiter östlich, auf der britischen Nachbarinsel, im Studiolo beisammensaßen und über musikalische Dinge sprachen, von denen sie wußten, daß außer ihnen dreien kaum jemand einen Gedanken an solche Quisquilien verschwenden würde — und während im Parterre Mrs. Pundhjab den Anruf Oberst Marstons aus einer Telefonzelle entgegennahm, der durchgab, er werde sich verspäten, sie möge den Herrschaften ausrichten, er stecke im Straßentumult fest, eingekeilt zwischen zwei gegnerischen Demonstrationszügen, die sich wechselseitig blockierten und den Verkehr in der Innenstadt Brightons vollständig zum Erliegen gebracht hätten (»Undisziplinierter Haufen«, schnarrte er in den Hörer, »pity the army doesn't intervene. 2nd Brigade! Müßte seitlichen Zangenangriff starten — counteracted by troopers from the opposite direction — dann frontal avanciren und mit leichter Artillerie die Bolshies einkesseln und kartätschen. But what would you expect. From a Labour Prime Minister! — Lauter, Miss Curry! Ich höre nichts. Was? Wie heißt der neue seit dem 3. Mai? Thatcher? Klingt nicht nach guter Familie, wie? Eher nach ›Besenbinder‹, ›Dachdecker‹ oder ›Strohflechter‹. Lower class, obviously. Are you sure, Miss Curry, this thatcher — he isn't a Whig, is he?«) —

— während alldessen legte Charles Swindon gegen 11:30 a.m. die Zeitung beiseite, die ihm in Malmesbury zugestellt worden war, in ganz Brighton aber streikbedingt nicht hatte ausgeliefert werden können, und rieb sich die dicken Brillengläser an den Ärmeln seiner Strickjacke sauber. Heute war Birthwhistles Artikel erschienen unter der Überschrift »The Grand Classical Piano Swindle«. Er erstreckte sich über zwei volle Zeitungsseiten zu je vier Spalten in 11pt-Times New Roman, war akkurat recherchiert, zurückhaltend, nicht anklagend formuliert, wenn auch mit sarkastischen Ausfällen gegen die Tonträgerindustrie und ihre haarsträubenden Machenschaften — und vielleicht hätte Swindon die Reportage mannhaft hingenommen, sie lediglich mit einem Leserbrief, einer Gegendarstellung pariert, wie es unter Gentlemen üblich war — hätte nicht die Redaktion aus ihrem Archiv dem Text ein großes Porträtphoto Ellens eingefügt, das die Verstorbene stolz lächelnd an der Tastatur ihres Flügels präsentierte, so daß es dem Witwer jetzt vorkam, als wären die Ehre und Würde der geliebten Toten von einem Gossenjournalisten besudelt worden — so unerträglich, daß er, wie vor den Kopf geschlagen, erst eine Weile reglos verharrte, eher er mechanisch, gleich einem aufgezogenen Automaten, wie in Trance sich erhob und, ohne zuvor seine Gärtnerkleidung (eine Jeans-Latzhose, in deren Taschen noch ein paar leichte Gerätschaften steckten, eine kleine Knospenschere, ein Löwenzahnstecher, ein Pflanzmesser zum Kupieren von Zweigen und Trieben) gegen einen Straßenanzug zu wechseln, nach den Autoschlüsseln griff, das Haus verließ und sich hinters Steuer seines Range Rover klemmte, mit dem er sich gen Osten in Bewegung setzte.

Später, im Polizeiverhör, beharrte er darauf, ohne bestimmte Absicht die Richtung nach Brighton eingeschlagen zu haben; ja, doch, gab er schließlich zu, er habe Birthwhistles Adresse angesteuert, die ihm die Zeitungsredaktion auf seine Anfrage hin arglos mitgeteilt; und befragt, zu welchem Zweck er den Kritiker habe aufsuchen wollen, stotterte er nur, er habe ihn »irgendwie zur Rede stellen«, ihn »vielleicht sogar zum Duell fordern« wollen, was, wie sollte es anders sein, auf Unglauben stieß, auf Kopfschütteln: man lebe ja schließlich nicht mehr im 18. Jahrhundert; da möge er sich schon bitte nach einer besseren Ausrede umsehen.

Unterdessen gab Yberseindt im Studiolo aus besagtem 18. Jahrhundert ein Stücklein zum besten, das seine Freunde nicht wenig frappierte. »Darf ich Ihnen ein Rätsel aufgeben?« begann er. »Meine Preisfrage lautet: Wen dürfen wir als geistigen Vater der vergleichenden Musikwissenschaft und der systematischen Musikanalyse ansehen?«

»Hm«, brummte Birthwhistle und legte die Stirne in Falten. »Give us a hint«, bat Fox. »Ich fürchte, ohne nähere Explikationen werden wir nicht darauf kommen.«

»Geboren ist der Mann sieben Jahre vor Mozart und gestorben fünf Jahre nach Haydn. Zu seinen Schülern zählen Pixis, Winter, Danzi, Kraus, Weber und Meyerbeer.«

»Ein Deutscher?«

»What would you expect. Mizler, Scheibe, Mattheson, Forkel, sie alle haben ja einen Typus des deutschen Gelehrten repräsentiert, den heutige Universitäten kaum mehr hervorbrächten. Ein Denkmal, das an ihn erinnert, steht auf dem Mathildenplatz in Darmstadt.«

»Darmstadt? Bin ich zum Glück nie gewesen«, knurrte Birthwhistle. »Obwohl, die Ferienkurse für Neue Musik ... Boulez, Adorno ... Vielleicht meinen Sie diesen verrückten Orgel-Experimentator, der sich im Alter mit der Konstruktion eines *Triorganon* ruinierte, einer Riesenorgel mit drei Spieltischen, für St. Michaelis? Der sich ein *Orchestrion* baute, ein Portativ mit 4 Manualen, Registerzügen, Pedal, Jalousieschweller? Oder ein *Octochord*?«

»Sie kommen dem Gesuchten schon recht nahe«, zwinkerte Yberseindt listig, und Fox fiel triumphierend ein: »Ach so! Abbé Vogler! Ja freilich. Der spielte am 29. November 1800 in der

Berliner Marienkirche, und der Programmzettel kündigt an: *1. Präludium und Fuge mit vollem Werk. 2. Terrassenlied der Afrikaner. 3. Doppelkonzert für Flauto und Fagott. 4. Mohammedanisches Glaubensbekenntnis. 5. Spazierfahrt auf dem Rhein, vom Donnerwetter unterbrochen. 6. Choral O Haupt voll Blut und Wunden.* Die Rezension lobt den besonderen Eindruck, den das ›Donnerwetter‹ machte, indem der Organist *mehrere Pedaltasten zu gleicher Zeit niedertrat und den Wind der Trompeten und anderer brausender Baßregister ohne Harmonie und Rhythmus und ohne Spiel lange auf der Klaviatur fortsausen ließ.* Und den Sturz der Mauern von Jericho schilderte er auf der Orgel, indem er, wie es anderswo heißt, *mit beiden Armen so viele Tasten niederdrückte, als er erreichen konnte, und zwar auf dem vollregistrierten Manual.* Das wäre also der erste dokumentierte Gebrauch von Clustertechnik in der Musik.«

»Ja, schon«, gab Birthwhistle zu bedenken, »aber weist das Vogler als modernen Experimentalkomponisten aus — oder als Blender und Effekthascher? Das Programm, das Sie zitierten, erinnert doch eher an eine Zirkus-Schaubude, einen Orbis pictus, an ein *Aus-aller-Welt*-Panoptikum, wie es sich wohl gerade in Berlin besonderer Beliebtheit erfreuen durfte, oder?«

»Berücksichtigen wir«, plädierte Yberseindt milde, »daß diese Sachen nicht notiert, sondern *improvisiert* wurden, mit dem Verzicht auf einen emphatischen Werkcharakter also die Lizenz zum freien Spiel mit Bildern und Assoziationen sich erborgten. *Wirkung* durfte hier an die Stelle ästhetischer Autonomie treten. Georg Joseph Vogler wuchs im Fränkischen auf, schrieb sich 1763 an der Humanistenklasse der Universität Würzburg ein, studierte dann drei Jahre Theologie in Bamberg, wurde nach Empfang der geistlichen Weihen Hofkaplan in Mannheim, hielt sich daraufhin drei Jahre zu Studien in Italien auf und lebte dann als Kapellmeister, Musiktheoretiker und -pädagoge erst in München, danach in Schweden. 1792 machte er eine Studienreise über

Portugal nach Gibraltar, Karthago, Tanger und Athen; offenbar wollte er in Nordafrika seine These verifizieren, welche besagte, das Urmodell des Gregorianischen Gesangs ließe sich in der griechischen und arabischen Volksmusik finden. Später wechselte er Jahr um Jahr seine Wirk- und Wohnstatt, von Kopenhagen über Berlin über Prag über Wien bis Darmstadt: ein weitgereister, gelehrter Mann mithin, gebildet, intelligent, mit einem unsteten Leben voller Kurzzeit-Erfolge in einer turbulenten Epoche, ein Netzwerker, Projekteschmied und Kommunikationstalent —«

»— wie wir heute sagen würden«, spann Fox lachend den Faden fort, »und wohl zugleich doch auch ein Ekel, arrogant und inkompetent. ›Das ganze orchestre von oben bis unten mag ihn nicht‹, schreibt Mozart an seinen Vater aus Mannheim, wo er sich im Winter 77/78 aufhält, und läßt keinen Zweifel daran, für wen er Vogler hält: für einen Scharlatan, einen Blender,

Schmeichler, Schleimer, Opportunisten, einen grottenschlechten Compositeur, einen ›Narren, der sich einbildet, daß nichts besseres und vollkommeners seye als er‹. Mozart schildert dem Vater, wie der Abbé auf der Orgel eine Fuge improvisiert: mit einem nichtssagenden Thema aus Tonrepetitionen, das sogleich falsch fortgesetzt wird in katastrophal mißtönender Stimmführung, ein Ohrengraus, eine Qual.«

»Was natürlich auch das ewige Ressentiment des Praktikers gegenüber dem Theoretiker bezeugt«, gab Yberseindt zu bedenken, »und den natürlichen Neid des ehrgeizigen, erfolglosen Genies auf die Mediokrität, die am Hof des Kurfürsten Carl Theodor ihre Schäfchen ins Trockene gebracht hatte. Aber ja, den Opportunismus wird man Voglern nicht absprechen können. Ins Finale seiner ›Baierischen Nazional-Sinfonie‹ in C-Dur aus München fügt er Chorstrophen des Liedes *Ich bin ein Bayer* ein — und bietet hierauf ebendasselbe Lied mit dem Text *Ich bin aus Hessenland* in Darmstadt feil.«

»Kurios auch seine Deutschtümelei in der Übersetzung musikalischer Nomenklatur«, ergänzte Birthwhistle. »Aus Tonika wird *Hauptton*, aus Kadenzen werden *Schlußfälle*, aus der Dominantsept eine *Unterhaltungssiebente* etcetera — das mutet heute komisch an, aber Eindeutschungen von Vortragsbezeichnungen finden wir um 1814 auch bei Beethoven. Mozarts Altersgenosse Kraus, Voglers hessischer Landsmann, den es wie ihn nach Schweden verschlug, strebte ebenfalls nach solchen, patriotisch überhöhten, Germanizismen.«

»Jedenfalls dürfte es dem Abbé an Selbstwertgefühl nicht gemangelt haben«, fügte Yberseindt bei. »In seiner *Tonschule* zitiert er eine (wahrscheinlich fiktive) Besprechung der Mannheimer *Messias*-Aufführung vom 1.11.1777, eine Kritik, in welcher, wie Vogler behauptet, der Rezensent — de facto also wohl er selbst — geschrieben habe, daß Händels Oratorium, weil es das Publikum zu Tode gelangweilt, nach der Hälfte abgebrochen werden mußte — daß dann aber *ein Magnificat von Vogler die eingeschlafenen Hörer nicht nur wieder zum Leben geführet, sondern ein Wonnegefühl in uns erreget hat, das nicht zu schildern ist.*«

Ein Wonnegefühl war es nicht, was Charles Swindon über die Landstraßen nach Südosten scheuchte. An einer *BP Station* machte er halt, tankte den Wagen voll, suchte das *Gents* auf und kaufte sich beim Bezahlen seiner Tankfüllung noch eine Tafel

Cadbury's Mint Chocolate, dazu eine Rolle seiner geliebten *McVitie's Digestives.* »Thank you, Sir.« Dann setzte er sich wieder ans Steuer, gab Gas und fuhr weiter. Es war jetzt ca. 2:30 p. m.; die Wolkendecke lockerte sich; hier und da brach die Sonne durch; die Straßen waren frei.

Etwa zur gleichen Zeit stellte Fox in Brighton die Frage, ob das Mißverständnis, dem Mozart und die Mannheimer erlegen seien — ein großer Theoretiker müsse nicht notwendig ein großer Musiker sein, was übrigens auch umgekehrt gelte: ob Rameau, der zweifelsohne einer der größten Musiker gewesen, als Theoretiker den gleichen Rang behaupten dürfe, wage er nicht zu entscheiden —, nicht auch Voglers *eigener* Irrtum gewesen sei. Ob man folglich mit seiner Selbstüberschätzung nicht Nachsicht üben müsse. Um zu einem Blender, Trickser, Hochstapler werden zu können, müsse das Milieu, in dem einer sich tummele, schon ein erkleckliches Scherflein beitragen zur Fama des Gerühmten, so daß einem Gelehrten bei allem Scharfsinn, für den allein man ihn rühmt, leicht aus dem Blick geraten könne, was ihm zum Compositeur fehlt — in Mozarts Kategorien: *Gusto*, also Geschmack, Gefühl für das Rechte, Gute und Schöne, *Wissenschaft* im Sinne von allgemeiner professioneller Kompositionstechnik, und *Expreßion*, nämlich Ausdrucksvermögen.

»Völlig richtig«, lobte sein Mentor. »An Schmeichelei und Ehrbezeigungen ließen es die Städte und Residenzen, durch die der Abbé mäanderte, ja nicht fehlen. Vogler brachte es zuletzt zu den Titeln: Päpstlicher Erzzeuge, Ritter vom Goldenen Sporn, Erzkämmerer des Apostolischen Palastes, Pensionär Seiner Majestät des Königs von Schweden, Königlich Bayerischer Geistlicher Rat, Hofkaplan und Hofkapellmeister, Großherzoglich Hessischer Geistlicher Geheimer Rat und Großkomtur des Verdienstordens, Mitglied der arkadischen Gesellschaft in Rom, Ehrenmitglied der Akademien der Künste und Wissenschaften in München, Paris und Livorno sowie unserer Royal Society London, der polytechnischen Gesellschaft zu Würzburg und mehrerer Gelehrter Gesellschaften im Königreich Schweden.«

»Vergessen wir auch nicht«, schob Yberseindt ein, »daß Voglers theoretisches Lehrwerk von den Kollegen weidlich rezipiert wurde. Mozart hielt dem Vater, der ja selber ein Lehrwerk publiziert und sich interessiert gezeigt hatte, ein Exemplar des Buches bereit, das ihm Vogler offenbar aufgedrängt und das er dann, als der Vater ihm schrieb, er besitze es schon, auf seine Paris-Reise mitnahm und zu lesen vorgab — ob er's wirklich getan, wage ich zu bezweifeln. Wir aber, liebe Freunde, sollten uns vielleicht noch einmal sine ira, aber cum studio Voglers Kompositionen vornehmen, etwa sein Requiem von 1809, das in Harmonik und Instrumentation schon auf Berlioz vorausweist, oder seine d-moll-Sinfonie aus Paris von 1782, ein überraschend schönes, inspiriertes Stück Sturm und Drang, dessen Schönheiten augenblicks alle Fragwürdigkeiten, über die wir sprachen, vergessen lassen.«

Charles Swindon hatte kein Auge für die Schönheiten der Countryside, auf deren gewundenen Landstraßen sein Rover ostwärts sich bewegte. Warum er für seine Fahrt nicht den schnurgeraden Weg auf der *M4 to London* nahm, konnte er später nicht erklären; statt dessen ließ er sich in gemächlichem Tempo auf diversen National Roads treiben, die von Wiltshire über Hampshire und Wessex nach East Sussex sich schlängelten und ihn in seinem gleichmütig brummenden Gefährt durch Städte führten, die das Entzücken jedes Reisenden gewesen wären, alte malerische Ortschaften wie Marlborough, Hungerford, Newbury, Basingstoke, Farnborough, Aldershot, Godalming, Witley und Horsham, ländliche Marktflecken, von römischen Ruinen und keltischen Steinkreisen und Grabhügeln bewacht, verschlafene Nester mit Gasthäusern im Tudor-Fachwerkstil, Apotheken, Viehmärkten, *Town Halls* mit krumm überkragenden Giebeln, Rautenfenstern, schiefen Erkern und bronzenen Gildetafeln über der Tür, die im Winde schwankten und knarrten — Swindon nahm nichts davon wahr.

Verbissen steuerte er den Rover seinem Ziel entgegen. Weder die *green pasture hills and valleys*, die *enchanting villages and hamlets* mit ihren *steep and cobbled streets*, ihren *half-timbered black-and-white houses, old shops* und *thatched roofs,* noch die Schulbuben, Milchkarren, Marktbauern, Postboten auf ihren klapprigen Fahrrädern, die ihm begegneten, konnten ihm den einen, einzigen Drang verscheuchen, der sein Denken seit Stunden besetzt hielt: daß seiner Frau ein Unrecht geschehen sei und es jetzt an ihm, dem Gatten der Pianistin sei, die Waage, die von den Zeitungsschmierern so empörend ins Schiefe gehängt, auf irgendeine Art wieder ins Gleichgewicht zu bringen. Nicht um Tatsachen ging es hier — an den Fakten, die Birthwhistle korrekt dargestellt hatte, war nicht zu rütteln —, sondern um das hehre Motiv seines Tuns, das dem Liebenden wie dem Künstler sofort einsichtig wäre, dem Journalisten dagegen wohl ewig fremd bleiben müsse, daher denn dieser, der Zeilenprostituierte, der Fünf-Groschen-Literat, in der Angelegenheit nicht das letzte Wort behalten dürfe.

Erst als Swindon, unbehindert von den Turbulenzen der Innenstadt, gegen 4:30 p. m. die Randbezirke Brightons erreicht hatte und seinen Weg zum Hause des Kritikers suchte, wurde ihm bewußt, daß er unter der Strickjacke noch seinen Gärtnerblaumann samt einigen Kleinwerkzeugen trug: ein lächerlicher Aufzug, gewiß, aber darauf sollte es nun auch nicht mehr ankommen. Unweit des Hauses fand er einen Parkplatz für den Wagen, stieg aus, schritt über den kurzen Steinplattenweg und die drei Entrée-Stufen hinauf zur georgianischen Türe, versicherte sich noch einmal der korrekten Adresse und drückte den Klingelknopf.

Natürlich erwarteten die drei Herren, die im zweiten Obergeschoß über Abbé Vogler den Kopf sich zerbrachen, keinen Besuch; der Colonel hatte ja gemeldet, daß er sich verspäten würde; vom Erscheinen des Zeitungsartikels wußten sie nichts; und so lag es nahe, daß Birthwhistle, unwillig ob der Störung, durchs Treppenhaus hinunterrief »Who's there? Would you please have a look, Curry!« — was die Haushälterin auch ohne Aufforderung getan hätte.

Swindon stutzte und wich etwas zurück, als er beim Aufgehen der Türe eine ›Inderin‹ im roten Sari mit blauseidenem Kopftuch vor sich stehen sah, die aus großen Augen zu ihm aufschaute und ihn mit leiser Stimme fragte, was sein Begehr sei. Dann faßte er sich wieder und fragte: ob er einmal kurz Mr. Birthwhistle sprechen dürfe?

Mrs. Pundhjab hielt ihm die Türe auf — und schüttelte den Kopf. Dies galt ihm, der mit dem *nervous tic* der exotischen Dame nicht vertraut war, als Ablehnung. Bekümmert nickend ob der vermeintlichen Zurückweisung murmelte er einen Dank und wandte sich, wobei die Empfangsdame verwundert ihm nachblickte, zum Gehen — ohne zu bemerken, daß Fox, der an einem der drei fußbodentiefen *Georgian windows* des Studiolos gestanden und nahezu senkrecht zur Eingangstüre hatte hinabschauen können, den Überraschungsgast im Gespräch mit Mrs. Pundhjab sofort erkannt hatte. Seinen Freunden noch ein hastiges »Swindon ante portas!« zurufend, eilte er schon die Treppe hinab — »Bringen Sie ihn rauf!« rief ihm sein Mentor nach —, wäre dort beinahe über den schwarzen Kater gestolpert, der seinen Weg kreuzte, hetzte durch die Diele und lief, die Stufen hinunter, dem enttäuschten Besucher nach, der seine Schritte vom Entrée-Weg soeben aufs Trottoir lenken wollte, als ihn der Ruf »Warten Sie, Sir!« zum Innehalten und Umdrehen veranlaßte.

Swindon hatte den Verfasser der Rezensionen, die er gelesen, nie von Angesicht, nie *in persona* kennengelernt und über sein Aussehen nie Spekulationen angestellt; man muß es ihm folglich nachsehen, daß er annahm, bei dem kleinen schlanken, feingliedrigen Mann, der ihm nachgelaufen, handele es sich um den Kritiker — den er zugleich als jenen Besucher erkannte, der vor Wochen ihm ins Parterrefenster gespäht und sich heimtückisch als unbedarfter »Fan« ausgegeben hatte. Welche Niedertracht!

Unmäßiger Zorn kochte in Swindon auf beim Anblick dieses Oxbridge-Schnösels, dieses Schnüfflers und Betrügers, der erst zum Ausspionieren sich eingeschmeichelt und dann sein *trespassing*, welches Swindon mit gastfreundlichster Courteoisie beantwortet, zur Ausbeutung und Denunziation seiner, Swindons, künstlerisch wie moralisch gleich erhabenen Lebensstrategien mißbraucht hatte, aus Geltungssucht zweifellos, aus Eitelkeit, publizistischer Raffgier und Skrupellosigkeit. Die Wut, die in ihm aufstieg, machte, daß er seine Rechte in der Hosentasche zur Faust ballte, und der Affektstau, der seinem ganzen Leben die Prägung gegeben, löste sich erst in dem Moment, da die Faust wie von selbst um den Griff des japanischen Pflanzmessers sich schloß, das ihm in der Tasche steckte.

Alles vollzog sich im Verlauf von etwa fünf Sekunden: Swindon trat einen Schritt auf Fox zu, hob den Arm und stieß ihm mit großer Wucht die 124 mm lange, äußerst scharfe Klinge besagten Messers in die Brust, wobei jene erst die Wolle seines blauen Kaschmirpullovers durchstach, dann die Baumwolle des karierten Barbourhemds darunter, dann die Haut zwischen dem zweiten und dem dritten linken Rippenbogen, dann die Brustmuskulatur und zuletzt die Herzschlagader perforierte; schnell zog er die Klinge wieder heraus, ließ das corpus delicti auf den Gehweg fallen, wandte sich um und schritt, während Fox sich einkrümmend niedersank, wortlos und langsam wie ein Nachtwandler davon.

Die Freunde am Fenster waren Zeuge dessen geworden, was sich zugetragen, und nach einer Sekunde der Schockstarre, des Entsetzens, sofort mit den in alle Richtungen panisch auseinanderstiebenden Katzen die Treppe hinuntergestürzt — mehr gestolpert als gerannt —, und während Birthwhistle nach *Ambulance* und *Police* telefonierte (und zur Auskunft erhielt, diese versuche ihr Bestes, könne aber ausgerechnet heute für rasches Eintreffen nicht sich verbürgen), lief Yberseindt aus dem Haus, vor dem bereits Mrs. Pundhjab sich des Schwerverletzten annahm, und eilte hinter dem gemächlich, wie in Hypnose Davonschlendernden her, um ihn zu stellen. »Halt, stehenbleiben!« schrie er dem Attentäter nach — der die Zitterstimme sofort erkannte — »der also auch, sein Komplize«, dachte er nur — und, haltmachend, sich umwandte, wobei er bedauerte, daß er das gute Messer so achtlos weggeworfen — aber was ertasteten seine Finger denn da noch Schönes in der *linken* Hosentasche? Ja richtig, wunderbar, den Löwenzahnstecher, 20 cm lang, scharf und spitz, den Ellen für 2 £ 25 d im Ausverkauf bei *Marks & Spencer* erstanden und ihm zum letzten Weihnachtsfest geschenkt hatte: den packte er mit der linken Faust und trat einen Schritt auf den Émigré zu.

Nun sollte aber kein Rechtshänder den Fehler begehen, seiner linken Hand die gleiche Kraft und Zielsicherheit zuzutrauen wie seiner Rechten; auch hätte jemand, der sich so mannhaft gegen Zumutungen zur Wehr setzen wollte, gut daran getan, vorher kurz über die Schulter zu blicken, ob nicht jemand sich näherte, der ihm das Vorhaben womöglich vereiteln würde. Swindon aber hatte, als er den Arm gegen Yberseindt erhob, nicht achtgegeben; noch ehe er zustechen konnte, wurde ihm von einem, der sich ihm von hinten mit zunehmend rascheren Schritten genähert, der Arm mit solcher Wucht niedergerissen, daß es ihm die Waffe aus der Hand schlug, und gleich darauf schlossen sich um seine beiden Arme und Hüften wie ein Schraubstock die Arme eines bedeutend Kräftigeren, als er es war — Arme, die ihm zum Atmen kaum noch die Luft ließen, so eisern war die Umklammerung des Fremden hinter ihm, von dem Swindon im äußersten Augenwinkel nur ein Paar marineblauer, mit Goldknöpfen besetzter Ärmel erspähen konnte.

»Loslassen!« keuchte er, versuchte auch, nach hinten auszuschlagen gleich einem störrischen Gaul, aber sein Bezwinger wich geschickt den Tritten aus und schnurrte ihm ins Ohr: »How now, Sir. You better keep still. Tight grip, isn't it? Von meinen

Gurkhas gelernt. Brave boys. Learned it in swampy Indochina, call it *python's stranglehold* down there. Know that snake? Creeps through those bloody Celebes and Borneo jungles, looking for prey. Solange sie den Puls ihres Opfers spürt, drückt sie zu. Slow suffocation. Verschlingt die Beute erst dann, wenn sie nicht mehr atmet. See my point? So better don't stop breathing. Let's wait for the police. Might take some time today. Those effing strikes, ts! 'Tis a shame. Traffic congestions all around, the whole country on the brink of suffocation, yet another python's stranglehold, it seems. So enjoy and relax; remember Monty Python!«

Yberseindt war unterdes zurückgerannt zum Haus, vor dem Birthwhistle und Mrs. Pundhjab zu seiten Foxens in die Knie gegangen waren. Dieser blutete stark aus seiner Wunde, auch aus Mund und Nase, wollte noch etwas sagen, brachte aber nur mehr ein Röcheln heraus. Die Haushälterin hatte sich seinen Kopf auf den Schoß gebettet; der Kritiker klopfte ihm, der kurz davor war, das Bewußtsein zu verlieren, sacht die Wangen und flüsterte: »Wachbleiben, Fox! Don't cut off. Was wäre Lion ohne Lamb oder Hold ohne Unhold? Wir brauchen Sie. Lassen Sie mich hier nicht allein. Soll ich im Pub etwa Bingo spielen mit den Damen von der Laundry? Oder Dart-Pfeile werfen? Mit dem Pfeil, dem Bogen, kommt der Schütz gezogen? Sehen Sie her! Blicken Sie mich an!«

Aber Fox sah nichts mehr. Die Pupillen wurden starr, blicklos, ausdruckslos glitten sie davon, ins Obere der Augenhöhlen, bis nur noch das Weiße der Augäpfel sich zeigte unter den Lidern; auch die Atmung hatte ausgesetzt. Yberseindt fühlte nach seinem Puls, aber das Herz hatte aufgehört zu schlagen. »Versuchen Sie, Rose zu erreichen in Irland, Ariel«, bat Birthwhistle. »Ein Zettel mit der Nummer klebt am Telefon.«

Der Colonel stand weiter unbewegt, ganz *Royal Oak*, mit seinem Gefangenen auf dem Trottoir, als endlich in der Ferne das schrille Jaulen der Polizei-Sirene zu vernehmen war, und es schien eine kleine Ewigkeit zu währen, bis ein alter, klappriger

Ambulance Car, gefolgt von einem *Police Car*, mit Blaulicht um die Ecke bog und die Straße hinan sich quälte. »Leased from the Royal Medical History Museum, I suppose«, *s*cherzte Birthwhistle, während ihm die Tränen über die Wangen rannen.

Die drei Polizisten, die ihrem Auto entstiegen, taten, was von ihnen erwartet wurde. Einer nahm Protokolle auf, telefonierte um Verstärkung und forensisches Personal; die anderen führten Swindon, nachdem sie ihn über seine Rechte informiert, in Handschellen zum Wagen ab. In der Zeitung, die am folgenden Tage erschien, als mit der Normalisierung des Straßenverkehrs auch die Auslieferung der Druckerzeugnisse und der Post wieder aufgenommen wurde, würde stehen: *Police asked witnesses to come forward.* Und weiter unten würde zu lesen sein: *Sie gingen hin, und verwahreten das Grab mit Hütern, and sealed off the premises.*

Dem Notarzt, der sich aus seinem altersschwachen Krankenwagen gezwängt, blieb nichts weiter zu tun, als einen Totenschein auszustellen für das amtliche *postmortem.* Zwei Sanitäter schurrten aus dem Ambulance Car eine Trage und näherten sich zum Abtransport des Leichnams den Personen, die am schwarzen Gitterzaun vor dem weißen Hause sich gruppiert: Yberseindt im Gespräch mit dem Arzt, Oberst Marston und Birthwhistle bei der Zeugenaufnahme durch den Police Officer, dazwischen unbewegt im Lotossitz verharrend Mrs. Pundhjab, die das Haupt des Toten weiterhin im Schoß gebettet hielt und ihr blaues, federleichtes Seidentuch ihm sacht über das erstorbene Gesicht gebreitet hatte.

Mit geschlossenen Augen und ausdrucksloser Miene saß sie so auf den Platten des Gehwegs, eine *Pietà* ohne Regung — nur mit dem Kopfe immerdar schüttelnd, schüttelnd, ununterbrochen, *to and fro*, und es sah so aus, als wollte sie überhaupt nie wieder aufhören, den Kopf zu schütteln, in æternum, in vitam venturi sæculi, in remissionem peccatorum.

gutachten

Der Vorsitzende der 2. Schwurgerichtskammer am Landgericht Osnabrück hat mich auf Grundlage der Strafakte *AZ 10 Ca 475/09* beauftragt, gemäß § 20 StGB ein diagnostisches und prognostisches fachärztliches Gutachten über die »Schuldfähigkeit« des Dr. Claus-Henning Abendroth [im folgenden abgekürzt A.] zu liefern, den die Staatsanwaltschaft des Totschlags in einem minder schweren Fall nach § 213 StGB bezichtigt.

Die Einzelheiten der Klageschrift brauchen hier nicht referiert zu werden; sie sind dem Gericht bekannt. A. bezeichnet sich als »nicht schuldig« im Sinne der Anklage.

Der neurologische Befund des A. zeigte keine Auffälligkeiten. Blutdruck 140/80 — Körpergröße 1,72 — A. ist Brillenträger. Pupillen: rund, gleich weit, reagieren prompt auf Licht und Nahesehen; Augenbewegungen frei — Nystagmus nicht festzustellen — Augenhintergrund ohne Stauungszeichen.

Zum Befund zählen ferner: regelrechter, seitengleicher Reflexstatus — keine pathologischen Reflexe — keine extrapyramidalen Symptome — keine Paresen — auch Tonus, Trophik, Koordination, Sensibilität sind o. B..

In linksseitiger Extremität leichter Tremor, Ursache unklar. Am peripheren und zentralen Nervensystem war kein Befund von Krankheitswert festzustellen.

Anamnestisch keine Besonderheiten: mehrmals Mittelohrentzündung im Kindesalter —im Alter von 18 Jahren Appendix-Ektomie — keine weiteren OPs oder ernsten Erkrankungen. Keine hereditären Belastungen in Gestalt von Schwachsinn, Diabetes, Parkinson, MS, Depressionen o. dergl. in der Familie — kein Auftreten von Geistesstörungen etwelcher Art unter Angehörigen.

A. kam willig ins Untersuchungszimmer und machte einen äußerlich gepflegten, stimmungsmäßig ausgeglichenen Eindruck.

Er war bewußtseinsklar, zeitlich, örtlich und persönlich richtig orientiert. Er verhielt sich höflich und situationsgerecht. Bei der gezielten Exploration war er kontaktbereit, zugänglich, aufgeschlossen und (bisweilen fast allzu) mitteilsam. Nur zur Sexualität verweigerte er Auskünfte, meinte, solche Privatissima gingen »keinen etwas an«. Im übrigen berichtete er flüssig, chronologisch geordnet, und zeigte eine ungestörte sprachliche Ausdrucksfähigkeit bei gutem Wortschatz. Der Gedankengang war formal und inhaltlich intakt. Nichts daran sprach für Wahnideen, Sinnestäuschungen oder beginnenden arteriosklerotischen Altersabbau. Mimik, Motorik, Antriebs- und Stimmungslage schienen nicht krankhaft verändert; auffällig waren allenfalls Anzeichen einer gewissen mühsam behaupteten Selbstkontrolle, einer angestrengten Selbstbeherrschung, die sich in geschwollener oder gespreizter Redeweise kundgab, einer mit vielen Fremdwörtern in Schachtelsätzen geschraubten Diktion, die sich nur selten zu lockern vermochte. Das Intelligenzniveau ließ keine wesentlichen Lükken erkennen. Ein Schwachsinn liegt nicht vor, auch kein Hinweis auf eine hirnorganisch bedingte Wesensänderung oder eine Hirnleistungsschwäche. Auffassung, Aufmerksamkeit, Konzentrationsvermögen, Gedächtnis und Merkfähigkeit waren ohne Einbußen. Insgesamt machte A. einen psychisch unauffälligen Eindruck. Depressive Erscheinungen waren zu keiner Zeit, auch nicht bei Besprechung der Tatumstände, zu erkennen. Negative Affekte wurden, wenn sie im Gespräch aufzukommen drohten, sogleich zurückgedämmt, umgebogen, selbstironisch gebrochen oder mit nachgerade chinesischer Höflichkeit bedauert.

Der Psychiater könnte es damit sein Bewenden haben lassen und ohne viel Federlesens konstatieren, daß nach § 20 eine »Schuldunfähigkeit wegen seelischer Störungen« bei A. nicht vorliege. Der Paragraph sagt: *Ohne Schuld handelt, wer bei Begehung der Tat wegen einer krankhaften seelischen Störung, wegen einer tiefgreifenden Bewußtseinsstörung oder wegen Schwachsinns oder einer schweren anderen seelischen Abartigkeit unfähig ist, das Unrecht der Tat einzusehen oder nach dieser Einsicht zu handeln.*

Damit wird allerdings vorausgesetzt, daß wirklich eine Tat und nicht lediglich ein Geschehen vorliegt. A. leugnet die »Tat«, die ihm auf Grundlage kriminalistischer Forensik vorgehalten wird. Damit steht Aussage gegen Aussage, und sofern der Angeklagte seine Version des Geschehens nicht noch modifiziert oder spätestens in foro revidiert, ist — da es keine für die ›Tat‹ relevanten Zeugenaussagen gibt — ein Indizienprozeß zu erwarten, dessen Verfahren immer heikel sein muß und dessen Ausgang ungewiß ist. Die entscheidenden Tatsachen, auf die der Psychiater sich zu stützen hat, sind insofern weniger Fakten als vielmehr Hypothesen, Behauptungen, Vermutungen auf seiten der einen Partei — und auf seiten der anderen (die er beurteilen soll), von den o. a. stationären Befunden abgesehen, ebenfalls nur Aussagen, also Wörter und Sätze, die dann, wenn sie der Logizität und Kohärenz nicht entbehren, ihr eigenes Recht geltend machen dürfen auch dann, wenn sie vom Gericht in Zweifel gezogen werden. Die Gutachterin darf sich nicht anmaßen, über ihren Wahrheitswert zu entscheiden. Alles, was in ihre Zuständigkeit fällt, ist: die Äußerungen des Beklagten so, wie sie fallen, ernstzunehmen, zu verstehen und zu interpretieren — dies aber nicht auf Grundlage einer bona fide vorausgesetzten Wahrscheinlichkeit oder Wirklichkeitsadäquanz, sondern einzig nach Maßgabe ihrer intrinsischen Bedeutungszusammenhänge.

Terminologisch stellt der § 20 den Psychiater vor nahezu unlösbare Schwierigkeiten. Wann ist eine »seelische Störung« schon »krankhaft« — wann nicht mehr — und wann noch nicht? Was ist unter einer »seelischen Abartigkeit« zu verstehen? Wann ist diese »schwer« — wann nur leicht? Wann ist eine »Bewußtseinsstörung« schon »tiefgreifend« — wann lediglich andeutungsweise vorhanden? Niemand aus unserer Profession wird diese Fragen ein für allemal schlüssig beantworten und die besagten

Fragwürdigkeiten (aus denen eher terminologische Unsicherheit als Sachkenntnis der Legislative spricht) guten Gewissens, im hermeneutischen Handstreich, aus der Welt schaffen können —

— und wenn er sich denn doch an einer definitorischen Präzisierung versucht, die ihm der Gesetzgeber an die Hand zu geben wohlweislich unterlassen hat, dann beißt er sich daran die Zähne aus. Das Compositum »Schuld(un)fähigkeit« formuliert ja im juristischen Sinne eine Zurechenbarkeit, die Zuschreibung einer subjektiv-moralischen Schuld, die unter der Kategorie »Verantwortung« dem *objektiven* Begriff von »Schuld« als Tragik, Schicksal oder Geschick schroff widerspricht. Denn dieses von Göttern Verhängte (die *theía moira*), das aus der sophokleischen Tragödie zu uns spricht, hat seinen realen Ort ja nicht in der moralischen Entscheidungsfreiheit des Ich, sondern, nach Maßgabe eines allgemeinen Sittengesetzes, in einer übergeordneten Instanz, in einem »Daimon« oder »Überich«, in »Religion« oder »Gesellschaft«, in intersubjektiver Konvention. Doch gleich, ob wir den Schuldbegriff religiös, mythologisch, juristisch, psychologisch oder ethisch definieren (und zwar mit den unterschiedlichsten Ergebnissen) — die Vorstellung, es gebe auch nur *einen* Menschen, der ab ovo *unfähig* sein könne, Schuld zu tragen, ist nach Auffassung der Gutachterin abwegig. Wäre dies denn vorstellbar: ein Mensch, der nicht wenigstens *einmal* im Leben schuldig würde? Wer ein Verbrechen im Vollrausch begeht, unter schwerer Intoxikation von Drogen, mag bei der Strafzumessung auf mildernde Umstände plädieren — Schuld trägt er dennoch — und sei es nur die, daß er mit der Einnahme von Drogen eine reduzierte Selbstkontrolle billigend oder fahrlässig in Kauf nahm. In diesem Fall verlagert sich also das Schuldigwerden partiell von der Tat auf die vorausgegangene Intoxikation, ohne daß seine Schuld dadurch prinzipiell sich aufhöbe. Und der, den eine paranoide Psychose dazu treibt, im Wahn oder Affekt seinen Nachbarn zu ermorden, trägt *objektiv*, mag er juristisch,

d. h. subjektiv-moralisch auch exkulpiert sein, das Kainsmal der Schuld ebenso wie der mit Vorsatz handelnde, rational kalkulierende, geistig ›gesunde‹ Täter.

Im vorliegenden Falle nun liegt — gesetzt, wir glauben dem Angeklagten — eine Tat gar nicht vor — weder Mord, noch Totschlag, noch Tötung im Affekt, noch Körperverletzung mit Todesfolge, sondern nur ein Unglücksfall.

Für die Version des A. spricht, daß seine Schilderung des Tathergangs in sich stimmig ist und daß er in der Exploration einen ausgeprägt *defensiven* Charakter und kein Anzeichen von offener Aggressivität oder Kontrollverlust, kein Gewaltpotential, keine triebgesteuerten Verhaltensmuster offenbarte und auch in der Anamnese eher von Flucht- als von Angriffsbewegungen sprach. Dies habe, sagte er, für sein ganzes Leben von Kindesbeinen an gegolten. Mehrere seiner häufigen Ortswechsel deute ich als Eskapismen, zu denen auch gewisse Sublimationsstrategien zu zählen wären. A. ist ein dezidiert introvertierter Typus, eingezogen und inoffensiv, der die irische Harfe dem deutschen Adler vorzieht, körperlich ein leptosomer Astheniker, von dem allenfalls vorstellbar ist, daß er zur Verteidigung entweder sich »totstellt« oder hilflos mit den Armen fuchtelt — nicht aber, daß er je zum Angriff Schläge austeilen würde (aus, nebenbei bemerkt, auffällig schwachen Handgelenken) — und schon gar nicht gegen einen 1,95 großen, schweren Athletiker vom Typus Bölkow.

Gegen die Version des A. sprechen die Befunde der Kriminalforensik und eine Fülle von bemerkenswerten Äußerungen A.s in den Gesprächen mit seiner Gutachterin. Züge einer narzißtischen Persönlichkeitsstörung wurden darin deutlich [vgl. MÜLLER-GRAEFE, Narzißmus und Psychose, Heidelberg 1954, S. 338 ff.], desgleichen ein gestörtes Sozialverhalten im Sinne einer Entwicklungsstörung, gekoppelt mit diversen Phobien, regressiven Infantilismen, zwanghaften Distinktionsmechanismen und einem Hang zur Misanthropie [vgl. BÜRGER-PRINZ, Grundriß des phobischen Syndroms, Tübingen 1963, S. 124 et passim], eine latente Suchtgefährdung [vgl. HALLER, Wahnsinn und Sammelwahn, Kiel 1976, S. 45 f.] und mglw. eine ebenso verborgene sadistische Disposition, die aus jahrelang akkumuliertem Triebstau resultieren könnte und sich mit den o. a. Neigungen womöglich zu einem Problemkomplex verschränkte, der — wenn man der Hypothese der Anklage folgt — nach einer langen Latenzphase (und im Verein mit späteren Frustrationen, die aus sozial prekären Verhältnissen sich anhäuften und aufstauten) nur mehr in unversehens aufschießender, explosiver Gewalt sich zu lösen vermochte. (In dem aus der Kindheit berichteten »Mörderspiel« mit der Schere hingegen sehe ich kein Indiz für eine Psychopathie, sondern ein alterstypisches spielerisches Ausagieren und Abreagieren eines Affektstaus, wie es schon von KLOSTERMANN, München 1912, CHEMNITZER, Basel 1929, et aliis beschrieben wurde, sofern es sich bei jenen »Perforationen« des mütterlichen Nähbeutels nicht vielmehr um eine ödipale Sexualphantasie handelte, vgl. BERGHAUS, Frankfurt 1972, S. 377 ff.).

Bemerkenswert in diesem Zusammenhang ist, daß A.s Schilderung des Tatgeschehens bis in die Wortwahl hinein jene Traumerzählung wieder aufnahm, die er der Gutachterin aus seiner frühen Kindheit lieferte. Dieser Alp, der sich zunächst als Geburtstraum(a) deuten ließ, enthüllte sich als erstaunliche Präfiguration dessen, was Jahrzehnte später im Berliner Treppenhaus real sich zutrug. Aber ist dies denn denkbar: daß es ›Vor-Träume‹ von Geschehnissen gibt, die sich Jahrzehnte später tatsächlich ereignen? Sollte es sich dabei um eine geträumte, sich selbst erfüllende Prophezeiung handeln? Begeben wir uns da nicht auf das ungesicherte Terrain von Parapsychologie und Mythologie?

Nicht erst hier kamen der Gutachterin Zweifel, wie ernst, wie à la lettre die Auskünfte A.s grundsätzlich zu nehmen sind. Von einem professionellen Geschichtenschreiber muß ja in höherem Maße als anderswo anzunehmen sein, daß seine Einlassungen auf Fiktion beruhen *könnten*, auf jenem höheren Trug oder *Schwindel*, den er in einem Paralleltext, den er für mich schrieb und »meine englische Erzählung« nannte, exemplifizierte und begründete.

Was die Sache, über ihr Spezifisches hinaus, mysteriös macht, liegt in der Doppelnatur A.s beschlossen, also nicht nur in der Ambivalenz und Ironie, die er oft genug in Wortwahl oder Mimik zeigte, sondern in seinem Vagieren zwischen der Wahrheitsverpflichtung des studierten Wissenschaftlers und jener Lizenz zum Täuschen, zum Fingieren, die er für seinen literarischen Beruf sich ausborgen durfte.

Das schier unlösbare Grundproblem, vor das in diesem Falle Psychiater und Jurist in gleichem Maße gestellt sind, liegt in der Frage, ob diese Ambiguität, die bei A. im weitesten Sinne als ›künstlerisches Verhalten‹ bezeichnet werden darf, stets notwendig mit neurotischen Zügen einhergehen *muß* und damit das Kriterium der »seelischen Abartigkeit« nach § 20 erfüllen *könnte*, oder ob es sich hier nur um eine läßliche Deviation handelt, ein mehr oder weniger exzentrisches, aber keineswegs krankheitsaffines und daher auch nicht auf Exkulpation angewiesenes Verhalten, dem nosologisch keine schuldmindernde Bedeutung beizumessen wäre. Nota bene: Wir sprechen hier nicht über die schon in der Antike mit Sinn und Bedeutung aufgeladene Verwandtschaft zwischen Wahnsinn und Genie, sondern nur über die ganz ›normale‹, alltägliche *Große Neurose*, die allem künstlerischen Tun zugrunde liegt und mit narzißtischen, egozentrischen (nicht egoistischen!) Mustern einhergeht, die mglw. ebenso unvermeidbar wie unverzichtbar sind für jene spezifische Verhaltensform des Geistes, die man modo grosso die »künstlerische« nennt und der man per se ein gewisses Maß an Anomalie, Wirklichkeitsverdrehung und Mythenbildung gern und ohne Tadel zubilligt.

Erschwerend tritt hinzu, daß im Falle des A. unter ›Kunst‹ vor allem *Musik* zu verstehen ist — die von allen übrigen Künsten markant sich darin unterscheidet, daß ihre Wirkung, tiefer als diese, in die innersten Kammern des zentralen und vegetativen Nervensystems, des Groß- und des Zwischenhirns reicht: eine Macht, der schon die Antike Heilkräfte zugeschrieben hat, aber damit auch, wie jeder falsch applizierten Medizin, ein destruktives Potential, das schlimmstenfalls bis zur Persönlichkeitszerrüttung führen kann. Unstrittig dürfte sein, daß bei A. eine Hypersensitivität gegenüber akustischen Phänomenen vorliegt, die bislang als »Lärmempfindlichkeit« bagatellisiert wurde, mittlerweile aber von der Fachliteratur [vgl. EHRHARDT/STRÜVER/HASENÖRL, Akustik und Pathogenese, Marburg 2003, et al.] als Krankheit anerkannt und gelegentlich auch schon versuchsweise als solche therapiert wird. In diesen Zusammenhang mag auch die »geringe nervliche Belastbarkeit« gehören, die 1967 die Musterungskommission dem A. attestierte.

Nun ist aber Musik ja nicht Lärm. Als komplex organisierter Schall geht ihre Wirkung über die *physische* Innervation weit hinaus und entzieht sich damit partiell dem Urteilsvermögen des Mediziners und des Juristen. Welchen nosologischen Status soll man einem Affekt zuerkennen, der mit einem Maximum an Abwehr, Ekel, Wut und Haß auf eine bestimmte Musik reagiert? Welche Strafzumessung kann dort erfolgen, wo besagter Affekt eine Untat auslöst, die dem Täter nicht als solche, sondern als eine Art Notwehr, als instinktgesteuerte Abwehrreaktion, Ausdruck von Abscheu, von elementarer Verteidigung erscheint? Wir sind in diesem Falle geneigt, dem Täter allenfalls ein ästhetisches Urteil zuzugestehen, aber weiter nichts, was darüber hinausginge. Dies gebietet die Toleranz, der friedliche Umgang miteinander, der zivilisierte Konsens. Dabei sollten wir jedoch eines nicht vergessen: Die Kunst der Literatur, des Theaters, der Malerei, der Bildhauerei, der Architektur kann niemandem aufgenötigt werden — die Kunst der Musik, qua Passivität des Ohres, sehr wohl — und zwar massiv, weltumspannend, ubiquitär seit der Erfindung ihrer technischen Reproduzierbarkeit, bis zum Grade einer Körperverletzung oder einer akustischen Nachstellung bzw. Freiheitsberaubung, der eigentlich nach §§ 238–239 StGB strafrechtliche Relevanz beizumessen wäre.

Wir stoßen hier auf das Kernproblem. Es geht ja, wie gesagt, nicht nur um Lautstärke. Sondern um das ästhetische Ganze. A. hat mit seiner groben Simplifikation »Bummta-Musik« (die er damit rechtfertigte, daß es sich nicht verlohne, etwas Dummes intelligent zu benennen) lediglich onomatopoetisch angedeutet, was er als insgesamt anti-human, als »teuflisch« empfindet. Damit rückt die ästhetische Sphäre ein Stück weit hinein in eine theologische, die der medizinischen ebenso sich entzieht wie der jurisdiktiven. Der Manichäismus, der in dem bipolaren System, diesem antinomischen Wahrnehmungsfeld des A. sich zuträgt, hat Züge einer quasi-religiösen Überempfindlichkeit, einer vielleicht noch nicht pathologischen, aber hochgradig reizbaren Intensität, welcher mit Rechts- oder Moralbegriffen kaum mehr beizukommen ist. Und einzig daran, an diesem musikalischen Gefühls- und Glaubenseifer, könnten wir eventuell einen Wahncharakter festmachen, eine hyperaffektive *Paranoia*, jene »krankhafte seelische Störung«, »tiefgreifende Bewußtseinsstörung« oder »Abartigkeit«, mit welcher der § 20 des StGB sich aktivieren ließe dann, wenn die Version der Staatsanwaltschaft vom Tathergang sich im Verfahren bestätigen sollte.

Gegen unseren »Paranoia«-Befund spricht nun aber, daß A. keinem Verfolgungs-, Beziehungs- oder Bedeutungswahn sich überläßt, sondern das, was ihn, wie er sagt, »unsäglich quält und martert«, als Wissenschaftler klar und präzis und *wirklichkeitskonform* zu benennen imstande ist. Man wird zwar in Rechnung stellen dürfen, daß er einiges von dem, was er sagt, nach Art des Schriftstellers überspitzt ausdrückt oder hie und da ein wenig dramatisiert — aber der Zweck solcher Überpointierung liegt ja nicht in der verbalen Überrumpelung seines Gegenübers, sondern in der Verdeutlichung des Gemeinten. Angestrebt wird eine unmißverständliche *adæquatio rei ad intellectum.* Sie muß uns nicht überzeugen, ist aber (ungeachtet aller krassen Werturteile, aus denen wir nicht so sehr Urteile als vielmehr *objektivierte* Empfindungen zu lesen haben) ihrer Gestalt nach rational, transparent, sachbezogen und akkurat noch im schärfsten Verdikt, korrekt selbst in der Invektive noch.

Im manichäischen Denken und Fühlen des A. besteht auf der einen Seite eine europäische und außereuropäische Musik (von der ältesten Vergangenheit bis zur Gegenwart), deren Wahrheitsanspruch an ihrer anthropomorphen Struktur sich bemißt, was besagt, daß ihre Faktur, wie immer diese im einzelnen beschaffen ist, der Differenzierung mentaler Prozesse im menschlichen Hirn adäquat zu sein hat auch dann, wenn sie außermenschliche (anorganische, technoide oder ideelle) Gegebenheiten refraktiert. Diese (wie ich betonen möchte: weitgefaßte!) *anthropomorphe Referenz* ist für A. das zentrale Kriterium für die Gültigkeit von Musik. Und dagegen nun stellt er auf der anderen Seite all diejenige Musik, deren Wesensgrund ihre Profitabilität ist, ihre auf Rausch, Agitation und Affirmation reduzierte Zweckgebundenheit. Zum Rausch zählt er die Aufputschung von Massen, die Aufstachelung zu Gewalt und Brutalität, den verlogenen Kitsch der Schnulze und des Schlagers, die Wellness-Funktion des Softpop und des Kuschelrock (vergleichbar den Räucherstäbchen, Duftsteinen und Entspannungsseifen in der Drogerie), den manipulativen Lärmterror von Hardrock, Indie, Heavy Metal und dergleichen, das aggressiv hechelnde Gestammel im Rap (»Ey Digga, deine Alde geht mir auf den Sack, ey du, isch hau dir auf die Schnauze, ey«), die dehumanisierte, idiotisierte Maschinenhaftigkeit und repetitive Redundanz im Techno und Hiphop, den Verzicht auf *Struktur* zugunsten eines ornamental-leerlaufenden Tapetenmusters, einer stampfenden Stereotypie im *synthetic sound*, unter Preisgabe jeglicher Historizität, d. h. fast aller

Entwicklungen und Differenzierungen, die sich die Musik seit tausend Jahren von der Gregorianik bis zu Nono und Kagel in ihren Parametern (Form, Stimmführung, Harmonik, Rhythmik, Klang, Dynamik) erarbeitet hat.

Diese Preisgabe ist für A. ein weder zu rechtfertigender noch zu verzeihender Ausweis von Dummheit im Sinne selbstverschuldeter Beschränkung. Und mit Gewalt verschränkt sich diese nicht nur kraft ihrer (sado-masochistischen?) Lust an schmerzbereitender Lautstärke, sondern auch insofern, als sie zum Zweck der eigenen Durchsetzung mit *groß Macht und viel List* und noch viel mehr Geld und Einfluß sich der effektivsten Produktions-, Reproduktions- und Distributionstechniken bemächtigt, um ihre Ware profitabel zu machen und diese — man muß keinem Verschwörungswahn anhängen, um's zu bestätigen — tendenziell der ganzen Menschheit zu implantieren wie einen Chip, der im Hirn seine verderbliche Botschaft ausstreuen soll — eine »message«, die insofern an der Reklameästhetik partizipiert, als sie derselben Reaktionsmechanik gehorcht, der sich auch die Werbung bedient.

A. geht in seinem Furor so weit, die Macher solcher Musik »für unmöblierte Hirne« Gangster zu nennen, die er lieber hinter Gittern sähe als vor ihren Ibiza-Villen am Steuer ihres Maserati. Man muß sehr lieben, um so hassen zu können! Er, dessen politische Haltung von einer kuriosen Melange aus Anarchismus und Feudalismus gekennzeichnet wird, sieht in ihnen ruchlose Profiteure unseres Wirtschaftssystems, gnadenlos großmäulige, selbstgefällige Entrepreneure, raffgierige Opportunisten, deren einziges Bestreben es sei, »auf Teufel-komm-raus« in »die Medien« zu gelangen — ja, zu diesem Zweck würden sie keinen Blödsinn scheuen; wenn es sein müßte, würden sie auch nackt, einen Blumentopf auf dem Kopfe balancierend, auf einem Tretroller zum Südpol radeln — Hauptsache, »die Medien« vergönnten ihnen endlich die ersehnte Publizität, die alleinige Quelle ihres Reichtums. A. nennt diese Menschen »Neandertaler«, »mikrozephale Troglodyten« [»*Troglodyten Höhlenbewohner*« notiert sich schon Beethoven 1818], »antediluvianische Stumpfköpfe«, die »keinen blassen Schimmer« hätten vom Stand der Ausdifferenzierung, den die Musik — um nur irgendein beliebiges Beispiel zu nehmen — schon vor vierhundert Jahren, etwa in den Madrigalen eines Luca Marenzio, erreicht habe, Leute, die nie einen Takt Haydn gehört, nie eine Note von Schumann gesehen, eine Motette nicht von einer Sonate zu unterscheiden wüßten, Betriebsnudeln und Krawallheinis, die trotzdem zum Hämmern von Schlagzeug, E-Gitarre, Synthesizer das Maul groß aufrissen, um ihrem fünftausendköpfig johlenden Auditorium in der scheinwerferbestrahlten Arena aus haushohen Subwoofern ihre imbezillen Botschaften zuzubrüllen, als wär's beim Reichsparteitag: ein Pandämonium des Irrsinns, das inzwischen die Arena längst verlassen habe, um in jedem Mietshause weltweit sich einzunisten; es gebe ja buchstäblich kein Haus mehr, in dem nicht »wenigstens *ein* Psycho« Logis genommen, um das ganze Quartier zu »verpesten« mit dieser »Koprolalie«, diesem »faschistischen Dreck« — daher er (A.) gar nicht verstehen könne, warum ihm die Staatsanwaltschaft jetzt »einen Strick drehen« wolle aus seinem treuherzigen Bekenntnis, daß er, solange der Bölkow noch sein Unwesen getrieben, nur zu oft und zu gern die bekannte Bach-Arie aus BWV 82, allerdings mit verändertem Possessivpronomen, sich vorgesungen habe: *Ich freue mich auf seinen Tod / Ach, hätt er sich schon eingefunden!*

Ja, meine verehrten Herren Richter und Beisitzer, Frau Staatsanwältin, Herr Verteidiger: Wie können wir, wie wollen wir mit diesem rabiat artikulierten, weil *gelebten* Manichäismus umgehen? Sehen wir hierin die »seelische Abartigkeit«, jenen Wahn, von dem der § 20 spricht, oder nicht vielmehr eine bewundernswerte Klarsichtigkeit? Oder eine Kippfigur, in der das eine stets wieder ins andere umschlägt? Ich persönlich glaube nicht an eine Schuld oder Tatverantwortlichkeit des Angeklagten — aber was zählt in diesem Falle unser Glauben oder Meinen? Ausschließen kann niemand von uns, daß der *Beat*, der massive Schlag der Zählzeiten in der U-Musik, am Ende konsequenterweise zu einem kräftigen Schlag auf den Solarplexus mit unbeabsichtigter (aber post factum begrüßter und ante factum ersehnter) Todesfolge führen *mußte* — ebenso wenig, daß *wir selbst* auf Dauer gefeit wären gegen unvermutet aus uns aufschießende, gewalttätige Defensivmechanismen etwelcher Art. Oder ließe sich hier der Notwehrparagraph 32 des StGB aktivieren (»Verteidigung, die erforderlich ist, um einen gegenwärtigen rechtswidrigen Angriff von sich ... abzuwenden«), ggf. ergänzt um den § 33, der besagt: »Überschreitet der Täter die Grenzen der Notwehr aus Verwirrung, Furcht oder Schrecken, so wird er nicht bestraft«? Sollten wir in unserem Urteil etwa weniger generös sein, als der Gesetzgeber es war, der in den o. a. »rechtswidrigen Angriff« womöglich auch die akustische »Freiheitsberaubung« gemäß § 239 einschloß?

A. hat mir aus seinem Leben erzählt. Seine Kindheit schildert er als liebevoll, unautoritär, frei von Schlägen oder psychischer Gewalt. Sein familiäres Milieu erzog ihn zu Toleranz, zu Wohlwollen für Normabweichungen und »verrückten« Geist. Kunst und Natur formten ihm die Richtlinien, die Maßstäbe des Künftigen; Landschaft und Reisen schärften ihm die Sinne, Schule und Militär die Neigung zu Kritik, Distanz, Distinktion. Universitäten, Übersetzung, häufige Wohnungswechsel und lange Auslandsaufenthalte immunisierten ihn gegen Xenophobie, Provinzialismus, geistige Enge, dumpfe Obskurantismen. Seine Lebensziele sind die bürgerlichen, eigentlich der Antike entliehenen Vorstellungen des 18. Jahrhunderts: Zufriedenheit in stiller, eingezogener, fleißiger Arbeit — Aufklärung und Vernunft — Liebe zu Mensch und Tier, Kunst und Wissenschaft — Hinwendung zum Besonderen bei Argwohn gegenüber dem Allgemeinen, Aversion gegenüber dem Staat, dem ›Volk‹, der ›Nation‹, der ›Gesellschaft‹, der prinzipiellen Vorherrschaft von *Majorität* im demokratischen System (da er glaubt, daß Wahrheit konkret, nicht abstrakt sei, und somit öfter auf seiten des *Einzelnen* als der *Vielen* stehe); das heißt: Sympathie mit dem Minoritären, aber Furcht vor und Mißtrauen gegenüber dem Ganzen, Abscheu vor Massenverklumpung, agglutinierten Menschenmassen, den »brüllenden Horden«, wie er sie nennt.

Wie bringen wir diese seelische Konstitution nun zusammen mit der »Tat«, die hier zur Verhandlung steht? Ich gestehe Ihnen offen: ich weiß es nicht. Als offiziell bestallte forensische Gutachterin muß ich vor meiner Aufgabe unter Berücksichtigung der problematischen Formulierungen des § 20 StGB kapitulieren. Der Fall, mit dem ich mich eingehend (und umfangreicher, als es gewöhnlich zu sein hat) befaßt habe, hat mich an die Grenzen meiner Profession geführt. Daß jeder menschliche Geist ein unbetretener Kontinent ist, eine *terra australis*, schließt eben auch gelegentlich ein, daß dieser unbetreten, weil *unbetretbar* ist.

Und daher muß ich jetzt um Verständnis dafür bitten, daß ich den Auftrag, mit dem Sie so ehrenvoll mich betrauten, hiermit zurückgebe. Ich bin mir sicher, daß sich ohne Schwierigkeit Kollegen finden lassen, die sich ergiebiger als ich, nämlich rasch, klipp und klar ihrer werden entledigen können.

Zugleich kündige ich hiermit an, daß ich künftig für die forensische Gutachterpraxis nicht mehr zur Verfügung stehe, da ich in der Causa Abendroth den Eindruck gewonnen habe, daß sich guten Gewissens zwischen Musik und Psychiatrie ebensowenig Brücken schlagen lassen wie zwischen Psychiatrie und Rechtsprechung. Man mag dawiderhalten, eine morsche Brücke sei immerhin besser als gar keine — doch wer ihrer Brüchigkeit erst innewird, wenn sie unter ihm einstürzt, dürfte spätestens dann bedauern, einem *Stop here!* vor dem Abgrund nicht die Aufmerksamkeit geschenkt zu haben, die das Warnschild heischte.

Osnabrück, 21. Januar 2010.
Dr. med. Annegret Soltau.

raumbild

Er beherrscht den Raum. Immer, wenn ich den Schlüssel umdrehe im Schloß, die Klinke drücke und das Arbeitszimmer betrete, empfinde ich es so. Da steht er, auf dem Schreibtisch, auf einer Drehkonsole schwenkbar, sechzig Zentimeter breit und fünfzig Zentimeter hoch, und sieht mir ehrfurchtheischend entgegen, ein schwarzer stummer Spiegel, solange er noch nicht eingeschaltet ist. Drücke ich aber den Einschaltknopf auf der Tastatur, dann sehe ich:

Er beherrscht den Raum. Er steht auf dem Schreibtisch der Gutachterin, ein großer PC-Monitor, und sie betrachtet gebannt die Schrift, die auf ihm Zeile um Zeile sich abrollt. Ließe sie den Blick aber nur um ein Geringes schweifen, dann fiele er durchs Fenster auf einen Hinterhof mit Müllcontainern, Fahrrädern, Kinderwagen, und könnte sie das Auge noch weiter, über die gegenüberstehende Hausfront hinaus schweifen lassen, dann fiele der Blick auf Wiesen, auf windzerzauste, struppichte Hekken, die ihr Herbstlaub schon abgeworfen haben, auf ein finsteres *finis terrae*, ein in rascher Folge über den Himmel jagendes Gewölk, das schwarze Regententakel schleifen läßt über den Horizont, feinschraffierte Gazeschleier aus Staubregen über das bleiche Grau und Grün der Trockensteinmauern und über die Bucht von Ceann Trágha, wo ungestüm, rollend in schäumenden Wellen, das Meer sich erhebt.

An dieser Meeresbucht versuchte ich den Frieden wiederzufinden, den mir die Geschehnisse in Brighton am 2. Oktober 1979 für immer, wie es zunächst schien, geraubt hatten. Wenn es, so sagte ich Birthwhistle, irgendwo einen Trost gebe, dann hier, im irischen Südwesten. Rose bot ich an, mich zu begleiten, aber wie eigentlich schon zu erwarten war, gab es fürs erste keine Fluchten für sie, keinen Trost. Es war in ihrem Hotel in Cork, wo ich sie endlich spätabends am Telefon erreicht hatte, um ihr die Hiobsnachricht zu übermitteln, und man erspare es mir, zu beschreiben, wie die Meldung auf sie wirkte. Ich sah sie dann auf der Beerdigung Foxens in Hertfordshire wieder, wo sie sich Mühe gab, gefaßt zu wirken; von Birthwhistle erfuhr ich später, daß sie bis auf weiteres zum Cellospiel gänzlich unfähig gewesen sei und trotz allen Beistands seitens des Orchesters ihre Stellung gekündigt und sich auf den Landsitz der Eltern zurückgezogen habe, von denen sie offenbar, aller bisherigen Differenzen ungeachtet, die Unterstützung und Rücksicht erfuhr, deren sie bedurfte. Daß mich mein unseliges Zittern nach dem 2. Oktober dauerhaft verlassen hat, gehört zu den rätselhaften Folgen jenes horriblen Tages; und daß es dann zu einem regulären Mordprozeß gegen Charles Swindon nicht kam, hat uns alle einigermaßen fassungslos gemacht. Wie es scheint, wurden sich der Vorsitzende Richter, the Right Hon. Lord Windermere, und der Vertreter der *public prosecution* Sir Walter Epstein sowie Barrister Looney, *counsel for the defence*, auf Grundlage einer *psychiatric investigation* des Forensic Institute London schon im Vorfeld einig, daß man dem Angeklagten eine *severe mental illness* zu attestieren habe, die ihn prozeßunfähig mache. Man hat ihn dann kurzerhand, auf richterlichen Beschluß vom 29.11.1979, interniert im *Chelmsford Psychiatric Detention Centre*, das er nach menschlichem Ermessen zu Lebzeiten nicht mehr verlassen wird. Als unser Colonel davon erfuhr, tobte er erwartungsgemäß und schimpfte wie ein Rohrspatz: Zu seiner Zeit (womit er offenbar das Regnum Georgs III. und seiner Gemahlin Sophie-Charlotte meinte) habe man solche Lunatics ratzfatz (»no fuss, no frills«) im Bedlam, auf Stroh gebettet, in Ketten gelegt oder in Tyburn oder im Newgate Prison gehängt, statt sie, wie heute, in einem freundlichen Zimmer einzuquartieren, *cosy and comfy*, mit einem frischbezogenen Bett bei gutem Essen und Trinken, sorgsamer Betreuung durch »pretty nurses who will pamper him by providing whatever special care he wants« und nettem Zeitvertreib mit »telly and movies, card-playing, music and magazines« sowie angenehmer Sicht aus dem Gitterfenster auf Parklandschaft, Wiesengrund und krächzende Dohlen, dies alles gleichsam zur Belohnung für seine heldenhafte Tat. Aber unsere neue Premierministerin werde andere Saiten aufziehen, you bet! »She'll give the country a good clean-up! Cleanse our nation's Augean stables!« Doch auch uns anderen war nicht recht wohl bei der Entscheidung des Richters. Mir jedenfalls wurde alles zuviel; ich griff mir meinen Pappkoffer, sagte Birthwhistle Lebewohl, der mir ein geisterhaftes Wiedersehen in Bad Gastein oder an irgendeiner Bushaltestelle in Vaduz prophezeite, und schiffte mich in Swansea auf der Fähre nach Ringaskiddy ein. Da faseln die Gojim vom »heimatlosen, wurzellosen Intellektuellen« und davon, daß ich nirgendwo zu Hause sei. Nebbich! Ich bin doch daheim, in der Musik, und bei meinen lieben alten Freunden Dr. Connolly und O'Leary im County Roscommon, wo ich ihre warmherzige Gelassenheit wieder genoß und aufs neue die unfaßbare Erfahrung machte, daß es in Irland schlechterdings nicht möglich ist, häßliche oder unangenehme Erlebnisse mit Menschen zu haben; selbst der junge Uniformierte von der Garda Síochána, der mich in Limerick beim Falschparken erwischt hatte, freute sich, mir sein Leben erzählen zu können und mir Fragen zu stellen nach dem meinigen, und dann wünschte er mir, statt mir einen Strafzettel auszustellen, noch eine gute Reise und winkte mir nach. Anders bei meiner Wiedereinreise ins Vereinigte Königreich: da entdeckte der Zollbeamte den doppelten Boden meines Koffers, und es bedurfte des hartnäckigsten Flehens samt einer klärenden X-Ray-Durchleuchtung, um die vom IRA-Terror mißtrauisch, höchst reizbar gemachten Beamten davon abzuhalten, meinen armen alten Reisebegleiter, den Teddybären, in einem gepanzerten Schutzraum von einem Roboter in Stücke schneiden zu lassen, da in seinem Innern irgendwelche *explosive devices* befürchtet wurden.

Vielleicht ist in meinem Kopf auch schon Nitroglyzerin? Hier in Chelmsford sind alle gegen mich aufgehetzt! Ich bin überzeugt, daß sie es auf mich abgesehen haben. Die wollen mich umbringen! Auch die Richter sind aufgehetzt, auch die Zeugen! Die haben falsche Aussagen gemacht, deshalb sind auch die meisten von ihnen schon verstorben durch eine höhere Macht. Die Chefärztin ist wohl auch aufgehetzt, die hat heute bei der Visite die Zunge herausgestreckt, als von meiner Begutachtung die Rede war. Der hiesige Heimleiter hat mir gleich keinen guten Eindruck gemacht. Am dritten Tag schon habe ich Angst gekriegt, weil man sich erzählt, daß die Patienten hier getötet werden, wie unter Hitler, mit Gas! Ich habe mich dann mit dem Gedanken getragen, fortzulaufen. Überall habe ich verdächtige Vorkommnisse beobachtet, nachts hat öfter die Tür geklappert, hinter der Türe habe ich Flüstern gehört. Immer mehr Angst habe ich bekommen! Ich bin überzeugt, daß man mir nach dem Leben trachtet. Der Stationsärztin habe ich erzählt, daß ich verfolgt und bedroht werde. Einmal habe ich gehört, daß die Ärztin dem Pfleger gesagt hat: »Der Swindon ist ein Hundertprozentiger«. Das ist mir auch sehr verdächtig gewesen. Die beiden stecken doch unter einer Decke! Traurige Zustände sind das: für Geld Leute umzubringen. Komisch ist auch gewesen, daß der Pfleger zwei neue Kittel bekommen hat. In der letzten Nacht wußte ich, daß nun mein letztes Stündlein gekommen sei. Der Pfleger ist, ganz klar, von der Chefärztin aufgehetzt; ich will nicht wissen, wie viele Leute *die* schon auf dem Gewissen hat! Traurige Zustände sind das: den Menschen nach dem Leben zu trachten. Bestimmt steckt das FBI dahinter, oder die CIA. Der Pfleger ist extra nach Chelmsford gekommen, um mich zu töten! Die Ärztin hat mich schon als Leiche angesehen! Komisch ist, daß die Leute hier im *Detention Centre* Kleinigkeiten an bestimmten Stellen ausgelegt haben, Bonbonpapier, Kugelschreiber undsoweiter. Das sind alles ungute Zeichen. Die Ärztin hat eigenartige Bemerkungen gemacht und auch so seltsam geguckt. Weil sie mich schon für tot angesehen haben, hat es gestern zum Essen ein halbes Hähnchen gegeben; der Hilfspfleger hat dabei gesagt: »Eßt man gut, jeder muß mal sterben, jeder muß mal sterben.« Verdächtig ist ja schon gewesen, daß bei meiner Einlieferung die Chefärztin nicht gleich erschienen ist; ihr Mann hat gesagt, seine Frau habe noch zu tun. Mit Streichhölzern und Bonbonpapier, das herumlag, hat man mich irremachen wollen. Dahinter kann nur der KGB stecken. Man will uns umbringen, mit Gas, wie beim Hitler in Deutschland! Alles verändert sich irgendwie ungut.

Ja, England beginnt jetzt, sich ungut zu verändern, wie ich Yberseindt voraussagte, als das *Labour government* unter Callaghan abgewählt wurde. Erinnert sich noch jemand an Edward Heath, den Dirigenten und Tory-Vorsitzenden? Er hat uns in die EU geführt, ein Premier, der das *London Symphony* leiten konnte: so etwas gab es einmal! Jetzt und hinkünftig, mit Thatcher von innen und der IRA von außen, haben wir allerorts Überwachung zu gewärtigen, Videokameras in öffentlichen und Postkontrolle und Lauschangriffe in privaten Räumen, *security measures* auf Kosten jener individuellen Freiheit, für die einst unser Land in der ganzen Welt beneidet wurde. Nur gut, daß Brüssel ein wachsames Auge drauf hält; da kann es so ganz schlimm nicht kommen. Gleichzeitig wird man, um dem globalisierten Wirtschaften die Bahn freizuräumen, die Rechte der Arbeitnehmer und der Gewerkschaften beschneiden und die alten, kultivierten Upper-Class-Exzentriker an den Spitzen unserer Institutionen ersetzen durch ungebildete Finanzwirtschaftler, neoliberale Jungschnösel, kaltherzige Technokraten, auch dies hatte ich Ariel prophezeit, auch meinem lieben toten Fox, mein Gott, ich darf gar nicht daran denken. Ob ich mich schuldig fühle an seinem Tod, fragen Sie? Wie sollte ich nicht. *Ich* war es doch, der als erster ihm von Ellen Swindon erzählt, als erster ihn auf die Spur dieses Schwindels gesetzt und zuletzt seine Warnung vor der Gefährlichkeit des »Biedermanns« in den Wind geschlagen hatte. *Ich* und nicht er war es doch, den Swindon, vermutlich noch ohne Mordabsicht, aufsuchte — und den er auch konfrontiert hätte, wenn Curry, das Unglückswurm, ihn nicht mit ihrem Kopfschütteln von der Schwelle vertrieben hätte. Und hätte nicht Fox, sondern *ich* am Fenster gestanden und ihm nachgerufen, hätte er meine Gestalt nicht mit dem trügerischen »Fan«-Besuch bei ihm daheim in Verbindung bringen können. Im Grunde sind wir alle schuld: ich, Curry, der unpünktliche Marston, Fox selber mit seinem *trespassing*, Yberseindt mit seiner »Räuberleiter«, sogar Rose, die auf Tournee ging, statt schützend an der Seite ihres Geliebten auszuharren — und warum nicht auch die Pianistin, die ihrem Gatten einst die tödlichen Gartenwerkzeuge geschenkt hatte und damit postum der Beihilfe zum Mord sich schuldig machte? Von der Verspätung des Krankenwagens infolge der Streiks und der maroden Infrastruktur unseres Landes gar nicht zu reden. Aber ich will nicht ungerecht sein. Es ist nur so — so bitter, verstehen Sie? *Mir* hat die ganze Swindon-Affäre ja nicht geschadet. Meiner Reputation ist kein Kratzer zugefügt worden. Ich publiziere mehr als je zuvor. Alle, bis auf die Schmierfinken von der Yellow Press natürlich, haben mich gelobt für meine investigative Courage und meinen Mut zur Selbstkritik. Im Mutterland der Fairneß wird so etwas hochgeschätzt. Und Oberst Marston hat insofern von der Sache profitiert, als er vom City Mayor für seine Tapferkeit einen Ehrenorden ans Revers gesteckt bekam. Trägt ihn jetzt stolz neben seiner Dunkirk Medal.

Ja, ich sagte ihm »Der steht Ihnen fesch, Colonel«, und der gute alte Haudegen wurde, wie es seine Art ist, ganz verlegen und brummelte etwas wie »nicht der Rede wert« und entschuldigte sich bei mir dafür, daß er nicht eher gekommen sei, um vor der zweiten auch die *erste* Mordattacke abzuwenden, und wurde rot, als er merkte, daß er etwas berührt hatte, an das man besser nicht rühren sollte. Ich weiß ja nicht, wie ich über Foxitos

Tod hinweggekommen wäre, wenn nicht meine Tierlein gewesen wären, meine *Sweet Suffolk Owl*, die pünktlich wie eine Küchenuhr stets um 12 Uhr ihr *Schuhuu* heult, meine große weiße Häsin, weich wie ein Rollkissen oder Kopfpolster und genauso verschlafen, oder meine Bären, die nach der Katastrophe erst einmal wie leblos erstarrten, sich als ›Stofftiere‹ tarnten, eine Katalepsie als Schutzreflex, ehe sie sich wieder hervorwagten ins Leben, als sie merkten, wie sehr ich sie brauchte. Das Cello konnte ich über Monate nicht anrühren; dann aber erinnerte ich mich an Birthwhistles Worte aus seinem Vortrag über den musikalischen Torso und versuchte, Trost in dem Gedanken zu finden, daß wir, wenn wir damit einverstanden sind, daß ein musikalisches Werk ein Ende haben muß, vielleicht auch Frieden damit schließen könnten, daß für das menschliche Leben dasselbe gilt, und daß es im letzteren Falle nicht entscheidend ist, ob dieses Ende früh oder spät kommt, sondern wie der Mensch, der da seinen Schlußakkord findet, gleichsam *komponiert* gewesen ist, mit welcher Substanz, Dignität, Intensität. Ariel gab mir darin recht; er lud mich ein, ihn zu begleiten in den irischen Südwesten, meinte, die Ärzte des 18. Jahrhunderts hätten nicht unklug daran getan, ihren Patienten dann, wenn keine ihrer Rezepturen anschlug, Ortswechsel und Luftveränderung zu empfehlen. Ich dankte ihm, gab ihm aber zu verstehen, daß ich in Irland die Schrekkensnachricht erhalten hätte, und daher zögen mich keine zehn Pferde mehr dorthin; lieber ginge ich in die Wüste Gobi oder aufs antarktische Schelfeis, verstehen Sie? Und Birthwhistle! Der arme alte, gebrochene Mann. Geht nur noch selten ins *Lamb & Lion*, hockt dort, wie man mir erzählt hat, moros über seinem Bier, summt den Foxhunter's Jig, springt plötzlich wie von der Tarantel gestochen auf und greift sich einen gefiederten Wurfpfeil, den er in wahnsinnigem Zorn auf die Dart-Scheibe schleudert, und dann ist es jedesmal gut, wenn gerade niemand die Flugbahn seines Geschosses kreuzt. Danach ist er wieder sanft wie ein Lamm, geht nach Hause und krault Fischer-Dieskau oder Mengelberg das Fell, liest Schopenhauer und Karl Kraus, hört Scarlatti (und meint, verglichen mit den Dissonanzen, modulatorischen Trübungen und verbissen hämmernden Bitternissen in den Durchführungspassagen seiner Essercizi, mit dem abgründigen Fatalismus, in den ihre rasenden Skalen ausrollen, sei Chopin die reinste Frohnatur) oder schreibt eine Rezension oder bittet Mrs. Pundhjab zum Tee, um sie nach ihrer Haltung zum Tod zu fragen.

»Das ist eine sonderbare Frage, Sahib Steven«, antworte ich darauf jedesmal, wenn der Herr mich zum Tee heraufbittet, weil ihm einsam zumute ist, weil er jemanden braucht, der mit ihm redet am Nachmittag, wenn die Sonne sich senkt. Der Tee ist zu bitter, die Tassen sind nicht gut gespült und die Bisquits zu süß, aber da es meinem Herrn gefällt, nehme ich Platz und versuche zu verstehen, was er meint. Was nicht einfach ist, denn der Sahib ist gelehrt und ein Kind geblieben zugleich. Welche »Haltung zum Tod« sollte ich haben? Welche »Haltung« hätten Sie zur Umlaufbahn der Planeten, oder zu den Niagarafällen? Vor fünfzehn Jahren sind mein Mann und ich eingewandert aus Chittagong, wo wir vom Handel mit Reis und Tee lebten; hier gehen unsere Kinder aufs College; zur Finanzierung ihrer Studien arbeite ich als Haushälterin. Was uns vertrieb, waren Bürgerkriege und Militärputsche, Armut und Elend, Seuchen, Dürren oder jene Überschwemmungen, zu denen die Schneeschmelze im Gebirge, die tropischen Wirbelstürme und der Monsunregen sich verbünden, um beinahe jedes Jahr das halbe Land unter Wasser zu setzen. Tod war allerorten. Und groß die Familien — daher es nicht als Katastrophe, sondern als *Kismet* genommen wurde, wenn wieder einmal ein Neugeborenes starb an der Amöbenruhr oder Cholera, oder die Schwägerin an der Malaria, oder der Sohn des Neffen an einem Schlangenbiß, oder der Onkel an den Schüssen aus dem Gewehr eines Rebellen oder eines Soldaten oder auch nur eines moslemischen Nachbarn, der uns zürnte, weil wir zur Hindu-Minderheit zählten. So war der Tod ein ständiger Begleiter unseres Alltags — wie Essen und Schlafen, Liebe und Arbeit. »Hier bei Ihnen im Land, Sahib Steven«, sage ich ihm dann immer, »ist das anders, und ich gestehe Ihnen, daß ich die westliche Einstellung zum Tod humaner finde als unsere einstige im fernen Osten. Menschlicher finde ich, daß Sie den Dingen, die darauf einen Anspruch haben, das Gewicht geben, das ihnen zusteht. Daß Sie in den Verstorbenen nicht die Vertreter eines Stammes, einer Kaste oder einer Sippe, sondern die unwiederbringlichen Einzelwesen wahrnehmen, die sie tatsächlich gewesen sind kraft ihrer geistigen, nicht ihrer körperlichen Existenz. Insofern finde ich es recht, daß das Verlöschen Ihres besten Freundes Sie umtreibt, nicht zur Ruhe kommen läßt, denn wenn es anders wäre, hieße das doch, daß er ein solcher nicht gewesen wäre, oder? Sie erinnern mich daran, daß er mich einmal mit einer unzumutbaren Frage bloßgestellt und gedemütigt habe? Ach, das war ja nicht bös gemeint, das war doch nur die hochgemute Freude an Spott und Zuspitzung, die das Privileg der Jugend ist. Ich kenne das von meinen eigenen Söhnen, wenn sie zu Besuch heimkehren aus dem College. Sahib Fox was a good boy. Brave boy.«

Brave boy. Poor boy. Devastating story. Hab den Jungen gern gehabt. War für mich wie ein Sohn irgendwie. Hätte immer gern einen gehabt. Nichts gegen Tochter! Good girl. Nurse in Gibraltar, married with three children. Son would have been nice, though. Wär vielleicht gern mitgekommen nach Yorkshire zum Manöver. »Heil Hase, Private Marston!« — »Yessire!« — »Nehmen Sie Haltung an!« — »Zu Befehl, Sir!« Hätte Spaß gemacht. Jetzt beigesetzt im Familiengrab, Brompton Hall, Hertfordshire. Bin hingefahren zum Begräbnis. Ganze Sippe versammelt. Kommilitonen vom College, Highbrows, piekfeine Burschen und Mädels. Funeral rites im schwarzen Talar. Somewhat posh. Aber alles sehr würdig, well-composed, self-controlled. Kaum Taschentücher am Auge, see what I mean? Stiff upper lip. Rose as pale as a washerwoman's linen. Tough lady, like her a lot. Scheußliches Schlamassel. Poor girl. Aber tadellose Haltung, muß ich sagen. Birthwhistle took care of the music. Funeral Pavans by Holborne, or was it Dowland? Played by members of the Consort of Musicke, Alison Crumb, Anthony Rooley, Trevor Jones and some other guys. Those dainty viols! Viel zu leise. Kaum zu hören. Hätte Bagpipes Lament vorgezogen. The Queen's Own Highlanders.

Oder The Kilmuchrie Glen Pipers Band under Lieutenant Anderson's Command. Leichenrede hielt Reverend Dyer, der walisische Wackelpudding. Warf dem Sarg, als er hinabgelassen wurde, ein Glas Schaumwein nach in die Grube. Wie bei 'ner Schiffstaufe. Ulkige Kruke, der. Sagte, er habe dem Toten die letzte Ölung gegeben. Postum, nach der Einsegnung erst! Muß man sich mal vorstellen. Daß das Konsistorium ihm das durchgehen läßt. Unglaublich. Sagte, er habe für sein Viatikum das »grüne Gold« von einer toskanischen Ölmühle bezogen. Handgepreßt und in Korkeichenfässern langsam gereift. Es gebe sie schon noch, die guten alten Dinge. Aber man müsse halt teuer dafür zahlen, und danach hat er den Klingelbeutel rumgehen lassen. Seiner Schwester wars hochnotpeinlich. Liebt aber den verschrobenen Kerl herzlich, muß man ihr lassen. Gute Seele. Würde ihn immer in Schutz nehmen. Nacht zuvor Totenwache. Leichnam aufgebahrt, mit Kerzen drumrum. Lieder gesungen, Auld lang syne, Last Rose of Summer, The Rose of Tralee, Bonnie Sweet Lassie, Captain Galory's Hornpipe, Oh isn't she a dripsy tart? usw. Und immer ordentlich ausgeschenkt. Starkbier und Poteen. Hat der Seebär besorgt, Finnegan. Jolly good fellow. Despite his being Irish. Decent lad. Obwohl. Steckt den wirren Kopf bißchen zu tief in die Bibel, find ich. Sagte: »Selig sind die Toten, die in dem Herrn ß-terben, von nun an, nech?« Und setzte hinzu, wir sollten hören, wie Vadder Brahms das »von nun an« vertont hat: mit dem Nachspiel im Orgelregister der Holzbläser, wie sagte er?, »warm aufgefangen« vom Corpus der tiefen Streicher, ein Epilog, gesetzt im Stil einer Choralbearbeitung, Takt 34 bis 39 über Orgelpunkten gemessen sich absenkend, der Matthäuspassion nachempfunden (»Am Abend, da es kühle ward«, »O Mensch, bewein' dein Sünde groß«). Sprach von der »begütigenden Gebärde« eines Amen, eines So-sei-es-denn. »Überwältigend herzbrechender Trost.« Hat keiner kapiert. Ich auch nicht. No wonder. Kannte ja niemand, außer Birthwhistle, Yberseindt und Rose. Klar, auch Fox hätte verstanden, was die olle Teerjacke meinte. Aber liegt ja nun in der Grube. Unterm Stein. Gut gemeißelt, by the way. Schlichte Grabplatte. Name und Daten fein einziseliert.

Wer den Stein graviert hat, weiß ich nicht; ich erinnere mich auch nicht mehr, wer ihn mir schenkte. Es war ein zehn Zentimeter langer, flacher Trapezoid aus Muschelkalk, in dessen weiche hellgraue Oberseite der Ziseleur mit feinem Meißel das Fragment eines Bandornaments eingeritzt hatte. Vielleicht war es der italienische Bildhauer, der in einem Farmhaus über den Klippen der Dingle Bay wohnte und von allen nur Toni genannt wurde. Das Ornament war den Initialranken eines Evangeliars aus dem 10. Jahrhundert abgeschaut, wahrscheinlich des *Book of Kells*, dessen Original jetzt in Dublin schwerbewacht unter Panzerglas liegt, im Show Room der Bibliothek des Trinity College. Der Stein lag angenehm in der Hand, und da mir so vorkam, als wäre das Ornament nicht lediglich eine abstrakte Schmuckfigur, sondern eine Schriftzeile, phantasierte ich mir in die Gravur einen Namenszug hinein, *meinen* Namen, übersetzt gleichsam in eine fremde, rätselhafte Zierschrift.

Zur selben Zeit, da ich dieses Geschenk bekam, wurde der aus Hohlbetonsteinen errichteten Südfassade meines kleinen Hauses in Ceann Trágha — wo zehn Jahre zuvor Yberseindt seinen Frieden wiederzufinden gehofft — zum Schutz vor dem häufigen Regen eine Wand aus Bruchsteinen vorgesetzt, aus irregulär geformten, in traditioneller Bauweise ohne Mörtel kunstreich aufeinandergeschichteten Feldsteinen; und so bat ich den Baumeister, mir den kleinen Stein mit der Gravur einzufügen in diese Mauer. Was er auch tat — so daß jetzt für den, der vor der linken Ecke der Fassade in die Hocke ginge und ganz scharf hinsähe, mein keltischer Namenszug, ca. 70 cm über dem Erdboden, geduckt, bescheiden der Mauer eingeschrieben schiene wie eine Signatur. Ich bezweifle aber, daß der neue oder irgendein künftiger Eigentümer des Hauses die Inschrift je bemerken wird — so unscheinbar tarnt sie sich, so leicht ist sie zu verwechseln mit amorphen Ritzen, Kratzern, Schründen, geformt nicht von Menschenhand, sondern von der natürlichen Erosion des Kalksteins unterm konstanten Ansturm von Nässe und Wind. Außerdem ist die Gravur dann, wenn von Mittag die Sonne frontal auf die Fassade prallt, ohnehin kaum zu erspähen. Es bedarf des seitlichen, des geschrägten Lichteinfalls, um die Prägung des Reliefs herauszutreiben. Erst am Abend tritt die gemeißelte Signatur mit ihren feinen Schatten deutlich aus dem Stein hervor, erst dann, wenn die Sonne ihre letzten Strahlen über die Hügel des Mt. Eagle und des Croaghmarhin von der Seite auf die Mauer wirft, von Westen.

Dank

Die im Buch geschilderte Betrugsgeschichte aus dem Vereinigten Königreich beruht auf einem wahren Fall, der im ersten Jahrzehnt des neuen Jahrtausends aufgedeckt und hierzulande u. a. von Alfred Brendel in der Neuen Zürcher Zeitung vorgestellt wurde. Im Roman wurde er reduziert auf ein Handlungsskelett, welches, ausgekleidet mit veränderten Namen, Orten und Ereignissen, und um ca. dreißig Jahre rückdatiert, nur noch das Binnengerüst bildet für eine frei imaginierte Erzählung, der es nicht um Dokumentierung ging, sondern um Sinnbildhaftigkeit.

Die in den Musikvorträgen durch *Kursivierung* gekennzeichneten Zitate aus Texten »österreichischer« Autoren stammen von Richard Obermayr, Michael Donhauser, Wolfgang Hammerschmid, Martin Kubaczek, Liesl Ujvary und Peter Waterhouse, vorgetragen in der Reihe »texträtsel musik«, die W. S. 2003/04 in der »Alten Schmiede Wien« veranstaltete. Mein seinerzeitiger Dank für die Beiträge der geschätzten Kollegen sei hier erneuert.

Für ein großzügiges privates Aufenthaltsstipendium am Geburtsort Dr. Abendroths im Herbst 2017 dankt der Autor seinem alten Freund Dr. Henning Barnstorf (Braunschweig) und seiner Frau Rosi von Herzen.

Gewidmet ist das Buch meiner inniggeliebten Frau und klügsten Leserin Katrin Grünepütt.

Berlin, Winter 2018
Wolfgang Schlüter

Erste Auflage Berlin 2019

MSB Matthes & Seitz Berlin Verlagsgesellschaft mbH
Göhrener Str. 7 | 10437 Berlin
info@matthes-seitz-berlin.de

Umschlaggestaltung: Dirk Lebahn, Berlin
Satz: Laura Fronterré, Bielefeld
Druck und Bindung: Pustet, Regensburg
Printed in Germany

ISBN 978-3-95757-688-0

www.matthes-seitz-berlin.de